D0804159

CANDIDE OU L'OPTIMISME
LA PRINCESSE DE BABYLONE
ET AUTRES CONTES

VOLTAIRE

Candide ou l'optimisme
La princesse de Babylone
et autres contes

TOME I

PRÉFACE ET COMMENTAIRES
DE J. VAN DEN HEUVEL

LE LIVRE DE POCHE

Ancien élève de l'École Normale Supérieure, professeur de littérature française à l'Université de Paris X, Jacques Van den Heuvel s'est consacré à l'étude de Voltaire et du XVIIIᵉ siècle. Il est notamment l'auteur d'une thèse de doctorat ès lettres, *Voltaire dans ses contes*, parue chez A. Colin en 1968 et couronnée par l'Académie française.

PRÉFACE

« J'ai passé ma vie à chercher, à publier cette
vérité que j'aime... Je n'ai donc fait, dans les horribles
désastres des Calas des Sirven, que ce que font tous
les hommes : j'ai suivi mon penchant. Celui d'un
philosophe n'est pas de plaindre les malheureux, c'est
de les servir. » Au cours d'une telle existence, perpé-
tuellement militante, tous les genres littéraires paru-
rent bons à Voltaire pour servir sa cause, et les plus
inattendus, le conte par exemple. L'immense matière
romanesque qui s'offrait à lui depuis le commence-
ment des âges, lui donne de quoi puiser à toutes
mains. Ce n'est d'ailleurs pas sans réticences ni scru-
pules qu'il s'engagea dans la voie de ces « fadaises » :
il lui fallut la fréquentation des conteurs anglais, l'at-
trait du récit oriental, la compagnie de Mme du Châ-
telet qui eut toujours grande fringale de romans —
on en dévora ensemble une quantité de bons et de
mauvais à Cirey —, l'impatiente exigence en la
matière de la duchesse du Maine, et en fin de compte
le besoin qu'il ressentait lui-même de se délasser en
notant par de plaisants symboles ses aventures intel-
lectuelles. Citons, dans la vaste tradition qu'il
exploite, tout en affectant d'ailleurs de la mépriser :
l'*Histoire vraie* et autres romans du Grec Lucien;

L'Ane d'or d'Apulée; le *Décaméron* de Boccace;
Rabelais, pour qui il fut parfois très sévère (« extrava-
gant et inintelligible livre », lit-on dans les *Lettres
philosophiques*), mais pour lequel il aura toujours
une secrète prédilection (voir le début de *L'Ingénu*);
les *Voyages* de Cyrano de Bergerac, les *Lettres persa-
nes* de Montesquieu, quelques titres parmi bien d'au-
tres. Il goûte fort le *Roland furieux* de l'Arioste, les
Mille et Une Nuits, dans la première traduction
qu'Antoine Galland en fit au début du XVIIIᵉ siècle. Il
découvre avec Swift en Angleterre un Rabelais pour
ainsi dire intellectualisé, qui sera à l'origine de *Gan-
gan* et de *Micromégas*. Le conte en vers, avec son
côté « badinage », a toujours eu aussi ses faveurs : La
Fontaine et Hamilton à la suite de Boccace. Il sacri-
fiera lui-même au genre dans sa *Pucelle* et dans ses
Contes de Guillaume Vadé (1764). Enfin, comme on
l'a dit très justement, Voltaire est aussi à lui-même sa
propre source. L'art du conte s'esquisse dans les *Let-
tres philosophiques* (1734) où un narrateur raconte
les différents épisodes, tout au moins au début, de ce
qui peut être considéré déjà comme un « voyage
philosophique », et aussi dans un récit historique
comme l'*Histoire de Charles XII* (1731), où une série
d'anecdotes « orientées » et vivement troussées,
annonce la technique de *Micromégas* et de *Candide*.

D'où qu'ils viennent, Voltaire s'avise un jour que
ces « contes de vieilles », ces contes à dormir debout,
peuvent devenir, au sens strict, des *excitants* capables
d'éveiller l'esprit, et redécouvre à sa manière le
« Pouvoir des Fables ». De fait, le conte voltairien
gravite toujours, le plus élégamment du monde,
autour d'un problème : science, destinée, sagesse,
optimisme, civilisation. Au centre, violemment mis en
lumière et tout prêt à faire ses expériences, un héros
à l'esprit à la fois neuf et avisé, dont l'originalité est

toujours de venir d'*ailleurs* : ainsi Micromégas le
Sirien, Babouc le Scythe, Scarmentado le Crétois,
Candide le Westphalien, et l'Ingénu, ce faux Huron.
Quant au Babylonien Zadig, c'est un étranger dans
son propre pays. Autour, une matière humaine le plus
souvent médiocre, observée avec acuité : un composé
de souffrances, de cruautés et de sottises, des marion-
nettes qui s'abolissent dès qu'elles ont porté leur
minuscule témoignage. Un décor pittoresque et fra-
gile, assez bariolé pour exciter l'imagination, — c'est
une loi du genre, et l'exotisme ne manque pas, —
mais surtout assez transparent, que ce soit Persépolis
ou Babylone, pour ne pas masquer l'universalité de la
condition humaine. La pérégrination commence rapi-
dement, avec ses cascades de péripéties, ses morts
qu'il faut retuer, ses couples d'amants qui ne peuvent
ni tout à fait se retrouver ni tout à fait se perdre, car
il faut bien que « Schéhérazade conte toujours », le
tout au mépris des lois de la pesanteur, du mouve-
ment et de la vie. Voltaire s'installe joyeusement dans
ce réseau d'invraisemblances, hérité des plus indigen-
tes traditions de la « Romancie ». Mais cette incohé-
rence conventionnelle, et c'est là le secret de Voltaire
conteur, est subtilement détournée au profit du philo-
sophe; par une conversion intérieure elle devient
l'absurdité essentielle, celle du destin qui mène les
hommes. Alors le carrousel s'arrête, la mascarade
s'évanouit. Moment suprême où le héros témoin ou
parfois victime va toucher à la vérité : consulter l'er-
mite, ou le derviche, ou lire au grand livre du monde.
Mais le grand livre de *Micromégas* est blanc, l'er-
mite, *alias* l'ange Jesrad, échappe à la question de
Zadig en prenant son vol vers la dixième sphère, et le
derviche claque brutalement sa porte au nez de Can-
dide et de ses compagnons. La partie est jouée,
l'homme se replie dans son ignorance :

« Je résolus de ne plus voir que mes pénates. Je me mariai chez moi, je fus cocu, et je vis que c'était l'état le plus doux de la vie » (*Histoire des voyages de Scarmentado*).

Il n'en aura pas moins effectué, pendant le cours du récit, quelques « stages philosophiques », toujours les mêmes d'ailleurs : sur un champ de bataille, avec des *Te Deum* chantés de part et d'autre, à la cour de Rome, dans les geôles de l'Inquisition, ou, tout au contraire dans des pays privilégiés, qui s'appellent les Provinces-Unies, l'Angleterre, la Chine, ces reposoirs de la pensée voltairienne.

Mais la vérité de ces contes, en leurs beaux jours, est beaucoup plus que cette vérité toute faite, et comme solidifiée, qui est simple instrument de propagande ; c'est celle qui s'élabore dans l'intimité du moi, selon la manière dont Voltaire se situe, fondamentalement, à chaque moment de son existence, par rapport au monde qui l'environne. Chez cet être foncièrement inapte au genre de la confession, mais pourtant toujours avide de se manifester, la forme du conte permettait une manière de confidence « en biais » sous le voile de l'humour, en conciliant chez lui une double exigence de pudeur et d'ostentation. En examinant les personnages centraux dont les contes portent souvent le nom, Micromégas, Babouc, Zadig, Memnon, Scarmentado, Candide, l'Ingénu, on retrouve aisément les visages sous les masques et les différents avatars de Voltaire sous l'enveloppe transparente de la fiction.

Micromégas, d'abord : un être jeune, comme le seront tous ses frères ; singulièrement jeune, même, pour un habitant de Sirius, puisqu'il n'a que cent soixante-dix ans dans une planète où l'on est appelé à vivre trente mille fois davantage ; souverainement libre, se mouvant avec aisance dans un univers lim-

pide, où tout est rapport, proportion, harmonie. Dans
cette vision sereine du cosmos, comment ne pas
reconnaître la marque radieuse du paradis de Cirey,
où deux êtres choisis se grisent ensemble des conquê-
tes de la science newtonienne ? La situation du Sirien
à l'égard des hommes, c'est aussi celle d'un Voltaire
confortablement installé dans son observatoire et qui
prend, à la suite de Locke, ses congénères comme
sujets d'expérience. L'étude est exaltante, la science et
la sagesse mènent au bonheur.

Autre examinateur, mais d'une réalité déjà plus
proche, le Scythe Babouc vient dresser le bilan de
Persépolis. Voyage d'information et d'agrément à la
fois : comme le lui avait promis l'ange Ituriel en lui
confiant cette mission, il y est partout fort bien reçu
et jouit de cette immunité qui est celle de tout étran-
ger dans les pays civilisés. Il finit même par prendre
cette ville en affection, malgré les défauts qu'il lui
trouve. Voltaire a repris contact avec Paris au cours
des années 40; pendant quelque temps tout au moins
il dut s'y sentir dans cette situation avantageuse et
rassurante de visiteur-juge. Ainsi, à l'échelle du cos-
mos comme à celle de la cité, le monde des hommes
n'est guère, pour le Voltaire de Cirey, que l'objet
d'une curiosité de philosophe. Mais, peu à peu, il se
réintroduit dans la société parisienne. Projeté dans le
monde de la cour, traqué par l'envie, il se met à
danser, lui le pur, le ballet de la faveur et de la
disgrâce. L'ancien pensionnaire de la Bastille accu-
mule les dignités officielles. Mais il a appris aussi
combien la réussite est périlleuse.

« Qu'il est dangereux de se mettre à la fenêtre, et
qu'il est difficile d'être heureux en cette vie ! »

Ainsi soupire Voltaire sous les traits de Zadig.
Pour ce sage parmi les sages, jeté dans la presse de
Babylone, la vérité n'est plus seulement un objet

d'examen, elle se conquiert dans un combat sans
trêve contre le mal et les démons. Malgré des échecs
passagers, rien n'est définitivement compromis : l'es-
poir ne faiblit pas, et le héros, par sa valeur, finit
toujours par émerger de ses disgrâces. Zadig esclave
fait la conquête de son maître Sétoc, et finira par
retrouver intacte et fidèle la reine Astarté; le conte se
termine en une radieuse apothéose. Au bout de ses
honneurs et de ses peines, Voltaire espérait sans
doute retrouver l'idéal édénique de Cirey. Mais une
première faille est apparue dans cet idéal : si la
sagesse et la pureté mènent finalement au bonheur,
c'est par des voies infiniment périlleuses, et au prix
d'une constante vigilance. Au moment de *Zadig* le
monde apparaît à Voltaire comme une lice où il doit
faire triompher la bonne cause. Mais Zadig a failli
devenir borgne.

Memnon, lui, perd bien son œil, victime de lui-
même autant que des autres. Le philosophe de Cirey
commence à rabattre de ses prétentions : à quoi bon
en effet ces petits « plans de sagesse » dans une
chambre, puisque de toute façon l'on doit finir par se
« mettre à la fenêtre », et que l'événement dispose de
l'homme à sa guise ? Deuxième lézarde, et plus large
que la première, dans l'harmonieuse construction de
Cirey. Voltaire, abandonné par sa compagne, sent le
sol lui manquer. La vie se charge cruellement de lui
prouver qu'elle sait déjouer les plans des hommes.
Pour la première fois, il représente un héros en état
d'infériorité absolue, et irrémédiable, par rapport au
monde. *Memnon* est le premier conte de la défail-
lance du sage, de sa démission, et en tous les sens de
sa *passion*. Il inaugure le martyrologe de ceux qui
sont voués à souffrir dans leur chair.

La disparition de l'être aimé a tari provisoirement
cette source de confidences larvées, mais quelques

années plus tard, Voltaire renoue avec la tradition.
Il a quitté Berlin précipitamment, il a subi l'humilia-
tion de Francfort : une fois de plus, il se demande
comment échapper aux tracasseries des hommes.
Scarmentado traduit cette nouvelle situation. Errant
désespérément à la recherche d'un gîte sûr, ce jeune
natif de Candie parcourt successivement tous les pays
du globe, chassé de partout par l'intolérance et la
cruauté des hommes, et ne trouvant chaque fois son
salut que dans la fuite. Ainsi erreront Candide et sa
suite, chassés par le destin du plus beau des châteaux
et du meilleur des mondes possibles. Les paradis sont
faits pour être perdus : celui de Westphalie, où floris-
sait l'amour de Cunégonde et la philosophie de Pan-
gloss, tout comme celui de Cirey, où régnaient en la
personne d'Emilie, la philosophie et l'amour. En face
de ces mirages évanouis, la vie des hommes apparaît
dans toute son horreur. Le sage, ou le héros, des
autres contes, est devenu maintenant, à l'égal de tou-
tes les autres créatures, une pitoyable victime. Sa
pureté, qui le rendait à la fois différent et supérieur,
n'est plus qu'un résidu de naïveté et de candeur : il
fait comme Pangloss de ridicules efforts pour justifier
l'inadmissible. Candide, c'est Voltaire après le désas-
tre de Lisbonne, Voltaire en proie à son désastre
intérieur, au moment où il se sent devenir une carica-
ture de lui-même, et se méprise en tant que philoso-
phe. Pourtant, une parcelle d'optimisme est sauvée,
de la même manière que surnagent après la tempête,
en face de Lisbonne, justement, le jeune Westphalien
et son maître, portés sur une planche. A l'acharne-
ment du destin, qui a causé l'aveuglement et la
misère de la créature, doit répondre l'acharnement du
labeur humain. On s'installera aux confins du monde
civilisé, sur les bords de la Propontide, on épousera la
demoiselle du château, qui est devenue à la vérité

assez laide, mais se révèle une excellente pâtissière. Tant bien que mal, Ferney remplacera Cirey, et Madame Denis prendra la place d'Emilie. Candide, c'est donc Voltaire lançant un défi à l'absurde, et recourant, pour subsister, à des consolations assez dérisoires...

J. Van den Heuvel

CANDIDE OU L'OPTIMISME

TRADUIT DE L'ALLEMAND
DE MONSIEUR LE DOCTEUR RALPH

AVEC LES ADDITIONS QU'ON A TROUVÉES
DANS LA POCHE DU DOCTEUR
LORSQU'IL MOURUT À MINDEN,
L'AN DE GRÂCE 1759.

CANDIDE *sort des presses en janvier 1759; l'édition origi-nale des frères Cramer porte simplement pour titre* Candide ou l'optimisme, *traduit de l'allemand, de M. le Doc-teur Ralph. Sans nom d'auteur, évidemment, comme sans nom de ville. Le titre complet n'apparaît qu'en 1761, dans la* Seconde Suite des Mélanges *(cf. notice sur le* Bon Bramin*). Voltaire insère dans cette nouvelle édition ce qu'il appelle les « additions qu'on a trouvées dans la poche du Docteur ». Il s'agit essentiellement de compléments à l'épi-sode parisien.*

La comparaison du texte de ces éditions avec le manuscrit La Vallière, retrouvé naguère à la bibliothèque de l'Arse-nal, peut nous livrer quelques détails intéressants, mais dans l'ensemble, le texte de Candide *n'a que peu varié depuis sa composition tout au long de l'année 1758.*

L'arrière-plan du roman, c'est sans nul doute la série de désillusions, de calamités de toute sorte qui ont frappé Vol-taire depuis qu'il s'est enfui de Berlin : humiliation de Francfort, terrible hiver de 1753-1754 en Alsace, menaces

*des jésuites, puis après son installation en Suisse, aux « pré-
tendues Délices », le tremblement de terre de Lisbonne à la
fin de 1755, la guerre de Sept Ans, l'hiver suivant, qui
fait de l'Allemagne un champ de carnage. Les affaires de
Voltaire vont mal. Des formules comme « Sauve qui peut! »,
« Une planche! », reviennent sans cesse dans la correspon-
dance. L'affaire de* La Pucelle, *celle de l'article* Genève
*de l'*Encyclopédie, *les suites de la défaite de Rossbach,
fin 1757, marquent peut-être le fond de l'abîme pour Vol-
taire, et le point de départ de la rédaction de* Candide.
*Aucune mention n'en est faite dans la correspondance au
cours de l'année 1758. Mais nous apercevons entre le texte
du conte et les lettres de cette époque quelques séries de ren-
contres qui nous fournissent des indications précieuses. Hiver
1758 : Voltaire se trouve à Lausanne dans une chambre
trop chauffée devant un paysage de neige. C'est le moment
où il écrit à la duchesse de Saxe-Gotha, fidèle disciple du*
Tout est bien *de Leibniz et de Wolff, dont les terres sont
ravagées par les Pandours. Dans le roman, Candide, expulsé
du paradis terrestre, voit la neige tomber à gros flocons; la
bataille fait rage entre les Abares et les Bulgares. Été 1758 :
Voltaire rend visite à l'Électeur Palatin, son débiteur, et
conclut avec lui une convention qui le met à l'abri du besoin.
Mais il apprend que son retour à Paris s'avère définitive-
ment impossible. Ainsi Candide a-t-il trouvé les diamants
de l'Eldorado qui lui permettent d'échapper à la servitude,
mais après de cuisantes aventures il se voit expulsé de Paris,
et contraint de se réfugier dans des endroits « marginaux »,
Venise, la Propontide, où l'existence n'est pas horrible, sans
doute, mais tout au moins léthargique. Automne 1758 : Vol-
taire s'installe dans ses terres de Ferney qu'il va mettre en
valeur. Candide « cultive son jardin ». Ainsi la trame du
roman reprend sous une expression mythique certains épi-
sodes de l'existence de Voltaire en 1758.*

 La structure de Candide *présente une symétrie fort carac-
téristique. Au début, le thème du Paradis perdu : celui du*

château de Thunder-ten-tronckh, avec ses deux pôles de séduction : Cunégonde (l'amour) et Pangloss (la philosophie). L'« expulsion » de Candide est une parodie de la chute du premier homme, d'après la Genèse. Deuxième volet : la vie en ce bas-monde. En face des songes abolis, elle apparaît comme une gesticulation absurde sur un fond d'horreur (guerre des Abares et des Bulgares, tremblement de terre de Lisbonne, dictature de l'Inquisition, et ainsi de suite jusqu'à l'arrivée en Eldorado). L'épisode de l'Eldorado, qui trouve sa place exactement au milieu du conte, figure le premier des paradis retrouvés. Retrouvé pour être perdu à son tour, puisque aussi bien il s'agit d'un idéal illusoire, et que les héros retournent à la banalité de la vie quotidienne, qui cette fois se déroule sur un fond d'ennui (Venise et sa léthargie, Pococurante, l'installation dans la métairie). Dernier « paradis », au reste assez dérisoire : le jardin de la Propontide qui lui existe bien, mais où viennent s'abolir toutes les illusions romanesques devant le « terre à terre » de la réalité.

Tel est semble t il le sens de Candide : une liquidation, non seulement de la pensée providentialiste de Leibniz et de Pope, mais de tous les rêves, quels qu'ils soient. Après la lecture de ce roman, « la voie est libre » (Ch. Maurras). Une lueur subsiste pourtant : à l'acharnement du destin, qui est responsable de l'absurdité de notre condition, doit répondre l'acharnement du labeur humain. On s'installera aux confins (et non au centre) du monde civilisé au milieu d'une petite société bien hétéroclite dont on essaiera de tirer le meilleur parti, et on cultivera quelques arpents de terre. Perspective assez peu exaltante sans doute; mais, par le biais de la solidarité, la morale du jardin est susceptible d'une certaine ouverture. C'est la « culture de la vigne », commune à tous les philosophes et encyclopédistes, qui fera peut-être resplendir à la longue les lumières.

V. den H.

CANDIDE OU L'OPTIMISME[*]

TRADUIT DE L'ALLEMAND
DE MR LE DOCTEUR RALPH

AVEC LES ADDITIONS QU'ON A TROUVÉES
DANS LA POCHE DU DOCTEUR,
LORSQU'IL MOURUT À MINDEN,
L'AN DE GRÂCE 1759.

CHAPITRE PREMIER

Comment Candide fut élevé dans un beau château,
et comment il fut chassé d'icelui

IL Y AVAIT en Westphalie, dans le château de monsieur le baron de Thunder-ten-tronckh[1], un jeune garçon à qui la nature avait donné les mœurs les plus douces. Sa physionomie annonçait son âme. Il avait le jugement assez droit, avec l'esprit le plus simple; c'est, je crois, pour cette raison qu'on le nommait Candide. Les anciens domestiques de la maison soupçonnaient qu'il était fils de la sœur de M. le baron et d'un bon et honnête gentilhomme du voisinage, que cette demoiselle ne voulut jamais épouser parce qu'il n'avait pu prouver que soixante et onze quartiers, et que le reste de son arbre généalogique avait été perdu par l'injure du temps.

[*] Voir les notes en fin de volume.

M. le baron était un des plus puissants seigneurs de
la Westphalie, car son château avait une porte et des
fenêtres. Sa grande salle même était ornée d'une tapis-
serie. Tous les chiens de ses basses-cours composaient
une meute dans le besoin; ses palefreniers étaient
ses piqueurs; le vicaire du village était son grand
aumônier. Ils l'appelaient tous Monseigneur, et ils
riaient quand il faisait des contes.

Mme la baronne, qui pesait environ trois cent cin-
quante livres, s'attirait par là une très grande consi-
dération, et faisait les honneurs de la maison avec
une dignité qui la rendait encore plus respectable.
Sa fille Cunégonde, âgée de dix-sept ans, était haute
en couleur, fraîche, grasse, appétissante. Le fils du
baron paraissait en tout digne de son père. Le pré-
cepteur Pangloss était l'oracle de la maison, et le
petit Candide écoutait ses leçons avec toute la bonne
foi de son âge et de son caractère.

Pangloss enseignait la métaphysico-théologo-cos-
molonigologie. Il prouvait admirablement qu'il n'y
a point d'effet sans cause [1], et que, dans ce meilleur
des mondes possibles, le château de monseigneur le
baron était le plus beau des châteaux et madame la
meilleure des baronnes possibles.

« Il est démontré, disait-il, que les choses ne
peuvent être autrement : car, tout étant fait pour une
fin, tout est nécessairement pour la meilleure fin.
Remarquez bien que les nez ont été faits pour porter
des lunettes, aussi avons-nous des lunettes. Les jambes
sont visiblement instituées pour être chaussées, et
nous avons des chausses. Les pierres ont été formées
pour être taillées, et pour en faire des châteaux, aussi
monseigneur a un très beau château; le plus grand
baron de la province doit être le mieux logé; et, les
cochons étant faits pour être mangés, nous man-
geons du porc toute l'année : par conséquent, ceux

qui ont avancé que tout est bien ont dit une sottise;
il fallait dire que tout est au mieux. »

Candide écoutait attentivement, et croyait inno-
cemment; car il trouvait Mlle Cunégonde extrême-
ment belle, quoiqu'il ne prît jamais la hardiesse de
le lui dire. Il concluait qu'après le bonheur d'être né
baron de Thunder-ten-tronckh, le second degré de
bonheur était d'être Mlle Cunégonde; le troisième,
de la voir tous les jours; et le quatrième, d'entendre
maître Pangloss, le plus grand philosophe de la pro-
vince, et par conséquent de toute la terre.

Un jour, Cunégonde en se promenant auprès du
château, dans le petit bois qu'on appelait *parc,* vit
entre des broussailles le docteur Pangloss qui donnait
une leçon de physique expérimentale à la femme de
chambre de sa mère, petite brune très jolie et très
docile. Comme Mlle Cunégonde avait beaucoup de
disposition pour les sciences, elle observa, sans souf-
fler, les expériences réitérées dont elle fut témoin;
elle vit clairement la raison suffisante du docteur, les
effets et les causes, et s'en retourna tout agitée, toute
pensive, toute remplie du désir d'être savante, son-
geant qu'elle pourrait bien être la raison suffisante
du jeune Candide, qui pouvait aussi être la sienne.

Elle rencontra Candide en revenant au château, et
rougit; Candide rougit aussi; elle lui dit bonjour
d'une voix entrecoupée, et Candide lui parla sans
savoir ce qu'il disait. Le lendemain après le dîner,
comme on sortait de table, Cunégonde et Candide se
trouvèrent derrière un paravent; Cunégonde laissa
tomber son mouchoir, Candide le ramassa, elle lui
prit innocemment la main, le jeune homme baisa
innocemment la main de la jeune demoiselle avec
une vivacité, une sensibilité, une grâce toute parti-
culière; leurs bouches se rencontrèrent, leurs yeux
s'enflammèrent, leurs genoux tremblèrent, leurs mains

s'égarèrent. M. le baron de Thunder-ten-tronckh passa auprès du paravent, et, voyant cette cause et cet effet, chassa Candide du château à grands coups de pied dans le derrière; Cunégonde s'évanouit; elle fut souffletée par Mme la baronne dès qu'elle fut revenue à elle-même; et tout fut consterné dans le plus beau et le plus agréable des châteaux possibles.

CHAPITRE II

Ce que devint Candide parmi les Bulgares

CANDIDE, chassé du paradis terrestre, marcha long-temps sans savoir où, pleurant, levant les yeux au ciel, les tournant souvent vers le plus beau des châ-teaux, qui renfermait la plus belle des baronnettes; il se coucha sans souper au milieu des champs entre deux sillons; la neige tombait à gros flocons. Candide, tout transi, se traîna le lendemain vers la ville voisine, qui s'appelle Valdberghoff-trarbk-dikdorff, n'ayant point d'argent, mourant de faim et de lassitude. Il s'arrêta tristement à la porte d'un cabaret. Deux hommes habillés de bleu le remarquèrent : « Cama-rade, dit l'un, voilà un jeune homme très bien fait, et qui a la taille requise. » Ils s'avancèrent vers Can-dide et le prièrent à dîner très civilement. « Messieurs, leur dit Candide avec une modestie charmante, vous me faites beaucoup d'honneur, mais je n'ai pas de quoi payer mon écot. — Ah! Monsieur, lui dit un des bleus, les personnes de votre figure et de votre mérite ne paient jamais rien : n'avez-vous pas cinq pieds cinq pouces de haut? — Oui, Messieurs, c'est ma taille, dit-il en faisant la révérence. — Ah! Monsieur, mettez-vous à table; non seulement nous vous

défraierons, mais nous ne souffrirons jamais qu'un homme comme vous manque d'argent; les hommes ne sont faits que pour se secourir les uns les autres. — Vous avez raison, dit Candide : c'est ce que M. Pangloss m'a toujours dit, et je vois bien que tout est au mieux. » On le prie d'accepter quelques écus, il les prend et veut faire son billet; on n'en veut point, on se met à table : « N'aimez-vous pas tendrement...? — Oh! oui, répondit-il, j'aime tendrement Mlle Cunégonde. — Non, dit l'un de ces messieurs, nous vous demandons si vous n'aimez pas tendrement le roi des Bulgares. — Point du tout, dit-il, car je ne l'ai jamais vu. — Comment! c'est le plus charmant des rois, et il faut boire à sa santé. — Oh! très volontiers, Messieurs »; et il boit. « C'en est assez, lui dit on, vous voilà l'appui, le soutien, le défenseur, le héros des Bulgares, votre fortune est faite, et votre gloire est assurée. » On lui met sur-le-champ les fers aux pieds, et on le mène au régiment. On le fait tourner à droite, à gauche, hausser la baguette, remettre la baguette, coucher en joue, tirer, doubler le pas, et on lui donne trente coups de bâton; le lendemain il fait l'exercice un peu moins mal, et il ne reçoit que vingt coups; le surlendemain on ne lui en donne que dix, et il est regardé par ses camarades comme un prodige.

Candide, tout stupéfait, ne démêlait pas encore trop bien comment il était un héros. Il s'avisa un beau jour de printemps de s'aller promener, marchant tout droit devant lui, croyant que c'était un privilège de l'espèce humaine, comme de l'espèce animale, de se servir de ses jambes à son plaisir. Il n'eut pas fait deux lieues que voilà quatre autres héros de six pieds qui l'atteignent, qui le lient, qui le mènent dans un cachot. On lui demanda juridiquement ce qu'il aimait le mieux d'être fustigé

trente-six fois par tout le régiment, ou de recevoir à la fois douze balles de plomb dans la cervelle. Il eut beau dire que les volontés sont libres, et qu'il ne voulait ni l'un ni l'autre, il fallut faire un choix; il se détermina, en vertu du don de Dieu qu'on nomme *liberté,* à passer trente-six fois par les baguettes; il essuya deux promenades. Le régiment était composé de deux mille hommes; cela lui composa quatre mille coups de baguette, qui, depuis la nuque du cou jusqu'au cul, lui découvrirent les muscles et les nerfs. Comme on allait procéder à la troisième course, Candide, n'en pouvant plus, demanda en grâce qu'on voulût bien avoir la bonté de lui casser la tête; il obtint cette faveur; on lui bande les yeux, on le fait mettre à genoux. Le roi des Bulgares passe dans ce moment, s'informe du crime du patient; et, comme ce roi avait un grand génie, il comprit, par tout ce qu'il apprit de Candide, que c'était un jeune méta-physicien, fort ignorant des choses de ce monde, et il lui accorda sa grâce avec une clémence qui sera louée dans tous les journaux et dans tous les siècles. Un brave chirurgien guérit Candide en trois semaines avec les émollients enseignés par Dioscoride. Il avait déjà un peu de peau, et pouvait marcher, quand le roi des Bulgares livra bataille au roi des Abares[1].

CHAPITRE III

Comment Candide se sauva d'entre les Bulgares,
et ce qu'il devint

Rien n'était si beau, si leste, si brillant, si bien ordonné que les deux armées. Les trompettes, les fifres, les hautbois, les tambours, les canons,

formaient une harmonie telle qu'il n'y en eut
jamais en enfer. Les canons renversèrent d'abord
à peu près six mille hommes de chaque côté;
ensuite la mousqueterie ôta du meilleur des mondes
environ neuf à dix mille coquins qui en infectaient
la surface. La baïonnette fut aussi la raison suffisante
de la mort de quelques milliers d'hommes. Le tout
pouvait bien se monter à une trentaine de mille
âmes. Candide, qui tremblait comme un philosophe,
se cacha du mieux qu'il put pendant cette boucherie
héroïque.

Enfin, tandis que les deux rois faisaient chanter des
Te Deum chacun dans son camp, il prit le parti d'aller
raisonner ailleurs des effets et des causes. Il passa
par-dessus des tas de morts et de mourants, et gagna
d'abord un village voisin; il était en cendres : c'était
un village abare que les Bulgares avaient brûlé,
selon les lois du droit public. Ici des vieillards
criblés de coups regardaient mourir leurs femmes
égorgées, qui tenaient leurs enfants à leurs mamelles
sanglantes; là des filles éventrées après avoir assouvi
les besoins naturels de quelques héros rendaient les
derniers soupirs; d'autres, à demi brûlées, criaient
qu'on achevât de leur donner la mort. Des cervelles
étaient répandues sur la terre à côté de bras et de
jambes coupés.

Candide s'enfuit au plus vite dans un autre village :
il appartenait à des Bulgares, et les héros abares
l'avaient traité de même. Candide, toujours marchant
sur des membres palpitants ou à travers des ruines,
arriva enfin hors du théâtre de la guerre, portant
quelques petites provisions dans son bissac, et n'ou-
bliant jamais Mlle Cunégonde. Ses provisions lui
manquèrent quand il fut en Hollande; mais, ayant
entendu dire que tout le monde était riche dans ce
pays-là, et qu'on y était chrétien, il ne douta pas

qu'on ne le traitât aussi bien qu'il l'avait été dans le château de monsieur le baron avant qu'il en eût été chassé pour les beaux yeux de Mlle Cunégonde.

Il demanda l'aumône à plusieurs graves personnages, qui lui répondirent tous que, s'il continuait à faire ce métier, on l'enfermerait dans une maison de correction pour lui apprendre à vivre.

Il s'adressa ensuite à un homme qui venait de parler tout seul une heure de suite sur la charité dans une grande assemblée. Cet orateur, le regardant de travers, lui dit : « Que venez-vous faire ici? y êtes-vous pour la bonne cause? — Il n'y a point d'effet sans cause, répondit modestement Candide, tout est enchaîné nécessairement et arrangé pour le mieux. Il a fallu que je fusse chassé d'auprès Mlle Cunégonde, que j'aie passé par les baguettes, et il faut que je demande mon pain jusqu'à ce que je puisse en gagner; tout cela ne pouvait être autrement. — Mon ami, lui dit l'orateur, croyez-vous que le pape soit l'Antéchrist? — Je ne l'avais pas encore entendu dire, répondit Candide; mais, qu'il le soit ou qu'il ne le soit pas, je manque de pain. — Tu ne mérites pas d'en manger, dit l'autre; va, coquin, va, misérable, ne m'approche de ta vie. » La femme de l'orateur, ayant mis la tête à la fenêtre et avisant un homme qui doutait que le pape fût antéchrist, lui répandit sur le chef un plein... Ô Ciel! à quel excès se porte le zèle de la religion chez les dames!

Un homme qui n'avait point été baptisé, un bon anabaptiste [1], nommé Jacques, vit la manière cruelle et ignominieuse dont on traitait ainsi un de ses frères, un être à deux pieds sans plumes, qui avait une âme; il l'amena chez lui, le nettoya, lui donna du pain et de la bière, lui fit présent de deux florins, et voulut même lui apprendre à travailler dans ses manufactures aux étoffes de Perse qu'on fabrique

en Hollande. Candide, se prosternant presque
devant lui, s'écriait : « Maître Pangloss me l'avait
bien dit que tout est au mieux dans ce monde, car
je suis infiniment plus touché de votre extrême géné-
rosité que de la dureté de ce monsieur à manteau
noir et de madame son épouse. »

Le lendemain, en se promenant, il rencontra un
gueux tout couvert de pustules, les yeux morts, le
bout du nez rongé, la bouche de travers, les dents
noires, et parlant de la gorge, tourmenté d'une toux
violente et crachant une dent à chaque effort.

CHAPITRE IV

Comment Candide rencontra son ancien maître
de philosophie, le docteur Pangloss,
et ce qui en advint

CANDIDE, plus ému encore de compassion que
d'horreur, donna à cet épouvantable gueux les
deux florins qu'il avait reçus de son honnête ana-
baptiste Jacques. Le fantôme le regarda fixement,
versa des larmes, et sauta à son cou. Candide,
effrayé, recule. « Hélas ! dit le misérable à l'autre
misérable, ne reconnaissez-vous plus votre cher
Pangloss ? — Qu'entends-je ? Vous, mon cher maître !
vous, dans cet état horrible ! Quel malheur vous est-il
donc arrivé ? Pourquoi n'êtes-vous plus dans le plus
beau des châteaux ? Qu'est devenue Mlle Cunégonde,
la perle des filles, le chef-d'œuvre de la nature ? — Je
n'en peux plus », dit Pangloss. Aussitôt Candide le
mena dans l'étable de l'anabaptiste, où il lui fit
manger un peu de pain ; et quand Pangloss fut
refait : « Eh bien, lui dit-il, Cunégonde ? — Elle est

morte », reprit l'autre. Candide s'évanouit à ce mot;
son ami rappela ses sens avec un peu de mauvais
vinaigre qui se trouva par hasard dans l'étable.
Candide rouvre les yeux. « Cunégonde est morte!
Ah! meilleur des mondes, où êtes-vous? Mais de
quelle maladie est-elle morte? ne serait-ce point
de m'avoir vu chasser du beau château de monsieur
son père à grands coups de pied? — Non, dit Pan-
gloss; elle a été éventrée par des soldats bulgares,
après avoir été violée autant qu'on peut l'être; ils ont
cassé la tête à M. le baron, qui voulait la défendre;
Mme la baronne a été coupée en morceaux; mon
pauvre pupille, traité précisément comme sa sœur;
et quant au château, il n'est pas resté pierre sur
pierre, pas une grange, pas un mouton, pas un
canard, pas un arbre; mais nous avons été bien ven-
gés, car les Abares en ont fait autant dans une
baronnie voisine qui appartenait à un seigneur bul-
gare. »

A ce discours, Candide s'évanouit encore; mais,
revenu à soi, et ayant dit tout ce qu'il devait dire, il
s'enquit de la cause et de l'effet, et de la raison suf-
fisante qui avait mis Pangloss dans un si piteux état.
« Hélas! dit l'autre, c'est l'amour; l'amour, le conso-
lateur du genre humain, le conservateur de l'univers,
l'âme de tous les êtres sensibles, le tendre amour.
— Hélas! dit Candide, je l'ai connu, cet amour, ce
souverain des cœurs, cette âme de notre âme; il ne
m'a jamais valu qu'un baiser et vingt coups de pied
au cul. Comment cette belle cause a-t-elle pu pro-
duire en vous un effet si abominable? » Pangloss
répondit en ces termes : « Ô mon cher Candide! vous
avez connu Paquette, cette jolie suivante de notre
auguste baronne; j'ai goûté dans ses bras les délices
du paradis, qui ont produit ces tourments d'enfer
dont vous me voyez dévoré; elle en était infectée, elle

en est peut-être morte. Paquette tenait ce présent
d'un cordelier[1] très savant, qui avait remonté à la
source; car il l'avait eue d'une vieille comtesse, qui
l'avait reçue d'un capitaine de cavalerie, qui la devait
à une marquise, qui la tenait d'un page, qui l'avait
reçue d'un jésuite, qui, étant novice, l'avait eue en
droite ligne d'un des compagnons de Christophe Co
lomb. Pour moi, je ne la donnerai à personne, car je
me meurs.

— Ô Pangloss! s'écria Candide, voilà une étrange
généalogie! n'est-ce pas le diable qui en fut la souche?
— Point du tout, répliqua ce grand homme; c'était
une chose indispensable dans le meilleur des mondes,
un ingrédient nécessaire : car, si Colomb n'avait pas
attrapé dans une île de l'Amérique cette maladie qui
empoisonne la source de la génération, qui souvent
même empêche la génération, et qui est évidemment
l'opposé du grand but de la nature, nous n'aurions
ni le chocolat ni la cochenille; il faut encore observer
que jusqu'aujourd'hui, dans notre continent, cette
maladie nous est particulière, comme la contro-
verse. Les Turcs, les Indiens, les Persans, les Chinois,
les Siamois, les Japonais, ne la connaissent pas encore;
mais il y a une raison suffisante pour qu'ils la con-
naissent à leur tour dans quelques siècles. En atten-
dant, elle a fait un merveilleux progrès parmi nous,
et surtout dans ces grandes armées composées d'hon-
nêtes stipendiaires, bien élevés, qui décident du destin
des États; on peut assurer que, quand trente mille
hommes combattent en bataille rangée contre des
troupes égales en nombre, il y a environ vingt mille
vérolés de chaque côté.

— Voilà qui est admirable, dit Candide, mais il faut
vous faire guérir. — Et comment le puis-je? dit Pan-
gloss; je n'ai pas le sou, mon ami; et, dans toute
l'étendue de ce globe, on ne peut ni se faire saigner

ni prendre un lavement sans payer, ou sans qu'il y ait
quelqu'un qui paie pour nous. »

Ce dernier discours détermina Candide; il alla
se jeter aux pieds de son charitable anabaptiste
Jacques, et lui fit une peinture si touchante de l'état
où son ami était réduit que le bonhomme n'hésita
pas à recueillir le docteur Pangloss; il le fit guérir
à ses dépens. Pangloss, dans la cure, ne perdit qu'un
œil et une oreille. Il écrivait bien et savait parfaite-
ment l'arithmétique. L'anabaptiste Jacques en fit
son teneur de livres. Au bout de deux mois, étant
obligé d'aller à Lisbonne pour les affaires de son
commerce, il mena dans son vaisseau ses deux phi-
losophes. Pangloss lui expliqua comment tout était
on ne peut mieux. Jacques n'était pas de cet avis.
« Il faut bien, disait-il, que les hommes aient un peu
corrompu la nature, car ils ne sont point nés loups, et
ils sont devenus loups¹. Dieu ne leur a donné ni
canons de vingt-quatre ni baïonnettes, et ils se sont
fait des baïonnettes et des canons pour se détruire.
Je pourrais mettre en ligne de compte les banque-
routes, et la justice qui s'empare des biens des ban-
queroutiers pour en frustrer les créanciers. — Tout
cela était indispensable, répliquait le docteur borgne,
et les malheurs particuliers font le bien général, de
sorte que plus il y a de malheurs particuliers, et
plus tout est bien. » Tandis qu'il raisonnait, l'air
s'obscurcit, les vents soufflèrent des quatre coins
du monde, et le vaisseau fut assailli de la plus horrible
tempête à la vue du port de Lisbonne.

CHAPITRE V

Tempête, naufrage, tremblement de terre,
et ce qui advint du docteur Pangloss,
de Candide, et de l'anabaptiste Jacques

La moitié des passagers, affaiblis, expirants de ces
angoisses inconcevables que le roulis d'un vaisseau
porte dans les nerfs et dans toutes les humeurs du
corps agitées en sens contraires, n'avait pas même la
force de s'inquiéter du danger. L'autre moitié jetait
des cris et faisait des prières; les voiles étaient déchi-
rées, les mâts brisés, le vaisseau entrouvert. Travaillait
qui pouvait, personne ne s'entendait, personne ne
commandait. L'anabaptiste aidait un peu à la ma-
nœuvre; il était sur le tillac; un matelot furieux le
frappe rudement et l'étend sur les planches; mais du
coup qu'il lui donna il eut lui-même une si violente
secousse qu'il tomba hors du vaisseau la tête la pre-
mière. Il restait suspendu et accroché à une partie de
mât rompue. Le bon Jacques court à son secours,
l'aide à remonter, et de l'effort qu'il fit il est préci-
pité dans la mer à la vue du matelot, qui le laissa
périr sans daigner seulement le regarder. Candide
approche, voit son bienfaiteur qui reparaît un mo-
ment et qui est englouti pour jamais. Il veut se jeter
après lui dans la mer; le philosophe Pangloss l'en
empêche, en lui prouvant que la rade de Lisbonne
avait été formée exprès pour que cet anabaptiste
s'y noyât. Tandis qu'il le prouvait *a priori*, le vaisseau
s'entrouvre, tout périt à la réserve de Pangloss, de
Candide, et de ce brutal de matelot qui avait noyé
le vertueux anabaptiste; le coquin nagea heureuse-

ment jusqu'au rivage, où Pangloss et Candide furent
portés sur une planche.

Quand ils furent revenus un peu à eux, ils mar-
chèrent vers Lisbonne; il leur restait quelque argent,
avec lequel ils espéraient se sauver de la faim après
avoir échappé à la tempête.

A peine ont-ils mis le pied dans la ville en pleu-
rant la mort de leur bienfaiteur, qu'ils sentent la
terre trembler¹ sous leurs pas; la mer s'élève en bouil-
lonnant dans le port, et brise les vaisseaux qui sont à
l'ancre. Des tourbillons de flammes et de cendres
couvrent les rues et les places publiques; les maisons
s'écroulent, les toits sont renversés sur les fondements,
et les fondements se dispersent; trente mille habitants
de tout âge et de tout sexe sont écrasés sous des
ruines. Le matelot disait en sifflant et en jurant :
« Il y aura quelque chose à gagner ici. — Quelle peut
être la raison suffisante de ce phénomène? disait
Pangloss. — Voici le dernier jour du monde! »
s'écriait Candide. Le matelot court incontinent au
milieu des débris, affronte la mort pour trouver de
l'argent, en trouve, s'en empare, s'enivre, et, ayant
cuvé son vin, achète les faveurs de la première fille
de bonne volonté qu'il rencontre sur les ruines des
maisons détruites et au milieu des mourants et des
morts. Pangloss le tirait cependant par la manche.
« Mon ami, lui disait-il, cela n'est pas bien, vous
manquez à la raison universelle, vous prenez mal
votre temps. — Tête et sang! répondit l'autre, je suis
matelot et né à Batavia; j'ai marché quatre fois
sur le crucifix² dans quatre voyages au Japon; tu as
bien trouvé ton homme avec ta raison universelle! »

Quelques éclats de pierre avaient blessé Candide;
il était étendu dans la rue et couvert de débris. Il
disait à Pangloss : « Hélas! procure-moi un peu de
vin et d'huile; je me meurs. — Ce tremblement de

terre n'est pas une chose nouvelle, répondit Pangloss; la ville de Lima éprouva les mêmes secousses en Amérique l'année passée; mêmes causes, mêmes effets : il y a certainement une traînée de soufre sous terre depuis Lima jusqu'à Lisbonne. — Rien n'est plus probable, dit Candide; mais, pour Dieu, un peu d'huile et de vin. — Comment, probable? répliqua le philosophe; je soutiens que la chose est démontrée. » Candide perdit connaissance, et Pangloss lui apporta un peu d'eau d'une fontaine voisine.

Le lendemain, ayant trouvé quelques provisions de bouche en se glissant à travers des décombres, ils réparèrent un peu leurs forces. Ensuite ils travaillèrent comme les autres à soulager les habitants échappés à la mort. Quelques citoyens secourus par eux leur donnèrent un aussi bon dîner qu'on le pouvait dans un tel désastre. Il est vrai que le repas était triste; les convives arrosaient leur pain de leurs larmes; mais Pangloss les consola en les assurant que les choses ne pouvaient être autrement : « Car, dit-il, tout ceci est ce qu'il y a de mieux. Car, s'il y a un volcan à Lisbonne, il ne pouvait être ailleurs. Car il est impossible que les choses ne soient pas où elles sont. Car tout est bien. »

Un petit homme noir, familier de l'Inquisition, lequel était à côté de lui, prit poliment la parole et dit : « Apparemment que monsieur ne croit pas au péché originel; car, si tout est au mieux, il n'y a donc eu ni chute ni punition.

— Je demande très humblement pardon à Votre Excellence, répondit Pangloss encore plus poliment, car la chute de l'homme et la malédiction entraient nécessairement dans le meilleur des mondes possibles. — Monsieur ne croit donc pas à la liberté? dit le familier. — Votre Excellence m'excusera, dit Pangloss; la liberté peut subsister avec la nécessité absolue; car

il était nécessaire que nous fussions libres; car enfin
la volonté déterminée... » Pangloss était au milieu
de sa phrase, quand le familier fit un signe de tête
à son estafier qui lui servait à boire du vin de Porto,
ou d'Oporto..

CHAPITRE VI

Comment on fit un bel auto-da-fé
pour empêcher les tremblements de terre,
et comment Candide fut fessé

APRÈS le tremblement de terre qui avait détruit les
trois quarts de Lisbonne, les sages du pays n'avaient
pas trouvé un moyen plus efficace pour prévenir
une ruine totale que de donner au peuple un bel
auto-da-fé; il était décidé par l'université de Coïmbre
que le spectacle de quelques personnes brûlées à petit
feu, en grande cérémonie, est un secret infaillible
pour empêcher la terre de trembler.

On avait en conséquence saisi un Biscayen
convaincu d'avoir épousé sa commère, et deux Por-
tugais qui en mangeant un poulet en avaient arraché
le lard : on vint lier après le dîner le docteur Pangloss
et son disciple Candide, l'un pour avoir parlé, et
l'autre pour avoir écouté avec un air d'approbation :
tous deux furent menés séparément dans des apparte-
ments d'une extrême fraîcheur, dans lesquels on n'était
jamais incommodé du soleil; huit jours après ils
furent tous deux revêtus d'un *san-benito* ¹, et on orna
leurs têtes de mitres de papier : la mitre et le san-
benito de Candide étaient peints de flammes renver-
sées et de diables qui n'avaient ni queues ni griffes;
mais les diables de Pangloss portaient griffes et

queues, et les flammes étaient droites. Ils marchèrent en procession ainsi vêtus, et entendirent un sermon très pathétique, suivi d'une belle musique en faux-bourdon[1]. Candide fut fessé en cadence, pendant qu'on chantait ; le Biscayen et les deux hommes qui n'avaient point voulu manger de lard furent brûlés, et Pangloss fut pendu, quoique ce ne soit pas la coutume. Le même jour la terre trembla de nouveau avec un fracas épouvantable.

Candide, épouvanté, interdit, éperdu, tout sanglant, tout palpitant, se disait à lui-même : « Si c'est ici le meilleur des mondes possibles, que sont donc les autres ? Passe encore si je n'étais que fessé, je l'ai été chez les Bulgares. Mais, ô mon cher Pangloss ! le plus grand des philosophes, faut-il vous avoir vu pendre sans que je sache pourquoi ! Ô mon cher anabaptiste ! le meilleur des hommes, faut-il que vous ayez été noyé dans le port ! Ô Mlle Cunégonde ! la perle des filles, faut-il qu'on vous ait fendu le ventre ! »

Il s'en retournait se soutenant à peine, prêché, fessé, absous et béni, lorsqu'une vieille l'aborda et lui dit : « Mon fils, prenez courage, suivez-moi. »

CHAPITRE VII

*Comment une vieille prit soin de Candide
et comment il retrouva ce qu'il aimait*

CANDIDE ne prit point courage, mais il suivit la vieille dans une masure : elle lui donna un pot de pommade pour se frotter, lui laissa à manger et à boire ; elle lui montra un petit lit assez propre ; il y avait auprès du lit un habit complet. « Mangez, buvez, dormez, lui dit-elle, et que Notre-Dame

d'Atocha, monseigneur saint Antoine de Padoue et
monseigneur saint Jacques de Compostelle prennent
soin de vous : je reviendrai demain. » Candide, tou-
jours étonné de tout ce qu'il avait vu, de tout ce
qu'il avait souffert, et encore plus de la charité de la
vieille, voulut lui baiser la main. « Ce n'est pas ma
main qu'il faut baiser, dit la vieille; je reviendrai
demain. Frottez-vous de pommade, mangez et
dormez. »

Candide, malgré tant de malheurs, mangea et
dormit. Le lendemain la vieille lui apporte à déjeu-
ner, visite son dos, le frotte elle-même d'une autre
pommade; elle lui apporte ensuite à dîner; elle
revient sur le soir, et apporte à souper. Le surlende-
main elle fit encore les mêmes cérémonies. « Qui
êtes-vous? lui disait toujours Candide; qui vous a
inspiré tant de bonté? quelles grâces puis-je vous
rendre? » La bonne femme ne répondait jamais rien;
elle revint sur le soir et n'apporta point à souper.
« Venez avec moi, dit-elle, et ne dites mot. » Elle le
prend sous le bras, et marche avec lui dans la
campagne environ un quart de mille : ils arrivent à
une maison isolée, entourée de jardins et de canaux.
La vieille frappe à une porte. On ouvre; elle mène
Candide, par un escalier dérobé, dans un cabinet
doré, le laisse sur un canapé de brocart, referme la
porte, et s'en va. Candide croyait rêver, et regardait
toute sa vie comme un songe funeste, et le moment
présent comme un songe agréable.

La vieille reparut bientôt; elle soutenait avec peine
une femme tremblante, d'une taille majestueuse,
brillante de pierreries et couverte d'un voile. « Ôtez
ce voile », dit la vieille à Candide. Le jeune homme
approche; il lève le voile d'une main timide. Quel
moment! quelle surprise! il croit voir Mlle Cuné-
gonde; il la voyait en effet, c'était elle-même. La

force lui manque, il ne peut proférer une parole, il tombe à ses pieds. Cunégonde tombe sur le canapé. La vieille les accable d'eaux spiritueuses[1]; ils reprennent leurs sens, ils se parlent : ce sont d'abord des mots entrecoupés, des demandes et des réponses qui se croisent, des soupirs, des larmes, des cris. La vieille leur recommande de faire moins de bruit, et les laisse en liberté. « Quoi! c'est vous, lui dit Candide, vous vivez! Je vous retrouve en Portugal! On ne vous a donc pas violée? On ne vous a point fendu le ventre, comme le philosophe Pangloss me l'avait assuré? — Si fait, dit la belle Cunégonde; mais on ne meurt pas toujours de ces deux accidents. — Mais votre père et votre mère ont-ils été tués? — Il n'est que trop vrai, dit Cunégonde en pleurant. — Et votre frère? — Mon frère a été tué aussi. — Et pourquoi êtes-vous en Portugal? et comment avez-vous su que j'y étais? et par quelle étrange aventure m'avez-vous fait conduire dans cette maison? — Je vous dirai tout cela, répliqua la dame; mais il faut auparavant que vous m'appreniez tout ce qui vous est arrivé depuis le baiser innocent que vous me donnâtes et les coups de pied que vous reçûtes. »

Candide lui obéit avec un profond respect, et quoiqu'il fût interdit, quoique sa voix fût faible et tremblante, quoique l'échine lui fît encore un peu mal, il lui raconta de la manière la plus naïve tout ce qu'il avait éprouvé depuis le moment de leur séparation. Cunégonde levait les yeux au ciel; elle donna des larmes à la mort[2] du bon anabaptiste et de Pangloss; après quoi elle parla en ces termes à Candide, qui ne perdait pas une parole, et qui la dévorait des yeux.

CHAPITRE VIII

Histoire de Cunégonde

« J'ÉTAIS dans mon lit et je dormais profondément, quand il plut au Ciel d'envoyer les Bulgares dans notre beau château de Thunder-ten-tronckh; ils égorgèrent mon père et mon frère, et coupèrent ma mère par morceaux. Un grand Bulgare, haut de six pieds, voyant qu'à ce spectacle j'avais perdu connaissance, se mit à me violer; cela me fit revenir, je repris mes sens, je criai, je me débattis, je mordis, j'égratignai, je voulais arracher les yeux à ce grand Bulgare, ne sachant pas que tout ce qui arrivait dans le château de mon père était une chose d'usage : le brutal me donna un coup de couteau dans le flanc gauche dont je porte encore la marque. — Hélas! j'espère bien la voir, dit le naïf Candide. — Vous la verrez, dit Cunégonde; mais continuons. — Continuez », dit Candide.

Elle reprit ainsi le fil de son histoire : « Un capitaine bulgare entra, il me vit toute sanglante, et le soldat ne se dérangeait pas. Le capitaine se mit en colère du peu de respect que lui témoignait ce brutal, et le tua sur mon corps. Ensuite il me fit panser, et m'emmena prisonnière de guerre dans son quartier. Je blanchissais le peu de chemises qu'il avait, je faisais sa cuisine; il me trouvait fort jolie, il faut l'avouer; et je ne nierai pas qu'il ne fût très bien fait, et qu'il n'eût la peau blanche et douce; d'ailleurs peu d'esprit, peu de philosophie, on voyait bien qu'il n'avait pas été élevé par le docteur Pangloss. Au bout de trois mois, ayant perdu tout son argent et s'étant dégoûté de moi, il me vendit à un Juif nommé don Issacar[1], qui trafiquait en Hol-

lande et en Portugal, et qui aimait passionnément les femmes. Ce Juif s'attacha beaucoup à ma personne, mais il ne pouvait en triompher, je lui ai mieux résisté qu'au soldat bulgare. Une personne d'honneur peut être violée une fois, mais sa vertu s'en affermit.

« Le Juif, pour m'apprivoiser, me mena dans cette maison de campagne que vous voyez. J'avais cru jusque-là qu'il n'y avait rien sur la terre de si beau que le château de Thunder-ten-tronckh; j'ai été détrompée.

« Le grand inquisiteur m'aperçut un jour à la messe; il me lorgna beaucoup, et me fit dire qu'il avait à me parler pour des affaires secrètes. Je fus conduite à son palais; je lui appris ma naissance; il me représenta combien il était au-dessous de mon rang d'appartenir à un Israélite. On proposa de sa part à don Issacar de me céder à Monseigneur. Don Issacar, qui est le banquier de la cour et homme de crédit, n'en voulut rien faire. L'inquisiteur le menaça d'un auto-da-fé. Enfin mon Juif, intimidé, conclut un marché, par lequel la maison et moi leur appartiendraient à tous deux en commun; que le Juif aurait pour lui les lundis, mercredis et le jour du sabbat, et que l'inquisiteur aurait les autres jours de la semaine. Il y a six mois que cette convention subsiste. Ce n'a pas été sans querelles; car souvent il a été indécis si la nuit du samedi au dimanche appartenait à l'ancienne loi ou à la nouvelle. Pour moi, j'ai résisté jusqu'à présent à toutes les deux, et je crois que c'est pour cette raison que j'ai toujours été aimée.

« Enfin, pour détourner le fléau des tremblements de terre, et pour intimider don Issacar, il plut à monseigneur l'inquisiteur de célébrer un auto-da-fé. Il me fit l'honneur de m'y inviter. Je fus très bien placée; on servit aux dames des rafraîchissements

entre la messe et l'exécution. Je fus, à la vérité, saisie
d'horreur en voyant brûler ces deux Juifs et cet hon-
nête Biscayen qui avait épousé sa commère; mais
quelle fut ma surprise, mon effroi, mon trouble,
quand je vis, dans un san-benito et sous une mitre,
une figure qui ressemblait à celle de Pangloss! Je me
frottai les yeux, je regardai attentivement, je le vis
pendre; je tombai en faiblesse. A peine reprenais-je
mes sens que je vous vis dépouillé tout nu : ce fut là
le comble de l'horreur, de la consternation, de la
douleur, du désespoir. Je vous dirai, avec vérité, que
votre peau est encore plus blanche et d'un incarnat
plus parfait que celle de mon capitaine des Bulgares.
Cette vue redoubla tous les sentiments qui m'acca-
blaient, qui me dévoraient. Je m'écriai, je voulus
dire : « Arrêtez, barbares! » mais la voix me manqua,
et mes cris auraient été inutiles. Quand vous eûtes été
bien fessé : « Comment se peut-il faire, disais-je, que
« l'aimable Candide et le sage Pangloss se trouvent
« à Lisbonne, l'un pour recevoir cent coups de fouet,
« et l'autre pour être pendu par l'ordre de monsei-
« gneur l'inquisiteur dont je suis la bien-aimée? Pan-
« gloss m'a donc bien cruellement trompée quand
« il me disait que tout va le mieux du monde. »

« Agitée, éperdue, tantôt hors de moi-même, et
tantôt prête de mourir de faiblesse, j'avais la tête
remplie du massacre de mon père, de ma mère, de
mon frère, de l'insolence de mon vilain soldat bul-
gare, du coup de couteau qu'il me donna, de ma
servitude, de mon métier de cuisinière, de mon
capitaine bulgare, de mon vilain don Issacar, de mon
abominable inquisiteur, de la pendaison du docteur
Pangloss, de ce grand *miserere* en faux-bourdon
pendant lequel on vous fessait, et surtout du baiser
que je vous ai donné derrière un paravent, le jour
que je vous avais vu pour la dernière fois. Je louai

Dieu qui vous ramenait à moi par tant d'épreuves.
Je recommandai à ma vieille d'avoir soin de vous,
et de vous amener ici dès qu'elle le pourrait. Elle a
très bien exécuté ma commission; j'ai goûté le plai-
sir inexprimable de vous revoir, de vous entendre,
de vous parler. Vous devez avoir une faim dévorante;
j'ai grand appétit; commençons par souper. »

Les voilà qui se mettent tous deux à table; et,
après le souper, ils se replacent sur ce beau canapé
dont on a déjà parlé; ils y étaient quand le signor
don Issacar, l'un des maîtres de la maison, arriva.
C'était le jour du sabbat. Il venait jouir de ses droits,
et expliquer son tendre amour.

CHAPITRE IX

Ce qui advint de Cunégonde, de Candide,
du grand inquisiteur et d'un Juif

CET ISSACAR était le plus colérique Hébreu qu'on
eût vu dans Israël depuis la captivité en Babylone.
« Quoi! dit-il, chienne de Galiléenne, ce n'est pas
assez de M. l'inquisiteur? Il faut que ce coquin
partage aussi avec moi? » En disant cela il tira un
long poignard dont il était toujours pourvu, et, ne
croyant pas que son adverse partie eût des armes,
il se jette sur Candide; mais notre bon Westpha-
lien avait reçu une belle épée de la vieille avec l'habit
complet. Il tire son épée, quoiqu'il eût les mœurs
fort douces, et vous étend l'Israélite roide mort sur
le carreau, aux pieds de la belle Cunégonde.

« Sainte Vierge! s'écria-t-elle, qu'allons-nous
devenir? Un homme tué chez moi! si la justice vient,
nous sommes perdus. — Si Pangloss n'avait pas été

pendu, dit Candide, il nous donnerait un bon
conseil dans cette extrémité, car c'était un grand
philosophe. A son défaut consultons la vieille. »
Elle était fort prudente, et commençait à dire son
avis, quand une autre petite porte s'ouvrit. Il était
une heure après minuit, c'était le commencement
du dimanche. Ce jour appartenait à monsieur l'in-
quisiteur. Il entre et voit le fessé Candide l'épée à
la main, un mort étendu par terre, Cunégonde
effarée, et la vieille donnant des conseils.

Voici dans ce moment ce qui se passa dans l'âme
de Candide, et comment il raisonna : « Si ce saint
homme appelle du secours, il me fera infaillible-
ment brûler; il pourra en faire autant de Cuné-
gonde; il m'a fait fouetter impitoyablement; il est
mon rival; je suis en train de tuer, il n'y a pas à
balancer. » Ce raisonnement fut net et rapide; et,
sans donner le temps à l'inquisiteur de revenir de
sa surprise, il le perce d'outre en outre, et le jette
à côté du Juif. « En voici bien d'une autre, dit
Cunégonde; il n'y a plus de rémission; nous
sommes excommuniés, notre dernière heure est
venue. Comment avez-vous fait, vous qui êtes né
si doux, pour tuer en deux minutes un Juif et un
prélat? — Ma belle demoiselle, répondit Candide,
quand on est amoureux, jaloux et fouetté par
l'Inquisition, on ne se connaît plus. »

La vieille prit alors la parole et dit : « Il y a trois
chevaux andalous dans l'écurie, avec leurs selles
et leurs brides : que le brave Candide les prépare;
madame a des moyadors et des diamants : montons
vite à cheval, quoique je ne puisse me tenir que
sur une fesse, et allons à Cadix; il fait le plus beau
temps du monde, et c'est un grand plaisir de voya-
ger pendant la fraîcheur de la nuit. »

Aussitôt Candide selle les trois chevaux. Cuné-

gonde, la vieille et lui font trente milles d'une
traite. Pendant qu'ils s'éloignaient, la Sainte-Her-
mandad¹ arrive dans la maison; on enterre mon-
seigneur dans une belle église, et on jette Issacar
à la voirie.

Candide, Cunégonde et la vieille étaient déjà dans la
petite ville d'Avacéna, au milieu des montagnes de la
Sierra-Morena²; et ils parlaient ainsi dans un cabaret.

CHAPITRE X

*Dans quelle détresse Candide, Cunégonde et la vieille
arrivent à Cadix, et de leur embarquement*

« Qui a donc pu me voler mes pistoles et mes dia-
mants? disait en pleurant Cunégonde; de quoi
vivrons-nous? comment ferons-nous? où trouver des
inquisiteurs et des Juifs qui m'en donnent d'autres?
— Hélas! dit la vieille, je soupçonne fort un révérend
père cordelier qui coucha hier dans la même auberge
que nous à Badajoz; Dieu me garde de faire un juge-
ment téméraire! mais il entra deux fois dans notre
chambre, et il partit longtemps avant nous. — Hélas!
dit Candide, le bon Pangloss m'avait souvent prouvé
que les biens de la terre sont communs à tous les
hommes, que chacun y a un droit égal. Ce cordelier
devait bien, suivant ces principes, nous laisser de quoi
achever notre voyage. Il ne vous reste donc rien du
tout, ma belle Cunégonde? — Pas un maravédis,
dit-elle. — Quel parti prendre? dit Candide. — Ven-
dons un des chevaux, dit la vieille; je monterai en
croupe derrière mademoiselle, quoique je ne puisse
me tenir que sur une fesse, et nous arriverons à
Cadix ».

Il y avait dans la même hôtellerie un prieur de bénédictins; il acheta le cheval bon marché. Candide, Cunégonde et la vieille passèrent par Lucena, par Chillas, par Lebrixa, et arrivèrent enfin à Cadix. On y équipait une flotte, et on y assemblait des troupes pour mettre à la raison les révérends pères jésuites du Paraguay[1], qu'on accusait d'avoir fait révolter une de leurs hordes contre les rois d'Espagne et du Portugal, auprès de la ville du Saint-Sacrement. Candide, ayant servi chez les Bulgares, fit l'exercice bulgarien devant le général de la petite armée avec tant de grâce, de célérité, d'adresse, de fierté, d'agilité, qu'on lui donna une compagnie d'infanterie à commander. Le voilà capitaine; il s'embarque avec Mlle Cunégonde, la vieille, deux valets, et les deux chevaux andalous qui avaient appartenu à M. le grand inquisiteur de Portugal.

Pendant toute la traversée ils raisonnèrent beaucoup sur la philosophie du pauvre Pangloss. « Nous allons dans un autre univers, disait Candide; c'est dans celui-là sans doute que tout est bien. Car il faut avouer qu'on pourrait gémir un peu de ce qui se passe dans le nôtre en physique et en morale[2]. — Je vous aime de tout mon cœur, disait Cunégonde; mais j'ai encore l'âme tout effarouchée de ce que j'ai vu, de ce que j'ai éprouvé. — Tout ira bien, répliquait Candide; la mer de ce nouveau monde vaut déjà mieux que les mers de notre Europe; elle est plus calme, les vents plus constants. C'est certainement le nouveau monde qui est le meilleur des univers possibles. — Dieu le veuille! disait Cunégonde; mais j'ai été si horriblement malheureuse dans le mien que mon cœur est presque fermé à l'espérance. — Vous vous plaignez, leur dit la vieille; hélas! vous n'avez pas éprouvé des infortunes telles que les miennes. » Cunégonde se mit presque à rire, et

trouva cette bonne femme fort plaisante de pré-
tendre être plus malheureuse qu'elle. « Hélas!
lui dit-elle, ma bonne, à moins que vous n'ayez été
violée par deux Bulgares, que vous n'ayez reçu deux
coups de couteau dans le ventre, qu'on n'ait démoli
deux de vos châteaux, qu'on n'ait égorgé à vos yeux
deux mères et deux pères, et que vous n'ayez vu
deux de vos amants fouettés dans un auto-da-fé, je
ne vois pas que vous puissiez l'emporter sur moi;
ajoutez que je suis née baronne avec soixante et douze
quartiers, et que j'ai été cuisinière. — Mademoiselle,
répondit la vieille, vous ne savez pas quelle est ma
naissance; et, si je vous montrais mon derrière, vous
ne parleriez pas comme vous faites, et vous suspen-
driez votre jugement. » Ce discours fit naître une
extrême curiosité dans l'esprit de Cunégonde et de
Candide. La vieille leur parla en ces termes.

CHAPITRE XI

Histoire de la vieille

« Je n'ai pas eu toujours les yeux éraillés et bordés
d'écarlate; mon nez n'a pas toujours touché à mon
menton et je n'ai pas toujours été servante. Je suis la
fille du pape Urbain X, et de la princesse de Palestrine[1].
On m'éleva jusqu'à quatorze ans dans un palais
auquel tous les châteaux de vos barons allemands
n'auraient pas servi d'écurie; et une de mes robes
valait mieux que toutes les magnificences de la West-

1. Voyez l'extrême discrétion de l'auteur; il n'y eut jusqu'à pré-
sent aucun pape nommé Urbain X; il craint de donner une
bâtarde à un pape connu. Quelle circonspection! quelle délica-
tesse de conscience!

phalie. Je croissais en beauté, en grâces, en talents,
au milieu des plaisirs, des respects et des espérances.
J'inspirai déjà de l'amour, ma gorge se formait; et
quelle gorge! blanche, ferme, taillée comme celle de
la Vénus de Médicis; et quels yeux! quelles paupières!
quels sourcils noirs! quelles flammes brûlaient dans
mes deux prunelles, et effaçaient la scintillation des
étoiles, comme me disaient les poètes du quartier.
Les femmes qui m'habillaient et qui me déshabil-
laient tombaient en extase en me regardant par-devant
et par-derrière, et tous les hommes auraient voulu
être à leur place.

« Je fus fiancée à un prince souverain de Massa-
Carrara [1]. Quel prince! aussi beau que moi, pétri de
douceur et d'agréments, brillant d'esprit et brûlant
d'amour. Je l'aimais comme on aime pour la pre-
mière fois, avec idolâtrie, avec emportement. Les
noces furent préparées. C'était une pompe, une
magnificence inouïe; c'étaient des fêtes, des carrousels,
des opera-buffa continuels; et toute l'Italie fit pour
moi des sonnets dont il n'y eut pas un seul de pas-
sable. Je touchais au moment de mon bonheur,
quand une vieille marquise qui avait été maîtresse de
mon prince l'invita à prendre du chocolat chez elle.
Il mourut en moins de deux heures avec des convul-
sions épouvantables. Mais ce n'est qu'une bagatelle.
Ma mère, au désespoir, et bien moins affligée que
moi, voulut s'arracher pour quelque temps à un séjour
si funeste. Elle avait une très belle terre auprès de
Gaète. Nous nous embarquâmes sur une galère du
pays, dorée comme l'autel de Saint-Pierre de Rome.
Voilà qu'un corsaire de Salé fond sur nous et nous
aborde. Nos soldats se défendirent comme des soldats
du pape : ils se mirent tous à genoux en jetant leurs
armes, et en demandant au corsaire une absolution
in articulo mortis.

« Aussitôt on les dépouilla nus comme des singes, et ma mère aussi, nos filles d'honneur aussi, et moi aussi. C'est une chose admirable que la diligence avec laquelle ces messieurs déshabillent le monde. Mais ce qui me surprit davantage, c'est qu'ils nous mirent à tous le doigt dans un endroit où nous autres femmes nous ne nous laissons mettre d'ordinaire que des canules. Cette cérémonie me paraissait bien étrange : voilà comme on juge de tout quand on n'est pas sorti de son pays. J'appris bientôt que c'était pour voir si nous n'avions pas caché là quelques diamants : c'est un usage établi de temps immémorial parmi les nations policées qui courent sur mer. J'ai su que messieurs les religieux chevaliers de Malte n'y manquent jamais quand ils prennent des Turcs et des Turques; c'est une loi du droit des gens à laquelle on n'a jamais dérogé.

« Je ne vous dirai point combien il est dur pour une jeune princesse d'être menée esclave à Maroc avec sa mère. Vous concevez assez tout ce que nous eûmes à souffrir dans le vaisseau corsaire. Ma mère était encore très belle; nos filles d'honneur, nos simples femmes de chambre, avaient plus de charmes qu'on n'en peut trouver dans toute l'Afrique. Pour moi, j'étais ravissante, j'étais la beauté, la grâce même et j'étais pucelle; je ne le fus pas longtemps : cette fleur qui avait été réservée pour le beau prince de Massa-Carrara me fut ravie par le capitaine corsaire; c'était un nègre abominable, qui croyait encore me faire beaucoup d'honneur. Certes il fallait que Mme la princesse de Palestrine et moi fussions bien fortes pour résister à tout ce que nous éprouvâmes jusqu'à notre arrivée à Maroc. Mais passons! ce sont des choses si communes qu'elles ne valent pas la peine qu'on en parle.

« Maroc nageait dans le sang quand nous arri-

vâmes. Cinquante fils de l'empereur Muley-Ismaël avaient chacun leur parti : ce qui produisait en effet cinquante guerres civiles, de noirs contre noirs, de noirs contre basanés, de basanés contre basanés, de mulâtres contre mulâtres. C'était un carnage continuel dans toute l'étendue de l'empire.

« A peine fûmes-nous débarqués que des noirs d'une faction ennemie de celle de mon corsaire se présentèrent pour lui enlever son butin. Nous étions, après les diamants et l'or, ce qu'il avait de plus précieux. Je fus témoin d'un combat tel que vous n'en voyez jamais dans vos climats d'Europe. Les peuples septentrionaux n'ont pas le sang assez ardent. Ils n'ont pas la rage des femmes au point où elle est commune en Afrique. Il semble que vos Européens aient du lait dans les veines; c'est du vitriol, c'est du feu qui coule dans celles des habitants du mont Atlas et des pays voisins. On combattit avec la fureur des lions, des tigres et des serpents de la contrée, pour savoir à qui nous aurait. Un Maure saisit ma mère par le bras droit, le lieutenant de mon capitaine la retint par le bras gauche; un soldat maure la prit par une jambe, un de nos pirates la tenait par l'autre. Nos filles se trouvèrent presque toutes en ce moment tirées ainsi à quatre soldats. Mon capitaine me tenait cachée derrière lui. Il avait le cimeterre au poing, et tuait tout ce qui s'opposait à sa rage. Enfin, je vis toutes nos Italiennes et ma mère déchirées, coupées, massacrées par les monstres qui se les disputaient. Les captifs mes compagnons, ceux qui les avaient pris, soldats, matelots, noirs, basanés, blancs, mulâtres, et enfin mon capitaine, tout fut tué, et je demeurai mourante sur un tas de morts. Des scènes pareilles se passaient comme on sait, dans l'étendue de plus de trois cents lieues, sans qu'on manquât aux cinq prières par jour ordonnées par Mahomet.

« Je me débarrassai avec beaucoup de peine de la foule de tant de cadavres sanglants entassés, et je me traînai sous un grand oranger au bord d'un ruisseau voisin; j'y tombai d'effroi, de lassitude, d'horreur, de désespoir et de faim. Bientôt après, mes sens accablés se livrèrent à un sommeil qui tenait plus de l'évanouissement que du repos. J'étais dans cet état de faiblesse et d'insensibilité, entre la mort et la vie, quand je me sentis pressée de quelque chose qui s'agitait sur mon corps. J'ouvris les yeux, je vis un homme blanc et de bonne mine qui soupirait, et qui disait entre ses dents : *O che sciagura d'essere senza c........!*

CHAPITRE XII

Suite des malheurs de la vieille

« ÉTONNÉE et ravie d'entendre la langue de ma patrie, et non moins surprise des paroles que proférait cet homme, je lui répondis qu'il y avait de plus grands malheurs que celui dont il se plaignait. Je l'instruisis en peu de mots des horreurs que j'avais essuyées, et je retombai en faiblesse. Il m'emporta dans une maison voisine, me fit mettre au lit, me fit donner à manger, me servit, me consola, me flatta, me dit qu'il n'avait rien vu de si beau que moi, et que jamais il n'avait tant regretté ce que personne ne pouvait lui rendre. « Je « suis né à Naples, me dit-il; on y chaponne deux ou « trois mille enfants tous les ans; les uns en meurent, « les autres acquièrent une voix plus belle que celle « des femmes, les autres vont gouverner des États. On « me fit cette opération avec un très grand succès, et « j'ai été musicien de la chapelle de Mme la princesse « de Palestrine. — De ma mère! m'écriai-je. — De votre

« mère! s'écria-t-il en pleurant. Quoi! vous seriez cette
« jeune princesse que j'ai élevée jusqu'à l'âge de six
« ans, et qui promettait déjà d'être aussi belle que
« vous êtes? — C'est moi-même; ma mère est à quatre
« cents pas d'ici, coupée en quartiers sous un tas de
« morts... »

« Je lui contai tout ce qui m'était arrivé; il me conta
aussi ses aventures, et m'apprit comment il avait été
envoyé chez le roi de Maroc par une puissance chré-
tienne, pour conclure avec ce monarque un traité, par
lequel on lui fournirait de la poudre, des canons et
des vaisseaux, pour l'aider à exterminer le commerce
des autres chrétiens. « Ma mission est faite, dit cet
« honnête eunuque; je vais m'embarquer à Ceuta, et je
« vous ramènerai en Italie. *Ma che sciagura d'essere*
« *senza c.......!* »

« Je le remerciai avec des larmes d'attendrissement;
et, au lieu de me mener en Italie, il me conduisit à
Alger, et me vendit au dey de cette province. A peine
fus-je vendue que cette peste¹ qui a fait le tour de
l'Afrique, de l'Asie et de l'Europe, se déclara dans
Alger avec fureur. Vous avez vu des tremblements de
terre; mais, Mademoiselle, avez-vous jamais eu la
peste? — Jamais, répondit la baronne.

— Si vous l'aviez eue, reprit la vieille, vous avoueriez
qu'elle est bien au-dessus d'un tremblement de terre.
Elle est fort commune en Afrique; j'en fus attaquée.
Figurez-vous quelle situation pour la fille d'un pape,
âgée de quinze ans, qui en trois mois de temps avait
éprouvé la pauvreté, l'esclavage, avait été violée
presque tous les jours, avait vu couper sa mère en
quatre, avait essuyé la faim et la guerre, et mourait
pestiférée dans Alger. Je n'en mourus pourtant pas.
Mais mon eunuque et le dey, et presque tout le sérail
d'Alger, périrent.

« Quand les premiers ravages de cette épouvantable

peste furent passés, on vendit les esclaves du dey. Un marchand m'acheta et me mena à Tunis; il me vendit à un autre marchand, qui me revendit à Tripoli; de Tripoli je fus revendue à Alexandrie, d'Alexandrie revendue à Smyrne, de Smyrne à Constantinople. J'appartins enfin à un aga des janissaires, qui fut bientôt commandé pour aller défendre Azof contre les Russes qui l'assiégeaient.

« L'aga, qui était un très galant homme, mena avec lui tout son sérail, et nous logea dans un petit fort sur les Palus-Méotides, gardé par deux eunuques noirs et vingt soldats. On tua prodigieusement de Russes, mais ils nous le rendirent bien. Azof fut mis à feu et à sang, et on ne pardonna ni au sexe ni à l'âge; il ne resta que notre petit fort; les ennemis voulurent nous prendre par famine. Les vingt janissaires avaient juré de ne se jamais rendre. Les extrémités de la faim où ils furent réduits les contraignirent à manger nos deux eunuques, de peur de violer leur serment. Au bout de quelques jours, ils résolurent de manger les femmes.

« Nous avions un iman très pieux et très compatissant, qui leur fit un beau sermon par lequel il leur persuada de ne pas nous tuer tout à fait. « Coupez, dit-il, « seulement une fesse à chacune de ces dames, vous « ferez très bonne chère; s'il faut y revenir, vous en « aurez encore autant dans quelques jours; le Ciel « vous saura gré d'une action si charitable, et vous « serez secourus. »

« Il avait beaucoup d'éloquence; il les persuada. On nous fit cette horrible opération. L'iman nous appliqua le même baume qu'on met aux enfants qu'on vient de circoncire. Nous étions toutes à la mort.

« A peine les janissaires eurent-ils fait le repas que nous leur avions fourni que les Russes arrivent sur des bateaux plats; il ne réchappa pas un janissaire. Les Russes ne firent aucune attention à l'état où nous

étions. Il y a partout des chirurgiens français : un d'eux, qui était fort adroit, prit soin de nous; il nous guérit, et je me souviendrai toute ma vie que, quand mes plaies furent bien fermées, il me fit des propositions. Au reste, il nous dit à toutes de nous consoler; il nous assura que dans plusieurs sièges pareille chose était arrivée, et que c'était la loi de la guerre.

« Dès que mes compagnes purent marcher, on les fit aller à Moscou. J'échus en partage à un boyard qui me fit sa jardinière, et qui me donnait vingt coups de fouet par jour. Mais ce seigneur ayant été roué au bout de deux ans avec une trentaine de boyards pour quelque tracasserie de cour, je profitai de cette aventure; je m'enfuis; je traversai toute la Russie; je fus longtemps servante de cabaret à Riga, puis à Rostock, à Vismar, à Leipsick, à Cassel, à Utrecht, à Leyde, à La Haye, à Rotterdam : j'ai vieilli dans la misère et dans l'opprobre, n'ayant que la moitié d'un derrière, me souvenant toujours que j'étais fille d'un pape; je voulus cent fois me tuer, mais j'aimais encore la vie. Cette faiblesse ridicule est peut-être un de nos penchants les plus funestes : car y a-t-il rien de plus sot que de vouloir porter continuellement un fardeau qu'on peut toujours jeter par terre? d'avoir son être en horreur, et de tenir à son être? enfin de caresser le serpent qui nous dévore, jusqu'à ce qu'il nous ait mangé le cœur?

« J'ai vu dans les pays que le sort m'a fait parcourir, et dans les cabarets où j'ai servi, un nombre prodigieux de personnes qui avaient leur existence en exécration; mais je n'en ai vu que douze qui aient mis volontairement fin à leur misère : trois nègres, quatre Anglais, quatre Genevois et un professeur allemand nommé Robeck[1]. J'ai fini par être servante chez le Juif don Issacar; il me mit auprès de vous, ma belle demoiselle; je me suis attachée à votre destinée, et

j'ai été plus occupée de vos aventures que des
miennes. Je ne vous aurais même jamais parlé de mes
malheurs, si vous ne m'aviez pas un peu piquée, et
s'il n'était d'usage dans un vaisseau de conter des
histoires pour se désennuyer. Enfin, Mademoiselle,
j'ai de l'expérience, je connais le monde; donnez-
vous un plaisir, engagez chaque passager à vous con-
ter son histoire; et s'il s'en trouve un seul qui n'ait
souvent maudit sa vie, qui ne se soit souvent dit à
lui-même qu'il était le plus malheureux des hommes,
jetez-moi dans la mer la tête la première. »

CHAPITRE XIII

Comment Candide fut obligé de se séparer
de la belle Cunégonde et de la vieille

La belle Cunégonde, ayant entendu l'histoire de la
vieille, lui fit toutes les politesses qu'on devait à une
personne de son rang et de son mérite. Elle accepta
la proposition; elle engagea tous les passagers l'un
après l'autre à lui conter leurs aventures. Candide et
elle avouèrent que la vieille avait raison. « C'est bien
dommage, disait Candide, que le sage Pangloss ait été
pendu contre la coutume dans un auto-da-fé; il nous
dirait des choses admirables sur le mal physique et
sur le mal moral qui couvrent la terre et la mer, et je
me sentirais assez de force pour oser lui faire respec-
tueusement quelques objections. »

A mesure que chacun racontait son histoire, le vais-
seau avançait. On aborda dans Buenos Aires. Cuné-
gonde, le capitaine Candide et la vieille allèrent chez
le gouverneur Don Fernando d'Ibaraa[1], y Figueora,
y Mascarenes, y Lampourdos, y Souza. Ce seigneur

avait une fierté convenable à un homme qui portait
tant de noms. Il parlait aux hommes avec le dédain
le plus noble, portant le nez si haut, élevant si impi-
toyablement la voix, prenant un ton si imposant,
affectant une démarche si altière, que tous ceux qui le
saluaient étaient tentés de le battre. Il aimait les
femmes à la fureur. Cunégonde lui parut ce qu'il
avait jamais vu de plus beau. La première chose qu'il
fit fut de demander si elle n'était point la femme du
capitaine. L'air dont il fit cette question alarma Can-
dide : il n'osa pas dire qu'elle était sa femme, parce
qu'en effet elle ne l'était point; il n'osait pas dire que
c'était sa sœur, parce qu'elle ne l'était pas non plus;
et quoique ce mensonge officieux eût été autrefois très
à la mode chez les anciens, et qu'il pût être utile aux
modernes, son âme était trop pure pour trahir la
vérité. « Mlle Cunégonde, dit-il, doit me faire l'hon-
neur de m'épouser, et nous supplions Votre Excel-
lence de daigner faire notre noce. »

Don Fernando d'Ibaraa, y Figueora, y Mascarenes,
y Lampourdos, y Souza, relevant sa moustache, sourit
amèrement, et ordonna au capitaine Candide d'aller
faire la revue de sa compagnie. Candide obéit; le
gouverneur demeura avec Mlle Cunégonde. Il lui dé-
clara sa passion, lui protesta que le lendemain il
l'épouserait à la face de l'Église, ou autrement, ainsi
qu'il plairait à ses charmes. Cunégonde lui demanda
un quart d'heure pour se recueillir, pour consulter la
vieille et pour se déterminer.

La vieille dit à Cunégonde : « Mademoiselle, vous
avez soixante et douze quartiers, et pas une obole;
il ne tient qu'à vous d'être la femme du plus grand
seigneur de l'Amérique méridionale, qui a une très
belle moustache; est-ce à vous de vous piquer d'une
fidélité à toute épreuve? Vous avez été violée par les
Bulgares; un Juif et un inquisiteur ont eu vos bonnes

grâces : les malheurs donnent des droits. J'avoue que, si j'étais à votre place, je ne ferais aucun scrupule d'épouser M. le gouverneur et de faire la fortune de M. le capitaine Candide. » Tandis que la vieille parlait avec toute la prudence que l'âge et l'expérience donnent, on vit entrer dans le port un petit vaisseau; il portait un alcade et des alguazils, et voici ce qui était arrivé.

La vieille avait très bien deviné que ce fut un corde-lier à la grande manche¹ qui vola l'argent et les bijoux de Cunégonde dans la ville de Badajoz, lors-qu'elle fuyait en hâte avec Candide. Ce moine voulut vendre quelques-unes des pierreries à un joaillier. Le marchand les reconnut pour celles du grand inquisi-teur. Le cordelier, avant d'être pendu, avoua qu'il les avait volées; il indiqua les personnes et la route qu'elles prenaient. La fuite de Cunégonde et de Can-dide était déjà connue. On les suivit à Cadix; on envoya sans perdre de temps un vaisseau à leur pour suite. Le vaisseau était déjà dans le port de Buenos Aires. Le bruit se répandit qu'un alcade allait débar-quer, et qu'on poursuivait les meurtriers de monsei-gneur le grand inquisiteur. La prudente vieille vit dans l'instant tout ce qui était à faire. « Vous ne pou-vez fuir, dit-elle à Cunégonde, et vous n'avez rien à craindre; ce n'est pas vous qui avez tué monseigneur; et d'ailleurs le gouverneur, qui vous aime, ne souffrira pas qu'on vous maltraite; demeurez. » Elle court sur-le-champ à Candide : « Fuyez, dit-elle, ou dans une heure vous allez être brûlé. » Il n'y a pas un mo-ment à perdre; mais comment se séparer de Cuné-gonde, et où se réfugier?

CHAPITRE XIV

*Comment Candide et Cacambo furent reçus
chez les jésuites du Paraguay*

CANDIDE avait amené de Cadix un valet tel qu'on en
trouve beaucoup sur les côtes d'Espagne et dans les
colonies. C'était un quart d'Espagnol, né d'un métis
dans le Tucuman; il avait été enfant de chœur, sacris-
tain, matelot, moine, facteur, soldat, laquais. Il
s'appelait Cacambo, et aimait fort son maître, parce
que son maître était un fort bon homme. Il sella au
plus vite les deux chevaux andalous. « Allons, mon
maître, suivons le conseil de la vieille; partons, et
courons sans regarder derrière nous. » Candide versa
des larmes : « O ma chère Cunégonde! faut-il vous
abandonner dans le temps que M. le gouverneur va
faire vos noces! Cunégonde amenée de si loin, que
deviendrez-vous? — Elle deviendra ce qu'elle pourra,
dit Cacambo; les femmes ne sont jamais embarrassées
d'elles; Dieu y pourvoit; courons. — Où me mènes-tu?
où allons-nous? que ferons-nous sans Cunégonde?
disait Candide. — Par saint Jacques de Compostelle,
dit Cacambo, vous alliez faire la guerre aux jésuites;
allons la faire pour eux : je sais assez les chemins, je
vous mènerai dans leur royaume, ils seront charmés
d'avoir un capitaine qui fasse l'exercice à la bulgare;
vous ferez une fortune prodigieuse; quand on n'a pas
son compte dans un monde, on le trouve dans un
autre. C'est un très grand plaisir de voir et de faire
des choses nouvelles.

— Tu as donc été déjà dans le Paraguay? dit Can-
dide.

— Eh vraiment, oui! dit Cacambo; j'ai été cuistre
dans le collège de l'Assomption, et je connais le gou-

vernement de Los Padres comme je connais les rues
de Cadix. C'est une chose admirable que ce gouver-
nement. Le royaume a déjà plus de trois cents lieues
de diamètre; il est divisé en trente provinces. Los
Padres y ont tout, et les peuples rien. C'est le chef-
d'œuvre de la raison et de la justice. Pour moi, je ne
vois rien de si divin que Los Padres, qui font ici la
guerre au roi d'Espagne et au roi de Portugal, et qui
en Europe confessent ces rois; qui tuent ici des Espa-
gnols, et qui à Madrid les envoient au ciel : cela me
ravit; avançons; vous allez être le plus heureux de
tous les hommes. Quel plaisir auront Los Padres
quand ils sauront qu'il leur vient un capitaine qui
sait l'exercice bulgare! »

Dès qu'ils furent arrivés à la première barrière,
Cacambo dit à la garde avancée qu'un capitaine
demandait à parler à monseigneur le commandant.
On alla avertir la grande garde. Un officier paraguain
courut aux pieds du commandant lui donner part
de la nouvelle. Candide et Cacambo furent d'abord
désarmés; on se saisit de leurs deux chevaux anda-
lous. Les deux étrangers sont introduits au milieu de
deux files de soldats; le commandant était au bout,
le bonnet à trois cornes en tête, la robe retroussée,
l'épée au côté, l'esponton à la main. Il fit un signe;
aussitôt vingt-quatre soldats entourent les deux nou-
veaux venus. Un sergent leur dit qu'il faut attendre,
que le commandant ne peut leur parler, que le révé-
rend père provincial ne permet pas qu'aucun Espa-
gnol ouvre la bouche qu'en sa présence, et demeure
plus de trois heures dans le pays. « Et où est le révé-
rend père provincial? dit Cacambo. — Il est à la
parade après avoir dit sa messe, répondit le sergent;
et vous ne pourrez baiser ses éperons que dans trois
heures. — Mais, dit Cacambo, M. le capitaine, qui
meurt de faim comme moi, n'est point Espagnol, il

est Allemand; ne pourrions-nous point déjeuner en attendant Sa Révérence? »

Le sergent alla sur-le-champ rendre compte de ce discours au commandant. « Dieu soit béni! dit ce seigneur; puisqu'il est Allemand, je peux lui parler; qu'on le mène dans ma feuillée. » Aussitôt on conduit Candide dans un cabinet de verdure orné d'une très jolie colonnade de marbre vert et or, et de treillages qui renfermaient des perroquets, des colibris, des oiseaux-mouches, des pintades, et tous les oiseaux les plus rares. Un excellent déjeuner était préparé dans des vases d'or; et tandis que les Paraguains mangèrent du maïs dans des écuelles de bois, en plein champ, à l'ardeur du soleil, le révérend père commandant entra dans la feuillée.

C'était un très beau jeune homme, le visage plein, assez blanc, haut en couleur, le sourcil relevé, l'œil vif, l'oreille rouge, les lèvres vermeilles, l'air fier, mais d'une fierté qui n'était ni celle d'un Espagnol, ni celle d'un jésuite. On rendit à Candide et à Cacambo leurs armes, qu'on leur avait saisies, ainsi que les deux chevaux andalous; Cacambo leur fit manger l'avoine auprès de la feuillée, ayant toujours l'œil sur eux, crainte de surprise.

Candide baisa d'abord le bas de la robe du commandant, ensuite ils se mirent à table. « Vous êtes donc Allemand? lui dit le jésuite en cette langue. — Oui, mon révérend père », dit Candide. L'un et l'autre, en prononçant ces paroles, se regardaient avec une extrême surprise et une émotion dont ils n'étaient pas les maîtres. « Et de quel pays d'Allemagne êtes-vous? dit le jésuite. — De la sale province de Westphalie, dit Candide : je suis né dans le château de Thunder-ten-tronckh. — O Ciel! est-il possible? s'écria le commandant. — Quel miracle! s'écria Candide. — Serait-ce vous? dit le commandant. — Cela

n'ést pas possible », dit Candide. Ils se laissent tomber tous deux à la renverse, ils s'embrassent, ils versent des ruisseaux de larmes. « Quoi! serait-ce vous, mon révérend père? vous, le frère de la belle Cunégonde! vous, qui fûtes tué par les Bulgares! vous, le fils de M. le baron! vous, jésuite au Paraguay! Il faut avouer que ce monde est une étrange chose. O Pangloss! Pangloss! que vous seriez aise si vous n'aviez pas été pendu! »

Le commandant fit retirer les esclaves nègres et les Paraguains qui servaient à boire dans des gobelets de cristal de roche. Il remercia Dieu et saint Ignace mille fois; il serrait Candide entre ses bras; leurs visages étaient baignés de pleurs. « Vous seriez bien plus étonné, plus attendri, plus hors de vous-même, dit Candide, si je vous disais que Mlle Cunégonde votre sœur, que vous avez crue éventrée, est pleine de santé. — Où? — Dans votre voisinage, chez M. le gouverneur de Buenos Aires; et je venais pour vous faire la guerre. » Chaque mot qu'ils prononcèrent dans cette longue conversation accumulait prodige sur prodige. Leur âme tout entière volait sur leur langue, était attentive dans leurs oreilles et étincelante dans leurs yeux. Comme ils étaient Allemands, ils tinrent table longtemps, en attendant le révérend père provincial; et le commandant parla ainsi à son cher Candide.

CHAPITRE XV

Comment Candide tua le frère de sa chère Cunégonde

« J'aurai toute ma vie présent à la mémoire le jour horrible où je vis tuer mon père et ma mère, et violer ma sœur. Quand les Bulgares furent retirés, on ne

trouva point cette sœur adorable, et on mit dans une
charrette ma mère, mon père et moi, deux servantes
et trois petits garçons égorgés, pour nous aller en-
terrer dans une chapelle de jésuites, à deux lieues du
château de mes pères. Un jésuite nous jeta de l'eau
bénite; elle était horriblement salée; il en entra
quelques gouttes dans mes yeux; le père s'aperçut que
ma paupière faisait un petit mouvement : il mit la
main sur mon cœur et le sentit palpiter; je fus
secouru, et, au bout de trois semaines, il n'y parais-
sait pas. Vous savez, mon cher Candide, que j'étais
fort joli, je le devins encore davantage; aussi le révé-
rend père Croust¹, supérieur de la maison, prit pour
moi la plus tendre amitié; il me donna l'habit de
novice; quelque temps après je fus envoyé à Rome.
Le père général avait besoin d'une recrue de jeunes
jésuites allemands. Les souverains du Paraguay
reçoivent le moins qu'ils peuvent de jésuites espa-
gnols; ils aiment mieux les étrangers, dont ils se
croient plus maîtres. Je fus jugé propre par le révé-
rend père général pour aller travailler dans cette
vigne². Nous partîmes, un Polonais, un Tyrolien et
moi. Je fus honoré, en arrivant, du sous-diaconat et
d'une lieutenance; je suis aujourd'hui colonel et
prêtre. Nous recevons vigoureusement les troupes du
roi d'Espagne; je vous réponds qu'elles seront ex-
communiées et battues. La Providence vous envoie
ici pour nous seconder. Mais est-il bien vrai que ma
chère sœur Cunégonde soit dans le voisinage, chez
le gouverneur de Buenos Aires? » Candide l'assura
par serment que rien n'était plus vrai. Leurs larmes
recommencèrent à couler.

Le baron ne pouvait se lasser d'embrasser Candide;
il l'appelait son frère, son sauveur. « Ah! peut-être,
lui dit-il, nous pourrons ensemble, mon cher Can-
dide, entrer en vainqueurs dans la ville, et reprendre

ma sœur Cunégonde. — C'est ce que je souhaite, dit
Candide; car je comptais l'épouser, et je l'espère en-
core. — Vous, insolent! répondit le baron, vous auriez
l'impudence d'épouser ma sœur qui a soixante et
douze quartiers! Je vous trouve bien effronté d'oser
me parler d'un dessein si téméraire! » Candide, pétri-
fié d'un tel discours, lui répondit : « Mon révérend
père, tous les quartiers du monde n'y font rien; j'ai
tiré votre sœur des bras d'un Juif et d'un inquisiteur;
elle m'a assez d'obligations, elle veut m'épouser.
Maître Pangloss m'a toujours dit que les hommes
sont égaux, et assurément je l'épouserai. — C'est
ce que nous verrons, coquin! » dit le jésuite baron
de Thunder-ten-tronckh, et en même temps il lui
donna un grand coup du plat de son épée sur le
visage. Candide dans l'instant tire la sienne et l'en-
fonce jusqu'à la garde dans le ventre du baron jésuite;
mais, en la retirant toute fumante, il se mit à pleu-
rer : « Hélas! mon Dieu, dit-il, j'ai tué mon ancien
maître, mon ami, mon beau-frère; je suis le meilleur
homme du monde, et voilà déjà trois hommes que je
tue, et dans ces trois il y a deux prêtres. »

Cacambo, qui faisait sentinelle à la porte de la
feuillée, accourut. « Il ne nous reste qu'à vendre cher
notre vie, lui dit son maître : on va sans doute entrer
dans la feuillée, il faut mourir les armes à la main. »
Cacambo, qui en avait vu bien d'autres, ne perdit
point la tête; il prit la robe de jésuite que portait le
baron, la mit sur le corps de Candide, lui donna le
bonnet carré du mort, et le fit monter à cheval. Tout
cela se fit en un clin d'œil. « Galopons, mon maître;
tout le monde vous prendra pour un jésuite qui va
donner des ordres; et nous aurons passé les frontières
avant qu'on puisse courir après nous. » Il volait déjà
en prononçant ces paroles, et en criant en espagnol :
« Place, place pour le révérend père colonel. »

CHAPITRE XVI

*Ce qui advint aux deux voyageurs avec deux filles,
deux singes et les sauvages nommés Oreillons*

CANDIDE et son valet furent au-delà des barrières, et
personne ne savait encore dans le camp la mort du
jésuite allemand. Le vigilant Cacambo avait eu soin
de remplir sa valise de pain, de chocolat, de jambon,
de fruits, et de quelques mesures de vin. Ils s'enfon-
cèrent avec leurs chevaux andalous dans un pays
inconnu, où ils ne découvrirent aucune route. Enfin
une belle prairie entrecoupée de ruisseaux se présenta
devant eux. Nos deux voyageurs font repaître leurs
montures. Cacambo propose à son maître de manger,
et lui en donne l'exemple. « Comment veux-tu, disait
Candide, que je mange du jambon, quand j'ai tué le
fils de M. le baron, et que je me vois condamné à ne
revoir la belle Cunégonde de ma vie? à quoi me ser-
vira de prolonger mes misérables jours, puisque je
dois les traîner loin d'elle, dans les remords et dans
le désespoir? et que dira le journal de Trévoux [1]?»
 En parlant ainsi, il ne laissa pas de manger. Le so-
leil se couchait. Les deux égarés entendirent quelques
petits cris qui paraissaient poussés par des femmes.
Ils ne savaient si ces cris étaient de douleur ou de
joie; mais ils se levèrent précipitamment avec cette
inquiétude et cette alarme que tout inspire dans un
pays inconnu. Ces clameurs partaient de deux filles
toutes nues qui couraient légèrement au bord de la
prairie, tandis que deux singes les suivaient en leur
mordant les fesses. Candide fut touché de pitié; il
avait appris à tirer chez les Bulgares, et il aurait
abattu une noisette dans un buisson sans toucher aux
feuilles. Il prend son fusil espagnol à deux coups,

tire, et tue les deux singes. « Dieu soit loué, mon
cher Cacambo! j'ai délivré d'un grand péril ces deux
pauvres créatures; si j'ai commis un péché en tuant
un inquisiteur et un jésuite, je l'ai bien réparé en
sauvant la vie à deux filles. Ce sont peut-être deux
demoiselles de condition, et cette aventure peut nous
procurer de très grands avantages dans le pays. »

Il allait continuer, mais sa langue devint percluse
quand il vit ces deux filles embrasser tendrement les
deux singes, fondre en larmes sur leurs corps et rem-
plir l'air des cris les plus douloureux. « Je ne m'atten-
dais pas à tant de bonté d'âme », dit-il enfin à Ca-
cambo; lequel lui répliqua : « Vous avez fait là un
beau chef-d'œuvre, mon maître; vous avez tué les
deux amants de ces demoiselles. — Leurs amants!
serait-il possible? vous vous moquez de moi, Ca-
cambo; le moyen de vous croire? — Mon cher
maître, reprit Cacambo, vous êtes toujours étonné de
tout; pourquoi trouvez-vous si étrange que dans
quelques pays il y ait des singes qui obtiennent les
bonnes grâces des dames? Ils sont des quarts
d'hommes, comme je suis un quart d'Espagnol. —
Hélas! reprit Candide, je me souviens d'avoir en-
tendu dire à maître Pangloss qu'autrefois pareils
accidents étaient arrivés, et que ces mélanges avaient
produit des égipans, des faunes, des satyres; que
plusieurs grands personnages de l'Antiquité en
avaient vu; mais je prenais cela pour des fables. —
Vous devez être convaincu à présent, dit Cacambo,
que c'est une vérité, et vous voyez comment en
usent les personnes qui n'ont pas reçu une certaine
éducation; tout ce que je crains, c'est que ces dames
ne nous fassent quelque méchante affaire. »

Ces réflexions solides engagèrent Candide à quitter
la prairie et à s'enfoncer dans un bois. Il y soupa
avec Cacambo; et tous deux, après avoir maudit

l'inquisiteur de Portugal, le gouverneur de Buenos Aires et le baron, s'endormirent sur de la mousse. A leur réveil, ils sentirent qu'ils ne pouvaient remuer; la raison en était que pendant la nuit les Oreillons, habitants du pays, à qui les deux dames les avaient dénoncés, les avaient garrottés avec des cordes d'écorce d'arbre. Ils étaient entourés d'une cinquantaine d'Oreillons tout nus, armés de flèches, de massues et de haches de caillou : les uns faisaient bouillir une grande chaudière; les autres préparaient des broches, et tous criaient : « C'est un jésuite, c'est un jésuite! nous serons vengés, et nous ferons bonne chère; mangeons du jésuite, mangeons du jésuite! »

« Je vous l'avais bien dit, mon cher maître, s'écria tristement Cacambo, que ces deux filles nous joueraient un mauvais tour. » Candide, apercevant la chaudière et les broches, s'écria : « Nous allons certainement être rôtis ou bouillis. Ah! que dirait maître Pangloss, s'il voyait comme la pure nature est faite? Tout est bien; soit, mais j'avoue qu'il est bien cruel d'avoir perdu Mlle Cunégonde et d'être mis à la broche par des Oreillons. » Cacambo ne perdait jamais la tête. « Ne désespérez de rien, dit-il au désolé Candide; j'entends un peu le jargon de ces peuples, je vais leur parler. — Ne manquez pas, dit Candide, de leur représenter quelle est l'inhumanité affreuse de faire cuire des hommes, et combien cela est peu chrétien. »

« Messieurs, dit Cacambo, vous comptez donc manger aujourd'hui un jésuite : c'est très bien fait; rien n'est plus juste que de traiter ainsi ses ennemis. En effet le droit naturel nous enseigne à tuer notre prochain, et c'est ainsi qu'on en agit dans toute la terre. Si nous n'usons pas du droit de le manger, c'est que nous avons d'ailleurs de quoi faire bonne chère; mais vous n'avez pas les mêmes ressources que nous; cer-

tainement il vaut mieux manger ses ennemis que
d'abandonner aux corbeaux et aux corneilles le fruit
de sa victoire. Mais, Messieurs, vous ne voudriez pas
manger vos amis. Vous croyez aller mettre un jésuite
en broche, et c'est votre défenseur, c'est l'ennemi de
vos ennemis que vous allez rôtir. Pour moi, je suis
né dans votre pays; monsieur que vous voyez est mon
maître, et, bien loin d'être jésuite, il vient de tuer un
jésuite, il en porte les dépouilles : voilà le sujet de
votre méprise. Pour vérifier ce que je vous dis, prenez
sa robe, portez-la à la première barrière du royaume
de Los Padres; informez-vous si mon maître n'a pas
tué un officier jésuite. Il vous faudra peu de temps;
vous pourrez toujours nous manger si vous trouvez
que je vous ai menti. Mais, si je vous ai dit la vérité,
vous connaissez trop les principes du droit public,
les mœurs et les lois, pour ne nous pas faire grâce. »

Les Oreillons trouvèrent ce discours très raison-
nable; ils députèrent deux notables pour aller en
diligence s'informer de la vérité; les deux députés
s'acquittèrent de leur commission en gens d'esprit, et
revinrent bientôt apporter de bonnes nouvelles. Les
Oreillons délièrent leurs deux prisonniers, leur firent
toutes sortes de civilités, leur offrirent des filles, leur
donnèrent des rafraîchissements, et les reconduisirent
jusqu'aux confins de leurs États, en criant avec allé-
gresse : « Il n'est point jésuite, il n'est point jésuite! »

Candide ne se lassait point d'admirer le sujet de sa
délivrance. « Quel peuple! disait-il, quels hommes!
quelles mœurs! Si je n'avais pas eu le bonheur de
donner un grand coup d'épée au travers du corps du
frère de Mlle Cunégonde, j'étais mangé sans rémis-
sion. Mais, après tout, la pure nature est bonne,
puisque ces gens-ci, au lieu de me manger, m'ont
fait mille honnêtetés dès qu'ils ont su que je n'étais
pas jésuite. »

CHAPITRE XVII

*Arrivée de Candide et de son valet
au pays d'Eldorado¹, et ce qu'ils y virent*

QUAND ils furent aux frontières des Oreillons :
« Vous voyez, dit Cacambo à Candide, que cet hémi-
sphère-ci ne vaut pas mieux que l'autre : croyez-moi,
retournons en Europe par le plus court. — Comment
y retourner? dit Candide, et où aller? Si je vais dans
mon pays, les Bulgares et les Arabes y égorgent tout;
si je retourne en Portugal, j'y suis brûlé; si nous res-
tons dans ce pays-ci, nous risquons à tout moment
d'être mis en broche. Mais comment se résoudre à
quitter la partie du monde que Mlle Cunégonde
habite?

— Tournons vers la Cayenne, dit Cacambo : nous y
trouverons des Français, qui vont par tout le monde;
ils pourront nous aider. Dieu aura peut-être pitié de
nous. »

Il n'était pas facile d'aller à la Cayenne : ils sa-
vaient bien à peu près de quel côté il fallait marcher;
mais des montagnes, des fleuves, des précipices, des
brigands, des sauvages, étaient partout de terribles
obstacles. Leurs chevaux moururent de fatigue; leurs
provisions furent consumées; ils se nourrirent un
mois entier de fruits sauvages, et se trouvèrent enfin
auprès d'une petite rivière bordée de cocotiers, qui
soutinrent leur vie et leurs espérances.

Cacambo, qui donnait toujours d'aussi bons
conseils que la vieille, dit à Candide : « Nous n'en
pouvons plus, nous avons assez marché; j'aperçois
un canot vide sur le rivage; emplissons-le de cocos,
jetons-nous dans cette petite barque, laissons-nous

aller au courant; une rivière mène toujours à quelque endroit habité. Si nous ne trouvons pas des choses agréables, nous trouverons du moins des choses nouvelles. — Allons, dit Candide, recommandons-nous à la Providence. »

Ils voguèrent quelques lieues entre des bords tantôt fleuris, tantôt arides, tantôt unis, tantôt escarpés. La rivière s'élargissait toujours; enfin elle se perdait sous une voûte de rochers épouvantables qui s'élevaient jusqu'au ciel. Les deux voyageurs eurent la hardiesse de s'abandonner aux flots sous cette voûte. Le fleuve, resserré en cet endroit, les porta avec une rapidité et un bruit horrible. Au bout de vingt-quatre heures ils revirent le jour; mais leur canot se fracassa contre les écueils; il fallut se traîner de rocher en rocher pendant une lieue entière; enfin ils découvrirent un horizon immense, bordé de montagnes inaccessibles. Le pays était cultivé pour le plaisir comme pour le besoin; partout l'utile était agréable. Les chemins étaient couverts ou plutôt ornés de voitures d'une forme et d'une matière brillante, portant des hommes et des femmes d'une beauté singulière, traînés rapidement par de gros moutons rouges qui surpassaient en vitesse les plus beaux chevaux d'Andalousie, de Tétuan et de Méquinez.

« Voilà pourtant, dit Candide, un pays qui vaut mieux que la Westphalie. » Il mit pied à terre avec Cacambo auprès du premier village qu'il rencontra. Quelques enfants du village, couverts de brocarts d'or tout déchirés, jouaient au palet à l'entrée du bourg; nos deux hommes de l'autre monde s'amusèrent à les regarder : leurs palets étaient d'assez larges pièces rondes, jaunes, rouges, vertes, qui jetaient un éclat singulier. Il prit envie aux voyageurs d'en ramasser quelques-uns; c'était de l'or, c'étaient des émeraudes, des rubis, dont le moindre aurait été le plus grand

ornement du trône du Mogol. « Sans doute, dit Ca-
cambo, ces enfants sont les fils du roi du pays qui
jouent au petit palet. » Le magister du village parut
dans ce moment pour les faire rentrer à l'école.
« Voilà, dit Candide, le précepteur de la famille
royale. »

Les petits gueux quittèrent aussitôt le jeu, en lais-
sant à terre leurs palets et tout ce qui avait servi à
leurs divertissements. Candide les ramasse, court au
précepteur, et les lui présente humblement, lui fai-
sant entendre par signes que Leurs Altesses Royales
avaient oublié leur or et leurs pierreries. Le magister
du village, en souriant, les jeta par terre, regarda un
moment la figure de Candide avec beaucoup de sur-
prise, et continua son chemin.

Les voyageurs ne manquèrent pas de ramasser l'or,
les rubis et les émeraudes. « Où sommes-nous ? s'écria
Candide ; il faut que les enfants des rois de ce pays
soient bien élevés, puisqu'on leur apprend à mépri-
ser l'or et les pierreries. » Cacambo était aussi surpris
que Candide. Ils approchèrent enfin de la première
maison du village ; elle était bâtie comme un palais
d'Europe. Une foule de monde s'empressait à la
porte, et encore plus dans le logis. Une musique très
agréable se faisait entendre, et une odeur délicieuse
de cuisine se faisait sentir. Cacambo s'approcha de la
porte, et entendit qu'on parlait péruvien ; c'était sa
langue maternelle : car tout le monde sait que Ca-
cambo était né au Tucuman, dans un village où l'on
ne connaissait que cette langue. « Je vous servirai
d'interprète, dit-il à Candide ; entrons, c'est ici un
cabaret. »

Aussitôt deux garçons et deux filles de l'hôtellerie,
vêtus de drap d'or, et les cheveux noués avec des
rubans, les invitent à se mettre à la table de l'hôte.
On servit quatre potages garnis chacun de deux per-

roquets, un contour bouilli qui pesait deux cents
livres, deux singes rôtis d'un goût excellent, trois
cents colibris dans un plat, et six cents oiseaux-
mouches dans un autre; des ragoûts exquis, des
pâtisseries délicieuses; le tout dans des plats d'une
espèce de cristal de roche. Les garçons et les filles de
l'hôtellerie versaient plusieurs liqueurs faites de canne
de sucre.

Les convives étaient pour la plupart des marchands
et des voituriers, tous d'une politesse extrême, qui
firent quelques questions à Cacambo avec la discré-
tion la plus circonspecte, et qui répondirent aux
siennes d'une manière à le satisfaire.

Quand le repas fut fini, Cacambo crut, ainsi que
Candide, bien payer son écot en jetant sur la table de
l'hôte deux de ces larges pièces d'or qu'il avait ra-
massées; l'hôte et l'hôtesse éclatèrent de rire, et se
tinrent longtemps les côtés. Enfin ils se remirent :
« Messieurs, dit l'hôte, nous voyons bien que vous
êtes des étrangers; nous ne sommes pas accoutumés
à en voir. Pardonnez-nous si nous nous sommes mis
à rire quand vous nous avez offert en paiement les
cailloux de nos grands chemins. Vous n'avez pas sans
doute de la monnaie du pays, mais il n'est pas né-
cessaire d'en avoir pour dîner ici. Toutes les hôtelle-
ries établies pour la commodité du commerce sont
payées par le gouvernement. Vous avez fait mauvaise
chère ici, parce que c'est un pauvre village; mais
partout ailleurs vous serez reçus comme vous méritez
de l'être. » Cacambo expliquait à Candide tous les
discours de l'hôte, et Candide les écoutait avec la
même admiration et le même égarement que son ami
Cacambo les rendait. « Quel est donc ce pays, di-
saient-ils l'un et l'autre, inconnu à tout le reste de la
terre, et où toute la nature est d'une espèce si diffé-
rente de la nôtre? C'est probablement le pays où tout

va bien; car il faut absolument qu'il y en ait de cette espèce. Et quoi qu'en dît maître Pangloss, je me suis souvent aperçu que tout allait mal en Westphalie. »

CHAPITRE XVIII

Ce qu'ils virent dans le pays d'Eldorado

CACAMBO témoigna à son hôte toute sa curiosité; l'hôte lui dit : « Je suis fort ignorant, et je m'en trouve bien; mais nous avons ici un vieillard retiré de la cour, qui est le plus savant homme du royaume, et le plus communicatif. » Aussitôt il mène Cacambo chez le vieillard. Candide ne jouait plus que le second personnage, et accompagnait son valet. Ils entrèrent dans une maison fort simple, car la porte n'était que d'argent, et les lambris des appartements n'étaient que d'or, mais travaillés avec tant de goût que les plus riches lambris ne l'effaçaient pas. L'antichambre n'était à la vérité incrustée que de rubis et d'émeraudes; mais l'ordre dans lequel tout était arrangé réparait bien cette extrême simplicité.

Le vieillard reçut les deux étrangers sur un sofa matelassé de plumes de colibri, et leur fit présenter des liqueurs dans des vases de diamants; après quoi il satisfit à leur curiosité en ces termes :

« Je suis âgé de cent soixante et douze ans, et j'ai appris de feu mon père, écuyer du roi, les étonnantes révolutions du Pérou dont il avait été témoin. Le royaume où nous sommes est l'ancienne patrie des Incas, qui en sortirent très imprudemment pour aller subjuguer une partie du monde, et qui furent enfin détruits par les Espagnols.

« Les princes de leur famille qui restèrent dans

leur pays natal furent plus sages; ils ordonnèrent, du consentement de la nation, qu'aucun habitant ne sortirait jamais de notre petit royaume; et c'est ce qui nous a conservé notre innocence et notre félicité. Les Espagnols ont eu une connaissance confuse de ce pays, ils l'ont appelé El Dorado, et un Anglais, nommé le chevalier Raleigh [1], en a même approché il y a environ cent années; mais, comme nous sommes entourés de rochers inabordables et de précipices, nous avons toujours été jusqu'à présent à l'abri de la rapacité des nations de l'Europe, qui ont une fureur inconcevable pour les cailloux et pour la fange de notre terre, et qui, pour en avoir, nous tueraient tous jusqu'au dernier. »

La conversation fut longue; elle roula sur la forme du gouvernement, sur les mœurs, sur les femmes, sur les spectacles publics, sur les arts. Enfin Candide, qui avait toujours du goût pour la métaphysique, fit demander par Cacambo si dans le pays il y avait une religion.

Le vieillard rougit un peu. « Comment donc, dit-il, en pouvez-vous douter? Est-ce que vous nous prenez pour des ingrats? » Cacambo demanda humblement quelle était la religion d'Eldorado. Le vieillard rougit encore. « Est-ce qu'il peut y avoir deux religions? dit-il; nous avons, je crois, la religion de tout le monde : nous adorons Dieu du soir jusqu'au matin. — N'adorez-vous qu'un seul Dieu? dit Cacambo, qui servait toujours d'interprète aux doutes de Candide. — Apparemment, dit le vieillard, qu'il n'y en a ni deux, ni trois, ni quatre. Je vous avoue que les gens de votre monde font des questions bien singulières. » Candide ne se lassait pas de faire interroger ce bon vieillard; il voulut savoir comment on priait Dieu dans l'Eldorado. « Nous ne le prions point, dit le bon et respectable sage; nous n'avons rien à lui demander; il nous a donné tout ce qu'il nous faut;

nous le remercions sans cesse. » Candide eut la curio-
sité de voir des prêtres; il fit demander où ils étaient.
Le bon vieillard sourit. « Mes amis, dit-il, nous
sommes tous prêtres; le roi et tous les chefs de fa-
mille chantent des cantiques d'actions de grâces
solennellement tous les matins; et cinq ou six mille
musiciens les accompagnent. — Quoi! vous n'avez
point de moines qui enseignent, qui disputent, qui
gouvernent, qui cabalent, et qui font brûler les gens
qui ne sont point de leur avis? — Il faudrait que nous
fussions fous, dit le vieillard; nous sommes tous ici
du même avis, et nous n'entendons pas ce que vous
voulez dire avec vos moines. » Candide à tous ces
discours demeurait en extase, et disait en lui-même :
« Ceci est bien différent de la Westphalie et du châ-
teau de monsieur le baron : si notre ami Pangloss
avait vu Eldorado, il n'aurait plus dit que le château
de Thunder-ten-tronckh était ce qu'il y avait de
mieux sur la terre; il est certain qu'il faut voyager. »

Après cette longue conversation, le bon vieillard fit
atteler un carrosse à six moutons, et donna douze de
ses domestiques aux deux voyageurs pour les conduire
à la cour : « Excusez-moi, leur dit-il, si mon âge me
prive de l'honneur de vous accompagner. Le roi vous
recevra d'une manière dont vous ne serez pas mé-
contents, et vous pardonnerez sans doute aux usages
du pays s'il y en a quelques-uns qui vous déplaisent. »

Candide et Cacambo montent en carrosse; les six
moutons volaient, et en moins de quatre heures on
arriva au palais du roi, situé à un bout de la capitale.
Le portail était de deux cent vingt pieds de haut et de
cent de large; il est impossible d'exprimer quelle
en était la matière. On voit assez quelle supériorité
prodigieuse elle devait avoir sur ces cailloux et sur
ce sable que nous nommons *or* et *pierreries*.

Vingt belles filles de la **garde** reçurent Candide et

Cacambo à la descente du carrosse, les conduisirent aux bains, les vêtirent de robes d'un tissu de duvet de colibri; après quoi les grands officiers et les grandes officières de la couronne les menèrent à l'appartement de Sa Majesté, au milieu de deux files chacune de mille musiciens, selon l'usage ordinaire. Quand ils approchèrent de la salle du trône, Cacambo demanda à un grand officier comment il fallait s'y prendre pour saluer Sa Majesté; si on se jetait à genoux ou ventre à terre; si on mettait les mains sur la tête ou sur le derrière; si on léchait la poussière de la salle; en un mot, quelle était la cérémonie. « L'usage, dit le grand officier, est d'embrasser le roi et de le baiser des deux côtés. » Candide et Cacambo sautèrent au cou de Sa Majesté, qui les reçut avec toute la grâce imaginable, et qui les pria poliment à souper.

En attendant, on leur fit voir la ville, les édifices publics élevés jusqu'aux nues, les marchés ornés de mille colonnes, les fontaines d'eau pure, les fontaines d'eau rose, celles de liqueurs de canne de sucre, qui coulaient continuellement dans de grandes places, pavées d'une espèce de pierreries qui répandaient une odeur semblable à celle du girofle et de la cannelle. Candide demanda à voir la cour de justice, le parlement; on lui dit qu'il n'y en avait point, et qu'on ne plaidait jamais. Il s'informa s'il y avait des prisons, et on lui dit que non. Ce qui le surprit davantage, et qui lui fit le plus de plaisir, ce fut le palais des sciences, dans lequel il vit une galerie de deux mille pas, toute pleine d'instruments de mathématique et de physique.

Après avoir parcouru, toute l'après-dînée, à peu près la millième partie de la ville, on les remena chez le roi. Candide se mit à table entre Sa Majesté, son valet Cacambo et plusieurs dames. Jamais on ne fit meilleure chère, et jamais on n'eut plus d'esprit à sou-

per qu'en eut Sa Majesté. Cacambo expliquait les bons
mots du roi à Candide, et, quoique traduits, ils parais-
saient toujours des bons mots. De tout ce qui étonnait
Candide, ce n'était pas ce qui l'étonna le moins.

Ils passèrent un mois dans cet hospice. Candide ne
cessait de dire à Cacambo : « Il est vrai, mon ami,
encore une fois, que le château où je suis né ne vaut
pas le pays où nous sommes; mais enfin Mlle Cuné-
gonde n'y est pas, et vous avez sans doute quelque
maîtresse en Europe. Si nous restons ici, nous n'y
serons que comme les autres; au lieu que si nous
retournons dans notre monde seulement avec douze
moutons chargés de cailloux d'Eldorado, nous serons
plus riches que tous les rois ensemble, nous n'aurons
plus d'inquisiteurs à craindre, et nous pourrons
aisément reprendre Mlle Cunégonde. »

Ce discours plut à Cacambo : on aime tant à cou-
rir, à se faire valoir chez les siens, à faire parade de
ce qu'on a vu dans ses voyages, que les deux heureux
résolurent de ne plus l'être et de demander leur
congé à Sa Majesté.

« Vous faites une sottise, leur dit le roi; je sais
bien que mon pays est peu de chose; mais, quand on
est passablement quelque part, il faut y rester; je
n'ai pas assurément le droit de retenir des étrangers;
c'est une tyrannie qui n'est ni dans nos mœurs, ni
dans nos lois : tous les hommes sont libres; partez
quand vous voudrez, mais la sortie est bien difficile.
Il est impossible de remonter la rivière rapide sur
laquelle vous êtes arrivés par miracle, et qui court
sous des voûtes de rochers. Les montagnes qui en-
tourent tout mon royaume ont dix mille pieds de
hauteur, et sont droites comme des murailles; elles
occupent chacune en largeur un espace de plus de
dix lieues; on ne peut en descendre que par des
précipices. Cependant, puisque vous voulez absolu-

ment partir, je vais donner ordre aux intendants des
machines d'en faire une qui puisse vous transporter
commodément. Quand on vous aura conduits au
revers des montagnes, personne ne pourra vous
accompagner; car mes sujets ont fait vœu de ne jamais
sortir de leur enceinte, et ils sont trop sages pour
rompre leur vœu. Demandez-moi d'ailleurs tout ce
qu'il vous plaira. — Nous ne demandons à Votre
Majesté, dit Cacambo, que quelques moutons chargés
de vivres, de cailloux, et de la boue du pays. » Le roi
rit. « Je ne conçois pas, dit-il, quel goût vos gens d'Eu-
rope ont pour notre boue jaune; mais emportez-en
tant que vous voudrez, et grand bien vous fasse. »

Il donna l'ordre sur-le-champ à ses ingénieurs de
faire une machine pour guinder ces deux hommes
extraordinaires hors du royaume. Trois mille bons
physiciens y travaillèrent; elle fut prête au bout de
quinze jours, et ne coûta pas plus de vingt millions
de livres sterling, monnaie du pays. On mit sur la ma-
chine Candide et Cacambo; il y avait deux grands mou-
tons rouges sellés et bridés pour leur servir de monture
quand ils auraient franchi les montagnes, vingt mou-
tons de bât chargés de vivres, trente qui portaient
des présents de ce que le pays a de plus curieux, et
cinquante chargés d'or, de pierreries et de diamants.
Le roi embrassa tendrement les deux vagabonds.

Ce fut un beau spectacle que leur départ, et la ma-
nière ingénieuse dont ils furent hissés, eux et leurs mou-
tons, au haut des montagnes. Les physiciens prirent
congé d'eux après les avoir mis en sûreté, et Candide
n'eut plus d'autre désir et d'autre objet que d'aller
présenter ses moutons à Mlle Cunégonde. « Nous
avons, dit-il, de quoi payer le gouverneur de Buenos
Aires, si Mlle Cunégonde peut être mise à prix. Mar-
chons vers la Cayenne, embarquons-nous, et nous ver-
rons ensuite quel royaume nous pourrons acheter. »

CHAPITRE XIX

Ce qui leur arriva à Surinam,
et comment Candide fit connaissance avec Martin

La première journée de nos deux voyageurs fut assez agréable. Ils étaient encouragés par l'idée de se voir possesseurs de plus de trésors que l'Asie, l'Europe et l'Afrique n'en pouvaient rassembler. Candide, transporté, écrivit le nom de Cunégonde sur les arbres. A la seconde journée deux de leurs moutons s'enfoncèrent dans des marais, et y furent abîmés avec leurs charges; deux autres moutons moururent de fatigue quelques jours après; sept ou huit périrent ensuite de faim dans un désert; d'autres tombèrent au bout de quelques jours dans des précipices. Enfin, après cent jours de marche, il ne leur resta que deux moutons. Candide dit à Cacambo : « Mon ami, vous voyez comme les richesses de ce monde sont périssables; il n'y a rien de solide que la vertu et le bonheur de revoir Mlle Cunégonde. — Je l'avoue, dit Cacambo; mais il nous reste encore deux moutons avec plus de trésors que n'en aura jamais le roi d'Espagne, et je vois de loin une ville que je soupçonne être Surinam, appartenant aux Hollandais. Nous sommes au bout de nos peines et au commencement de notre félicité. »

En approchant de la ville, ils rencontrèrent un nègre étendu par terre, n'ayant plus que la moitié de son habit, c'est-à-dire d'un caleçon de toile bleue; il manquait à ce pauvre homme la jambe gauche et la main droite. « Eh, mon Dieu! lui dit Candide en hollandais, que fais-tu là, mon ami, dans l'état horrible où je te vois? — J'attends mon maître, monsieur Vanderdendur[1], le fameux négociant, répondit le

nègre. — Est-ce M. Vanderdendur, dit Candide, qui t'a traité ainsi? — Oui, Monsieur, dit le nègre, c'est l'usage. On nous donne un caleçon de toile pour tout vêtement deux fois l'année. Quand nous travaillons aux sucreries, et que la meule nous attrape le doigt, on nous coupe la main; quand nous voulons nous enfuir, on nous coupe la jambe : je me suis trouvé dans les deux cas. C'est à ce prix que vous mangez du sucre en Europe. Cependant, lorsque ma mère me vendit dix écus patagons sur la côte de Guinée, elle me disait : « Mon cher enfant, bénis nos fétiches, « adore-les toujours, ils te feront vivre heureux; tu « as l'honneur d'être esclave de nos seigneurs les « blancs, et tu fais par là la fortune de ton père et « de ta mère. » Hélas! je ne sais pas si j'ai fait leur fortune, mais ils n'ont pas fait la mienne. Les chiens, les singes et les perroquets sont mille fois moins malheureux que nous. Les fétiches hollandais qui m'ont converti me disent tous les dimanches que nous sommes tous enfants d'Adam, blancs et noirs. Je ne suis pas généalogiste; mais, si ces prêcheurs disent vrai, nous sommes tous cousins issus de germains. Or vous m'avouerez qu'on ne peut pas en user avec ses parents d'une manière plus horrible.

— O Pangloss! s'écria Candide, tu n'avais pas deviné cette abomination; c'en est fait, il faudra qu'à la fin je renonce à ton optimisme. — Qu'est-ce qu'optimisme? disait Cacambo. — Hélas! dit Candide, c'est la rage de soutenir que tout est bien quand on est mal. » Et il versait des larmes en regardant son nègre, et, en pleurant, il entra dans Surinam.

La première chose dont ils s'informent, c'est s'il n'y a point au port quelque vaisseau qu'on pût envoyer à Buenos Aires. Celui à qui ils s'adressèrent était justement un patron espagnol, qui s'offrit à faire avec eux un marché honnête. Il leur donna rendez-

vous dans un cabaret. Candide et le fidèle Cacambo
allèrent l'y attendre avec leurs deux moutons.

Candide, qui avait le cœur sur les lèvres, conta à
l'Espagnol toutes ses aventures, et lui avoua qu'il
voulait enlever Mlle Cunégonde. « Je me garderai
bien de vous passer à Buenos Aires, dit le patron :
je serais pendu et vous aussi. La belle Cunégonde
est la maîtresse favorite de monseigneur. » Ce fut un
coup de foudre pour Candide; il pleura longtemps;
enfin il tira à part Cacambo : « Voici, mon cher ami,
lui dit-il, ce qu'il faut que tu fasses. Nous avons cha-
cun dans nos poches pour cinq ou six millions de
diamants; tu es plus habile que moi; va prendre
Mlle Cunégonde à Buenos Aires. Si le gouverneur fait
quelques difficultés, donne-lui un million; s'il ne se
rend pas, donne-lui en deux; tu n'as point tué d'in-
quisiteur, on ne se défiera point de toi. J'équiperai
un autre vaisseau; j'irai t'attendre à Venise; c'est un
pays libre où l'on n'a rien à craindre ni des Bulgares,
ni des Abares, ni des Juifs, ni des inquisiteurs. »
Cacambo applaudit à cette sage résolution. Il était
au désespoir de se séparer d'un bon maître, devenu
son ami intime; mais le plaisir de lui être utile
l'emporta sur la douleur de le quitter. Ils s'embras-
sèrent en versant des larmes. Candide lui recom-
manda de ne point oublier la bonne vieille. Cacambo
partit dès le jour même : c'était un très bon homme
que ce Cacambo.

Candide resta encore quelque temps à Surinam, et
attendit qu'un autre patron voulût le mener en Italie,
lui et les deux moutons qui lui restaient. Il prit des
domestiques, et acheta tout ce qui lui était nécessaire
pour un long voyage; enfin monsieur Vanderdendur,
maître d'un gros vaisseau, vint se présenter à lui.
« Combien voulez-vous, demanda-t-il à cet homme,
pour me mener en droiture à Venise, moi, mes gens,

mon bagage, et les deux moutons que voilà? » Le patron s'accorda à dix mille piastres. Candide n'hésita pas.

« Oh! oh! dit à part soi le prudent Vanderdendur, cet étranger donne dix mille piastres tout d'un coup! il faut qu'il soit bien riche. » Puis, revenant un moment après, il signifia qu'il ne pouvait partir à moins de vingt mille. « Eh bien, vous les aurez », dit Candide.

« Ouais! se dit tout bas le marchand, cet homme donne vingt mille piastres aussi aisément que dix mille. » Il revint encore, et dit qu'il ne pouvait le conduire à Venise à moins de trente mille piastres. « Vous en aurez donc trente mille », répondit Candide. « Oh! oh! se dit encore le marchand hollandais, trente mille piastres ne coûtent rien à cet homme-ci; sans doute les deux moutons portent des trésors immenses; n'insistons pas davantage : faisons-nous d'abord payer les trente mille piastres, et puis nous verrons. » Candide vendit deux petits diamants, dont le moindre valait plus que tout l'argent que demandait le patron. Il le paya d'avance. Les deux moutons furent embarqués. Candide suivait dans un petit bateau pour joindre le vaisseau à la rade; le patron prend son temps, met à la voile, démarre; le vent le favorise. Candide, éperdu et stupéfait, le perd bientôt de vue. « Hélas! cria-t-il, voilà un tour digne de l'ancien monde. » Il retourne au rivage, abîmé dans la douleur; car enfin il avait perdu de quoi faire la fortune de vingt monarques.

Il se transporte chez le juge hollandais; et, comme il était un peu troublé, il frappe rudement à la porte; il entre, expose son aventure, et crie un peu plus haut qu'il ne convenait. Le juge commença par lui faire payer dix mille piastres pour le bruit qu'il avait fait. Ensuite il l'écouta patiemment, lui promit d'examiner son affaire sitôt que le marchand serait revenu, et se fit payer

dix mille autres piastres pour les frais de l'audience.

Ce procédé acheva de désespérer Candide; il avait à la vérité essuyé des malheurs mille fois plus douloureux; mais le sang-froid du juge et celui du patron dont il était volé, alluma sa bile, et le plongea dans une noire mélancolie. La méchanceté des hommes se présentait à son esprit dans toute sa laideur; il ne se nourrissait que d'idées tristes. Enfin, un vaisseau français étant sur le point de partir pour Bordeaux, comme il n'avait plus de moutons chargés de diamants à embarquer, il loua une chambre du vaisseau à juste prix, et fit signifier dans la ville qu'il paierait le passage, la nourriture, et donnerait deux mille piastres à un honnête homme qui voudrait faire le voyage avec lui, à condition que cet homme serait le plus dégoûté de son état et le plus malheureux de la province.

Il se présenta une foule de prétendants qu'une flotte n'aurait pu contenir. Candide voulant choisir entre les plus apparents, il distingua une vingtaine de personnes qui lui paraissaient assez sociables, et qui toutes prétendaient mériter la préférence. Il les assembla dans son cabaret, et leur donna à souper, à condition que chacun ferait serment de raconter fidèlement son histoire, promettant de choisir celui qui lui paraîtrait le plus à plaindre et le plus mécontent de son état à plus juste titre, et de donner aux autres quelques gratifications.

La séance dura jusqu'à quatre heures du matin. Candide, en écoutant toutes leurs aventures, se ressouvenait de ce que lui avait dit la vieille en allant à Buenos Aires, et de la gageure qu'elle avait faite, qu'il n'y avait personne sur le vaisseau à qui il ne fût arrivé de très grands malheurs. Il songeait à Pangloss à chaque aventure qu'on lui contait. « Ce Pangloss, disait-il, serait bien embarrassé à démontrer son

système. Je voudrais qu'il fût ici. Certainement, si
tout va bien, c'est dans Eldorado, et non pas dans le
reste de la terre. » Enfin il se détermina en faveur
d'un pauvre savant qui avait travaillé dix ans pour les
libraires d'Amsterdam. Il jugea qu'il n'y avait point
de métier au monde dont on dût être plus dégoûté.

Ce savant, qui était d'ailleurs un bon homme, avait
été volé par sa femme, battu par son fils, et aban-
donné de sa fille qui s'était fait enlever par un Portu-
gais. Il venait d'être privé d'un petit emploi duquel
il subsistait; et les prédicants de Surinam le persécu-
taient parce qu'ils le prenaient pour un socinien. Il
faut avouer que les autres étaient pour le moins aussi
malheureux que lui; mais Candide espérait que le
savant le désennuierait dans le voyage. Tous ses
autres rivaux trouvèrent que Candide leur faisait une
grande injustice; mais il les apaisa en leur donnant à
chacun cent piastres.

CHAPITRE XX

Ce qui arriva sur mer à Candide et à Martin

LE vieux savant, qui s'appelait Martin, s'embarqua
donc pour Bordeaux avec Candide. L'un et l'autre
avaient beaucoup vu et beaucoup souffert; et quand
le vaisseau aurait dû faire voile de Surinam au Japon
par le cap de Bonne-Espérance, ils auraient eu de
quoi s'entretenir du mal moral et du mal physique
pendant tout le voyage.

Cependant Candide avait un grand avantage sur
Martin, c'est qu'il espérait toujours revoir Mlle Cuné-
gonde, et que Martin n'avait rien à espérer; de plus,
il avait de l'or et des diamants; et, quoiqu'il eût
perdu cent gros moutons rouges chargés des plus

grands trésors de la terre, quoiqu'il eût toujours sur le cœur la friponnerie du patron hollandais, cependant, quand il songeait à ce qui lui restait dans ses poches, et quand il parlait de Cunégonde, surtout à la fin du repas, il penchait alors pour le système de Pangloss.

« Mais vous, monsieur Martin, dit-il au savant, que pensez-vous de tout cela ? Quelle est votre idée sur le mal moral et le mal physique ? — Monsieur, répondit Martin, mes prêtres m'ont accusé d'être socinien[1]; mais la vérité du fait est que je suis manichéen. — Vous vous moquez de moi, dit Candide, il n'y a plus de machinéens dans le monde. — Il y a moi, dit Martin ; je ne sais qu'y faire, mais je ne peux penser autrement. — Il faut que vous ayez le diable au corps, dit Candide. — Il se mêle si fort des affaires de ce monde, dit Martin, qu'il pourrait bien être dans mon corps, comme partout ailleurs ; mais je vous avoue qu'en jetant la vue sur ce globe, ou plutôt sur ce globule, je pense que Dieu l'a abandonné à quelque être malfaisant ; j'en excepte toujours Eldorado. Je n'ai guère vu de ville qui ne désirât la ruine de la ville voisine, point de famille qui ne voulût exterminer quelque autre famille. Partout les faibles ont en exécration les puissants devant lesquels ils rampent, et les puissants les traitent comme des troupeaux dont on vend la laine et la chair. Un million d'assassins enrégimentés, courant d'un bout de l'Europe à l'autre, exerce le meurtre et le brigandage avec discipline pour gagner son pain, parce qu'il n'a pas de métier plus honnête ; et dans les villes qui paraissent jouir de la paix et où les arts fleurissent, les hommes sont dévorés de plus d'envie, de soins et d'inquiétudes qu'une ville assiégée n'éprouve de fléaux. Les chagrins secrets sont encore plus cruels que les misères publiques. En un mot, j'en ai tant vu, et tant éprouvé, que je suis manichéen.

— Il y a pourtant du bon, répliquait Candide. — Cela peut être, disait Martin, mais je ne le connais pas. »

Au milieu de cette dispute, on entendit un bruit de canon. Le bruit redouble de moment en moment. Chacun prend sa lunette. On aperçoit deux vaisseaux qui combattaient à la distance d'environ trois milles; le vent les amena l'un et l'autre si près du vaisseau français qu'on eut le plaisir de voir le combat tout à son aise. Enfin l'un des deux vaisseaux lâcha à l'autre une bordée si bas et si juste qu'il le coula à fond. Candide et Martin aperçurent distinctement une centaine d'hommes sur le tillac du vaisseau qui s'enfonçait; ils levaient tous les mains au ciel et jetaient des clameurs effroyables; en un moment tout fut englouti.

« Eh bien, dit Martin, voilà comme les hommes se traitent les uns les autres. — Il est vrai, dit Candide, qu'il y a quelque chose de diabolique dans cette affaire. » En parlant ainsi, il aperçut je ne sais quoi d'un rouge éclatant qui nageait auprès de son vaisseau. On détacha la chaloupe pour voir ce que ce pouvait être : c'était un de ses moutons. Candide eut plus de joie de retrouver ce mouton qu'il n'avait été affligé d'en perdre cent, tous chargés de gros diamants d'Eldorado.

Le capitaine français aperçut bientôt que le capitaine du vaisseau submergeant était espagnol, et que celui du vaisseau submergé était un pirate hollandais; c'était celui-là même qui avait volé Candide. Les richesses immenses dont ce scélérat s'était emparé furent ensevelies avec lui dans la mer, et il n'y eut qu'un mouton de sauvé. « Vous voyez, dit Candide à Martin, que le crime est puni quelquefois; ce coquin de patron hollandais a eu le sort qu'il méritait. — Oui, dit Martin; mais fallait-il que les passagers qui

étaient sur son vaisseau périssent aussi? Dieu a puni
ce fripon, le diable a noyé les autres. »

Cependant le vaisseau français et l'espagnol conti-
nuèrent leur route, et Candide continua ses conver-
sations avec Martin. Ils disputèrent quinze jours de
suite, et au bout de quinze jours ils étaient aussi
avancés que le premier. Mais enfin ils parlaient, ils se
communiquaient des idées, ils se consolaient. Can-
dide caressait son mouton. « Puisque je t'ai retrouvé,
dit-il, je pourrai bien retrouver Cunégonde. »

CHAPITRE XXI

*Candide et Martin approchent des côtes de France
et raisonnent*

On aperçut enfin les côtes de France. « Avez-vous
jamais été en France, monsieur Martin? dit Candide.
— Oui, dit Martin, j'ai parcouru plusieurs pro-
vinces. Il y en a où la moitié des habitants est folle,
quelques-unes où l'on est trop rusé, d'autres où l'on
est communément assez doux et assez bête, d'autres
où l'on fait le bel esprit; et, dans toutes, la princi-
pale occupation est l'amour, la seconde de médire,
et la troisième de dire des sottises. — Mais, mon-
sieur Martin, avez-vous vu Paris? — Oui, j'ai vu
Paris; il tient de toutes ces espèces-là; c'est un
chaos, c'est une presse dans laquelle tout le monde
cherche le plaisir, et où presque personne ne le
trouve, du moins à ce qu'il m'a paru. J'y ai séjourné
peu; j'y fus volé, en arrivant, de tout ce que j'avais,
par des filous, à la foire Saint-Germain; on me prit
moi-même pour un voleur, et je fus huit jours en
prison; après quoi je me fis correcteur d'imprimerie
pour gagner de quoi retourner à pied en Hollande.

Je connus la canaille écrivante, la canaille cabalante, et la canaille convulsionnaire. On dit qu'il y a des gens fort polis dans cette ville-là ; je le veux croire.

— Pour moi, je n'ai nulle curiosité de voir la France, dit Candide ; vous devinez aisément que, quand on a passé un mois dans Eldorado, on ne se soucie plus de rien voir sur la terre que Mlle Cunégonde ; je vais l'attendre à Venise ; nous traverserons la France pour aller en Italie ; ne m'accompagnerez-vous pas ? — Très volontiers, dit Martin ; on dit que Venise n'est bonne que pour les nobles Vénitiens, mais que cependant on y reçoit très bien les étrangers quand ils ont beaucoup d'argent ; je n'en ai point, vous en avez, je vous suivrai partout. — A propos, dit Candide, pensez-vous que la terre ait été originairement une mer, comme on l'assure dans ce gros livre¹ qui appartient au capitaine du vaisseau ? — Je n'en crois rien du tout, dit Martin, non plus que toutes les rêveries qu'on nous débite depuis quelque temps. — Mais à quelle fin ce monde a-t-il donc été formé ? dit Candide. — Pour nous faire enrager, répondit Martin. — N'êtes-vous pas bien étonné, continua Candide, de l'amour que ces deux filles du pays des Oreillons avaient pour ces deux singes, et dont je vous ai conté l'aventure ? — Point du tout, dit Martin ; je ne vois pas ce que cette passion a d'étrange ; j'ai tant vu de choses extraordinaires qu'il n'y a plus rien d'extraordinaire. — Croyez-vous, dit Candide, que les hommes se soient toujours mutuellement massacrés comme ils le font aujourd'hui ? qu'ils aient toujours été menteurs, fourbes, perfides, ingrats, brigands, faibles, volages, lâches, envieux, gourmands, ivrognes, avares, ambitieux, sanguinaires, calomniateurs, débauchés, fanatiques, hypocrites et sots ? — Croyez-vous, dit Martin, que les éperviers aient toujours mangé des pigeons quand ils en ont trouvé ?

— Oui, sans doute, dit Candide. — Eh bien, dit Martin, si les éperviers ont toujours eu le même caractère, pourquoi voulez-vous que les hommes aient changé le leur ? — Oh ! dit Candide, il y a bien de la diffé-rence, car le libre arbitre... » En raisonnant ainsi, ils arrivèrent à Bordeaux.

CHAPITRE XXII

Ce qui arriva en France à Candide et à Martin

CANDIDE ne s'arrêta dans Bordeaux qu'autant de temps qu'il en fallait pour vendre quelques cailloux du Dorado, et pour s'accommoder d'une bonne chaise à deux places ; car il ne pouvait plus se passer de son philosophe Martin. Il fut seulement très fâché de se séparer de son mouton, qu'il laissa à l'Aca-démie des sciences de Bordeaux, laquelle proposa pour le sujet du prix de cette année de trouver pour-quoi la laine de ce mouton était rouge ; et le prix fut adjugé à un savant du Nord qui démontra par A plus B, moins C, divisé par Z, que le mouton devait être rouge, et mourir de la clavelée.

Cependant tous les voyageurs que Candide ren-contra dans les cabarets de la route lui disaient : « Nous allons à Paris. » Cet empressement général lui donna enfin l'envie de voir cette capitale ; ce n'était pas beaucoup se détourner du chemin de Venise.

Il entra par le faubourg Saint-Marceau [1], et crut être dans le plus vilain village de la Westphalie.

A peine Candide fut-il dans son auberge qu'il fut attaqué d'une maladie légère causée par ses fatigues. Comme il avait au doigt un diamant énorme, et qu'on avait aperçu dans son équipage une cassette prodigieusement pesante, il eut aussitôt auprès de lui

deux médecins qu'il n'avait pas mandés, quelques amis intimes qui ne le quittèrent pas, et deux dévotes qui faisaient chauffer ses bouillons. Martin disait : « Je me souviens d'avoir été malade aussi à Paris dans mon premier voyage; j'étais fort pauvre : aussi n'eus-je ni amis, ni dévotes, ni médecins, et je guéris. »

Cependant, à force de médecines et de saignées, la maladie de Candide devint sérieuse. Un habitué du quartier vint avec douceur lui demander un billet payable au porteur pour l'autre monde; Candide n'en voulut rien faire. Les dévotes l'assurèrent que c'était une nouvelle mode; Candide répondit qu'il n'était point homme à la mode. Martin voulut jeter l'habitué par les fenêtres. Le clerc jura qu'on n'enterrerait point Candide. Martin jura qu'il enterrerait le clerc s'il continuait à les importuner. La querelle s'échauffa; Martin le prit par les épaules et le chassa rudement; ce qui causa un grand scandale, dont on fit un procès-verbal.

Candide guérit; et pendant sa convalescence il eut très bonne compagnie à souper chez lui. On jouait gros jeu. Candide était tout étonné que jamais les as ne lui vinssent; et Martin ne s'en étonnait pas.

Parmi ceux qui lui faisaient les honneurs de la ville, il y avait un petit abbé périgourdin, l'un de ces gens empressés, toujours alertes, toujours serviables, effrontés, caressants, accommodants, qui guettent les étrangers à leur passage, leur content l'histoire scandaleuse de la ville, et leur offrent des plaisirs à tout prix. Celui-ci mena d'abord Candide et Martin à la comédie. On y jouait une tragédie nouvelle. Candide se trouva placé auprès de quelques beaux esprits. Cela ne l'empêcha pas de pleurer à des scènes jouées parfaitement. Un des raisonneurs qui étaient à ses côtés lui dit dans un entracte : « Vous avez grand tort de pleurer : cette actrice est fort mauvaise; l'acteur qui

joue avec elle est plus mauvais acteur encore; la pièce
est encore plus mauvaise que les acteurs; l'auteur ne
sait pas un mot d'arabe, et cependant la scène est en
Arabie; et, de plus, c'est un homme qui ne croit pas
aux idées innées : je vous apporterai demain vingt
brochures contre lui. — Monsieur, combien avez-vous
de pièces de théâtre en France?» dit Candide à
l'abbé; lequel répondit : « Cinq ou six mille. — C'est
beaucoup, dit Candide; combien y en a-t-il de
bonnes? — Quinze ou seize, répliqua l'autre. — C'est
beaucoup » dit Martin.

Candide fut très content d'une actrice qui faisait la
reine Elisabeth dans une assez plate tragédie que l'on
joue quelquefois. « Cette actrice, dit-il à Martin, me
plaît beaucoup; elle a un faux air de Mlle Cuné-
gonde; je serais bien aise de la saluer. » L'abbé péri-
gourdin s'offrit à l'introduire chez elle. Candide, élevé
en Allemagne, demanda quelle était l'étiquette, et
comment on traitait en France les reines d'Angleterre.
« Il faut distinguer, dit l'abbé; en province, on les
mène au cabaret; à Paris, on les respecte quand elles
sont belles, et on les jette à la voirie quand elles sont
mortes. — Des reines à la voirie! dit Candide. — Oui
vraiment, dit Martin; monsieur l'abbé a raison :
j'étais à Paris quand Mlle Monime¹ passa, comme on
dit, de cette vie à l'autre; on lui refusa ce que ces
gens-ci appellent *les honneurs de la sépulture,* c'est-à-
dire de pourrir avec tous les gueux du quartier dans
un vilain cimetière; elle fut enterrée toute seule de sa
bande au coin de la rue de Bourgogne; ce qui dut lui
faire une peine extrême, car elle pensait très noble-
ment. — Cela est bien impoli, dit Candide. — Que
voulez-vous? dit Martin; ces gens-ci sont ainsi
faits. Imaginez toutes les contradictions, toutes les
incompatibilités possibles, vous les verrez dans le
gouvernement, dans les tribunaux, dans les églises,

dans les spectacles de cette drôle de nation. — Est-il vrai qu'on rit toujours à Paris? dit Candide. — Oui, dit l'abbé, mais c'est en enrageant; car on s'y plaint de tout avec de grands éclats de rire; même on y fait en riant les actions les plus détestables.

— Quel est, dit Candide, ce gros cochon qui me disait tant de mal de la pièce où j'ai tant pleuré et des acteurs qui m'ont fait tant de plaisir? — C'est un mal vivant, répondit l'abbé, qui gagne sa vie à dire du mal de toutes les pièces et de tous les livres; il hait quiconque réussit comme les eunuques haïssent les jouissants : c'est un de ces serpents de la littérature qui se nourrissent de fange et de venin; c'est un folli-culaire. — Qu'appelez-vous folliculaire? dit Candide. — C'est, dit l'abbé, un faiseur de feuilles, un Fréron [1]. »

C'est ainsi que Candide, Martin et le Périgourdin raisonnaient sur l'escalier, en voyant défiler le monde au sortir de la pièce. « Quoique je sois très empressé de revoir Mlle Cunégonde, dit Candide, je voudrais pourtant souper avec Mlle Clairon; car elle m'a paru admirable. »

L'abbé n'était pas homme à approcher de Mlle Clairon, qui ne voyait que bonne compagnie. « Elle est engagée pour ce soir, dit-il; mais j'aurai l'honneur de vous mener chez une dame de qualité, et là vous connaîtrez Paris comme si vous y aviez été quatre ans. »

Candide, qui était naturellement curieux, se laissa mener chez la dame, au fond du faubourg Saint-Honoré; on y était occupé d'un pharaon; douze tristes pontes tenaient chacun en main un petit livre de cartes, registre cornu de leurs infortunes. Un pro-fond silence régnait, la pâleur était sur le front des pontes, l'inquiétude sur celui du banquier, et la dame du logis, assise auprès de ce banquier impitoyable, remarquait avec des yeux de lynx tous les parolis,

tous les sept et le va de campagne, dont chaque
joueur cornait ses cartes; elle les faisait décorner
avec une attention sévère mais polie, et ne se fâchait
point, de peur de perdre ses pratiques : la dame se
faisait appeler la marquise de Parolignac. Sa fille
âgée de quinze ans, était au nombre des pontes et
avertissait d'un clin d'œil des friponneries de ces
pauvres gens, qui tâchaient de réparer les cruautés du
sort. L'abbé périgourdin, Candide et Martin entrè-
rent; personne ne se leva, ni les salua, ni les regarda;
tous étaient profondément occupés de leurs cartes.
« Madame la baronne de Thunder-ten-tronckh était
plus civile », dit Candide.

Cependant l'abbé s'approcha de l'oreille de la mar-
quise, qui se leva à moitié, honora Candide d'un
sourire gracieux, et Martin d'un air de tête tout à fait
noble; elle fit donner un siège et un jeu de cartes à
Candide, qui perdit cinquante mille francs en deux
tailles; après quoi on soupa très gaiement, et tout le
monde était étonné que Candide ne fût pas ému de sa
perte; les laquais disaient entre eux, dans leur lan-
gage de laquais : « Il faut que ce soit quelque milord
anglais. »

Le souper fut comme la plupart des soupers de
Paris : d'abord du silence, ensuite un bruit de paroles
qu'on ne distingue point, puis des plaisanteries dont
la plupart sont insipides, de fausses nouvelles, de
mauvais raisonnements, un peu de politique et beau-
coup de médisance : on parla même de livres nou-
veaux. « Avez-vous vu, dit l'abbé périgourdin, le
roman du sieur Gauchat, docteur en théologie? —
Oui, répondit un des convives, mais je n'ai pu l'ache-
ver. Nous avons une foule d'écrits impertinents, mais
tous ensemble n'approchent pas de l'impertinence
de Gauchat, docteur en théologie; je suis si rassasié
de cette immensité de détestables livres qui nous

inondent que je me suis mis à ponter au pharaon.
— Et les *Mélanges* de l'archidiacre T..., qu'en dites-
vous? dit l'abbé. — Ah! dit Mme de Parolignac,
l'ennuyeux mortel! comme il vous dit curieusement
tout ce que le monde sait! comme il discute pesam-
ment ce qui ne vaut pas la peine d'être remarqué
légèrement! comme il s'approprie sans esprit l'esprit
des autres! comme il gâte ce qu'il pille! comme il me
dégoûte! Mais il ne me dégoûtera plus : c'est assez
d'avoir lu quelques pages de l'archidiacre. »

Il y avait à table un homme savant et de goût qui
appuya ce que disait la marquise. On parla ensuite
de tragédie; la dame demanda pourquoi il y avait des
tragédies qu'on jouait quelquefois, et qu'on ne pou-
vait lire. L'homme de goût expliqua très bien
comment une pièce pouvait avoir quelque intérêt et
n'avoir presque aucun mérite; il prouva en peu de
mots que ce n'était pas assez d'amener une ou deux
de ces situations qu'on trouve dans tous les romans,
et qui séduisent toujours les spectateurs, mais qu'il
faut être neuf sans être bizarre, souvent sublime, et
toujours naturel; connaître le cœur humain et le faire
parler; être grand poète sans que jamais aucun per-
sonnage de la pièce paraisse poète; savoir parfaite-
ment sa langue, la parler avec pureté, avec une
harmonie continue, sans que jamais la rime coûte
rien au sens. « Quiconque, ajouta-t-il, n'observe pas
toutes ces règles peut faire une ou deux tragédies
applaudies au théâtre, mais il ne sera jamais compté
au rang des bons écrivains; il y a très peu de bonnes
tragédies; les unes sont des idylles en dialogues bien
écrits et bien rimés; les autres, des raisonnements
politiques qui endorment, ou des amplifications qui
rebutent; les autres, des rêves d'énergumène, en style
barbare, des propos interrompus, de longues apos-
trophes aux dieux, parce qu'on ne sait point parler

aux hommes, des maximes fausses, des lieux communs ampoulés. »

Candide écouta ce propos avec attention et conçut une grande idée du discoureur; et, comme la marquise avait eu soin de le placer à côté d'elle, il s'approcha de son oreille, et prit la liberté de lui demander qui était cet homme qui parlait si bien. « C'est un savant, dit la dame, qui ne ponte point, et que l'abbé m'amène quelquefois à souper; il se connaît parfaitement en tragédies et en livres, et il a fait une tragédie sifflée et un livre dont on n'a jamais vu hors de la boutique de son libraire qu'un exemplaire qu'il m'a dédié. — Le grand homme! dit Candide; c'est un autre Pangloss. »

Alors, se tournant vers lui, il lui dit : « Monsieur vous pensez sans doute que tout est au mieux dans le monde physique et dans le moral, et que rien ne pouvait être autrement? — Moi, Monsieur, lui répondit le savant, je ne pense rien de tout cela : je trouve que tout va de travers chez nous; que personne ne sait ni quel est son rang, ni quelle est sa charge, ni ce qu'il fait, ni ce qu'il doit faire, et qu'excepté le souper, qui est assez gai et où il paraît assez d'union, tout le reste du temps se passe en querelles impertinentes : jansénistes contre molinistes, gens du parlement contre gens d'église, gens de lettres contre gens de lettres, courtisans contre courtisans, financiers contre le peuple, femmes contre maris, parents contre parents; c'est une guerre éternelle. »

Candide lui répliqua : « J'ai vu pis. Mais un sage, qui depuis a eu le malheur d'être pendu, m'apprit que tout cela est à merveille; ce sont des ombres à un beau tableau. — Votre pendu se moquait du monde, dit Martin! vos ombres sont des taches horribles. — Ce sont les hommes qui font les taches, dit Candide, et ils ne peuvent pas s'en dispenser. — Ce n'est donc

pas leur faute », dit Martin. La plupart des pontes, qui n'entendaient rien à ce langage, buvaient; et Martin raisonna avec le savant, et Candide raconta une partie de ses aventures à la dame du logis.

Ayant soupé, la marquise mena Candide dans son cabinet et le fit asseoir sur un canapé. « Eh bien, lui dit-elle, vous aimez donc toujours éperdument Mlle Cunégonde de Thunder-ten-tronckh? — Oui, Madame », répondit Candide. La marquise lui répliqua avec un sourire tendre : « Vous me répondez comme un jeune homme de Westphalie; un Français m'aurait dit : « Il est vrai que j'ai aimé Mlle Cuné-« gonde; mais en vous voyant, Madame, je crains de « ne la plus aimer. » — Hélas! Madame, dit Candide, je répondrai comme vous voudrez. — Votre passion pour elle, dit la marquise, a commencé en ramassant son mouchoir; je veux que vous ramassiez ma jarretière. — De tout mon cœur », dit Candide; et il la ramassa. « Mais je veux que vous me la remettiez », dit la dame; et Candide la lui remit. « Voyez-vous, dit la dame, vous êtes étranger; je fais quelquefois languir mes amants de Paris quinze jours, mais je me rends à vous dès la première nuit, parce qu'il faut faire les honneurs de son pays à un jeune homme de Westphalie. » La belle, ayant aperçu deux énormes diamants aux deux mains de son jeune étranger, les loua de si bonne foi que des doigts de Candide ils passèrent aux doigts de la marquise.

Candide, en s'en retournant avec son abbé périgourdin, sentit quelques remords d'avoir fait une infidélité à Mlle Cunégonde; monsieur l'abbé entra dans sa peine; il n'avait qu'une légère part aux cinquante mille livres perdues au jeu par Candide, et à la valeur des deux brillants, moitié donnés, moitié extorqués. Son dessein était de profiter, autant qu'il le pourrait, des avantages que la connaissance de

Candide pouvait lui procurer. Il lui parla beaucoup de Cunégonde; et Candide lui dit qu'il demanderait bien pardon à cette belle de son infidélité, quand il la verrait à Venise.

Le Périgourdin redoublait de politesses et d'attentions, et prenait un intérêt tendre à tout ce que Candide disait, à tout ce qu'il faisait, à tout ce qu'il voulait faire.

« Vous avez donc, Monsieur, lui dit-il, un rendez-vous à Venise? — Oui, monsieur l'abbé, dit Candide; il faut absolument que j'aille trouver Mlle Cunégonde. » Alors, engagé par le plaisir de parler de ce qu'il aimait, il conta, selon son usage, une partie de ses aventures avec cette illustre Westphalienne.

« Je crois, dit l'abbé, que Mlle Cunégonde a bien de l'esprit, et qu'elle écrit des lettres charmantes? — Je n'en ai jamais reçu, dit Candide; car figurez-vous qu'ayant été chassé du château pour l'amour d'elle, je ne pus lui écrire; que bientôt après j'appris qu'elle était morte, qu'ensuite je la retrouvai, et que je la perdis, et que je lui ai envoyé à deux mille cinq cents lieues d'ici un exprès dont j'attends la réponse. »

L'abbé écoutait attentivement, et paraissait un peu rêveur. Il prit bientôt congé des deux étrangers après les avoir tendrement embrassés. Le lendemain Candide reçut à son réveil une lettre conçue en ces termes :

Monsieur, mon très cher amant, il y a huit jours que je suis malade en cette ville ; j'apprends que vous y êtes. Je volerais dans vos bras si je pouvais remuer. J'ai su votre passage à Bordeaux; j'y ai laissé le fidèle Cacambo et la vieille, qui doivent bientôt me suivre. Le gouverneur de Buenos Aires a tout pris, mais il me reste votre cœur. Venez, votre présence me rendra la vie, ou me fera mourir de plaisir.

Cette lettre charmante, cette lettre inespérée, transporta Candide d'une joie inexprimable; et la maladie

de sa chère Cunégonde l'accabla de douleur. Partagé
entre ces deux sentiments, il prend son or et ses dia-
mants, et se fait conduire avec Martin à l'hôtel où
Mlle Cunégonde demeurait. Il entre en tremblant
d'émotion, son cœur palpite, sa voix sanglote; il veut
ouvrir les rideaux du lit, il veut faire apporter de la
lumière. « Gardez-vous-en bien, lui dit la suivante, la
lumière la tue »; et soudain elle referme le rideau.
« Ma chère Cunégonde, dit Candide en pleurant,
comment vous portez-vous? si vous ne pouvez me
voir, parlez-moi du moins. — Elle ne peut parler »,
dit la suivante. La dame alors tire du lit une main
potelée que Candide arrose longtemps de ses larmes,
et qu'il remplit ensuite de diamants, en laissant un
sac plein d'or sur le fauteuil.

Au milieu de ses transports arrive un exempt suivi
de l'abbé périgourdin et d'une escouade. « Voilà
donc, dit-il, ces deux étrangers suspects? » Il les fait
incontinent saisir, et ordonne à ses braves de les
traîner en prison. « Ce n'est pas ainsi qu'on traite les
voyageurs dans le Dorado, dit Candide. — Je suis plus
manichéen que jamais, dit Martin. — Mais, Monsieur,
où nous menez-vous? dit Candide. — Dans un cul de
basse-fosse », dit l'exempt.

Martin, ayant repris son sang-froid, jugea que la
dame qui se prétendait Cunégonde était une friponne,
monsieur l'abbé périgourdin un fripon qui avait
abusé au plus vite de l'innocence de Candide, et
l'exempt un autre fripon dont on pouvait aisément se
débarrasser.

Plutôt que de s'exposer aux procédures de la jus-
tice, Candide, éclairé par son conseil, et d'ailleurs
toujours impatient de revoir la véritable Cunégonde,
propose à l'exempt trois petits diamants d'environ
trois mille pistoles chacun. « Ah! Monsieur, lui dit
l'homme au bâton d'ivoire, eussiez-vous commis tous

les crimes imaginables, vous êtes le plus honnête homme du monde; trois diamants! chacun de trois mille pistoles! Monsieur! je me ferais tuer pour vous, au lieu de vous mener dans un cachot. On arrête tous les étrangers, mais laissez-moi faire; j'ai un frère à Dieppe en Normandie, je vais vous y mener; et si vous avez quelque diamant à lui donner, il aura soin de vous comme moi-même.

— Et pourquoi arrête-t-on tous les étrangers? » dit Candide. L'abbé périgourdin prit alors la parole et dit : « C'est parce qu'un gueux du pays d'Atrébatie a entendu dire des sottises : cela seul lui a fait commettre un parricide, non pas tel que celui de 1610 au mois de mai, mais tel que celui de 1594 au mois de décembre, et tel que plusieurs autres commis dans d'autres années et dans d'autres mois par d'autres gueux qui avaient entendu dire des sottises. »

L'expert alors expliqua de quoi il s'agissait. « Ah, les monstres! s'écria Candide; quoi! de telles horreurs chez un peuple qui danse et qui chante! Ne pourrai-je sortir au plus vite de ce pays où des singes agacent des tigres? J'ai vu des ours dans mon pays; je n'ai vu des hommes que dans le Dorado. Au nom de Dieu, monsieur l'exempt, menez-moi à Venise, où je dois attendre Mlle Cunégonde. — Je ne peux vous mener qu'en Basse-Normandie », dit le barigel. Aussitôt il lui fait ôter ses fers, dit qu'il s'est mépris, renvoie ses gens et emmène à Dieppe Candide et Martin, et les laisse entre les mains de son frère. Il y avait un petit vaisseau hollandais à la rade. Le Normand, à l'aide de trois autres diamants devenu le plus serviable des hommes, embarque Candide et ses gens dans le vaisseau qui allait faire voile pour Portsmouth en Angleterre. Ce n'était pas le chemin de Venise; mais Candide croyait être délivré de l'enfer, et il comptait bien reprendre la route de Venise à la première occasion.

CHAPITRE XXIII

*Candide et Martin vont sur les côtes d'Angleterre ;
ce qu'ils y voient*

« Ah, Pangloss! Pangloss! Ah, Martin! Martin! Ah,
ma chère Cunégonde! qu'est-ce que ce monde-ci?
disait Candide sur le vaisseau hollandais. — Quelque
chose de bien fou et de bien abominable, répondait
Martin. — Vous connaissez l'Angleterre; y est-on aussi
fou qu'en France? — C'est une autre espèce de folie,
dit Martin. Vous savez que ces deux nations sont en
guerre pour quelques arpents de neige vers le Canada,
et qu'elles dépensent pour cette belle guerre beau-
coup plus que tout le Canada ne vaut. De vous dire
précisément s'il y a plus de gens à lier dans un pays
que dans un autre, c'est ce que mes faibles lumières ne
me permettent pas. Je sais seulement qu'en général les
gens que nous allons voir sont fort atrabilaires. »

En causant ainsi ils abordèrent à Portsmouth; une
multitude de peuple couvrait le rivage, et regardait
attentivement un assez gros homme qui était à genoux,
les yeux bandés, sur le tillac d'un des vaisseaux de la
flotte; quatre soldats, postés vis-à-vis de cet homme,
lui tirèrent chacun trois balles dans le crâne le plus
paisiblement du monde, et toute l'assemblée s'en
retourna extrêmement satisfaite. « Qu'est-ce donc que
tout ceci? dit Candide, et quel démon exerce partout
son empire? » Il demanda qui était ce gros homme
qu'on venait de tuer en cérémonie. « C'est un amiral,
lui répondit-on. — Et pourquoi tuer cet amiral? —
C'est, lui dit-on, parce qu'il n'a pas fait tuer assez
de monde; il a livré un combat à un amiral français,
et on a trouvé qu'il n'était pas assez près de lui. —

Mais, dit Candide, l'amiral français était aussi loin de l'amiral anglais que celui-ci l'était de l'autre! — Cela est incontestable, lui répliqua-t-on; mais dans ce pays-ci il est bon de tuer de temps en temps un amiral pour encourager les autres. »

Candide fut si étourdi et si choqué de ce qu'il voyait, et de ce qu'il entendait, qu'il ne voulut pas seulement mettre pied à terre, et qu'il fit son marché avec le patron hollandais (dût-il le voler comme celui de Surinam) pour le conduire sans délai à Venise.

Le patron fut prêt au bout de deux jours. On côtoya la France; on passa à la vue de Lisbonne, et Candide frémit. On entra dans le détroit et dans la Méditerranée; enfin on aborda à Venise. « Dieu soit loué! dit Candide en embrassant Martin; c'est ici que je reverrai la belle Cunégonde. Je compte sur Cacambo comme sur moi-même. Tout est bien, tout va bien, tout va le mieux qu'il soit possible. »

CHAPITRE XXIV

De Paquette et de frère Giroflée

Dès qu'il fut à Venise, il fit chercher Cacambo dans tous les cabarets, dans tous les cafés, chez toutes les filles de joie, et ne le trouva point. Il envoyait tous les jours à la découverte de tous les vaisseaux et de toutes les barques : nulles nouvelles de Cacambo. « Quoi! disait-il à Martin, j'ai eu le temps de passer de Surinam à Bordeaux, d'aller de Bordeaux à Paris, de Paris à Dieppe, de Dieppe à Portsmouth, de côtoyer le Portugal et l'Espagne, de traverser toute la Méditerranée, de passer quelques mois à Venise, et la belle Cunégonde n'est point venue! Je n'ai rencontré au lieu d'elle qu'une drôlesse et un abbé périgourdin!

Cunégonde est morte sans doute, je n'ai plus qu'à mourir. Ah! il valait mieux rester dans le paradis du Dorado que de revenir dans cette maudite Europe. Que vous avez raison, mon cher Martin! tout n'est qu'illusion et calamité. »

Il tomba dans une mélancolie noire, et ne prit aucune part à l'opéra *alla moda* ni aux autres divertissements du carnaval; pas une dame ne lui donna la moindre tentation. Martin lui dit : « Vous êtes bien simple, en vérité, de vous figurer qu'un valet métis, qui a cinq ou six millions dans ses poches, ira chercher votre maîtresse au bout du monde et vous l'amènera à Venise. Il la prendra pour lui s'il la trouve. S'il ne la trouve pas, il en prendra une autre : je vous conseille d'oublier votre valet Cacambo et votre maîtresse Cunégonde. » Martin n'était pas consolant. La mélancolie de Candide augmenta et Martin ne cessait de lui prouver qu'il y avait peu de vertu et peu de bonheur sur la terre, excepté peut-être dans Eldorado, où personne ne pouvait aller.

En disputant sur cette matière importante, et en attendant Cunégonde, Candide aperçut un jeune théatin [1] dans la place Saint-Marc, qui tenait sous le bras une fille. Le théatin paraissait frais, potelé, vigoureux; ses yeux étaient brillants, son air assuré, sa mine haute, sa démarche fière. La fille était très jolie et chantait; elle regardait amoureusement son théatin, et de temps en temps lui pinçait ses grosses joues. « Vous m'avouerez du moins, dit Candide à Martin, que ces gens-ci sont heureux. Je n'ai trouvé jusqu'à présent dans toute la terre habitable, excepté dans Eldorado, que des infortunés; mais, pour cette fille et ce théatin, je gage que ce sont des créatures très heureuses. — Je gage que non, dit Martin. — Il n'y a qu'à les prier à dîner, dit Candide, et vous verrez si je me trompe. »

Aussitôt il les aborde, il leur fait son compliment,

et les invite à venir à son hôtellerie manger des
macaronis, des perdrix de Lombardie, des œufs d'es-
turgeon, et à boire du vin de Montepulciano, du
lacryma-christi, du chypre et du samos. La demoiselle
rougit, le théatin accepta la partie, et la fille le suivit
en regardant Candide avec des yeux de surprise et de
confusion qui furent obscurcis de quelques larmes.
A peine fut-elle entrée dans la chambre de Candide
qu'elle lui dit : « Eh quoi! monsieur Candide ne
reconnaît plus Paquette! » A ces mots, Candide, qui
ne l'avait pas considérée jusque-là avec attention,
parce qu'il n'était occupé que de Cunégonde, lui dit :
« Hélas, ma pauvre enfant, c'est donc vous qui avez
mis le docteur Pangloss dans le bel état où je l'ai vu? —
Hélas! Monsieur, c'est moi-même, dit Paquette; je
vois que vous êtes instruit de tout. J'ai su les malheurs
épouvantables arrivés à toute la maison de madame la
baronne et à la belle Cunégonde. Je vous jure que ma
destinée n'a guère été moins triste. J'étais fort inno-
cente quand vous m'avez vue. Un cordelier qui était
mon confesseur me séduisit aisément. Les suites en
furent affreuses; je fus obligée de sortir du château
quelque temps après que monsieur le baron vous eut
renvoyé à grands coups de pied dans le derrière. Si un
fameux médecin n'avait pas pris pitié de moi, j'étais
morte. Je fus quelque temps par reconnaissance la
maîtresse de ce médecin. Sa femme, qui était jalouse à
la rage, me battait tous les jours impitoyablement;
c'était une furie. Ce médecin était le plus laid de tous
les hommes, et moi la plus malheureuse de toutes les
créatures d'être battue continuellement pour un
homme que je n'aimais pas. Vous savez, Monsieur,
combien il est dangereux pour une femme acariâtre
d'être l'épouse d'un médecin. Celui-ci, outré des pro-
cédés de sa femme, lui donna un jour, pour la guérir
d'un petit rhume, une médecine si efficace qu'elle en

mourut en deux heures de temps dans des convulsions horribles. Les parents de madame intentèrent à monsieur un procès criminel ; il prit la fuite, et moi je fus mise en prison. Mon innocence ne m'aurait pas sauvée si je n'avais été un peu jolie. Le juge m'élargit à condition qu'il succéderait au médecin. Je fus bientôt supplantée par une rivale, chassée sans récompense, et obligée de continuer ce métier abominable qui vous paraît si plaisant à vous autres hommes, et qui n'est pour nous qu'un abîme de misères. J'allai exercer la profession à Venise. Ah ! Monsieur, si vous pouviez vous imaginer ce que c'est que d'être obligée de caresser indifféremment un vieux marchand, un avocat, un moine, un gondolier, un abbé ; d'être exposée à toutes les insultes, à toutes les avanies ; d'être souvent réduite à emprunter une jupe pour aller se la faire lever par un homme dégoûtant ; d'être volée par l'un de ce qu'on a gagné avec l'autre ; d'être rançonnée par les officiers de justice, et de n'avoir en perspective qu'une vieillesse affreuse, un hôpital et un fumier, vous concluriez que je suis une des plus malheureuses créatures du monde. »

Paquette ouvrait ainsi son cœur au bon Candide, dans un cabinet, en présence de Martin, qui disait à Candide : « Vous voyez que j'ai déjà gagné la moitié de la gageure. »

Frère Giroflée était resté dans la salle à manger, et buvait un coup en attendant le dîner. « Mais, dit Candide à Paquette, vous aviez l'air si gai, si content, quand je vous ai rencontrée ; vous chantiez, vous caressiez le théatin avec une complaisance naturelle ; vous m'avez paru aussi heureuse que vous prétendez être infortunée. — Ah ! Monsieur, répondit Paquette, c'est encore là une des misères du métier. J'ai été hier volée et battue par un officier, et il faut aujourd'hui que je paraisse de bonne humeur pour plaire à un moine. »

Candide n'en voulut pas davantage; il avoua que
Martin avait raison. On se mit à table avec Paquette et
le théatin, le repas fut assez amusant, et sur la fin on se
parla avec quelque confiance. « Mon père, dit Candide
au moine, vous me paraissez jouir d'une destinée que
tout le monde doit envier; la fleur de la santé brille sur
votre visage, votre physionomie annonce le bonheur;
vous avez une très jolie fille pour votre récréation, et
vous paraissez très content de votre état de théatin.

— Ma foi, Monsieur, dit frère Giroflée, je voudrais
que tous les théatins fussent au fond de la mer. J'ai été
tenté cent fois de mettre le feu au couvent, et d'aller me
faire Turc. Mes parents me forcèrent à l'âge de quinze
ans d'endosser cette détestable robe, pour laisser plus
de fortune à un maudit frère aîné que Dieu confonde!
La jalousie, la discorde, la rage, habitent dans le cou-
vent. Il est vrai que j'ai prêché quelques mauvais ser-
mons qui m'ont valu un peu d'argent, dont le prieur
me vole la moitié : le reste me sert à entretenir des
filles; mais, quand je rentre le soir dans le monastère,
je suis prêt de me casser la tête contre les murs du
dortoir; et tous mes confrères sont dans le même cas. »

Martin se tournant vers Candide avec son sang-froid
ordinaire : « Eh bien, lui dit-il, n'ai-je pas gagné la
gageure tout entière? » Candide donna deux mille
piastres à Paquette et mille piastres à frère Giroflée.
« Je vous réponds, dit-il, qu'avec cela ils seront heu-
reux. — Je n'en crois rien du tout, dit Martin; vous les
rendrez peut-être avec ces piastres beaucoup plus
malheureux encore. — Il en sera ce qui pourra, dit
Candide; mais une chose me console, je vois qu'on
retrouve souvent les gens qu'on ne croyait jamais
retrouver; il se pourra bien faire qu'ayant rencontré
mon mouton rouge et Paquette, je rencontre aussi
Cunégonde. — Je souhaite, dit Martin, qu'elle fasse un
jour votre bonheur; mais c'est de quoi je doute fort.

— Vous êtes bien dur, dit Candide. — C'est que j'ai vécu, dit Martin.

— Mais regardez ces gondoliers, dit Candide; ne chantent-ils pas sans cesse? — Vous ne les voyez pas dans leur ménage, avec leurs femmes et leurs marmots d'enfants, dit Martin. Le doge a ses chagrins, les gondoliers ont les leurs. Il est vrai qu'à tout prendre le sort d'un gondolier est préférable à celui d'un doge; mais je crois la différence si médiocre que cela ne vaut pas la peine d'être examiné.

— On parle, dit Candide, du sénateur Pococuranté qui demeure dans ce beau palais sur la Brenta, et qui reçoit assez bien les étrangers. On prétend que c'est un homme qui n'a jamais eu de chagrin. — Je voudrais voir une espèce si rare », dit Martin. Candide aussitôt fit demander au seigneur Pococuranté la permission de venir le voir le lendemain.

CHAPITRE XXV

Visite chez le seigneur Pococuranté, noble Vénitien

CANDIDE et Martin allèrent en gondole sur la Brenta et arrivèrent au palais du noble Pococuranté. Les jardins étaient bien entendus et ornés de belles statues de marbre; le palais, d'une belle architecture. Le maître du logis, homme de soixante ans, fort riche, reçut très poliment les deux curieux, mais avec très peu d'empressement, ce qui déconcerta Candide et ne déplut point à Martin.

D'abord deux filles jolies et proprement mises servirent du chocolat qu'elles firent très bien mousser. Candide ne put s'empêcher de les louer sur leur beauté, sur leur bonne grâce et sur leur adresse. « Ce sont d'assez bonnes créatures, dit le sénateur Poco-

curanté; je les fais quelquefois coucher dans mon lit, car je suis bien las des dames de la ville, de leurs coquetteries, de leurs jalousies, de leurs querelles, de leurs humeurs, de leurs petitesses, de leur orgueil, de leur sottises, et des sonnets qu'il faut faire ou commander pour elles; mais, après tout, ces deux filles commencent fort à m'ennuyer. »

Candide, après le déjeuner, se promenant dans une longue galerie, fut surpris de la beauté des tableaux. Il demanda de quel maître étaient les deux premiers. « Ils sont de Raphaël, dit le sénateur; je les achetai fort cher par vanité il y a quelques années; on dit que c'est ce qu'il y a de plus beau en Italie, mais ils ne me plaisent point du tout : la couleur en est très rembrunie; les figures ne sont pas assez arrondies et ne sortent point assez; les draperies ne ressemblent en rien à une étoffe; en un mot, quoi qu'on en dise, je ne trouve point là une imitation vraie de la nature elle-même. Je n'aimerai un tableau que quand je croirai voir la nature elle-même : il n'y en a point de cette espèce. J'ai beaucoup de tableaux, mais je ne les regarde plus. »

Pococuranté, en attendant le dîner, se fit donner un concerto. Candide trouva la musique délicieuse. « Ce bruit, dit Pococuranté, peut amuser une demi-heure; mais, s'il dure plus longtemps, il fatigue tout le monde, quoique personne n'ose l'avouer. La musique aujourd'hui n'est plus que l'art d'exécuter des choses difficiles [1], et ce qui n'est que difficile ne plaît point à la longue.

« J'aimerais peut-être mieux l'opéra, si on n'avait pas trouvé le secret d'en faire un monstre qui me révolte. Ira voir qui voudra de mauvaises tragédies en musique, où les scènes ne sont faites que pour amener, très mal à propos, deux ou trois chansons ridicules qui font valoir le gosier d'une actrice; se pâmera de plaisir qui voudra, ou qui pourra, en voyant un

châtré fredonner le rôle de César et de Caton et se promener d'un air gauche sur des planches; pour moi, il y a longtemps que j'ai renoncé à ces pauvretés, qui font aujourd'hui la gloire de l'Italie, et que des souverains paient si chèrement. » Candide disputa un peu, mais avec discrétion. Martin fut entièrement de l'avis du sénateur.

On se mit à table, et, après un excellent dîner, on entra dans la bibliothèque. Candide, en voyant un Homère magnifiquement relié, loua l'illustrissime sur son bon goût. « Voilà, dit-il, un livre qui faisait les délices du grand Pangloss, le meilleur philosophe de l'Allemagne. — Il ne fait pas les miennes, dit froidement Pococuranté; on me fit accroire autrefois que j'avais du plaisir en le lisant; mais cette répétition continuelle de combats qui se ressemblent tous, ces dieux qui agissent toujours pour ne rien faire de décisif, cette Hélène qui est le sujet de la guerre, et qui à peine est une actrice de la pièce, cette Troie qu'on assiège et qu'on ne prend point, tout cela me causait le plus mortel ennui. J'ai demandé quelquefois à des savants s'ils s'ennuyaient autant que moi à cette lecture. Tous les gens sincères m'ont avoué que le livre leur tombait des mains, mais qu'il fallait toujours l'avoir dans sa bibliothèque, comme un monument de l'antiquité, et comme ces médailles rouillées qui ne peuvent être de commerce.

— Votre Excellence ne pense pas ainsi de Virgile? dit Candide. — Je conviens, dit Pococuranté, que le second, le quatrième et le sixième livre de son *Énéide* sont excellents; mais pour son pieux Enée, et le fort Cloanthe, et l'ami Achates, et le petit Ascanius, et l'imbécile roi Latinus, et la bourgeoise Amata, et l'insipide Lavinia, je ne crois pas qu'il y ait rien de si froid et de plus désagréable. J'aime mieux le Tasse et les contes à dormir debout de l'Arioste.

— Oserais-je vous demander, Monsieur, dit Candide, si vous n'avez pas un grand plaisir à lire Horace? — Il y a des maximes, dit Pococuranté, dont un homme du monde peut faire son profit, et qui, étant resserrées dans des vers énergiques, se gravent plus aisément dans la mémoire. Mais je me soucie fort peu de son voyage à Brindes, et de sa description d'un mauvais dîner, et de la querelle des crocheteurs entre je ne sais quel Pupilus, dont les paroles, dit-il, *étaient pleines de pus,* et un autre dont les paroles *étaient du vinaigre.* Je n'ai lu qu'avec extrême dégoût ses vers grossiers contre des vieilles et contre des sorcières; et je ne vois pas quel mérite il peut y avoir à dire à son ami Mæcenas que, s'il est mis par lui au rang des poètes lyriques, il frappera les astres de son front sublime. Les sots admirent tout dans un auteur estimé. Je ne lis que pour moi; je n'aime que ce qui est à mon usage. » Candide, qui avait été élevé à ne jamais juger de rien par lui-même, était fort étonné de ce qu'il entendait; et Martin trouvait la façon de penser de Pococuranté assez raisonnable.

« Oh! voici un Cicéron, dit Candide; pour ce grand homme-là, je pense que vous ne vous lassez point de le lire. — Je ne le lis jamais, répondit le Vénitien. Que m'importe qu'il ait plaidé pour Rabirius ou pour Cluentius? J'ai bien assez des procès que je juge; je me serais mieux accommodé de ses œuvres philosophiques; mais, quand j'ai vu qu'il doutait de tout, j'ai conclu que j'en savais autant que lui, et que je n'avais besoin de personne pour être ignorant.

— Ah! voilà quatre-vingts volumes de recueils d'une académie des sciences, s'écria Martin; il se peut qu'il y ait là du bon. — Il y en aurait, dit Pococuranté, si un seul des auteurs de ces fatras avait inventé seulement l'art de faire des épingles; mais il n'y a dans tous ces livres que de vains systèmes et pas une seule chose utile.

— Que de pièces de théâtre je vois là ! dit Candide ;
en italien, en espagnol, en français ! — Oui, dit le
sénateur, il y en a trois mille, et pas trois douzaines
de bonnes. Pour ces recueils de sermons, qui tous
ensemble ne valent pas une page de Sénèque, et tous
ces gros volumes de théologie, vous pensez bien que
je ne les ouvre jamais, ni moi ni personne. »

Martin aperçut des rayons chargés de livres anglais.
« Je crois, dit-il, qu'un républicain doit se plaire à la
plupart de ces ouvrages écrits si librement. — Oui,
répondit Pococuranté, il est beau d'écrire ce qu'on
pense ; c'est le privilège de l'homme. Dans toute notre
Italie, on n'écrit que ce qu'on ne pense pas ; ceux qui
habitent la patrie des Césars et des Antonins n'osent
avoir une idée sans la permission d'un jacobin. Je
serais content de la liberté qui inspire les génies anglais
si la passion et l'esprit de parti ne corrompaient pas
tout ce que cette précieuse liberté a d'estimable. »

Candide, apercevant un Milton, lui demanda s'il ne
regardait pas cet auteur comme un grand homme.
« Qui ? dit Pococuranté, ce barbare qui fait un long
commentaire du premier chapitre de la Genèse en
dix livres de vers durs ? ce grossier imitateur des Grecs,
qui défigure la création, et qui, tandis que Moïse
représente l'Etre éternel produisant le monde par la
parole, fait prendre un grand compas par le Messiah
dans une armoire du ciel pour tracer son ouvrage ?
Moi, j'estimerais celui qui a gâté l'enfer et le diable du
Tasse ; qui déguise Lucifer tantôt en crapaud, tantôt
en pygmée ; qui lui fait rebattre cent fois les mêmes
discours ; qui le fait disputer sur la théologie ; qui, en
imitant sérieusement l'invention comique des armes à
feu de l'Arioste, fait tirer le canon dans le ciel par
les diables ? Ni moi, ni personne en Italie, n'a pu se
plaire à toutes ces tristes extravagances. Le mariage
du péché et de la mort et les couleuvres dont le péché

accouche font vomir tout homme qui a le goût un
peu délicat, et sa longue description d'un hôpital
n'est bonne que pour un fossoyeur. Ce poème obscur,
bizarre et dégoûtant, fut méprisé à sa naissance; je le
traite aujourd'hui comme il fut traité dans sa patrie
par les contemporains. Au reste, je dis ce que je
pense, et je me soucie fort peu que les autres pensent
comme moi. » Candide était affligé de ces discours; il
respectait Homère, il aimait un peu Milton. « Hélas!
dit-il tout bas à Martin, j'ai bien peur que cet
homme-ci n'ait un souverain mépris pour nos poètes
allemands. — Il n'y aurait pas grand mal à cela, dit
Martin. — Oh, quel homme supérieur! disait encore
Candide entre ses dents, quel grand génie que ce
Pococuranté! rien ne peut lui plaire. »

Après avoir fait ainsi la revue de tous les livres, ils
descendirent dans le jardin. Candide en loua toutes
les beautés. « Je ne sais rien de si mauvais goût, dit
le maître : nous n'avons ici que des colifichets; mais
je vais dès demain en faire planter un d'un dessin
plus noble. »

Quand les deux curieux eurent pris congé de Son
Excellence : « Or çà, dit Candide à Martin, vous con-
viendrez que voilà le plus heureux de tous les
hommes, car il est au-dessus de tout ce qu'il possède.
— Ne voyez-vous pas, dit Martin, qu'il est dégoûté de
tout ce qu'il possède? Platon a dit, il y a longtemps,
que les meilleurs estomacs ne sont pas ceux qui rebu-
tent tous les aliments — Mais, dit Candide, n'y a-t-il
pas du plaisir à tout critiquer, à sentir des défauts où
les autres hommes croient voir des beautés? —
C'est-à-dire, reprit Martin, qu'il y a du plaisir à
n'avoir pas de plaisir? — Oh bien! dit Candide, il n'y
a donc d'heureux que moi, quand je reverrai
Mlle Cunégonde. — C'est toujours bien fait d'espé-
rer », dit Martin.

Cependant les jours, les semaines s'écoulaient; Cacambo ne revenait point, et Candide était si abîmé dans sa douleur qu'il ne fit pas même réflexion que Paquette et frère Giroflée n'étaient pas venus seulement le remercier.

CHAPITRE XXVI

D'un souper que Candide et Martin firent
avec six étrangers, et qui ils étaient

Un soir que Candide, suivi de Martin, allait se mettre à table avec les étrangers qui logeaient dans la même hôtellerie, un homme à visage couleur de suie l'aborda par-derrière, et, le prenant par le bras, lui dit : « Soyez prêt à partir avec nous, n'y manquez pas. » Il se retourne et voit Cacambo. Il n'y avait que la vue de Cunégonde qui pût l'étonner et lui plaire davantage. Il fut sur le point de devenir fou de joie. Il embrasse son cher ami. « Cunégonde est ici, sans doute, où est-elle ? Mène-moi vers elle, que je meure de joie avec elle. — Cunégonde n'est point ici, dit Cacambo, elle est à Constantinople. — Ah, Ciel ! à Constantinople ! mais, fût-elle à la Chine, j'y vole, partons. — Nous partirons après souper, reprit Cacambo, je ne peux vous en dire davantage; je suis esclave, mon maître m'attend; il faut que j'aille le servir à table : ne dites mot; soupez et tenez-vous prêt. »

Candide, partagé entre la joie et la douleur, charmé d'avoir revu son agent fidèle, étonné de le voir esclave, plein de l'idée de retrouver sa maîtresse, le cœur agité, l'esprit bouleversé, se mit à table avec Martin, qui voyait de sang-froid toutes

ces aventures, et avec six étrangers qui étaient venus passer le carnaval à Venise.

Cacambo, qui versait à boire à l'un de ces étrangers, s'approcha de l'oreille de son maître, sur la fin du repas, et lui dit : « Sire, Votre Majesté partira quand elle voudra, le vaisseau est prêt. » Ayant dit ces mots, il sortit. Les convives, étonnés, se regardaient sans proférer une seule parole, lorsqu'un autre domestique, s'approchant de son maître, lui dit : « Sire, la chaise de Votre Majesté est à Padoue, et la barque est prête. » Le maître fit un signe, et le domestique partit. Tous les convives se regardèrent encore, et la surprise commune redoubla. Un troisième valet, s'approchant aussi d'un troisième étranger, lui dit : « Sire, croyez-moi, Votre Majesté ne doit pas rester ici plus longtemps : je vais tout préparer »; et aussitôt il disparut.

Candide et Martin ne doutèrent pas alors que ce ne fût une mascarade du carnaval. Un quatrième domestique dit au quatrième maître : « Votre Majesté partira quand elle voudra », et sortit comme les autres. Le cinquième valet en dit autant au cinquième maître. Mais le sixième valet parla différemment au sixième étranger, qui était auprès de Candide; il lui dit : « Ma foi, Sire, on ne veut plus faire crédit à Votre Majesté, ni à moi non plus; et nous pourrions bien être coffrés cette nuit, vous et moi : je vais pourvoir à mes affaires; adieu. »

Tous les domestiques ayant disparu, les six étrangers, Candide et Martin demeurèrent dans un profond silence. Enfin Candide le rompit. « Messieurs, dit-il, voilà une singulière plaisanterie : pourquoi êtes-vous tous rois? Pour moi je vous avoue que ni moi ni Martin nous ne le sommes. »

Le maître de Cacambo prit alors gravement la parole, et dit en italien : « Je ne suis point plaisant,

je m'appelle Achmet III [1]. J'ai été grand sultan plusieurs années; je détrônai mon frère; mon neveu m'a détrôné; on a coupé le cou à mes visirs; j'achève ma vie dans le vieux sérail; mon neveu le grand sultan Mahmoud me permet de voyager quelquefois pour ma santé, et je suis venu passer le carnaval à Venise. »

Un jeune homme qui était auprès d'Achmet parla après lui, et dit : « Je m'appelle Ivan; j'ai été empereur de toutes les Russies; j'ai été détrôné au berceau; mon père et ma mère ont été enfermés; on m'a élevé en prison; j'ai quelquefois la permission de voyager, accompagné de ceux qui me gardent, et je suis venu passer le carnaval à Venise. »

Le troisième dit : « Je suis Charles-Édouard, roi d'Angleterre; mon père m'a cédé ses droits au royaume; j'ai combattu pour les soutenir; on a arraché le cœur à huit cents de mes partisans, et on leur en a battu les joues. J'ai été mis en prison; je vais à Rome faire une visite au roi mon père, détrôné ainsi que moi et mon grand-père, et je suis venu passer le carnaval à Venise. »

Le quatrième prit alors la parole et dit : « Je suis roi des Polaques; le sort de la guerre m'a privé de mes États héréditaires; mon père a éprouvé les mêmes revers; je me résigne à la Providence comme le sultan Achmet, l'empereur Ivan et le roi Charles-Édouard, à qui Dieu donne une longue vie, et je suis venu passer le carnaval à Venise. »

Le cinquième dit : « Je suis aussi roi des Polaques; j'ai perdu mon royaume deux fois; mais la Providence m'a donné un autre État, dans lequel j'ai fait plus de bien que tous les rois des Sarmates ensemble n'en ont jamais pu faire sur les bords de la Vistule; je me résigne aussi à la Providence, et je suis venu passer le carnaval à Venise. »

Il restait au sixième monarque à parler. « Messieurs, dit-il, je ne suis pas si grand seigneur que vous; mais enfin j'ai été roi tout comme un autre. Je suis Théodore; on m'a élu roi en Corse; on m'a appelé *Votre Majesté,* et à présent à peine m'appelle-t-on *Monsieur.* J'ai fait frapper de la monnaie, et je ne possède pas un denier; j'ai eu deux secrétaires d'État, et j'ai à peine un valet; je me suis vu sur un trône, et j'ai longtemps été à Londres en prison, sur la paille. J'ai bien peur d'être traité de même ici, quoique je sois venu comme Vos Majestés passer le carnaval à Venise. »

Les cinq autres rois écoutèrent ce discours avec une noble compassion. Chacun d'eux donna vingt sequins au roi Théodore pour avoir des habits et des chemises; Candide lui fit présent d'un diamant de deux mille sequins. « Quel est donc, disaient les cinq rois, ce simple particulier qui est en état de donner cent fois autant que chacun de nous, et qui le donne? »

Dans l'instant qu'on sortait de table, il arriva dans la même hôtellerie quatre altesses sérénissimes qui avaient aussi perdu leurs États par le sort de la guerre, et qui venaient passer le reste du carnaval à Venise. Mais Candide ne prit pas seulement garde à ces nouveaux venus. Il n'était occupé que d'aller trouver sa chère Cunégonde à Constantinople.

CHAPITRE XXVII

Voyage de Candide à Constantinople

LE fidèle Cacambo avait déjà obtenu du patron turc qui allait reconduire le sultan Achmet à Constantinople qu'il recevrait Candide et Martin sur son bord. L'un et l'autre s'y rendirent après s'être prosternés devant Sa misérable Hautesse. Candide, chemin fai-

sant, disait à Martin : « Voilà pourtant six rois détrô-
nés, avec qui nous avons soupé, et encore dans ces
six rois' il y en a un à qui j'ai fait l'aumône. Peut-
être y a-t-il beaucoup d'autres princes plus infortu-
nés. Pour moi, je n'ai perdu que cent moutons, et je
vole dans les bras de Cunégonde. Mon cher Martin,
encore une fois, Pangloss avait raison : tout est
bien. — Je le souhaite, dit Martin. — Mais, dit Can-
dide, voilà une aventure bien peu vraisemblable que
nous avons eue à Venise. On n'avait jamais vu ni
ouï conter que six rois détrônés soupassent ensem-
ble au cabaret. — Cela n'est pas plus extraordinaire,
dit Martin, que la plupart des choses qui nous sont
arrivées. Il est très commun que des rois soient détrô-
nés; et à l'égard de l'honneur que nous avons eu de
souper avec eux, c'est une bagatelle qui ne mérite pas
notre attention. »

A peine Candide fut-il dans le vaisseau qu'il sauta
au cou de son ancien valet, de son ami Cacambo.
« Eh bien, lui dit-il, que fait Cunégonde? Est-elle
toujours un prodige de beauté? M'aime-t-elle tou-
jours? Comment se porte-t-elle? Tu lui as sans doute
acheté un palais à Constantinople?

— Mon cher maître, répondit Cacambo, Cuné-
gonde lave les écuelles sur le bord de la Propontide,
chez un prince qui a très peu d'écuelles; elle est
esclave dans la maison d'un ancien souverain nommé
Ragotski[1], à qui le Grand Turc donne trois écus par
jour dans son asile; mais ce qui est bien plus triste,
c'est qu'elle a perdu sa beauté et qu'elle est devenue
horriblement laide. — Ah! belle ou laide, dit Candide,
je suis honnête homme, et mon devoir est de l'aimer
toujours. Mais comment peut-elle être réduite à un
état si abject avec les cinq ou six millions que tu
avais apportés? — Bon, dit Cacambo, ne m'en a-t-il
pas fallu donner deux millions au señor don Fernando

d'Ibaraa, y Figueora, y Mascarenes, y Lampourdos, y Souza, gouverneur de Buenos Aires, pour avoir la permission de reprendre mademoiselle Cunégonde? Et un pirate ne nous a-t-il pas bravement dépouillés de tout le reste? Ce pirate ne nous a-t-il pas menés au cap de Matapan, à Milo, à Nicarie, à Samos, à Petra, aux Dardanelles, à Marmora, à Scutari? Cunégonde et la vieille servent chez ce prince dont je vous ai parlé, et moi je suis esclave du sultan détrôné. — Que d'épouvantables calamités enchaînées les unes aux autres! dit Candide. Mais, après tout, j'ai encore quelques diamants; je délivrerai aisément Cunégonde. C'est bien dommage qu'elle soit devenue si laide. »

Ensuite, se tournant vers Martin : « Que pensez-vous, dit-il, qui soit le plus à plaindre, de l'empereur Achmet, de l'empereur Ivan, du roi Charles-Édouard, ou de moi? — Je n'en sais rien, dit Martin; il faudrait que je fusse dans vos cœurs pour le savoir. — Ah! dit Candide, si Pangloss était ici, il le saurait et nous l'apprendrait. — Je ne sais, dit Martin, avec quelles balances votre Pangloss aurait pu peser les infortunes des hommes et apprécier leurs douleurs. Tout ce que je présume, c'est qu'il y a des millions d'hommes sur la terre cent fois plus à plaindre que le roi Charles-Édouard, l'empereur Ivan et le sultan Achmet. — Cela pourrait bien être », dit Candide.

On arriva en peu de jours sur le canal de la mer Noire. Candide commença par racheter Cacambo fort cher, et, sans perdre de temps, il se jeta dans une galère, avec ses compagnons, pour aller sur le rivage de la Propontide chercher Cunégonde, quelque laide qu'elle pût être.

Il y avait dans la chiourme deux forçats qui ramaient fort mal, et à qui le levanti patron appliquait de temps en temps quelques coups de nerf de bœuf sur les épaules nues; Candide, par un mouvement naturel,

les regarda plus attentivement que les autres galériens et s'approcha d'eux avec pitié. Quelques traits de leurs visages défigurés lui parurent avoir un peu de ressemblance avec Pangloss et avec ce malheureux jésuite, ce baron, ce frère de mademoiselle Cunégonde. Cette idée l'émut et l'attrista. Il les considéra encore plus attentivement. « En vérité, dit-il à Cacambo, si je n'avais pas vu pendre maître Pangloss, et si je n'avais pas eu le malheur de tuer le baron, je croirais que ce sont eux qui rament dans cette galère. »

Au nom du baron et de Pangloss les deux forçats poussèrent un grand cri, s'arrêtèrent sur leur banc et laissèrent tomber leurs rames. Le levanti patron accourait sur eux, et les coups de nerf de bœuf redoublaient. « Arrêtez, arrêtez, Seigneur, s'écria Candide, je vous donnerai tant d'argent que vous voudrez. — Quoi! c'est Candide! disait l'un des forçats. — Quoi! c'est Candide! disait l'autre. — Est-ce un songe? dit Candide; veillé-je? suis-je dans cette galère? Est-ce là M. le baron que j'ai tué? Est-ce là maître Pangloss que j'ai vu pendre?

— C'est nous-mêmes, c'est nous-mêmes, répondaient-ils. — Quoi! c'est là ce grand philosophe? disait Martin. — Eh! monsieur le levanti patron, dit Candide, combien voulez-vous d'argent pour la rançon de M. de Thunder-ten-tronckh, un des premiers barons de l'Empire, et de M. Pangloss, le plus profond métaphysicien d'Allemagne? — Chien de chrétien, répondit le levanti patron, puisque ces deux chiens de forçats chrétiens sont des barons et des métaphysiciens, ce qui est sans doute une grande dignité dans leur pays, tu m'en donneras cinquante mille sequins. — Vous les aurez, Monsieur; ramenez-moi comme un éclair à Constantinople, et vous serez payé sur-le-champ. Mais non, menez-moi chez Mlle Cunégonde. » Le levanti patron, sur la première offre de Candide, avait déjà

tourné la proue vers la ville, et il faisait ramer plus
vite qu'un oiseau ne fend les airs.

Candide embrassa cent fois le baron et Pangloss.
« Et comment ne vous ai-je pas tué, mon cher baron?
et mon cher Pangloss, comment êtes-vous en vie après
avoir été pendu? et pourquoi êtes-vous tous deux aux
galères en Turquie? — Est-il bien vrai que ma chère
sœur soit dans ce pays? disait le baron. — Oui, répon-
dait Cacambo. — Je revois donc mon cher Candide »,
s'écria Pangloss. Candide leur présentait Martin et
Cacambo. Ils s'embrassaient tous, ils parlaient tous
à la fois. La galère volait, ils étaient déjà dans le port.
On fit venir un Juif, à qui Candide vendit pour cin-
quante mille sequins un diamant de la valeur de cent
mille, et qui lui jura par Abraham qu'il n'en pouvait
donner davantage. Il paya incontinent la rançon du
baron et de Pangloss. Celui-ci se jeta aux pieds de son
libérateur et les baigna de larmes; l'autre le remercia
par un signe de tête, et lui promit de lui rendre cet
argent à la première occasion. « Mais est-il bien pos-
sible que ma sœur soit en Turquie? disait-il. — Rien
n'est si possible, reprit Cacambo, puisqu'elle écure la
vaisselle chez un prince de Transylvanie. » On fit aus-
sitôt venir deux Juifs; Candide vendit encore des dia-
mants; et ils repartirent tous dans une autre galère
pour aller délivrer Cunégonde.

CHAPITRE XXVIII

*Ce qui arriva à Candide, à Cunégonde,
à Pangloss, à Martin, etc.*

« Pardon, encore une fois, dit Candide au baron;
pardon, mon révérend père, de vous avoir donné un
grand coup d'épée au travers du corps. — N'en parlons

plus, dit le baron; je fus un peu trop vif, je l'avoue;
mais, puisque vous voulez savoir par quel hasard vous
m'avez vu aux galères, je vous dirai qu'après avoir été
guéri de ma blessure par le frère apothicaire du col-
lège, je fus attaqué et enlevé par un parti espagnol; on
me mit en prison à Buenos Aires dans le temps que ma
sœur venait d'en partir. Je demandai à retourner à
Rome auprès du père général. Je fus nommé pour
aller servir d'aumônier à Constantinople auprès de
monsieur l'ambassadeur de France. Il n'y avait pas
huit jours que j'étais entré en fonctions, quand je
trouvai sur le soir un jeune **icoglan** ' très bien fait. Il
faisait fort chaud : le jeune homme voulut se baigner;
je pris cette occasion de me baigner aussi. Je ne savais
pas que ce fût un crime capital pour un chrétien
d'être trouvé tout nu avec un jeune musulman. Un
cadi me fit donner cent coups de bâton sous la plante
des pieds et me condamna aux galères. Je ne crois pas
qu'on ait fait une plus horrible injustice. Mais je vou-
drais bien savoir pourquoi ma sœur est dans la
cuisine d'un souverain de Transylvanie réfugié chez
les Turcs.

— Mais vous, mon cher Pangloss, dit Candide,
comment se peut-il que je vous revoie? — Il est vrai,
dit Pangloss, que vous m'avez vu pendre; je devais
naturellement être brûlé; mais vous vous souvenez
qu'il plut à verse lorsqu'on allait me cuire : l'orage
fut si violent qu'on désespéra d'allumer le feu; je fus
pendu, parce qu'on ne put mieux faire : un chirurgien
acheta mon corps, m'emporta chez lui, et me disséqua.
Il me fit d'abord une incision cruciale depuis le nom-
bril jusqu'à la clavicule. On ne pouvait pas avoir été
plus mal pendu que je l'avais été. L'exécuteur des
hautes œuvres de la sainte Inquisition, lequel était
sous-diacre, brûlait à la vérité les gens à merveille,
mais il n'était pas accoutumé à pendre : la corde était

mouillée et glissa mal, elle fut nouée; enfin je res-
pirais encore : l'incision cruciale me fit jeter un si
grand cri que mon chirurgien tomba à la renverse,
et, croyant qu'il disséquait le diable, il s'enfuit en
mourant de peur, et tomba encore sur l'escalier en
fuyant. Sa femme accourut au bruit, d'un cabinet
voisin; elle me vit sur la table étendu avec mon inci-
sion cruciale : elle eut encore plus de peur que son
mari, s'enfuit et tomba sur lui. Quand ils furent un
peu revenus à eux, j'entendis la chirurgienne qui disait
au chirurgien : « Mon bon, de quoi vous avisez-vous
« aussi de disséquer un hérétique? Ne savez-vous pas
« que le diable est toujours dans le corps de ces gens-
« là? Je vais vite chercher un prêtre pour l'exorciser. »
Je frémis à ce propos, et je ramassai le peu de forces
qui me restaient, pour crier : « Ayez pitié de moi! »
Enfin le barbier portugais s'enhardit; il recousit ma
peau; sa femme même eut soin de moi; je fus sur pied
au bout de quinze jours. Le barbier me trouva une
condition, et me fit laquais d'un chevalier de Malte
qui allait à Venise; mais mon maître n'ayant pas de
quoi me payer, je me mis au service d'un marchand
vénitien, et je le suivis à Constantinople.

« Un jour il me prit fantaisie d'entrer dans une
mosquée; il n'y avait qu'un vieil iman et une jeune
dévote très jolie qui disait ses patenôtres; sa gorge
était toute découverte : elle avait entre ses deux tétons
un beau bouquet de tulipes, de roses, d'anémones, de
renoncules, d'hyacinthes et d'oreilles-d'ours; elle laissa
tomber son bouquet; je le ramassai, et je le lui remis
avec un empressement très respectueux. Je fus si long-
temps à le lui remettre que l'iman se mit en colère, et,
voyant que j'étais chrétien, il cria à l'aide. On me mena
chez le cadi, qui me fit donner cent coups de latte sur
la plante des pieds et m'envoya aux galères. Je fus
enchaîné précisément dans la même galère et au même

banc que M. le baron. Il y avait dans cette galère quatre jeunes gens de Marseille, cinq prêtres napolitains, et deux moines de Corfou, qui nous dirent que de pareilles aventures arrivaient tous les jours. M. le baron prétendait qu'il avait essuyé une plus grande injustice que moi; je prétendais, moi, qu'il était beaucoup plus permis de remettre un bouquet sur la gorge d'une femme que d'être tout nu avec un icoglan. Nous disputions sans cesse, et nous recevions vingt coups de nerf de bœuf par jour, lorsque l'enchaînement des événements de cet univers vous a conduit dans notre galère, et que vous nous avez rachetés.

— Eh bien, mon cher Pangloss, lui dit Candide, quand vous avez été pendu, disséqué, roué de coups, et que vous avez ramé aux galères, avez-vous toujours pensé que tout allait le mieux du monde? — Je suis toujours de mon premier sentiment, répondit Pangloss, car enfin je suis philosophe : il ne me convient pas de me dédire, Leibnitz ne pouvant pas avoir tort, et l'harmonie préétablie étant d'ailleurs la plus belle chose du monde, aussi bien que le plein et la matière subtile. »

CHAPITRE XXIX

Comment Candide retrouva Cunégonde et la vieille

PENDANT que Candide, le baron, Pangloss, Martin et Cacambo contaient leurs aventures, qu'ils raisonnaient sur les événements contingents ou non contingents de cet univers, qu'ils disputaient sur les effets et les causes, sur le mal moral et sur le mal physique, sur la liberté et la nécessité, sur les consolations que l'on peut éprouver lorsqu'on est aux galères en Turquie,

ils abordèrent sur le rivage de la Propontide à la maison du prince de Transylvanie. Les premiers objets qui se présentèrent furent Cunégonde et la vieille, qui étendaient des serviettes sur des ficelles pour les faire sécher.

Le baron pâlit à cette vue. Le tendre amant Candide, en voyant sa belle Cunégonde rembrunie, les yeux éraillés, la gorge sèche, les joues ridées, les bras rouges et écaillés, recula de trois pas saisi d'horreur, et avança ensuite par bon procédé. Elle embrassa Candide et son frère; on embrassa la vieille : Candide les racheta toutes deux.

Il y avait une petite métairie dans le voisinage; la vieille proposa à Candide de s'en accommoder, en attendant que toute la troupe eût une meilleure destinée. Cunégonde ne savait pas qu'elle était enlaidie, personne ne l'en avait avertie : elle fit souvenir Candide de ses promesses avec un ton si absolu que le bon Candide n'osa pas la refuser. Il signifia donc au baron qu'il allait se marier avec sa sœur. « Je ne souffrirai jamais, dit le baron, une telle bassesse de sa part et une telle insolence de la vôtre; cette infamie ne me sera jamais reprochée : les enfants de ma sœur ne pourraient entrer dans les chapitres [1] d'Allemagne. Non, jamais ma sœur n'épousera qu'un baron de l'Empire. » Cunégonde se jeta à ses pieds et les baigna de larmes; il fut inflexible. « Maître fou, lui dit Candide, je t'ai réchappé des galères, j'ai payé ta rançon, j'ai payé celle de ta sœur; elle lavait ici des écuelles, elle est laide, j'ai la bonté d'en faire ma femme, et tu prétends encore t'y opposer! Je te retuerais si j'en croyais ma colère. — Tu peux me tuer encore, dit le baron, mais tu n'épouseras pas ma sœur de mon vivant. »

CHAPITRE XXX

Conclusion

CANDIDE, dans le fond de son cœur, n'avait aucune envie d'épouser Cunégonde. Mais l'impertinence extrême du baron le déterminait à conclure le mariage et Cunégonde le pressait si vivement qu'il ne pouvait s'en dédire. Il consulta Pangloss, Martin et le fidèle Cacambo. Pangloss fit un beau mémoire par lequel il prouvait que le baron n'avait nul droit sur sa sœur, et qu'elle pouvait, selon toutes les lois de l'Empire, épouser Candide de la main gauche. Martin conclut à jeter le baron dans la mer. Cacambo décida qu'il fallait le rendre au levanti patron et le remettre aux galères; après quoi on l'enverrait à Rome au père général par le premier vaisseau. L'avis fut trouvé fort bon; la vieille l'approuva; on n'en dit rien à sa sœur; la chose fut exécutée pour quelque argent, et on eut le plaisir d'attraper un jésuite et de punir l'orgueil d'un baron allemand.

Il était tout naturel d'imaginer qu'après tant de désastres, Candide, marié avec sa maîtresse et vivant avec le philosophe Pangloss, le philosophe Martin, le prudent Cacambo et la vieille, ayant d'ailleurs rapporté tant de diamants de la patrie des anciens Incas, mènerait la vie du monde la plus agréable; mais il fut tant friponné par les Juifs qu'il ne lui resta plus rien que sa petite métairie; sa femme, devenant tous les jours plus laide, devint acariâtre et insupportable; la vieille était infirme et fut encore de plus mauvaise humeur que Cunégonde. Cacambo, qui travaillait au jardin, et qui allait vendre des légumes à Constantinople, était excédé de travail et maudissait sa destinée. Pangloss était au désespoir de ne pas briller dans

quelque université d'Allemagne. Pour Martin, il était fermement persuadé qu'on est également mal partout; il prenait les choses en patience. Candide, Martin et Pangloss disputaient quelquefois de métaphysique et de morale. On voyait souvent passer sous les fenêtres de la métairie des bateaux chargés d'effendis, de bachas, de cadis, qu'on envoyait en exil à Lemnos, à Mytilène, à Erzeroum. On voyait venir d'autres cadis, d'autres bachas, d'autres effendis, qui prenaient la place des expulsés et qui étaient expulsés à leur tour. On voyait des têtes proprement empaillées qu'on allait présenter à la Sublime Porte. Ces spectacles faisaient redoubler les dissertations; et quand on ne disputait pas, l'ennui était si excessif que la vieille osa un jour leur dire : « Je voudrais savoir lequel est le pire, ou d'être violée cent fois par des pirates nègres, d'avoir une fesse coupée, de passer par les baguettes chez les Bulgares, d'être fouetté et pendu dans un auto-da-fé, d'être disséqué, de ramer en galère, d'éprouver enfin toutes les misères par lesquelles nous avons tous passé, ou bien de rester ici à ne rien faire? — C'est une grande question », dit Candide.

Ce discours fit naître de nouvelles réflexions, et Martin surtout conclut que l'homme était né pour vivre dans les convulsions de l'inquiétude, ou dans la léthargie de l'ennui. Candide n'en convenait pas, mais il n'assurait rien. Panglos avouait qu'il avait toujours horriblement souffert; mais ayant soutenu une fois que tout allait à merveille, il le soutenait toujours, et n'en croyait rien.

Une chose acheva de confirmer Martin dans ses détestables principes, de faire hésiter plus que jamais Candide, et d'embarrasser Pangloss. C'est qu'ils virent un jour aborder dans leur métairie Paquette et le frère Giroflée, qui étaient dans la plus extrême misère; ils avaient bien vite mangé leurs trois mille piastres,

s'étaient quittés, s'étaient raccommodés, s'étaient brouillés, avaient été mis en prison, s'étaient enfuis, et enfin frère Giroflée s'était fait Turc. Paquette continuait son métier partout, et n'y gagnait plus rien. « Je l'avais bien prévu, dit Martin à Candide, que vos présents seraient bientôt dissipés et ne les rendraient que plus misérables. Vous avez regorgé de millions de plastres, vous et Cacambo, et vous n'êtes pas plus heureux que frère Giroflée et Paquette. — Ah, ah! dit Pangloss à Paquette, le Ciel vous ramène donc ici parmi nous, ma pauvre enfant! Savez-vous bien que vous m'avez coûté le bout du nez, un œil et une oreille? Comme vous voilà faite! Eh! qu'est-ce que ce monde! » Cette nouvelle aventure les engagea à philosopher plus que jamais.

Il y avait dans le voisinage un derviche très fameux, qui passait pour le meilleur philosophe de la Turquie; ils allèrent le consulter; Pangloss porta la parole, et lui dit : « Maître, nous venons vous prier de nous dire pourquoi un aussi étrange animal que l'homme a été formé. — De quoi te mêles-tu? dit le derviche, est-ce là ton affaire? — Mais, mon révérend père, dit Candide, il y a horriblement de mal sur la terre. — Qu'importe, dit le derviche, qu'il y ait du mal ou du bien? Quand Sa Hautesse envoie un vaisseau en Égypte, s'embarrasse-t-elle si les souris qui sont dans le vaisseau sont à leur aise ou non? — Que faut-il donc faire? dit Pangloss. — Te taire, dit le derviche. — Je me flattais, dit Pangloss, de raisonner un peu avec vous des effets et des causes, du meilleur des mondes possibles, de l'origine du mal, de la nature de l'âme et de l'harmonie préétablie. » Le derviche, à ces mots, leur ferma la porte au nez.

Pendant cette conversation, la nouvelle s'était répandue qu'on venait d'étrangler à Constantinople deux visirs du banc et le muphti, et qu'on avait empalé plusieurs de leurs amis. Cette catastrophe faisait par-

tout un grand bruit pendant quelques heures. Pangloss, Candide et Martin, en retournant à la petite métairie, rencontrèrent un bon vieillard qui prenait le frais à sa porte sous un berceau d'orangers. Pangloss, qui était aussi curieux que raisonneur, lui demanda comment se nommait le muphti qu'on venait d'étrangler. « Je n'en sais rien, répondit le bonhomme, et je n'ai jamais su le nom d'aucun muphti ni d'aucun visir. J'ignore absolument l'aventure dont vous me parlez; je présume qu'en général ceux qui se mêlent des affaires publiques périssent quelquefois misérablement, et qu'ils le méritent; mais je ne m'informe jamais de ce qu'on fait à Constantinople; je me contente d'y envoyer vendre les fruits du jardin que je cultive. » Ayant dit ces mots, il fit entrer les étrangers dans sa maison : ses deux filles et ses deux fils leur présentèrent plusieurs sortes de sorbets qu'ils faisaient eux-mêmes, du kaïmac piqué d'écorces de cédrat confit, des oranges, des citrons, des limons, des ananas, des pistaches, du café de Moka qui n'était point mêlé avec le mauvais café de Batavia et des îles. Après quoi les deux filles de ce bon musulman parfumèrent les barbes de Candide, de Pangloss et de Martin.

« Vous devez avoir, dit Candide au Turc, une vaste et magnifique terre? — Je n'ai que vingt arpents, répondit le Turc; je les cultive avec mes enfants; le travail éloigne de nous trois grands maux : l'ennui, le vice et le besoin. »

Candide, en retournant dans sa métairie, fit de profondes réflexions sur le discours du Turc. Il dit à Pangloss et à Martin : « Ce bon vieillard me paraît s'être fait un sort bien préférable à celui des six rois avec qui nous avons eu l'honneur de souper. — Les grandeurs, dit Pangloss, sont fort dangereuses, selon le rapport de tous les philosophes : car enfin Eglon, roi des Moabites, fut assassiné par Aod; Absalon fut

pendu par les cheveux et percé de trois dards; le roi
Nadab, fils de Jéroboam, fut tué par Baasa; le roi Ela,
par Zambri; Ochosias, par Jéhu; Athalia, par Joïada;
les rois Joachim, Jéchonias, Sédécias, furent esclaves.
Vous savez comment périrent Crésus, Astyage, Darius,
Denys de Syracuse, Pyrrhus, Persée, Annibal, Jugurtha,
Arioviste, César, Pompée, Néron, Othon, Vitellius,
Domitien, Richard II d'Angleterre, Édouard II,
Henri VI, Richard III, Marie Stuart, Charles Ier, les
trois Henri de France [1], l'empereur Henri IV? Vous
savez... — Je sais aussi, dit Candide, qu'il faut cultiver
notre jardin. — Vous avez raison, dit Pangloss : car,
quand l'homme fut mis dans le jardin d'Éden, il y fut
mis *ut operaretur eum,* pour qu'il travaillât; ce qui
prouve que l'homme n'est pas né pour le repos. —
Travaillons sans raisonner, dit Martin; c'est le seul
moyen de rendre la vie supportable. »

Toute la petite société entra dans ce louable des-
sein; chacun se mit à exercer ses talents. La petite terre
rapporta beaucoup. Cunégonde était à la vérité bien
laide; mais elle devint une excellente pâtissière;
Paquette broda; la vieille eut soin du linge. Il n'y
eut pas jusqu'à frère Giroflée qui ne rendît service; il
fut un très bon menuisier, et même devint honnête
homme; et Pangloss disait quelquefois à Candide :
« Tous les événements sont enchaînés dans le meilleur
des mondes possibles; car enfin, si vous n'aviez pas
été chassé d'un beau château à grands coups de pied
dans le derrière pour l'amour de Mlle Cunégonde, si
vous n'aviez pas été mis à l'Inquisition, si vous n'aviez
pas couru l'Amérique à pied, si vous n'aviez pas
donné un bon coup d'épée au baron, si vous n'aviez
pas perdu tous vos moutons du bon pays d'Eldorado,
vous ne mangeriez pas ici des cédrats confits et des
pistaches. — Cela est bien dit, répondit Candide, mais
il faut cultiver notre jardin. »

LA PRINCESSE DE BABYLONE

Notice

DANS les derniers jours de mars 1768 paraît à Genève chez les Cramer La Princesse de Babylone sans indication d'origine et sans nom d'auteur. «J'ai reçu de Hollande une Princesse de Babylone, écrit Voltaire à Mme du Deffand le 30 du même mois; j'aime mieux Les Quarante écus, que je ne vous envoie point parce que vous n'êtes pas arithméticienne... Si elle vous amuse je ferai plus de cas de l'Euphrate que de la Seine. »

Avec La Princesse de Babylone Voltaire s'abandonne non sans délices aux invraisemblances de l'imagination romanesque. Depuis longtemps, — voir La Pucelle —, il s'est réconcilié avec l'Arioste, pour qui il avait éprouvé des sentiments mêlés du temps de Cirey. Les « voyages et aventures d'une princesse babylonienne pour servir de suite à ceux de Scarmentado par un vieux philosophe qui ne radote pas toujours » — ainsi s'intitule une des premières éditions — renferment, au moins pour la première partie, toute une série de légendes où s'affiche le mépris le plus total de la vraisemblance. Un « orient de féeries et de folies », selon les termes de Bachaumont, y déploie tous les fastes d'un merveilleux qui s'enchante de lui-même. Voltaire accueille libéralement tout l'attirail de la tradition : phénix, arc de Nemrod, bœuf Apis, philtres magiques, licornes, canapés volants. Les héros sont à la mesure du cadre. Amazan, « le plus passionné et le plus constant » de tous les amants, représente un modèle de perfection

dans la mesure où il a conservé, comme ses frères Gangarides, la nature et la dignité primitives de l'homme. Formosante tient la promesse de son nom. Elle éclipse en beauté tout ce qui existe de plus admirable à Babylone.

Leur poursuite à travers le monde est une belle occasion pour Voltaire de faire un nouveau tour d'horizon philosophique, selon un vieux procédé qui a fait ses preuves depuis les Lettres anglaises. *Mais à côté des « anthropokaies » de Séville, des tortionnaires du Chevalier de la Barre, des jésuites « ex-druides », et d'autres représentants de l'« infâme » apparaissent des éléments qui donneraient à penser que les lumières commencent à se répandre de par le monde. Les Cimmériens (Catherine II), les Sarmates (Stanislas Auguste Poniatowski), l'exemple de la Suède, du Danemark, des « Albioniens », apportent une note réconfortante. Les Bourbons commencent à faire front contre le pape. Même l'Espagne est en passe de s'éclairer. C'est dire quelle peut être l'espérance des philosophes !*

V. den H.

LA PRINCESSE DE BABYLONE

I

LE vieux Bélus, roi de Babylone, se croyait le premier homme de la terre : car tous ses courtisans le lui disaient, et ses historiographes le lui prouvaient. Ce qui pouvait excuser en lui ce ridicule, c'est qu'en effet ses prédécesseurs avaient bâti Babylone plus de trente mille ans avant lui, et qu'il l'avait embellie. On sait que son palais et son parc, situés à quelques parasanges de Babylone, s'étendaient entre l'Euphrate et le Tigre, qui baignaient ces rivages enchantés. Sa vaste maison, de trois mille pas de façade, s'élevait jusqu'aux nues. La plate-forme était entourée d'une balustrade de marbre blanc de cinquante pieds de hauteur, qui portait les statues colossales de tous les rois et de tous les grands hommes de l'empire. Cette plate-forme, composée de deux rangs de briques couvertes d'une épaisse surface de plomb d'une extrémité à l'autre, était chargée de douze pieds de terre, et sur cette terre on avait élevé des forêts d'oliviers, d'orangers, de citronniers, de palmiers, de gérofliers, de cocotiers, de cannelliers, qui formaient des allées impénétrables aux rayons du soleil.

Les eaux de l'Euphrate, élevées par des pompes dans cent colonnes creusées, venaient dans ces jardins remplir de vastes bassins de marbre, et, retombant ensuite par d'autres canaux, allaient former dans le parc des cascades de six mille pieds de longueur, et cent mille jets d'eau dont la hauteur pouvait à peine

être aperçue : elles retournaient ensuite dans l'Eu-
phrate, dont elles étaient parties. Les jardins de Sémi-
ramis, qui étonnèrent l'Asie plusieurs siècles après,
n'étaient qu'une faible imitation de ces antiques mer-
veilles : car, du temps de Sémiramis, tout commen-
çait à dégénérer chez les hommes et chez les femmes.

Mais ce qu'il y avait de plus admirable à Babylone,
ce qui éclipsait tout le reste, était la fille unique du roi,
nommée Formosante. Ce fut d'après ses portraits et
ses statues que dans la suite des siècles Praxitèle
sculpta son Aphrodite, et celle qu'on nomma *la Vénus
aux belles fesses.* Quelle différence, ô ciel! de l'original
aux copies! Aussi Bélus était plus fier de sa fille que de
son royaume. Elle avait dix-huit ans : il lui fallait un
époux digne d'elle; mais où le trouver ? Un ancien
oracle avait ordonné que Formosante ne pourrait
appartenir qu'à celui qui tendrait l'arc de Nembrod. Ce
Nembrod, le plus fort chasseur devant le Seigneur,
avait laissé un arc de sept pieds babyloniques de haut,
d'un bois d'ébène plus dur que le fer du mont Cau-
case, qu'on travaille dans les forges de Derbent; et nul
mortel, depuis Nembrod, n'avait pu bander cet arc
merveilleux.

Il est dit encore que le bras qui aurait tendu cet arc
tuerait le lion le plus terrible et le plus dangereux qui
serait lâché dans le cirque de Babylone. Ce n'était pas
tout : le bandeur de l'arc, le vainqueur du lion devait
terrasser tous ses rivaux; mais il devait surtout avoir
beaucoup d'esprit, être le plus magnifique des hom-
mes, le plus vertueux, et posséder la chose la plus rare
qui fût dans l'univers entier.

Il se présenta trois rois qui osèrent disputer Formo-
sante : le pharaon d'Égypte, le schah des Indes, et le
grand kan des Scythes. Bélus assigna le jour, et le lieu
du combat à l'extrémité de son parc, dans le vaste
espace bordé par les eaux de l'Euphrate et du Tigre

réunies. On dressa autour de la lice un amphithéâtre
de marbre qui pouvait contenir cinq cent mille specta-
teurs. Vis-à-vis l'amphithéâtre était le trône du roi, qui
devait paraître avec Formosante, accompagnée de
toute la cour ; et à droite et à gauche entre le trône et
l'amphithéâtre, étaient d'autres trônes et d'autres sièges
pour les trois rois et pour tous les autres souverains
qui seraient curieux de venir voir cette auguste céré-
monie.

Le roi d'Égypte arriva le premier, monté sur le
bœuf Apis, et tenant en main le sistre d'Isis. Il était
suivi de deux mille prêtres vêtus de robes de lin plus
blanches que la neige, de deux mille eunuques, de
deux mille magiciens, et de deux mille guerriers.

Le roi des Indes arriva bientôt après dans un char
traîné par douze éléphants. Il avait une suite encore
plus nombreuse et plus brillante que le pharaon
d'Égypte.

Le dernier qui parut était le roi des Scythes. Il
n'avait auprès de lui que des guerriers choisis, armés
d'arcs et de flèches. Sa monture était un tigre superbe
qu'il avait dompté, et qui était aussi haut que les plus
beaux chevaux de Perse. La taille de ce monarque,
imposante et majestueuse, effaçait celle de ses rivaux ;
ses bras nus, aussi nerveux que blancs, semblaient déjà
tendre l'arc de Nembrod.

Les trois princes se prosternèrent d'abord devant
Bélus et Formosante. Le roi d'Égypte offrit à la prin-
cesse les deux plus beaux crocodiles du Nil, deux hip-
popotames, deux zèbres, deux rats d'Égypte, et deux
momies, avec les livres du grand Hermès, qu'il croyait
être ce qu'il y avait de plus rare sur la terre.

Le roi des Indes lui offrit cent éléphants qui por-
taient chacun une tour de bois doré, et mit à ses pieds
le *Veidam,* écrit de la main de Xaca lui-même.

Le roi des Scythes, qui ne savait ni lire ni écrire,

présenta cent chevaux de bataille couverts de housses de peaux de renards noirs.

La princesse baissa les yeux devant ses amants, et s'inclina avec des grâces aussi modestes que nobles.

Bélus fit conduire ces monarques sur les trônes qui leur étaient préparés. « Que n'ai-je trois filles ! leur dit-il, je rendrais aujourd'hui six personnes heureuses. » Ensuite il fit tirer au sort à qui essayerait le premier l'arc de Nembrod. On mit dans un casque d'or les noms des trois prétendants. Celui du roi d'Égypte sortit le premier ; ensuite parut le nom du roi des Indes. Le roi scythe, en regardant l'arc et ses rivaux, ne se plaignit point d'être le troisième.

Tandis qu'on préparait ces brillantes épreuves, vingt mille pages et vingt mille jeunes filles distribuaient sans confusion des rafraîchissements aux spectateurs entre les rangs des sièges. Tout le monde avouait que les dieux n'avaient établi les rois que pour donner tous les jours des fêtes, pourvu qu'elles fussent diversifiées ; que la vie est trop courte pour en user autrement ; que les procès, les intrigues, la guerre, les disputes des prêtres, qui consument la vie humaine, sont des choses absurdes et horribles ; que l'homme n'est né que pour la joie ; qu'il n'aimerait pas les plaisirs passionnément et continuellement s'il n'était pas formé pour eux ; que l'essence de la nature humaine est de se réjouir, et que tout le reste est folie. Cette excellente morale n'a jamais été démentie que par les faits.

Comme on allait commencer ces essais, qui devaient décider de la destinée de Formosante, un jeune inconnu monté sur une licorne, accompagné de son valet monté de même, et portant sur le poing un gros oiseau, se présente à la barrière. Les gardes furent surpris de voir en cet équipage une figure qui avait l'air de la divinité. C'était, comme on a dit depuis, le visage d'Adonis sur le corps d'Hercule ; c'était la majesté avec

les grâces. Ses sourcils noirs et ses longs cheveux
blonds, mélange de beauté inconnu à Babylone, char-
mèrent l'assemblée : tout l'amphithéâtre se leva pour
le mieux regarder ; toutes les femmes de la cour fixè-
rent sur lui des regards étonnés. Formosante elle-
même, qui baissait toujours les yeux, les releva et rou-
git ; les trois rois pâlirent ; tous les spectateurs, en com-
parant Formosante avec l'inconnu, s'écriaient : « Il n'y
a dans le monde que ce jeune homme qui soit aussi
beau que la princesse. »

Les huissiers, saisis d'étonnement, lui demandèrent
s'il était roi. L'étranger répondit qu'il n'avait pas cet
honneur, mais qu'il était venu de fort loin par curiosité
pour voir s'il y avait des rois qui fussent dignes de For-
mosante. On l'introduisit dans le premier rang de
l'amphithéâtre, lui, son valet, ses deux licornes, et son
oiseau. Il salua profondément Bélus, sa fille, les trois
rois, et toute l'assemblée. Puis il prit place en rougis-
sant. Ses deux licornes se couchèrent à ses pieds, son
oiseau se percha sur son épaule, et son valet, qui por-
tait un petit sac, se mit à côté de lui.

Les épreuves commencèrent. On tira de son étui
d'or l'arc de Nembrod. Le grand maître des cérémo-
nies, suivi de cinquante pages et précédé de vingt
trompettes, le présenta au roi d'Égypte, qui le fit bénir
par ses prêtres ; et, l'ayant posé sur la tête du bœuf
Apis, il ne douta pas de remporter cette première vic-
toire. Il descend au milieu de l'arène, il essaie, il épuise
ses forces, il fait des contorsions qui excitent le rire de
l'amphithéâtre, et qui font même sourire Formosante.

Son grand aumônier s'approcha de lui : « Que Votre
Majesté, lui dit-il, renonce à ce vain honneur, qui n'est
que celui des muscles et des nerfs ; vous triompherez
dans tout le reste. Vous vaincrez le lion, puisque vous
avez le sabre d'Osiris. La princesse de Babylone doit
appartenir au prince qui a le plus d'esprit, et vous avez

deviné des énigmes. Elle doit épouser le plus vertueux,
vous l'êtes, puisque vous avez été élevé par les prêtres
d'Égypte. Le plus généreux doit l'emporter, et vous
avez donné les deux plus beaux crocodiles et les deux
plus beaux rats qui soient dans le Delta. Vous possédez
le bœuf Apis et les livres d'Hermès, qui sont la chose
la plus rare de l'univers. Personne ne peut vous dispu-
ter Formosante.

— Vous avez raison », dit le roi d'Égypte, et il se
remit sur son trône.

On alla mettre l'arc entre les mains du roi des
Indes. Il en eut des ampoules pour quinze jours, et se
consola en présumant que le roi des Scythes ne serait
pas plus heureux que lui.

Le Scythe mania l'arc à son tour. Il joignit l'adresse
à la force : l'arc parut prendre quelque élasticité entre
ses mains ; il le fit un peu plier, mais jamais il ne put
venir à bout de le tendre. L'amphithéâtre, à qui la
bonne mine de ce prince inspirait des inclinations
favorables, gémit de son peu de succès, et jugea que la
belle princesse ne serait jamais mariée.

Alors le jeune inconnu descendit d'un saut dans
l'arène, et, s'adressant au roi des Scythes : « Que Votre
Majesté, lui dit-il, ne s'étonne point de n'avoir pas
entièrement réussi. Ces arcs d'ébène se font dans mon
pays ; il n'y a qu'un certain tour à donner. Vous avez
beaucoup plus de mérite à l'avoir fait plier que je n'en
peux avoir à le tendre. » Aussitôt il prit une flèche,
l'ajusta sur la corde, tendit l'arc de Nembrod, et fit
voler la flèche bien au-delà des barrières. Un million
de mains applaudit à ce prodige. Babylone retentit
d'acclamations, et toutes les femmes disaient : « Quel
bonheur qu'un si beau garçon ait tant de force ! »

Il tira ensuite de sa poche une petite lame d'ivoire,
écrivit sur cette lame avec une aiguille d'or, attacha la
tablette d'ivoire à l'arc, et présenta le tout à la prin-

cesse avec une grâce qui ravissait tous les assistants.
Puis il alla modestement se remettre à sa place entre
son oiseau et son valet. Babylone entière était dans la
surprise ; les trois rois étaient confondus, et l'inconnu
ne paraissait pas s'en apercevoir.

Formosante fut encore plus étonnée en lisant sur la
tablette d'ivoire attachée à l'arc ces petits vers en beau
langage chaldéen :

> L'arc de Nembrod est celui de la guerre ;
> L'arc de l'amour est celui du bonheur ;
> Vous le portez. Par vous ce dieu vainqueur
> Est devenu le maître de la terre.
> Trois rois puissants, trois rivaux aujourd'hui,
> Osent prétendre à l'honneur de vous plaire :
> Je ne sais pas qui votre cœur préfère,
> Mais l'univers sera jaloux de lui.

Ce petit madrigal ne fâcha point la princesse. Il fut
critiqué par quelques seigneurs de la vieille cour, qui
dirent qu'autrefois dans le bon temps on aurait com-
paré Bélus au soleil, et Formosante à la lune, son cou
à une tour, et sa gorge à un boisseau de froment. Ils
dirent que l'étranger n'avait point d'imagination, et
qu'il s'écartait des règles de la véritable poésie ; mais
toutes les dames trouvèrent les vers fort galants. Elles
s'émerveillèrent qu'un homme qui bandait si bien un
arc eût tant d'esprit. La dame d'honneur de la prin-
cesse lui dit : « Madame, voilà bien des talents en pure
perte. De quoi servira à ce jeune homme son esprit et
l'arc de Bélus ? — A le faire admirer, répondit Formo-
sante. — Ah ! dit la dame d'honneur entre ses dents,
encore un madrigal, et il pourrait bien être aimé. »

Cependant Bélus, ayant consulté ses mages, déclara
qu'aucun des trois rois n'ayant pu bander l'arc de
Nembrod, il n'en fallait pas moins marier sa fille, et
qu'elle appartiendrait à celui qui viendrait à bout
d'abattre le grand lion qu'on nourrissait exprès dans sa

ménagerie. Le roi d'Égypte, qui avait été élevé dans
toute la sagesse de son pays, trouva qu'il était fort ridi-
cule d'exposer un roi aux bêtes pour le marier. Il
avouait que la possession de Formosante était d'un
grand prix; mais il prétendait que, si le lion l'étran-
glait, il ne pourrait jamais épouser cette belle Babylo-
nienne. Le roi des Indes entra dans les sentiments de
l'Égyptien; tous deux conclurent que le roi de Baby-
lone se moquait d'eux; qu'il fallait faire venir des
armées pour le punir; qu'ils avaient assez de sujets qui
se tiendraient fort honorés de mourir au service de
leurs maîtres, sans qu'il en coûtât un cheveu à leurs
têtes sacrées; qu'ils détrôneraient aisément le roi de
Babylone, et qu'ensuite ils tireraient au sort la belle
Formosante.

Cet accord étant fait, les deux rois dépêchèrent cha-
cun dans leur pays un ordre exprès d'assembler une
armée de trois cent mille hommes pour enlever For-
mosante.

Cependant le roi des Scythes descendit seul dans
l'arène, le cimeterre à la main. Il n'était pas éperdu-
ment épris des charmes de Formosante; la gloire avait
été jusque-là sa seule passion; elle l'avait conduit à
Babylone. Il voulait faire voir que si les rois de l'Inde
et de l'Égypte étaient assez prudents pour ne pas se
compromettre avec des lions, il était assez courageux
pour ne pas dédaigner ce combat, et qu'il réparerait
l'honneur du diadème. Sa rare valeur ne lui permit pas
seulement de se servir du secours de son tigre. Il
s'avance seul, légèrement armé, couvert d'un casque
d'acier garni d'or, ombragé de trois queues de cheval
blanches comme la neige.

On lâche contre lui le plus énorme lion qui ait
jamais été nourri dans les montagnes de l'Anti-Liban.
Ses terribles griffes semblaient capables de déchirer les
trois rois à la fois, et sa vaste gueule de les dévorer.

Ses affreux rugissements faisaient retentir l'amphithéâ-
tre. Les deux fiers champions se précipitent l'un contre
l'autre d'une course rapide. Le courageux Scythe
enfonce son épée dans le gosier du lion, mais la
pointe, rencontrant une de ces épaisses dents que rien
ne peut percer, se brise en éclats, et le monstre des
forêts, furieux de sa blessure, imprimait déjà ses ongles
sanglants dans les flancs du monarque.

Le jeune inconnu, touché du péril d'un si brave
prince, se jette dans l'arène plus prompt qu'un éclair;
il coupe la tête du lion avec la même dextérité qu'on
a vu depuis dans nos carrousels de jeunes chevaliers
adroits enlever des têtes de maures ou des bagues.

Puis, tirant une petite boîte, il la présente au roi scy-
the, en lui disant : « Votre Majesté trouvera dans cette
petite boîte le véritable dictame qui croît dans mon
pays. Vos glorieuses blessures seront guéries en un
moment. Le hasard seul vous a empêché de triompher
du lion; votre valeur n'en est pas moins admirable. »

Le roi scythe, plus sensible à la reconnaissance qu'à
la jalousie, remercia son libérateur, et, après l'avoir
tendrement embrassé, rentra dans son quartier pour
appliquer le dictame sur ses blessures.

L'inconnu donna la tête du lion à son valet; celui-ci,
après l'avoir lavée à la grande fontaine qui était au-
dessous de l'amphithéâtre, et en avoir fait écouler tout
le sang, tira un fer de son petit sac, arracha les qua-
rante dents du lion, et mit à leur place quarante dia-
mants d'une égale grosseur.

Son maître, avec sa modestie ordinaire, se remit à
sa place; il donna la tête du lion à son oiseau : « Bel
oiseau, dit-il, allez porter aux pieds de Formosante ce
faible hommage. » L'oiseau part, tenant dans une de
ses serres le terrible trophée; il le présente à la prin-
cesse en baissant humblement le cou, et en s'aplatis-
sant devant elle. Les quarante brillants éblouirent tous

les yeux. On ne connaissait pas encore cette magnifi-
cence dans la superbe Babylone : l'émeraude, la
topaze, le saphir, et le pyrope, étaient regardés encore
comme les plus précieux ornements. Bélus et toute la
cour étaient saisis d'admiration. L'oiseau qui offrait ce
présent les surprit encore davantage. Il était de la taille
d'un aigle, mais ses yeux étaient aussi doux et aussi
tendres que ceux de l'aigle sont fiers et menaçants.
Son bec était couleur de rose, et semblait tenir quel-
que chose de la belle bouche de Formosante. Son cou
rassemblait toutes les couleurs de l'iris, mais plus vives
et plus brillantes. L'or en mille nuances éclatait sur son
plumage. Ses pieds paraissaient un mélange d'argent et
de pourpre ; et la queue des beaux oiseaux qu'on
attela depuis au char de Junon n'approchait pas de la
sienne.

L'attention, la curiosité, l'étonnement, l'extase de
toute la cour, se partageaient entre les quarante dia-
mants et l'oiseau. Il s'était perché sur la balustrade,
entre Bélus et sa fille Formosante ; elle le flattait, le
caressait, le baisait. Il semblait recevoir ses caresses
avec un plaisir mêlé de respect. Quand la princesse lui
donnait des baisers, il les rendait, et la regardait
ensuite avec des yeux attendris. Il recevait d'elle des
biscuits et des pistaches, qu'il prenait de sa patte pur-
purine et argentée, et qu'il portait à son bec avec des
grâces inexprimables.

Bélus, qui avait considéré les diamants avec atten-
tion, jugeait qu'une de ses provinces pouvait à peine
payer un présent si riche. Il ordonna qu'on préparât
pour l'inconnu des dons encore plus magnifiques que
ceux qui étaient destinés aux trois monarques. « Ce
jeune homme, disait-il, est sans doute le fils du roi de
la Chine, ou de cette partie du monde qu'on nomme
Europe, dont j'ai entendu parler, ou de l'Afrique, qui
est, dit-on, voisine du royaume d'Égypte. »

Il envoya sur-le-champ son grand écuyer complimen-
ter l'inconnu, et lui demander s'il était souverain d'un
de ces empires, et pourquoi, possédant de si étonnants
trésors, il était venu avec un valet et un petit sac.

Tandis que le grand écuyer avançait vers l'amphi-
théâtre pour s'acquitter de sa commission, arriva un
autre valet sur une licorne. Ce valet, adressant la
parole au jeune homme, lui dit : « Ormar, votre père
touche à l'extrémité de sa vie, et je suis venu vous
en avertir. » L'inconnu leva les yeux au ciel, versa
des larmes, et ne répondit que par ce mot : « Par-
tons. »

Le grand écuyer, après avoir fait les compliments de
Bélus au vainqueur du lion, au donneur des quarante
diamants, au maître du bel oiseau, demanda au valet
de quel royaume était souverain le père de ce jeune
héros. Le valet répondit : « Son père est un vieux ber-
ger qui est fort aimé dans le canton. »

Pendant ce court entretien l'inconnu était déjà
monté sur sa licorne. Il dit au grand écuyer : « Sei-
gneur, daignez me mettre aux pieds de Bélus et de sa
fille. J'ose la supplier d'avoir grand soin de l'oiseau que
je lui laisse ; il est unique comme elle. » En achevant
ces mots, il partit comme un éclair ; les deux valets le
suivirent, et on les perdit de vue.

Formosante ne put s'empêcher de jeter un grand
cri. L'oiseau, se retournant vers l'amphithéâtre où son
maître avait été assis, parut très affligé de ne le plus
voir. Puis regardant fixement la princesse, et frottant
doucement sa belle main de son bec, il sembla se
vouer à son service.

Bélus, plus étonné que jamais, apprenant que ce
jeune homme si extraordinaire était le fils d'un berger,
ne put le croire. Il fit courir après lui ; mais bientôt on
lui rapporta que les licornes sur lesquelles ces trois
hommes couraient ne pouvaient être atteintes, et

qu'au galop dont elles allaient elles devaient faire cent
lieues par jour.

II

Tout le monde raisonnait sur cette aventure étrange,
et s'épuisait en vaines conjectures. Comment le fils
d'un berger peut-il donner quarante gros diamants ?
Pourquoi est-il monté sur une licorne ? On s'y perdait ;
et Formosante, en caressant son oiseau, était plongée
dans une rêverie profonde.

La princesse Aldée, sa cousine issue de germaine,
très bien faite, et presque aussi belle que Formosante,
lui dit : « Ma cousine, je ne sais pas si ce jeune demi-
dieu est le fils d'un berger ; mais il me semble qu'il a
rempli toutes les conditions attachées à votre mariage.
Il a bandé l'arc de Nembrod, il a vaincu le lion, il a
beaucoup d'esprit puisqu'il a fait pour vous un assez
joli impromptu. Après les quarante énormes diamants
qu'il vous a donnés, vous ne pouvez nier qu'il ne soit
le plus généreux des hommes. Il possédait dans son
oiseau ce qu'il y a de plus rare sur la terre. Sa vertu
n'a point d'égale, puisque, pouvant demeurer auprès
de vous, il est parti sans délibérer dès qu'il a su que
son père était malade. L'oracle est accompli dans tous
ses points, excepté dans celui qui exige qu'il terrasse
ses rivaux ; mais il a fait plus, il a sauvé la vie du seul
concurrent qu'il pouvait craindre ; et, quand il s'agira
de battre les deux autres, je crois que vous ne doutez
pas qu'il n'en vienne à bout aisément.

— Tout ce que vous dites est bien vrai, répondit
Formosante ; mais est-il possible que le plus grand des

hommes, et peut-être même le plus aimable, soit le fils
d'un berger ?

La dame d'honneur, se mêlant de la conversation,
dit que très souvent ce mot de berger était appliqué
aux rois ; qu'on les appelait *bergers,* parce qu'ils tondent
de fort près leur troupeau ; que c'était sans doute une
mauvaise plaisanterie de son valet ; que ce jeune héros
n'était venu si mal accompagné que pour faire voir
combien son seul mérite était au-dessus du faste des
rois, et pour ne devoir Formosante qu'à lui-même. La
princesse ne répondit qu'en donnant à son oiseau
mille tendres baisers.

On préparait cependant un grand festin pour les
trois rois et pour tous les princes qui étaient venus à la
fête. La fille et la nièce du roi devaient en faire les
honneurs. On portait chez les rois des présents dignes
de la magnificence de Babylone. Bélus, en attendant
qu'on servît, assembla son conseil sur le mariage de la
belle Formosante, et voici comme il parla en grand
politique :

« Je suis vieux, je ne sais plus que faire, ni à qui
donner ma fille. Celui qui la méritait n'est qu'un vil
berger, le roi des Indes et celui d'Égypte sont des pol-
trons ; le roi des Scythes me conviendrait assez, mais il
n'a rempli aucune des conditions imposées. Je vais
encore consulter l'oracle. En attendant, délibérez, et
nous conclurons suivant ce que l'oracle aura dit : car
un roi ne doit se conduire que par l'ordre exprès des
dieux immortels. »

Alors il va dans sa chapelle ; l'oracle lui répond en
peu de mots, suivant sa coutume : « Ta fille ne sera
mariée que quand elle aura couru le monde. » Bélus,
étonné, revient au conseil, et rapporte cette réponse.

Tous les ministres avaient un profond respect pour
les oracles ; tous convenaient ou feignaient de convenir
qu'ils étaient le fondement de la religion ; que la rai-

son doit se taire devant eux ; que c'est par eux que les
rois règnent sur les peuples, et les mages sur les rois ;
que sans les oracles il n'y aurait ni vertu ni repos sur
la terre. Enfin, après avoir témoigné la plus profonde
vénération pour eux, presque tous conclurent que
celui-ci était impertinent, qu'il ne fallait pas lui obéir ;
que rien n'était plus indécent pour une fille, et surtout
pour celle du grand roi de Babylone, que d'aller courir
sans savoir où ; que c'était le vrai moyen de n'être
point mariée, ou de faire un mariage clandestin, hon-
teux et ridicule ; qu'en un mot cet oracle n'avait pas le
sens commun.

Le plus jeune des ministres, nommé Onadase, qui
avait plus d'esprit qu'eux, dit que l'oracle entendait
sans doute quelque pèlerinage de dévotion, et qu'il
s'offrait à être le conducteur de la princesse. Le conseil
revint à son avis, mais chacun voulut servir d'écuyer.
Le roi décida que la princesse pourrait aller à trois
cents parasanges sur le chemin de l'Arabie, à un tem-
ple dont le saint avait la réputation de procurer d'heu-
reux mariages aux filles, et que ce serait le doyen du
conseil qui l'accompagnerait. Après cette décision on
alla souper.

III

Au milieu des jardins, entre deux cascades, s'élevait un
salon ovale de trois cents pieds de diamètre, dont la
voûte d'azur semée d'étoiles d'or représentait toutes les
constellations avec les planètes, chacune à leur vérita-
ble place, et cette voûte tournait, ainsi que le ciel, par
des machines aussi invisibles que le sont celles qui diri-

gent les mouvements célestes. Cent mille flambeaux
enfermés dans des cylindres de cristal de roche éclai-
raient les dehors et l'intérieur de la salle à manger. Un
buffet en gradins portait vingt mille vases ou plats
d'or ; et vis-à-vis le buffet d'autres gradins étaient rem-
plis de musiciens. Deux autres amphithéâtres étaient
chargés, l'un, des fruits de toutes les saisons ; l'autre,
d'amphores de cristal où brillaient tous les vins de la
terre.

Les convives prirent leurs places autour d'une table
de compartiments qui figuraient des fleurs et des
fruits, tous en pierres précieuses. La belle Formosante
fut placée entre le roi des Indes et celui d'Égypte, la
belle Aldée auprès du roi des Scythes. Il y avait une
trentaine de princes, et chacun d'eux était à côté d'une
des plus belles dames du palais. Le roi de Babylone au
milieu, vis-à-vis de sa fille, paraissait partagé entre le
chagrin de n'avoir pu la marier et le plaisir de la gar-
der encore. Formosante lui demanda la permission de
mettre son oiseau sur la table à côté d'elle. Le roi le
trouva très bon.

La musique, qui se fit entendre, donna une pleine
liberté à chaque prince d'entretenir sa voisine. Le fes-
tin parut aussi agréable que magnifique. On avait servi
devant Formosante un ragoût que le roi son père
aimait beaucoup. La princesse dit qu'il fallait le porter
devant Sa Majesté ; aussitôt l'oiseau se saisit du plat
avec une dextérité merveilleuse et va le présenter au
roi. Jamais on ne fut plus étonné à souper. Bélus lui fit
autant de caresses que sa fille. L'oiseau reprit ensuite
son vol pour retourner auprès d'elle. Il déployait en
volant une si belle queue, ses ailes étendues étalaient
tant de brillantes couleurs, l'or de son plumage jetait
un éclat si éblouissant, que tous les yeux ne regar-
daient que lui. Tous les concertants cessèrent leur
musique et devinrent immobiles. Personne ne man-

geait, personne ne parlait, on n'entendait qu'un mur-
mure d'admiration. La princesse de Babylone le baisa
pendant tout le souper, sans songer seulement s'il y
avait des rois dans le monde. Ceux des Indes et
d'Égypte sentirent redoubler leur dépit et leur indigna-
tion, et chacun d'eux se promit bien de hâter la mar-
che de ses trois cent mille hommes pour se venger.

Pour le roi des Scythes, il était occupé à entretenir la
belle Aldée : son cœur altier, méprisant sans dépit les
inattentions de Formosante, avait conçu pour elle plus
d'indifférence que de colère. « Elle est belle, disait-il, je
l'avoue ; mais elle me paraît de ces femmes qui ne
sont occupées que de leur beauté, et qui pensent que
le genre humain doit leur être bien obligé quand elles
daignent se laisser voir en public. On n'adore point des
idoles dans mon pays. J'aimerais mieux une laideron
complaisante et attentive que cette belle statue. Vous
avez, madame, autant de charmes qu'elle, et vous dai-
gnez au moins faire conversation avec les étrangers. Je
vous avoue, avec la franchise d'un Scythe, que je vous
donne la préférence sur votre cousine. » Il se trompait
pourtant sur le caractère de Formosante : elle n'était
pas si dédaigneuse qu'elle le paraissait ; mais son com-
pliment fut très bien reçu de la princesse Aldée. Leur
entretien devint fort intéressant : ils étaient très
contents, et déjà sûrs l'un de l'autre avant qu'on sortît
de table.

Après le souper, on alla se promener dans les bos-
quets. Le roi des Scythes et Aldée ne manquèrent pas
de chercher un cabinet solitaire. Aldée, qui était la
franchise même, parla ainsi à ce prince :

« Je ne hais point ma cousine, quoiqu'elle soit plus
belle que moi, et qu'elle soit destinée au trône de
Babylone : l'honneur de vous plaire me tient lieu
d'attraits. Je préfère la Scythie avec vous à la couronne
de Babylone sans vous ; mais cette couronne m'appar-

tient de droit, s'il y a des droits dans le monde : car je suis de la branche aînée Nembrod, et Formosante n'est que de la cadette. Son grand-père détrôna le mien, et le fit mourir.

— Telle est donc la force du sang dans la maison de Babylone! dit le Scythe. Comment s'appelait votre grand-père ? — Il se nommait Aldée, comme moi. Mon père avait le même nom : il fut relégué au fond de l'empire avec ma mère ; et Bélus, après leur mort, ne craignant rien de moi, voulut m'élever auprès de sa fille ; mais il a décidé que je ne serais jamais mariée.

— Je veux venger votre père, et votre grand-père, et vous, dit le roi des Scythes. Je vous réponds que vous serez mariée ; je vous enlèverai après-demain de grand-matin, car il faut dîner demain avec le roi de Babylone, et je reviendrai soutenir vos droits avec une armée de trois cent mille hommes. — Je le veux bien », dit la belle Aldée ; et, après s'être donné leur parole d'honneur, ils se séparèrent.

Il y avait longtemps que l'incomparable Formosante s'était allée coucher. Elle avait fait placer à côté de son lit un petit oranger dans une caisse d'argent pour y faire reposer son oiseau. Ses rideaux étaient fermés ; mais elle n'avait nulle envie de dormir. Son cœur et son imagination étaient trop éveillés. Le charmant inconnu était devant ses yeux ; elle le voyait tirant une flèche avec l'arc de Nembrod ; elle le contemplait coupant la tête du lion ; elle récitait son madrigal ; enfin elle le voyait s'échapper de la foule, monté sur sa licorne ; alors elle éclatait en sanglots ; elle s'écriait avec larmes : « Je ne le reverrai donc plus ; il ne reviendra pas.

— Il reviendra, madame, lui répondit l'oiseau du haut de son oranger ; peut-on vous avoir vue, et ne pas vous revoir ?

— Ô ciel ! ô puissances éternelles ! mon oiseau parle

le pur chaldéen ! » En disant ces mots, elle tire ses
rideaux, lui tend les bras, se met à genoux sur son lit :
« Êtes-vous un dieu descendu sur la terre ? êtes-vous le
grand Orosmade caché sous ce beau plumage ? Si vous
êtes un dieu, rendez-moi ce beau jeune homme.

— Je ne suis qu'un volatile, répliqua l'autre ; mais
je naquis dans le temps que toutes les bêtes parlaient
encore, et que les oiseaux, les serpents, les ânesses, les
chevaux, et les griffons, s'entretenaient familièrement
avec les hommes. Je n'ai pas voulu parler devant le
monde, de peur que vos dames d'honneur ne me
prissent pour un sorcier : je ne veux me découvrir qu'à
vous. »

Formosante, interdite, égarée, enivrée de tant de
merveilles, agitée de l'empressement de faire cent
questions à la fois, lui demanda d'abord quel âge il
avait. « Vingt-sept mille neuf cents ans et six mois,
madame ; je suis de l'âge de la petite révolution du ciel
que vos mages appellent *la précession des équinoxes* et qui
s'accomplit en près de vingt-huit mille de vos années.
Il y a des révolutions infiniment plus longues : aussi
nous avons des êtres beaucoup plus vieux que moi. Il
y a vingt-deux mille ans que j'appris le chaldéen dans
un de mes voyages. J'ai toujours conservé beaucoup de
goût pour la langue chaldéenne ; mais les autres ani-
maux mes confrères ont renoncé à parler dans vos cli-
mats. — Et pourquoi cela, mon divin oiseau ? —
Hélas ! c'est parce que les hommes ont pris enfin
l'habitude de nous manger, au lieu de converser et de
s'instruire avec nous. Les barbares ! ne devaient-ils pas
être convaincus qu'ayant les mêmes organes qu'eux,
les mêmes sentiments, les mêmes besoins, les mêmes
désirs, nous avions ce qui s'appelle *une âme* tout
comme eux ; que nous étions leurs frères, et qu'il ne
fallait cuire et manger que les méchants ? Nous som-
mes tellement vos frères que le grand Être, l'Être éter-

nel et formateur, ayant fait un pacte avec les hom-
mes*, nous comprit expressément dans le traité. Il
vous défendit de vous nourrir de notre sang, et à nous,
de sucer le vôtre.

« Les fables de votre ancien Locman, traduites en
tant de langues, seront un témoignage éternellement
subsistant de l'heureux commerce que vous avez eu
autrefois avec nous. Elles commencent toutes par ces
mots : *Du temps que les bêtes parlaient.* Il est vrai qu'il y
a beaucoup de femmes parmi vous qui parlent tou-
jours à leurs chiens ; mais ils ont résolu de ne point
répondre depuis qu'on les a forcés à coups de fouet
d'aller à la chasse, et d'être les complices du meurtre
de nos anciens amis communs, les cerfs, les daims, les
lièvres et les perdrix.

« Vous avez encore d'anciens poèmes dans lesquels
les chevaux parlent, et vos cochers leur adressent la
parole tous les jours ; mais c'est avec tant de grossiè-
reté, et en prononçant des mots si infâmes, que les
chevaux, qui vous aimaient tant autrefois, vous détes
tent aujourd'hui.

« Le pays où demeure votre charmant inconnu, le
plus parfait des hommes, est demeuré le seul où votre
espèce sache encore aimer la nôtre et lui parler ; et c'est
la seule contrée de la terre où les hommes soient justes.

— Et où est-il ce pays de mon cher inconnu ? quel
est le nom de ce héros ? comment se nomme son
empire ? car je ne croirai pas plus qu'il est un berger
que je ne crois que vous êtes une chauve-souris.

— Son pays, madame, est celui des Gangarides,
peuple vertueux et invincible qui habite la rive orien-
tale du Gange. Le nom de mon ami est Amazan. Il
n'est pas roi, et je ne sais même s'il voudrait s'abaisser
à l'être ; il aime trop ses compatriotes : il est berger

* Voyez le chap. 9 de la Genèse ; et les chap. 3, 18 et 19 de l'Ecclésiaste.

comme eux. Mais n'allez pas vous imaginer que ces
bergers ressemblent aux vôtres, qui, couverts à peine
de lambeaux déchirés, gardent des moutons infiniment
mieux habillés qu'eux ; qui gémissent sous le fardeau
de la pauvreté, et qui payent à un exacteur la moitié
des gages chétifs qu'ils reçoivent de leurs maîtres. Les
bergers gangarides, nés tous égaux, sont les maîtres
des troupeaux innombrables qui couvrent leurs prés
éternellement fleuris. On ne les tue jamais : c'est un
crime horrible vers le Gange de tuer et de manger
son semblable. Leur laine, plus fine et plus brillante
que la plus belle soie, est le plus grand commerce de
l'Orient. D'ailleurs la terre des Gangarides produit tout
ce qui peut flatter les désirs de l'homme. Ces gros dia-
mants qu'Amazan a eu l'honneur de vous offrir sont
d'une mine qui lui appartient. Cette licorne que vous
l'avez vu monter est la monture ordinaire des Ganga-
rides. C'est le plus bel animal, le plus fier, le plus ter-
rible, et le plus doux qui orne la terre. Il suffirait de
cent Gangarides et de cent licornes pour dissiper des
armées innombrables. Il y a environ deux siècles qu'un
roi des Indes fut assez fou pour vouloir conquérir
cette nation : il se présenta suivi de dix mille éléphants
et d'un million de guerriers. Les licornes percèrent les
éléphants, comme j'ai vu sur votre table des mauviet-
tes enfilées dans des brochettes d'or. Les guerriers
tombaient sous le sabre des Gangarides comme les
moissons de riz sont coupées par les mains des peuples
de l'Orient. On prit le roi prisonnier avec plus de six
cent mille hommes. On le baigna dans les eaux salutai-
res du Gange ; on le mit au régime du pays, qui
consiste à ne se nourrir que de végétaux prodigués par
la nature pour nourrir tout ce qui respire. Les hom-
mes alimentés de carnage et abreuvés de liqueurs for-
tes ont tous un sang aigri et aduste qui les rend fous
en cent manières différentes. Leur principale démence

est la fureur de verser le sang de leurs frères, et de
dévaster des plaines fertiles pour régner sur des cime-
tières. On employa six mois entiers à guérir le roi des
Indes de sa maladie. Quand les médecins eurent enfin
jugé qu'il avait le pouls plus tranquille et l'esprit plus
rassis, ils en donnèrent le certificat au conseil des Ganga-
rides. Ce conseil, ayant pris l'avis des licornes, renvoya
humainement le roi des Indes, sa sotte cour et ses
imbéciles guerriers dans leur pays. Cette leçon les ren-
dit sages, et, depuis ce temps, les Indiens respectèrent
les Gangarides, comme les ignorants qui voudraient
s'instruire respectent parmi vous les philosophes chal-
déens, qu'ils ne peuvent égaler. — A propos, mon
cher oiseau, lui dit la princesse, y a-t-il une religion
chez les Gangarides? — S'il y en a une? Madame,
nous nous assemblons pour rendre grâces à Dieu, les
jours de la pleine lune, les hommes dans un grand
temple de cèdre, les femmes dans un autre, de peur
des distractions; tous les oiseaux dans un bocage, les
quadrupèdes sur une belle pelouse. Nous remercions
Dieu de tous les biens qu'il nous a faits. Nous avons
surtout des perroquets qui prêchent à merveille.

« Telle est la patrie de mon cher Amazan; c'est là
que je demeure; j'ai autant d'amitié pour lui qu'il vous
a inspiré d'amour. Si vous m'en croyez, nous partirons
ensemble, et vous irez lui rendre sa visite.

— Vraiment, mon oiseau, vous faites là un joli
métier, répondit en souriant la princesse, qui brûlait
d'envie de faire le voyage, et qui n'osait le dire. — Je
sers mon ami, dit l'oiseau; et, après le bonheur de
vous aimer, le plus grand est celui de servir vos
amours. »

Formosante ne savait plus où elle en était; elle se
croyait transportée hors de la terre. Tout ce qu'elle
avait vu dans cette journée, tout ce qu'elle voyait, tout
ce qu'elle entendait, et surtout ce qu'elle sentait dans

son cœur, la plongeait dans un ravissement qui passait
de bien loin celui qu'éprouvent aujourd'hui les fortunés
musulmans quand, dégagés de leurs liens terrestres, ils
se voient dans le neuvième ciel entre les bras de leurs
houris, environnés et pénétrés de la gloire et de la féli-
cité célestes.

IV

ELLE passa toute la nuit à parler d'Amazan. Elle ne
l'appelait plus que son *berger*; et c'est depuis ce temps-
là que les noms de *berger* et d'*amant* sont toujours
employés l'un pour l'autre chez quelques nations.

Tantôt elle demandait à l'oiseau si Amazan avait eu
d'autres maîtresses. Il répondait que non, et elle était
au comble de la joie. Tantôt elle voulait savoir à quoi
il passait sa vie; et elle apprenait avec transport qu'il
l'employait à faire du bien, à cultiver les arts, à péné-
trer les secrets de la nature, à perfectionner son être.
Tantôt elle voulait savoir si l'âme de son oiseau était
de la même nature que celle de son amant; pourquoi
il avait vécu près de vingt-huit mille ans, tandis que
son amant n'en avait que dix-huit ou dix-neuf. Elle fai-
sait cent questions pareilles, auxquelles l'oiseau répon-
dait avec une discrétion qui irritait sa curiosité. Enfin,
le sommeil ferma leurs yeux, et livra Formosante à la
douce illusion des songes envoyés par les dieux, qui
surpassent quelquefois la réalité même, et que toute la
philosophie des Chaldéens a bien de la peine à expli-
quer.

Formosante ne s'éveilla que très tard. Il était petit
jour chez elle quand le roi son père entra dans sa

chambre. L'oiseau reçut Sa Majesté avec une politesse
respectueuse, alla au-devant de lui, battit des ailes,
allongea son cou, et se remit sur son oranger. Le roi
s'assit sur le lit de sa fille, que ses rêves avaient encore
embellie. Sa grande barbe s'approcha de ce beau
visage, et après lui avoir donné deux baisers, il lui
parla en ces mots :

« Ma chère fille, vous n'avez pu trouver hier un
mari, comme je l'espérais ; il vous en faut un pour-
tant : le salut de mon empire l'exige. J'ai consulté l'ora-
cle, qui, comme vous savez, ne ment jamais, et qui
dirige toute ma conduite. Il m'a ordonné de vous faire
courir le monde. Il faut que vous voyagiez. — Ah !
chez les Gangarides sans doute », dit la princesse ; et
en prononçant ces mots, qui lui échappaient, elle sentit
bien qu'elle disait une sottise. Le roi, qui ne savait pas
un mot de géographie, lui demanda ce qu'elle enten-
dait par des Gangarides. Elle trouva aisément une
défaite. Le roi lui apprit qu'il fallait faire un pèleri-
nage ; qu'il avait nommé les personnes de sa suite, le
doyen des conseillers d'État, le grand aumônier, une
dame d'honneur, un médecin, un apothicaire, et son
oiseau, avec tous les domestiques convenables.

Formosante, qui n'était jamais sortie du palais du roi
son père, et qui jusqu'à la journée des trois rois et
d'Amazan n'avait mené qu'une vie très insipide dans
l'étiquette du faste et dans l'apparence des plaisirs, fut
ravie d'avoir un pèlerinage à faire. « Qui sait, disait-elle
tout bas à son cœur, si les dieux n'inspireront pas à
mon cher Gangaride le même désir d'aller à la même
chapelle, et si je n'aurai pas le bonheur de revoir le
pèlerin ? » Elle remercia tendrement son père, en lui
disant qu'elle avait eu toujours une secrète dévotion
pour le saint chez lequel on l'envoyait.

Bélus donna un excellent dîner à ses hôtes ; il
n'y avait que des hommes. C'étaient tous gens fort

mal assortis : rois, princes, ministres, pontifes, tous
jaloux les uns des autres, tous pesant leurs paroles,
tous embarrassés de leurs voisins et d'eux-mêmes. Le
repas fut triste, quoiqu'on y bût beaucoup. Les princes-
ses restèrent dans leurs appartements, occupées cha-
cune de leur départ. Elles mangèrent à leur petit cou-
vert. Formosante ensuite alla se promener dans les jar-
dins avec son cher oiseau, qui, pour l'amuser, vola
d'arbre en arbre en étalant sa superbe queue et son
divin plumage.

Le roi d'Égypte, qui était chaud de vin, pour ne pas
dire ivre, demanda un arc et des flèches à un de ses
pages. Ce prince était à la vérité l'archer le plus mala-
droit de son royaume. Quand il tirait au blanc, la place
où l'on était le plus en sûreté était le but où il visait.
Mais le bel oiseau, en volant aussi rapidement que la
flèche, se présenta lui-même au coup, et tomba tout
sanglant entre les bras de Formosante. L'Égyptien, en
riant d'un sot rire, se retira dans son quartier. La prin-
cesse perça le ciel de ses cris, fondit en larmes, se
meurtrit les joues et la poitrine. L'oiseau mourant lui
dit tout bas : « Brûlez-moi, et ne manquez pas de por-
ter mes cendres vers l'Arabie Heureuse, à l'orient de
l'ancienne ville d'Aden ou d'Eden, et de les exposer au
soleil sur un petit bûcher de gérofle et de cannelle. »
Après avoir proféré ces paroles, il expira. Formosante
resta longtemps évanouie et ne revit le jour que pour
éclater en sanglots. Son père, partageant sa douleur et
faisant des imprécations contre le roi d'Égypte, ne
douta pas que cette aventure n'annonçât un avenir
sinistre. Il alla vite consulter l'oracle de sa chapelle.
L'oracle répondit : « Mélange de tout ; mort vivant,
infidélité et constance, perte et gain, calamités et bon-
heur. » Ni lui ni son conseil n'y purent rien compren-
dre ; mais enfin il était satisfait d'avoir rempli ses
devoirs de dévotion.

Sa fille, éplorée, pendant qu'il consultait l'oracle, fit rendre à l'oiseau les honneurs funèbres qu'il avait ordonnés, et résolut de le porter en Arabie au péril de ses jours. Il fut brûlé dans du lin incombustible avec l'oranger sur lequel il avait couché ; elle en recueillit la cendre dans un petit vase d'or tout entouré d'escarbou-cles et des diamants qu'on ôta de la gueule du lion. Que ne put-elle, au lieu d'accomplir ce devoir funeste, brûler tout en vie le détestable roi d'Égypte ! C'était là tout son désir. Elle fit tuer, dans son dépit, ses deux crocodiles, ses deux hippopotames, ses deux zèbres, ses deux rats, et fit jeter ses deux momies dans l'Euphrate ; si elle avait tenu son bœuf Apis, elle ne l'aurait pas épargné.

Le roi d'Égypte, outré de cet affront, partit sur-le-champ pour faire avancer ses trois cent mille hommes. Le roi des Indes, voyant partir son allié, s'en retourna le jour même, dans le ferme dessein de joindre ses trois cent mille Indiens à l'armée égyptienne. Le roi de Scythie délogea dans la nuit avec la princesse Aldée, bien résolu de venir combattre pour elle à la tête de trois cent mille Scythes, et de lui prendre l'héritage de Babylone, qui lui était dû, puisqu'elle descendait de la branche aînée.

De son côté la belle Formosante se mit en route à trois heures du matin avec sa caravane de pèlerins, se flattant bien qu'elle pourrait aller en Arabie exécuter les dernières volontés de son oiseau, et que la justice des dieux immortels lui rendrait son cher Amazan sans qui elle ne pouvait plus vivre.

Ainsi, à son réveil, le roi de Babylone ne trouva plus personne. « Comme les grandes fêtes se terminent, disait-il, et comme elles laissent un vide étonnant dans l'âme, quand le fracas est passé. » Mais il fut transporté d'une colère vraiment royale lorsqu'il apprit qu'on avait enlevé la princesse Aldée. Il donna ordre qu'on

éveillât tous ses ministres, et qu'on assemblât le conseil. En attendant qu'ils vinssent, il ne manqua pas de consulter son oracle ; mais il ne put jamais en tirer que ces paroles si célèbres depuis dans tout l'univers : *Quand on ne marie pas les filles, elles se marient elles-mêmes.*

Aussitôt l'ordre fut donné de faire marcher trois cent mille hommes contre le roi des Scythes. Voilà donc la guerre la plus terrible allumée de tous les côtés ; et elle fut produite par les plaisirs de la plus belle fête qu'on ait jamais donnée sur la terre. L'Asie allait être désolée par quatre armées de trois cent mille combattants chacune. On sent bien que la guerre de Troie, qui étonna le monde quelques siècles après, n'était qu'un jeu d'enfants en comparaison ; mais aussi on doit considérer que dans la querelle des Troyens il ne s'agissait que d'une vieille femme fort libertine qui s'était fait enlever deux fois, au lieu qu'ici il s'agissait de deux filles et d'un oiseau.

Le roi des Indes allait attendre son armée sur le grand et magnifique chemin qui conduisait alors en droiture de Babylone à Cachemire. Le roi des Scythes courait avec Aldée par la belle route qui menait au mont Immaüs. Tous ces chemins ont disparu dans la suite par le mauvais gouvernement. Le roi d'Égypte avait marché à l'occident, et côtoyait la petite mer Méditerranée, que les ignorants Hébreux ont depuis nommée *la Grande Mer.*

A l'égard de la belle Formosante, elle suivait le chemin de Bassora, planté de hauts palmiers qui fournissaient un ombrage éternel et des fruits dans toutes les saisons. Le temple où elle allait en pèlerinage était dans Bassora même. Le saint à qui ce temple avait été dédié était à peu près dans le goût de celui qu'on adora depuis à Lampsaque. Non seulement il procurait des maris aux filles, mais il tenait lieu souvent de mari. C'était le saint le plus fêté de toute l'Asie.

Formosante ne se souciait point du tout du saint de Bassora : elle n'invoquait que son cher berger ganga-ride, son bel Amazan. Elle comptait s'embarquer à Bassora, et entrer dans l'Arabie Heureuse pour faire ce que l'oiseau mort avait ordonné.

A la troisième couchée, à peine était-elle entrée dans une hôtellerie où ses fourriers avaient tout préparé pour elle, qu'elle apprit que le roi d'Égypte y entrait aussi. Instruit de la marche de la princesse par ses espions, il avait sur-le-champ changé de route, suivi d'une nombreuse escorte. Il arrive ; il fait placer des sentinelles à toutes les portes ; il monte dans la chambre de la belle Formosante, et lui dit : « Mademoiselle, c'est vous précisément que je cherchais ; vous avez fait très peu de cas de moi lorsque j'étais à Babylone ; il est juste de punir les dédaigneuses et les capricieuses : vous aurez, s'il vous plaît, la bonté de souper avec moi ce soir ; vous n'aurez point d'autre lit que le mien, et je me conduirai avec vous selon que j'en serai content. »

Formosante vit bien qu'elle n'était pas la plus forte ; elle savait que le bon esprit consiste à se conformer à sa situation ; elle prit le parti de se délivrer du roi d'Égypte par une innocente adresse : elle le regarda du coin de l'œil, ce qui plusieurs siècles après s'est appelé *lorgner* ; et voici comme elle lui parla avec une modestie, une grâce, une douceur, un embarras, et une foule de charmes qui auraient rendu fou le plus sage des hommes, et aveuglé le plus clairvoyant :

« Je vous avoue, monsieur, que je baissai toujours les yeux devant vous quand vous fîtes l'honneur au roi mon père de venir chez lui. Je craignais mon cœur, je craignais ma simplicité trop naïve : je tremblais que mon père et vos rivaux ne s'aperçussent de la préférence que je vous donnais, et que vous méritez si bien. Je puis à présent me livrer à mes sentiments. Je jure par le bœuf Apis, qui est, après vous, tout ce que je

respecte le plus au monde, que vos propositions m'ont
enchantée. J'ai déjà soupé avec vous chez le roi mon
père ; j'y souperai encore bien ici sans qu'il soit de la
partie : tout ce que je vous demande, c'est que votre
grand aumônier boive avec nous, il m'a paru à Baby-
lone un très bon convive ; j'ai d'excellent vin de Chiraz,
je veux vous en faire goûter à tous deux. A l'égard de
votre seconde proposition, elle est très engageante ;
mais il ne convient pas à une fille bien née d'en par-
ler : qu'il vous suffise de savoir que je vous regarde
comme le plus grand des rois et le plus aimable des
hommes. »

Ce discours fit tourner la tête au roi d'Égypte ; il
voulut bien que l'aumônier fût en tiers. « J'ai encore
une grâce à vous demander, lui dit la princesse ; c'est
de permettre que mon apothicaire vienne me parler :
les filles ont toujours de certaines incommodités qui
demandent de certains soins, comme vapeurs de tête,
battements de cœur, coliques, étouffements, auxquels
il faut mettre un certain ordre dans de certaines cir-
constances ; en un mot, j'ai un besoin pressant de mon
apothicaire, et j'espère que vous ne me refuserez pas
cette légère marque d'amour.

— Mademoiselle, lui répondit le roi d'Égypte,
quoiqu'un apothicaire ait des vues précisément oppo-
sées aux miennes, et que les objets de son art soient le
contraire de ceux du mien, je sais trop bien vivre pour
vous refuser une demande si juste : je vais ordonner
qu'il vienne vous parler en attendant le souper ; je
conçois que vous devez être un peu fatiguée du
voyage ; vous devez aussi avoir besoin d'une femme de
chambre, vous pourrez faire venir celle qui vous
agréera davantage ; j'attendrai ensuite vos ordres et
votre commodité. » Il se retira ; l'apothicaire et la
femme de chambre nommée Irla arrivèrent. La prin-
cesse avait en elle une entière confiance ; elle lui

ordonna de faire apporter six bouteilles de vin de Chi-
raz pour le souper, et d'en faire boire de pareil à tou-
tes les sentinelles qui tenaient ses officiers aux arrêts ;
puis elle recommanda à l'apothicaire de faire mettre
dans toutes les bouteilles certaines drogues de sa phar-
macie qui faisaient dormir les gens vingt-quatre heu-
res, et dont il était toujours pourvu. Elle fut ponctuelle-
ment obéie. Le roi revint avec le grand aumônier au
bout d'une demi-heure : le souper fut très gai ; le roi et
le prêtre vidèrent les six bouteilles, et avouèrent qu'il
n'y avait pas de si bon vin en Égypte ; la femme de
chambre eut soin d'en faire boire aux domestiques qui
avaient servi. Pour la princesse, elle eut grande atten-
tion de n'en point boire, disant que son médecin
l'avait mise au régime. Tout fut bientôt endormi.

L'aumônier du roi d'Égypte avait la plus belle barbe
que pût porter un homme de sa sorte. Formosante la
coupa très adroitement ; puis, l'ayant fait coudre à un
petit ruban, elle l'attacha à son menton. Elle s'affubla
de la robe du prêtre et de toutes les marques de sa
dignité, habilla sa femme de chambre en sacristain de
la déesse Isis ; enfin, s'étant munie de son urne et de
ses pierreries, elle sortit de l'hôtellerie à travers les sen-
tinelles, qui dormaient comme leur maître. La sui-
vante avait eu soin de faire tenir à la porte deux che-
vaux prêts. La princesse ne pouvait mener avec elle
aucun des officiers de sa suite : ils auraient été arrêtés
par les grandes gardes.

Formosante et Irla passèrent à travers des haies de
soldats qui, prenant la princesse pour le grand prêtre,
l'appelaient *mon révérendissime père en Dieu,* et lui
demandaient sa bénédiction. Les deux fugitives arrivent
en vingt-quatre heures à Bassora, avant que le roi fût
éveillé. Elles quittèrent alors leur déguisement, qui eût
pu donner des soupçons. Elles frétèrent au plus vite un
vaisseau qui les porta, par le détroit d'Ormus, au beau

rivage d'Eden, dans l'Arabie Heureuse. C'est cet Eden
dont les jardins furent si renommés qu'on en fit depuis
la demeure des justes ; ils furent le modèle des
Champs-Élysées, des jardins des Hespérides, et de ceux
des îles Fortunées : car, dans ces climats chauds, les
hommes n'imaginèrent point de plus grande béatitude
que les ombrages et les murmures des eaux. Vivre
éternellement dans les cieux avec l'Être suprême, ou
aller se promener dans le jardin, dans le paradis, fut la
même chose pour les hommes, qui parlent toujours
sans s'entendre, et qui n'ont pu guère avoir encore
d'idées nettes ni d'expressions justes.

Dès que la princesse se vit dans cette terre, son pre-
mier soin fut de rendre à son cher oiseau les honneurs
funèbres qu'il avait exigés d'elle. Ses belles mains dres-
sèrent un petit bûcher de gérofle et de cannelle.
Quelle fut sa surprise lorsqu'ayant répandu les cendres
de l'oiseau sur ce bûcher, elle le vit s'enflammer de lui-
même ! Tout fut bientôt consumé. Il ne parut, à la
place des cendres, qu'un gros œuf dont elle vit sortir
son oiseau plus brillant qu'il ne l'avait jamais été. Ce
fut le plus beau des moments que la princesse eût
éprouvés dans toute sa vie ; il n'y en avait qu'un qui
pût lui être plus cher : elle le désirait, mais elle ne
l'espérait pas.

« Je vois bien, dit-elle à l'oiseau, que vous êtes le
phénix dont on m'avait tant parlé. Je suis prête à mou-
rir d'étonnement et de joie. Je ne croyais point à la
résurrection ; mais mon bonheur m'en a convaincue.
— La résurrection, madame, lui dit le phénix, est la
chose du monde la plus simple. Il n'est pas plus surpre-
nant de naître deux fois qu'une. Tout est résurrection
dans ce monde ; les chenilles ressuscitent en papillons ;
un noyau mis en terre ressuscite en arbre ; tous les ani-
maux ensevelis dans la terre ressuscitent en herbes, en
plantes, et nourrissent d'autres animaux dont ils font

bientôt une partie de la substance : toutes les particules qui composaient les corps sont changées en différents êtres. Il est vrai que je suis le seul à qui le puissant Orosmade ait fait la grâce de ressusciter dans sa propre nature. »

Formosante, qui, depuis le jour qu'elle vit Amazan et le phénix pour la première fois, avait passé toutes ses heures à s'étonner, lui dit : « Je conçois bien que le grand Être ait pu former de vos cendres un phénix à peu près semblable à vous ; mais que vous soyez précisément la même personne, que vous ayez la même âme, j'avoue que je ne le comprends pas bien clairement. Qu'est devenue votre âme pendant que je vous portais dans ma poche après votre mort ?

— Eh ! mon Dieu ! madame, n'est-il pas aussi facile au grand Orosmade de continuer son action sur une petite étincelle de moi-même que de commencer cette action ? Il m'avait accordé auparavant le sentiment, la mémoire et la pensée : il me les accorde encore ; qu'il ait attaché cette faveur à un atome de feu élémentaire caché dans moi, ou à l'assemblage de mes organes, cela ne fait rien au fond : les phénix et les hommes ignoreront toujours comment la chose se passe ; mais la plus grande grâce que l'Être suprême m'ait accordée est de me faire renaître pour vous. Que ne puis-je passer les vingt-huit mille ans que j'ai encore à vivre jusqu'à ma prochaine résurrection entre vous et mon cher Amazan !

— Mon phénix, lui repartit la princesse, songez que les premières paroles que vous me dîtes à Babylone, et que je n'oublierai jamais, me flattèrent de l'espérance de revoir ce cher berger que j'idolâtre : il faut absolument que nous allions ensemble chez les Gangarides, et que je le ramène à Babylone. — C'est bien mon dessein, dit le phénix ; il n'y a pas un moment à perdre. Il faut aller trouver Amazan par le plus court che-

min, c'est-à-dire par les airs. Il y a dans l'Arabie Heu-
reuse deux griffons, mes amis intimes, qui ne demeu-
rent qu'à cent cinquante milles d'ici : je vais leur écrire
par la poste aux pigeons ; ils viendront avant la nuit.
Nous aurons tout le temps de vous faire travailler un
petit canapé commode avec des tiroirs où l'on mettra
vos provisions de bouche. Vous serez très à votre aise
dans cette voiture avec votre demoiselle. Les deux grif-
fons sont les plus vigoureux de leur espèce ; chacun
d'eux tiendra un des bras du canapé entre ses griffes ;
mais, encore une fois, les moments sont chers. » Il alla
sur-le-champ avec Formosante commander le canapé à
un tapissier de sa connaissance. Il fut achevé en quatre
heures. On mit dans les tiroirs des petits pains à la
reine, des biscuits meilleurs que ceux de Babylone,
des poncires, des ananas, des cocos, des pistaches, et
du vin d'Eden, qui l'emporte sur le vin de Chiraz
autant que celui de Chiraz est au-dessus de celui de
Surenne.

Le canapé était aussi léger que commode et solide.
Les deux griffons arrivèrent dans Eden à point
nommé. Formosante et Irla se placèrent dans la voi-
ture. Les deux griffons l'enlevèrent comme une plume.
Le phénix tantôt volait auprès, tantôt se perchait sur le
dossier. Les deux griffons cinglèrent vers le Gange
avec la rapidité d'une flèche qui fend les airs. On ne se
reposait que la nuit pendant quelques moments pour
manger, et pour faire boire un coup aux deux voitu-
riers.

On arriva enfin chez les Gangarides. Le cœur de la
princesse palpitait d'espérance, d'amour et de joie. Le
phénix fit arrêter la voiture devant la maison d'Ama-
zan : il demande à lui parler ; mais il y avait trois heu-
res qu'il en était parti, sans qu'on sût où il était allé.

Il n'y a point de termes dans la langue même des
Gangarides qui puissent exprimer le désespoir dont

Formosante fut accablée. « Hélas ! voilà ce que j'avais craint, dit le phénix ; les trois heures que vous avez passées dans votre hôtellerie sur le chemin de Bassora avec ce malheureux roi d'Égypte vous ont enlevé peut-être pour jamais le bonheur de votre vie : j'ai bien peur que nous n'ayons perdu Amazan sans retour. »

Alors il demanda aux domestiques si on pouvait saluer madame sa mère. Ils répondirent que son mari était mort l'avant-veille et qu'elle ne voyait personne. Le phénix, qui avait du crédit dans la maison, ne laissa pas de faire entrer la princesse de Babylone dans un salon dont les murs étaient revêtus de bois d'oranger à filets d'ivoire ; les sous-bergers et sous-bergères, en longues robes blanches ceintes de garnitures aurore, lui servirent dans cent corbeilles de simple porcelaine cent mets délicieux, parmi lesquels on ne voyait aucun cadavre déguisé : c'était du riz, du sagou, de la semoule, du vermicelle, des macaronis, des omelettes, des œufs au lait, des fromages à la crème, des pâtisseries de toute espèce, des légumes, des fruits d'un parfum et d'un goût dont on n'a point d'idée dans les autres climats ; c'était une profusion de liqueurs rafraîchissantes, supérieures aux meilleurs vins.

Pendant que la princesse mangeait, couchée sur un lit de roses, quatre pavons, ou paons, ou pans, heureusement muets, l'éventaient de leurs brillantes ailes ; deux cents oiseaux, cent bergers et cent bergères, lui donnèrent un concert à deux chœurs ; les rossignols, les serins, les fauvettes, les pinsons, chantaient le dessus avec les bergères ; les bergers faisaient la haute-contre et la basse : c'était en tout la belle et simple nature. La princesse avoua que, s'il y avait plus de magnificence à Babylone, la nature était mille fois plus agréable chez les Gangarides ; mais, pendant qu'on lui donnait cette musique si consolante et si voluptueuse,

elle versait des larmes ; elle disait à la jeune Irla sa compagne : « Ces bergers et ces bergères, ces rossignols et ces serins font l'amour, et moi, je suis privée du héros gangaride, digne objet de mes très tendres et très impatients désirs. »

Pendant qu'elle faisait ainsi cette collation, qu'elle admirait et qu'elle pleurait, le phénix disait à la mère d'Amazan : « Madame, vous ne pouvez vous dispenser de voir la princesse de Babylone ; vous savez... — Je sais tout, dit-elle, jusqu'à son aventure dans l'hôtellerie sur le chemin de Bassora ; un merle m'a tout conté ce matin ; et ce cruel merle est cause que mon fils, au désespoir, est devenu fou, et a quitté la maison paternelle. — Vous ne savez donc pas, reprit le phénix, que la princesse m'a ressuscité ? — Non, mon cher enfant ; je savais par le merle que vous étiez mort, et j'en étais inconsolable. J'étais si affligée de cette perte, de la mort de mon mari, et du départ précipité de mon fils, que j'avais fait défendre ma porte. Mais puisque la princesse de Babylone me fait l'honneur de me venir voir, faites-la entrer au plus vite ; j'ai des choses de la dernière conséquence à lui dire, et je veux que vous y soyez présent. » Elle alla aussitôt dans un autre salon au-devant de la princesse. Elle ne marchait pas facilement : c'était une dame d'environ trois cents années ; mais elle avait encore de beaux restes, et on voyait bien que vers les deux cent trente à quarante ans elle avait été charmante. Elle reçut Formosante avec une noblesse respectueuse, mêlée d'un air d'intérêt et de douleur qui fit sur la princesse une vive impression.

Formosante lui fit d'abord ses tristes compliments sur la mort de son mari. « Hélas ! dit la veuve, vous devez vous intéresser à sa perte plus que vous ne pensez. — J'en suis touchée sans doute, dit Formosante ; il était le père de... » A ces mots elle pleura. « Je n'étais

venue que pour lui et à travers bien des dangers. J'ai
quitté pour lui mon père et la plus brillante cour de
l'univers; j'ai été enlevée par un roi d'Égypte, que je
déteste. Échappée à ce ravisseur, j'ai traversé les airs
pour venir voir ce que j'aime; j'arrive, et il me fuit!»
Les pleurs et les sanglots l'empêchèrent d'en dire
davantage.

La mère lui dit alors: «Madame, lorsque le roi
d'Égypte vous ravissait, lorsque vous soupiez avec lui
dans un cabaret sur le chemin de Bassora, lorsque vos
belles mains lui versaient du vin de Chiraz, vous souve-
nez-vous d'avoir vu un merle qui voltigeait dans la
chambre? — Vraiment oui, vous m'en rappelez la
mémoire; je n'y avais pas fait d'attention; mais, en
recueillant mes idées, je me souviens très bien qu'au
moment que le roi d'Égypte se leva de table pour me
donner un baiser, le merle s'envola par la fenêtre en
jetant un grand cri, et ne reparut plus.

— Hélas! madame, reprit la mère d'Amazan, voilà
ce qui fait précisément le sujet de nos malheurs; mon
fils avait envoyé ce merle s'informer de l'état de votre
santé et de tout ce qui se passait à Babylone; il comp-
tait revenir bientôt se mettre à vos pieds et vous
consacrer sa vie. Vous ne savez pas à quel excès il
vous adore. Tous les Gangarides sont amoureux et
fidèles; mais mon fils est le plus passionné et le plus
constant de tous. Le merle vous rencontra dans un
cabaret; vous buviez très gaiement avec le roi d'Égypte
et un vilain prêtre; il vous vit enfin donner un tendre
baiser à ce monarque, qui avait tué le phénix, et pour
qui mon fils conserve une horreur invincible. Le merle
à cette vue fut saisi d'une juste indignation; il s'envola
en maudissant vos funestes amours; il est revenu
aujourd'hui, il a tout conté; mais dans quels moments,
juste ciel! dans le temps où mon fils pleurait avec moi
la mort de son père et celle du phénix; dans le temps

qu'il apprenait de moi qu'il est votre cousin issu de
germain !

— O ciel ! mon cousin ! madame, est-il possible ? par
quelle aventure ? Comment ? quoi ! je serais heureuse
à ce point ! et je serais en même temps assez infortu-
née pour l'avoir offensé !

— Mon fils est votre cousin, vous dis-je, reprit la
mère, et je vais bientôt vous en donner la preuve ;
mais en devenant ma parente vous m'arrachez mon
fils ; il ne pourra survivre à la douleur que lui a causée
votre baiser donné au roi d'Égypte.

— Ah ! ma tante, s'écria la belle Formosante, je jure
par lui et par le puissant Orosmade que ce baiser
funeste, loin d'être criminel, était la plus forte preuve
d'amour que je pusse donner à votre fils. Je désobéis-
sais à mon père pour lui. J'allais pour lui de l'Euphrate
au Gange. Tombée entre les mains de l'indigne pha-
raon d'Égypte, je ne pouvais lui échapper qu'en le
trompant. J'en atteste les cendres et l'âme du phénix,
qui étaient alors dans ma poche ; il peut me rendre
justice ; mais comment votre fils, né sur les bords du
Gange, peut-il être mon cousin, moi dont la famille
règne sur les bords de l'Euphrate depuis tant de siè-
cles ?

— Vous savez, lui dit la vénérable Gangaride, que
votre grand-oncle Aldée était roi de Babylone, et qu'il
fut détrôné par le père de Bélus. — Oui, madame. —
Vous savez que son fils Aldée avait eu de son mariage
la princesse Aldée, élevée dans votre cour. C'est ce
prince, qui, étant persécuté par votre père, vint se
réfugier dans notre heureuse contrée, sous un autre
nom ; c'est lui qui m'épousa ; j'en ai eu le jeune prince
Aldée-Amazan, le plus beau, le plus fort, le plus coura-
geux, le plus vertueux des mortels, et aujourd'hui
le plus fou. Il alla aux fêtes de Babylone sur la répu-
tation de votre beauté : depuis ce temps-là il vous

idolâtre, et peut-être je ne reverrai jamais mon cher fils. »

Alors elle fit déployer devant la princesse tous les titres de la maison des Aldées; à peine Formosante daigna les regarder. « Ah! madame, s'écria-t-elle, examine-t-on ce qu'on désire? Mon cœur vous en croit assez. Mais où est Aldée-Amazan? où est mon parent, mon amant, mon roi? où est ma vie? quel chemin a-t-il pris? J'irais le chercher dans tous les globes que l'Éternel a formés, et dont il est le plus bel ornement. J'irais dans l'étoile Canope, dans Sheat, dans Aldébaran; j'irais le convaincre de mon amour et de mon innocence. »

Le phénix justifia la princesse du crime que lui imputait le merle d'avoir donné par amour un baiser au roi d'Égypte; mais il fallait détromper Amazan et le ramener. Il envoie des oiseaux sur tous les chemins, il met en campagne les licornes : on lui rapporte enfin qu'Amazan a pris la route de la Chine. « Eh bien! allons à la Chine, s'écria la princesse, le voyage n'est pas long; j'espère bien vous ramener votre fils dans quinze jours au plus tard. » A ces mots, que de larmes de tendresse versèrent la mère gangaride et la princesse de Babylone! que d'embrassements! que d'effusion de cœur!

Le phénix commanda sur-le-champ un carrosse à six licornes. La mère fournit deux cents cavaliers, et fit présent à la princesse, sa nièce, de quelques milliers des plus beaux diamants du pays. Le phénix, affligé du mal que l'indiscrétion du merle avait causé, fit ordonner à tous les merles de vider le pays; et c'est depuis ce temps qu'il ne s'en trouve plus sur les bords du Gange.

V

Les licornes, en moins de huit jours, amenèrent For-
mosante, Irla, et le phénix, à Cambalu, capitale de la
Chine. C'était une ville plus grande que Babylone, et
d'une espèce de magnificence toute différente. Ces
nouveaux objets, ces mœurs nouvelles, auraient amusé
Formosante si elle avait pu être occupée d'autre chose
que d'Amazan.

Dès que l'empereur de la Chine eut appris que la
princesse de Babylone était à une porte de la ville, il
lui dépêcha quatre mille mandarins en robes de céré-
monie ; tous se prosternèrent devant elle, et lui présen-
tèrent chacun un compliment écrit en lettres d'or sur
une feuille de soie pourpre. Formosante leur dit que si
elle avait quatre mille langues, elle ne manquerait pas
de répondre sur-le-champ à chaque mandarin ; mais
que, n'en ayant qu'une, elle les priait de trouver bon
qu'elle s'en servît pour les remercier tous en général.
Ils la conduisirent respectueusement chez l'empereur.

C'était le monarque de la terre le plus juste, le plus
poli, et le plus sage. Ce fut lui qui, le premier, laboura
un petit champ de ses mains impériales, pour rendre
l'agriculture respectable à son peuple. Il établit, le pre-
mier, des prix pour la vertu. Les lois, partout ailleurs,
étaient honteusement bornées à punir les crimes. Cet
empereur venait de chasser de ses États une troupe de
bonzes étrangers qui étaient venus du fond de l'Occi-
dent, dans l'espoir insensé de forcer toute la Chine à
penser comme eux, et qui, sous prétexte d'annoncer
des vérités, avaient acquis déjà des richesses et des
honneurs. Il leur avait dit, en les chassant, ces propres
paroles enregistrées dans les annales de l'empire :

« Vous pourriez faire ici autant de mal que vous en avez fait ailleurs : vous êtes venus prêcher des dogmes d'intolérance chez la nation la plus tolérante de la terre. Je vous renvoie pour n'être jamais forcé de vous punir. Vous serez reconduits honorablement sur mes frontières ; on vous fournira tout pour retourner aux bornes de l'hémisphère dont vous êtes partis. Allez en paix si vous pouvez être en paix, et ne revenez plus. »

La princesse de Babylone apprit avec joie ce jugement et ce discours ; elle en était plus sûre d'être bien reçue à la cour, puisqu'elle était très éloignée d'avoir des dogmes intolérants. L'empereur de la Chine, en dînant avec elle tête à tête, eut la politesse de bannir l'embarras de toute étiquette gênante ; elle lui présenta le phénix, qui fut très caressé de l'empereur, et qui se percha sur son fauteuil. Formosante, sur la fin du repas, lui confia ingénument le sujet de son voyage, et le pria de faire chercher dans Cambalu le bel Amazan, dont elle lui conta l'aventure, sans lui rien cacher de la fatale passion dont son cœur était enflammé pour ce jeune héros. « A qui en parlez-vous ? lui dit l'empereur de la Chine ; il m'a fait le plaisir de venir dans ma cour ; il m'a enchanté, cet aimable Amazan : il est vrai qu'il est profondément affligé ; mais ses grâces n'en sont que plus touchantes ; aucun de mes favoris n'a plus d'esprit que lui ; nul mandarin de robe n'a de plus vastes connaissances ; nul mandarin d'épée n'a l'air plus martial et plus héroïque ; son extrême jeunesse donne un nouveau prix à tous ses talents ; si j'étais assez malheureux, assez abandonné du Tien et du Changti pour vouloir être conquérant, je prierais Amazan de se mettre à la tête de mes armées, et je serais sûr de triompher de l'univers entier. C'est bien dommage que son chagrin lui dérange quelquefois l'esprit.

— Ah ! monsieur, lui dit Formosante avec un air enflammé et un ton de douleur, de saisissement et de

reproche, pourquoi ne m'avez-vous pas fait dîner avec
lui ? Vous me faites mourir ; envoyez-le prier tout à
l'heure. — Madame il est parti ce matin, et il n'a point
dit dans quelle contrée il portait ses pas. » Formosante
se tourna vers le phénix : « Eh bien, dit-elle, phénix,
avez-vous jamais vu une fille plus malheureuse que
moi ? Mais, monsieur, continua-t-elle, comment, pour-
quoi a-t-il pu quitter si brusquement une cour aussi
polie que la vôtre, dans laquelle il me semble qu'on
voudrait passer sa vie ?

— Voici, madame, ce qui est arrivé. Une princesse
du sang, des plus aimables, s'est éprise de passion pour
lui, et lui a donné un rendez-vous chez elle à midi ; il
est parti au point du jour, et il a laissé ce billet, qui a
coûté bien des larmes à ma parente.

« Belle princesse du sang de la Chine, vous méritez
un cœur qui n'ait jamais été qu'à vous ; j'ai juré aux
dieux immortels de n'aimer jamais que Formosante,
princesse de Babylone, et de lui apprendre comment
on peut dompter ses désirs dans ses voyages ; elle a eu
le malheur de succomber avec un indigne roi
d'Égypte : je suis le plus malheureux des hommes ; j'ai
perdu mon père et le phénix, et l'espérance d'être
aimé de Formosante ; j'ai quitté ma mère affligée, ma
patrie, ne pouvant vivre un moment dans les lieux où
j'ai appris que Formosante en aimait un autre que
moi ; j'ai juré de parcourir la terre et d'être fidèle.
Vous me mépriseriez, et les dieux me puniraient, si je
violais mon serment ; prenez un amant, madame, et
soyez aussi fidèle que moi. »

— Ah ! laissez-moi cette étonnante lettre, dit la belle
Formosante, elle fera ma consolation ; je suis heureuse
dans mon infortune. Amazan m'aime ; Amazan
renonce pour moi à la possession des princesses de la
Chine ; il n'y a que lui sur la terre capable de rempor-
ter une telle victoire ; il me donne un grand exemple ;

le phénix sait que je n'en avais pas besoin ; il est bien cruel d'être privée de son amant pour le plus innocent des baisers donné par pure fidélité. Mais enfin où est-il allé ? quel chemin a-t-il pris ? daignez me l'enseigner, et je pars. »

L'empereur de la Chine lui répondit qu'il croyait, sur les rapports qu'on lui avait faits, que son amant avait suivi une route qui menait en Scythie. Aussitôt les licornes furent attelées, et la princesse, après les plus tendres compliments, prit congé de l'empereur avec le phénix, sa femme de chambre Irla, et toute sa suite.

Dès qu'elle fut en Scythie, elle vit plus que jamais combien les hommes et les gouvernements diffèrent, et différeront toujours jusqu'au temps où quelque peuple plus éclairé que les autres communiquera la lumière de proche en proche après mille siècles de ténèbres, et qu'il se trouvera dans des climats barbares des âmes héroïques qui auront la force et la persévérance de changer les brutes en hommes. Point de villes en Scythie, par conséquent point d'arts agréables. On ne voyait que de vastes prairies et des nations entières sous des tentes et sur des chars. Cet aspect imprimait la terreur. Formosante demanda dans quelle tente ou dans quelle charrette logeait le roi. On lui dit que depuis huit jours il s'était mis en marche à la tête de trois cent mille hommes de cavalerie pour aller à la rencontre du roi de Babylone, dont il avait enlevé la nièce, la belle princesse Aldée. « Il a enlevé ma cousine ! s'écria Formosante ; je ne m'attendais pas à cette nouvelle aventure. Quoi ! ma cousine, qui était trop heureuse de me faire la cour, est devenue reine, et je ne suis pas encore mariée. » Elle se fit conduire incontinent aux tentes de la reine.

Leur réunion inespérée dans ces climats lointains, les choses singulières qu'elles avaient mutuellement à

s'apprendre, mirent dans leur entrevue un charme qui
leur fit oublier qu'elles ne s'étaient jamais aimées ; elles
se revirent avec transport ; une douce illusion se mit à
la place de la vraie tendresse ; elles s'embrassèrent en
pleurant, et il y eut même entre elles de la cordialité
et de la franchise, attendu que l'entrevue ne se faisait
pas dans un palais.

Aldée reconnut le phénix et la confidente Irla ; elle
donna des fourrures de zibeline à sa cousine, qui lui
donna des diamants. On parla de la guerre que les
deux rois entreprenaient ; on déplora la condition des
hommes, que des monarques envoient par fantaisie
s'égorger pour des différends que deux honnêtes gens
pourraient concilier en une heure ; mais surtout on
s'entretint du bel étranger vainqueur des lions, don-
neur des plus gros diamants de l'univers, faiseur de
madrigaux, possesseur du phénix, devenu le plus mal-
heureux des hommes sur le rapport d'un merle. « C'est
mon cher frère, disait Aldée. — C'est mon amant !
s'écriait Formosante ; vous l'avez vu sans doute, il est
peut-être encore ici ; car, ma cousine, il sait qu'il est
votre frère ; il ne vous aura pas quittée brusquement
comme il a quitté le roi de la Chine.

— Si je l'ai vu, grands dieux ! reprit Aldée ; il a
passé quatre jours entiers avec moi. Ah ! ma cousine,
que mon frère est à plaindre ! Un faux rapport l'a
rendu absolument fou ; il court le monde sans savoir
où il va. Figurez-vous qu'il a poussé la démence jusqu'à
refuser les faveurs de la plus belle Scythe de toute la
Scythie. Il partit hier après lui avoir écrit une lettre
dont elle a été désespérée. Pour lui, il est allé chez les
Cimmériens. — Dieu soit loué ! s'écria Formosante ;
encore un refus en ma faveur ! mon bonheur a passé
mon espoir, comme mon malheur a surpassé toutes
mes craintes. Faites-moi donner cette lettre charmante,
que je parte, que je le suive, les mains pleines de ses

sacrifices. Adieu, ma cousine; Amazan est chez les
Cimmériens : j'y vole. »

Aldée trouva que la princesse sa cousine était
encore plus folle que son frère Amazan. Mais comme
elle avait senti elle-même les atteintes de cette épidé-
mie, comme elle avait quitté les délices et la magnifi-
cence de Babylone pour le roi des Scythes, comme les
femmes s'intéressent toujours aux folies dont l'amour
est cause, elle s'attendrit véritablement pour Formo-
sante, lui souhaita un heureux voyage, et lui promit de
servir sa passion si jamais elle était assez heureuse
pour revoir son frère.

VI

Bientôt la princesse de Babylone et le phénix arrivè-
rent dans l'empire des Cimmériens, bien moins peu-
plé, à la vérité, que la Chine, mais deux fois plus
étendu; autrefois semblable à la Scythie, et devenu
depuis quelque temps aussi florissant que les royaumes
qui se vantaient d'instruire les autres États.

Après quelques jours de marche on entra dans une
très grande ville que l'impératrice régnante faisait
embellir; mais elle n'y était pas : elle voyageait alors
des frontières de l'Europe à celles de l'Asie pour
connaître ses États par ses yeux, pour juger des maux
et porter les remèdes, pour accroître les avantages,
pour semer l'instruction.

Un des principaux officiers de cette ancienne capi-
tale, instruit de l'arrivée de la Babylonienne et du phé-
nix, s'empressa de rendre ses hommages à la prin-
cesse, et de lui faire les honneurs du pays, bien sûr que

sa maîtresse, qui était la plus polie et la plus magnifi-
que des reines, lui saurait gré d'avoir reçu une si
grande dame avec les mêmes égards qu'elle aurait pro-
digués elle-même.

On logea Formosante au palais, dont on écarta une
foule importune de peuple ; on lui donna des fêtes
ingénieuses. Le seigneur cimmérien, qui était un grand
naturaliste, s'entretint beaucoup avec le phénix dans
les temps où la princesse était retirée dans son appar-
tement. Le phénix lui avoua qu'il avait autrefois
voyagé chez les Cimmériens, et qu'il ne reconnaissait
plus le pays. « Comment de si prodigieux change-
ments, disait-il, ont-ils pu être opérés dans un temps si
court ? Il n'y a pas trois cents ans que je vis ici la
nature sauvage dans toute son horreur ; j'y trouve
aujourd'hui les arts, la splendeur, la gloire et la poli-
tesse. — Un seul homme a commencé ce grand
ouvrage, répondit le Cimmérien ; une femme l'a per-
fectionné ; une femme a été meilleure législatrice que
l'Isis des Égyptiens et la Cérès des Grecs. La plupart
des législateurs ont eu un génie étroit et despotique
qui a resserré leurs vues dans le pays qu'ils ont gou-
verné ; chacun a regardé son peuple comme étant seul
sur la terre, ou comme devant être l'ennemi du reste
de la terre. Ils ont formé des institutions pour ce seul
peuple, introduit des usages pour lui seul, établi une
religion pour lui seul. C'est ainsi que les Égyptiens, si
fameux par des monceaux de pierres, se sont abrutis
et déshonorés par leurs superstitions barbares. Ils
croient les autres nations profanes, ils ne communi-
quent point avec elles ; et, excepté la cour, qui s'élève
quelquefois au-dessus des préjugés vulgaires, il n'y a
pas un Égyptien qui voulût manger dans un plat dont
un étranger se serait servi. Leurs prêtres sont cruels et
absurdes. Il vaudrait mieux n'avoir point de lois, et
n'écouter que la nature, qui a gravé dans nos cœurs

les caractères du juste et de l'injuste, que de soumettre
la société à des lois si insociables.

« Notre impératrice embrasse des projets entière-
ment opposés : elle considère son vaste État, sur lequel
tous les méridiens viennent se joindre, comme devant
correspondre à tous les peuples qui habitent sous ces
différents méridiens. La première de ses lois a été la
tolérance de toutes les religions, et la compassion pour
toutes les erreurs. Son puissant génie a connu que si
les cultes sont différents, la morale est partout la
même ; par ce principe elle a lié sa nation à toutes les
nations du monde, et les Cimmériens vont regarder le
Scandinavien et le Chinois comme leurs frères. Elle a
fait plus : elle a voulu que cette précieuse tolérance, le
premier lien des hommes, s'établît chez ses voisins ;
ainsi elle a mérité le titre de mère de la patrie, et elle
aura celui de bienfaitrice du genre humain, si elle per-
sévère.

« Avant elle, des hommes malheureusement puis-
sants envoyaient des troupes de meurtriers ravir à des
peuplades inconnues et arroser de leur sang les hérita-
ges de leurs pères : on appelait ces assassins des héros ;
leur brigandage était de la gloire. Notre souveraine a
une autre gloire : elle a fait marcher des armées pour
apporter la paix, pour empêcher les hommes de se
nuire, pour les forcer à se supporter les uns les autres ;
et ses étendards ont été ceux de la concorde publi-
que. »

Le phénix, enchanté de tout ce que lui apprenait ce
seigneur, lui dit : « Monsieur, il y a vingt-sept mille
neuf cents années et sept mois que je suis au monde ;
je n'ai encore rien vu de comparable à ce que vous
me faites entendre. » Il lui demanda des nouvelles de
son ami Amazan ; le Cimmérien lui conta les mêmes
choses qu'on avait dites à la princesse chez les Chinois
et chez les Scythes. Amazan s'enfuyait de toutes les

cours qu'il visitait sitôt qu'une dame lui avait donné un
rendez-vous auquel il craignait de succomber. Le phé-
nix instruisit bientôt Formosante de cette nouvelle
marque de fidélité qu'Amazan lui donnait, fidélité
d'autant plus étonnante qu'il ne pouvait pas soupçon-
ner que sa princesse en fût jamais informée.

Il était parti pour la Scandinavie. Ce fut dans ces cli-
mats que des spectacles nouveaux frappèrent encore
ses yeux. Ici la royauté et la liberté subsistaient ensem-
ble par un accord qui paraît impossible dans d'autres
États ; les agriculteurs avaient part à la législation, aussi
bien que les grands du royaume ; et un jeune prince
donnait les plus grandes espérances d'être digne de
commander à une nation libre. Là c'était quelque
chose de plus étrange : le seul roi qui fût despotique
de droit sur la terre par un contrat formel avec son
peuple était en même temps le plus jeune et le plus
juste des rois.

Chez les Sarmates, Amazan vit un philosophe sur le
trône : on pouvait l'appeler *le roi de l'anarchie,* car il
était le chef de cent mille petits rois dont un seul pou-
vait d'un mot anéantir les résolutions de tous les
autres. Éole n'avait pas plus de peine à contenir tous
les vents qui se combattent sans cesse, que ce monar-
que n'en avait à concilier les esprits : c'était un pilote
environné d'un éternel orage ; et cependant le vaisseau
ne se brisait pas, car le prince était un excellent pilote.

En parcourant tous ces pays si différents de sa
patrie, Amazan refusait constamment toutes les bonnes
fortunes qui se présentaient à lui, toujours désespéré
du baiser que Formosante avait donné au roi d'Égypte,
toujours affermi dans son inconcevable résolution de
donner à Formosante l'exemple d'une fidélité unique
et inébranlable.

La princesse de Babylone avec le phénix le suivait
partout à la piste, et ne le manquait jamais que d'un

jour ou deux, sans que l'un se lassât de courir, et sans que l'autre perdît un moment à le suivre.

Ils traversèrent ainsi toute la Germanie ; ils admirèrent les progrès que la raison et la philosophie faisaient dans le Nord : tous les princes y étaient instruits, tous autorisaient la liberté de penser ; leur éducation n'avait point été confiée à des hommes qui eussent intérêt de les tromper, ou qui fussent trompés eux-mêmes : on les avait élevés dans la connaissance de la morale universelle, et dans le mépris des superstitions ; on avait banni dans tous ces États un usage insensé, qui énervait et dépeuplait plusieurs pays méridionaux : cette coutume était d'enterrer tout vivants, dans de vastes cachots, un nombre infini des deux sexes éternellement séparés l'un de l'autre, et de leur faire jurer de n'avoir jamais de communication ensemble. Cet excès de démence, accrédité pendant des siècles, avait dévasté la terre autant que les guerres les plus cruelles.

Les princes du Nord avaient à la fin compris que, si on voulait avoir des haras, il ne fallait pas séparer les plus forts chevaux des cavales. Ils avaient détruit aussi des erreurs non moins bizarres et non moins pernicieuses. Enfin les hommes osaient être raisonnables dans ces vastes pays, tandis qu'ailleurs on croyait encore qu'on ne peut les gouverner qu'autant qu'ils sont imbéciles.

VII

AMAZAN arriva chez les Bataves ; son cœur éprouva une douce satisfaction dans son chagrin d'y retrouver

quelque faible image du pays des heureux Gangari-
des : la liberté, l'égalité, la propreté, l'abondance, la
tolérance ; mais les dames du pays étaient si froides
qu'aucune ne lui fit d'avances comme on lui en avait
fait partout ailleurs ; il n'eut pas la peine de résister. S'il
avait voulu attaquer ces dames, il les aurait toutes sub-
juguées l'une après l'autre, sans être aimé d'aucune ;
mais il était bien éloigné de songer à faire des conquê-
tes.

Formosante fut sur le point de l'attraper chez cette
nation insipide : il ne s'en fallut que d'un moment.

Amazan avait entendu parler chez les Bataves avec
tant d'éloges d'une certaine île, nommée Albion, qu'il
s'était déterminé à s'embarquer, lui et ses licornes, sur
un vaisseau qui, par un vent d'orient favorable, l'avait
porté en quatre heures au rivage de cette terre plus
célèbre que Tyr et que l'île Atlantide.

La belle Formosante, qui l'avait suivi au bord de la
Duina, de la Vistule, de l'Elbe, du Véser, arrive enfin
aux bouches du Rhin, qui portait alors ses eaux rapi-
des dans la mer Germanique.

Elle apprend que son cher amant a vogué aux côtes
d'Albion ; elle croit voir son vaisseau ; elle pousse des
cris de joie dont toutes les dames bataves furent surpri-
ses, n'imaginant pas qu'un jeune homme pût causer
tant de joie ; et à l'égard du phénix, elles n'en firent
pas grand cas, parce qu'elles jugèrent que ses plumes
ne pourraient probablement se vendre aussi bien que
celles des canards et des oisons de leurs marais. La
princesse de Babylone loua ou nolisa deux vaisseaux
pour la transporter avec tout son monde dans cette
bienheureuse île, qui allait posséder l'unique objet
de tous ses désirs, l'âme de sa vie, le dieu de son
cœur.

Un vent funeste d'occident s'éleva tout à coup dans
le moment même où le fidèle et malheureux Amazan

mettait pied à terre en Albion : les vaisseaux de la
princesse de Babylone ne purent démarrer. Un serre-
ment de cœur, une douleur amère, une mélancolie
profonde, saisirent Formosante : elle se mit au lit, dans
sa douleur, en attendant que le vent changeât ; mais il
souffla huit jours entiers avec une violence désespé-
rante. La princesse, pendant ce siècle de huit jours, se
faisait lire par Irla des romans : ce n'est pas que les
Bataves en sussent faire ; mais, comme ils étaient les
facteurs de l'univers, ils vendaient l'esprit des autres
nations, ainsi que leurs denrées. La princesse fit ache-
ter chez Marc-Michel Rey tous les contes que l'on avait
écrits chez les Ausoniens et chez les Velches, et dont le
débit était défendu sagement chez ces peuples pour
enrichir les Bataves ; elle espérait qu'elle trouverait
dans ces histoires quelque aventure qui ressemblerait à
la sienne, et qui charmerait sa douleur. Irla lisait,
le phénix disait son avis, et la princesse ne trouvait
rien dans *La Paysanne parvenue,* ni dans *Le Sopha,* ni
dans *Les Quatre Facardins,* qui eût le moindre rapport
à ses aventures ; elle interrompait à tout moment
la lecture pour demander de quel côté venait le
vent.

VIII

Cependant Amazan était déjà sur le chemin de la capi-
tale d'Albion, dans son carrosse à six licornes, et rêvait
à sa princesse. Il aperçut un équipage versé dans un

fossé; les domestiques s'étaient écartés pour aller cher-
cher du secours; le maître de l'équipage restait tran-
quillement dans sa voiture, ne témoignant pas la plus
légère impatience, et s'amusant à fumer, car on fumait
alors : il se nommait milord *What-then,* ce qui signifie
à peu près milord *Qu'importe* en la langue dans laquelle
je traduis ces mémoires.

Amazan se précipita pour lui rendre service; il
releva tout seul la voiture, tant sa force était supé-
rieure à celle des autres hommes. Milord Qu'importe
se contenta de dire : « Voilà un homme bien vigou-
reux. » Des rustres du voisinage, étant accourus, se
mirent en colère de ce qu'on les avait fait venir inuti-
lement, et s'en prirent à l'étranger : ils le menacè-
rent en l'appelant *chien d'étranger,* et ils voulurent le
battre.

Amazan en saisit deux de chaque main, et les jeta à
vingt pas; les autres le respectèrent, le saluèrent, lui
demandèrent pour boire : il leur donna plus d'argent
qu'ils n'en avaient jamais vu. Milord Qu'importe lui
dit : « Je vous estime; venez dîner avec moi dans ma
maison de campagne, qui n'est qu'à trois milles »; il
monta dans la voiture d'Amazan, parce que la sienne
était dérangée par la secousse.

Après un quart d'heure de silence, il regarda un
moment Amazan, et lui dit : *How dye do;* à la lettre :
Comment faites-vous faire ? et dans la langue du traduc-
teur : *Comment vous portez-vous ?* ce qui ne veut rien dire
du tout en aucune langue; puis il ajouta : « Vous avez
là six jolies licornes »; et il se remit à fumer.

Le voyageur lui dit que ses licornes étaient à son
service; qu'il venait avec elles du pays des Gangarides;
et il en prit occasion de lui parler de la princesse de
Babylone, et du fatal baiser qu'elle avait donné au roi
d'Égypte; à quoi l'autre ne répliqua rien du tout, se
souciant très peu qu'il y eût dans le monde un roi

d'Égypte et une princesse de Babylone. Il fut encore un quart d'heure sans parler ; après quoi il redemanda à son compagnon *comment il faisait faire,* et si on mangeait du bon *roastbeef* dans le pays des Gangarides. Le voyageur lui répondit avec sa politesse ordinaire qu'on ne mangeait point ses frères sur les bords du Gange. Il lui expliqua le système qui fut, après tant de siècles, celui de Pythagore, de Porphyre, de Iamblique. Sur quoi milord s'endormit, et ne fit qu'un somme jusqu'à ce qu'on fût arrivé à sa maison.

Il avait une femme jeune et charmante, à qui la nature avait donné une âme aussi vive et aussi sensible que celle de son mari était indifférente. Plusieurs seigneurs albioniens étaient venus ce jour-là dîner avec elle. Il y avait des caractères de toutes les espèces : car le pays n'ayant presque jamais été gouverné que par des étrangers, les familles venues avec ces princes avaient toutes apporté des mœurs différentes. Il se trouva dans la compagnie des gens très aimables, d'autres d'un esprit supérieur, quelques uns d'une science profonde.

La maîtresse de la maison n'avait rien de cet air emprunté et gauche, de cette roideur, de cette mauvaise honte qu'on reprochait alors aux jeunes femmes d'Albion, elle ne cachait point, par un maintien dédaigneux et par un silence affecté, la stérilité de ses idées et l'embarras humiliant de n'avoir rien à dire : nulle femme n'était plus engageante. Elle reçut Amazan avec la politesse et les grâces qui lui étaient naturelles. L'extrême beauté de ce jeune étranger, et la comparaison soudaine qu'elle fit entre lui et son mari, la frappèrent d'abord sensiblement.

On servit. Elle fit asseoir Amazan à côté d'elle, et lui fit manger des poudings de toute espèce, ayant su de lui que les Gangarides ne se nourrissaient de rien qui eût reçu des dieux le don céleste de la vie. Sa beauté,

sa force, les mœurs des Gangarides, les progrès des
arts, la religion et le gouvernement, furent le sujet
d'une conversation aussi agréable qu'instructive pen-
dant le repas, qui dura jusqu'à la nuit, et pendant
lequel milord Qu'importe but beaucoup et ne dit mot.

Après le dîner, pendant que milady versait du thé et
qu'elle dévorait des yeux le jeune homme, il s'entrete-
nait avec un membre du parlement : car chacun sait
que dès lors il y avait un parlement, et qu'il s'appelait
wittenage-moth, ce qui signifie *l'assemblée des gens d'esprit.*
Amazan s'informait de la constitution, des mœurs, des
lois, des forces, des usages, des arts, qui rendaient ce
pays si recommandable ; et ce seigneur lui parlait en
ces termes :

« Nous avons longtemps marché tout nus, quoique
le climat ne soit pas chaud. Nous avons été longtemps
traités en esclaves par des gens venus de l'antique
terre de Saturne, arrosée des eaux du Tibre ; mais
nous nous sommes fait nous-mêmes beaucoup plus de
maux que nous n'en avions essuyé de nos premiers
vainqueurs. Un de nos rois poussa la bassesse jusqu'à
se déclarer sujet d'un prêtre qui demeurait aussi sur les
bords du Tibre, et qu'on appelait *le Vieux des sept mon-
tagnes :* tant la destinée de ces sept montagnes a été
longtemps de dominer sur une grande partie de
l'Europe habitée alors par des brutes !

« Après ces temps d'avilissement sont venus des siè-
cles de férocité et d'anarchie. Notre terre, plus ora-
geuse que les mers qui l'environnent, a été saccagée et
ensanglantée par nos discordes. Plusieurs têtes couron-
nées ont péri par le dernier supplice. Plus de cent prin-
ces du sang des rois ont fini leurs jours sur l'échafaud ;
on a arraché le cœur de tous leurs adhérents, et on en
a battu leurs joues. C'était au bourreau qu'il apparte-
nait d'écrire l'histoire de notre île, puisque c'était lui
qui avait terminé toutes les grandes affaires.

« Il n'y a pas longtemps que, pour comble d'horreur, quelques personnes portant un manteau noir, et d'autres qui mettaient une chemise blanche par-dessus leur jaquette, ayant été mordues par des chiens enragés communiquèrent la rage à la nation entière. Tous les citoyens furent ou meurtriers ou égorgés, ou bourreaux ou suppliciés, ou déprédateurs ou esclaves, au nom du ciel et en cherchant le Seigneur.

« Qui croirait que de cet abîme épouvantable, de ce chaos de dissensions, d'atrocités, d'ignorance et de fanatisme, il est enfin résulté le plus parfait gouvernement peut-être qui soit aujourd'hui dans le monde? Un roi honoré et riche, tout-puissant pour faire le bien, impuissant pour faire le mal, est à la tête d'une nation libre, guerrière, commerçante et éclairée. Les grands d'un côté, et les représentants de la ville de l'autre, partagent la législation avec le monarque.

« On avait vu, par une fatalité singulière, le désordre, les guerres civiles, l'anarchie et la pauvreté, désoler le pays quand les rois affectaient le pouvoir arbitraire. La tranquillité, la richesse, la félicité publique, n'ont régné chez nous que quand les rois ont reconnu qu'ils n'étaient pas absolus. Tout était subverti quand on disputait sur des choses inintelligibles; tout a été dans l'ordre quand on les a méprisées. Nos flottes victorieuses portent notre gloire sur toutes les mers; et les lois mettent en sûreté nos fortunes : jamais un juge ne peut les expliquer arbitrairement; jamais on ne rend un arrêt qui ne soit motivé. Nous punirions comme des assassins des juges qui oseraient envoyer à la mort un citoyen sans manifester les témoignages qui l'accusent et la loi qui le condamne.

« Il est vrai qu'il y a toujours chez nous deux partis qui se combattent avec la plume et avec des intrigues; mais aussi ils se réunissent toujours quand il s'agit de prendre les armes pour défendre la patrie et la liberté.

Ces deux partis veillent l'un sur l'autre ; ils s'empêchent mutuellement de violer le dépôt sacré des lois ; ils se haïssent, mais ils aiment l'État : ce sont des amants jaloux qui servent à l'envi la même maîtresse.

« Du même fonds d'esprit qui nous a fait connaître et soutenir les droits de la nature humaine nous avons porté les sciences au plus haut point où elles puissent parvenir chez les hommes. Vos Égyptiens, qui passent pour de si grands mécaniciens ; vos Indiens, qu'on croit de si grands philosophes ; vos Babyloniens, qui se vantent d'avoir observé les astres pendant quatre cent trente mille années ; les Grecs, qui ont écrit tant de phrases et si peu de choses, ne savent précisément rien en comparaison de nos moindres écoliers, qui ont étudié les découvertes de nos grands maîtres. Nous avons arraché plus de secrets à la nature dans l'espace de cent années que le genre humain n'en avait découvert dans la multitude des siècles.

« Voilà au vrai l'état où nous sommes. Je ne vous ai caché ni le bien, ni le mal, ni nos opprobres, ni notre gloire ; et je n'ai rien exagéré. »

Amazan, à ce discours, se sentit pénétré du désir de s'instruire dans ces sciences sublimes dont on lui parlait ; et si sa passion pour la princesse de Babylone, son respect filial pour sa mère, qu'il avait quittée, et l'amour de sa patrie, n'eussent fortement parlé à son cœur déchiré, il aurait voulu passer sa vie dans l'île d'Albion ; mais ce malheureux baiser donné par sa princesse au roi d'Égypte ne lui laissait pas assez de liberté dans l'esprit pour étudier les hautes sciences.

« Je vous avoue, dit-il, que m'ayant imposé la loi de courir le monde et de m'éviter moi-même, je serais curieux de voir cette antique terre de Saturne, ce peuple du Tibre et des sept montagnes à qui vous avez obéi autrefois ; il faut, sans doute, que ce soit le premier peuple de la terre. — Je vous conseille de faire

ce voyage, lui répondit l'Albionien, pour peu que vous aimiez la musique et la peinture. Nous allons très souvent nous-mêmes porter quelquefois notre ennui vers les sept montagnes. Mais vous serez bien étonné en voyant les descendants de nos vainqueurs. »

Cette conversation fut longue. Quoique le bel Amazan eût la cervelle un peu attaquée, il parlait avec tant d'agréments, sa voix était si touchante, son maintien si noble et si doux, que la maîtresse de la maison ne put s'empêcher de l'entretenir à son tour tête à tête. Elle lui serra tendrement la main en lui parlant, et en le regardant avec des yeux humides et étincelants qui portaient les désirs dans tous les ressorts de la vie. Elle le retint à souper et à coucher. Chaque instant, chaque parole, chaque regard, enflammèrent sa passion. Dès que tout le monde fut retiré, elle lui écrivit un petit billet, ne doutant pas qu'il ne vînt lui faire la cour dans son lit, tandis que milord Qu'importe dormait dans le sien. Amazan eut encore le courage de résister : tant un grain de folie produit d'effets miraculeux dans une âme forte et profondément blessée.

Amazan, selon sa coutume, fit à la dame une réponse respectueuse, par laquelle il lui représentait la sainteté de son serment, et l'obligation étroite où il était d'apprendre à la princesse de Babylone à dompter ses passions ; après quoi il fit atteler ses licornes, et repartit pour la Batavie, laissant toute la compagnie émerveillée de lui, et la dame du logis désespérée. Dans l'excès de sa douleur, elle laissa traîner la lettre d'Amazan ; milord Qu'importe la lut le lendemain matin. « Voilà, dit-il en levant les épaules, de bien plates niaiseries » ; et il alla chasser au renard avec quelques ivrognes du voisinage.

Amazan voguait déjà sur la mer, muni d'une carte géographique dont lui avait fait présent le savant Albionien qui s'était entretenu avec lui chez milord

Qu'importe. Il voyait avec surprise une grande partie de la terre sur une feuille de papier.

Ses yeux et son imagination s'égaraient dans ce petit espace; il regardait le Rhin, le Danube, les Alpes du Tyrol, marqués alors par d'autres noms, et tous les pays par où il devait passer avant·d'arriver à la ville des sept montagnes; mais surtout il jetait les yeux sur la contrée des Gangarides, sur Babylone, où il avait vu sa chère princesse, et sur le fatal pays de Bassora, où elle avait donné un baiser au roi d'Égypte. Il soupirait, il versait des larmes; mais il convenait que l'Albionien, qui lui avait fait présent de l'univers en raccourci, n'avait pas eu tort en disant qu'on était mille fois plus instruit sur les bords de la Tamise que sur ceux du Nil, de l'Euphrate, et du Gange.

Comme il retournait en Batavie, Formosante volait vers Albion avec ses deux vaisseaux, qui cinglaient à pleines voiles; celui d'Amazan et celui de la princesse se croisèrent, se touchèrent presque : les deux amants étaient près l'un de l'autre, et ne pouvaient s'en douter. Ah, s'ils l'avaient su! Mais l'impérieuse destinée ne le permit pas.

IX

Sitôt qu'Amazan fut débarqué sur le terrain égal et fangeux de la Batavie, il partit comme un éclair pour la ville aux sept montagnes. Il fallut traverser la partie méridionale de la Germanie. De quatre milles en qua-tre milles on trouvait un prince et une princesse, des filles d'honneur, et des gueux. Il était étonné des

coquetteries que ces dames et ces filles d'honneur lui
faisaient partout avec la bonne foi germanique, et il
n'y répondait que par de modestes refus. Après avoir
franchi les Alpes, il s'embarqua sur la mer de Dalma-
tie, et aborda dans une ville qui ne ressemblait à rien
du tout de ce qu'il avait vu jusqu'alors. La mer formait
les rues, les maisons étaient bâties dans l'eau. Le peu
de places publiques qui ornaient cette ville était cou-
vert d'hommes et de femmes qui avaient un double
visage, celui que la nature leur avait donné, et une
face de carton mal peint, qu'ils appliquaient par-des-
sus : en sorte que la nation semblait composée de
spectres. Les étrangers qui venaient dans cette contrée
commençaient par acheter un visage, comme on se
pourvoit ailleurs de bonnets et de souliers. Amazan
dédaigna cette mode contre nature ; il se présenta tel
qu'il était. Il y avait dans la ville douze mille filles enre-
gistrées dans le grand livre de la république : filles uti-
les à l'État, chargées du commerce le plus avantageux
et le plus agréable qui ait jamais enrichi une nation.
Les négociants ordinaires envoyaient à grands frais et
à grands risques des étoffes dans l'Orient ; ces belles
négociantes faisaient sans aucun risque un trafic tou-
jours renaissant de leurs attraits. Elles vinrent toutes se
présenter au bel Amazan, et lui offrir le choix. Il
s'enfuit au plus vite en prononçant le nom de l'incom-
parable princesse de Babylone, et en jurant par les
dieux immortels qu'elle était plus belle que toutes les
douze mille filles vénitiennes. « Sublime friponne,
s'écriait-il dans ses transports, je vous apprendrai à être
fidèle ! »

Enfin les ondes jaunes du Tibre, des marais empes-
tés, des habitants hâves, décharnés et rares, couverts
de vieux manteaux troués qui laissaient voir leur peau
sèche et tannée, se présentèrent à ses yeux, et lui
annoncèrent qu'il était à la porte de la ville aux sept

montagnes, de cette ville de héros et de législateurs qui avaient conquis et policé une grande partie du globe.

Il s'était imaginé qu'il verrait à la porte triomphale cinq cents bataillons commandés par des héros, et, dans le sénat, une assemblée de demi-dieux, donnant des lois à la terre; il trouva, pour toute armée, une trentaine de gredins montant la garde avec un parasol, de peur du soleil. Ayant pénétré jusqu'à un temple qui lui parut très beau, mais moins que celui de Babylone, il fut assez surpris d'y entendre une musique exécutée par des hommes qui avaient des voix de femmes.

« Voilà, dit-il, un plaisant pays que cette antique terre de Saturne! J'ai vu une ville où personne n'avait son visage; en voici une autre où les hommes n'ont ni leur voix ni leur barbe. » On lui dit que ces chantres n'étaient plus hommes, qu'on les avait dépouillés de leur virilité afin qu'ils chantassent plus agréablement les louanges d'une prodigieuse quantité de gens de mérite. Amazan ne comprit rien à ce discours. Ces messieurs le prièrent de chanter; il chanta un air gangaride avec sa grâce ordinaire.

Sa voix était une très belle haute-contre. « Ah! monsignor, lui dirent-ils, quel charmant soprano vous auriez! Ah! si... — Comment, si? Que prétendez-vous dire? — Ah! monsignor!... — Eh bien? — Si vous n'aviez point de barbe! » Alors ils lui expliquèrent très plaisamment, et avec des gestes fort comiques, selon leur coutume, de quoi il était question. Amazan demeura tout confondu. « J'ai voyagé, dit-il, et jamais je n'ai entendu parler d'une telle fantaisie. »

Lorsqu'on eut bien chanté, le *Vieux des sept montagnes* alla en grand cortège à la porte du temple; il coupa l'air en quatre avec le pouce élevé, deux doigts étendus et deux autres pliés, en disant ces mots dans une

langue qu'on ne parlait plus : *A la ville et à l'univers**. Le Gangaride ne pouvait comprendre que deux doigts pussent atteindre si loin.

Il vit bientôt défiler toute la cour du maître du monde : elle était composée de graves personnages, les uns en robes rouges, les autres en violet ; presque tous regardaient le bel Amazan en adoucissant les yeux ; ils lui faisaient des révérences, et se disaient l'un à l'autre : *San Martino, che bel ragazzo! San Pancratio, che bel fanciullo!*

Les ardents, dont le métier était de montrer aux étrangers les curiosités de la ville, s'empressèrent de lui faire voir des masures où un muletier ne voudrait pas passer la nuit, mais qui avaient été autrefois de dignes monuments de la grandeur d'un peuple roi. Il vit encore des tableaux de deux cents ans, et des statues de plus de vingt siècles, qui lui parurent des chefs-d'œuvre. « Faites-vous encore de pareils ouvrages ?

— Non, Votre Excellence, lui répondit un des ardents ; mais nous méprisons le reste de la terre, parce que nous conservons ces raretés. Nous sommes des espèces de fripiers qui tirons notre gloire des vieux habits qui restent dans nos magasins. »

Amazan voulut voir le palais du prince : on l'y conduisit. Il vit des hommes en violet qui comptaient l'argent des revenus de l'État : tant d'une terre située sur le Danube, tant d'une autre sur la Loire, ou sur le Guadalquivir, ou sur la Vistule. « Oh ! oh ! dit Amazan après avoir consulté sa carte de géographie, votre maître possède donc toute l'Europe comme ces anciens héros des sept montagnes ? — Il doit posséder l'univers entier de droit divin, lui répondit un violet ; et même il a été un temps où ses prédécesseurs ont approché de la monarchie universelle ; mais leurs suc-

* *Urbi et orbi.*

cesseurs ont la bonté de se contenter aujourd'hui de
quelque argent que les rois leurs sujets leur font payer
en forme de tribut.

— Votre maître est donc en effet le roi des rois ?
C'est donc là son titre ? dit Amazan. — Non, Votre
Excellence ; son titre est *serviteur des serviteurs ;* il est ori-
ginairement poissonnier et portier, et c'est pourquoi
les emblèmes de sa dignité sont des clefs et des filets ;
mais il donne toujours des ordres à tous les rois. Il n'y
a pas longtemps qu'il envoya cent et un commande-
ments à un roi du pays des Celtes, et le roi obéit.

— Votre poissonnier, dit Amazan, envoya donc cinq
ou six cent mille hommes pour faire exécuter ses cent
et une volontés ?

— Point du tout, Votre Excellence ; notre saint maî-
tre n'est point assez riche pour soudoyer dix mille sol-
dats ; mais il a quatre à cinq mille prophètes divins dis-
tribués dans les autres pays. Ces prophètes de toutes
couleurs sont, comme de raison, nourris aux dépens
des peuples ; ils annoncent de la part du ciel que mon
maître peut avec ses clefs ouvrir et fermer toutes les
serrures, et surtout celles des coffres-forts. Un prêtre
normand, qui avait auprès du roi dont je vous parle la
charge de confident de ses pensées, le convainquit
qu'il devait obéir sans réplique aux cent et une pen-
sées de mon maître : car il faut que vous sachiez
qu'une des prérogatives du *Vieux des sept montagnes* est
d'avoir toujours raison, soit qu'il daigne parler, soit
qu'il daigne écrire.

— Parbleu, dit Amazan, voilà un singulier homme !
je serais curieux de dîner avec lui. — Votre Excel-
lence, quand vous seriez roi, vous ne pourriez manger
à sa table ; tout ce qu'il pourrait faire pour vous, ce
serait de vous en faire servir une à côté de lui plus
petite et plus basse que la sienne. Mais, si vous voulez
avoir l'honneur de lui parler, je lui demanderai

audience pour vous, moyennant la *buona mancia,* que
vous aurez la bonté de me donner. — Très volon-
tiers », dit le Gangaride. Le violet s'inclina. « Je vous
introduirai demain, dit-il ; vous ferez trois génuflexions,
et vous baiserez les pieds du *Vieux des sept montagnes.* »
A ces mots, Amazan fit de si prodigieux éclats de rire
qu'il fut près de suffoquer ; il sortit en se tenant les
côtés, et rit aux larmes pendant tout le chemin, jusqu'à
ce qu'il fût arrivé à son hôtellerie, où il rit encore très
longtemps.

A son dîner, il se présenta vingt hommes sans barbe
et vingt violons qui lui donnèrent un concert. Il fut
courtisé le reste de la journée par les seigneurs les plus
importants de la ville : ils lui firent des propositions
encore plus étranges que celle de baiser les pieds du
Vieux des sept montagnes. Comme il était extrêmement
poli, il crut d'abord que ces messieurs le prenaient
pour une dame, et les avertit de leur méprise avec
l'honnêteté la plus circonspecte. Mais, étant pressé un
peu vivement par deux ou trois des plus déterminés
violets, il les jeta par les fenêtres, sans croire faire un
grand sacrifice à la belle Formosante. Il quitta au plus
vite cette ville des maîtres du monde, où il fallait bai-
ser un vieillard à l'orteil, comme si sa joue était à son
pied, et où l'on n'abordait les jeunes gens qu'avec des
cérémonies encore plus bizarres.

X

DE province en province, ayant toujours repoussé les
agaceries de toute espèce, toujours fidèle à la princesse
de Babylone, toujours en colère contre le roi
d'Égypte, ce modèle de constance parvint à la capitale

nouvelle des Gaules. Cette ville avait passé, comme
tant d'autres, par tous les degrés de la barbarie, de
l'ignorance, de la sottise et de la misère. Son premier
nom avait été *la boue* et *la crotte;* ensuite elle avait pris
celui d'Isis, du culte d'Isis parvenu jusque chez elle. Son
premier sénat avait été une compagnie de bateliers.
Elle avait été longtemps esclave des héros dépréda-
teurs des sept montagnes ; et, après quelques siècles,
d'autres héros brigands, venus de la rive ultérieure du
Rhin, s'étaient emparés de son petit terrain.

Le temps, qui change tout, en avait fait une ville
dont la moitié était très noble et très agréable, l'autre
un peu grossière et ridicule : c'était l'emblème de ses
habitants. Il y avait dans son enceinte environ cent
mille personnes au moins qui n'avaient rien à faire
qu'à jouer et à se divertir. Ce peuple d'oisifs jugeait des
arts que les autres cultivaient. Ils ne savaient rien de
ce qui se passait à la cour ; quoiqu'elle ne fût qu'à qua-
tre petits milles d'eux, il semblait qu'elle en fût à six
cent milles au moins. La douceur de la société, la
gaieté, la frivolité, étaient leur importante et leur uni-
que affaire ; on les gouvernait comme des enfants à
qui l'on prodigue des jouets pour les empêcher de
crier. Si on leur parlait des horreurs qui avaient, deux
siècles auparavant, désolé leur patrie, et des temps
épouvantables où la moitié de la nation avait massacré
l'autre pour des sophismes, ils disaient qu'en effet cela
n'était pas bien, et puis ils se mettaient à rire et à
chanter des vaudevilles.

Plus les oisifs étaient polis, plaisants, et aimables,
plus on observait un triste contraste entre eux et des
compagnies d'occupés.

Il était, parmi ces occupés, ou qui prétendaient
l'être, une troupe de sombres fanatiques, moitié absur-
des, moitié fripons, dont le seul aspect contristait la
terre, et qui l'auraient bouleversée, s'ils l'avaient pu,

pour se donner un peu de crédit ; mais la nation des oisifs, en dansant et en chantant, les faisait rentrer dans leurs cavernes, comme les oiseaux obligent les chats-huants à se replonger dans les trous des masures.

D'autres occupés, en plus petit nombre, étaient les conservateurs d'anciens usages barbares contre lesquels la nature effrayée réclamait à haute voix ; ils ne consultaient que leurs registres rongés des vers. S'ils y voyaient une coutume insensée et horrible, ils la regardaient comme une loi sacrée. C'est par cette lâche habitude de n'oser penser par eux-mêmes, et de puiser leurs idées dans les débris des temps où l'on ne pensait pas, que, dans la ville des plaisirs, il était encore des mœurs atroces. C'est par cette raison qu'il n'y avait nulle proportion entre les délits et les peines. On faisait quelquefois souffrir mille morts à un innocent pour lui faire avouer un crime qu'il n'avait pas commis.

On punissait une étourderie de jeune homme comme on aurait puni un empoisonnement ou un parricide. Les oisifs en poussaient des cris perçants, et le lendemain ils n'y pensaient plus, et ne parlaient que de modes nouvelles.

Ce peuple avait vu s'écouler un siècle entier pendant lequel les beaux-arts s'élevèrent à un degré de perfection qu'on n'aurait jamais osé espérer ; les étrangers venaient alors, comme à Babylone, admirer les grands monuments d'architecture, les prodiges des jardins, les sublimes efforts de la sculpture et de la peinture. Ils étaient enchantés d'une musique qui allait à l'âme sans étonner les oreilles.

La vraie poésie, c'est-à-dire celle qui est naturelle et harmonieuse, celle qui parle au cœur autant qu'à l'esprit, ne fut connue de la nation que dans cet heureux siècle. De nouveaux genres d'éloquence déployèrent des beautés sublimes. Les théâtres surtout retenti-

rent de chefs-d'œuvre dont aucun peuple n'approcha jamais. Enfin le bon goût se répandit dans toutes les professions, au point qu'il y eut de bons écrivains même chez les druides.

Tant de lauriers, qui avaient levé leurs têtes jusqu'aux nues, se séchèrent bientôt dans une terre épuisée. Il n'en resta qu'un très petit nombre dont les feuilles étaient d'un vert pâle et mourant. La déca dence fut produite par la facilité de faire et par la paresse de bien faire, par la satiété du beau et par le goût du bizarre. La vanité protégea des artistes qui ramenaient les temps de la barbarie; et cette même vanité, en persécutant les talents véritables, les força de quitter leur patrie; les frelons firent disparaître les abeilles.

Presque plus de véritables arts, presque plus de génie; le mérite consistait à raisonner à tort et à tra vers sur le mérite du siècle passé : le barbouilleur des murs d'un cabaret critiquait savamment les tableaux des grands peintres; les barbouilleurs de papier défigu raient les ouvrages des grands écrivains. L'ignorance et le mauvais goût avaient d'autres barbouilleurs à leurs gages; on répétait les mêmes choses dans cent volu mes sous des titres différents. Tout était ou diction naire ou brochure. Un gazetier druide écrivait deux fois par semaine les annales obscures de quelques énergumènes ignorés de la nation, et de prodiges célestes opérés dans des galetas par de petits gueux et de petites gueuses; d'autres ex-druides, vêtus de noir, prêts de mourir de colère et de faim, se plaignaient dans cent écrits qu'on ne leur permît plus de tromper les hommes, et qu'on laissât ce droit à des boucs vêtus de gris. Quelques archi-druides imprimaient des libelles diffamatoires.

Amazan ne savait rien de tout cela; et, quand il l'aurait su, il ne s'en serait guère embarrassé, n'ayant la

tête remplie que de la princesse de Babylone, du roi
de l'Égypte, et de son serment inviolable de mépriser
toutes les coquetteries des dames, dans quelque pays
que le chagrin conduisît ses pas.

Toute la populace légère, ignorante, et toujours
poussant à l'excès cette curiosité naturelle au genre
humain, s'empressa longtemps autour de ses licornes;
les femmes, plus sensées, forcèrent les portes de son
hôtel pour contempler sa personne.

Il témoigna d'abord à son hôte quelque désir d'aller
à la cour; mais des oisifs de bonne compagnie, qui se
trouvèrent là par hasard, lui dirent que ce n'était plus
la mode, que les temps étaient bien changés, et qu'il
n'y avait plus de plaisirs qu'à la ville. Il fut invité le soir
même à souper par une dame dont l'esprit et les
talents étaient connus hors de sa patrie, et qui avait
voyagé dans quelques pays où Amazan avait passé. Il
goûta fort cette dame et la société rassemblée chez
elle. La liberté y était décente, la gaieté n'y était point
bruyante, la science n'y avait rien de rebutant, et
l'esprit rien d'apprêté. Il vit que le nom de bonne com-
pagnie n'est pas un vain nom, quoiqu'il soit souvent
usurpé. Le lendemain il dîna dans une société non
moins aimable, mais beaucoup plus voluptueuse. Plus il
fut satisfait des convives, plus on fut content de lui. Il
sentait son âme s'amollir et se dissoudre comme les
aromates de son pays se fondent doucement à feu
modéré, et s'exhalent en parfums délicieux.

Après le dîner, on le mena à un spectacle enchan-
teur, condamné par les druides parce qu'il leur enle-
vait les auditeurs dont ils étaient les plus jaloux. Ce
spectacle était un composé de vers agréables, de
chants délicieux, de danses qui exprimaient les mouve-
ments de l'âme, et de perspectives qui charmaient les
yeux en les trompant. Ce genre de plaisir, qui rassem-
blait tant de genres, n'était connu que sous un nom

étranger : il s'appelait *Opéra,* ce qui signifiait autrefois dans la langue des sept montagnes *travail, soin, occupation, industrie, entreprise, besogne, affaire.* Cette affaire l'enchanta. Une fille surtout le charma par sa voix mélodieuse et par les grâces qui l'accompagnaient : cette fille d'*affaire,* après le spectacle, lui fut présentée par ses nouveaux amis. Il lui fit présent d'une poignée de diamants. Elle en fut si reconnaissante qu'elle ne put le quitter du reste du jour. Il soupa avec elle, et, pendant le repas, il oublia sa sobriété, et, après le repas, il oublia son serment d'être toujours insensible à la beauté, et inexorable aux tendres coquetteries. Quel exemple de la faiblesse humaine !

La belle princesse de Babylone arrivait alors avec le phénix, sa femme de chambre Irla, et ses deux cents cavaliers gangarides montés sur leurs licornes. Il fallut attendre assez longtemps pour qu'on ouvrît les portes. Elle demanda d'abord si le plus beau des hommes, le plus courageux, le plus spirituel et le plus fidèle, était encore dans cette ville. Les magistrats virent bien qu'elle voulait parler d'Amazan. Elle se fit conduire à son hôtel ; elle entra, le cœur palpitant d'amour : toute son âme était pénétrée de l'inexprimable joie de revoir enfin dans son amant le modèle de la constance. Rien ne put l'empêcher d'entrer dans sa chambre ; les rideaux étaient ouverts ; elle vit le bel Amazan dormant entre les bras d'une jolie brune. Ils avaient tous deux un très grand besoin de repos.

Formosante jeta un cri de douleur qui retentit dans toute la maison, mais qui ne put éveiller ni son cousin ni la fille d'*affaire.* Elle tomba pâmée entre les bras d'Irla. Dès qu'elle eut repris ses sens, elle sortit de cette chambre fatale avec une douleur mêlée de rage. Irla s'informa quelle était cette jeune demoiselle qui passait des heures si douces avec le bel Amazan. On lui dit que c'était une fille d'*affaire* fort complaisante, qui joi-

gnait à ses talents celui de chanter avec assez de grâce.
« O juste ciel, ô puissant Orosmade! s'écriait la belle
princesse de Babylone tout en pleurs, par qui suis-je
trahie, et pour qui! Ainsi donc celui qui a refusé pour
moi tant de princesses m'abandonne pour une far-
ceuse des Gaules! Non, je ne pourrai survivre à cet
affront.

— Madame, lui dit Irla, voilà comme sont faits tous
les jeunes gens d'un bout du monde à l'autre : fussent-
ils amoureux d'une beauté descendue du ciel, ils lui
feraient, dans de certains moments, des infidélités pour
une servante de cabaret.

— C'en est fait, dit la princesse, je ne le reverrai de
ma vie ; partons dans l'instant même, et qu'on attelle
mes licornes. » Le phénix la conjura d'attendre au
moins qu'Amazan fût éveillé, et qu'il pût lui parler. « Il
ne le mérite pas, dit la princesse ; vous m'offenseriez
cruellement : il croirait que je vous ai prié de lui faire
des reproches, et que je veux me raccommoder avec
lui. Si vous m'aimez, n'ajoutez pas cette injure à l'injure
qu'il m'a faite. » Le phénix, qui après tout devait la vie
à la fille du roi de Babylone, ne put lui désobéir. Elle
repartit avec tout son monde. « Où allons-nous,
madame? lui demandait Irla. — Je n'en sais rien,
répondait la princesse ; nous prendrons le premier che
min que nous trouverons : pourvu que je fuie Amazan
pour jamais, je suis contente. »

Le phénix, qui était plus sage que Formosante,
parce qu'il était sans passion, la consolait en chemin ; il
lui remontrait avec douceur qu'il était triste de se
punir pour les fautes d'un autre ; qu'Amazan lui avait
donné des preuves assez éclatantes et assez nombreu-
ses de fidélité pour qu'elle pût lui pardonner de s'être
oublié un moment ; que c'était un juste à qui la grâce
d'Orosmade avait manqué ; qu'il n'en serait que plus
constant désormais dans l'amour et dans la vertu ; que

le désir d'expier sa faute le mettrait au-dessus de lui-
même ; qu'elle n'en serait que plus heureuse : que plu-
sieurs grandes princesses avant elle avaient pardonné
de semblables écarts, et s'en étaient bien trouvées ; il
lui en rapportait des exemples, et il possédait telle-
ment l'art de conter que le cœur de Formosante fut
enfin plus calme et plus paisible ; elle aurait voulu
n'être point sitôt partie : elle trouvait que ses licornes
allaient trop vite, mais elle n'osait revenir sur ses pas ;
combattue entre l'envie de pardonner et celle de mon-
trer sa colère, entre son amour et sa vanité, elle lais-
sait aller ses licornes ; elle courait le monde selon la
prédiction de l'oracle de son père.

Amazan, à son réveil, apprend l'arrivée et le départ
de Formosante et du phénix ; il apprend le désespoir
et le courroux de la princesse ; on lui dit qu'elle a juré
de ne lui pardonner jamais. « Il ne me reste plus,
s'écria-t-il, qu'à la suivre et à me tuer à ses pieds. »

Ses amis de la bonne compagnie des oisifs accouru-
rent au bruit de cette aventure ; tous lui remontrèrent
qu'il valait infiniment mieux demeurer avec eux ; que
rien n'était comparable à la douce vie qu'ils menaient
dans le sein des arts et d'une volupté tranquille et déli-
cate ; que plusieurs étrangers et des rois mêmes
avaient préféré ce repos, si agréablement occupé et si
enchanteur, à leur patrie et à leur trône ; que d'ailleurs
sa voiture était brisée, et qu'un sellier lui en faisait une
à la nouvelle mode ; que le meilleur tailleur de la ville
lui avait déjà coupé une douzaine d'habits du dernier
goût ; que les dames les plus spirituelles et les plus
aimables de la ville, chez qui on jouait très bien la
comédie, avaient retenu chacune leur tour pour lui
donner des fêtes. La fille d'affaire, pendant ce temps-là,
prenait son chocolat à sa toilette, riait, chantait, et fai-
sait des agaceries au bel Amazan, qui s'aperçut enfin
qu'elle n'avait pas le sens d'un oison.

Comme la sincérité, la cordialité, la franchise, ainsi que la magnanimité et le courage, composaient le caractère de ce grand prince, il avait conté ses malheurs et ses voyages à ses amis; ils savaient qu'il était cousin issu de germain de la princesse; ils étaient informés du baiser funeste donné par elle au roi d'Égypte. « On se pardonne, lui dirent-ils, ces petites frasques entre parents, sans quoi il faudrait passer sa vie dans d'éternelles querelles. » Rien n'ébranla son dessein de courir après Formosante; mais, sa voiture n'étant pas prête, il fut obligé de passer trois jours parmi les oisifs dans les fêtes et dans les plaisirs; enfin il prit congé d'eux en les embrassant, en leur faisant accepter les diamants de son pays les mieux montés, en leur recommandant d'être toujours légers et frivoles, puisqu'ils n'en étaient que plus aimables et plus heureux. « Les Germains, disait-il, sont les vieillards de l'Europe; les peuples d'Albion sont les hommes faits; les habitants de la Gaule sont les enfants, et j'aime à jouer avec eux. »

XI

SES guides n'eurent pas de peine à suivre la route de la princesse; on ne parlait que d'elle et de son gros oiseau. Tous les habitants étaient encore dans l'enthousiasme de l'admiration. Les peuples de la Dalmatie et de la Marche d'Ancône éprouvèrent depuis une surprise moins délicieuse quand ils virent une maison voler dans les airs; les bords de la Loire, de la Dordogne, de la Garonne, de la Gironde, retentissaient encore d'acclamations.

Quand Amazan fut au pied des Pyrénées, les magis-
trats et les druides du pays lui firent danser malgré lui
un tambourin ; mais sitôt qu'il eut franchi les Pyrénées,
il ne vit plus de gaieté et de joie. S'il entendit quelques
chansons de loin à loin, elles étaient toutes sur un ton
triste : les habitants marchaient gravement avec des
grains enfilés et un poignard à leur ceinture. La
nation, vêtue de noir, semblait être en deuil. Si les
domestiques d'Amazan interrogeaient les passants,
ceux-ci répondaient par signes ; si on entrait dans une
hôtellerie, le maître de la maison enseignait aux gens
en trois paroles qu'il n'y avait rien dans la maison, et
qu'on pouvait envoyer chercher à quelques milles les
choses dont on avait un besoin pressant.

Quand on demandait à ces silencieux s'ils avaient vu
passer la belle princesse de Babylone, ils répondaient
avec moins de brièveté : « Nous l'avons vue, elle n'est
pas si belle : il n'y a de beau que les teints basanés ;
elle étale une gorge d'albâtre qui est la chose du
monde la plus dégoûtante, et qu'on ne connaît pres-
que point dans nos climats. »

Amazan avançait vers la province arrosée du Bétis.
Il ne s'était pas écoulé plus de douze mille années
depuis que ce pays avait été découvert par les Tyriens,
vers le même temps qu'ils firent la découverte de la
grande île Atlantique, submergée quelques siècles
après. Les Tyriens cultivèrent la Bétique, que les natu-
rels du pays laissaient en friche, prétendant qu'ils ne
devaient se mêler de rien, et que c'était aux Gaulois
leurs voisins à venir cultiver leurs terres. Les Tyriens
avaient amené avec eux des Palestins, qui, dès ce
temps-là, couraient dans tous les climats, pour peu qu'il
y eût de l'argent à gagner. Ces Palestins, en prêtant sur
gages à cinquante pour cent, avaient attiré à eux pres-
que toutes les richesses du pays. Cela fit croire aux
peuples de la Bétique que les Palestins étaient sorciers ;

et tous ceux qui étaient accusés de magie étaient brû-
lés sans miséricorde par une compagnie de druides
qu'on appelait *les rechercheurs,* ou *les anthropokaies.* Ces
prêtres les revêtaient d'abord d'un habit de masque,
s'emparaient de leurs biens, et récitaient dévotement
les propres prières des Palestins tandis qu'on les cuisait
à petit feu *por l'amor de Dios.*

La princesse de Babylone avait mis pied à terre dans
la ville qu'on appela depuis *Sevilla.* Son dessein était de
s'embarquer sur le Bétis pour retourner par Tyr à
Babylone revoir le roi Bélus son père, et oublier, si elle
pouvait, son infidèle amant, ou bien le demander en
mariage. Elle fit venir chez elle deux Palestins qui fai-
saient toutes les affaires de la cour. Ils devaient lui
fournir trois vaisseaux. Le phénix fit avec eux tous les
arrangements nécessaires, et convint du prix après
avoir un peu disputé.

L'hôtesse était fort dévote, et son mari, non moins
dévot, était familier, c'est-à-dire espion des druides
rechercheurs anthropokaies ; il ne manqua pas de les
avertir qu'il avait dans sa maison une sorcière et deux
Palestins qui faisaient un pacte avec le diable, déguisé
en gros oiseau doré. Les rechercheurs, apprenant que
la dame avait une prodigieuse quantité de diamants, la
jugèrent incontinent sorcière ; ils attendirent la nuit
pour enfermer les deux cents cavaliers et les licornes,
qui dormaient dans de vastes écuries, car les recher-
cheurs sont poltrons.

Après avoir bien barricadé les portes, ils se saisirent
de la princesse et d'Irla ; mais ils ne purent prendre le
phénix, qui s'envola à tire d'ailes : il se doutait bien
qu'il trouverait Amazan sur le chemin des Gaules à
Sevilla.

Il le rencontra sur la frontière de la Bétique, et lui
apprit le désastre de la princesse. Amazan ne put par-
ler : il était trop saisi, trop en fureur. Il s'arme d'une

cuirasse d'acier damasquinée d'or, d'une lance de douze pieds, de deux javelots, et d'une épée tranchante, appelée *la fulminante,* qui pouvait fendre d'un seul coup des arbres, des rochers et des druides ; il couvre sa belle tête d'un casque d'or ombragé de plumes de héron et d'autruche. C'était l'ancienne armure de Magog, dont sa sœur Aldée lui avait fait présent dans son voyage en Scythie ; le peu de suivants qui l'accompagnaient montent comme lui chacun sur sa licorne.

Amazan, en embrassant son cher phénix, ne lui dit que ces tristes paroles : « Je suis coupable ; si je n'avais pas couché avec une fille d'*affaire* dans la ville des oisifs, la belle princesse de Babylone ne serait pas dans cet état épouvantable ; courons aux anthropokaies. »

Il entre bientôt dans Sevilla : quinze cents alguazils gardaient les portes de l'enclos où les deux cents Gangarides et leurs licornes étaient renfermés sans avoir à manger ; tout était préparé pour le sacrifice qu'on allait faire de la princesse de Babylone, de sa femme de chambre Irla, et des deux riches Palestins.

Le grand anthropokaie, entouré de ses petits anthropokaies, était déjà sur son tribunal sacré ; une foule de Sévillois portant des grains enfilés à leurs ceintures joignaient les deux mains sans dire un mot, et l'on amenait la belle princesse, Irla, et les deux Palestins, les mains liées derrière le dos et vêtus d'un habit de masque.

Le phénix entre par une lucarne dans la prison où les Gangarides commençaient déjà à enfoncer les portes. L'invincible Amazan les brisait en dehors. Ils sortent tout armés, tous sur leurs licornes ; Amazan se met à leur tête. Il n'eut pas de peine à renverser les alguazils, les familiers, les prêtres anthropokaies ; chaque licorne en perçait des douzaines à la fois. La fulminante d'Amazan coupait en deux tous ceux qu'il rencontrait ; le peuple fuyait en manteau noir et en fraise

sale, toujours tenant à la main ses grains bénits *por l'amor de Dios.*

Amazan saisit de sa main le grand rechercheur sur son tribunal, et le jette sur le bûcher qui était préparé à quarante pas; il y jeta aussi les autres petits rechercheurs l'un après l'autre. Il se prosterne ensuite aux pieds de Formosante. « Ah! que vous êtes aimable, dit-elle, et que je vous adorerais si vous ne m'aviez pas fait une infidélité avec une fille d'*affaire!* »

Tandis qu'Amazan faisait sa paix avec la princesse, tandis que ses Gangarides entassaient dans le bûcher les corps de tous les anthropokaies, et que les flammes s'élevaient jusqu'aux nues, Amazan vit de loin comme une armée qui venait à lui. Un vieux monarque, la couronne en tête, s'avançait sur un char traîné par huit mules attelées avec des cordes; cent autres chars suivaient. Ils étaient accompagnés de graves personnages en manteau noir et en fraise, montés sur de très beaux chevaux; une multitude de gens à pied suivait en cheveux gras et en silence.

D'abord Amazan fit ranger autour de lui ses Gangarides, et s'avança, la lance en arrêt. Dès que le roi l'aperçut, il ôta sa couronne, descendit de son char, embrassa l'étrier d'Amazan, et lui dit : « Homme envoyé de Dieu, vous êtes le vengeur du genre humain, le libérateur de ma patrie, mon protecteur. Ces monstres sacrés dont vous avez purgé la terre étaient mes maîtres au nom du *Vieux des sept montagnes;* j'étais forcé de souffrir leur puissance criminelle. Mon peuple m'aurait abandonné si j'avais voulu seulement modérer leurs abominables atrocités. D'aujourd'hui je respire, je règne, et je vous le dois. »

Ensuite il baisa respectueusement la main de Formosante, et la supplia de vouloir bien monter avec Amazan, Irla, et le phénix dans son carrosse à huit mules. Les deux Palestins, banquiers de la cour, encore pros-

ternés à terre de frayeur et de reconnaissance, se rele-
vèrent, et la troupe des licornes suivit le roi de la Béti-
que dans son palais.

Comme la dignité du roi d'un peuple grave exigeait
que ses mules allassent au petit pas, Amazan et Formo-
sante eurent le temps de lui conter leurs aventures. Il
entretint aussi le phénix ; il l'admira et le baisa cent
fois. Il comprit combien les peuples d'Occident, qui
mangeaient les animaux, et qui n'entendaient plus leur
langage, étaient ignorants, brutaux et barbares ; que
les seuls Gangarides avaient conservé la nature et la
dignité primitive de l'homme ; mais il convenait sur-
tout que les plus barbares des mortels étaient ces
rechercheurs anthropokaies, dont Amazan venait de
purger le monde. Il ne cessait de le bénir et de le
remercier. La belle Formosante oubliait déjà l'aventure
de la fille d'*affaire*, et n'avait l'âme remplie que de la
valeur du héros qui lui avait sauvé la vie. Amazan, ins-
truit de l'innocence du baiser donné au roi d'Égypte, et
de la résurrection du phénix, goûtait une joie pure, et
était enivré du plus violent amour.

On dîna au palais, et on y fit assez mauvaise chère.
Les cuisiniers de la Bétique étaient les plus mauvais de
l'Europe. Amazan conseilla d'en faire venir des Gaules.
Les musiciens du roi exécutèrent pendant le repas cet
air célèbre qu'on appela dans la suite des siècles *les
Folies d'Espagne*. Après le repas on parla d'affaires.

Le roi demanda au bel Amazan, à la belle Formo-
sante et au beau phénix, ce qu'ils prétendaient devenir.
« Pour moi, dit Amazan, mon intention est de retour-
ner à Babylone, dont je suis l'héritier présomptif, et de
demander à mon oncle Bélus ma cousine issue de ger-
maine, l'incomparable Formosante, à moins qu'elle
n'aime mieux vivre avec moi chez les Gangarides.

— Mon dessein, dit la princesse, est assurément de
ne jamais me séparer de mon cousin issue de germain.

Mais je crois qu'il convient que je me rende auprès du roi mon père, d'autant plus qu'il ne m'a donné permission que d'aller en pèlerinage à Bassora, et que j'ai couru le monde. — Pour moi, dit le phénix, je suivrai partout ces deux tendres et généreux amants.

— Vous avez raison, dit le roi de la Bétique ; mais le retour à Babylone n'est pas si aisé que vous ne le pensez. Je sais tous les jours des nouvelles de ce pays-là par les vaisseaux tyriens, et par mes banquiers palestins, qui sont en correspondance avec tous les peuples de la terre. Tout est en armes vers l'Euphrate et le Nil. Le roi de Scythie redemande l'héritage de sa femme, à la tête de trois cent mille guerriers tous à cheval. Le roi d'Égypte et le roi des Indes désolent aussi les bords du Tigre et de l'Euphrate, chacun à la tête de trois cent mille hommes, pour se venger de ce qu'on s'est moqué d'eux. Pendant que le roi d'Égypte est hors de son pays, son ennemi le roi d'Éthiopie ravage l'Égypte avec trois cent mille hommes, et le roi de Babylone n'a encore que six cent mille hommes sur pied pour se défendre.

« Je vous avoue, continua le roi, que lorsque j'entends parler de ces prodigieuses armées que l'Orient vomit de son sein, et de leur étonnante magnificence ; quand je les compare à nos petits corps de vingt à trente mille soldats, qu'il est difficile de vêtir et de nourrir, je suis tenté de croire que l'Orient a été fait bien longtemps avant l'Occident. Il semble que nous soyons sortis avant-hier du chaos, et hier de la barbarie.

— Sire, dit Amazan, les derniers venus l'emportent quelquefois sur ceux qui sont entrés les premiers dans la carrière. On pense dans mon pays que l'homme est originaire de l'Inde, mais je n'en ai aucune certitude.

— Et vous, dit le roi de la Bétique au phénix, qu'en pensez-vous ? — Sire, répondit le phénix, je suis

encore trop jeune pour être instruit de l'antiquité. Je
n'ai vécu qu'environ vingt-sept mille ans ; mais mon
père, qui avait vécu cinq fois cet âge, me disait qu'il
avait appris de son père que les contrées de l'Orient
avaient toujours été plus peuplées et plus riches que
les autres. Il tenait de ses ancêtres que les générations
de tous les animaux avaient commencé sur les bords
du Gange. Pour moi, je n'ai pas la vanité d'être de
cette opinion. Je ne puis croire que les renards
d'Albion, les marmottes des Alpes, et les loups de la
Gaule, viennent de mon pays ; de même que je ne
crois pas que les sapins et les chênes de vos contrées
descendent des palmiers et des cocotiers des Indes.

— Mais d'où venons-nous donc ? dit le roi. — Je
n'en sais rien, dit le phénix ; je voudrais seulement
savoir où la belle princesse de Babylone et mon cher
ami Amazan pourront aller. — Je doute fort, repartit
le roi, qu'avec ses deux cents licornes il soit en état de
percer à travers tant d'armées de trois cent mille hom-
mes chacune.— Pourquoi non ? » dit Amazan.

Le roi de la Bétique sentit le sublime du *Pourquoi
non ;* mais il crut que le sublime seul ne suffisait pas
contre des armées innombrables. « Je vous conseille,
dit-il, d'aller trouver le roi d'Éthiopie ; je suis en rela-
tion avec ce prince noir par le moyen de mes Pales-
tins. Je vous donnerai des lettres pour lui. Puisqu'il est
l'ennemi du roi d'Égypte, il sera trop heureux d'être
fortifié par votre alliance. Je puis vous aider de deux
mille hommes très sobres et très braves ; il ne tiendra
qu'à vous d'en engager autant chez les peuples qui
demeurent, ou plutôt qui sautent au pied des Pyrénées,
et qu'on appelle *Vasques* ou *Vascons.* Envoyez un de vos
guerriers sur une licorne avec quelques diamants : il
n'y a point de Vascon qui ne quitte le castel, c'est-à-
dire la chaumière de son père, pour servir. Ils sont
infatigables, courageux et plaisants ; vous en serez très

satisfait. En attendant qu'ils soient arrivés, nous vous donnerons des fêtes et nous vous préparerons des vais-seaux. Je ne puis trop reconnaître le service que vous m'avez rendu. »

Amazan jouissait du bonheur d'avoir retrouvé For-mosante, et de goûter en paix dans sa conversation tous les charmes de l'amour réconcilié, qui valent pres-que ceux de l'amour naissant.

Bientôt une troupe fière et joyeuse de Vascons arriva en dansant un tambourin ; l'autre troupe fière et sérieuse de Bétiquois était prête. Le vieux roi tanné embrassa tendrement les deux amants ; il fit charger leurs vaisseaux d'armes, de lits, de jeux d'échecs, d'habits noirs, de golilles, d'oignons, de moutons, de poules, de farine, et de beaucoup d'ail, en leur souhai-tant une heureuse traversée, un amour constant, et des victoires.

La flotte aborda le rivage où l'on dit que tant de siè-cles après la Phénicienne Didon, sœur d'un Pygmalion, épouse d'un Sichée, ayant quitté cette ville de Tyr, vint fonder la superbe ville de Carthage, en coupant un cuir de bœuf en lanières, selon le témoignage des plus graves auteurs de l'antiquité, lesquels n'ont jamais conté de fables, et selon les professeurs qui ont écrit pour les petits garçons ; quoique après tout il n'y ait jamais eu personne à Tyr qui se soit appelé Pygmalion, ou Didon, ou Sichée, qui sont des noms entièrement grecs, et quoique enfin il n'y eût point de roi à Tyr en ces temps-là.

La superbe Carthage n'était point encore un port de mer ; il n'y avait là que quelques Numides qui faisaient sécher des poissons au soleil. On côtoya la Byzacène et les Syrtes, les bords fertiles où furent depuis Cyrène et la grande Chersonèse.

Enfin on arriva vers la première embouchure du fleuve sacré du Nil. C'est à l'extrémité de cette terre

fertile que le port de Canope recevait déjà les vais-
seaux de toutes les nations commerçantes, sans qu'on
sût si le dieu Canope avait fondé le port, ou si les habi-
tants avaient fabriqué le dieu, ni si l'étoile Canope
avait donné son nom à la ville, ou si la ville avait
donné le sien à l'étoile. Tout ce qu'on en savait, c'est
que la ville et l'étoile étaient fort anciennes, et c'est
tout ce qu'on peut savoir de l'origine des choses, de
quelque nature qu'elles puissent être.

Ce fut là que le roi d'Éthiopie, ayant ravagé toute
l'Égypte, vit débarquer l'invincible Amazan et l'adora-
ble Formosante. Il prit l'un pour le dieu des combats,
et l'autre pour le déesse de la beauté. Amazan lui pré-
senta la lettre de recommandation d'Espagne. Le roi
d'Éthiopie donna d'abord des fêtes admirables, suivant
la coutume indispensable des temps héroïques ; ensuite
on parla d'aller exterminer les trois cent mille hom-
mes du roi d'Égypte, les trois cent mille de l'empereur
des Indes, et les trois cent mille du grand kan des Scy-
thes, qui assiégeaient l'immense, l'orgueilleuse, la
voluptueuse ville de Babylone.

Les deux mille Espagnols qu'Amazan avait amenés
avec lui dirent qu'ils n'avaient que faire du roi d'Éthio-
pie pour secourir Babylone ; que c'était assez que leur
roi leur eût ordonné d'aller la délivrer ; qu'il suffisait
d'eux pour cette expédition.

Les Vascons dirent qu'ils en avaient bien fait
d'autres ; qu'ils battraient tout seuls les Égyptiens, les
Indiens et les Scythes, et qu'ils ne voulaient marcher
avec les Espagnols qu'à condition que ceux-ci seraient
à l'arrière-garde.

Les deux cents Gangarides se mirent à rire des pré-
tentions de leurs alliés, et ils soutinrent qu'avec cent
licornes seulement ils feraient fuir tous les rois de la
terre. La belle Formosante les apaisa par sa prudence
et par ses discours enchanteurs. Amazan présenta au

monarque noir ses Gangarides, ses licornes, les Espagnols, les Vascons, et son bel oiseau.

Tout fut prêt bientôt pour marcher par Memphis, par Héliopolis, par Arsinoé, par Pétra, par Artémite, par Sora, par Apamée, pour aller attaquer les trois rois, et pour faire cette guerre mémorable devant laquelle toutes les guerres que les hommes ont faites depuis n'ont été que des combats de coqs et de cailles.

Chacun sait comment le roi d'Éthiopie devint amoureux de la belle Formosante, et comment il la surprit au lit, lorsqu'un doux sommeil fermait ses longues paupières. On se souvient qu'Amazan, témoin de ce spectacle, crut voir le jour et la nuit couchant ensemble. On n'ignore pas qu'Amazan, indigné de l'affront, tira soudain sa fulminante, qu'il coupa la tête perverse du nègre insolent, et qu'il chassa tous les Éthiopiens d'Égypte. Ces prodiges ne sont-ils pas écrits dans le livre des chroniques d'Égypte ? La renommée a publié de ses cent bouches les victoires qu'il remporta sur les trois rois avec ses Espagnols, ses Vascons et ses licornes. Il rendit la belle Formosante à son père ; il délivra toute la suite de sa maîtresse, que le roi d'Égypte avait réduite en esclavage. Le grand kan des Scythes se déclara son vassal, et son mariage avec la princesse Aldée fut confirmé. L'invincible et généreux Amazan, reconnu pour héritier du royaume de Babylone, entra dans la ville en triomphe avec le phénix, en présence de cent rois tributaires. La fête de son mariage surpassa en tout celle que le roi Bélus avait donnée. On servit à table le bœuf Apis rôti. Le roi d'Égypte et celui des Indes donnèrent à boire aux deux époux, et ces noces furent célébrées par cinq cents poètes de Babylone.

O muses ! qu'on invoque toujours au commencement de son ouvrage, je ne vous implore qu'à la fin. C'est en vain qu'on me reproche de dire grâces sans

avoir dit *benedicite*. Muses! vous n'en serez pas moins
mes protectrices. Empêchez que des continuateurs
téméraires ne gâtent par leurs fables les vérités que j'ai
enseignées aux mortels dans ce fidèle récit, ainsi qu'ils
ont osé falsifier *Candide, L'Ingénu,* et les chastes aventu-
res de la chaste Jeanne, qu'un ex-capucin a défigurées
par des vers dignes des capucins, dans des éditions
bataves. Qu'ils ne fassent pas ce tort à mon typogra-
phe, chargé d'une nombreuse famille, et qui possède à
peine de quoi avoir des caractères, du papier et de
l'encre.

O muses! imposez silence au détestable Cogé, pro-
fesseur de bavarderie au collège Mazarin, qui n'a pas
été content des discours moraux de Bélisaire et de
l'empereur Justinien, et qui a écrit de vilains libelles
diffamatoires contre ces deux grands hommes.

Mettez un bâillon au pédant Larcher, qui, sans
savoir un mot de l'ancien babylonien, sans avoir
voyagé comme moi sur les bords de l'Euphrate et du
Tigre, a eu l'impudence de soutenir que la belle For-
mosante, fille du plus grand roi du monde, et la prin-
cesse Aldée, et toutes les femmes de cette respectable
cour, allaient coucher avec tous les palefreniers de
l'Asie pour de l'argent, dans le grand temple de Baby-
lone, par principe de religion. Ce libertin de collège,
votre ennemi et celui de la pudeur, accuse les belles
Égyptiennes de Mendès de n'avoir aimé que des boucs,
se proposant en secret, par cet exemple, de faire un
tour en Égypte pour avoir enfin de bonnes aventures.

Comme il ne connaît pas plus le moderne que l'anti-
que, il insinue, dans l'espérance de s'introduire auprès
de quelque vieille, que notre incomparable Ninon, à
l'âge de quatre-vingts ans, coucha avec l'abbé Gédoin,
de l'Académie française et de celle des inscriptions et
belles-lettres. Il n'a jamais entendu parler de l'abbé de
Châteauneuf, qu'il prend pour l'abbé Gédoin. Il ne

connaît pas plus Ninon que les filles de Babylone.

Muses, filles du ciel, votre ennemi Larcher fait plus : il se répand en éloges sur la pédérastie ; il ose dire que tous les bambins de mon pays sont sujets à cette infamie. Il croit se sauver en augmentant le nombre des coupables.

Nobles et chastes muses, qui détestez également le pédantisme et la pédérastie, protégez-moi contre maître Larcher !

Et vous, maître Aliboron, dit Fréron, ci-devant soi-disant jésuite, vous dont le Parnasse est tantôt à Bicêtre et tantôt au cabaret du coin ; vous à qui l'on a rendu tant de justice sur tous les théâtres de l'Europe dans l'honnête comédie de *L'Écossaise ;* vous, digne fils du prêtre Desfontaines, qui naquîtes de ses amours avec un de ces beaux enfants qui portent un fer et un bandeau comme le fils de Vénus, et qui s'élancent comme lui dans les airs, quoiqu'ils n'aillent jamais qu'au haut des cheminées ; mon cher Aliboron, pour qui j'ai toujours eu tant de tendresse, et qui m'avez fait rire un mois de suite du temps de cette *Écossaise,* je vous recommande ma princesse de Babylone ; dites en bien du mal afin qu'on la lise.

Je ne vous oublierai point ici, gazetier ecclésiastique, illustre orateur des convulsionnaires, père de l'Église fondée par l'abbé Bécherand et par Abraham Chaumeix ; ne manquez pas de dire dans vos feuilles, aussi pieuses qu'éloquentes et sensées, que *La Princesse de Babylone* est hérétique, déiste et athée. Tâchez surtout d'engager le sieur Riballier à faire condamner *La Princesse de Babylone* par la Sorbonne ; vous ferez grand plaisir à mon libraire, à qui j'ai donné cette petite histoire pour ses étrennes.

SONGE DE PLATON

LE SONGE DE PLATON est né comme naissent toujours les contes de Voltaire : au contact de l'actualité la plus fraîche. Il se trouve au centre des préoccupations intellectuelles qui sont celles de Cirey, vers 1737-1738, et intimement lié aux recherches de Voltaire et de Mme du Châtelet. Ils lisent ensemble Platon, en se divertissant de ses mythes, qu'ils considèrent comme des romans métaphysiques, fadaises, rêveries, dont une saine philosophie ne peut que se moquer. Dans le mythe du Timée, l'éternel Démiourgos réunit en assemblée les démons, et leur adresse un discours par lequel il leur donne mission de façonner les corps. Tel est le point de départ de l'imagination voltairienne. Mais Platon et son mythe sont bien vite oubliés. Il en reste l'idée d'un Dieu géomètre et universellement bon, de dieux subalternes à qui il a confié une tâche, et de la manière d'examen qu'il leur fait passer pour leur donner leur brevet de démiurge. Quant au contenu philosophique, il rejoint les préoccupations de Voltaire vers 1737 qui le portent essentiellement vers la situation physique et morale de l'homme dans l'univers. Une multitude de globes qui se comparent l'un à l'autre, un dosage du bien et du mal dans la condition humaine, un

essai d'explication finale qui remettent l'homme et la terre
à leur place, ces trois thèmes ne vont pas sans évoquer de très
près le contenu philosophique de Micromégas dont la date
de composition nous paraît très proche de celles du Songe.

Le Songe de Platon a paru pour la première fois en
1756 au tome III de la Collection complète des Œuvres
de M. de Voltaire publiée à Genève chez les frères Cramer.

V. den H.

SONGE DE PLATON

PLATON rêvait beaucoup, et on n'a pas moins rêvé depuis. Il avait songé que la nature humaine était autrefois double, et qu'en punition de ses fautes elle fut divisée en mâle et femelle.

Il avait prouvé qu'il ne peut y avoir que cinq mondes parfaits, parce qu'il n'y a que cinq corps réguliers en mathématiques. Sa *République* fut un de ses grands rêves. Il avait rêvé encore que le dormir naît de la veille, et la veille du dormir, et qu'on perd sûrement la vue en regardant une éclipse ailleurs que dans un bassin d'eau. Les rêves alors donnaient une grande réputation.

Voici un de ses songes, qui n'est pas un des moins intéressants. Il lui sembla que le grand Démiourgos, l'éternel Géomètre, ayant peuplé l'espace infini de globes innombrables, voulut éprouver la science des génies qui avaient été témoins de ses ouvrages. Il donna à chacun d'entre eux un petit morceau de matière à arranger, à peu près comme Phidias et Zeuxis auraient donné des statues et des tableaux à faire à leurs disciples, s'il est permis de comparer les petites choses aux grandes.

Démogorgon eut en partage le morceau de boue qu'on appelle *la terre* et, l'ayant arrangé de la manière qu'on le voit aujourd'hui, il prétendait avoir fait un chef-d'œuvre. Il pensait avoir subjugué l'envie, et attendait des éloges même de ses confrères; il fut bien surpris d'être reçu d'eux avec des huées.

L'un d'eux, qui était un fort mauvais plaisant, lui dit : « Vraiment vous avez fort bien opéré; vous avez séparé votre monde en deux, et vous avez mis un grand espace d'eau entre les deux hémisphères, afin qu'il n'y eût point de communication de l'un à l'autre. On gèlera de froid sous vos deux pôles, on mourra de chaud sous votre ligne équinoxiale. Vous avez prudemment établi de grands déserts de sables, pour que les passants y mourussent de faim et de soif. Je suis assez content de vos moutons, de vos vaches, et de vos poules; mais franchement, je ne le suis pas trop de vos serpents et de vos araignées. Vos oignons et vos artichauts sont de très bonnes choses, mais je ne vois pas quelle a été votre idée en couvrant la terre de tant de plantes venimeuses, à moins que vous n'ayez eu le dessein d'empoisonner ses habitants. Il me paraît d'ailleurs que vous avez formé une trentaine d'espèces de singes, beaucoup plus d'espèces de chiens, et seulement quatre ou cinq espèces d'hommes : il est vrai que vous avez donné à ce dernier animal ce que vous appelez *la raison ;* mais, en conscience, cette raison-là est trop ridicule, et approche trop de la folie. Il me paraît d'ailleurs que vous ne faites pas grand cas de cet animal à deux pieds, puisque vous lui avez donné tant d'ennemis et si peu de défense, tant de maladies et si peu de remèdes, tant de passions et si peu de sagesse. Vous ne voulez pas apparemment qu'il reste beaucoup de ces animaux-là sur terre : car, sans compter les dangers auxquels vous les exposez, vous avez si bien fait votre

compte qu'un jour la petite vérole emportera tous les ans régulièrement la dixième partie de cette espèce, et que la sœur de cette petite vérole empoisonnera la source de la vie dans les neuf parties qui resteront; et, comme si ce n'était pas encore assez, vous avez tellement disposé les choses que la moitié des survivants sera occupée à plaider, et l'autre à se tuer; ils vous auront sans doute beaucoup d'obligation, et vous avez fait là un beau chef-d'œuvre. »

Démogorgon rougit; il sentait bien qu'il y avait du mal moral et du mal physique dans son affaire; mais il soutenait qu'il y avait plus de bien que de mal. « Il est aisé de critiquer, dit-il; mais pensez-vous qu'il soit si facile de faire un animal qui soit toujours raisonnable; qui soit libre, et qui n'abuse jamais de sa liberté? Pensez-vous que, quand on a neuf à dix mille plantes à faire provigner, on puisse si aisément empêcher que quelques-unes de ces plantes n'aient des qualités nuisibles? Vous imaginez-vous qu'avec une certaine quantité d'eau, de sable, de fange, et de feu, on puisse n'avoir ni mer, ni désert? Vous venez, monsieur le rieur, d'arranger la planète de Mars; nous verrons comment vous vous en êtes tirés avec vos deux grandes bandes, et quel bel effet font vos nuits sans lune; nous verrons s'il n'y a chez vos gens ni folie ni maladie. »

En effet, les génies examinèrent Mars, et on tomba rudement sur le railleur. Le sérieux génie qui avait pétri Saturne ne fut pas épargné : ses confrères, les fabricateurs de Jupiter, de Mercure, de Vénus, eurent chacun des reproches à essuyer.

On écrivit de gros volumes et des brochures; on dit des bons mots, on fit des chansons, on se donna des ridicules, les partis s'aigrirent; enfin l'éternel Démiourgos leur imposa silence à tous : « Vous avez fait, leur dit-il, du bon et du mauvais, parce que vous

avez beaucoup d'intelligence, et que vous êtes impar-
faits; vos œuvres dureront seulement quelques cen-
taines de millions d'années; après quoi, étant plus
instruits, vous ferez mieux : il n'appartient qu'à moi
de faire des choses parfaites et immortelles. » Voilà
ce que Platon enseignait à ses disciples. Quand il eut
cessé de parler, l'un d'eux lui dit : *Et puis vous vous
réveillâtes*.

ÉLOGE HISTORIQUE DE LA RAISON

Notice

L'ÉLOGE HISTORIQUE *est un panégyrique en forme de bio-graphie, tel que Voltaire en avait composé sur Mme du Châ-telet pour mettre en tête de ses œuvres complètes. Ici, il ima-gine que la Raison, et la Vérité sa fille, après s'être cachées au fond d'un puits pendant des siècles, reparaissent enfin vers 1760 et s'aperçoivent en faisant un tour d'Europe que l'heure de leur règne est peut-être revenue : Clément XIV renonce à fulminer la bulle* In cœna Domini, *la société de Jésus est dissoute ; l'avènement de louis XVI, en France, la politique de tolérance envers les protestants, une justice enfin plus humaine permettent beaucoup d'espoirs, même si de nouveaux dangers sont à redouter.*

Première impression en 1775 chez Cramer, à la fois au tome XIII de l'édition encadrée et dans les Mélanges *de poésie.*

V. den H.

ÉLOGE HISTORIQUE DE LA RAISON

prononcé dans une académie de province par M...

MESSIEURS,

Érasme fit, au XVIᵉ siècle, l'éloge de la Folie. Vous m'ordonnez de vous faire l'éloge de la Raison. Cette Raison n'est fêtée en effet tout au plus que deux cents ans après son ennemie, souvent beaucoup plus tard ; et il y a des nations chez lesquelles on ne l'a point encore vue.

Elle était si inconnue chez nous du temps de nos druides qu'elle n'avait pas même de nom dans notre langue. César ne l'apporta ni en Suisse, ni à Autun, ni à Paris, qui n'était alors qu'un hameau de pêcheurs, et lui-même ne la connut guère.

Il avait tant de grandes qualités que la Raison ne put trouver de place dans la foule. Ce magnanime insensé sortit de notre pays dévasté pour aller dévaster le sien, et pour se faire donner vingt-trois coups de poignard par vingt-trois autres illustres enragés qui ne le valaient pas à beaucoup près.

Le Sicambre Clodvich ou Clovis vint environ cinq cents années après exterminer une partie de notre nation, et subjuguer l'autre. On n'entendit parler de raison ni dans son armée ni dans nos malheureux petits villages, si ce n'est de la raison du plus fort.

Nous croupîmes longtemps dans cette horrible et avilissante barbarie. Les croisades ne nous en tirèrent

pas. Ce fut à la fois la folie la plus universelle, la plus
atroce, la plus ridicule et la plus malheureuse. L'abomi-
nable folie de la guerre civile et sacrée qui extermina
tant de gens de la langue de *oc* et de la langue de *oueil*
succéda à ces croisades lointaines. La Raison n'avait
garde de se trouver là. Alors la Politique régnait à
Rome ; elle avait pour ministres ses deux sœurs, la
Fourberie et l'Avarice. On voyait l'Ignorance, le Fana-
tisme, la Fureur, courir sous ses ordres dans l'Europe ;
la Pauvreté les suivait partout ; la Raison se cachait
dans un puits avec la Vérité sa fille. Personne ne savait
où était ce puits ; et, si on s'en était douté, on y serait
descendu pour égorger la fille et la mère.

Après que les Turcs eurent pris Constantinople et
redoublé les malheurs épouvantables de l'Europe, deux
ou trois Grecs, en s'enfuyant, tombèrent dans ce puits,
ou plutôt dans cette caverne, demi-morts de fatigue, de
faim et de peur.

La Raison les reçut avec humanité, leur donna à
manger sans distinction des viandes (chose qu'ils
n'avaient jamais connue à Constantinople). Ils reçurent
d'elle quelques instructions en petit nombre : car la
Raison n'est pas prolixe. Elle leur fit jurer qu'ils ne
découvriraient pas le lieu de sa retraite. Ils partirent, et
arrivèrent, après bien des courses, à la cour de Char-
les-Quint et de François premier.

On les y reçut comme des jongleurs qui venaient
faire des tours de souplesse pour amuser l'oisiveté des
courtisans et des dames dans les intervalles de leurs
rendez-vous. Les ministres daignèrent les regarder
dans les moments de relâche qu'ils pouvaient donner
au torrent des affaires. Ils furent même accueillis par
l'empereur et par le roi de France, qui jetèrent sur eux
un coup d'œil en passant, lorsqu'ils allaient chez leurs
maîtresses. Mais ils firent plus de fruit dans de petites
villes où ils trouvèrent de bons bourgeois, qui avaient

encore, je ne sais comment, quelque lueur de sens commun.

Ces faibles lueurs s'éteignirent dans toute l'Europe parmi les guerres civiles qui la désolèrent. Deux ou trois étincelles de raison ne pouvaient pas éclairer le monde au milieu des torches ardentes et des bûchers que le fanatisme alluma pendant tant d'années. La Raison et sa fille se cachèrent plus que jamais.

Les disciples de leurs premiers apôtres se turent, excepté quelques-uns qui furent assez inconsidérés pour prêcher la raison déraisonnablement et à contre-temps : il leur en coûta la vie comme à Socrate ; mais personne n'y fit attention. Rien n'est si désagréable que d'être pendu obscurément. On fut occupé si long-temps des Saint-Barthélemy, des massacres d'Irlande, des échafauds de la Hongrie, des assassinats des rois, qu'on n'avait ni assez de temps ni assez de liberté d'es-prit pour penser aux menus crimes et aux calamités secrètes qui inondaient le monde d'un bout à l'autre.

La Raison, informée de ce qui se passait par quelques exilés qui se réfugièrent dans sa retraite, fut touchée de pitié, quoiqu'elle ne passe pas pour être fort tendre. Sa fille, qui est plus hardie qu'elle, l'encouragea à voir le monde, et à tâcher de le guérir. Elles paru-rent, elles parlèrent ; mais elles trouvèrent tant de méchants intéressés à les contredire, tant d'imbéciles aux gages de ces méchants, tant d'indifférents unique-ment occupés d'eux-mêmes et du moment présent, qui ne s'embarrassaient ni d'elles ni de leurs ennemis, qu'elles regagnèrent sagement leur asile.

Cependant, quelques semences des fruits qu'elles portent toujours avec elles, et qu'elles avaient répan-dues, germèrent sur la terre, et même sans pourrir.

Enfin il y a quelque temps qu'il leur prit envie d'aller à Rome en pèlerinage, déguisées et cachant leur nom, de peur de l'Inquisition. Dès qu'elles furent

arrivées, elles s'adressèrent au cuisinier du pape Gan-
ganelli, Clément XIV. Elles savaient que c'était le cuisi-
nier de Rome le moins occupé. On peut dire même
qu'il était, après vos confesseurs, messieurs, l'homme le
plus désœuvré de sa profession.

Ce bonhomme, après avoir donné aux deux pèleri-
nes un dîner presque aussi frugal que celui du pape,
les introduisit chez Sa Sainteté, qu'elles trouvèrent
lisant les *Pensées de Marc-Aurèle.* Le pape reconnut les
masques, les embrassa cordialement, malgré l'éti-
quette. « Mesdames, leur dit-il, si j'avais pu imaginer
que vous fussiez sur la terre, je vous aurais fait la pre-
mière visite. »

Après les compliments, on parla d'affaires. Dès le
lendemain, Ganganelli abolit la bulle *In cœna Domini,*
l'un des plus grands monuments de la folie humaine,
qui avait si longtemps outragé tous les potentats. Le
surlendemain, il prit la résolution de détruire la com-
pagnie de Garasse, de Guignard, de Garnet, de Busem-
baum, de Malagrida, de Paulian, de Patouillet, de
Nonotte ; et l'Europe battit des mains. Le surlende-
main, il diminua les impôts, dont le peuple se plai-
gnait. Il encouragea l'agriculture et tous les arts ; il se
fit aimer de tous ceux qui passaient pour les ennemis
de sa place. On eût dit alors dans Rome qu'il n'y avait
qu'une loi dans le monde.

Les deux pèlerines, très étonnées et très satisfaites,
prirent congé du pape, qui leur fit présent non d'agnus
et de reliques, mais d'une bonne chaise de poste pour
continuer leur voyage. La Raison et la Vérité n'avaient
pas été jusque-là dans l'habitude d'avoir leurs aises.

Elles visitèrent toute l'Italie, et furent surprises d'y
trouver, au lieu du machiavélisme, une émulation
entre les princes et les républiques, depuis Parme
jusqu'à Turin, à qui rendrait ses sujets plus gens de
bien, plus riches et plus heureux.

« Ma fille, disait la Raison à la Vérité, voici, je crois, notre règne qui pourrait bien commencer à advenir après notre longue prison. Il faut que quelques-uns des prophètes qui sont venus nous visiter dans notre puits aient été bien puissants en paroles et en œuvres, pour changer ainsi la face de la terre. Vous voyez que tout vient tard ; il fallait passer par les ténèbres de l'ignorance et du mensonge avant de rentrer dans votre palais de lumière, dont vous avez été chassée avec moi pendant tant de siècles. Il nous arrivera ce qui est arrivé à la Nature : elle a été couverte d'un méchant voile, et toute défigurée pendant des siècles innombrables. A la fin il est venu un Galilée, un Copernic, un Newton, qui l'ont montrée presque nue, et qui en ont rendu les hommes amoureux. »

En conversant ainsi, elles arrivèrent à Venise. Ce qu'elles y considérèrent avec le plus d'attention, ce fut un procurateur de St. Marc, qui tenait une grande paire de ciseaux devant une table toute couverte de griffes, de becs, et de plumes noires. « Ah ! s'écria la Raison, Dieu me pardonne, *lustrissimo signor,* je crois que voilà une de mes paires de ciseaux que j'avais apportés dans mon puits, lorsque je m'y réfugiai avec ma fille ! Comment Votre Excelence les a t elle eus, et qu'en faites vous ? *Lustrissima signora,* lui répondit le procurateur, il se peut que les ciseaux aient appartenu autrefois à Votre Excellence ; mais ce fut un nommé Fra Paolo qui nous les apporta il y a longtemps, et nous nous en servons pour couper les griffes de l'Inquisition, que vous voyez étalées sur cette table.

« Ces plumes noires appartenaient à des harpies qui venaient manger le dîner de la république ; nous leur rognons tous les jours les ongles et le bout du bec. Sans cette précaution elles auraient fini par tout avaler : il ne serait rien resté pour les sages grands, ni pour les *pregadi,* ni pour les citadins.

« Si vous passez par la France, vous trouverez peut-être à Paris votre autre paire de ciseaux chez un ministre espagnol qui s'en servait au même usage que nous dans son pays, et qui sera un jour béni du genre humain. »

Les voyageuses, après avoir assisté à l'opéra vénitien, partirent pour l'Allemagne. Elles virent avec satisfaction ce pays, qui du temps de Charlemagne n'était qu'une forêt immense entrecoupée de marais, maintenant couverte de villes florissantes et tranquilles; ce pays, peuplé de souverains autrefois barbares et pauvres, devenus tous polis et magnifiques; ce pays, qui n'avait eu dans les temps antiques que des sorcières pour prêtres, immolant alors des hommes sur des pierres grossièrement creusées; ce pays, qui ensuite avait été inondé de son sang pour savoir au juste si la chose était *in, cum, sub,* ou non; ce pays, qui enfin recevait dans son sein trois religions ennemies, étonnées de vivre paisiblement ensemble. « Dieu soit béni! dit la Raison; ces gens-ci sont venus enfin à moi, à force de démence. »

On les introduisit chez une impératrice qui était bien plus que raisonnable, car elle était bienfaisante. Les pèlerines furent si contentes d'elle qu'elles ne prirent pas garde à quelques usages qui les choquèrent; mais elles furent toutes deux amoureuses de l'empereur son fils.

Leur étonnement redoubla quand elles furent en Suède. « Quoi! disaient-elles, une révolution si difficile, et cependant si prompte! si périlleuse, et pourtant si paisible! et depuis ce grand jour pas un seul jour perdu sans faire du bien, et tout cela dans l'âge qui est si rarement celui de la raison! Que nous avons bien fait de sortir de notre cache quand ce grand événement saisissait d'admiration l'Europe entière! »

De là elles passèrent vite par la Pologne. « Ah! ma

mère quel contraste ! s'écria la Vérité. Il me prend
envie de regagner mon puits. Voilà ce que c'est que
d'avoir écrasé toujours la portion du genre humain la
plus utile, et d'avoir traité les cultivateurs plus mal
qu'ils ne traitent leurs animaux de labourage. Ce chaos
de l'anarchie ne pouvait se débrouiller autrement que
par une ruine : on l'avait assez clairement prédite. Je
plains un monarque vertueux, sage, et humain ; et
j'ose espérer qu'il sera heureux, puisque les autres rois
commencent à l'être, et que vos lumières se communi-
quent de proche en proche.

« Allons voir, continua-t-elle, un changement plus
favorable et plus surprenant. Allons dans cette
immense région hyperborée qui était si barbare il y a
quatre-vingts ans, et qui est aujourd'hui si éclairée et
si invincible. Allons contempler celle qui a achevé
le miracle d'une création nouvelle... » Elles y couru-
rent, et avouèrent qu'on ne leur en avait pas assez
dit.

Elles ne cessaient d'admirer combien le monde était
changé depuis quelques années. Elles en concluaient
que peut-être un jour le Chili et les Terres Australes
seraient le centre de la politesse et du bon goût, et
qu'il faudrait aller au pôle antarctique pour apprendre
à vivre.

Quand elles furent en Angleterre, la Vérité dit à sa
mère : « Il me semble que le bonheur de cette nation
n'est point fait comme celui des autres ; elle a été plus
folle, plus fanatique, plus cruelle, et plus malheu-
reuse qu'aucune de celles que je connais ; et la voilà qui
s'est fait un gouvernement unique, dans lequel on a
conservé tout ce que la monarchie a d'utile, et tout ce
qu'une république a de nécessaire. Elle est supérieure
dans la guerre, dans les lois, dans les arts, dans le com-
merce. Je la vois seulement embarrassée de l'Améri-
que septentrionale, qu'elle a conquise à un bout de

l'univers, et des plus belles provinces de l'Inde, subju-
guées à l'autre bout. Comment portera-t-elle ces deux
fardeaux de sa félicité ? — Le poids est lourd, dit la
Raison ; mais, pour peu qu'elle m'écoute, elle trouvera
des leviers qui le rendront très léger. »

Enfin la Raison et la Vérité passèrent par la France :
elles y avaient fait déjà quelques apparitions, et en
avaient été chassées. « Vous souvient-il, disait la Vérité
à sa mère, de l'extrême envie que nous eûmes de nous
établir chez les Français dans les beaux jours de
Louis XIV ? Mais les querelles impertinentes des jésui-
tes et des jansénistes nous firent enfuir aussitôt. Les
plaintes continuelles des peuples ne nous rappelèrent
pas. J'entends à présent les acclamations de vingt mil-
lions d'hommes qui bénissent le ciel. Les uns disent :
« Cet événement est d'autant plus joyeux que nous
n'en payons pas la joie. » Les autres crient : « Le luxe
n'est que vanité. Les doubles emplois, les dépenses
superflues, les profits excessifs, vont être retranchés » ;
et ils ont raison. « Tout impôt nouveau va être aboli » ;
et ils ont tort, car il faut que chaque particulier paye
pour le bonheur général.

« Les lois vont être uniformes. » Rien n'est plus à
désirer ; mais rien n'est plus difficile. « On va répartir
aux indigents qui travaillent, et surtout aux pauvres
officiers, les biens immenses de certains oisifs qui ont
fait vœu de pauvreté. Ces gens de main-morte
n'auront plus eux-mêmes des esclaves de main-morte.
On ne verra plus des huissiers de moines chasser de la
maison paternelle des orphelins réduits à la mendicité,
pour enrichir de leurs dépouilles un couvent jouissant
des droits seigneuriaux, qui sont les droits des anciens
conquérants. On ne verra plus des familles entières
demandant vainement l'aumône à la porte de ce cou-
vent qui les dépouille. » Plût à Dieu ! rien n'est plus
digne d'un roi. Le roi de Sardaigne a détruit chez lui

cet abus abominable. Fasse le ciel que cet abus soit exterminé en France !

« N'entendez-vous pas, ma mère, toutes ces voix qui disent : « Les mariages de cent mille familles utiles à l'État ne seront plus réputés concubinages ; et les enfants ne seront plus déclarés bâtards par la loi » ? La nature, la justice, et vous, ma mère, tout demande sur ce grand objet un règlement sage qui soit compatible avec le repos de l'État et avec les droits de tous les hommes.

« On rendra la profession de soldat si honorable que l'on ne sera plus tenté de déserter. » La chose est possible, mais délicate.

« Les petites fautes ne seront point punies comme de grands crimes, parce qu'il faut de la proportion à tout. Une loi barbare, obscurément énoncée, mal interprétée, ne fera plus périr sous des barres de fer et dans les flammes des enfants indiscrets et imprudents, comme s'ils avaient assassiné leurs pères et leurs mères. » Ce devrait être le premier axiome de la justice criminelle.

« Les biens d'un père de famille ne seront plus confisqués, parce que les enfants ne doivent point mourir de faim pour les fautes de leur père, et que le roi n'a nul besoin de cette misérable confiscation. » A merveille ! et cela est digne de la magnanimité du souverain.

« La torture, inventée autrefois par les voleurs de grands chemins pour forcer les volés à découvrir leurs trésors, et employée aujourd'hui chez un petit nombre de nations pour sauver le coupable robuste, et pour perdre l'innocent faible de corps et d'esprit, ne sera plus en usage que dans les crimes de lèse-société au premier chef, et seulement pour avoir révélation des complices. Mais ces crimes ne se commettront jamais. » On ne peut mieux. Voilà les vœux que

j'entends faire partout; et j'écrirai tous ces grands changements dans mes annales, moi qui suis la Vérité.

« J'entends encore proférer autour de moi, dans tous les tribunaux, ces paroles remarquables : « Nous ne citerons plus jamais les deux puissances, parce qu'il ne peut en exister qu'une : celle du roi ou de la loi dans une monarchie; celle de la nation dans une république. La puissance divine est d'une nature si différente et si supérieure qu'elle ne doit pas être compromise par un mélange profane avec les lois humaines. L'infini ne peut se joindre au fini. Grégoire VII fut le premier qui osa appeler l'infini à son secours dans ses guerres jusqu'alors inouïes contre Henri IV, empereur trop fini; j'entends trop borné. Ces guerres ont ensanglanté l'Europe bien longtemps; mais enfin on a séparé ces deux êtres vénérables qui n'ont rien de commun, et c'est le seul moyen d'être en paix. »

« Ces discours, que tiennent tous les ministres des lois, me paraissent bien forts. Je sais qu'on ne reconnaît deux puissances ni à la Chine, ni dans l'Inde, ni en Perse, ni à Constantinople, ni à Moscou, ni à Londres, etc. Mais je m'en rapporte à vous, ma mère. Je n'écrirai rien que ce que vous aurez dicté. »

La Raison lui répondit : « Ma fille, vous sentez bien que je désire à peu près les mêmes choses et bien d'autres. Tout cela demande du temps et de la réflexion. J'ai toujours été très contente quand, dans mes chagrins, j'ai obtenu une partie des soulagements que je voulais. Je suis aujourd'hui trop heureuse.

« Vous souvenez-vous du temps où presque tous les rois de la terre, étant dans une profonde paix, s'amusaient à jouer aux énigmes; et où la belle reine de Saba venait proposer tête-à-tête des logogriphes à Salomon ? — Oui, ma mère; c'était un bon temps, mais il n'a pas duré. — Eh bien! reprit la mère, celui-ci est infiniment meilleur. On ne songeait alors qu'à mon-

trer un peu d'esprit ; et je vois que depuis dix à douze ans on s'est appliqué, dans l'Europe, aux arts et aux vertus nécessaires, qui adoucissent l'amertume de la vie. Il semble en général qu'on se soit donné le mot pour penser plus solidement qu'on n'avait fait pendant des milliers de siècles. Vous, qui n'avez jamais pu mentir, dites-moi quel temps vous auriez choisi ou préféré au temps où nous sommes pour vous habituer en France.

— J'ai la réputation, répondit la fille, d'aimer à dire des choses assez dures aux gens chez qui je me trouve, et vous savez bien que j'y ai toujours été forcée ; mais j'avoue que je n'ai que du bien à dire du temps présent, en dépit de tant d'auteurs qui ne louent que le passé.

« Je dois instruire la postérité que c'est dans cet âge que les hommes ont appris à se garantir d'une maladie affreuse et mortelle, en se la donnant moins funeste, à rendre la vie à ceux qui la perdent dans les eaux, à gouverner et à braver le tonnerre ; à suppléer au point fixe qu'on désire en vain d'occident en orient. On a fait plus en morale : on a osé demander justice aux lois contre des lois qui avaient condamné la vertu au supplice ; et cette justice a été quelquefois obtenue. Enfin on a osé prononcer le mot de tolérance.

— Eh bien ! ma chère fille, jouissons de ces beaux jours ; restons ici, s'ils durent ; et, si les orages surviennent, retournons dans notre puits. »

LE CROCHETEUR BORGNE

PRÉCÉDÉ de l'avertissement suivant dans le Journal des Dames *de mars 1774 : « J'insère ici un petit conte qui est l'ouvrage d'un homme très célèbre qui ne l'a jamais fait imprimer. Il fut fait dans la société d'une princesse qui réunissait chez elle les talents qu'elle protégeait. Toute faute, dans cette société, devait être réparée par un conte fait sur-le-champ : c'était une espèce de* pensum. On sait *que le* pensum *de la société de Boileau était la lecture de quelques vers de Chapelain. J'ai cru que la lecture de celui-ci serait fort agréable par la gaieté qui règne dans les idées, et dans la manière dont elles sont rendues. » Repris dans l'édition de Kehl une dizaine d'années plus tard,* Le Crocheteur borgne *est présenté avec* Cosi-Sancta, *comme un amusement de jeunesse sans conséquence : « Ce conte, ainsi que le suivant, n'a jamais été imprimé. M. de Voltaire attachait peu de prix à ces amusements de société... Ces deux petits romans sont de la jeunesse de M. de Voltaire, et fort antérieurs à ce qu'il a fait depuis dans ce genre. » L'analogie entre le thème de ce récit et l'histoire de Zadig, — le crocheteur borgne Mesrour n'a pas plus que Zadig « cet œil qui voit le mauvais côté des choses », et Zadig de son côté a failli devenir borgne —, semblerait confirmer l'assertion des éditeurs de Kehl selon laquelle sa composition est liée au*

séjour que fit Voltaire chez la duchesse du Maine à Sceaux en 1747. D'autre part, le style nous en semble trop mondain, voire trop précieux, pour qu'il puisse s'agir d'un texte authentique. L'état dans lequel nous sont parvenus ces deux contes ne correspondrait-il pas à une habile reconstitution d'après une lecture faite en public par Voltaire, chez la duchesse du Maine, justement?

V. den H.

LE CROCHETEUR BORGNE

Nos deux yeux ne rendent pas notre condition meilleure; l'un nous sert à voir les biens, et l'autre les maux de la vie. Bien des gens ont la mauvaise habitude de fermer le premier, et bien peu ferment le second; voilà pourquoi il y a tant de gens qui aimeraient mieux être aveugles que de voir tout ce qu'ils voient. Heureux les borgnes qui ne sont privés que de ce mauvais œil qui gâte tout ce qu'on regarde! Mesrour en est un exemple.

Il aurait fallu être aveugle pour ne pas voir que Mesrour était borgne. Il l'était de naissance, mais c'était un borgne si content de son état qu'il ne s'était jamais avisé de désirer un autre œil. Ce n'étaient point les dons de la fortune qui le consolaient des torts de la nature, car il était simple crocheteur, et n'avait d'autre trésor que ses épaules; mais il était heureux, et il montrait qu'un œil de plus et de la peine de moins contribuent bien peu au bonheur. L'argent et l'appétit lui venaient toujours en proportion de l'exercice qu'il faisait; il travaillait le matin, mangeait et buvait le soir, dormait la nuit, et regar-

dait tous ses jours comme autant de vies séparées, en sorte que le soin de l'avenir ne le troublait jamais dans la jouissance du présent. Il était (comme vous le voyez) tout à la fois borgne, crocheteur, et philosophe.

Il vit par hasard passer dans un char brillant une grande princesse qui avait un œil de plus que lui, ce qui ne l'empêcha pas de la trouver fort belle, et, comme les borgnes ne diffèrent des autres hommes qu'en ce qu'ils ont un œil de moins, il en devint éperdument amoureux. On dira peut-être que, quand on est crocheteur et borgne, il ne faut point être amoureux, surtout d'une grande princesse, et, qui plus est, d'une princesse qui a deux yeux. Je conviens qu'on a bien à craindre de ne pas plaire; cependant, comme il n'y a point d'amour sans espérance, et que notre crocheteur aimait, il espéra.

Comme il avait plus de jambes que d'yeux, et qu'elles étaient bonnes, il suivit l'espace de quatre lieues le char de sa déesse, que six grands chevaux blancs traînaient avec une grande rapidité. La mode dans ce temps-là, parmi les dames, était de voyager sans laquais et sans cocher, et de se mener elles-mêmes. Les maris voulaient qu'elles fussent toujours toutes seules afin d'être plus sûrs de leur vertu, ce qui est directement opposé au sentiment des moralistes, qui disent qu'il n'y a point de vertu dans la solitude.

Mesrour courait toujours à côté des roues du char, tournant son bon œil du côté de la dame, qui était étonnée de voir un borgne de cette agilité. Pendant qu'il prouvait ainsi qu'on est infatigable pour ce qu'on aime, une bête fauve, poursuivie par des chasseurs, traversa le grand chemin et effraya les chevaux, qui, ayant pris le mors aux dents, entraînaient la belle dans un précipice. Son nouvel amant, plus

effrayé encore qu'elle, quoiqu'elle le fût beaucoup,
coupa les traits avec une adresse merveilleuse. Les
six chevaux blancs firent seuls le saut périlleux, et la
dame, qui n'était pas moins blanche qu'eux, en fut
quitte pour la peur. « Qui que vous soyez, lui dit-elle,
je n'oublierai jamais que je vous dois la vie; deman-
dez-moi tout ce que vous voudrez; tout ce que j'ai
est à vous. — Ah! je puis avec bien plus de raison,
répondit Mesrour, vous en offrir autant; mais, en
vous l'offrant, je vous en offrirai toujours moins : car
je n'ai qu'un œil, et vous en avez deux; mais un œil
qui vous regarde vaut mieux que deux yeux qui ne
voient point les vôtres. » La dame sourit, car les
galanteries d'un borgne sont toujours des galanteries;
et les galanteries font toujours sourire. « Je voudrais
bien pouvoir vous donner un autre œil, lui dit-elle,
mais votre mère pouvait seule vous faire ce présent-là;
suivez-moi toujours. » A ces mots elle descend de son
char et continue sa route à pied; son petit chien des-
cendit aussi, et marchait à pied à côté d'elle, aboyant
après l'étrange figure de son écuyer. J'ai tort de lui
donner le titre d'écuyer, car il eut beau offrir son
bras, la dame ne voulut jamais l'accepter, sous pré-
texte qu'il était trop sale; et vous allez voir qu'elle
fut la dupe de sa propreté. Elle avait de fort petits
pieds, et des souliers encore plus petits que ses pieds,
en sorte qu'elle n'était ni faite ni chaussée de manière
à soutenir une longue marche. De jolis pieds consolent
d'avoir de mauvaises jambes, lorsqu'on passe sa vie
sur sa chaise longue au milieu d'une foule de petits-
maîtres; mais à quoi servent des souliers brodés en
paillettes dans un chemin pierreux, où ils ne peuvent
être vus que par un crocheteur, et encore par un cro-
cheteur qui n'a qu'un œil?

Mélinade (c'est le nom de la dame, que j'ai eu mes
raisons pour ne pas dire jusqu'ici, parce qu'il n'était

pas encore fait) avançait comme elle pouvait, maudis-
sant son cordonnier, déchirant ses souliers, écorchant
ses pieds, et se donnant des entorses à chaque pas.
Il y avait environ une heure et demie qu'elle marchait
du train des grandes dames, c'est-à-dire qu'elle avait
déjà fait près d'un quart de lieue, lorsqu'elle tomba
de fatigue sur la place.

Le Mesrour, dont elle avait refusé les secours pen-
dant qu'elle était debout, balançait à les lui offrir,
dans la crainte de la salir en la touchant : car il savait
bien qu'il n'était pas propre, la dame le lui avait assez
clairement fait entendre, et la comparaison qu'il avait
faite en chemin entre lui et sa maîtresse le lui avait fait
voir encore plus clairement. Elle avait une robe d'une
légère étoffe d'argent, semée de guirlandes de fleurs,
qui laissait briller la beauté de sa taille; et lui avait
un sarrau brun, tâché en mille endroits, troué, et
rapiécé en sorte que les pièces étaient à côté des
trous, et point dessus, où elles auraient pourtant été
plus à leur place; il avait comparé ses mains nerveuses
et couvertes de durillons avec deux petites mains plus
blanches et plus délicates que des lis; enfin il avait vu
les beaux cheveux blonds de Mélinade, qui parais-
saient à travers un léger voile de gaze, relevés les uns
en tresse et les autres en boucles, et il n'avait à mettre
à côté de cela que des crins noirs, hérissés, crépus, et
n'ayant pour tout ornement qu'un turban déchiré.

Cependant Mélinade essaye de se relever, mais elle
retombe bientôt, et si malheureusement que ce qu'elle
laissa voir à Mesrour lui ôta le peu de raison que la
vue du visage de la princesse avait pu lui laisser. Il
oublia qu'il était crocheteur, qu'il était borgne, et il
ne songea plus à la distance que la fortune avait mise
entre Mélinade et lui; à peine se souvint-il qu'il était
amant, car il manqua à la délicatesse qu'on dit insé-
parable d'un véritable amour, et qui en fait quelque-

fois le charme, et, plus souvent, l'ennui; il se servit
des droits que son état de crocheteur lui donnait à la
brutalité, il fut brutal et heureux. La princesse alors
était sans doute évanouie, ou bien elle gémissait sur
son sort; mais, comme elle était juste, elle bénissait
sûrement le destin de ce que toute infortune porte
avec elle sa consolation.

La nuit avait étendu ses voiles sur l'horizon, et elle
cachait de son ombre le véritable bonheur de Mes-
rour, et les prétendus malheurs de Mélinade; Mesrour
goûtait les plaisirs des parfaits amants, et il les goûtait
en crocheteur, c'est-à-dire (à la honte de l'humanité)
de la manière la plus parfaite; les faiblesses de Méli-
nade lui reprenaient à chaque instant, et à chaque
instant son amant reprenait des forces. « Puissant
Mahomet, dit-il une fois en homme transporté, mais
en mauvais catholique, il ne manque à ma félicité que
d'être sentie par celle qui la cause; pendant que je
suis dans ton paradis, divin prophète, accorde-moi
encore une faveur, c'est d'être aux yeux de Mélinade
ce qu'elle serait à mon œil s'il faisait jour »; il finit de
prier, et continua de jouir. L'aurore, toujours trop
diligente pour les amants, surprit Mesrour et Méli-
nade dans l'attitude où elle aurait pu être surprise
elle-même un moment auparavant avec Tithon. Mais
quel fut l'étonnement de Mélinade quand, ouvrant
les yeux aux premiers rayons du jour, elle se vit dans
un lieu enchanté, avec un jeune homme d'une taille
noble, dont le visage ressemblait à l'astre dont la terre
attendait le retour! Il avait des joues de rose, des
lèvres de corail; ses grands yeux tendres et vifs tout
à la fois exprimaient et inspiraient la volupté; son
carquois d'or, orné de pierreries, était suspendu à ses
épaules, et le plaisir faisait seul sonner ses flèches; sa
longue chevelure, retenue par une attache de dia-
mants, flottait librement sur ses reins, et une étoffe

transparente, brodée de perles, lui servait d'habillement, et ne cachait rien de la beauté de son corps.
« Où suis-je, et qui êtes-vous ? s'écria Mélinade dans l'excès de sa surprise. — Vous êtes, répondit-il, avec le misérable qui a eu le bonheur de vous sauver la vie, et qui s'est si bien payé de ses peines. » Mélinade, aussi aise qu'étonnée, regretta que la métamorphose de Mesrour n'eût pas commencé plus tôt. Elle s'approche d'un palais brillant qui frappait sa vue, et lit cette inscription sur la porte : « Éloignez-vous, profane ; ces portes ne s'ouvriront que pour le maître de l'anneau. »

Mesrour s'approche à son tour pour lire la même inscription ; mais il vit d'autres caractères, et lut ces mots : « Frappe sans crainte. » Il frappa, et aussitôt les portes s'ouvrirent d'elles-mêmes avec un grand bruit. Les deux amants entrèrent, au son de mille voix et de mille instruments, dans un vestibule de marbre de Paros ; de là ils passèrent dans une salle superbe, où un festin délicieux les attendait depuis douze cent cinquante ans, sans qu'aucun des plats fût encore refroidi : ils se mirent à table et furent servis chacun par mille esclaves de la plus grande beauté ; le repas fut entremêlé de concerts et de danses ; et, quand il fut fini, tous les génies vinrent dans le plus grand ordre, partagés en différentes troupes, avec des habits aussi magnifiques que singuliers, prêter serment de fidélité au maître de l'anneau, et baiser le doigt sacré auquel il le portait.

Cependant il y avait à Bagdad un musulman fort dévot qui, ne pouvant aller se laver dans la mosquée, faisait venir l'eau de la mosquée chez lui, moyennant une légère rétribution qu'il payait au prêtre. Il venait de faire la cinquième ablution, pour se disposer à la cinquième prière, et sa servante, jeune étourdie très peu dévote, se débarrassa de l'eau sacrée en la jetant

par la fenêtre. Elle tomba sur un malheureux endormi profondément au coin d'une borne qui lui servait de chevet. Il fut inondé, et s'éveilla. C'était le pauvre Mesrour, qui, revenant de son séjour enchanté, avait perdu dans son voyage l'anneau de Salomon. Il avait quitté ses superbes vêtements, et repris son sarrau; son beau carquois d'or était changé en crochets de bois, et il avait, pour comble de malheur, laissé un de ses yeux en chemin. Il se ressouvint alors qu'il avait bu la veille une grande quantité d'eau-de-vie qui avait assoupi ses sens et échauffé son imagination. Il avait jusque-là aimé cette liqueur par goût, il commença à l'aimer par reconnaissance, et il retourna avec gaieté à son travail, bien résolu d'en employer le salaire à acheter les moyens de retrouver sa chère Mélinade. Un autre se serait désolé d'être un vilain borgne, après avoir eu deux beaux yeux; d'éprouver les refus des balayeuses du palais, après avoir joui des faveurs d'une princesse plus belle que les maîtresses du calife, et d'être au service de tous les bourgeois de Bagdad, après avoir régné sur tous les génies; mais Mesrour n'avait point l'œil qui voit le mauvais côté des choses.

COSI-SANCTA

UN PETIT MAL POUR UN GRAND BIEN

Nouvelle africaine.

LA première impression de Cosi-Sancta, *au tome XLV de l'édition de Kehl, est précédée de l'avertissement suivant :* « Mme la duchesse du Maine avait imaginé une loterie de titres de différents genres d'ouvrages en vers et en prose; chacune des personnes qui tiraient ces billets étaient obligée de faire l'ouvrage qui s'y trouvait porté. Mme de Montauban ayant tiré pour son lot une pour elle, elle pria M. de Voltaire d'en faire une nouvelle, et il lui donna le conte suivant. »

Le thème du « petit mal pour un grand bien » vient en droite ligne de l'article Acyndinus *du* Dictionnaire historique et critique *de Bayle. Développé, il donnera la touchante et scabreuse histoire de Mlle de Saint-Yves à Versailles, dans la dernière partie de* L'Ingénu. *Sur la date de composition, même remarque que pour* Le Crocheteur borgne. *L'analogie avec l'histoire de Zadig, dont les maux somme toute sont bien petits en comparaison du grand bien final, nous renvoie aux mêmes conclusions.*

V. den H.

COSI-SANCTA

UN PETIT MAL POUR UN GRAND BIEN

Nouvelle africaine.

C'est une maxime faussement établie qu'il n'est pas
permis de faire un petit mal dont un plus grand bien
pourrait résulter. Saint Augustin a été entièrement de
cet avis, comme il est aisé de le voir dans le récit de
cette petite aventure arrivée dans son diocèse, sous le
proconsulat de Septimus Acindynus, et rapportée
dans le livre de *La Cité de Dieu**.

Il y avait à Hippone un vieux curé, grand inventeur
de confréries, confesseur de toutes les jeunes filles du
quartier, et qui passait pour un homme inspiré de
Dieu, parce qu'il se mêlait de dire la bonne aventure,
métier dont il se tirait assez passablement.

On lui amena un jour une jeune fille nommée Cosi-
Sancta : c'était la plus belle personne de la province.
Elle avait un père et une mère jansénistes, qui l'a-
vaient élevée dans les principes de la vertu la plus
rigide; et de tous les amants qu'elle avait eus, aucun
n'avait pu seulement lui causer, dans ses oraisons,
un moment de distraction. Elle était accordée depuis

* Voyez Bayle, article ACINDYNUS. *(Note de l'édition de Kehl.)*

quelques jours à un petit vieillard ratatiné, nommé Capito, conseiller au présidial d'Hippone. C'était un petit homme bourru et chagrin, qui ne manquait pas d'esprit, mais qui était pincé dans la conversation, ricaneur, et assez mauvais plaisant; jaloux d'ailleurs comme un Vénitien, et qui pour rien au monde ne se serait accommodé d'être l'ami des galants de sa femme. La jeune créature faisait tout ce qu'elle pouvait pour l'aimer, parce qu'il devait être son mari; elle y allait de la meilleure foi du monde, et cependant n'y réussissait guère.

Elle alla consulter son curé, pour savoir si son mariage serait heureux. Le bonhomme lui dit d'un ton de prophète : « Ma fille, ta vertu causera bien des malheurs; mais tu seras un jour canonisée pour avoir fait trois infidélités à ton mari. »

Cet oracle étonna et embarrassa cruellement l'innocence de cette belle fille. Elle pleura; elle en demanda l'explication, croyant que ces paroles cachaient quelque sens mystique; mais toute l'explication qu'on lui donna fut que les trois fois ne devaient point s'entendre de trois rendez-vous avec le même amant, mais de trois aventures différentes.

Alors Cosi-Sancta jeta les hauts cris; elle dit même quelques injures au curé, et jura qu'elle ne serait jamais canonisée. Elle le fut pourtant, comme vous l'allez voir.

Elle se maria bientôt après : la noce fut très galante; elle soutint assez bien tous les mauvais discours qu'elle eut à essuyer, toutes les équivoques fades, toutes les grossièretés assez mal enveloppées dont on embarrasse ordinairement la pudeur des jeunes mariées. Elle dansa de fort bonne grâce avec quelques jeunes gens fort bien faits et très jolis, à qui son mari trouvait le plus mauvais air du monde.

Elle se mit au lit auprès du petit Capito, avec un

peu de répugnance. Elle passa une fort bonne partie
de la nuit à dormir, et se réveilla toute rêveuse. Son
mari était pourtant moins le sujet de sa rêverie qu'un
jeune homme nommé Ribaldos, qui lui avait donné
dans la tête sans qu'elle en sût rien. Ce jeune
homme semblait formé par les mains de l'Amour;
il en avait les grâces, la hardiesse et la friponnerie;
il était un peu indiscret, mais il ne l'était qu'avec
celles qui le voulaient bien : c'était la coqueluche
d'Hippone. Il avait brouillé toutes les femmes de la
ville les unes contre les autres, et il l'était avec tous les
maris et toutes les mères. Il aimait d'ordinaire par
étourderie, un peu par vanité; mais il aima Cosi-
Sancta par goût, et l'aima d'autant plus éperdument
que la conquête en était plus difficile.

Il s'attacha d'abord, en homme d'esprit, à plaire
au mari. Il lui faisait mille avances, le louait sur sa
bonne mine, et sur son esprit aisé et galant. Il per-
dait contre lui de l'argent au jeu, et avait tous les
jours quelque confidence de rien à lui faire. Cosi-
Sancta le trouvait le plus aimable du monde; elle
l'aimait déjà plus qu'elle ne croyait; elle ne s'en
doutait point, mais son mari s'en douta pour elle.
Quoiqu'il eût tout l'amour-propre qu'un petit
homme peut avoir, il ne laissa pas de se douter que
les visites de Ribaldos n'étaient pas pour lui seul.
Il rompit avec lui sur quelque mauvais prétexte, et
lui défendit sa maison.

Cosi-Sancta en fut très fâchée, et n'osa le dire; et
Ribaldos, devenu plus amoureux par les difficultés,
passa tout son temps à épier les moments de la voir.
Il se déguisa en moine, en revendeuse à la toilette, en
joueur de marionnettes; mais il n'en fit point assez
pour triompher de sa maîtresse, et il en fit trop pour
n'être pas reconnu par le mari. Si Cosi-Sancta
avait été d'accord avec son amant, ils auraient si bien

pris leurs mesures que le mari n'aurait rien pu soupçonner; mais, comme elle combattait son goût et qu'elle n'avait rien à se reprocher, elle sauvait tout, hors les apparences; et son mari la croyait très coupable.

Le petit bonhomme, qui était très colère, et qui s'imaginait que son bonheur dépendait de la fidélité de sa femme, l'outragea cruellement, et la punit de ce qu'on la trouvait belle. Elle se trouva dans la plus horrible situation où une femme puisse être : accusée injustement, et maltraitée par un mari à qui elle était fidèle, et déchirée par une passion violente qu'elle cherchait à surmonter.

Elle crut que, si son amant cessait ses poursuites, son mari pourrait cesser ses injustices, et qu'elle serait assez heureuse pour se guérir d'un amour que rien ne nourrirait plus. Dans cette vue, elle se hasarda d'écrire cette lettre à Ribaldos :

« Si vous avez de la vertu, cessez de me rendre malheureuse : vous m'aimez, et votre amour m'expose aux soupçons et aux violences d'un maître que je me suis donné pour le reste de ma vie. Plût au ciel que ce fût encore le seul risque que j'eusse à courir! Par pitié pour moi, cessez vos poursuites; je vous en conjure par cet amour même qui fait votre malheur et le mien, et qui ne peut jamais vous rendre heureux. »

La pauvre Cosi-Sancta n'avait pas prévu qu'une lettre si tendre, quoique si vertueuse, ferait un effet tout contraire à celui qu'elle espérait. Elle enflamma plus que jamais le cœur de son amant, qui résolut d'exposer sa vie pour voir sa maîtresse.

Capito, qui était assez sot pour vouloir être averti de tout, et qui avait de bons espions, fut averti que Ribaldos s'était déguisé en frère carme quêteur pour demander la charité à sa femme. Il se crut perdu : il

imagina que l'habit d'un carme était bien plus dange-
reux qu'un autre pour l'honneur d'un mari. Il aposta
des gens pour étriller frère Ribaldos : il ne fut que
trop bien servi. Le jeune homme, en entrant dans la
maison, est reçu par ces messieurs; il a beau crier
qu'il est un très honnête carme, et qu'on ne traite
point ainsi de pauvres religieux, il fut assommé, et
mourut, à quinze jours de là, d'un coup qu'il avait
reçu sur la tête. Toutes les femmes de la ville le pleu-
rèrent. Cosi-Sancta en fut inconsolable. Capito même
en fut fâché, mais par une autre raison, car il se
trouvait une très méchante affaire sur les bras.

Ribaldos était parent du proconsul Acindynus. Ce
Romain voulut faire une punition exemplaire de cet
assassinat, et, comme il avait eu quelques querelles
autrefois avec le présidial d'Hippone, il ne fut pas
fâché d'avoir de quoi faire pendre un conseiller; et
il fut fort aise que le sort tombât sur Capito, qui
était bien le plus vain et le plus insupportable petit
robin du pays.

Cosi-Sancta avait donc vu assassiner son amant et
était près de voir pendre son mari; et tout cela pour
avoir été vertueuse. Car, comme je l'ai déjà dit, si elle
avait donné ses faveurs à Ribaldos, le mari en eût
été bien mieux trompé.

Voilà comment la moitié de la prédiction du curé
fut accomplie. Cosi-Sancta se ressouvint alors de
l'oracle, elle craignit fort d'en accomplir le reste.
Mais, ayant bien fait réflexion qu'on ne peut vaincre
sa destinée, elle s'abandonna à la Providence, qui la
mena au but par les chemins du monde les plus
honnêtes.

Le proconsul Acindynus était un homme plus dé-
bauché que voluptueux, s'amusant très peu aux pré-
liminaires, brutal, familier, vrai héros de garnison,
très craint dans la province, et avec qui toutes les

femmes d'Hippone avaient eu affaire, uniquement pour ne se pas brouiller avec lui.

Il fit venir chez lui Mme Cosi-Sancta : elle arriva en pleurs; mais elle n'en avait que plus de charmes. « Votre mari, madame, lui dit-il, va être pendu, et il ne tient qu'à vous de le sauver. — Je donnerais ma vie pour la sienne, lui dit la dame. — Ce n'est pas cela qu'on vous demande, répliqua le proconsul. — Et que faut-il donc faire? dit-elle. — Je ne veux qu'une de vos nuits, reprit le proconsul. — Elles ne m'appartiennent pas, dit Cosi-Sancta; c'est un bien qui est à mon mari. Je donnerai mon sang pour le sauver, mais je ne puis donner mon honneur. — Mais si votre mari y consent? dit le proconsul. — Il est le maître, répondit la dame : chacun fait de son bien ce qu'il veut. Mais je connais mon mari, il n'en fera rien; c'est un petit homme têtu, tout propre à se laisser pendre plutôt que de permettre qu'on me touche du bout du doigt. — Nous allons voir cela », dit le juge en colère.

Sur-le-champ il fait venir devant lui le criminel; il lui propose ou d'être pendu, ou d'être cocu : il n'y avait point à balancer. Le petit bonhomme se fit pourtant tirer l'oreille. Il fit enfin ce que tout autre aurait fait à sa place. Sa femme par charité, lui sauva la vie; et ce fut la première des trois fois.

Le même jour, son fils tomba malade d'une maladie fort extraordinaire, inconnue à tous les médecins d'Hippone. Il n'y en avait qu'un qui eût des secrets pour cette maladie; encore demeurait-il à Aquila, à quelques lieues d'Hippone. Il était défendu alors à un médecin établi dans une ville d'en sortir pour aller exercer sa profession dans une autre. Cosi-Sancta fut obligée elle-même d'aller à sa porte à Aquila, avec un frère qu'elle avait, et qu'elle aimait tendrement. Dans les chemins elle fut arrêtée par des brigands. Le

chef de ces messieurs la trouva très jolie; et, comme on était près de tuer son frère, il s'approcha d'elle, et lui dit que, si elle voulait avoir un peu de complaisance, on ne tuerait point son frère, et qu'il ne lui en coûterait rien. La chose était pressante : elle venait de sauver la vie de son mari, qu'elle n'aimait guère; elle allait perdre un frère, qu'elle aimait beaucoup; d'ailleurs le danger de son fils l'alarmait : il n'y avait pas de moment à perdre. Elle se recommanda à Dieu, fit tout ce qu'on voulut; et ce fut la seconde des trois fois.

Elle arriva le même jour à Aquila, et descendit chez le médecin. C'était un de ces médecins à la mode que les femmes envoient chercher quand elles ont des vapeurs, ou quand elles n'ont rien du tout. Il était le confident des unes, l'amant des autres : homme poli, complaisant, un peu brouillé d'ailleurs avec la Faculté, dont il avait fait de fort bonnes plaisanteries dans l'occasion.

Cosi-Sancta lui exposa la maladie de son fils, et lui offrit un gros sesterce. (Vous remarquerez qu'un gros sesterce fait, en monnaie de France, mille écus et plus.) « Ce n'est pas de cette monnaie, madame, que je prétends être payé, lui dit le galant médecin. Je vous offrirais moi-même tout mon bien, si vous étiez dans le goût de vous faire payer des cures que vous pouvez faire : guérissez-moi seulement du mal que vous me faites, et je rendrai la santé à votre fils. »

La proposition parut extravagante à la dame; mais le destin l'avait accoutumée aux choses bizarres. Le médecin était un opiniâtre qui ne voulait point d'autre prix de son remède. Cosi-Sancta n'avait point de mari à consulter; et le moyen de laisser mourir un fils qu'elle adorait, faute du plus petit secours du monde qu'elle pouvait lui donner! Elle était aussi bonne mère que bonne sœur. Elle acheta le remède au prix

qu'on voulut : et ce fut la dernière des trois fois.

Elle revint à Hippone avec son frère, qui ne cessait de la remercier, durant le chemin, du courage avec lequel elle lui avait sauvé la vie.

Ainsi Cosi-Sancta, pour avoir été trop sage, fit périr son amant et condamner à mort son mari, et, pour avoir été complaisante, conserva les jours de son frère, de son fils, et de son mari. On trouva qu'une pareille femme était fort nécessaire dans une famille, on la canonisa après sa mort, pour avoir fait tant de bien à ses parents en se mortifiant, et l'on grava sur son tombeau :

UN PETIT MAL POUR UN GRAND BIEN.

LE MONDE COMME IL VA

VISION DE BABOUC ÉCRITE PAR LUI-MÊME

LE MONDE COMME IL VA paraît pour la première fois chez Walther en 1748. Mais il semble, d'après la relation de Longchamp, secrétaire de Voltaire, qu'il ait été, « avec Memnon... Micromégas et Zadig » un de ces contes dont Voltaire régalait la duchesse du Maine à Sceaux en 1747, et peut-être même dès 1746. Sur les circonstances de sa composition, il a été malheureusement aussi discret que sur celle des autres contes. Mais si on se réfère à la correspondance, on trouve des analogies frappantes entre certaines lettres de 1739 et le sujet du Monde comme il va *qui pourraient nous permettre de faire remonter à cette date, tout au moins, l'idée initiale du conte. En 1739, en effet, Voltaire quitte sa tour d'ivoire de Cirey pour renouer momentanément avec la vie parisienne : « Enfin, nous partons pour Paris. Nous sommes des étrangers qui devons voir ce que c'est que cette ville dont on disait autrefois tant de bien... On dit qu'on y reçoit assez bien les étrangers qui voyagent. » Aussitôt arrivé, Voltaire, comme Babouc, est happé par le tourbillon des*

mondanités, et ses préventions ont vite fait de se muer en
indulgence. Il se trouve bien aise, comme Mme du Châtelet,
d'avoir retrouvé les Parisiens « aussi aimables et aussi frivoles
qu'il les avait laissés à son départ ». C'est de la même
manière exactement que Babouc, tout Scythe qu'il est, s'affec-
tionne à Persépolis, dont le peuple est « poli, doux, bien-
faisant ». Mais cette atmosphère de fête n'arrive pas à masquer
le fait que Paris-Persépolis demeure l'enfer de l'envie et de la
superstition. Voltaire-Babouc hésite, son jugement oscille
perpétuellement de l'attirance à la méfiance. Le prophète qu'il
est, humble et soumis selon les meilleures traditions des Saintes
Écritures, que Voltaire pratique justement avec une particu-
lière assiduité en cette période de sa vie, manque presque
succomber aux séductions de la mondanité : « Babouc, tout
Scythe et tout envoyé qu'il était d'un génie, s'aperçut que
s'il restait encore à Persépolis, il oublierait Ituriel pour
Téone. »

Tout compte fait, le bilan de Persépolis n'est pas fort
engageant. Le mal a son existence propre, et l'on doit
compter avec lui sur la terre. Quant à l'étendue de ce mal,
rien ne nous permet de nous en faire la moindre idée. La
statue, qui est censée représenter la société humaine, mi-or
mi-fange, ne peut pas s'évaluer. Il faut se borner à accepter
l'homme tel qu'il est, en bloc, et renoncer à tout essai d'expli-
cation, même relative. Par là, la conclusion du conte, à
proprement parler, est nulle. A ce point du dialogue qu'il
entretient perpétuellement avec Pascal, Voltaire s'estime à
égalité avec son adversaire; à ce stade de leur compétition,
il n'y a ni gagnant ni perdant : le mondain et le prophète se
sont mutuellement neutralisés.

 V. den H.

LE MONDE COMME IL VA

VISION DE BABOUC ÉCRITE PAR LUI-MÊME

PARMI les génies qui président aux empires du monde, Ituriel tient un des premiers rangs, et il a le département de la haute Asie. Il descendit un matin dans la demeure du Scythe Babouc, sur le rivage de l'Oxus, et lui dit : « Babouc, les folies et les excès des Perses ont attiré notre colère; il s'est tenu hier une assemblée des génies de la haute Asie pour savoir si on châtierait Persépolis ou si on la détruirait. Va dans cette ville, examine tout; tu reviendras m'en rendre un compte fidèle; et je me déterminerai, sur ton rapport, à corriger la ville ou à l'exterminer. — Mais, Seigneur, dit humblement Babouc, je n'ai jamais été en Perse; je n'y connais personne. — Tant mieux, dit l'ange, tu ne seras point partial; tu as reçu du ciel le discernement, et j'y ajoute le don d'inspirer la confiance; marche, regarde, écoute, observe, et ne crains rien : tu seras partout bien reçu. »

Babouc monta sur son chameau et partit avec ses serviteurs. Au bout de quelques journées, il rencontra vers les plaines de Sennaar l'armée persane qui allait combattre l'armée indienne. Il s'adressa d'abord à un

soldat qu'il trouva écarté. Il lui parla, et lui demanda quel était le sujet de la guerre. « Par tous les dieux, dit le soldat, je n'en sais rien. Ce n'est pas mon affaire; mon métier est de tuer et d'être tué pour gagner ma vie; il n'importe qui je serve. Je pourrais bien même dès demain passer dans le camp des Indiens, car on dit qu'ils donnent près d'une demi-drachme de cuivre par jour à leurs soldats de plus que nous n'en avons dans ce maudit service de Perse. Si vous voulez savoir pourquoi on se bat, parlez à mon capitaine. »

Babouc, ayant fait un petit présent au soldat, entra dans le camp. Il fit bientôt connaissance avec le capitaine, et lui demanda le sujet de la guerre. « Comment voulez-vous que je le sache? dit le capitaine, et que m'importe ce beau sujet? J'habite à deux cents lieues de Persépolis; j'entends dire que la guerre est déclarée; j'abandonne aussitôt ma famille et je vais chercher, selon notre coutume, la fortune ou la mort, attendu que je n'ai rien à faire. — Mais vos camarades, dit Babouc, ne sont-ils pas un peu plus instruits que vous? — Non, dit l'officier, il n'y a guère que nos principaux satrapes qui savent bien précisément pourquoi on s'égorge. »

Babouc, étonné, s'introduisit chez les généraux; il entra dans leur familiarité. L'un d'eux lui dit enfin : « La cause de cette guerre, qui désole depuis vingt ans l'Asie, vient originairement d'une querelle entre un eunuque d'une femme du grand roi de Perse et un commis d'un bureau du grand roi des Indes. Il s'agissait d'un droit qui revenait à peu près à la trentième partie d'une darique. Le premier maître des Indes et le nôtre soutinrent dignement les droits de leurs maîtres. La querelle s'échauffa. On mit de part et d'autre en campagne une armée d'un million de soldats. Il faut recruter cette armée tous les ans de

plus de quatre cent mille hommes. Les meurtres, les incendies, les ruines, les dévastations se multiplient; l'univers souffre, et l'acharnement continue. Notre premier ministre et celui des Indes protestent souvent qu'ils n'agissent que pour le bonheur du genre humain, et à chaque protestation il y a toujours quelques villes détruites et quelques provinces ravagées. »

Le lendemain, sur un bruit qui se répandit que la paix allait être conclue, le génral persan et le général indien s'empressèrent de donner bataille; elle fut sanglante. Babouc en vit toutes les fautes et toutes les abominations; il fut témoin des manœuvres des principaux satrapes, qui firent ce qu'ils purent pour faire battre leur chef. Il vit des officiers tués par leurs propres troupes; il vit des soldats qui achevaient d'égorger leurs camarades expirants pour leur arracher quelques lambeaux sanglants, déchirés et couverts de fange. Il entra dans les hôpitaux où l'on transportait les blessés, dont la plupart expiraient par la négligence inhumaine de ceux mêmes que le roi de Perse payait chèrement pour les secourir. « Sont-ce là des hommes, s'écria Babouc, ou des bêtes féroces? Ah! je vois bien que Persépolis sera détruite. »

Occupé de cette pensée, il passa dans le camp des Indiens. Il y fut aussi bien reçu que dans celui des Perses, selon ce qui lui avait été prédit; mais il y vit tous les mêmes excès qui l'avaient saisi d'horreur. « Oh! oh! dit-il en lui-même, si l'ange Ituriel veut exterminer les Persans, il faut donc que l'ange des Indes détruise aussi les Indiens. » S'étant ensuite informé plus en détail de ce qui s'était passé dans l'une et l'autre armée, il apprit des actions de générosité, de grandeur d'âme, d'humanité, qui l'étonnèrent et le ravirent. « Inexplicables humains, s'écriat-il, comment pouvez-vous réunir tant de bassesse et de grandeur, tant de vertus et de crimes? »

Cependant la paix fut déclarée. Les chefs des deux
armées, dont aucun n'avait remporté la victoire, mais
qui pour leur seul intérêt avaient fait verser le sang
de tant d'hommes, leurs semblables, allèrent briguer
dans leurs cours des récompenses. On célébra la
paix dans des écrits publics qui n'annonçaient que le
retour de la vertu et de la félicité sur la terre. « Dieu
soit loué! dit Babouc; Persépolis sera le séjour de
l'innocence épurée; elle ne sera point détruite,
comme le voulaient ces vilains génies : courons sans
tarder dans cette capitale de l'Asie. »

Il arriva dans cette ville immense par l'ancienne
entrée, qui était toute barbare et dont la rusticité
dégoûtante offensait les yeux. Toute cette partie de
la ville se ressentait du temps où elle avait été bâtie;
car, malgré l'opiniâtreté des hommes à louer l'antique
aux dépens du moderne, il faut avouer qu'en tout
genre les premiers essais sont toujours grossiers.
Babouc se mêla dans la foule d'un peuple composé
de ce qu'il y avait de plus sale et de plus laid dans les
deux sexes. Cette foule se précipitait d'un air hébété
dans un enclos vaste et sombre. Au bourdonnement
continuel, au mouvement qu'il y remarqua, à l'argent
que quelques personnes donnaient à d'autres pour
avoir droit à s'asseoir, il crut être dans un marché où
l'on vendait des chaises de paille; mais bientôt, voyant
que plusieurs femmes se mettaient à genoux, en fai-
sant semblant de regarder fixement devant elles et en
regardant les hommes de côté, il s'aperçut qu'il était
dans un temple. Des voix aigres, rauques, sauvages,
discordantes, faisaient retentir la voûte de sons mal
articulés, qui faisaient le même effet que les voix des
onagres quand elles répondent, dans les plaines des
Pictaves, au cornet à bouquin qui les appelle. Il se

bouchait les oreilles; mais il fut prêt de se boucher encore les yeux et le nez, quand il vit entrer dans ce temple des ouvriers avec des pinces et des pelles. Ils remuèrent une large pierre, et jetèrent à droite et à gauche une terre dont s'exhalait une odeur empestée; ensuite on vint poser un mort dans cette ouverture, et on remit la pierre par-dessus.

« Quoi! s'écria Babouc, ces peuples enterrent leurs morts dans les mêmes lieux où ils adorent la Divinité! Quoi! leurs temples sont pavés de cadavres! Je ne m'étonne plus de ces maladies pestilentielles qui désolent souvent Persépolis. La pourriture des morts, et celle de tant de vivants rassemblés et pressés dans le même lieu, est capable d'empoisonner le globe terrestre. Ah! la vilaine ville que Persépolis! Apparemment que les anges veulent la détruire pour en rebâtir une plus belle, et pour la peupler d'habitants moins malpropres et qui chantent mieux. La Providence peut avoir ses raisons; laissons-la faire. »

Cependant le soleil approchait du haut de sa carrière. Babouc devait aller dîner à l'autre bout de la ville, chez une dame pour laquelle son mari, officier de l'armée, lui avait donné des lettres. Il fit d'abord plusieurs tours dans Persépolis; il vit d'autres temples mieux bâtis et mieux ornés, remplis d'un peuple poli, et retentissants d'une musique harmonieuse; il remarqua des fontaines publiques, lesquelles, quoique mal placées, frappaient les yeux par leur beauté; des places où semblaient respirer en bronze les meilleurs rois qui avaient gouverné la Perse; d'autres places où il entendait le peuple s'écrier : « Quand verrons-nous ici le maître que nous chérissons? » Il admira les ponts magnifiques élevés sur le fleuve, les quais superbes et commodes, les palais bâtis à droite et

à gauche, une maison immense où des milliers de vieux soldats blessés et vainqueurs rendaient chaque jour grâce au Dieu des armées. Il entra enfin chez la dame qui l'attendait à dîner avec une compagnie d'honnêtes gens. La maison était propre et ornée, le repas délicieux, la dame jeune, belle, spirituelle, engageante, la compagnie digne d'elle; et Babouc disait en lui-même à tout moment : « L'ange Ituriel se moque du monde de vouloir détruire une ville si charmante. »

Cependant il s'aperçut que la dame, qui avait commencé par lui demander tendrement des nouvelles de son mari, parlait plus tendrement encore, sur la fin du repas, à un jeune mage. Il vint un magistrat qui, en présence de sa femme, pressait avec vivacité une veuve, et cette veuve indulgente avait une main passée autour du cou du magistrat, tandis qu'elle tendait l'autre à un jeune citoyen très beau et très modeste. La femme du magistrat se leva de table la première, pour aller entretenir dans un cabinet voisin son directeur, qui arrivait trop tard, et qu'on avait attendu à dîner; et le directeur, homme éloquent, lui parla dans ce cabinet avec tant de véhémence et d'onction que la dame avait, quand elle revint, les yeux humides, les joues enflammées, la démarche mal assurée, la parole tremblante.

Alors Babouc commença à craindre que le génie Ituriel n'eût raison. Le talent qu'il avait d'attirer la confiance le mit dès le jour même dans les secrets de la dame; elle lui confia son goût pour le jeune mage, et l'assura que dans toutes les maisons de Persépolis il trouverait l'équivalent de ce qu'il avait vu dans la sienne. Babouc conclut qu'une telle société ne pouvait subsister; que la jalousie, la discorde, la vengeance, devaient désoler toutes les maisons; que les larmes et le sang devaient couler tous les jours;

que certainement les maris tueraient les galants de leurs femmes, ou en seraient tués; et qu'enfin Ituriel faisait fort bien de détruire tout d'un coup une ville abandonnée à de continuels désordres.

Il était plongé dans ces idées funestes, quand il se présenta à la porte un homme grave, en manteau noir, qui demanda humblement à parler au jeune magistrat. Celui-ci, sans se lever, sans le regarder, lui donna fièrement, et d'un air distrait, quelques papiers, et le congédia. Babouc demanda quel était cet homme. La maîtresse de la maison lui dit tout bas : « C'est un des meilleurs avocats de la ville; il y a cinquante ans qu'il étudie les lois. Monsieur, qui n'a que vingt-cinq ans, et qui est satrape de loi depuis deux jours, lui donne à faire l'extrait d'un procès qu'il doit juger, qu'il n'a pas encore examiné. — Ce jeune étourdi fait sagement, dit Babouc, de demander conseil à un vieillard; mais pourquoi n'est-ce pas ce vieillard qui est juge? — Vous vous moquez, lui dit-on, jamais ceux qui ont vieilli dans les emplois laborieux et subalternes ne parviennent aux dignités. Ce jeune homme a une grande charge, parce que son père est riche, et qu'ici le droit de rendre la justice s'achète comme une métairie. — O mœurs! ô malheureuse ville! s'écria Babouc, voilà le comble du désordre; sans doute, ceux qui ont ainsi acheté le droit de juger vendent leurs jugements; je ne vois ici que des abîmes d'iniquité. »

Comme il marquait ainsi sa douleur et sa surprise, un jeune guerrier, qui était venu ce jour même de l'armée, lui dit : « Pourquoi ne voulez-vous pas qu'on achète les emplois de la robe? J'ai bien acheté, moi, le droit d'affronter la mort à la tête de deux mille hommes que je commande; il m'en a coûté quarante

mille dariques d'or cette année pour coucher sur la terre trente nuits de suite en habit rouge, et pour recevoir ensuite deux bons coups de flèche dont je me sens encore. Si je me ruine pour servir l'empereur persan, que je n'ai jamais vu, M. le satrape de robe peut bien payer quelque chose pour avoir le plaisir de donner audience à des plaideurs. » Babouc, indigné, ne put s'empêcher de condamner dans son cœur un pays où l'on mettait à l'encan les dignités de la paix et de la guerre; il conclut précipitamment que l'on y devait ignorer absolument la guerre et les lois, et que, quand même Ituriel n'exterminerait pas ces peuples, ils périraient par leur détestable administration.

Sa mauvaise opinion augmenta encore à l'arrivée d'un gros homme qui, ayant salué très familièrement toute la compagnie, s'approcha du jeune officier, et lui dit : « Je ne peux vous prêter que cinquante mille dariques d'or, car, en vérité, les douanes de l'empire ne m'en ont rapporté que trois cent mille cette année. » Babouc s'informa quel était cet homme qui se plaignait de gagner si peu; il apprit qu'il y avait dans Persépolis quarante rois plébéiens qui tenaient à bail l'empire de Perse, et qui en rendaient quelque chose au monarque.

Après dîner il alla dans un des plus superbes temples de la ville; il s'assit au milieu d'une troupe de femmes et d'hommes qui étaient venus là pour passer le temps. Un mage parut dans une machine élevée, qui parla longtemps du vice et de la vertu. Ce mage divisa en plusieurs parties ce qui n'avait pas besoin d'être divisé; il prouva méthodiquement tout ce qui était clair, il enseigna tout ce qu'on savait. Il se passionna froidement, et sortit suant et hors

d'haleine. Toute l'assemblée alors se réveilla et crut
avoir assisté à une instruction. Babouc dit : « Voilà un
homme qui a fait de son mieux pour ennuyer deux
ou trois cents de ses concitoyens; mais son intention
était bonne, et il n'y a pas là de quoi détruire Per-
sépolis. »

Au sortir de cette assemblée, on le mena voir une
fête publique qu'on donnait tous les jours de l'année;
c'était dans une espèce de basilique, au fond de
laquelle on voyait un palais. Les plus belles citoyennes
de Persépolis, les plus considérables satrapes, rangés
avec ordre, formaient un spectacle si beau que Babouc
crut d'abord que c'était là toute la fête. Deux ou trois
personnes, qui paraissaient des rois et des reines,
parurent bientôt dans le vestibule de ce palais; leur
langage était très différent de celui du peuple; il était
mesuré, harmonieux et sublime. Personne ne dormait,
on écoutait dans un profond silence, qui n'était inter-
rompu que par les témoignages de la sensibilité et de
l'admiration publique. Le devoir des rois, l'amour de
la vertu, les dangers des passions, étaient exprimés par
des traits si vifs et si touchants que Babouc versa des
larmes. Il ne douta pas que ces héros et ces héroïnes,
ces rois et ces reines qu'il venait d'entendre, ne fussent
les prédicateurs de l'empire; il se proposa même
d'engager Ituriel à les venir entendre, bien sûr qu'un
tel spectacle le réconcilierait pour jamais avec la ville.

Dès que cette fête fut finie, il voulut voir la princi-
pale reine, qui avait débité dans ce beau palais une
morale si noble et si pure; il se fit introduire chez
Sa Majesté; on le mena par un petit escalier, au
second étage, dans un appartement mal meublé, où il
trouva une femme mal vêtue, qui lui dit d'un air noble
et pathétique : « Ce métier-ci ne me donne pas de quoi
vivre; un des princes que vous avez vus m'a fait un en-
fant; j'accoucherai bientôt; je manque d'argent, et sans

argent on n'accouche point. » Babouc lui donna cent
dariques d'or, en disant : « S'il n'y avait que ce mal-là
dans la ville, Ituriel aurait tort de se tant fâcher. »

De là il alla passer sa soirée chez des marchands
de magnificences inutiles. Un homme intelligent, avec
lequel il avait fait connaissance, l'y mena; il acheta
ce qui lui plut, et on le lui vendit avec politesse beau-
coup plus qu'il ne valait. Son ami, de retour chez
lui, lui fit voir combien on le trompait. Babouc mit
sur ses tablettes le nom du marchand, pour le faire
distinguer par Ituriel au jour de la punition de la
ville. Comme il écrivait, on frappa à sa porte : c'était
le marchand lui-même qui venait lui rapporter sa
bourse, que Babouc avait laissée par mégarde sur son
comptoir. « Comment se peut-il, s'écria Babouc, que
vous soyez si fidèle et si généreux, après n'avoir pas eu
de honte de me vendre des colifichets quatre fois au-
dessus de leur valeur? — Il n'y a aucun négociant un
peu connu dans cette ville, lui répondit le marchand,
qui ne fût venu vous rapporter votre bourse; mais on
vous a trompé quand on vous a dit que je vous avais
vendu ce que vous avez pris chez moi quatre fois plus
qu'il ne vaut : je vous l'ai vendu dix fois davantage, et
cela est si vrai que, si dans un mois vous voulez le
revendre, vous n'en aurez pas même ce dixième. Mais
rien n'est plus juste : c'est la fantaisie des hommes qui
met le prix à ces choses frivoles; c'est cette fantaisie qui
fait vivre cent ouvriers que j'emploie, c'est elle qui me
donne une belle maison, un char commode, des che-
vaux, c'est elle qui excite l'industrie, qui entretient le
goût, la circulation et l'abondance. Je vends aux
nations voisines les mêmes bagatelles plus chèrement
qu'à vous, et par là je suis utile à l'empire. » Babouc,
après avoir un peu rêvé, le raya de ses tablettes.

Babouc, fort incertain sur ce qu'il devait penser de Persépolis, résolut de voir les mages et les lettrés : car les uns étudient la sagesse, et les autres la religion; et il se flatta que ceux-là obtiendraient grâce pour le reste du peuple. Dès le lendemain matin il se transporta dans un collège de mages. L'archimandrite lui avoua qu'il avait cent mille écus de rente pour avoir fait vœu de pauvreté, et qu'il exerçait un empire assez étendu en vertu de son vœu d'humilité; après quoi il laissa Babouc entre les mains d'un petit frère, qui lui fit les honneurs.

Tandis que ce frère lui montrait les magnificences de cette maison de pénitence, un bruit se répandit, qu'il était venu pour réformer toutes ces maisons. Aussitôt il reçut des mémoires de chacune d'elles; et les mémoires disaient tous en substance : *Conservez-nous, et détruisez toutes les autres.* A entendre leurs apologies, ces sociétés étaient toutes nécessaires. A entendre leurs accusations réciproques, elles méritaient toutes d'être anéanties. Il admirait comme il n'y en avait aucune d'elles qui, pour édifier l'univers, ne voulût en avoir l'empire. Alors il se présenta un petit homme qui était un demi-mage, et qui lui dit : « Je vois bien que l'œuvre va s'accomplir : car Zerdust est revenu sur la terre; les petites filles prophétisent, en se faisant donner des coups de pincettes par-devant et le fouet par-derrière. Ainsi nous vous demandons votre protection contre le Grand-Lama. — Comment! dit Babouc, contre ce pontife-roi qui réside au Thibet? — Contre lui-même. — Vous lui faites donc la guerre, et vous levez contre lui des armées? — Non, mais il dit que l'homme est libre, et nous n'en croyons rien; nous écrivons contre lui de petits livres, qu'il ne lit pas; à peine a-t-il entendu parler de nous; il nous a seulement fait condamner comme un maître ordonne qu'on échenille les arbres de ses jardins. » Babouc

frémit de la folie de ces hommes qui faisaient pro-
fession de sagesse, des intrigues de ceux qui avaient
renoncé au monde, de l'ambition et de la convoitise
orgueilleuse de ceux qui enseignaient l'humilité et le
désintéressement; il conclut qu'Ituriel avait de bonnes
raisons pour détruire toute cette engeance.

Retiré chez lui, il envoya chercher des livres nou-
veaux pour adoucir son chagrin, et il pria quelques
lettrés à dîner pour se réjouir. Il en vint deux fois
plus qu'il n'en avait demandé, comme les guêpes que
le miel attire. Ces parasites se pressaient de manger
et de parler; ils louaient deux sortes de personnes,
les morts et eux-mêmes, et jamais leurs contempo-
rains, excepté le maître de la maison. Si quelqu'un
d'eux disait un bon mot, les autres baissaient les yeux
et se mordaient les lèvres de douleur de ne l'avoir
pas dit. Ils avaient moins de dissimulation que les
mages, parce qu'ils n'avaient pas de si grands objets
d'ambition. Chacun d'eux briguait une place de
valet et une réputation de grand homme; ils se
disaient en face des choses insultantes, qu'ils croyaient
des traits d'esprit. Ils avaient eu quelque connaissance
de la mission de Babouc. L'un d'eux le pria tout bas
d'exterminer un auteur qui ne l'avait pas assez loué
il y avait cinq ans. Un autre demanda la perte d'un
citoyen qui n'avait jamais ri à ses comédies. Un troi-
sième demanda l'extinction de l'Académie, parce
qu'il n'avait jamais pu parvenir à y être admis. Le
repas fini, chacun d'eux s'en alla seul; car il n'y avait
pas dans toute la troupe deux hommes qui pussent se
souffrir, ni même se parler ailleurs que chez les riches
qui les invitaient à leur table. Babouc jugea qu'il n'y
aurait pas grand mal quand cette vermine périrait
dans la destruction générale.

Dès qu'il se fut défait d'eux, il se mit à lire quelques livres nouveaux. Il y reconnut l'esprit de ses convives. Il vit surtout avec indignation ces gazettes de la médisance, ces archives du mauvais goût, que l'envie, la bassesse et la faim ont dictées; ces lâches satires où l'on ménage le vautour et où l'on déchire la colombe; ces romans dénués d'imagination, où l'on voit tant de portraits de femmes que l'auteur ne connaît pas.

Il jeta au feu tous ces détestables écrits, et sortit pour aller le soir à la promenade. On le présenta à un vieux lettré qui n'était point venu grossir le nombre de ces parasites. Ce lettré fuyait toujours la foule, connaissait les hommes, en faisait usage, et se communiquait avec discrétion. Babouc lui parla avec douleur de ce qu'il avait lu et de ce qu'il avait vu.

« Vous avez lu des choses bien méprisables, lui dit le sage lettré; mais dans tous les temps, et dans tous les pays, et dans tous les genres, le mauvais fourmille et le bon est rare. Vous avez reçu chez vous le rebut de la pédanterie, parce que, dans toutes les professions, ce qu'il y a de plus indigne de paraître est toujours ce qui se présente avec le plus d'impudence. Les véritables sages vivent entre eux retirés et tranquilles; il y a encore parmi nous des hommes et des livres dignes de votre attention. » Dans le temps qu'il parlait ainsi un autre lettré les joignit; leurs discours furent si agréables et si instructifs, si élevés au-dessus des préjugés, et si conformes à la vertu, que Babouc avoua n'avoir jamais rien entendu de pareil. « Voilà des hommes, disait-il tout bas, à qui l'ange Ituriel n'osera toucher, ou il sera bien impitoyable. »

Accommodé avec les lettrés, il était toujours en colère contre le reste de la nation. « Vous êtes étran-

ger, lui dit l'homme judicieux qui lui parlait; les abus se présentent à vos yeux en foule, et le bien, qui est caché et qui résulte quelquefois de ces abus mêmes, vous échappe. » Alors il apprit que parmi les lettrés il y en avait quelques-uns qui n'étaient pas envieux, et que parmi les mages mêmes il y en avait de vertueux. Il conçut à la fin que ces grands corps, qui semblaient en se choquant préparer leurs communes ruines, étaient au fond des institutions salutaires; que chaque société de mages était un frein à ses rivales; que si ces émules différaient dans quelques opinions, ils enseignaient tous la même morale, qu'ils instruisaient le peuple et qu'ils vivaient soumis aux lois, semblables aux précepteurs qui veillent sur le fils de la maison tandis que le maître veille sur eux-mêmes. Il en pratiqua plusieurs, et vit des âmes célestes. Il apprit même que parmi les fous qui prétendaient faire la guerre au Grand-Lama il y avait eu de très grands hommes. Il soupçonna enfin qu'il pourrait bien en être des mœurs de Persépolis comme des édifices, dont les uns lui avaient paru dignes de pitié, et les autres l'avaient ravi en admiration.

Il dit à son lettré : « Je connais très bien que ces mages que j'avais cru si dangereux sont en effet très utiles, surtout quand un gouvernement sage les empêche de se rendre trop nécessaires; mais vous m'avouerez au moins que vos jeunes magistrats, qui achètent une charge de juge dès qu'ils ont appris à monter à cheval, doivent étaler dans les tribunaux tout ce que l'impertinence a de plus ridicule et tout ce que l'iniquité a de plus pervers; il vaudrait mieux sans doute donner ces places gratuitement à ces vieux jurisconsultes qui ont passé toute leur vie à peser le pour et le contre. »

Le lettré lui répliqua : « Vous avez vu notre armée avant d'arriver à Persépolis; vous savez que nos jeunes officiers se battent très bien, quoiqu'ils aient acheté leurs charges; peut-être verrez-vous que nos jeunes magistrats ne jugent pas mal, quoiqu'ils aient payé pour juger. »

Il le mena le lendemain au grand tribunal, où l'on devait rendre un arrêt important. La cause était connue de tout le monde. Tous ces vieux avocats qui en parlaient étaient flottants dans leurs opinions : ils alléguaient cent lois, dont aucune n'était applicable au fond de la question; ils regardaient l'affaire par cent côtés, dont aucun n'était dans son vrai jour; les juges décidèrent plus vite que les avocats ne doutèrent. Leur jugement fut presque unanime; ils jugèrent bien, parce qu'ils suivaient les lumières de la raison, et les autres avaient opiné mal, parce qu'ils n'avaient consulté que leurs livres.

Babouc conclut qu'il y avait souvent de très bonnes choses dans les abus. Il vit dès le jour même que les richesses des financiers, qui l'avaient tant révolté, pouvaient produire un effet excellent; car, l'empereur ayant eu besoin d'argent, il trouva en une heure, par leur moyen, ce qu'il n'aurait pas eu en six mois par les voies ordinaires; il vit que ces gros nuages, enflés de la rosée de la terre, lui rendaient en pluie ce qu'ils en recevaient. D'ailleurs les enfants de ces hommes nouveaux, souvent mieux élevés que ceux des familles plus anciennes, valaient quelquefois beaucoup mieux; car rien n'empêche qu'on ne soit un bon juge, un brave guerrier, un homme d'État habile, quand on a eu un père bon calculateur.

Insensiblement Babouc faisait grâce à l'avidité du financier, qui n'est pas au fond plus avide que les

autres hommes, et qui est nécessaire. Il excusait la
folie de se ruiner pour juger et pour se battre, folie
qui produit de grands magistrats et des héros. Il
pardonnait à l'envie des lettrés, parmi lesquels il se
trouvait des hommes qui éclairaient le monde; il se
réconciliait avec les mages ambitieux et intrigants,
chez lesquels il y avait plus de grandes vertus encore
que de petits vices; mais il lui restait bien des griefs,
et surtout les galanteries des dames, et les désolations
qui en devaient être la suite, le remplissaient d'inquié-
tude et d'effroi.

Comme il voulait pénétrer dans toutes les condi-
tions humaines, il se fit mener chez un ministre; mais
il tremblait toujours en chemin que quelque femme
ne fût assassinée en sa présence par son mari. Arrivé
chez l'homme d'État, il resta deux heures dans l'anti-
chambre sans être annoncé, et deux heures encore
après l'avoir été. Il se promettait bien, dans cet inter-
valle, de recommander à l'ange Ituriel et le ministre
et ses insolents huissiers. L'antichambre était remplie
de dames de tout étage, de mages de toutes couleurs,
de juges, de marchands, d'officiers, de pédants; tous se
plaignaient du ministre. L'avare et l'usurier disaient :
« Sans doute cet homme-là pille les provinces »; le
capricieux lui reprochait d'être bizarre; le volup-
tueux disait : « Il ne songe qu'à ses plaisirs »; l'intri-
gant se flattait de le voir bientôt perdu par une
cabale; les femmes espéraient qu'on leur donnerait
bientôt un ministre plus jeune.

Babouc entendait leurs discours; il ne put s'empê-
cher de dire : « Voilà un homme bien heureux; il a
tous ses ennemis dans son antichambre; il écrase de
son pouvoir ceux qui l'envient; il voit à ses pieds
ceux qui le détestent. » Il entra enfin : il vit un petit
vieillard courbé sous le poids des années et des
affaires, mais encore vif et plein d'esprit.

Babouc lui plut, et il parut à Babouc un homme estimable. La conversation devint intéressante. Le ministre lui avoua qu'il était un homme très malheureux; qu'il passait pour riche, et qu'il était pauvre; qu'on le croyait tout-puissant, et qu'il était toujours contredit; qu'il n'avait guère obligé que des ingrats, et que, dans un travail continuel de quarante années, il avait eu à peine un moment de consolation. Babouc en fut touché, et pensa que si cet homme avait fait des fautes, et si l'ange Ituriel voulait le punir, il ne fallait pas l'exterminer, mais seulement lui laisser sa place.

Tandis qu'il parlait au ministre entre brusquement la belle dame chez qui Babouc avait dîné. On voyait dans ses yeux et sur son front les symptômes de la douleur et de la colère. Elle éclata en reproches contre l'homme d'État; elle versa des larmes; elle se plaignit avec amertume de ce qu'on avait refusé à son mari une place où sa naissance lui permettait d'aspirer, et que ses services et ses blessures méritaient; elle s'exprima avec tant de force, elle mit tant de grâces dans ses plaintes, elle détruisit les objections avec tant d'adresse, elle fit valoir les raisons avec tant d'éloquence, qu'elle ne sortit point de la chambre sans avoir fait la fortune de son mari.

Babouc lui donna la main. « Est-il possible, Madame, lui dit-il, que vous vous soyez donné toute cette peine pour un homme que vous n'aimez point, et dont vous avez tout à craindre? — Un homme que je n'aime point? s'écria-t-elle. Sachez que mon mari est le meilleur ami que j'aie au monde, qu'il n'y a rien que je ne lui sacrifie, hors mon amant, et qu'il ferait tout pour moi, hors de quitter sa maîtresse. Je veux vous la faire connaître; c'est une femme char-

mante, pleine d'esprit et du meilleur caractère du
monde; nous soupons ensemble ce soir avec mon
mari et mon petit mage : venez partager notre joie. »

La dame mena Babouc chez elle. Le mari, qui était
enfin arrivé plongé dans la douleur, revit sa femme
avec des transports d'allégresse et de reconnaissance;
il embrassa tour à tour sa femme, sa maîtresse, le
petit mage et Babouc. L'union, la gaieté, l'esprit et les
grâces furent l'âme de ce repas. « Apprenez, lui dit
la belle dame chez laquelle il soupait, que celles
qu'on appelle quelquefois de malhonnêtes femmes
ont presque toujours le mérite d'un très honnête
homme; et, pour vous en convaincre, venez demain
dîner avec moi chez la belle Téone. Il y a quelques
vieilles vestales qui la déchirent; mais elle fait plus de
bien qu'elles toutes ensemble. Elle ne commettrait
pas une légère injustice pour le plus grand intérêt;
elle ne donne à son amant que des conseils généreux;
elle n'est occupée que de sa gloire; il rougirait devant
elle s'il avait laissé échapper une occasion de faire
du bien; car rien n'encourage plus aux actions ver-
tueuses que d'avoir pour témoin et pour juge de sa
conduite une maîtresse dont on veut mériter l'estime. »

Babouc ne manqua pas au rendez-vous. Il vit une
maison où régnaient tous les plaisirs; Téone régnait
sur eux; elle savait parler à chacun son langage.
Son esprit naturel mettait à son aise celui des autres;
elle plaisait sans presque le vouloir; elle était
aussi aimable que bienfaisante; et, ce qui aug-
mentait le prix de toutes ses bonnes qualités, elle était
belle.

Babouc, tout Scythe et tout envoyé qu'il était d'un
génie, s'aperçut que, s'il restait encore à Persépolis,
il oublierait Ituriel pour Téone. Il s'affectionnait à la
ville, dont le peuple était poli, doux et bienfaisant,
quoique léger, médisant et plein de vanité. Il crai-

gnait que Persépolis ne fût condamnée; il craignait
même le compte qu'il allait rendre.

Voici comme il s'y prit pour rendre ce compte. Il
fit faire par le meilleur fondeur de la ville une petite
statue composée de tous les métaux, des terres et des
pierres les plus précieuses et les plus viles; il la porta
à Ituriel : « Casserez-vous, dit-il, cette jolie statue,
parce que tout n'y est pas or et diamants? » Ituriel
entendit à demi-mot; il résolut de ne pas même son-
ger à corriger Persépolis, et de laisser aller *le monde
comme il va*. Car, dit-il, *si tout n'est pas bien, tout est
passable*. On laissa donc subsister Persépolis; et
Babouc fut bien loin de se plaindre, comme Jonas qui
se fâcha de ce qu'on ne détruisait pas Ninive. Mais,
quand on a été trois jours dans le corps d'une ba-
leine, on n'est pas de si bonne humeur que quand
on a été à l'opéra, à la comédie, et qu'on a soupé
en bonne compagnie.

MEMNON
ou
LA SAGESSE HUMAINE

PEU de marge d'hésitation sur la date de composition de
Memnon *: fin 1748, si l'on veut bien admettre, ce qui
serait vraisemblable, qu'il s'agit de cette « petite drôlerie »
annoncée au roi de Prusse par l'intermédiaire de Bacu-
lart d'Arnaud dans une lettre envoyée de Cirey le 29 dé-
cembre 1748, ou bien au plus tard début de 1749, comme
en font foi deux lettres de Stanislas à Voltaire (31 jan-
vier et 5 février) où* Memnon *est nommément cité avec sa
« folie d'être sage ». A première vue, en effet, c'est un sage
de la pire espèce : celle de Timon-Pascal, qui « se croit
parfait depuis qu'il n'aime rien »* (Cinquième Discours
sur l'homme). *Qui veut faire l'ange fait la bête, et Vol-
taire n'a cessé de dénoncer cette « fausse philosophie qui pré-
tend affranchir les hommes des embarras des passions ». Mais
ce même Voltaire, qui était parti plein d'ironie à l'égard
du « plan de sagesse » de* Memnon, *et de ses défaillances,
finit par se retrouver du même côté que lui dans sa protesta-
tion contre la Providence. On dirait qu'il se laisse entraîner
sur la pente de la sympathie... En effet, reconsidéré à la
lumière de sa destinée, le ridicule de* Memnon *change
quelque peu de nature. Ce qui le caractérise en fin de compte,
ce n'est pas tellement une manière grotesque de se mettre
en contradiction avec des principes trop rigides; c'est une*

attitude beaucoup plus fondamentale, et même authentique,
celle d'ajouter foi en l'existence. Le personnage de Memnon
est le premier parmi ceux des contes à se trouver affecté d'une
caractéristique qui désormais va y jouer le plus grand rôle,
la candeur, *avec ce qu'elle comporte de dérisoire, certes,*
mais aussi d'attachant. Telle est l'ambiguïté de Memnon,
qui se distingue par là de la pureté de Zadig, baptisé pri-
mitivement Memnon, lui aussi d'ailleurs : leurs aventures
ne sont point sans analogies...

 V. den H.

MEMNON

ou

LA SAGESSE HUMAINE

MEMNON conçut un jour le projet insensé d'être par-
faitement sage. Il n'y a guère d'hommes à qui cette
folie n'ait quelquefois passé par la tête. Memnon se
dit à lui-même : « Pour être très sage, et par consé-
quent très heureux, il n'y a qu'à être sans passions;
et rien n'est plus aisé, comme on sait. Premièrement,
je n'aimerai jamais de femme; car, en voyant une
beauté parfaite, je me dirai à moi-même : ces joues-là
se rideront un jour; ces beaux yeux seront bordés de
rouge; cette gorge ronde deviendra plate et pendante;
cette belle tête deviendra chauve. Or je n'ai qu'à la
voir à présent des mêmes yeux dont je la verrai alors,
et assurément cette tête ne fera pas tourner la mienne.

« En second lieu je serai toujours sobre; j'aurai
beau être tenté par la bonne chère, par des vins déli-
cieux, par la séduction de la société; je n'aurai qu'à
me représenter les suites des excès, une tête pesante,
un estomac embarrassé, la perte de la raison, de la
santé et du temps, je ne mangerai alors que pour
le besoin; ma santé sera toujours égale, mes idées
toujours pures et lumineuses. Tout cela est si facile
qu'il n'y a aucun mérite à y parvenir.

« .Ensuite, disait Memnon, il faut penser un peu
à ma fortune; mes désirs sont modérés; mon bien est
solidement placé sur le receveur général des finances
de Ninive; j'ai de quoi vivre dans l'indépendance :
c'est là le plus grand des biens. Je ne serai jamais
dans la cruelle nécessité de faire ma cour; je n'envie-
rai personne, et personne ne m'enviera. Voilà qui
est encore très aisé. J'ai des amis, continuait-il, je les
conserverai, puisqu'ils n'auront rien à me disputer.
Je n'aurai jamais d'humeur avec eux, ni eux avec
moi; cela est sans difficulté. »

Ayant fait ainsi son petit plan de sagesse dans sa
chambre, Memnon mit la tête à la fenêtre. Il vit
deux femmes qui se promenaient sous des platanes
auprès de sa maison. L'une était vieille, et paraissait
ne songer à rien; l'autre était jeune, jolie, et semblait
fort occupée. Elle soupirait, elle pleurait, et n'en
avait que plus de grâces. Notre sage fut touché, non
pas de la beauté de la dame (il était bien sûr de ne
pas sentir une telle faiblesse), mais de l'affliction où
il la voyait. Il descendit; il aborda la jeune Ninivienne
dans le dessein de la consoler avec sagesse. Cette belle
personne lui conta, de l'air le plus naïf et le plus
touchant, tout le mal que lui faisait un oncle qu'elle
n'avait point; avec quels artifices il lui avait enlevé
un bien qu'elle n'avait jamais possédé, et tout ce
qu'elle avait à craindre de sa violence. « Vous me
paraissez un homme de si bon conseil, lui dit-elle,
que si vous aviez la condescendance de venir jusque
chez moi, et d'examiner mes affaires, je suis sûre que
vous me tireriez du cruel embarras où je suis. » Mem-
non n'hésita pas à la suivre, pour examiner sagement
ses affaires, et pour lui donner un bon conseil.

La dame affligée le mena dans une chambre par-
fumée, et le fit asseoir avec elle poliment sur un large
sofa, où ils se tenaient tous deux les jambes croisées

vis-à-vis l'un de l'autre. La dame parla en baissant les yeux, dont il échappait quelquefois des larmes, et qui en se relevant rencontraient toujours les regards du sage Memnon. Ses discours étaient pleins d'un attendrissement qui redoublait toutes les fois qu'ils se regardaient. Memnon prenait ses affaires extrêmement à cœur, et se sentait de moment en moment la plus grande envie d'obliger une personne si honnête et si malheureuse. Ils cessèrent insensiblement, dans la chaleur de la conversation, d'être vis-à-vis l'un de l'autre. Leurs jambes ne furent plus croisées. Memnon la conseilla de si près, et lui donna des avis si tendres, qu'ils ne pouvaient ni l'un ni l'autre parler d'affaires, et qu'ils ne savaient plus où ils en étaient.

Comme ils en étaient là, arrive l'oncle, ainsi qu'on peut bien le penser : il était armé de la tête aux pieds ; et la première chose qu'il dit fut qu'il allait tuer, comme de raison, le sage Memnon et sa nièce ; la dernière qui lui échappa fut qu'il pouvait pardonner pour beaucoup d'argent. Memnon fut obligé de donner tout ce qu'il avait. On était heureux dans ce temps-là d'en être quitte à si bon marché ; l'Amérique n'était pas encore découverte, et les dames affligées n'étaient pas à beaucoup près si dangereuses qu'elles le sont aujourd'hui.

Memnon, honteux et désespéré, rentra chez lui : il y trouva un billet qui l'invitait à dîner avec quelques-uns de ses intimes amis. « Si je reste seul chez moi, dit-il, j'aurai l'esprit occupé de ma triste aventure, je ne mangerai point ; je tomberai malade : il vaut mieux aller faire avec mes amis intimes un repas frugal. J'oublierai, dans la douceur de leur société, la sottise que j'ai faite ce matin. » Il va au rendez-vous ; on le trouve un peu chagrin. On le fait boire pour dissiper sa tristesse. Un peu de vin pris modérément est un remède pour l'âme et pour le corps. C'est ainsi

que pense le sage Memnon; et il s'enivre. On lui pro-
pose de jouer après le repas. Un jeu réglé avec des
amis est un passe-temps honnête. Il joue; on lui
gagne tout ce qu'il a dans sa bourse, et quatre fois
autant sur sa parole. Une dispute s'élève sur le jeu,
on s'échauffe : l'un de ses amis intimes lui jette à la
tête un cornet, et lui crève un œil. On rapporte chez
lui le sage Memnon ivre, sans argent, et ayant un œil
de moins.

Il cuve un peu son vin, et dès qu'il a la tête plus
libre, il envoie son valet chercher de l'argent chez le
receveur général des finances de Ninive pour payer
ses intimes amis : on lui dit que son débiteur a fait
le matin une banqueroute frauduleuse qui met en
alarme cent familles. Memnon, outré, va à la cour
avec un emplâtre sur l'œil et un placet à la main pour
demander justice au roi contre le banqueroutier. Il
rencontre dans un salon plusieurs dames qui por-
taient toutes d'un air aisé des cerceaux de vingt-
quatre pieds de circonférence. L'une d'elles, qui le
connaissait un peu, dit en le regardant de côté :
« Ah! l'horreur! » Une autre, qui le connaissait davan-
tage, lui dit : « Bonsoir, monsieur Memnon; mais
vraiment, monsieur Memnon, je suis fort aise de vous
voir; à propos, monsieur Memnon, pourquoi avez-
vous perdu un œil? » Et elle passa sans attendre sa
réponse. Memnon se cacha dans un coin, et attendit
le moment où il pût se jeter aux pieds du monarque.
Ce moment arriva. Il baisa trois fois la terre, et pré-
senta son placet. Sa gracieuse Majesté le reçut très
favorablement, et donna le mémoire à un de ses
satrapes pour lui en rendre compte. Le satrape tire
Memnon à part, et lui dit d'un air de hauteur, en
ricanant amèrement : « Je vous trouve un plaisant
borgne de vous adresser au roi plutôt qu'à moi, et
encore plus plaisant d'oser demander justice contre

un honnête banqueroutier que j'honore de ma pro-
tection, et qui est le neveu d'une femme de chambre
de ma maîtresse. Abandonnez cette affaire-là, mon
ami, si vous voulez conserver l'œil qui vous reste. »

Memnon, ayant ainsi renoncé le matin aux femmes,
aux excès de table, au jeu, à toute querelle, et sur-
tout à la cour, avait été avant la nuit trompé et volé
par une belle dame, s'était enivré, avait joué, avait
eu une querelle, s'était fait crever un œil, et avait été
à la cour, où l'on s'était moqué de lui.

Pétrifié d'étonnement et navré de douleur, il s'en
retourne la mort dans le cœur. Il veut rentrer chez
lui; il y trouve des huissiers qui démeublaient sa
maison de la part de ses créanciers. Il reste presque
évanoui sous un platane; il y rencontre la belle dame
du matin, qui se promenait avec son cher oncle, et
qui éclata de rire en voyant Memnon avec son
emplâtre. La nuit vint; Memnon se coucha sur de la
paille auprès des murs de sa maison. La fièvre le sai-
sit; il s'endormit dans l'accès, et un esprit céleste lui
apparut en songe.

Il était tout resplendissant de lumière. Il avait
six belles ailes, mais ni pieds, ni tête, ni queue, et ne
ressemblait à rien. « Qui es-tu? lui dit Memnon. — Ton
bon génie, lui répondit l'autre. — Rends-moi donc
mon œil, ma santé, mon bien, ma sagesse, lui dit
Memnon. » Ensuite il lui conta comment il avait
perdu tout cela en un jour. « Voilà des aventures qui
ne nous arrivent jamais dans le monde que nous
habitons, dit l'esprit. — Et quel monde habitez-vous?
dit l'homme affligé. — Ma patrie, répondit-il, est à
cinq cents millions de lieues du soleil, dans une petite
étoile auprès de Sirius, que tu vois d'ici. — Le beau
pays! dit Memnon; quoi! vous n'avez point chez vous
de coquines qui trompent un pauvre homme, point
d'amis intimes qui lui gagnent son argent et qui lui

crèvent un œil, point de banqueroutiers, point de
satrapes qui se moquent de vous en vous refusant
justice? — Non, dit l'habitant de l'étoile, rien de tout
cela. Nous ne sommes jamais trompés par les femmes,
parce que nous n'en avons point; nous ne faisons
point d'excès de table, parce que nous ne mangeons
point; nous n'avons point de banqueroutiers, parce
qu'il n'y a chez nous ni or ni argent; on ne peut pas
nous crever les yeux, parce que nous n'avons point
de corps à la façon des vôtres; et les satrapes ne nous
font jamais d'injustice, parce que dans notre petite
étoile tout le monde est égal. »

Memnon lui dit alors : « Monseigneur, sans femme
et sans dîner, à quoi passez-vous votre temps? — A
veiller, dit le génie, sur les autres globes qui nous
sont confiés; et je viens pour te consoler. — Hélas!
reprit Memnon, que ne veniez-vous la nuit passée
pour m'empêcher de faire tant de folies? — J'étais
auprès d'Assan, ton frère aîné, dit l'être céleste. Il
est plus à plaindre que toi. Sa gracieuse Majesté le
roi des Indes, à la cour duquel il a l'honneur d'être,
lui a fait crever les deux yeux pour une petite indis-
crétion, et il est actuellement dans un cachot, les fers
aux pieds et aux mains. — C'est bien la peine, dit
Memnon, d'avoir un bon génie dans une famille pour
que, de deux frères, l'un soit borgne, l'autre aveugle;
l'un couché sur la paille, l'autre en prison. — Ton
sort changera, reprit l'animal de l'étoile. Il est vrai
que tu seras toujours borgne; mais, à cela près, tu
seras assez heureux, pourvu que tu ne fasses jamais
le sot projet d'être parfaitement sage. — C'est donc
une chose à laquelle il est impossible de parvenir?
s'écria Memnon en soupirant. — Aussi impossible, lui
répliqua l'autre, que d'être parfaitement habile, par-
faitement fort, parfaitement puissant, parfaitement
heureux. Nous-mêmes, nous en sommes bien loin.

Il y a un globe où tout cela se trouve; mais dans les cent mille millions de mondes qui sont dispersés dans l'étendue tout se suit par degrés. On a moins de sagesse et de plaisir dans le second que dans le premier, moins dans le troisième que dans le second, ainsi du reste jusqu'au dernier, où tout le monde est complètement fou. — J'ai bien peur, dit Memnon, que notre petit globe terraqué ne soit précisément les petites-maisons de l'univers dont vous me faites l'honneur de me parler. — Pas tout à fait, dit l'esprit; mais il en approche : il faut que tout soit en sa place. — Eh mais! dit Memnon, certains poètes, certains philosophes, ont donc grand tort de dire que *tout est bien?* — Ils ont grande raison, dit le philosophe de là-haut, en considérant l'arrangement de l'univers entier. — Ah! je ne croirai cela, répliqua le pauvre Memnon, que quand je ne serai plus borgne. »

DES EMBELLISSEMENTS
DE LA VILLE DE CACHEMIRE

BIEN que ce dialogue ait été publié en 1756 dans un volume
de Mélanges de littérature, d'histoire et de philoso-
phie, sa rédaction est probablement antérieure de plusieurs
années, et nous la situerions volontiers vers 1750, date à
laquelle paraît un autre opuscule de Voltaire, sur le mode
sérieux, celui-là : Des embellissements de Paris. D'autre
part on a vu que les questions d'urbanisme étaient ample-
ment évoquées à propos du séjour de Babouc à Persépolis,
dans Le monde comme il va. Le bostangi est un jardi-
nier. Il n'a pas grand-chose à rétorquer aux discours du phi-
losophe qui veulent lui prouver que, loin d'être une charge
pour l'État, les embellissements de Cachemire contribueraient
à sa richesse par le travail de ses habitants.

 V. den H.

DES EMBELLISSEMENTS
DE LA VILLE DE CACHEMIRE

Les habitants de Cachemire sont doux, légers, occupés de bagatelles, comme d'autres peuples le sont d'affaires sérieuses, et vivent comme des enfants qui ne savent jamais la raison de ce qu'on leur ordonne, qui murmurent de tout, se consolent de tout, se moquent de tout, et oublient tout.

Ils n'avaient naturellement aucun goût pour les arts. Le royaume de Cachemire a subsisté plus de treize cents ans sans avoir eu ni de vrais philosophes, ni de vrais poètes, ni d'architectes passables, ni de peintres, ni de sculpteurs. Ils manquèrent longtemps de manufactures et de commerce, au point que, pendant plus de mille ans, quand un marquis cachemirien voulait avoir du linge et un beau pourpoint, il était obligé d'avoir recours à un juif ou à un banian. Enfin, vers le commencement du dernier siècle, il s'éleva dans Cachemire quelques hommes qui semblaient n'être pas de la nation, et qui, nourris de la science des Persans et des Indiens, portèrent la raison et le génie aussi loin qu'ils peuvent aller. Il se trouva un sultan qui encouragea ces grands hommes, et qui, à l'aide d'un bon vizir, poliça, embellit, et enrichit le royaume. Les Cachemiriens reçurent tous

ses bienfaits en plaisantant, et firent des chansons
contre le sultan, contre le ministre et contre les grands
hommes qui les éclairaient.

Les arts languirent depuis à Cachemire. Le feu que
des génies inspirés du ciel avaient allumé fut couvert
de cendres. La nature parut épuisée. La gloire des
arts à Cachemire ne consistait presque plus que dans
les pieds et dans les mains. Il y avait des gens fort
adroits qui avaient l'art de passer une jambe par-
dessus l'autre au son des instruments, avec une grâce
merveilleuse; d'autres qui inventaient toutes les
semaines une façon admirable d'ajuster un ruban;
et enfin d'excellents chimistes qui, avec de l'essence
de jambon et autres semblables élixirs, mettaient en
peu d'années toute une maison entre les mains des
médecins et des créanciers. Les Cachemiriens par-
vinrent, par ces beaux arts, à l'honneur de fournir
de modes, de danseurs, et de cuisiniers, presque toute
l'Asie.

On parlait cependant beaucoup de rendre la capi-
tale plus commode, plus propre, plus saine et plus
belle qu'elle ne l'était : on en parlait, et on ne faisait
rien. Un philosophe de l'Indoustan, grand amateur
du bien public, et qui disait volontiers et inutilement
son avis quand il s'agissait de rendre les hommes
plus heureux et de perfectionner les arts, passa par
la capitale de Cachemire : il eut avec un des princi-
paux bostangis un long entretien sur la manière de
donner à cette ville tout ce qui lui manquait. Le bos-
tangi convenait qu'il était honteux de n'avoir pas un
grand et magnifique temple semblable à celui de
Pékin ou d'Agra; que c'était une pitié de n'avoir
aucun de ces grands bazars, c'est-à-dire de ces mar-
chés et de ces magasins publics entourés de colonnes,
et servant à la fois à l'utilité et à l'ornement. Il avouait
que les salles destinées aux jeux publics étaient

indignes d'une ville du quatrième ordre; qu'on voyait avec indignation de très vilaines maisons sur de très beaux ponts, et qu'on désirait en vain des places, des fontaines, des statues, et tous les monuments qui font la gloire d'une nation.

« Permettez-moi, dit le philosophe indien, de vous faire une petite question. Que ne vous donnez-vous tout ce qui vous manque?

— Oh! dit le petit bostangi, il n'y a pas moyen : cela coûterait trop cher.

— Cela ne coûterait rien du tout, dit le philosophe.

— On nous a déjà étalé ce beau paradoxe, reprit le citoyen; mais ce sont des discours de sage, c'est-à-dire des choses admirables dans la théorie, et ridicules dans la pratique; nous sommes rebattus de ces belles sentences.

— Mais qu'avez-vous répondu, dit le philosophe, à ceux qui vous ont représenté qu'il ne s'agissait que de vouloir pleinement, et qu'il n'en coûterait rien à l'État de Cachemire pour orner votre capitale, pour faire toutes les grandes choses dont elle a besoin?

— Nous n'avons rien répondu, dit le bostangi; nous nous sommes mis à rire, selon notre coutume, et nous n'avons rien examiné.

— Eh bien! dit le philosophe, riez moins, examinez davantage, et je vais vous démontrer ce paradoxe qui vous rendrait heureux, et qui vous alarme. »

Le Cachemirien, qui était un homme fort poli, se mordit les lèvres de peur d'éclater au nez de l'Indien; et ils eurent ensemble la conversation suivante :

LE PHILOSOPHE

Qu'appelez-vous être riche?

LE BOSTANGI

Avoir beaucoup d'argent.

LE PHILOSOPHE

Vous vous trompez. Les habitants de l'Amérique méridionale possédaient autrefois plus d'argent que vous n'en aurez jamais; mais, étant sans industrie, ils n'avaient rien de ce que l'argent peut procurer : ils étaient réellement dans la misère.

LE BOSTANGI

J'entends; vous faites consister la richesse dans la possession d'un terrain fertile.

LE PHILOSOPHE

Non : car les Tartares de l'Ukraine habitent un des plus beaux pays de l'univers, et ils manquent de tout. L'opulence d'un État est comme tous les talents qui dépendent de la nature et de l'art. Ainsi la richesse consiste dans le sol et dans le travail. Le peuple le plus riche et le plus heureux est celui qui cultive le plus le meilleur terrain; et le plus beau présent que Dieu ait fait à l'homme est la nécessité de travailler...

LE BOSTANGI

D'accord; mais, pour faire ce qu'on nous demande, il faudrait le travail de dix mille hommes pendant dix années; et où trouver de quoi les payer?

LE PHILOSOPHE

N'avez-vous pas soudoyé cent mille soldats pendant dix ans de guerre?

LE BOSTANGI

Il est vrai, et l'État ne paraît pourtant pas appauvri.

LE PHILOSOPHE

Quoi! vous avez de l'argent pour envoyer tuer cent mille hommes, et vous n'en avez pas pour en faire vivre dix mille?

LE BOSTANGI

Cela est bien différent : il en coûte beaucoup moins pour envoyer un citoyen à la mort que pour lui faire sculpter du marbre.

LE PHILOSOPHE

Vous vous trompez encore. Trente mille hommes de cavalerie seulement sont beaucoup plus chers que dix mille artisans; et la vérité est que ni les uns ni les autres ne sont chers quand ils sont employés dans le pays.

Que croyez-vous qu'il en ait coûté aux anciens Égyptiens pour bâtir des pyramides, et aux Chinois pour faire leur grande muraille? Des oignons et du riz. Leurs terres ont-elles été épuisées pour avoir nourri des hommes laborieux, au lieu d'avoir engraissé des fainéants?

LE BOSTANGI

Vous me poussez à bout, et vous ne me persuadez pas. La philosophie raisonne, et la coutume agit.

LE PHILOSOPHE

Si les hommes avaient toujours suivi cette maxime, ils mangeraient encore du gland, et ne sauraient pas ce que c'est que la pleine lune. Pour exécuter les plus grandes entreprises, il ne faut qu'une tête et des mains, et l'on vient à bout de tout. Vous avez de belles pierres, du fer, du cuivre, de beaux bois de charpente; il ne vous manque donc que la volonté.

LE BOSTANGI

Nous avons de tout; la nature nous a très bien traités; mais quelles dépenses énormes pour mettre tant de matériaux en œuvre!

LE PHILOSOPHE

Je n'entends rien à ce discours. De quelles dépenses parlez-vous donc? Votre terre produit de quoi nourrir et vêtir tous vos habitants; vous avez sous vos pas tous les matériaux; vous avez autour de vous deux cent mille fainéants que vous pouvez employer : il ne reste donc plus qu'à les faire travailler, et à leur donner pour leur salaire de quoi être nourris et bien vêtus. Je ne vois pas ce qu'il en coûtera à votre royaume de Cachemire : car assurément vous ne payerez rien aux Persans et aux Chinois pour avoir fait travailler vos citoyens.

LE BOSTANGI

Ce que vous dites est très véritable, il ne sortira ni argent ni denrée de l'État.

LE PHILOSOPHE

Que ne faites-vous donc commencer dès aujourd'hui vos travaux?

LE BOSTANGI

Il est trop difficile de faire mouvoir une si grande machine.

LE PHILOSOPHE

Comment avez-vous fait pour soutenir une guerre qui a coûté beaucoup de sang et de trésors?

LE BOSTANGI

Nous avons fait justement contribuer en proportion de leurs biens les possesseurs des terres et de l'argent.

LE PHILOSOPHE

Eh bien! si on contribue pour le malheur de l'espèce humaine, ne donnera-t-on rien pour son bonheur et pour sa gloire? Quoi! depuis que vous êtes établis en corps de peuple, vous n'avez pas encore trouvé le secret d'obliger tous les riches à faire travailler tous les pauvres! Vous n'en êtes donc pas encore aux premiers éléments de la police?

LE BOSTANGI

Quand nous aurions fait en sorte que les possesseurs du riz, du lin et des bestiaux, donnassent du pilau et des chemises aux mendiants qu'on emploierait à remuer la terre et à porter des fardeaux, on ne serait guère avancé. Il faudrait faire travailler tous les artistes qui, le long de l'année, sont employés à d'autres travaux.

LE PHILOSOPHE

J'ai ouï dire que dans l'année vous avez environ six vingts jours pendant lesquels on ne travaille point à Cachemire. Que ne changez-vous la moitié de ces jours oiseux en jours utiles? Que n'employez-vous aux édifices publics pendant cent jours les artistes désoccupés? Alors ceux qui ne savent rien, ceux qui n'ont que deux bras, auront bien vite de l'industrie : vous formerez un peuple d'artistes.

LE BOSTANGI

Ces temps sont destinés au cabaret et à la débauche, et il en revient beaucoup d'argent au trésor public.

LE PHILOSOPHE

Votre raison est admirable; mais il ne revient d'argent au trésor public que par la circulation. Le travail n'opère-t-il pas plus de circulation que la débauche, qui entraîne des maladies? Est-il bien vrai qu'il soit de l'intérêt de l'État que le peuple s'enivre un tiers de l'année?

Cette conversation dura longtemps. Le bostangi avoua enfin que le philosophe avait raison, et il fut le premier bostangi qu'un philosophe eût persuadé. Il promit de faire beaucoup; mais les hommes ne font jamais ni tout ce qu'ils veulent ni tout ce qu'ils peuvent.

Pendant que le raisonneur et le bostangi s'entretenaient ainsi des hautes sciences, il passa une vingtaine de beaux animaux à deux pieds, portant petit manteau par-dessus longue jaquette, capuce pointu sur la tête, ceinture de corde sur les reins.

« Voilà de grands garçons bien faits, dit l'Indien, combien en avez-vous dans votre patrie?

— A peu près cent mille de différentes espèces, dit le bostangi.

— Les braves gens pour travailler à embellir Cachemire! dit le philosophe. Que j'aimerais à les voir la bêche, la truelle, l'équerre à la main!

— Et moi aussi, dit le bostangi; mais ce sont de trop grands saints pour travailler.

— Que font-ils donc? dit l'Indien.

— Ils chantent, ils boivent, ils digèrent, dit le bostangi.

— Que cela est utile à un État! » dit l'Indien.

Cette conversation dura longtemps, et ne produisit pas grand-chose.

LETTRE D'UN TURC

SUR LES FAKIRS
ET SUR SON AMI BABABEC

PREMIÈRE *impression, 1750, au tome IX de l'édition des* Œuvres *de M. de Voltaire, publiée à Dresde chez G. C. Walther. L'édition de Kehl donnera pour titre à cette pochade :* Bababec et les fakirs. *Illustration plaisante de la pensée de Voltaire, et de ses procédés polémiques. Plus il approfondit ses études en vue de l'*Essai sur les mœurs, *plus les civilisations orientales le passionnent : nous voyons ici un Turc confronté aux croyances de l'Inde. Mais comme d'habitude dans ce genre d'anecdotes philosophiquement « orientées », Voltaire se garde d'approfondir l'aspect de couleur locale. Omri et son fakir sont assez transparents pour que l'on y retrouve en filigrane l'opposition entre le formalisme des rites, qui seul serait susceptible d'assurer le salut, et la simple morale de l'honnête homme, « bon citoyen, bon mari, bon père, bon ami », et condamné de ce fait à n'atteindre que le « dix-neuvième ciel ». La fin est empreinte d'un certain pessimisme. Bababec n'est point récupérable pour la société et la morale pratique. Ce conte est de la même veine désabusée que* Memnon *et que* Scarmentado.

V. den H.

LETTRE D'UN TURC

SUR LES FAKIRS
ET SUR SON AMI BABABEC

LORSQUE j'étais dans la ville de Bénarès sur le rivage du Gange, ancienne patrie des bracmanes, je tâchai de m'instruire. J'entendais passablement l'indien; j'écoutais beaucoup et remarquais tout. J'étais logé chez mon correspondant Omri; c'était le plus digne homme que j'aie jamais connu. Il était de la religion des bramins, j'ai l'honneur d'être musulman : jamais nous n'avons eu une parole plus haute que l'autre au sujet de Mahomet et de Brama. Nous faisions nos ablutions chacun de notre côté, nous buvions de la même limonade, nous mangions du même riz, comme deux frères.

Un jour, nous allâmes ensemble à la pagode de Gavani. Nous y vîmes plusieurs bandes de fakirs, dont les uns étaient des janguis, c'est-à-dire des fakirs contemplatifs, et les autres, des disciples des anciens gymnosophistes, qui menaient une vie active. Ils ont, comme on sait, une langue savante, qui est celle des plus anciens bracmanes, et, dans cette langue, une livre qu'ils appellent le *Veidam*. C'est assurément le plus ancien livre de toute l'Asie, sans en excepter le *Zend-Avesta*.

Je passai devant un fakir qui lisait ce livre. « Ah!
malheureux infidèle! s'écria-t-il, tu m'as fait perdre
le nombre des voyelles que je comptais; et de cette
affaire-là mon âme passera dans le corps d'un lièvre,
au lieu d'aller dans celui d'un perroquet, comme
j'avais tout lieu de m'en flatter. » Je lui donnai une
roupie pour le consoler. A quelques pas de là, ayant
eu le malheur d'éternuer, le bruit que je fis réveilla
un fakir qui était en extase. « Où suis-je? dit-il;
Quelle horrible chute! je ne vois plus le bout de mon
nez : la lumière céleste est disparue*. — Si je suis
cause, lui dis-je, que vous voyez enfin plus loin que le
bout de votre nez, voilà une roupie pour réparer le
mal que j'ai fait; reprenez votre lumière céleste. »

M'étant ainsi tiré d'affaire discrètement, je passai
aux autres gymnosophistes; il y en eut plusieurs qui
m'apportèrent de petits clous fort jolis, pour m'enfon-
cer dans les bras et dans les cuisses en l'honneur de
Brama. J'achetai leurs clous, dont j'ai fait clouer mes
tapis. D'autres dansaient sur les mains; d'autres vol-
tigeaient sur la corde lâche; d'autres allaient toujours
à cloche-pied. Il y en avait qui portaient des chaînes,
d'autres, un bât; quelques-uns avaient leur tête dans
un boisseau; au demeurant les meilleures gens du
monde. Mon ami Omri me mena dans la cellule d'un
des plus fameux; il s'appelait Bababec : il était nu
comme un singe, et avait au cou une grosse chaîne
qui pesait plus de soixante livres. Il était assis sur une
chaise de bois, proprement garnie de petites pointes
de clous qui lui entraient dans les fesses, et on aurait
cru qu'il était sur un lit de satin. Beaucoup de
femmes venaient le consulter; il était l'oracle des

* Quand les fakirs veulent voir la lumière céleste, ce qui est
très commun parmi eux, ils tournent les yeux vers le bout de leur
nez. *(Note de Voltaire.)*

familles, et on peut dire qu'il jouissait d'une très grande réputation. Je fus témoin du long entretien qu'Omri eut avec lui. « Croyez-vous, lui dit-il, mon père, qu'après avoir passé par l'épreuve des sept métempsycoses, je puisse parvenir à la demeure de Brama? — C'est selon, dit le fakir; comment vivez-vous? — Je tâche, dit Omri, d'être bon citoyen, bon mari, bon père, bon ami; je prête de l'argent sans intérêt aux riches dans l'occasion, j'en donne aux pauvres; j'entretiens la paix parmi mes voisins. — Vous mettez-vous quelquefois des clous dans le cul? demanda le bramin. — Jamais, mon révérend père. — J'en suis fâché, répliqua le fakir, vous n'irez certainement que dans le dix-neuvième ciel; et c'est dommage. — Comment, dit Omri, cela est fort honnête; je suis très content de mon lot : que m'importe du dix-neuvième ou du vingtième, pourvu que je fasse mon devoir dans mon pèlerinage, et que je sois bien reçu au dernier gîte? N'est-ce pas assez d'être honnête homme dans ce pays-ci, et d'être ensuite heureux au pays de Brama? Dans quel ciel prétendez-vous donc aller, vous, monsieur Bababec, avec vos clous et vos chaînes? — Dans le trente-cinquième, dit Bababec. — Je vous trouve plaisant, répliqua Omri, de prétendre être logé plus haut que moi; ce ne peut être assurément que l'effet d'une excessive ambition. Vous condamnez ceux qui recherchent les honneurs dans cette vie, pourquoi en voulez-vous de si grands dans l'autre? Et sur quoi d'ailleurs prétendez-vous être mieux traité que moi? Sachez que je donne plus en aumônes en dix jours que ne vous coûtent en dix ans tous les clous que vous vous enfoncez dans le derrière. Brama a bien à faire que vous passiez la journée tout nu, avec une chaîne au cou; vous rendez là un beau service à la patrie. Je fais cent fois plus de cas d'un homme qui sème des légumes, ou qui plante des

arbres, que de tous vos camarades, qui regardent le
bout de leur nez, ou qui portent un bât par excès
de noblesse d'âme. » Ayant parlé ainsi, Omri se radou-
cit, le caressa, le persuada, l'engagea enfin à laisser
là ses clous et sa chaîne, et à venir chez lui mener une
vie honnête. On le décrassa, on le frotta d'essences
parfumées; on l'habilla décemment; il vécut quinze
jours d'une manière fort sage, et avoua qu'il était
cent fois plus heureux qu'auparavant. Mais il perdait
son crédit dans le peuple; les femmes ne venaient
plus le consulter : il quitta Omri, et reprit ses clous
pour avoir de la considération.

HISTOIRE DES VOYAGES
DE SCARMENTADO

Écrite par lui-même

L'Histoire des voyages de Scarmentado *paraît en
1756 dans la* Suite des Mélanges, *publiée par les frères
Cramer. Le prospectus de cette édition présente ce morceau
comme une nouveauté. Cependant, si l'on en croit les deux
principaux secrétaires de Voltaire,* Scarmentado *serait bien
antérieur à cette date; ce conte aurait été composé, selon
Longchamp, en 1747 à la cour de Sceaux, et selon Colini, en
1753, après l'épisode de Francfort. Colini semble toutefois
plus près de la vérité. En effet, la « correspondance d'Alsace »
dont la publication nous a apporté de précieux renseignements
sur les rapports de Voltaire et de Mme Denis à cette date de
1753, contient deux lettres où figurent des allusions pré-
cises à* Scarmentado : *dans la première, écrite le 24 mars à
Colmar, nous apprenons que Voltaire a envoyé à sa nièce,
restée à Paris, le manuscrit du conte, et que cette dernière a
attiré l'attention de son oncle sur ce qu'elle appelle une
« bévue ». De quoi peut-il s'agir? Nous remarquons que
l'histoire de Scarmentado, qui nous promène à la suite de son
héros à travers tant de pays d'Europe, d'Asie et d'Afrique, ne
contient pas une seule allusion à la Prusse de Frédéric II.
Faut-il voir dans cette censure une réaction profonde de
Voltaire à la suite de ses déboires, ou justement, comme on l'a*

proposé, l'effet des sages exhortations de Madame Denis? En tout cas, même si l'on ne peut identifier avec certitude cette prétendue imprudence, les deux lettres nous permettent de faire remonter la composition de Scarmentado *à l'hiver 1753-1754. Le thème de la séparation des consciences et de la solitude irrémédiable s'affirme avec force d'un bout à l'autre du conte. Scarmentado voyage seul, ou tout au moins, à la différence de Micromégas et de Zadig, il n'a pas d'ami, et ne peut compter que sur lui-même. Seul, il l'est encore vis-à-vis de tous ces partis, de tous ces clans qui s'affrontent, et qui lui paraissent également absurdes, de toutes les classes sociales — la populace qui se partage les morceaux du maréchal d'Ancre est aussi redoutable que le clergé espagnol ou les princes orientaux —, de toutes les nations, enfin, murées sur elles-mêmes, et ne connaissant d'autre universalité que celle du mal. L'homme n'est plus dans l'homme, la lumière ne vient plus de nulle part, et la loi naturelle n'est qu'une expression vide de sens. Un héros sans caractère, un récit qui ne fait aucune concession au romanesque dans sa sobriété tragique, un dénouement dérisoire : l'œuvre saisit par son dépouillement même, et sa portée philosophique s'accroît singulièrement de l'économie des moyens littéraires qui y sont mis en œuvre.*

V. den H.

HISTOIRE DES VOYAGES
DE SCARMENTADO

Écrite par lui-même

Je naquis dans la ville de Candie, en 1600. Mon père
en était gouverneur; et je me souviens qu'un poète
médiocre qui n'était pas médiocrement dur, nommé
Iro, fit de mauvais vers à ma louange, dans lesquels il
me faisait descendre de Minos en droite ligne; mais
mon père ayant été disgracié, il fit d'autres vers où
je ne descendais plus que de Pasiphaé et de son amant.
C'était un bien méchant homme que cet Iro, et le plus
ennuyeux coquin qui fût dans l'île.

Mon père m'envoya, à l'âge de quinze ans, étudier
à Rome. J'arrivai dans l'espérance d'apprendre toutes
les vérités; car jusque-là on m'avait enseigné tout le
contraire, selon l'usage de ce bas monde, depuis la
Chine jusqu'aux Alpes. Monsignor Profondo, à qui
j'étais recommandé, était un homme singulier, et un
des plus terribles savants qu'il y eût au monde. Il
voulut m'apprendre les catégories d'Aristote, et fut
sur le point de me mettre dans la catégorie de ses
mignons : je l'échappai belle. Je vis des processions,
des exorcismes, et quelques rapines. On disait, mais
très faussement, que la signora Olimpia, personne

d'une grande prudence, vendait beaucoup de choses qu'on ne doit point vendre. J'étais dans un âge où tout cela me paraissait fort plaisant. Une jeune dame de mœurs très douces, nommée la signora Fatelo, s'avisa de m'aimer. Elle était courtisée par le révérend père Poignardini, et par le révérend père Aconiti, jeunes profès d'un ordre qui ne subsiste plus : elle les mit d'accord en me donnant ses bonnes grâces; mais en même temps je courus risque d'être excommunié et empoisonné. Je partis, très content de l'architecture de Saint-Pierre.

Je voyageai en France; c'était le temps du règne de Louis le Juste. La première chose qu'on me demanda, ce fut si je voulais à mon déjeuner un petit morceau du maréchal d'Ancre, dont le peuple avait fait rôtir la chair, et qu'on distribuait à fort bon compte à ceux qui en voulaient.

Cet État était continuellement en proie aux guerres civiles, quelquefois pour une place au conseil, quelquefois pour deux pages de controverse. Il y avait plus de soixante ans que ce feu, tantôt couvert et tantôt soufflé avec violence, désolait ces beaux climats. C'étaient là les libertés de l'Église Gallicane. « Hélas! dis-je, ce peuple est pourtant né doux : qui peut l'avoir tiré ainsi de son caractère? Il plaisante, et il fait des Saint-Barthélemy. Heureux le temps où il ne fera que plaisanter! »

Je passai en Angleterre : les mêmes querelles y excitaient les mêmes fureurs. De saints catholiques avaient résolu, pour le bien de l'Église, de faire sauter en l'air, avec de la poudre, le roi, la famille royale, et tout le parlement, et de délivrer l'Angleterre de ces hérétiques. On me montra la place où la bienheureuse reine Marie, fille de Henri VIII, avait fait brûler plus de cinq cents de ses sujets. Un prêtre hibernois m'assura que c'était une très bonne action : premièrement,

parce que ceux qu'on avait brûlés étaient **Anglais**; en second lieu, parce qu'ils ne prenaient jamais d'eau bénite, et qu'ils ne croyaient pas au trou de saint Patrice. Il s'étonnait surtout que la reine Marie ne fût pas encore canonisée; mais il espérait qu'elle le serait bientôt, quand le cardinal-neveu aurait un peu de loisir.

J'allai en Hollande, où j'espérais trouver plus de tranquillité chez des peuples plus flegmatiques. On coupait la tête à un vieillard vénérable lorsque j'arrivai à La Haye. C'était la tête chauve du premier ministre Barneveldt, l'homme qui avait le mieux mérité de la république. Touché de pitié, je demandai quel était son crime, et s'il avait trahi l'État. « Il a fait bien pis, me répondit un prédicant à manteau noir; c'est un homme qui croit que l'on peut se sauver par les bonnes œuvres aussi bien que par la foi. Vous sentez bien que, si de telles opinions s'établissaient, une république ne pourrait subsister, et qu'il faut des lois sévères pour réprimer de si scandaleuses horreurs. » Un profond politique du pays me dit en soupirant : « Hélas! monsieur, le bon temps ne durera pas toujours; ce n'est que par hasard que ce peuple est si zélé; le fond de son caractère est porté au dogme abominable de la tolérance, un jour il y viendra : cela fait frémir. » Pour moi, en attendant que ce temps funeste de la modération et de l'indulgence fût arrivé, je quittai bien vite un pays où la sévérité n'était adoucie par aucun agrément, et je m'embarquai pour l'Espagne.

La cour était à Séville, les galions étaient arrivés, tout respirait l'abondance et la joie dans la plus belle saison de l'année. Je vis au bout d'une allée d'orangers et de citronniers une espèce de lice immense entourée de gradins couverts d'étoffes précieuses. Le roi, la reine, les infants, les infantes,

étaient sous un dais superbe. Vis-à-vis de cette
auguste famille était un autre trône, mais plus élevé.
Je dis à un de mes compagnons de voyage : « A moins
que ce trône ne soit réservé pour Dieu, je ne vois pas
à quoi il peut servir. » Ces indiscrètes paroles furent
entendues d'un grave Espagnol, et me coûtèrent
cher. Cependant je m'imaginais que nous allions voir
quelque carrousel ou quelque fête de taureaux, lors-
que le grand inquisiteur parut sur ce trône d'où il
bénit le roi et le peuple.

Ensuite vint une armée de moines défilant deux à
deux, blancs, noirs, gris, chaussés, déchaussés, avec
barbe, sans barbe, avec capuchon pointu, et sans
capuchon; puis marchait le bourreau; puis on voyait
au milieu des alguazils et des grands environ quarante
personnes couvertes de sacs sur lesquels on avait peint
des diables et des flammes. C'étaient des juifs qui
n'avaient pas voulu renoncer absolument à Moïse,
c'étaient des chrétiens qui avaient épousé leurs
commères, ou qui n'avaient pas adoré Notre-Dame
d'Atocha, ou qui n'avaient pas voulu se défaire de
leur argent comptant en faveur des frères hiérony-
mites. On chanta dévotement de très belles prières,
après quoi on brûla à petit feu tous les coupables;
de quoi toute la famille royale parut extrêmement
édifiée.

Le soir, dans le temps que j'allais me mettre au lit,
arrivèrent chez moi deux familiers de l'Inquisition
avec la sainte Hermandad : ils m'embrassèrent ten-
drement, et me menèrent, sans me dire un seul mot,
dans un cachot très frais, meublé d'un lit de natte et
d'un beau crucifix. Je restai là six semaines, au bout
desquelles le révérend père inquisiteur m'envoya
prier de venir lui parler : il me serra quelque temps
entre ses bras, avec une affection toute paternelle; il
me dit qu'il était sincèrement affligé d'avoir appris

que je fusse si mal logé; mais que tous les apparte-
ments de la maison étaient remplis, et qu'une autre
fois il espérait que je serais plus à mon aise. Ensuite
il me demanda cordialement si je ne savais pas pour-
quoi j'étais là. Je dis au révérend père que c'était
apparemment pour mes péchés. « Eh bien, mon cher
enfant, pour quel péché? parlez-moi avec confiance. »
J'eus beau imaginer, je ne devinai point; il me mit
charitablement sur les voies.

Enfin je me souvins de mes indiscrètes paroles. J'en
fus quitte pour la discipline et une amende de trente
mille réales. On me mena faire la révérence au grand
inquisiteur : c'était un homme poli, qui me demanda
comment j'avais trouvé sa petite fête. Je lui dis que
cela était délicieux, et j'allai presser mes compagnons
de voyage de quitter ce pays, tout beau qu'il est. Ils
avaient eu le temps de s'instruire de toutes les grandes
choses que les Espagnols avaient faits pour la religion.
Ils avaient lu les mémoires du fameux évêque de
Chiapa, par lesquels il paraît qu'on avait égorgé, ou
brûlé, ou noyé dix millions d'infidèles en Amérique
pour les convertir. Je crus que cet évêque exagérait;
mais quand on réduirait ces sacrifices à cinq millions
de victimes, cela serait encore admirable.

Le désir de voyager me pressait toujours. J'avais
compté finir mon tour de l'Europe par la Turquie;
nous en prîmes la route. Je me proposai bien de ne
plus dire mon avis sur les fêtes que je verrais. « Ces
Turcs, dis-je à mes compagnons, sont des mécréants
qui n'ont point été baptisés, et qui par conséquent
seront bien plus cruels que les révérends pères inqui-
siteurs. Gardons le silence quand nous serons chez les
mahométans. »

J'allai donc chez eux. Je fus étrangement surpris de
voir en Turquie beaucoup plus d'églises chrétiennes
qu'il n'y en avait dans Candie. J'y vis jusqu'à des

troupes nombreuses de moines qu'on laissait prier la
vierge Marie librement, et maudire Mahomet, ceux-ci
en grec, ceux-là en latin, quelques autres en arménien.
« Les bonnes gens que les Turcs! » m'écriai-je. Les
chrétiens grecs et les chrétiens latins étaient ennemis
mortels dans Constantinople; ces esclaves se persécu-
taient les uns les autres, comme des chiens qui
mordent dans la rue, et à qui leurs maîtres donnent
des coups de bâtons pour les séparer. Le grand vizir
protégeait alors les Grecs. Le patriarche grec m'accusa
d'avoir soupé chez le patriarche latin, et je fus
condamné en plein divan à cent coups de latte sur la
plante des pieds, rachetables de cinq cents sequins.
Le lendemain le grand vizir fut étranglé; le surlen-
demain son successeur, qui était pour le parti des
Latins, et qui ne fut étranglé qu'un mois après, me
condamna à la même amende, pour avoir soupé chez
le patriarche grec. Je fus dans la triste nécessité de ne
plus fréquenter ni l'église grecque ni la latine. Pour
m'en consoler, je pris à loyer une fort belle Circas-
sienne, qui était la personne la plus tendre dans le
tête-à-tête, et la plus dévote à la mosquée. Une nuit,
dans les doux transports de son amour, elle s'écria en
m'embrassant : *Alla, Illa, Alla :* ce sont les paroles
sacramentales des Turcs : je crus que c'étaient celles de
l'amour; je m'écriai aussi fort tendrement : « *Alla, Illa,
Alla;* — Ah! me dit-elle, le Dieu miséricordieux soit
loué! vous êtes Turc. » Je lui dis que je le bénissais
de m'en avoir donné la force, et je me crus trop heu-
reux. Le matin l'iman vint pour me circoncire; et,
comme je fis quelque difficulté, le cadi du quartier,
homme loyal, me proposa de m'empaler : je sauvai
mon prépuce et mon derrière avec mille sequins, et je
m'enfuis vite en Perse, résolu de ne plus entendre ni
messe grecque ni latine en Turquie, et de ne plus crier :
Alla, Illa, Alla, dans un rendez-vous.

En arrivant à Ispahan on me demanda si j'étais pour le mouton noir ou pour le mouton blanc. Je répondis que cela m'était fort indifférent, pourvu qu'il fût tendre. Il faut savoir que les factions du *Mouton blanc* et du *Mouton noir* partageaient encore les Persans. On crut que je me moquais des deux partis; de sorte que je me trouvai déjà une violente affaire sur les bras aux portes de la ville : il m'en coûta encore grand nombre de sequins pour me débarrasser des moutons.

Je poussai jusqu'à la Chine avec un interprète, qui m'assura que c'était là le pays où l'on vivait librement et gaiement. Les Tartares s'en étaient rendus maîtres, après avoir tout mis à feu et à sang; et les révérends pères jésuites d'un côté, comme les révérends pères dominicains de l'autre, disaient qu'ils y gagnaient des âmes à Dieu, sans que personne en sût rien. On n'a jamais vu de convertisseurs si zélés : car ils se persécutaient les uns les autres tour à tour; ils écrivaient à Rome des volumes de calomnies; il se traitaient d'infidèles et de prévaricateurs pour une âme. Il y avait surtout une horrible querelle entre eux sur la manière de faire la révérence. Les jésuites voulaient que les Chinois saluassent leurs pères et leurs mères à la mode de la Chine, et les dominicains voulaient qu'on les saluât à la mode de Rome. Il m'arriva d'être pris par les jésuites pour un dominicain. On me fit passer chez Sa Majesté tartare pour un espion du pape. Le conseil suprême chargea un premier mandarin, qui ordonna à un sergent, qui commanda à quatre sbires du pays de m'arrêter et de me lier en cérémonie. Je fus conduit après cent quarante génuflexions devant Sa Majesté. Elle me fit demander si j'étais l'espion du pape, et s'il était vrai que ce prince dût venir en personne le détrôner. Je lui répondis que le pape était un prêtre de soixante et dix ans;

qu'il demeurait à quatre mille lieues de Sa Sacrée
Majesté tartaro-chinoise; qu'il avait environ deux
mille soldats qui montaient la garde avec un parasol;
qu'il ne détrônait personne, et que Sa Majesté pouvait
dormir en sûreté. Ce fut l'aventure la moins funeste
de ma vie. On m'envoya à Macao, d'où je m'embar-
quai pour l'Europe.

Mon vaisseau eut besoin d'être radoubé vers les
côtes de Golconde. Je pris ce temps pour aller voir
la cour du grand Aureng-Zeb, dont on disait des
merveilles dans le monde : il était alors dans Delhi.
J'eus la consolation de l'envisager le jour de la pom-
peuse cérémonie dans laquelle il reçut le présent
céleste que lui envoyait le shérif de la Mecque. C'était
le balai avec lequel on avait balayé la maison sainte,
le Caaba, le Beth Alla. Ce balai est le symbole qui
balaye toutes les ordures de l'âme. Aureng-Zeb ne
paraissait pas en avoir besoin; c'était l'homme le
plus pieux de tout l'Indoustan. Il est vrai qu'il avait
égorgé un de ses frères et empoisonné son père.
Vingt rayas et autant d'omras étaient morts dans les
supplices; mais cela n'était rien, et on ne parlait que
de sa dévotion. On ne lui comparait que la sacrée
majesté du sérénissime empereur de Maroc, Muley-
Ismaël, qui coupait des têtes tous les vendredis après
la prière.

Je ne disais mot; les voyages m'avaient formé, et
je sentais qu'il ne m'appartenait pas de décider entre
ces deux augustes souverains. Un jeune Français, avec
qui je logeais, manqua, je l'avoue, de respect à l'em-
pereur des Indes et à celui de Maroc. Il s'avisa de dire
très indiscrètement qu'il y avait en Europe de très
pieux souverains qui gouvernaient bien leurs États
et qui fréquentaient même les églises, sans pourtant
tuer leurs pères et leurs frères, et sans couper les
têtes de leurs sujets. Notre interprète transmit en

indou le discours impie de mon jeune homme. Instruit par le passé, je fis vite seller mes chameaux : nous partîmes, le Français et moi. J'ai su depuis que la nuit même les officiers du grand Aureng-Zeb étant venus pour nous prendre, ils ne trouvèrent que l'interprète. Il fut exécuté en place publique, et tous les courtisans avouèrent sans flatterie que sa mort était très juste.

Il me restait de voir l'Afrique, pour jouir de toutes les douceurs de notre continent. Je la vis en effet. Mon vaisseau fut pris par des corsaires nègres. Notre patron fit de grandes plaintes; il leur demanda pourquoi ils violaient ainsi les lois des nations. Le capitaine nègre lui répondit : « Vous avez le nez long, et nous l'avons plat; vos cheveux sont tout droits, et notre laine est frisée; vous avez la peau de couleur de cendre, et nous de couleur d'ébène; par conséquent nous devons, par les lois sacrées de la nature, être toujours ennemis. Vous nous achetez aux foires de la côte de Guinée, comme des bêtes de somme, pour nous faire travailler à je ne sais quel emploi aussi pénible que ridicule. Vous nous faites fouiller à coups de nerfs de bœuf dans des montagnes pour en tirer une espèce de terre jaune qui par elle-même n'est bonne à rien, et qui ne vaut pas, à beaucoup près, un bon oignon d'Égypte; aussi quand nous vous rencontrons, et que nous sommes les plus forts, nous vous faisons esclaves, nous vous faisons labourer nos champs, ou nous vous coupons le nez et les oreilles. »

On n'avait rien à répliquer à un discours si sage. J'allai labourer le champ d'une vieille négresse, pour conserver mes oreilles et mon nez. On me racheta au bout d'un an. J'avais vu tout ce qu'il y a de beau, de bon et d'admirable sur la terre : je résolus de ne plus voir que mes pénates. Je me mariai chez moi : je fus cocu, et je vis que c'était l'état le plus doux de la vie.

DIALOGUES ENTRE LUCRÈCE
ET POSIDONIUS

CE dialogue paraît pour la première fois en 1756 dans les
Mélanges de littérature, d'histoire et de philosophie.
Posidonius, philosophe stoïcien du Ier siècle avant Jésus-
Christ, défend en ces pages, contre la doctrine matérialiste
de Lucrèce, un déisme cher à Voltaire. Mais on reconnaît
ici et là, dans la bouche`de Lucrèce, des arguments que
Voltaire n'eût point désavoués à l'époque de Cirey, lorsqu'il
se trouvait encore sous l'influence exclusive de Locke. On
trouve en effet dans une lettre à Formont du 13 jan-
vier 1736 une citation de Lucrèce à l'appui de la thèse sur le
caractère matériel de l'âme : « La pensée et le sentiment ne
sont pas essentiels sans doute à la matière, comme l'impéné-
trabilité. Mais le mouvement, la gravitation, la végétation,
la vie, ne lui sont pas essentiels, et personne n'imagi-
nerait ces qualités dans la matière si on ne s'en était pas
convaincu par l'expérience. Il est donc très probable que la
nature a donné des pensées à des cerveaux, comme la végé-
tation à des arbres; que nous pensons par le cerveau de
même que nous marchons avec le pied, et qu'il faut dire
comme Lucrèce :

« Primum animum dico, mentem quem saepe vocamus,
In quo consilium vitae regimenque locatum est
Esse hominis partem nihilominus ac nanus et pes. « (III,
94)

Voilà, je crois, ce que notre raison nous ferait penser, si la foi divine ne nous assurait pas du contraire; c'est ce que pensait Locke, et qu'il n'a pas osé dire. »

Vingt ans après, effrayé du succès grandissant des théories matérialistes, notamment celles de Diderot et de La Mettrie, Voltaire se retrouve fort près des vues qu'il prête à Posidonius.

V. den H.

DIALOGUES ENTRE LUCRÈCE
ET POSIDONIUS

PREMIER ENTRETIEN

POSIDONIUS

VOTRE poésie est quelquefois admirable; mais la physique d'Épicure me paraît bien mauvaise.

LUCRÈCE

Quoi! vous ne voulez pas convenir que les atomes se sont arrangés d'eux-mêmes de façon qu'ils ont produit cet univers?

POSIDONIUS

Nous autres mathématiciens, nous ne pouvons convenir que des choses qui sont prouvées évidemment par des principes incontestables.

LUCRÈCE

Mes principes le sont.

> *Ex nihilo nihil, in nihilum nil posse reverti;*
> *Tangere enim et tangi nisi corpus nulla potest res.*

> Que rien ne vient de rien, rien ne retourne à rien;
> Et qu'un corps n'est touché que par un autre corps.

POSIDONIUS

Quand je vous aurais accordé ces principes, et même les atomes et le vide, vous ne me persuaderiez pas plus que l'univers s'est arrangé de lui-même, dans l'ordre admirable où nous le voyons, que si vous disiez aux Romains que la sphère armillaire, composée par Posidonius, s'est faite toute seule.

LUCRÈCE

Mais qui donc aura fait le monde?

POSIDONIUS

Un être intelligent, plus supérieur au monde et à moi que je ne le suis au cuivre dont j'ai composé ma sphère.

LUCRÈCE

Vous qui n'admettez que des choses évidentes, comment pouvez-vous reconnaître un principe dont vous n'avez d'ailleurs aucune notion?

POSIDONIUS

Comme, avant de vous avoir connu, j'ai jugé que votre livre était d'un homme d'esprit.

LUCRÈCE

Vous avouez que la matière est éternelle, qu'elle existe parce qu'elle existe : or, si elle existe par sa nature, pourquoi ne peut-elle pas former par sa nature des soleils, des mondes, des plantes, des animaux, des hommes?

POSIDONIUS

Tous les philosophes qui nous ont précédés ont cru la matière éternelle, mais ils ne l'ont pas démontré; et quand elle serait éternelle, il ne s'ensuit

point du tout qu'elle puisse former des ouvrages dans lesquels éclatent tant de sublimes desseins. Cette pierre aurait beau être éternelle, vous ne me persuaderez point qu'elle puisse produire l'*Iliade* d'Homère.

LUCRÈCE

Non, une pierre ne composera point l'*Iliade*, non plus qu'elle ne produira un cheval; mais la matière, organisée avec le temps et devenue un mélange d'os, de chair et de sang, produira un cheval, et, organisée plus finement, composera l'*Iliade*.

POSIDONIUS

Vous le supposez sans aucune preuve, et je ne dois rien admettre sans preuve. Je vais vous donner des os, du sang, de la chair tout faits; je vous laisserai travailler, vous et tous les épicuriens du monde : consentiriez-vous à faire le marché de posséder l'empire romain si vous venez à bout de faire un cheval avec les ingrédients tout préparés, ou à être pendu si vous n'en pouvez venir à bout?

LUCRÈCE

Non; cela passe mes forces, mais non pas celles de la nature. Il faut des millions de siècles pour que la nature, ayant passé par toutes les formes possibles, arrive enfin à la seule qui puisse produire des êtres vivants.

POSIDONIUS

Vous aurez beau remuer dans un tonneau, pendant toute votre vie, tous les matériaux de la terre mêlés ensemble, vous n'en tirerez pas seulement une figure régulière, vous ne produirez rien. Si le temps de votre vie ne peut suffire à produire seulement un champignon, le temps de la vie d'un autre homme

y suffira-t-il? Ce qu'un siècle n'a pas fait, pourquoi plusieurs siècles pourraient-ils le faire? Il faudrait avoir vu naître des hommes et des animaux du sein de la terre, et des blés sans germe, etc., etc., pour oser affirmer que la matière toute seule se donne de telles formes; personne, que je sache, n'a vu cette opération : personne ne doit donc y croire.

<div align="center">LUCRÈCE</div>

Eh bien! les hommes, les animaux, les arbres, auront toujours été. Tous les philosophes conviennent que la matière est éternelle; ils conviendront que les générations le sont aussi. C'est la nature de la matière qu'il y ait des astres qui tournent, des oiseaux qui volent, des chevaux qui courent, et des hommes qui fassent des *Iliades*.

<div align="center">POSIDONIUS</div>

Dans cette supposition nouvelle, vous changez de sentiment; mais vous supposez toujours ce qui est en question : vous admettez une chose dont vous n'avez pas la plus légère preuve.

<div align="center">LUCRÈCE</div>

Il m'est permis de croire que ce qui est aujourd'hui était hier, était il y a un siècle, il y a cent siècles, et ainsi en remontant sans fin. Je me sers de votre argument : personne n'a jamais vu le soleil et les astres commencer leur carrière, les premiers animaux se former et recevoir la vie; on peut donc penser que tout a été éternellement comme il est.

<div align="center">POSIDONIUS</div>

Il y a une grande différence. Je vois un dessein admirable, et je dois croire qu'un être intelligent a formé ce dessein.

LUCRÈCE

Vous ne devez pas admettre un être dont vous n'avez aucune connaissance.

POSIDONIUS

C'est comme si vous me disiez que je ne dois pas croire qu'un architecte a bâti le Capitole parce que je n'ai pu voir cet architecte.

LUCRÈCE

Votre comparaison n'est pas juste. Vous avez vu bâtir des maisons, vous avez vu des architectes : ainsi vous devez penser que c'est un homme semblable aux architectes d'aujourd'hui qui a bâti le Capitole. Mais ici les choses ne vont pas de même : le Capitole n'existe point par sa nature, et la matière existe par sa nature. Il est impossible qu'elle n'ait pas une certaine forme. Or pourquoi ne voulez-vous pas qu'elle possède par sa nature la forme qu'elle a aujourd'hui? Ne vous est-il pas beaucoup plus aisé de reconnaître la nature qui se modifie elle-même que de reconnaître un être invisible qui la modifie? Dans le premier cas vous n'avez qu'une difficulté, qui est de comprendre comment la nature agit; dans le second cas, vous avez deux difficultés, qui sont de comprendre et cette même nature, et un être inconnu qui agit sur elle.

POSIDONIUS

C'est tout le contraire. Je vois non seulement de la difficulté, mais de l'impossibilité à comprendre que la matière puisse avoir des desseins infinis, et je ne vois aucune difficulté à admettre un être intelligent qui gouverne cette matière par ses desseins infinis et par sa volonté toute-puissante.

LUCRÈCE

Quoi! c'est donc parce que votre esprit ne peut comprendre une chose qu'il en suppose une autre? C'est donc parce que vous ne pouvez saisir l'artifice et les ressorts nécessaires par lesquels la nature s'est arrangée en planètes, en soleil, en animaux, que vous recourez à un autre être?

POSIDONIUS

Non, je n'ai pas recours à un Dieu parce que je ne puis comprendre la nature; mais je comprends évidemment que la nature a besoin d'une intelligence suprême, et cette seule raison me prouverait un Dieu, si je n'avais pas d'ailleurs d'autres preuves.

LUCRÈCE

Et si cette matière avait par elle-même l'intelligence?

POSIDONIUS

Il m'est évident qu'elle ne la possède point.

LUCRÈCE

Et à moi il est évident qu'elle la possède, puisque je vois des corps comme vous et moi qui raisonnent.

POSIDONIUS

Si la matière possédait par elle-même la pensée, il faudrait que vous disiez qu'elle la possède nécessairement. Or, si cette propriété lui était nécessaire, elle l'aurait en tout temps et en tous lieux : car ce qui est *nécessaire* à une chose ne peut jamais en être séparé. Un morceau de boue, le plus vil excrément penserait; or certainement vous ne diriez pas que du fumier pense : la pensée n'est donc pas un attribut nécessaire à la matière.

LUCRÈCE

Votre raisonnement est un sophisme. Je tiens le mouvement *nécessaire* à la matière; cependant ce fumier, ce tas de boue, ne sont pas actuellement en mouvement; ils y seront quand quelque corps les poussera. De même la pensée ne sera l'attribut d'un corps que quand ce corps sera organisé pour penser.

POSIDONIUS

Votre erreur vient de ce que vous supposez toujours ce qui est en question. Vous ne voyez pas que pour organiser un corps, le faire homme, le rendre pensant, il faut déjà de la pensée, il faut un dessein arrêté. Or vous ne pouvez admettre des desseins avant que les seuls êtres qui ont ici-bas des desseins soient formés; vous ne pouvez admettre des pensées avant que les êtres qui ont des pensées existent. Vous supposez encore ce qui est en question quand vous dites que le mouvement est nécessaire à la matière : car ce qui est absolument nécessaire existe toujours, comme l'étendue existe toujours dans toute matière; or le mouvement n'existe pas toujours. Les pyramides d'Égypte ne sont certainement pas en mouvement : une matière subtile aurait beau passer entre les pierres des pyramides d'Égypte, la masse de la pyramide est immobile. Le mouvement n'est donc pas absolument nécessaire à la matière; il lui vient d'ailleurs, ainsi que la pensée vient d'ailleurs aux hommes. Il y a donc un être intelligent et puissant qui donne le mouvement, la vie et la pensée.

LUCRÈCE

Je peux vous répondre en disant qu'il y a toujours eu du mouvement et de l'intelligence dans le monde : ce mouvement et cette intelligence se sont distribués de tout temps, suivant les lois de la nature.

La matière étant éternelle, il était impossible que
son existence ne fût pas dans quelque ordre; elle ne
pouvait être dans aucun ordre sans le mouvement
et sans la pensée; il fallait donc que l'intelligence et
le mouvement fussent en elle.

Quelque chose que vous fassiez, vous ne pouvez
jamais que faire des suppositions. Vous supposez un
ordre; il faut donc qu'il y ait une intelligence qui ait
arrangé cet ordre. Vous supposez le mouvement et la
pensée avant que la matière fût en mouvement et
qu'il y eût des hommes et des pensées. Vous ne pou-
vez nier que la pensée n'est pas essentielle à la
matière, puisque vous n'osez pas dire qu'un caillou
pense. Vous ne pouvez opposer que des *peut-être* à la
vérité qui vous presse; vous sentez l'impuissance de
la matière, et vous êtes forcé d'admettre un être
suprême, intelligent, tout-puissant, qui a organisé
la matière et les êtres pensants. Les desseins de cette
intelligence supérieure éclatent de toutes parts, et
vous devez les apercevoir dans un brin d'herbe
comme dans le cours des astres. On voit que tout
est dirigé à une fin certaine.

Ne prenez-vous point pour un dessein ce qui n'est
qu'une existence nécessaire? Ne prenez-vous point
pour une fin ce qui n'est qu'un usage que nous fai-
sons des choses qui existent? Les Argonautes ont bâti
un vaisseau pour aller à Colchos; direz-vous que les
arbres ont été créés pour que les Argonautes
bâtissent un vaisseau, et que la mer a été faite pour
que les Argonautes entreprissent leur navigation?
Les hommes portent des chaussures; direz-vous que
les jambes ont été faites par un Etre suprême pour

être chaussées? Non, sans doute; mais les Argonautes
ayant vu du bois en ont bâti un navire, et ayant
connu que l'eau pouvait porter ce navire, ils ont
entrepris leur voyage. De même, après une infinité
de formes et de combinaisons que la matière avait
prises, il s'est trouvé que les humeurs et la corne
transparente qui composent l'œil, séparées autrefois
dans différentes parties du corps humain, ont été
réunies dans la tête, et les animaux ont commencé
à voir. Les organes de la génération, qui étaient
épars, se sont rassemblés, et ont pris la forme qu'ils
ont : alors les générations ont été produites avec
régularité. La matière du soleil, longtemps répandue
et écartée dans l'espace, s'est conglobée et a fait
l'astre qui nous éclaire. Y a-t-il à tout cela de
l'impossibilité?

En vérité vous ne pouvez pas avoir sérieusement
recours à un tel système. Premièrement, en adoptant
cette hypothèse, vous abandonneriez les générations
éternelles dont vous parliez tout à l'heure. Seconde-
ment, vous vous trompez sur les causes finales. Il y a
des usages volontaires que nous faisons des présents
de la nature; il y a des effets indispensables. Les
Argonautes pouvaient ne point employer les arbres
des forêts pour en faire un vaisseau; mais ces
arbres étaient visiblement destinés à croître sur la
terre, à donner des fruits et des feuilles. On peut ne
point couvrir ses jambes d'une chaussure; mais la
jambe est visiblement faite pour porter le corps et
pour marcher, les yeux pour voir, les oreilles pour
entendre, les parties de la génération pour perpétuer
l'espèce. Si vous considérez que d'une étoile placée
à quatre ou cinq cents millions de lieues de nous il
part des traits de lumière qui viennent faire le même

angle déterminé dans les yeux de chaque animal, et que tous les animaux ont à l'instant la sensation de la lumière, vous m'avouerez qu'il y a là une mécanique, un dessein admirable. Or n'est-il pas déraisonnable d'admettre une mécanique sans artisan, un dessein sans intelligence, et de tels desseins sans un Être suprême?

LUCRÈCE

Si j'admets cet Être suprême, quelle forme aura-t-il? Sera-t-il en un lieu? sera-t-il hors de tout lieu? sera-t-il dans le temps, hors du temps? remplira-t-il tout l'espace, ou non? Pourquoi aurait-il fait ce monde? quel est son but? Pourquoi former des êtres sensibles et malheureux? Pourquoi le mal moral et le mal physique? De quelque côté que je tourne mon esprit, je ne vois que l'incompréhensible.

POSIDONIUS

C'est précisément parce que cet Être suprême existe que sa nature doit être incompréhensible : car s'il existe, il doit y avoir l'infini entre lui et nous. Nous devons admettre qu'il est, sans savoir ce qu'il est, et comment il opère. N'êtes-vous pas forcé d'admettre les asymptotes en géométrie, sans comprendre comment ces lignes peuvent s'approcher toujours, et ne se toucher jamais? N'y a-t-il pas des choses aussi incompréhensibles que démontrées dans les propriétés du cercle? Concevez donc qu'on doit admettre l'incompréhensible, quand l'existence de cet incompréhensible est prouvée.

LUCRÈCE

Quoi! il me faudrait renoncer aux dogmes d'Épicure?

POSIDONIUS

Il vaut mieux renoncer à Épicure qu'à la raison.

SECOND ENTRETIEN

LUCRÈCE

Je commence à reconnaître un Être suprême inaccessible à nos sens, et prouvé par notre raison, qui a fait le monde, et qui le conserve; mais pour tout ce que je dis de l'âme dans mon troisième livre, admiré de tous les savants de Rome, je ne crois pas que vous puissiez m'obliger à y renoncer.

POSIDONIUS

Vous dites d'abord :

> *Idque situm media regione in pectoris hæret.*

L'esprit est au milieu de la poitrine.

Mais quand vous avez composé vos beaux vers, n'avez-vous jamais fait quelque effort de tête? Quand vous parlez de l'esprit de Cicéron ou de l'orateur Marc-Antoine, ne dites-vous pas que c'est une bonne tête? Et si vous disiez qu'il a une bonne poitrine, ne croirait-on pas que vous parlez de sa voix et de ses poumons?

LUCRÈCE

Mais ne sentez-vous pas que c'est autour du cœur que se forment les sentiments de joie, de douleur, et de crainte?

> *Hic exultat enim pavor ac metus; hæc loca circum*
> *Lætitiæ mulcent.*

Ne sentez-vous pas votre cœur se dilater ou se resserrer à une bonne ou mauvaise nouvelle? N'y a-t-il pas là des ressorts secrets qui se détendent ou qui prennent de l'élasticité? C'est donc là qu'est le siège de l'âme.

POSIDONIUS

Il y a une paire de nerfs qui part du cerveau, qui passe à l'estomac et au cœur, qui descend aux parties de la génération, et qui leur imprime des mouvements : direz-vous que c'est dans les parties de la génération que réside l'entendement humain?

LUCRÈCE

Non, je n'oserais le dire; mais, quand je placerai l'âme dans la tête, au lieu de la mettre dans la poitrine, mes principes subsisteront toujours : l'âme sera toujours une matière infiniment déliée, semblable au feu élémentaire qui anime toute la machine.

POSIDONIUS

Et comment concevez-vous qu'une matière déliée puisse avoir des pensées, des sentiments par elle-même?

LUCRÈCE

Parce que je l'éprouve, parce que toutes les parties de mon corps étant touchées en ont le sentiment; parce que ce sentiment est répandu dans toute ma machine, parce qu'il ne peut y être répandu que par une matière extrêmement subtile et rapide; parce que je suis un corps; parce qu'un corps ne peut être agité que par un corps; parce que l'intérieur de mon corps ne peut être pénétré que par des corpuscules très déliés, et que par conséquent mon âme ne peut être que l'assemblage de ces corpuscules.

POSIDONIUS

Nous sommes déjà convenus dans notre premier entretien qu'il n'y a pas d'apparence qu'un rocher puisse composer l'*Iliade*. Un rayon de soleil en sera-t-il plus capable? Imaginez ce rayon de soleil cent mille fois plus subtil et plus rapide; cette clarté, cette ténuité, feront-elles des sentiments et des pensées?

LUCRÈCE

Peut-être en feront-elles quand elles seront dans des organes préparés.

POSIDONIUS

Vous voilà toujours réduit à des *peut-être*. Du feu ne peut penser par lui-même plus que de la glace. Quand je supposerais que c'est du feu qui pense en vous, qui sent, qui a une volonté, vous seriez donc forcé d'avouer que ce n'est pas par lui-même qu'il a une volonté, du sentiment, et des pensées.

LUCRÈCE

Non, ce ne sera pas par lui-même : ce sera par l'assemblage de ce feu et de mes organes.

POSIDONIUS

Comment pouvez-vous imaginer que de deux corps qui ne pensent point chacun séparément, il résulte la pensée quand ils sont unis ensemble?

LUCRÈCE

Comme un arbre et de la terre pris séparément ne portent point de fruit, et qu'ils en portent quand on a mis l'arbre dans la terre.

POSIDONIUS

. La comparaison n'est qu'éblouissante. Cet arbre a en soi le germe des fruits, on le voit à l'œil dans ses boutons; et le suc de la terre développe la substance de ces fruits. Il faudrait donc que le feu eût déjà en soi le germe de la pensée, et que les organes du corps développassent ce germe.

LUCRÈCE

Que trouvez-vous à cela d'impossible?

POSIDONIUS

Je trouve que ce feu, cette matière quintessenciée n'a pas en elle plus de droit à la pensée que la pierre. La production d'un être doit avoir quelque chose de semblable à ce qui la produit : or une pensée, une volonté, un sentiment, n'ont rien de semblable à de la matière ignée.

LUCRÈCE

Deux corps qui se heurtent produisent du mouvement; et cependant ce mouvement n'a rien de semblable à ces deux corps, il n'a rien de leurs trois dimensions, il n'a point comme eux de figure : donc un être peut n'avoir rien de semblable à l'être qui le produit : donc la pensée peut naître de l'assemblage de deux corps qui n'auront point la pensée.

POSIDONIUS

Cette comparaison est encore plus éblouissante que juste. Je ne vois que matière dans deux corps en mouvement; je ne vois là que des corps passant d'un lieu dans un autre. Mais quand nous raisonnons ensemble, je ne vois aucune matière dans vos idées et dans les miennes. Je vous dirai seulement que je ne

conçois pas plus comment un corps a le pouvoir d'en remuer un autre que je ne conçois comment j'ai des idées. Ce sont pour moi deux choses également inexplicables, et toutes deux me prouvent également l'existence et la puissance d'un Être suprême auteur du mouvement et de la pensée.

LUCRÈCE

Si notre âme n'est pas un feu subtil, une quintessence éthérée, qu'est-elle donc?

POSIDONIUS

Vous et moi n'en savons rien : je vous dirai bien ce qu'elle n'est pas; mais je ne puis vous dire ce qu'elle est. Je vois que c'est une puissance qui est en moi, que je ne me suis pas donné cette puissance, et que par conséquent elle vient d'un être supérieur à moi.

LUCRÈCE

Vous ne vous êtes pas donné la vie, vous l'avez reçue de votre père; vous avez reçu de lui la pensée avec la vie, comme il l'avait reçue de son père, et ainsi en remontant à l'infini. Vous ne savez pas plus au fond ce que c'est que le principe de la vie que vous ne connaissez le principe de la pensée. Cette succession d'êtres vivants et pensants a toujours existé de tout temps.

POSIDONIUS

Je vois toujours que vous êtes forcé d'abandonner le système d'Épicure, et que vous n'osez plus dire que la déclinaison des atomes produit la pensée; mais j'ai déjà réfuté dans notre dernier entretien la succession éternelle des êtres sensibles et pensants; je vous ai dit que s'il y avait eu des êtres matériels pensants par

eux-mêmes, il faudrait que la pensée fût un attribut nécessaire essentiel à toute matière; que si la matière pensait nécessairement par elle-même, toute matière serait pensante; or cela n'est pas : donc il est insoutenable d'admettre une succession d'êtres matériels pensants par eux-mêmes.

LUCRÈCE

Ce raisonnement, que vous répétez, n'empêche pas qu'un père ne communique une âme à son fils en formant son corps. Cette âme et ce corps croissent ensemble; ils se fortifient, ils sont assujettis aux maladies, aux infirmités de la vieillesse. La décadence de nos forces entraîne celle de notre jugement; l'effet cesse enfin avec la cause, et l'âme se dissout comme la fumée dans les airs.

> *Præterea, gigni pariter cum corpore, et una*
> *Crescere sentimus, pariterque senescere imentem :*
> *Nam velut infirmo pueri teneroque vagantur*
> *Corpore, sic animi sequitur sententia tenuis.*
> *Inde, ubi robustis adolevit viribus ætas,*
> *Consilium quoque majus, et auctior est animi vis :*
> *Post, ubi jam validis quassatum est viribus ævi*
> *Corpus, et obtusis ceciderunt viribus artus,*
> *Claudicat ingenium, delirat linguaque mensque;*
> *Omnia deficiunt, atque uno tempore desunt.*
> *Ergo dissolvi quoque convenit omnem animaï*
> *Naturam, ceu fumus in altas aeris auras :*
> *Quandoquidem gigni pariter, pariterque videtur*
> *Crescere; et, ut docui, simul ævo fessa fatiscit.*

POSIDONIUS

Voilà de très beaux vers; mais m'apprenez-vous par là quelle est la nature de l'âme?

LUCRÈCE

Non, je vous fais son histoire, et je raisonne avec quelque vraisemblance.

POSIDONIUS

Où est la vraisemblance qu'un père communique à son fils la faculté de penser?

LUCRÈCE

Ne voyez-vous pas tous les jours que les enfants ont des inclinations de leurs pères, comme ils en ont les traits?

POSIDONIUS

Mais un père en formant son fils n'a-t-il pas agi comme un instrument aveugle? A-t-il prétendu faire une âme, faire des pensées, en jouissant de sa femme? L'un et l'autre savent-ils comment un enfant se forme dans le sein maternel? Ne faut-il pas recourir à quelque cause supérieure ainsi que dans les autres opérations de la nature que nous avons examinées? Ne sentez-vous pas, si vous êtes de bonne foi, que les hommes ne se donnent rien, et qu'ils sont sous la main d'un maître absolu?

LUCRÈCE

Si vous en savez plus que moi, dites-moi donc ce que c'est que l'âme.

POSIDONIUS

Je ne prétends pas en savoir plus que vous. Éclairons-nous l'un l'autre. Dites-moi d'abord ce que c'est que la végétation.

LUCRÈCE

C'est un mouvement interne qui porte les sucs de la terre dans une plante, la fait croître, développe ses fruits, étend ses feuilles, etc.

POSIDONIUS

Vous ne pensez pas, sans doute, qu'il y ait un être appelé *végétation* qui opère ces merveilles?

LUCRÈCE

Qui l'a jamais pensé?

POSIDONIUS

Vous devez conclure de notre précédent entretien que l'arbre ne s'est point donné la végétation lui-même.

LUCRÈCE

Je suis forcé d'en convenir.

POSIDONIUS

Et la vie? me direz-vous bien ce que c'est?

LUCRÈCE

C'est la végétation avec le sentiment dans un corps organisé.

POSIDONIUS

Et il n'y a pas un être appelé *la vie* qui donne ce sentiment à un corps organisé.

LUCRÈCE

Sans doute. La végétation et la vie sont des mots qui signifient des choses végétantes et vivantes.

POSIDONIUS

Si l'arbre et l'animal ne peuvent se donner la végétation et la vie, pouvez-vous vous donner vos pensées?

LUCRÈCE

Je crois que je le peux, car je pense à ce que je veux. Ma volonté était de vous parler de métaphysique, et je vous en parle.

POSIDONIUS

Vous croyez être le maître de vos idées? Vous savez donc quelles pensées vous aurez dans une heure, dans un quart d'heure?

LUCRÈCE

J'avoue que je n'en sais rien.

POSIDONIUS

Vous avez souvent des idées en dormant; vous faites des vers en rêve; César prend des villes; je résous des problèmes; les chiens de chasse poursuivent un cerf dans leurs songes. Les idées nous viennent donc indépendamment de notre volonté; elles nous sont donc données par une cause supérieure.

LUCRÈCE

Comment l'entendez-vous? Prétendez-vous que l'Être suprême est occupé continuellement à donner des idées, ou qu'il a créé des substances incorporelles qui ont ensuite des idées par elles-mêmes, tantôt avec le secours des sens, tantôt sans ce secours? Ces substances sont-elles formées au moment de la conception de l'animal? Sont-elles formées auparavant, et attendent-elles des corps pour aller s'y insinuer, ou ne s'y logent-elles que quand l'animal est capable de les recevoir? ou enfin est-ce dans l'Être suprême que chaque être animé voit les idées des choses? Quelle est votre opinion?

POSIDONIUS

Quand vous m'aurez dit comment notre volonté opère sur-le-champ un mouvement dans nos corps, comment votre bras obéit à votre volonté, comment nous recevons la vie, comment nos aliments se digèrent, comment du blé se transforme en sang, je vous dirai comment nous avons des idées. J'avoue sur tout cela mon ignorance. Le monde pourra avoir un jour de nouvelles lumières, mais depuis Thalès jusqu'à nos jours nous n'en avons point. Tout ce que nous pouvons faire c'est de sentir notre impuissance de reconnaître un être tout-puissant, et de nous garder de ces systèmes.

DIALOGUE ENTRE UN BRACHMANE ET UN JÉSUITE SUR LA NÉCESSITÉ ET L'ENCHAÎNEMENT DES CHOSES

PUBLIÉ comme le précédent dans les Mélanges *de 1756. On y reconnaît les idées habituelles de Voltaire, qu'il a en grande partie empruntées à Locke, sur la liberté « pouvoir de faire ce que l'on veut, et non de vouloir ce que l'on veut ». Se référer notamment sur ce point au* Deuxième discours sur l'homme *(1738), à la 1^{re} partie, ch. IV, des* Éléments de la philosophie de Newton *(1738), à sa contro-verse avec Frédéric sur la liberté dans la correspondance, de la même époque, au* Dictionnaire philosophique *(1764) (article* Liberté*) et aux* Questions sur l'Encyclopédie *(article* Franc-arbitre*). Il ne faudrait pas manquer non plus de verser à ce dossier deux lettres presque contempo-raines, l'une du 2 janvier 1749 à Cideville (« Je ne vis point comme je voudrais vivre. Mais quel est l'homme qui fait son destin? Nous sommes dans cette vie des marion-nettes que Brioché mène et conduit sans qu'elles s'en dou-tent »), l'autre du 26 janvier 1749, où Voltaire rend les armes à Frédéric (« J'avais alors grande envie que nous fussions libres; j'ai fait tout ce j'ai pu pour le croire »). Sur l'enchaînement inéluctable des effets et des causes, voir* Zadig, *chapitre de l'Ermite, et l'article* Providence *du* Dictionnaire philosophique.

<div align="right">

V. den H.

</div>

DIALOGUE ENTRE UN BRACHMANE ET UN JÉSUITE SUR LA NÉCESSITÉ ET L'ENCHAÎNEMENT DES CHOSES

LE JÉSUITE

C'EST apparemment par les prières de saint François Xavier que vous êtes parvenu à une si heureuse et si longue vieillesse? Cent quatre-vingts ans! cela est digne du temps des patriarches.

LE BRACHMANE

Mon maître Fonfouca en a vécu trois cents; c'est le cours ordinaire de notre vie. J'ai une grande estime pour François Xavier; mais ses prières n'auraient jamais pu déranger l'ordre de l'univers, et s'il avait eu seulement le don de faire vivre une mouche un instant de plus que ne le portait l'enchaînement des destinées, ce globe-ci serait tout autre chose que ce que vous voyez aujourd'hui.

LE JÉSUITE

Vous avez une étrange opinion des futurs contingents. Vous ne savez donc pas que l'homme est libre, que notre volonté dispose à notre gré de tout ce qui se

passe sur la terre? Je vous assure que les seuls jésuites
y ont fait pour leur part des changements considé-
rables.

LE BRACHMANE

Je ne doute pas de la science et du pouvoir des
révérends pères jésuites; ils sont une partie fort
estimable de ce monde, mais je ne les en crois pas les
souverains. Chaque homme, chaque être, tant jésuite
que brachmane, est un ressort de l'univers : il obéit
à la destinée, et ne lui commande pas. A quoi tenait-il
que Gengis-kan conquît l'Asie? à l'heure à laquelle
son père s'éveilla un jour en couchant avec sa femme,
à un mot qu'un Tartare avait prononcé quelques
années auparavant. Je suis, par exemple, tel que vous
me voyez, une des causes principales de la mort
déplorable de votre bon roi Henri IV, et vous m'en
voyez encore affligé.

LE JÉSUITE

Votre Révérence veut rire apparemment. Vous, la
cause de l'assassinat de Henri IV!

LE BRACHMANE

Hélas! oui. C'était l'an neuf cent quatre-vingt-trois
mille de la révolution de Saturne, qui revient à l'an
mil cinq cent cinquante de votre ère. J'étais jeune et
étourdi. Je m'avisai de commencer une petite prome-
nade du pied gauche, au lieu du pied droit, sur la côte
de Malabar, et de là suivit évidemment la mort de
Henri IV.

LE JÉSUITE

Comment cela, je vous supplie? Car nous, qu'on
accusait de nous être tournés de tous les côtés dans
cette affaire, nous n'y avons aucune part.

LE BRACHMANE

Voici comme la destinée arrangea la chose. En avançant le pied gauche, comme j'ai l'honneur de vous dire, je fis tomber malheureusement dans l'eau mon ami Ériban, marchand persan, qui se noya. Il avait une fort jolie femme qui convola avec un marchand arménien; elle eut une fille qui épousa un Grec; la fille de ce Grec s'établit en France, et épousa le père de Ravaillac. Si tout cela n'était pas arrivé, vous sentez que les affaires des maisons de France et d'Autriche auraient tourné différemment. Le système de l'Europe aurait changé. Les guerres entre l'Allemagne et la Turquie auraient eu d'autres suites; ces suites auraient influé sur la Perse, la Perse sur les Indes. Vous voyez que tout tenait à mon pied gauche, lequel était lié à tous les autres événements de l'univers, passés, présents, et futurs.

LE JÉSUITE

Je veux proposer cet argument à quelqu'un de nos pères théologiens, et je vous apporterai la solution.

LE BRACHMANE

En attendant je vous dirai encore que la servante du grand-père du fondateur des feuillants (car j'ai lu vos histoires) était aussi une des causes nécessaires de la mort de Henri IV, et de tous les accidents que cette mort entraîna.

LE JÉSUITE

Cette servante-là était une maîtresse femme.

LE BRACHMANE

Point du tout : c'était une idiote à qui son maître fit un enfant. Mme de La Barrière en mourut de chagrin. Celle qui lui succéda fut, comme disent

vos chroniques, la grand'mère du bienheureux Jean
de La Barrière, qui fonda l'ordre des feuillants.
Ravaillac fut moine dans cet ordre. Il puisa chez eux
certaine doctrine fort à la mode alors, comme vous
savez. Cette doctrine lui persuada que c'était une
bonne œuvre d'assassiner le meilleur roi du monde.
Le reste est connu.

LE JÉSUITE

Malgré votre pied gauche et la servante du grand-
père du fondateur des feuillants, je croirai toujours
que l'action horrible de Ravaillac était un futur
contingent qui pouvait fort bien ne pas arriver : car
enfin la volonté de l'homme est libre.

LE BRACHMANE

Je ne sais pas ce que vous entendez par une volonté
libre ; je n'attache point d'idée à ces paroles. Être
libre, c'est faire ce qu'on veut, et non pas vouloir ce
qu'on veut. Tout ce que je sais, c'est que Ravaillac
commit volontairement le crime qu'il était destiné à
faire par des lois immuables. Ce crime était un
chaînon de la grande chaîne des destinées.

LE JÉSUITE

Vous avez beau dire, les choses de ce monde ne
sont point si liées ensemble que vous pensez. Que
fait, par exemple, au reste de la machine la conversa-
tion inutile que nous avons ensemble sur le rivage
des Indes ?

LE BRACHMANE

Ce que nous disons, vous et moi, est peu de chose
sans doute ; mais si vous n'étiez pas ici, toute la
machine du monde serait autre chose qu'elle n'est.

LE JÉSUITE

Votre Révérence *bramine* avance là un furieux paradoxe.

LE BRACHMANE

Votre Paternité *ignacienne* en croira ce qu'elle voudra; mais certainement nous n'aurions pas cette conversation si vous n'étiez venu aux Indes; vous n'auriez pas fait ce voyage si votre saint Ignace de Loyola n'avait pas été blessé au siège de Pampelune, et si un roi de Portugal ne s'était obstiné à faire doubler le cap de Bonne-Espérance. Ce roi de Portugal n'a-t-il pas, avec le secours de la boussole, changé la face du monde? Mais il fallait qu'un Napolitain eût inventé la boussole. Et puis dites que tout n'est pas éternellement asservi à un ordre constant, qui unit par des liens invisibles et indissolubles tout ce qui naît, tout ce qui agit, tout ce qui souffre, tout ce qui meurt sur notre globe.

LE JÉSUITE

Hé! que deviendront les futurs contingents?

LE BRACHMANE

Ils deviendront ce qu'ils pourront; mais l'ordre établi par une main éternelle et toute-puissante doit subsister à jamais.

LE JÉSUITE

A vous entendre, il ne faudrait donc point prier Dieu?

LE BRACHMANE

Il faut l'adorer. Mais qu'entendez-vous par le prier?

LE JÉSUITE

Ce que tout le monde entend : qu'il favorise nos désirs, qu'il satisfasse à nos besoins.

LE BRACHMANE

Je vous comprends. Vous voulez qu'un jardinier obtienne du soleil à l'heure que Dieu a destinée de toute éternité pour la pluie, et qu'un pilote ait un vent d'est lorsqu'il faut qu'un vent d'occident rafraîchisse la terre et les mers. Mon père, prier c'est se soumettre. Bonsoir. La destinée m'appelle à présent auprès de ma bramine.

LE JÉSUITE

Ma volonté libre me presse d'aller donner leçon à un jeune écolier.

LES DEUX CONSOLÉS

PREMIÈRE impression : *au tome IV de la* Collection complète des Œuvres de M. de Voltaire, *publié à Genève chez les Cramer en 1756. On sent, à travers le philosophe Citophile (c'est-à-dire celui qui aime à faire des citations) un Voltaire encore tout plein de l'érudition qu'il vient de déployer dans la première édition complète de l'*Essai sur les mœurs. *D'autre part, en cette année 1756, le thème de la « consolation » tend à se substituer chez Voltaire à celui de la « révélation », dorénavant jugée impossible. Les grandes dissertations consolatrices de Citophile ne sont pas sans annoncer celles de Pangloss : on y trouve la même tendance incorrigible à faire des rapprochements entre tel cas particulier et les exemples que fournit à profusion l'histoire : « Les grandeurs, dit Pangloss, sont fort dangereuses, selon le rapport de tous les philosophes : car enfin Eglon, roi des Moabites, fut assassiné par Aod; Absalon fut pendu par les cheveux, etc. » Très « panglossien » aussi, l'exercice irresponsable du verbe, et le cruel démenti infligé par l'expérience : « Le lendemain, le philosophe perdit son fils unique, et fut sur le point d'en mourir de douleur. »*

V. den H.

LES DEUX CONSOLÉS

Le grand philosophe Citophile disait un jour à une femme désolée, et qui avait juste sujet de l'être : « Madame, la reine d'Angleterre, fille du grand Henri IV, a été aussi malheureuse que vous : on la chassa de ses royaumes; elle fut prête à périr sur l'Océan par les tempêtes; elle vit mourir son royal époux sur l'échafaud. — J'en suis fâchée pour elle, dit la dame »; et elle se mit à pleurer ses propres infortunes.

« Mais, dit Citophile, souvenez-vous de Marie Stuart : elle aimait fort honnêtement un brave musicien qui avait une très belle basse-taille. Son mari tua son musicien à ses yeux; et ensuite sa bonne amie et sa bonne parente, la reine Élisabeth, qui se disait pucelle, lui fit couper le cou sur un échafaud tendu de noir, après l'avoir tenue en prison dix-huit années. — Cela est fort cruel, répondit la dame »; et elle se replongea dans sa mélancolie.

« Vous avez peut-être entendu parler, dit le consolateur, de la belle Jeanne de Naples qui fut prise et

étranglée? — Je m'en souviens confusément », dit
l'affligée.

« Il faut que je vous conte, ajouta l'autre, l'aventure
d'une souveraine qui fut détrônée de mon temps après
souper, et qui est morte dans une île déserte. — Je
sais toute cette histoire », répondit la dame.

« Eh bien donc, je vais vous apprendre ce qui est
arrivé à une autre grande princesse à qui j'ai montré
la philosophie. Elle avait un amant, comme en ont
toutes les grandes et belles princesses. Son père entra
dans sa chambre, et surprit l'amant, qui avait le visage
tout en feu et l'œil étincelant comme une escarboucle;
la dame aussi avait le teint fort animé. Le visage du
jeune homme déplut tellement au père qu'il lui appli-
qua le plus énorme soufflet qu'on eût jamais donné
dans sa province. L'amant prit une paire de pincettes
et cassa la tête au beau-père, qui guérit à peine, et qui
porte encore la cicatrice de cette blessure. L'amante,
éperdue, sauta par la fenêtre et se démit le pied; de
manière qu'aujourd'hui elle boite visiblement,
quoique d'ailleurs elle ait la taille admirable. L'amant
fut condamné à la mort pour avoir cassé la tête à un
très grand prince. Vous pouvez juger de l'état où était
la princesse quand on menait pendre l'amant. Je l'ai
vue longtemps lorsqu'elle était en prison; elle ne me
parlait jamais que de ses malheurs. — Pourquoi ne
voulez-vous donc pas que je songe aux miens? lui dit
la dame. — C'est, dit le philosophe, parce qu'il n'y
faut pas songer, et que, tant de grandes dames ayant
été si infortunées, il vous sied mal de vous désespérer.
Songez à Hécube, songez à Niobé. — Ah! dit la dame,
si j'avais vécu de leur temps, ou de celui de tant de
belles princesses, et si pour les consoler vous leur
aviez conté mes malheurs, pensez-vous qu'elles vous
eussent écouté? »

Le lendemain, le philosophe perdit son fils unique,

et fut sur le point d'en mourir de douleur. La dame fit dresser une liste de tous les rois qui avaient perdu leurs enfants, et la porta au philosophe; il la lut, la trouva fort exacte, et n'en pleura pas moins. Trois mois après ils se revirent, et furent étonnés de se retrouver d'une humeur très gaie. Ils firent ériger une belle statue au Temps, avec cette inscription : À CELUI QUI CONSOLE.

RELATION
DE LA MALADIE, DE LA CONFESSION,
ET DE LA MORT
DU JÉSUITE BERTHIER

« *CET opuscule est de novembre 1759. Voltaire en parle dans sa lettre à Thiériot du 5 décembre 1759. La première édition, en trente pages in-8°, est intitulée* Relation de la maladie, de la confession, de la mort, et de l'apparition du Jésuite Berthier. *Elle fut suivie d'une édition de même format, en quatorze pages. Quelque temps après, une nouvelle édition parut sous ce titre :* Relation de la maladie, de la confession, de la mort et de l'apparition du jésuite Berthier, avec la relation du voyage de Frère Garassise, et ce qui s'ensuit, en attendant ce qui s'ensuivra, *1760, petit in-8° de cinquante-quatre pages, dont il existe une traduction italienne, 1760, in-8° de trente-neuf pages. Il parut, en 1761, une* Relation de la maladie, de la confession et de la fin de M. de Voltaire, et de ce qui s'ensuivit, par moi, Joseph Dubois. *Cet opuscule, plusieurs fois réimprimé, est de Sélis. Voltaire, dans un billet du 26 mars 1761, l'appelle une fade imitation.* » (*Note de Beuchot, éditeur de Voltaire au XIX*e *siècle*). *La* Relation... *du Jésuite Berthier est une*

riposte de Voltaire à la suspension de l'Encyclopédie, qui était en grande partie l'œuvre des pères jésuites. Guillaume-François Berthier (1704-1782) était depuis 1745 à la tête du Journal de Trévoux, fondé par les Jésuites en 1701, et qui subsistera jusqu'en 1783. Il avait critiqué d'une manière vétilleuse le Panégyrique de Louis XV et s'était attiré de la part de Voltaire une cinglante réplique dans la préface de la deuxième édition de l'œuvre. L'Essai sur l'Histoire générale, qui fut très malmené dans le Journal de Trévoux, consomma leur brouille, et la fureur de Voltaire n'attendit guère pour se déchaîner...

V. den H.

RELATION
DE LA MALADIE, DE LA CONFESSION,
ET DE LA MORT
DU JÉSUITE BERTHIER

Ce fut le 12 octobre 1759 que frère Berthier alla, pour
son malheur, de Paris à Versailles avec frère Coutu,
qui l'accompagne ordinairement. Berthier avait mis
dans la voiture quelques exemplaires du *Journal de
Trévoux,* pour les présenter à ses protecteurs et pro-
tectrices; comme à la femme de chambre de madame
la nourrice, à un officier de bouche, à un des garçons
apothicaires du roi, et à plusieurs autres seigneurs
qui font cas des talents. Berthier sentit en chemin
quelques nausées; sa tête s'appesantit : il eut de fré-
quents bâillements. « Je ne sais ce que j'ai, dit-il à
Coutu, je n'ai jamais tant bâillé. — Mon révérend
père, répondit frère Coutu, ce n'est qu'un rendu. —
Comment! que voulez-vous dire avec votre rendu? dit
frère Berthier. — C'est, dit frère Coutu, que je bâille
aussi, et je ne sais pourquoi, car je n'ai rien lu de la
journée, et vous ne m'avez point parlé depuis que je
suis en route avec vous. » Frère Coutu, en disant ces

mots, bâilla plus que jamais. Berthier répliqua par
des bâillements qui ne finissaient point. Le cocher se
retourna, et les voyant ainsi bâiller, se mit à bâiller
aussi; le mal gagna tous les passants : on bâilla dans
toutes les maisons voisines. Tant la seule présence d'un
savant a quelquefois d'influence sur les hommes!

Cependant une petite sueur froide s'empara de Ber-
thier. « Je ne sais ce que j'ai, dit-il, je me sens à la
glace. — Je le crois bien, dit le frère compagnon. —
Comment, vous le croyez bien! dit Berthier; qu'enten-
dez-vous par là? — C'est que je suis gelé aussi, dit
Coutu. — Je m'endors, dit Berthier. — Je n'en suis pas
surpris, dit l'autre. — Pourquoi cela? dit Berthier. —
C'est que je m'endors aussi », dit le compagnon. Les
voilà saisis tous deux d'une affection soporifique et
léthargique, et en cet état ils s'arrêtèrent devant la
porte des coches de Versailles. Le cocher, en leur
ouvrant la portière, voulut les tirer de ce profond
sommeil; il n'en put venir à bout : on appela du
secours. Le compagnon, qui était plus robuste que
frère Berthier, donna enfin quelques signes de vie;
mais Berthier était plus froid que jamais. Quelques
médecins de la cour, qui revenaient de dîner, passèrent
auprès de la chaise; on les pria de donner un coup
d'œil au malade : l'un d'eux, lui ayant tâté le pouls,
s'en alla en disant qu'il ne se mêlait plus de médecine
depuis qu'il était à la cour. Un autre, l'ayant considéré
plus attentivement, déclara que le mal venait de la
vésicule du fiel, qui était toujours trop pleine; un
troisième assura que le tout provenait de la cervelle,
qui était trop vide.

Pendant qu'ils raisonnaient, le patient empirait, les
convulsions commençaient à donner des signes
funestes, et déjà les trois doigts dont on tient la
plume étaient tout retirés, lorsqu'un médecin prin-
cipal, qui avait étudié sous Mead et sous Boerhaave,

et qui en savait plus que les autres, ouvrit la bouche de Berthier avec un biberon, et, ayant attentivement réfléchi sur l'odeur qui s'en exhalait, prononça qu'il était empoisonné.

A ce mot tout le monde se récria. « Oui, messieurs, continua-t-il, il est empoisonné; il n'y a qu'à tâter sa peau, pour voir que les exhalaisons d'un poison froid se sont insinuées par les pores; et je maintiens que ce poison est pire qu'un mélange de ciguë, d'ellébore noire, d'opium, de solanum, et de jusquiame. Cocher, n'auriez-vous point mis dans votre voiture quelque paquet pour nos apothicaires? — Non, monsieur, répondit le cocher; voilà l'unique ballot que j'y ai placé par ordre du révérend père. » Alors il fouilla dans le coffre, et en tira deux douzaines d'exemplaires du *Journal de Trévoux*. « Eh bien, messieurs, avais-je tort? » dit ce grand médecin.

Tous les assistants admirèrent sa prodigieuse sagacité; chacun reconnut l'origine du mal : on brûla sur-le-champ sous le nez du patient le paquet pernicieux, et les particules pesantes s'étant atténuées par l'action du feu, Berthier fut un peu soulagé; mais comme le mal avait fait de grands progrès, et que la tête était attaquée, le danger subsistait toujours. Le médecin imagina de lui faire avaler une page de l'*Encyclopédie* dans du vin blanc, pour remettre en mouvement les humeurs de la bile épaissie; il en résulta une évacuation copieuse; mais la tête était toujours horriblement pesante, les vertiges continuaient, le peu de paroles qu'il pouvait articuler n'avaient aucun sens : il resta deux heures dans cet état, après quoi on fut obligé de le faire confesser.

Deux prêtres se promenaient alors dans la rue des Récollets : on s'adressa à eux. Le premier refusa : « Je ne veux point, dit-il, me charger de l'âme d'un jésuite, cela est trop scabreux : je ne veux avoir à faire à ces

gens-là, ni pour les affaires de ce monde, ni pour celles de l'autre. Confessera un jésuite qui voudra, ce ne sera pas moi. » Le second ne fut pas si difficile. « J'entreprendrai cette opération, dit-il; on peut tirer parti de tout. »

Aussitôt il fut conduit dans la chambre où le malade venait d'être transporté; et comme Berthier ne pouvait encore parler distinctement, le confesseur prit le parti de l'interroger. « Mon révérend père, lui dit-il, croyez-vous en Dieu? — Voilà une étrange question, dit Berthier. — Pas si étrange, dit l'autre; il y a croire et croire : pour s'assurer de croire comme il faut, il est nécessaire d'aimer Dieu et son prochain; les aimez-vous sincèrement? — Je distingue, dit Berthier. — Point de distinction, s'il vous plaît, reprit le confessant; point d'absolution si vous ne commencez pas ces deux devoirs. — Eh bien! oui, dit le confessé, puisque vous m'y forcez, j'aime Dieu, et le prochain comme je peux.

— N'avez-vous point lu souvent de mauvais livres? dit le confessant. — Qu'entendez-vous par mauvais livres? dit le confessé. — Je n'entends pas, dit le confessant, les livres simplement ennuyeux, comme l'*Histoire romaine* des frères Catrou et Rouillé, et vos tragédies de collèges, et vos livres intitulés *Des Belles-Lettres,* et *La Louisiade* de votre Lemoine, et les vers de votre Ducerceau sur la ravigote, et ses nobles stances sur le messager du Mans, et le remerciement au duc du Maine pour des pâtés, et votre *Pensez-y bien,* et toutes les finesses du bel-esprit monacal; j'entends les imaginations de frère Bougeant, condamnées par le parlement et par l'archevêque de Paris; j'entends les gentillesses de frère Berruyer, qui a changé l'Ancien et le Nouveau Testament en un roman de ruelle dans le goût de *Clélie,* si justement flétri à Rome et en France; j'entends la théologie de frère Busembaum

et de frère Lacroix*, qui ont si hautement renchéri sur tout ce qu'avaient écrit frère Guignard, et frère Gueret, et frère Garnet, et frère Oldcorn, et tant d'autres; j'entends frère Jouvency, qui compare finement le président de Harlai à Pilate, le parlement aux Juifs, et frère Guignard à Jésus-Christ, parce qu'un citoyen trop emporté, mais pénétré d'une juste horreur contre un professeur du parricide, s'avisa de cracher au visage de frère Guignard, assassin de Henri IV, dans le temps que ce monstre impénitent refusait de demander pardon au roi et à la justice; j'entends enfin cette foule innombrable de vos casuistes, que l'éloquent Pascal a trop épargnés, et surtout votre Sanchez, qui, dans son livre *De Matrimonio,* a fait un recueil de tout ce que *L'Arétin* et *Le Portier des Chartreux* auraient tremblé de dire**. Pour peu que vous ayez fait de telles lectures, vous êtes en grand danger de votre salut.

— Je distingue, répondit l'interrogé. — Point de distinction, encore une fois, reprit l'interrogeant. Avez-vous lu tous ces livres, oui ou non? — Monsieur, dit

* Ces deux honnêtes jésuites disent, dans ce beau livre réimprimé depuis peu, qu'un citoyen, proscrit par un prince, ne peut être assassiné légitimement que dans le territoire du prince; mais qu'un prince, proscrit par le pape, peut être assassiné dans toute la terre, parce que le pape est souverain de la terre; qu'un homme chargé de tuer un excommunié peut donner cette commission à un autre; que c'est un acte de charité d'accepter cette commission, etc., pages 101, 102, 103. *(Note de Voltaire.)*
** Ce frère Sanchez examine « Utrum femina quæ nondum seminavit, possit, virili membro extracto, se tactibus ad seminandum provocare? » Lib. IX, disp. XVII, n° 8. « Semen ubi femina effudit, an teneatur alter effundere, sive inter uxores, sive inter fornicantes? Utrum liceat intra vas præposterum, aut in os feminæ, membrum intromittere, animo consummandi intra vas legitimum, etc. » Lib. IX, disp. XVII, depuis le n° 1, 2, 3, 4. Ce même Sanchez pousse l'abomination jusqu'à examiner sérieusement « An virgo Maria semen emiserit in copulatione cum Spiritu Sancto? » Lib. II, disp. XXI, n° 11. Et il tient pour l'affirmative! *(Note de Voltaire.)*

Berthier, je suis en droit de tout lire, attendu le poste éminent que j'occupe dans la Compagnie. — Eh! quel est donc ce grand poste? dit le confessant. — Eh bien! répondit Berthier, c'est moi, afin que vous le sachiez, qui suis l'auteur du *Journal de Trévoux*.

— Quoi! c'est vous qui êtes l'auteur de ce livre qui damne tant de monde? — Monsieur, monsieur, mon livre ne damne personne; dans quel péché pourrait-il faire tomber, s'il vous plaît? — Ah! frère, dit le confessant, ne savez-vous pas que quiconque appelle son frère Raca est coupable de la géhenne du feu? or vous avez le malheur de faire venir à quiconque vous lit la tentation prochaine de vous nommer Raca : combien ai-je vu d'honnêtes gens qui, ayant lu seulement deux ou trois pages de votre livre, le jetaient au feu, transportés de colère! Quel impertinent auteur! disaient-ils; l'ignorant! le butor! le cuistre! le cheval! Cela ne finissait point : l'esprit de charité était totalement éteint en eux, et ils étaient évidemment en risque de leur salut. Jugez de combien de maux vous avez été cause! Il y a peut-être près de cinquante personnes qui vous lisent, et ce sont cinquante âmes que vous mettez en péril tous les mois. Ce qui excite surtout la colère parmi les fidèles, c'est cette confiance avec laquelle vous décidez de tout ce que vous n'entendez point. Ce vice prend visiblement sa source dans deux péchés mortels : l'un est l'orgueil, et l'autre l'avarice. N'est-il pas vrai que vous faites votre livre pour de l'argent, et que vous êtes atteint de la superbe quand vous critiquez mal à propos l'abbé Velly, et l'abbé Coyer, et l'abbé d'Olivet, et tous nos bons auteurs? Je ne puis vous donner l'absolution, que vous n'ayez fait un ferme propos de ne travailler de votre vie au *Journal de Trévoux*. »

Frère Berthier ne savait que répondre; sa tête n'était pas bien libre, et il tenait furieusement à ses

deux péchés favoris. « Eh quoi! vous hésitez, dit le confessant; songez que dans peu d'heures tout va finir pour vous : peut-on chérir encore ses passions quand il faut renoncer pour jamais à les satisfaire? Vous demandera-t-on au jour du jugement si vous avez réussi ou non à faire le *Journal de Trévoux*? Est-ce pour cela que vous êtes né? est-ce pour nous ennuyer que vous avez fait vœu de chasteté, d'humilité et d'obéissance? Arbre séché, arbre rabougri, qui allez être réduit en cendres, profitez du moment qui vous reste; portez encore des fruits de pénitence; détestez surtout l'esprit de calomnie qui vous a possédé jusqu'à présent; tâchez d'avoir autant de religion que ceux que vous accusez d'être sans religion. Sachez, frère Berthier, que la piété et la vertu ne consistent pas à croire que votre François Xavier* ayant laissé tomber son crucifix dans la mer, un cancre vint humblement le lui rapporter. On peut être honnête homme, et douter que le même Xavier ait été en deux endroits à la fois; vos livres peuvent le dire; mais, mon frère, il est permis de ne rien croire de ce qui est dans vos livres.

« A propos, frère, n'auriez-vous point écrit à frère Malagrida et complices? Vraiment j'oubliais cette peccadille : vous croyez donc que parce qu'il n'en coûta autrefois qu'une dent à Henri IV, et qu'il n'en coûte aujourd'hui qu'un bras au roi de Portugal, vous pourrez vous sauver avec la direction d'intention? Vous pensez que ce sont là des péchés véniels, et pourvu que le *Journal de Trévoux* se débite, vous vous souciez peu du reste.

— Je distingue, monsieur, dit Berthier. — Encore

* Miracles rapportés dans la Vie de saint François Xavier. (*Note de Voltaire.*)

des distinctions! dit le confessant; eh bien! moi, je ne distingue point, et je vous refuse net l'absolution. »

Comme il disait ces mots arrive frère Coutu en hâte, tout courant, tout essoufflé, tout suant, tout haletant, tout puant; il s'était informé de celui qui avait l'honneur de confesser son révérend père. « Arrêtez, arrêtez, cria-t-il, point de sacrements, mon cher révérend père, point de sacrements, je vous en conjure, mon cher révérend Père Berthier, mourez sans sacrements; c'est l'auteur des *Nouvelles ecclésiastiques* avec qui vous êtes, c'est le renard qui se confesse au loup : vous êtes perdu si vous avez dit la vérité. »

L'étonnement, la honte, la douleur, la colère, la rage, ranimèrent alors un moment les esprits du patient. « Vous l'auteur des *Nouvelles ecclésiastiques*! s'écria-t-il; et vous avez attrapé un jésuite! — Oui, mon ami, répondit le confessant avec un sourire amer. — Rends-moi ma confession, coquin, dit Berthier; rends-moi ma confession tout à l'heure. Ah! c'est donc toi, l'ennemi de Dieu, des rois et même des jésuites; c'est toi qui viens abuser de l'état où je suis : traître, que n'es-tu en apoplexie, et que ne puis-je te donner l'extrême-onction! Tu crois donc être moins ennuyeux et moins fanatique que moi? Oui, j'ai écrit des sottises, j'en conviens; je me suis rendu méprisable et haïssable, je l'avoue; mais toi, n'es-tu pas le plus bas et le plus exécrable de tous les barbouilleurs de papier à qui la démence a mis la plume à la main? Dis-moi donc si ton histoire des convulsions ne vaut pas bien nos *Lettres édifiantes et curieuses?* Nous voulons dominer partout, je le confesse; et toi, tu voudrais tout brouiller. Nous voudrions séduire toutes les puissances; et toi, tu voudrais exciter la sédition contre elles. La justice a fait brûler nos livres, d'accord; mais n'a-t-elle pas fait aussi brûler les tiens? Nous sommes tous en prison dans le Portugal,

il est vrai; mais la police ne t'a-t-elle pas poursuivi
cent fois, toi et tes complices? Si j'ai eu la bêtise
d'écrire contre des hommes éclairés qui dédaignaient
jusque-là de m'écraser, n'as-tu pas eu la même imper-
tinence? ne nous tourne-t-on pas tous deux également
en ridicule? et ne devons-nous pas avouer que dans ce
siècle, l'égout des siècles, nous sommes tous deux
les plus vils insectes de tous les insectes qui bour-
donnent au milieu de la fange de ce bourbier? » Voilà
ce que la force de la vérité arrachait de la bouche
de frère Berthier. Il parlait comme un inspiré; ses
yeux, remplis d'un feu sombre, roulaient avec éga-
rement; sa bouche se tordait, l'écume la couvrait, son
corps se roidissait, son cœur palpitait : bientôt une
défaillance générale succéda à ces convulsions; et dans
cette défaillance il serra tendrement la main de frère
Coutu. « J'avoue, dit-il, qu'il y a bien des pauvretés
dans mon *Journal de Trévoux*; mais il faut excuser la fai-
blesse humaine. — Ah! mon révérend père, vous êtes
un saint, dit frère Coutu; vous êtes le premier auteur
qui ait jamais avoué qu'il était ennuyeux; allez, mourez
en paix; moquez-vous des *Nouvelles ecclésiastiques*;
mourez, mon révérend père, et soyez sûr que vous ferez
des miracles. »

Ainsi passa de cette vie à l'autre frère Berthier, le
12 octobre, à cinq heures et demie du soir.

HISTOIRE D'UN BON BRAMIN

Imprimée en 1761 dans la Seconde suite des Mélanges de littérature, d'histoire et de philosophie *(A Genève chez les frères Cramer), cette amusante parabole fut envoyée à Mme du Deffand dès le 13 octobre 1759, huit mois après la parution de* Candide. *A propos du « petit nombre d'hommes qui osent avoir le sens commun », Voltaire s'y exprime en ces termes : « Je pense que vous êtes de ce petit nombre. Mais à quoi cela sert-il? A rien du tout. Lisez la parabole du Bramin que j'ai eu l'honneur de vous envoyer; et je vous exhorte à jouir, autant que vous le pourrez, de la vie, qui est peu de chose, sans craindre la mort, qui n'est rien. » Alors que le philosophe, plein d'esprit, et fort savant, est obligé d'avouer que sa science ne lui a jamais valu qu'humiliation et que dégoût, et se replie sur lui-même, « accablé de sa curiosité et de son ignorance », alors que tout autour de lui augmente le sentiment douloureux de ce qu'il éprouve, une vieille femme de ses voisines vit dans un état d'hébétude totale, et ne comprenant rien à rien goûte le parfait bonheur. Ce divorce entre la félicité et la pensée, entre l'existence et l'essence, nous ramène directement aux propos du vieillard turc, et au jardin de* Candide.

V. den H.

HISTOIRE D'UN BON BRAMIN

Je rencontrai dans mes voyages un vieux bramin, homme fort sage, plein d'esprit, et très savant; de plus, il était riche, et, partant, il en était plus sage encore : car, ne manquant de rien, il n'avait besoin de tromper personne. Sa famille était très bien gouvernée par trois belles femmes qui s'étudiaient à lui plaire; et, quand il ne s'amusait pas avec ses femmes, il s'occupait à philosopher.

Près de sa maison, qui était belle, ornée et accompagnée de jardins charmants, demeurait une vieille Indienne, bigote, imbécile, et assez pauvre.

Le bramin me dit un jour : « Je voudrais n'être jamais né. » Je lui demandai pourquoi. Il me répondit : « J'étudie depuis quarante ans, ce sont quarante années de perdues; j'enseigne les autres, et j'ignore tout : cet état porte dans mon âme tant d'humiliation et de dégoût que la vie m'est insupportable. Je suis né, je vis dans le temps, et je ne sais pas ce que c'est que le temps; je me trouve dans un point entre deux éternités, comme disent nos sages, et je n'ai nulle idée de l'éternité. Je suis composé de matière; je pense, je n'ai jamais pu m'instruire de ce qui produit la pensée; j'ignore si mon entendement est en moi une simple faculté, comme celle de marcher, de digérer, et si je pense avec ma tête comme je prends avec mes mains. Non seulement le principe de ma pensée m'est inconnu, mais le principe de mes mouvements m'est

également caché : je ne sais pourquoi j'existe. Cependant, on me fait chaque jour des questions sur tous ces points : il faut répondre; je n'ai rien de bon à dire; je parle beaucoup, et je demeure confus et honteux de moi-même après avoir parlé.

« C'est bien pis quand on me demande si Brama a été produit par Vitsnou, ou s'ils sont tous deux éternels. Dieu m'est témoin que je n'en sais pas un mot, et il y paraît bien à mes réponses. « Ah! mon révérend père, me dit-on, apprenez-nous comment le mal inonde toute la terre. » Je suis aussi en peine que ceux qui me font cette question : je leur dis quelquefois que tout est le mieux du monde; mais ceux qui ont été ruinés et mutilés à la guerre n'en croient rien, ni moi non plus; je me retire chez moi accablé de ma curiosité et de mon ignorance. Je lis nos anciens livres, et ils redoublent mes ténèbres. Je parle à mes compagnons : les uns me répondent qu'il faut jouir de la vie, et se moquer des hommes; les autres croient savoir quelque chose, et se perdent dans des idées extravagantes; tout augmente le sentiment douloureux que j'éprouve. Je suis prêt quelquefois de tomber dans le désespoir, quand je songe qu'après toutes mes recherches je ne sais ni d'où je viens, ni ce que je suis, ni où j'irai, ni ce que je deviendrai. »

L'état de ce bon homme me fit une vraie peine : personne n'était ni plus raisonnable ni de meilleure foi que lui. Je conçus que plus il avait de lumières dans son entendement et de sensibilité dans son cœur, plus il était malheureux.

Je vis le même jour la vieille femme qui demeurait dans son voisinage : je lui demandai si elle avait jamais été affligée de ne savoir pas comment son âme était faite. Elle ne comprit seulement pas ma question : elle n'avait jamais réfléchi un seul moment de sa vie sur un seul des points qui tourmentaient le

bramin; elle croyait aux métamorphoses de Vitsnou de tout son cœur, et pourvu qu'elle pût avoir quelquefois de l'eau du Gange pour se laver, elle se croyait la plus heureuse des femmes.

Frappé du bonheur de cette pauvre créature, je revins à mon philosophe, et je lui dis : « N'êtes-vous pas honteux d'être malheureux, dans le temps qu'à votre porte il y a un vieil automate qui ne pense à rien, et qui vit content? — Vous avez raison, me répondit-il; je me suis dit cent fois que je serais heureux si j'étais aussi sot que ma voisine, et cependant je ne voudrais pas d'un tel bonheur. »

Cette réponse de mon bramin me fit une plus grande impression que tout le reste; je m'examinai moi-même, et je vis qu'en effet je n'aurais pas voulu être heureux à condition d'être imbécile.

Je proposai la chose à des philosophes, et ils furent de mon avis. « Il y a pourtant, disais-je, une furieuse contradiction dans cette façon de penser : car enfin de quoi s'agit-il? D'être heureux. Qu'importe d'avoir de l'esprit ou d'être sot? Il y a bien plus : ceux qui sont contents de leur être sont bien sûrs d'être contents; ceux qui raisonnent ne sont pas si sûrs de bien raisonner. Il est donc clair, disais-je, qu'il faudrait choisir de n'avoir pas le sens commun, pour peu que ce sens commun contribue à notre mal-être. » Tout le monde fut de mon avis, et cependant je ne trouvai personne qui voulût accepter le marché de devenir imbécile pour devenir content. De là je conclus que, si nous faisons cas du bonheur, nous faisons encore plus de cas de la raison.

Mais, après y avoir réfléchi, il paraît que de préférer la raison à la félicité, c'est être très insensé. Comment donc cette contradiction peut-elle s'expliquer? Comme toutes les autres. Il y a là de quoi parler beaucoup.

ENTRETIENS D'UN SAUVAGE
ET D'UN BACHELIER

Publiés comme l'extrait précédent dans la Seconde suite
des Mélanges *de 1761. Après avoir réglé rapidement leur
compte aux théories de Rousseau sur l'homme sauvage,
vivant hors de toute société, Voltaire se sert des lumières de
son « homme naturel » pour passer au crible les institutions et
les croyances de notre société, reprenant une fois de plus
ce procédé de l'étranger-visiteur-juge qui court dans ses
contes de Micromégas à Amabed en passant par Babouc,
Scarmentado et l'Ingénu. La suffisance naïve du bachelier,
qui n'a pas même l'excuse de la jeunesse, car les bacheliers
en théologie, comme c'est ici le cas, avaient derrière eux au
moins cinq ans d'études spécialisées, l'apparente au docteur
Pangloss, et le ridicule de certaines de ses tirades aux méde-
cins de Molière. La « constitution » dont l'évocation met en
fuite le sauvage est évidemment la Bulle* Unigenitus *du
pape Clément XI qui condamna en 1713 le jansénisme des*
Réflexions morales *du P. Quesnel.*

V. den H.

ENTRETIENS
D'UN SAUVAGE ET D'UN BACHELIER

PREMIER ENTRETIEN

Un gouverneur de la Cayenne amena un jour un sauvage de la Guiane qui était né avec beaucoup de bon sens, et qui parlait assez bien le français. Un bachelier de Paris eut l'honneur d'avoir avec lui cette conversation.

LE BACHELIER

Monsieur le sauvage, vous avez vu sans doute beaucoup de vos camarades qui passent leur vie tout seuls : car on dit que c'est là la véritable vie de l'homme, et que la société n'est qu'une dépravation artificielle?

LE SAUVAGE

Jamais je n'ai vu de ces gens-là : l'homme me paraît né pour la société, comme plusieurs espèces d'animaux; chaque espèce suit son instinct; nous vivons tous en société chez nous.

LE BACHELIER

Comment! en société! vous avez donc de belles villes murées, des rois qui tiennent une cour, des spectacles, des couvents, des universités, des bibliothèques, et des cabarets?

LE SAUVAGE

Non; est-ce que je n'ai pas ouï dire que dans votre continent vous avez des Arabes, des Scythes, qui n'ont jamais rien eu de tout cela, et qui forment cependant des nations considérables? Nous vivons comme ces gens-là. Les familles voisines se prêtent du secours. Nous habitons un pays chaud, où nous avons peu de besoins; nous nous procurons aisément la nourriture; nous nous marions, nous faisons des enfants, nous les élevons, nous mourons. C'est tout comme chez vous, à quelques cérémonies près.

LE BACHELIER

Mais, monsieur, vous n'êtes donc pas sauvage?

LE SAUVAGE

Je ne sais pas ce que vous entendez par ce mot.

LE BACHELIER

En vérité, ni moi non plus; il faut que j'y rêve. Nous appelons sauvage un homme de mauvaise humeur, qui fuit la compagnie.

LE SAUVAGE

Je vous ai déjà dit que nous vivons ensemble dans nos familles.

LE BACHELIER

Nous appelons encore sauvages les bêtes qui ne sont pas apprivoisées, et qui s'enfoncent dans les forêts; et de là nous avons donné le nom de *sauvage* à l'homme qui vit dans les bois.

LE SAUVAGE

Je vais dans les bois, comme vous autres, quand vous chassez.

LE BACHELIER

Pensez-vous quelquefois?

LE SAUVAGE

On ne laisse pas d'avoir quelques idées.

LE BACHELIER

Je serais curieux de savoir quelles sont vos idées; que pensez-vous de l'homme?

LE SAUVAGE

Je pense que c'est un animal à deux pieds, qui a la faculté de raisonner, de parler et de rire, et qui se sert de ses mains beaucoup plus adroitement que le singe. J'en ai vu de plusieurs espèces, des blancs comme vous, des rouges comme moi, des noirs comme ceux qui sont chez M. le gouverneur de la Cayenne. Vous avez de la barbe, nous n'en avons point : les nègres ont de la laine, et vous et moi portons des cheveux. On dit que dans votre Nord tous les cheveux sont blonds; ils sont tous noirs dans notre Amérique; je n'en sais guère davantage.

LE BACHELIER

Mais votre âme, monsieur, votre âme? Quelle notion en avez-vous? D'où vous vient-elle? Qu'est-elle? Que fait-elle? Comment agit-elle? Où va-t-elle?

LE SAUVAGE

Je n'en sais rien; je ne l'ai jamais vue.

LE BACHELIER

A propos, croyez-vous que les bêtes soient des machines?

LE SAUVAGE

Elles me paraissent des machines organisées, qui ont du sentiment et de la mémoire.

LE BACHELIER

Et vous, et vous, monsieur le sauvage, qu'imaginez-vous avoir par-dessus les bêtes?

LE SAUVAGE

Une mémoire infiniment supérieure, beaucoup plus d'idées et, comme je vous l'ai déjà dit, une langue qui forme incomparablement plus de sons que la langue des bêtes, et des mains plus adroites, avec la faculté de rire qu'un grand raisonneur me fait exercer.

LE BACHELIER

Et, s'il vous plaît, comment avez-vous tout cela? et de quelle nature est votre esprit? Comment votre âme anime-t-elle votre corps? Pensez-vous toujours? Votre volonté est-elle libre?

LE SAUVAGE

Voilà bien des questions. Vous me demandez comment je possède ce que Dieu a daigné donner à l'homme : c'est comme si vous me demandiez comment je suis né. Il faut bien, puisque je suis né homme, que j'aie les choses qui constituent l'homme, comme un arbre a de l'écorce, des racines et des feuilles. Vous voulez que je sache de quelle nature est mon esprit : je ne me le suis pas donné, je ne peux le savoir; comment mon âme anime mon corps : je n'en suis pas mieux instruit. Il me semble qu'il faut avoir vu le premier ressort de votre montre pour juger comment elle marque l'heure. Vous me demandez si je pense toujours : non; j'ai quelquefois des demi-idées, comme quand je vois des objets de loin confu-

sément; quelquefois j'ai des idées plus fortes, comme
lorsque je vois un objet de plus près je le distingue
mieux; quelquefois je n'ai point d'idées du tout,
comme lorsque je ferme les yeux je ne vois rien. Vous
me demandez après cela si ma volonté est libre. Je ne
vous entends point : ce sont des choses que vous
savez, sans doute; vous me ferez plaisir de me les
expliquer.

LE BACHELIER

Oh! vraiment oui, j'ai étudié toutes ces matières;
je pourrais vous en parler un mois de suite sans
discontinuer que vous n'y entendriez rien. Dites-moi
un peu, connaissez-vous le bon et le mauvais, le juste
et l'injuste? Savez-vous quel est le meilleur des gou-
vernements, le meilleur culte, le droit des gens, le
droit public, le droit civil, le droit canon? Comment
se nommaient le premier homme et la première
femme qui ont peuplé l'Amérique? Savez-vous à quel
dessein il pleut dans la mer, et pourquoi vous n'avez
point de barbe?

LE SAUVAGE

En vérité, monsieur, vous abusez un peu de l'aveu
que j'ai fait d'avoir plus de mémoire que les ani-
maux : j'ai peine à retrouver les questions que vous
me faites. Vous parlez du bon et du mauvais, du juste
et de l'injuste : il me paraît que tout ce qui nous fait
plaisir sans faire tort à personne est très bon et très
juste; ce qui fait tort aux hommes sans nous faire de
plaisir est abominable; et que ce qui nous fait plaisir
en faisant du tort aux autres est bon pour nous dans le
moment, très dangereux pour nous-mêmes, et très
mauvais pour autrui.

LE BACHELIER

Et avec ces maximes-là vous vivez en société?

LE SAUVAGE

Oui, avec nos parents et nos voisins. Sans beau-
coup de peines et de chagrins, nous attrapons douce-
ment notre centaine d'années; plusieurs même vont à
cent vingt : après quoi notre corps fertilise la terre
dont il a été nourri.

LE BACHELIER

Vous me paraissez avoir une bonne tête; je veux
vous la renverser. Dînons ensemble : après quoi nous
continuerons à philosopher avec méthode.

SECOND ENTRETIEN

LE SAUVAGE

J'ai avalé des aliments qui ne me paraissent pas
faits pour moi, quoique j'aie un très bon estomac;
vous m'avez fait manger quand je n'avais plus faim, et
boire quand je n'avais plus soif; mes jambes ne sont
plus si fermes qu'elles l'étaient avant le dîner, ma tête
est plus pesante, mes idées ne sont plus si nettes. Je
n'ai jamais éprouvé cette diminution de moi-même
dans mon pays. Plus on met ici dans son corps, et
plus on perd de son être. Dites-moi, je vous prie,
quelle est la cause de ce dommage.

LE BACHELIER

Je vais vous le dire. Premièrement, à l'égard de ce
qui se passe dans vos jambes, je n'en sais rien; mais
les médecins le savent, et vous pouvez vous adresser
à eux. A l'égard de ce qui se passe dans votre tête, je
le sais très bien; écoutez. L'âme, ne tenant aucune
place, est placée dans la glande pinéale, ou dans le
corps calleux, au milieu de la tête. Les esprits ani-
maux qui s'élèvent de l'estomac montent à l'âme,

qu'ils ne peuvent toucher, parce qu'ils sont matière
et qu'elle ne l'est pas. Or, comme ils ne peuvent agir
l'un sur l'autre, cela fait que l'âme reçoit leur impres-
sion : et, comme elle est simple, et que par consé-
quent elle ne peut éprouver aucun changement, cela
fait qu'elle change, qu'elle devient pesante, engourdie,
quand on a trop mangé; de là vient que plusieurs
grands hommes dorment après dîner.

LE SAUVAGE

Ce que vous me dites me paraît bien ingénieux et
bien profond; faites-moi la grâce de m'en donner
quelque explication qui soit à ma portée.

LE BACHELIER

Je vous ai dit tout ce qui peut se dire sur cette
grande affaire, mais en votre faveur je vais un peu
m'étendre : allons par degrés; savez-vous que ce
monde-ci est le meilleur des mondes possibles?

LE SAUVAGE

Comment! Il est impossible à l'Être infini de faire
quelque chose de mieux que ce que nous voyons?

LE BACHELIER

Assurément, et ce que nous voyons est ce qu'il y a
de mieux. Il est bien vrai que les hommes se pillent
et s'égorgent; mais c'est toujours en faisant l'éloge de
l'équité et de la douceur. On massacra autrefois une
douzaine de millions de vous autres Américains;
mais c'était pour rendre les autres raisonnables. Un
calculateur a vérifié que depuis une certaine guerre de
Troie, que vous ne connaissez pas, jusqu'à celle de
l'Acadie, que vous connaissez, on a tué au moins, en
batailles rangées, cinq cent cinquante-cinq millions
six cent cinquante mille hommes, sans compter les

petits enfants et les femmes écrasées dans des villes mises en cendres; mais c'est pour le bien public : quatre ou cinq mille maladies cruelles, auxquelles les hommes sont sujets, font connaître le prix de la santé; et les crimes dont la terre est couverte relèvent merveilleusement le mérite des hommes pieux, du nombre desquels je suis. Vous voyez que tout cela va le mieux du monde, du moins pour moi.

Or les choses ne pourraient être dans cette perfection si l'âme n'était pas dans la glande pinéale. Car... Mais allons pied à pied : quelle idée avez-vous des lois, et du juste et de l'injuste, et du beau, et du τὸ καλὸν, comme dit Platon?

LE SAUVAGE

Mais, monsieur, en allant pied à pied, vous me parlez de cent choses à la fois.

LE BACHELIER

On ne parle pas autrement en conversation. Çà, dites-moi, qui a fait les lois dans votre pays?

LE SAUVAGE

L'intérêt public.

LE BACHELIER

Ce mot dit beaucoup; nous n'en connaissons pas de plus énergique : comment l'entendez-vous, s'il vous plaît?

LE SAUVAGE

J'entends que ceux qui avaient des cocotiers et du maïs ont défendu aux autres d'y toucher, et que ceux qui n'en avaient point ont été obligés de travailler pour avoir le droit d'en manger une partie. Tout ce

que j'ai vu dans notre pays et dans le vôtre m'apprend qu'il n'y a pas d'autre *esprit des lois*.

<center>LE BACHELIER</center>

Mais les femmes, monsieur le sauvage, les femmes?

<center>LE SAUVAGE</center>

Eh bien! les femmes? elles me plaisent beaucoup quand elles sont belles et douces. Elles sont fort supérieures à nos cocotiers; c'est un fruit où nous ne voulons pas que les autres touchent : on n'a pas plus le droit de me prendre ma femme que de me prendre mon enfant. Il y a, dit-on, des peuples qui le trouvent bon : ils sont bien les maîtres; chacun fait de son bien ce qu'il veut.

<center>LE BACHELIER</center>

Mais les successions, les partages, les hoirs, les collatéraux?

<center>LE SAUVAGE</center>

Il faut bien succéder. Je ne peux plus posséder mon champ quand on m'y a enterré : je le laisse à mon fils; si j'en ai deux, ils le partagent. J'apprends que parmi vous autres, en beaucoup d'endroits, vos lois laissent tout à l'aîné, et rien aux cadets : c'est l'intérêt qui a dicté cette loi bizarre; apparemment les aînés l'ont faite, ou les pères ont voulu que les aînés dominassent.

<center>LE BACHELIER</center>

Quelles sont, à votre avis, les meilleures lois?

<center>LE SAUVAGE</center>

Celles où l'on a le plus consulté l'intérêt de tous les hommes mes semblables.

LE BACHELIER

Et où trouve-t-on de pareilles lois?

LE SAUVAGE

Nulle part, à ce que j'ai ouï dire.

LE BACHELIER

Il faut que vous me disiez d'où sont venus chez vous les hommes. Qui croit-on qui ait peuplé l'Amérique?

LE SAUVAGE

Mais nous croyons que c'est Dieu qui l'a peuplée.

LE BACHELIER

Ce n'est pas répondre. Je vous demande de quel pays sont venus vos premiers hommes?

LE SAUVAGE

Du pays d'où sont venus nos premiers arbres. Vous me paraissez plaisants, vous autres messieurs les habitants de l'Europe, de prétendre que nous ne pouvons rien avoir sans vous : nous sommes tout autant en droit de croire que nous sommes vos pères, que vous de vous imaginer que vous êtes les nôtres.

LE BACHELIER

Voilà un sauvage bien têtu!

LE SAUVAGE

Voilà un bachelier bien bavard!

LE BACHELIER

Holà, hé! monsieur le sauvage, encore un petit mot; croyez-vous dans la Guiane qu'il faille tuer les gens qui ne sont pas de votre avis?

<center>LE SAUVAGE</center>

Oui, pourvu qu'on les mange.

<center>LE BACHELIER</center>

Vous faites le plaisant. Et la *Constitution,* qu'en pensez-vous?

<center>LE SAUVAGE</center>

Adieu.

CONVERSATION DE M. L'INTENDANT DES MENUS EN EXERCICE AVEC M. L'ABBÉ GRIZEL

ÉCRIT en 1761, selon l'indication de la dernière phrase, et imprimé d'abord en une brochure de 24 pages, cet opuscule paraît en 1762 dans le Cinquième recueil de nouvelles pièces fugitives, *précédé de l'avertissement suivant :*

« *Pour bien comprendre cette conversation, il faut savoir que Mlle Clairon, actrice de la Comédie-Française, avait un procès au Parlement. M. Le Dain, avocat de son adversaire, traita dans son discours les comédiens d'infâmes, selon l'ordre des lois. M. Huerne, avocat de Mlle Clairon, répliqua par un discours des plus vifs en faveur des comédiens. Le Parlement a fait brûler le discours de M. Huerne par la main du bourreau; mais M. de Choiseul l'a récompensé d'une place qui vaut 4 000 livres par an.* » *En réalité, il était paru en 1761 un volume intitulé* Libertés de la France contre le pouvoir arbitraire de l'excommunication, *contenant un* Mémoire en forme de dissertation *sur la question de l'excommunication, que l'on prétend encourue par le seul fait d'acteurs de la Comédie-Française. L'auteur en était François-Charles Huerne de La Mothe, avocat au Parlement de Paris. Le bâtonnier des avocats, appelé par Voltaire Le Dain, mais*

dont le *véritable nom est Dains*, dénonça l'ouvrage devant
le Parlement le 22 avril 1761, pour la discipline de
l'ordre et au nom de l'ordre; à la suite de quoi le Parle-
ment condamna l'ouvrage à être lacéré et brûlé. Quant aux
officiers de la Maison du Roi, qu'on appelait intendants des
menus, et dont le titre exact était intendants et contrôleurs
généraux de l'argenterie, menus plaisirs et de la chambre
du Roi, ils étaient trois en 1761 : Papillon de Fontpertuis,
l'Escureul de La Touche, et Papillon de La Ferté.

 V. den H.

CONVERSATION
DE M. L'INTENDANT DES MENUS

EN EXERCICE
AVEC M. L'ABBÉ GRIZEL

IL y a quelque temps qu'un jurisconsulte de l'*ordre* des avocats ayant été consulté par une personne de l'*ordre* des comédiens pour savoir à quel point on doit flétrir ceux qui ont une belle voix, des gestes nobles, du sentiment, du goût et tous les talents nécessaires pour parler en public, l'avocat examina l'affaire dans l'*ordre* des lois*. L'*ordre* des convulsionnaires ayant déféré cet ouvrage à l'*ordre* de la grand'chambre siégeante à Paris, icelle a décerné un *ordre* à son bourreau de brûler la consultation comme un mandement d'évêque ou comme un livre de jésuite. Je me flatte qu'elle fera le même honneur à la petite *Conversation de M. l'intendant des menus en exercice et de M. l'abbé Grizel*. Je fus présent à cette conversation : je l'ai fidèlement recueillie, et en voici un petit précis que chaque lecteur de l'*ordre* de ceux qui ont le sens commun peut étendre à son gré.

* L'ouvrage de cet avocat, entrepris en faveur du théâtre, et où il était beaucoup question d'*ordre*, fut déféré par maître Ledain, et incendié au bas de l'escalier. *(Note de Voltaire.)*

« Je suppose, disait l'intendant des menus à l'abbé
Grizel, que nous n'eussions jamais entendu parler de
comédie avant Louis XIV; je suppose que ce prince
eût été le premier qui eût donné des spectacles, qu'il
eût fait composer *Cinna, Athalie* et *Le Misanthrope,* qu'il
les eût fait représenter par des seigneurs et des
dames devant tous les ambassadeurs de l'Europe; je
demande s'il serait tombé dans l'esprit du curé
La Chétardie, ou du curé Fantin, connus tous deux
par les mêmes aventures, ou d'un seul autre curé,
ou d'un seul habitué, ou d'un seul moine, d'excom-
munier ces seigneurs et ces dames, et Louis XIV lui-
même; de leur refuser le sacrement de mariage et la
sépulture ?

— Non, sans doute, dit l'abbé Grizel; une si absurde
impertinence n'aurait passé par la tête de personne.

— Je vais plus loin, dit l'intendant des menus.
Quand Louis XIV et toute sa cour dansèrent sur le
théâtre, quand Louis XV dansa avec tant de jeunes
seigneurs de son âge dans la salle des Tuileries,
pensez-vous qu'ils aient été excommuniés ?

— Vous vous moquez de moi, dit l'abbé Grizel;
nous sommes bien bêtes, je l'avoue, mais nous ne le
sommes pas assez pour imaginer une telle sottise.

— Mais, dit l'intendant, vous avez du moins excom-
munié le pieux abbé d'Aubignac, le P. Le Bossu, supé-
rieur de Sainte-Geneviève, le P. Rapin, l'abbé Gravina,
le P. Brumoy, le P. Porée, Mme Dacier, tous ceux
qui ont, d'après Aristote, enseigné l'art de la tragédie
et de l'épopée ?

— On n'est pas encore tombé dans cet excès de
barbarie, repartit Grizel; il est vrai que l'abbé de
La Coste, M. de La Solle, et l'auteur des *Nouvelles
ecclésiastiques,* prétendent que la déclamation, la musi-
que et la danse, sont un péché mortel; qu'il n'a été
permis à David de danser que devant l'arche, et que

de plus David, Louis XIV et Louis XV, n'ont point
dansé pour de l'argent; que l'impératrice des
Romains n'a jamais chanté qu'en présence de quel-
ques personnes de sa cour, et qu'on ne se donne le
plaisir d'excommunier que ceux qui gagnent quelque
chose à parler, ou à chanter, ou à danser en public.

— Il est donc clair, dit l'intendant, que s'il y avait
eu un impôt sous le nom de *menus plaisirs du roi*, et
que cet impôt eût servi à payer les frais des spectacles
de Sa Majesté, le roi encourrait la peine de l'excom-
munication, selon le bon plaisir de tout prêtre qui
voudrait lancer cette belle foudre sur la tête de Sa
Majesté très chrétienne.

— Vous nous embarrassez beaucoup, dit Grizel.

— Je veux vous pousser, dit *le Menu*. Non seule-
ment Louis XIV, mais le cardinal Mazarin, le cardinal
de Richelieu, l'archevêque Trissino, le pape Léon X,
dépensèrent beaucoup à faire jouer des tragédies,
des comédies, et des opéras. Les peuples contri-
buèrent à ces dépenses; je ne trouve pourtant pas,
dans l'histoire de l'Église, qu'aucun vicaire de Saint-
Sulpice ait excommunié pour cela le pape Léon X et
ces cardinaux.

« Pourquoi donc Mlle Lecouvreur a-t-elle été
portée dans un fiacre au coin de la rue de Bourgo-
gne? Pourquoi le sieur Romagnesi, acteur de notre
troupe italienne, a-t-il été inhumé dans un grand
chemin, comme un ancien Romain? Pourquoi une
actrice des chœurs discordants de l'Académie royale
de musique a-t-elle été trois jours dans sa cave?
Pourquoi toutes ces personnes sont-elles brûlées
à petit feu, sans avoir de corps, jusqu'au jour du
jugement dernier, et seront-elles brûlées à tout jamais
après ce jugement, quand elles auront retrouvé leurs
corps? C'est uniquement, dites-vous, parce qu'on
paye vingt sous au parterre.

« Cependant ces vingt sous ne changent point l'espèce : les choses ne sont meilleures ni pires, soit qu'on les paye, soit qu'on les ait gratis. Un *de profundis* tire également une âme du purgatoire, soit qu'on le chante pour dix écus en musique, soit qu'on vous le donne en faux-bourdon pour douze francs, soit qu'on vous le psalmodie par charité : donc *Cinna* et *Athalie* ne sont pas plus diaboliques quand ils sont représentés pour vingt sous que quand le roi veut bien en gratifier sa cour : or, si on n'a pas excommunié Louis XIV quand il dansa pour son plaisir, ni l'impératrice quand elle a joué un opéra, il ne paraît pas juste qu'on excommunie ceux qui donnent ce plaisir pour quelque argent, avec la permission du roi de France ou de l'impératrice. »

L'abbé Grizel sentit la force de cet argument; il répondit ainsi : « Il y a des tempéraments; tout dépend sagement de la volonté arbitraire d'un curé ou d'un vicaire. Nous sommes assez heureux et assez sages pour n'avoir en France aucune règle certaine. On n'osa pas enterrer l'illustre et inimitable Molière dans la paroisse de Saint-Eustache; mais il eut le bonheur d'être porté dans la chapelle de Saint-Joseph, selon notre belle et saine coutume de faire des charniers de nos temples. Il est vrai que saint Eustache est un si grand saint qu'il n'y avait pas moyen de faire porter chez lui, par quatre habitués, le corps de l'infâme auteur du *Misanthrope*; mais enfin Saint-Joseph est une consolation : c'est toujours de la terre sainte. Il y a une prodigieuse différence entre la terre sainte et la profane : la première est incomparablement plus légère; et puis tant vaut l'homme, tant vaut sa terre : celle où est Molière y a gagné de la réputation. Or cet homme ayant été inhumé dans une chapelle ne peut être damné comme Mlle Lecouvreur et Romagnesi, qui sont sur les

chemins : peut-être est-il en purgatoire pour avoir
fait le *Tartuffe*. Je n'en voudrais pas jurer; mais je
suis sûr du salut de Jean-Baptiste Lulli, violon de
Mademoiselle, musicien du roi, surintendant de la
musique du roi, secrétaire du roi, qui joua dans *Cari-
selli* et dans *Pourceaugnac*, et qui de plus était Flo-
rentin : celui-là est monté au ciel comme j'y monterai;
cela est clair, car il a un beau tombeau de marbre aux
Petits-Pères. Il n'a pas tâté de la voirie : il n'y a
qu'heur et malheur en ce monde. » C'est ainsi que
raisonna M. l'abbé Grizel, et c'est puissamment
raisonner.

L'intendant des menus, qui sait l'histoire, lui répli-
qua : « Vous avez entendu parler du R. P. Girard; il
était sorcier, cela est de fait. Il est avéré qu'il ensor-
cela sa pénitente en lui donnant le fouet tout
doucement; de plus, il souffla sur elle comme font
tous les sorciers : seize juges déclarèrent Girard
magicien; cependant il fut enterré en terre sainte.
Dites-moi pourquoi un homme qui est à la fois jésuite
et sorcier a pourtant, malgré ces deux titres, les
honneurs de la sépulture, et que Mlle Clairon ne les
aurait pas, si elle avait le malheur de mourir immé-
diatement après avoir joué Pauline, laquelle Pauline
ne sort du théâtre que pour s'aller faire baptiser?

— Je vous ai déjà dit, répondit l'abbé Grizel, que
cela est arbitraire. J'enterrerais de tout mon cœur
Mlle Clairon s'il y avait un gros honoraire à gagner;
mais il se peut qu'il se trouve un curé qui fasse le
difficile : alors on ne s'avisera pas de faire du fracas
en sa faveur, et d'appeler comme d'abus au parle-
ment. Les acteurs de Sa Majesté sont d'ordinaire des
citoyens nés de familles pauvres; leurs parents n'ont
ni assez d'argent ni assez de crédit pour gagner un
procès; le public ne s'en soucie guère : il jouit
des talents de Mlle Lecouvreur pendant sa vie, il la

laissa traiter comme un chien après sa mort, et ne fit qu'en rire.

« L'exemple des sorciers est beaucoup plus sérieux. Il était certain autrefois qu'il y avait des sorciers; il est certain aujourd'hui qu'il n'y en a point, en dépit des seize Provençaux qui crurent Girard si habile; cependant l'excommunication subsiste toujours. Tant pis pour vous si vous manquez de sorciers, nous n'irons pas changer nos rituels parce que le monde a changé : nous sommes comme le médecin de *Pourceaugnac;* il nous faut un malade, et nous le prenons où nous pouvons.

« On excommunie aussi les sauterelles; il y en a, et j'avoue qu'il est triste qu'on continue à les flétrir, car elles s'en moquent. J'en ai vu des nuées en Picardie. Il est très dangereux d'offenser de grandes compagnies, et d'exposer les foudres de l'Église au mépris des personnes puissantes; mais pour trois ou quatre cents pauvres comédiens répandus dans la France, il n'y a rien à craindre en les traitant comme les sauterelles et comme ceux qui nouent l'aiguillette.

« Je vais vous dire quelque chose de plus fort, monsieur l'intendant. N'êtes-vous pas fils d'un fermier général?

— Non, monsieur, dit l'intendant; mon oncle avait cette place, mon père était receveur général des finances, et tous deux étaient secrétaires du roi, ainsi que mon grand-père.

— Eh bien! répliqua Grizel, votre oncle, votre père, et votre grand-père, sont excommuniés, anathématisés, damnés à tout jamais; et quiconque en doute est un impie, un monstre, en un mot un philosophe. »

Le Menu, à ce discours, ne sut s'il devait rire ou battre l'abbé Grizel. Il prit le parti de rire. « Je voudrais bien, monsieur, dit-il au Grizel, que vous me montrassiez la bulle ou le concile qui damne les

receveurs des finances du roi, et les adjudicataires des cinq grosses fermes du roi.

— Je vous montrerai vingt conciles, dit le Grizel; je vous ferai voir plus, je vous ferai lire dans l'*Évangile* que tout receveur des deniers royaux est mis au rang des païens, et vous apprendrez par les anciennes constitutions qu'il ne leur était pas permis d'entrer dans l'Église aux premiers siècles. *Sicut ethnicus et publicanus* est un passage assez connu : la loi de l'Église a été invariable sur cet article. L'anathème porté contre les fermiers, contre les receveurs des douanes, n'a jamais été révoqué; et vous voulez qu'on révoque celui qui a été lancé contre les acteurs qui jouaient encore dans les premiers siècles l'*Œdipe* de Sophocle, anathème qui subsiste contre ceux qui ne représentent plus l'*Œdipe* de Corneille! Commencez par tirer de l'enfer votre père, votre grand-père, et votre oncle, et puis nous composerons avec la troupe de Sa Majesté.

— Vous extravaguez, monsieur Grizel, dit l'intendant; mon père était seigneur de paroisse, il est enterré dans sa chapelle : mon oncle lui fit faire un mausolée de marbre aussi beau que celui de Lulli; et si son curé lui avait jamais parlé de l'*ethnicus* et du *publicanus*, il l'aurait fait mettre dans un cul de basse-fosse. Je veux bien croire que saint Mathieu a damné les employés des fermes après l'avoir été, et qu'ils se tenaient à la porte de l'église dans les premiers temps; mais vous m'avouerez que personne aujourd'hui n'ose nous le dire en face; et si nous sommes excommuniés, c'est *incognito*.

— Justement, dit Grizel, vous y êtes; on laisse l'*ethnicus* et le *publicanus* dans l'*Évangile;* on n'ouvre point les anciens rituels, et l'on vit paisiblement avec les fermiers généraux, pourvu qu'ils donnent beaucoup d'argent quand ils rendent le pain bénit. »

M. l'intendant s'apaisa un peu; mais il ne pouvait digérer l'*ethnicus* et le *publicanus*. « Je vous prie, mon cher Grizel, dit-il, de m'apprendre pourquoi on a inséré cette satire dans vos livres, et pourquoi on nous traitait si mal dans les premiers temps.

— Cela est tout simple, dit Grizel; ceux qui prononçaient cette excommunication étaient de pauvres gens dont les trois quarts étaient Juifs, parmi lesquels il se mêla un quart de pauvres Grecs. Les Romains étaient leurs maîtres; les receveurs des tributs étaient ou Romains ou choisis par les Romains : c'était un secret infaillible d'attirer à soi le petit peuple que d'anathématiser les commis de la douane. On hait toujours des vainqueurs, des maîtres, et des commis. La populace courait après des gens qui prêchaient l'égalité et qui damnaient messieurs des fermes. Criez au nom de Dieu contre les puissances et contre les impôts, vous aurez infailliblement la canaille pour vous si on vous laisse faire, et quand vous aurez un assez grand nombre de canailles à vos ordres, alors il se trouvera des gens d'esprit qui lui mettront une selle sur le dos, un mors à la bouche, et qui monteront dessus pour renverser les États et les trônes. Alors on bâtira un nouvel édifice; mais on conservera les premières pierres, quoique brutes et informes, parce qu'elles ont servi autrefois, et qu'elles sont chères aux peuples : on les encastrera proprement avec les nouveaux marbres, avec les pierreries et l'or qui seront prodigués, et il y aura même toujours de vieux antiquaires qui préféreront les anciens cailloux aux marbres nouveaux.

« C'est là, monsieur, l'histoire succincte de ce qui est arrivé parmi nous. La France a été longtemps barbare, et, aujourd'hui qu'elle commence à se civiliser, il y a encore des gens attachés à l'ancienne barbarie.

Nous avons, par exemple, un petit nombre de gens de bien qui voudraient priver les fermiers généraux de toutes leurs richesses, condamnées dans l'*Évangile*, et priver le public d'un art aussi noble qu'innocent, que l'*Évangile* n'a jamais proscrit, et dont aucun apôtre n'a jamais parlé. Mais la saine partie du clergé laisse les financiers se damner en paix, et permet seulement qu'on excommunie les comédiens pour la forme.

— J'entends, dit l'intendant des menus; vous ménagez les financiers, parce qu'ils vous donnent à dîner; vous tombez sur les comédiens, qui ne vous en donnent pas. Monsieur, oubliez-vous que les comédiens sont gagés par le roi, et que vous ne pouvez pas excommunier un officier du roi faisant sa charge? Donc il ne vous est pas permis d'excommunier un comédien du roi jouant *Cinna* et *Polyeucte* par ordre du roi.

— Et où avez-vous pris, dit Grizel, que nous ne pouvons damner un officier du roi? c'est apparemment dans vos libertés de l'Église gallicane? Mais ne savez-vous pas que nous excommunions les rois eux-mêmes? Nous avons proscrit le grand Henri IV et Henri III, et Louis XII, le père du peuple, tandis qu'il convoquait un concile à Pise, et Philippe le Bel, et Philippe-Auguste, et Louis VIII, et Philippe Ier, et le saint roi Robert, quoiqu'il brûlât des hérétiques. Sachez que nous sommes les maîtres d'anathématiser tous les princes, et de les faire mourir de mort subite; et après cela vous irez vous lamenter de ce que nous tombons sur quelques princes de théâtre. »

L'intendant des menus, un peu fâché, lui coupa la parole, et lui dit : « Monsieur, excommuniez mes maîtres tant qu'il vous plaira, ils sauront bien vous punir; mais songez que c'est moi qui porte aux

acteurs de Sa Majesté l'ordre de venir se damner
devant elle. S'ils sont hors du giron, je suis aussi
hors du giron; s'ils pèchent mortellement en faisant
verser des larmes à des hommes vertueux dans des
pièces vertueuses, c'est moi qui les fais pécher; s'ils
vont à tous les diables, c'est moi qui les y mène. Je
reçois l'ordre des premiers gentilshommes de la
chambre, ils sont plus coupables que moi; le roi et
la reine, qui ordonnent qu'on les amuse et qu'on les
instruise, sont cent fois plus coupables encore. Si
vous retranchez du corps de l'Église les soldats, il
est sûr que vous retranchez aussi les officiers et les
généraux; vous ne vous tirerez jamais de là. Voyez,
s'il vous plaît, à quel point vous êtes absurde;
vous souffrez que des citoyens au service de Sa Ma-
jesté soient jetés aux chiens, pendant qu'à Rome et
dans tous les autres pays on les traite honnêtement
pendant leur vie et après leur mort. »

Grizel répondit : « Ne voyez-vous pas que c'est
parce que nous sommes un peuple grave, sérieux,
conséquent, supérieur en tout aux autres peuples?
La moitié de Paris est convulsionnaire; il faut
que ces gens-là en imposent à ces libertins qui se
contentent d'obéir au roi, qui ne contrôlent point
ses actions, qui aiment sa personne, qui lui payent
avec allégresse de quoi soutenir la gloire de son
trône, qui, après avoir satisfait à leur devoir, pas-
sent doucement leur vie à cultiver les arts, qui
respectent Sophocle et Euripide, et qui se damnent
à vivre en honnêtes gens.

« Ce monde-ci (il faut que j'en convienne) est un
composé de fripons, de fanatiques et d'imbé-
ciles, parmi lesquels il y a un petit troupeau séparé
qu'on appelle *la bonne compagnie;* ce petit troupeau
étant riche, bien élevé, instruit, poli, est comme la
fleur du genre humain; c'est pour lui que les plaisirs

honnêtes sont faits; c'est pour lui plaire que les
plus grands hommes ont travaillé; c'est lui qui
donne la réputation, et, pour vous dire tout, c'est lui
qui nous méprise, en nous faisant politesse quand il
nous rencontre. Nous tâchons tous de trouver accès
auprès de ce petit nombre d'hommes choisis, et
depuis les jésuites jusqu'aux capucins, depuis le
P. Quesnel jusqu'au maraud qui a fait la *Gazette
ecclésiastique,* nous nous plions en mille manières pour
avoir quelque crédit sur ce petit nombre, dont nous
ne pouvons jamais être. Si nous trouvons quelque
dame qui nous écoute, nous lui persuadons qu'il
est essentiel, pour aller au ciel, d'avoir les joues
pâles, et que la couleur rouge déplaît mortellement
aux saints du paradis. La dame quitte le rouge, et
nous tirons de l'argent d'elle.

« Nous aimons à prêcher, parce qu'on loue les
chaises; mais comment voulez-vous que les honnêtes
gens écoutent un ennuyeux discours, divisé en trois
points, quand ils ont l'esprit occupé des beaux mor-
ceaux de *Cinna,* de *Polyeucte,* des *Horaces,* de *Pompée,* de
Phèdre, et d'*Athalie?* C'est là ce qui nous désespère.

« Nous entrons chez une dame de qualité; nous
demandons ce qu'on pense du dernier sermon du
prédicateur de Saint-Roch; le fils de la maison nous
répond par une tirade de Racine. Avez-vous lu
l'*Œuvre des six jours?* disons-nous. On nous réplique
qu'il y a une tragédie nouvelle. Enfin le temps
approche où nous ne gouvernerons plus que les dis-
graciés et la halle. Cela donne de l'humeur, et alors
on excommunie qui l'on peut.

« Il n'en est pas ainsi à Rome et dans les autres
États de l'Europe. Quand on chante à Saint-Jean de
Latran, ou à Saint-Pierre, une belle messe à grands
chœurs à quatre parties et que vingt châtrés ont
fredonné un motet, tout est dit; on va prendre le

soir du chocolat à l'Opéra de Saint-Ambroise, et
personne ne s'avise d'y trouver à redire. On se garde
bien d'excommunier la signora Cazzoni, la signora
Faustina, la signora Barbarini, encore moins le
signor Farinelli, chevalier de Calatrava, et acteur
de l'Opéra, qui a des diamants gros comme mon
pouce.

« Les gens qui sont les maîtres chez eux ne sont
jamais persécuteurs : voilà pourquoi un roi qui n'est
point contredit est toujours un bon roi, pour peu
qu'il ait le sens commun. Il n'y a de méchants que
les petits qui cherchent à être les maîtres. Il n'y a
que ceux-là qui persécutent pour se donner de
la considération. Le pape est assez puissant en
Italie pour n'avoir pas besoin d'excommunier
d'honnêtes gens qui ont des talents estimables; mais
il est des animaux dans Paris, aux cheveux plats, et à
l'esprit de même, qui sont dans la nécessité de se
faire valoir. S'ils ne cabalent pas, s'ils ne prêchent
pas le rigorisme, s'ils ne crient pas contre les
beaux-arts, ils se trouvent anéantis dans la foule.
Les passants ne regardent les chiens que quand ils
aboient, et on veut être regardé. Tout est jalousie de
métier dans ce monde. Je vous dis notre secret; ne
me décelez pas, et faites-moi le plaisir de me donner
une loge grillée à la première tragédie de M. Colardeau.

— Je vous le promets, dit l'intendant des menus;
mais achevez de me révéler vos mystères. Pourquoi
de tous ceux à qui j'ai parlé de cette affaire n'y en a-
t-il pas un qui ne convienne que l'excommunication
contre une société gagée par le roi est le comble
de l'insolence et du ridicule? Et pourquoi en même
temps personne ne travaille-t-il à lever ce scandale?

— Je crois vous avoir déjà répondu, dit Grizel, en
vous avouant que tout est contradiction chez nous.
La France, à parler sérieusement, est le royaume de

l'esprit et de la sottise, de l'industrie et de la
paresse, de la philosophie et du fanatisme, de la
gaieté et du pédantisme, des lois et des abus, du bon
goût et de l'impertinence. La contradiction ridicule
de la gloire de *Cinna,* et de l'infamie de ceux qui
représente *Cinna :* le droit qu'ont les évêques d'avoir
un banc particulier aux représentations de *Cinna,*
et le droit d'anathématiser les acteurs, l'auteur et les
spectateurs, sont assurément une incompatibilité digne
de la folie de ce peuple; mais trouvez-moi dans le
monde un établissement qui ne soit pas contradictoire.

« Dites-moi pourquoi, les apôtres ayant tous été
circoncis, les quinze premiers évêques de Jérusalem
ayant été circoncis, vous n'êtes pas circoncis; pour-
quoi la défense de manger du boudin n'ayant jamais
été levée, vous mangez impunément du boudin;
pourquoi les apôtres ayant gagné leur pain à tra-
vailler de leurs mains, leurs successeurs regorgent
de richesses et d'honneurs; pourquoi saint Joseph
ayant été charpentier, et son divin fils ayant daigné
être élevé dans ce métier, son vicaire a chassé les
empereurs, et s'est mis sans façon à leur place. Pour-
quoi a-t-on excommunié, anathématisé pendant des
siècles, ceux qui disaient que le Saint-Esprit procède
du Père et du Fils? Et pourquoi damne-t-on aujour-
d'hui ceux qui pensent le contraire?

« Pourquoi est-il expressément défendu dans l'*É-
vangile* de se remarier, quand on a fait casser son
mariage, et que nous permettons qu'on se remarie?
Dites-moi comment le même mariage est annulé à
Paris, et subsiste dans Avignon?

« Et pour vous parler du théâtre, que vous aimez,
expliquez-nous comment vous applaudissez à la bru-
tale et factieuse insolence de Joad, qui fait couper
la tête à Athalie parce qu'elle voulait élever son
petit-fils Joas chez elle; tandis que si un prêtre

osait, parmi nous, attenter quelque chose de semblable contre les personnes du sang royal, il n'y a pas un citoyen parmi nous, excepté peut-être quelques jésuites, qui ne le condamnât au dernier supplice?

« N'est-ce pas encore une plaisante contradiction de se faire petit à petit cent mille écus de rentes précisément parce qu'on a fait vœu de pauvreté? N'est-ce pas de toutes les contradictions la plus impertinente, d'être d'une profession et de laisser là sa profession, d'avoir fait serment de servir le public, et de dire au public : Nous nous tenons les bras croisés, nous renonçons à vous servir, pour vous être utiles? Que dirait-on des chirurgiens de nos armées s'ils refusaient de panser les blessés pour soutenir l'honneur de l'ordre des chirurgiens? Parcourez nos lois, nos coutumes, nos usages, tout est également contradictoire.

— Vous avez raison, dit l'intendant des menus; je vois clairement que nous sommes encore très éloignés d'être nettoyés de l'ancienne rouille de la barbarie. Laissons paisiblement subsister les vieilles sottises qui menacent ruine : elles tomberont d'elles-mêmes, et nos petits-enfants nous traiteront de bonnes gens comme nous traitons nos pères d'imbéciles. Laissons les tartufes crier encore quelques années; et demain je vous mène à la comédie du *Tartuffe*. »

Après cette conversation, arrivèrent deux petits pédants à l'air empesé, à la marche grave et à la tête large et creuse, tout bouffis d'orgueil et de formalités, fous sérieux qui font des sottises de sang-froid, gens qui n'ont jamais lu ni Cicéron, ni Démosthène, ni Sophocle, ni Euripide, ni Térence, mais qui se croient fort supérieurs à eux. Nous dînâmes : on parla de la gloire de la France et de sa prééminence sur les autres nations; nous cherchâmes en quoi consistait cette supériorité. J'osai prendre alors

la parole, et je dis : « Cette supériorité ne consiste pas
dans nos lois, car, à proprement parler, nous n'avons
pu encore en avoir de fixes depuis 1400. Nous n'avons
que des coutumes très contestées; ces coutumes
changent de ville en ville, ainsi que les .poids et
mesures, et une nation chez laquelle ce qui est juste
vers la Seine est injuste vers le Rhône ne peut guère
se glorifier de ses lois. Est-ce par nos découvertes
que nous l'emportons sur les autres peuples? Hélas!
c'est un pilote génois qui a découvert le nouveau
monde, c'est un Allemand qui a inventé l'imprimerie,
c'est un Italien à qui nous devons les lunettes; un Hol-
landais a inventé les pendules, un Italien a trouvé la
pesanteur de l'air, un Anglais a découvert les lois de la
nature; et nous n'avons inventé que les convulsions.
Brillons-nous par la marine, par le commerce, par
l'agriculture? Plût à Dieu! Il faut espérer que nous
profiterons quelque jour de l'exemple de nos voisins.
Trouvez-moi un seul art, une seule science dans
laquelle nous n'ayons pas des maîtres chez les
nations étrangères. Avons-nous pu seulement traduire
en vers les poètes grecs et latins, que les Anglais et les
Italiens ont si heureusement traduits? »

Les convives se regardèrent; ils conclurent que
nous sommes médiocres presque en tous genres, et
que ce n'est que dans l'art dramatique que nous
l'emportons sur toutes les nations du monde, de
l'aveu de ces nations mêmes. « Eh bien, dis-je alors
aux deux pédants, le seul art qui vous distingue,
c'est donc le seul art que vous voulez avilir? » Ils rou-
girent; ce qui leur arrive rarement.

Ils n'étaient pas encore partis quand l'auteur de la
tragédie de *Varon* arriva chez l'intendant des menus.
C'est un homme d'une ancienne noblesse, un brave
officier couvert de blessures; la famille royale
avait redemandé sa pièce, les premiers gentilshommes

de la chambre avaient ordonné qu'on la jouât, et il
venait pour prendre quelque arrangement. Il trouva
sur la cheminée le discours de maître Étienne
Ledain, prononcé du côté du greffe; il tomba sur
ces mots : *Si l'auteur et l'acteur sont infâmes dans
l'ordre des lois,* etc... « Comment! mort de..., dit-il,
l'auteur d'une tragédie est un homme infâme! Moi,
infâme! le cardinal de Richelieu, infâme! Corneille,
né gentilhomme, infâme! Où est le fat qui a dit cette
sottise? Je veux le voir l'épée à la main. — Monsieur,
lui dis-je, c'est un vieil avocat nommé maître Ledain,
auquel il faut pardonner. — Maître Ledain! Où est-il?
que je lui coupe le nez et les deux oreilles! Quel est
donc ce M. Ledain? Il appartient bien à un vil prati-
cien, à un suppôt de la chicane, à un roturier que je
paye, d'oser traiter d'infâmes des gens de qualité qui
cultivent un art respectable! Où a-t-il pris que je suis
déclaré infâme, infâme dans l'ordre des lois? Qu'il
sache qu'il n'y a rien de si infâme, dans un État, que
des gens qui originairement étaient nos esclaves, et
qui veulent être aujourd'hui nos maîtres, pour avoir
très mal étudié les différentes coutumes établies par
nos ancêtres dans nos domaines. — Ne vous emportez
pas, monsieur, lui dis-je; vous parlez comme du
temps du gouvernement féodal. Ce pauvre homme,
d'ailleurs, est un imbécile; c'est M. Abraham Chau-
meix et M. Gauchat qui ont fait son discours *pro-
noncé du côté du greffe.* Il est bâtonnier; il n'a pas
rempli le vœu de l'*ordre des avocats* comme il le dit :
la plus saine partie de l'ordre des avocats s'est mo-
quée de lui. — Bâtonnier! dit l'officier; ah! je le trai-
terai suivant toute l'étendue de sa charge; voilà un
plaisant animal avec le vœu de son ordre! » Il s'em-
porta longtemps; nous lui dîmes, pour l'apaiser, que
quand un corps pousse le fanatisme aussi loin, il perd
bientôt tout son crédit; que ceux qui abusent du mal-

heur des temps pour faire un parti finissent par être écrasés, et que l'on perd toutes les prérogatives de son état pour avoir voulu s'élever au-dessus de son état. « Je me moque, reprit ce gentilhomme, de toutes leurs sottises; j'assommerai le premier qui m'appellera infâme : je n'entends point raillerie. Maître Ledain et consorts auront affaire à moi. » Un des deux graves personnages qui avaient dîné avec nous lui dit : « Monsieur, les voies de fait sont défendues; pourvoyez-vous devant la cour. »

N. B. Je rendrai compte incessamment de la suite de cette aventure. En attendant, je supplie instamment maître Ledain et consorts de vouloir bien me faire l'amitié de déférer cette conversation, comme manifestement contraire aux sentiments du feu curé de Saint-Médard et de celui de Saint-Leu, comme tendante insidieusement à renouveler les anciennes opinions de Cicéron qui aima tant Roscius, de César et d'Auguste qui faisaient des tragédies, de Scipion qui travaillait aux pièces de Térence, de Périclès qui fit bâtir ce beau théâtre d'Athènes, et d'autres impies et bélîtres de l'antiquité, morts sans sacrements, comme le dit le R. P. Garasse.

Je me flatte que maître Ledain, maître Braillard, maître Griffonnier, maître Phrasier, assistés de maître Abraham Chaumeix, feront brûler incessamment les ouvrages de Corneille par la main du bourreau, au bas de l'escalier du May s'il fait beau temps, et sur le perron d'en haut si nous avons de la pluie.

N. B. Si maître l'exécuteur des hautes œuvres avait pour ses honoraires un exemplaire de chaque livre qu'il a brûlé, il aurait vraiment une jolie bibliothèque.

Fait à Paris, par moi Georges Avenger Dardelle, 20 mai 1761.

CATÉCHISME
DE L'HONNÊTE HOMME
OU DIALOGUE ENTRE UN CALOYER ET UN HOMME
DE BIEN TRADUIT DU GREC VULGAIRE PAR
D. J. J. R. C. D. C. D. G.

CE dialogue fit l'objet d'une publication séparée à Genève, puis à Paris, en 1763. Il fut réimprimé dans l'Évangile de la Raison (1764), dans le Recueil nécessaire (1766) et dans les Nouveaux Mélanges de 1768. Les initiales signifient Dom Jean-Jacques Rousseau, ci-devant citoyen de Genève. Le caloyer, ou caloger, est un moine grec de la règle de saint Basile. Dans les voyages de Tavernier, il est dit qu'« on ne peut pas porter plus loin les obligations de la vie monastique » que dans cet ordre. Au cours de la discussion, qui est plutôt souvent, à vrai dire, un monologue de l'honnête homme, le caloyer fait assez pâle figure et laisse son interlocuteur dévider l'écheveau de toute la critique religieuse voltairienne. On comprend que le Caté- chisme ait été condamné par la Cour de Rome le 8 juillet 1765.

V. den H.

CATÉCHISME
DE L'HONNÊTE HOMME
OU DIALOGUE ENTRE UN CALOYER
ET UN HOMME DE BIEN
TRADUIT DU GREC VULGAIRE PAR
D. J. J. R. C D. C. D. G.

LE CALOYER

Puis-je vous demander, monsieur, de quelle religion vous êtes dans Alep, au milieu de cette foule de sectes qui sont ici reçues, et qui servent toutes à faire fleurir cette grande ville? Êtes-vous mahométan du rite d'Omar ou de celui d'Ali? Suivez-vous les dogmes des anciens parsis, ou de ces sabéens si antérieurs aux parsis, ou des brames, qui se vantent d'une antiquité encore plus reculée? Seriez-vous juif? êtes-vous chrétien du rite grec, ou de celui des Arméniens, ou des Cophtes ou des Latins?

L'HONNÊTE HOMME

J'adore Dieu, je tâche d'être juste et je cherche à m'instruire.

LE CALOYER

Mais ne donnez-vous pas la préférence aux livres juifs sur le *Zend-Avesta*, sur le *Veidam*, sur l'*Alcoran*?

L'HONNÊTE HOMME

Je crains de n'avoir pas assez de lumières pour bien juger des livres, et je sens que j'en ai assez pour voir, dans le grand livre de la nature, qu'il faut adorer et aimer son maître.

LE CALOYER

Y a-t-il quelque chose qui vous embarrasse dans les livres juifs?

L'HONNÊTE HOMME

Oui, j'avoue que j'ai de la peine à concevoir ce qu'ils rapportent. J'y vois quelques incompatibilités dont ma faible raison s'étonne.

1° Il me semblait difficile que Moïse ait écrit dans un désert le *Pentateuque,* qu'on lui attribue. Si son peuple venait d'Égypte, où il avait demeuré, dit l'auteur, quatre cents ans (quoiqu'il se trompe de deux cents), ce livre eût été probablement écrit en égyptien; et on nous dit qu'il l'était en hébreu.

Il devait être gravé sur la pierre ou sur le bois; on n'avait, du temps de Moïse, d'autre manière d'écrire. C'était un art fort difficile, qui demandait de longs préparatifs; il fallait polir le bois ou la pierre. Il n'y a pas d'apparence que cet art pût être exercé dans un désert où, selon ce livre même, la horde juive n'avait pas de quoi se faire des habits et des souliers, et où Dieu fut obligé de faire un miracle continuel pendant quarante années pour leur conserver leurs vêtements et leurs chaussures sans dépérissement. Il est si vrai qu'on n'écrivait que sur la pierre que l'auteur du livre de *Josué* dit que le *Deutéronome* fut écrit sur un autel de pierres brutes enduites de mortier. Apparemment que Josué n'avait pas intention que ce livre fût durable.

2° Les hommes les plus versés dans l'antiquité

pensent que ces livres ont été écrits **plus de sept** cents
ans après Moïse. Ils se fondent sur ce qu'il y **est** parlé
des rois, et qu'il n'y eut de rois **que longtemps** après
Moïse; sur la position des villes, qui est **fausse** si le
livre fut écrit dans le désert, et vraie s'il fut écrit à
Jérusalem, sur les noms de villes ou de bourgades dont
il est parlé, et qui ne furent fondées ou appelées du
nom qu'on leur donne qu'après plusieurs siècles, etc.

3° Ce qui peut un peu effaroucher dans les écrits
attribués à Moïse, c'est que l'immortalité de l'âme, les
récompenses et les peines après la mort, sont entière-
ment inconnues dans l'énoncé de ses lois. Il est étrange
qu'il ordonne la manière dont on doit faire ses
déjections, et ne parle en nul endroit de l'immorta-
lité de l'âme. Serait-il possible que Moïse, inspiré de
Dieu, eût préféré nos derrières à nos esprits*; qu'il
eût prescrit la façon d'aller à la garde-robe dans le
camp israélite, et qu'il n'eût pas dit un seul mot de
la vie éternelle? Zoroastre, antérieur au législateur
juif, dit** : *Honorez, aimez vos parents, si vous voulez
avoir la vie éternelle;* et le *Décalogue* dit : *Honore père
et mère, si tu veux vivre longtemps sur la terre;* il me
semble que Zoroastre parle en homme divin, et Moïse
en homme terrestre.

4° Les événements racontés dans le *Pentateuque*
étonnent ceux qui ont le malheur de ne juger que par
leur raison, et dans qui cette raison aveugle n'est pas
éclairée par une grâce particulière. Le premier chapitre
de la *Genèse* est si au-dessus de nos conceptions qu'il
fut défendu chez les Juifs de le lire avant vingt-cinq
ans.

On voit avec un peu de surprise que Dieu vienne se

* *Deutéronome*, chapitre XXIII, versets 12, 13 et 14. *(Note de
Voltaire.)*

** Voyez le Sadder. *(Id.)*

Catéchisme de l'honnête homme

promener tous les jours à midi dans le jardin d'Éden ;
que les sources de quatre fleuves, éloignées prodi-
gieusement les unes des autres, forment une fontaine
dans ce même jardin ; que le serpent parle à Ève,
attendu qu'il est le plus subtil des animaux, et qu'une
ânesse, qui ne passe pas pour si subtile, parle aussi plu-
sieurs siècles après ; que Dieu ait séparé la lumière des
ténèbres, comme si les ténèbres étaient quelque chose
de réel ; qu'il ait fait la lumière, qui émane du soleil,
avant le soleil lui-même ; qu'après avoir fait l'homme
et la femme, il ait ensuite tiré la femme d'une côte de
l'homme, qu'il ait mis de la chair à la place de cette
côte ; qu'il ait condamné Adam à la mort, et toute sa
postérité à l'enfer pour une pomme ; qu'il ait mis un
signe de sauvegarde à Caïn, qui avait assassiné son
frère, et que ce Caïn ait craint d'être tué par les
hommes qui peuplaient alors la terre, tandis que,
selon le texte, le genre humain était borné à la famille
d'Adam ; que de prétendues cataractes dans le ciel
aient inondé la terre ; que tous les animaux soient
venus s'enfermer un an dans un coffre.

Après ce nombre prodigieux de fables qui semblent
toutes plus absurdes que les *Métamorphoses* d'Ovide, on
n'est pas moins surpris que Dieu délivre de la servi-
tude en Égypte six cent mille combattants de son
peuple, sans compter les vieillards, les enfants et les
femmes ; que ces six cent mille combattants, après
les plus éclatants miracles, égalés pourtant par les
magiciens d'Égypte, s'enfuient au lieu de combattre
leurs ennemis ; qu'en fuyant ils ne prennent pas le
chemin du pays ou Dieu les conduit ; qu'ils se trouvent
entre Memphis et la mer Rouge ; que Dieu leur ouvre
cette mer, et la leur fasse passer à pied sec pour les
faire périr dans des déserts affreux, au lieu de les
mener dans la terre qu'il leur a promise ; que ce
peuple, sous la main et sous les yeux de Dieu

même, demande au frère de Moïse un veau d'or pour l'adorer; que ce veau d'or soit jeté en fonte en un seul jour; que Moïse réduise cet or en poudre impalpable, et la fasse avaler au peuple; que vingt-trois mille hommes de ce peuple se laissent égorger par les lévites, en punition d'avoir érigé ce veau d'or, et qu'Aaron, qui l'a jeté en fonte, soit déclaré grand prêtre pour récompense; qu'on ait brûlé deux cent cinquante hommes d'une part, et quatorze mille sept cents hommes de l'autre, qui avaient disputé l'encensoir à Aaron; et que dans une autre occasion, Moïse ait encore fait tuer vingt-quatre mille hommes de son peuple.

5° Si l'on s'en tient aux plus simples connaissances de la physique, et qu'on ne s'élève pas jusqu'au pouvoir divin, il sera difficile de penser qu'il y ait une eau qui ait fait crever les femmes adultères et qui ait respecté les femmes fidèles.

On voit encore avec plus d'étonnement un vrai prophète parmi les idolâtres, dans la personne de Balaam.

6° On est encore plus surpris que, dans un village du petit pays de Madian, le peuple juif trouve 675 000 brebis, 72 000 bœufs, 61 000 ânes, 32 000 pucelles; et on frissonne d'horreur quand on lit que les Juifs, par ordre du Seigneur, massacrèrent tous les mâles et toutes les veuves, les épouses et les mères, et ne gardèrent que les petites filles.

7° Le soleil qui s'arrête en plein midi pour donner plus de temps aux Juifs de tuer les Amorrhéens déjà écrasés par une pluie de pierres tombées du ciel; le Jourdain qui ouvre son lit comme la mer Rouge pour laisser passer ces Juifs qui pouvaient passer si aisément à gué; les murailles de Jéricho qui tombent au son des trompettes : tant de prodiges de toute espèce exigent, pour être crus, le sacrifice de la raison et la

foi la plus vive. Enfin à quoi aboutissent tant de miracles opérés par Dieu même pendant des siècles en faveur de son peuple? A le rendre presque toujours l'esclave des autres nations.

8° Toute l'histoire de Samson et de ses amours, et de ses cheveux, et de son lion, et de ses trois cents renards, semble plus faite pour amuser l'imagination que pour édifier l'esprit. Celles de Josué et de Jephté semblent barbares.

9° L'histoire des Rois est un tissu de cruautés et d'assassinats qui fait saigner le cœur. Presque tous les faits sont incroyables. Le premier roi juif Saül ne trouve chez son peuple que deux épées, et son successeur David laisse plus de vingt milliards d'argent comptant. Vous dites que ces livres sont écrits par Dieu même; vous savez que Dieu ne peut mentir : donc si un seul fait est faux, tout le livre est une imposture.

10° Les prophètes ne sont pas moins révoltants pour un homme qui n'a pas le don de pénétrer le sens caché et allégorique des prophéties. Il voit avec peine Jérémie se charger d'un bât et d'un collier, et se faire lier avec des cordes; Osée, à qui Dieu commande, en termes formels, de faire des fils de putain à une putain publique, d'en faire ensuite à une femme adultère; Isaïe, qui marche tout nu dans la place publique; Ézéchiel, qui se couche trois cent quatre-vingt-dix jours sur le côté gauche et quarante sur le côté droit, qui mange un livre de parchemin, qui couvre son pain d'excréments d'hommes, et ensuite de bouse de vache; Oolla et Ooliba, qui établissent un bordel, et à qui Dieu dit qu'elles n'aiment que les membres d'un âne et le sperme d'un cheval. Certainement si le lecteur n'est pas instruit des usages du pays et de la manière de prophétiser, il peut craindre d'être scandalisé; et quand il voit

Élisée faire dévorer quarante enfants par des ours, pour l'avoir appelé tête chauve, un châtiment si peu proportionné à l'offense peut lui inspirer plus d'horreur que de respect.

Pardonnez-moi donc si les livres juifs m'ont causé quelque embarras. Je ne veux pas avilir l'objet de votre vénération; j'avoue même que je peux me tromper sur les choses de bienséance et de justice, qui ne sont peut-être pas les mêmes dans tous les temps; je me dis que nos mœurs sont différentes de celles de ces siècles reculés; mais peut-être aussi la préférence que vous avez donnée au Nouveau Testament sur l'Ancien peut servir à justifier mes scrupules. Il faut bien que la loi des Juifs ne vous ait pas paru bonne, puisque vous l'avez abandonnée : car si elle était réellement bonne, pourquoi ne l'auriez-vous pas toujours suivie? et, si elle était mauvaise, comment était-elle divine?

LE CALOYER

L'Ancien Testament a ses difficultés. Mais vous m'avouez donc que le Nouveau Testament ne fait pas naître en vous les mêmes doutes et les mêmes scrupules que l'Ancien?

L'HONNÊTE HOMME

Je les ai lus tous deux avec attention; mais souffrez que je vous expose les inquiétudes où me jette mon ignorance. Vous les plaindrez et vous les calmerez.

Je me trouve ici avec des chrétiens arméniens qui disent qu'il n'est pas permis de manger du lièvre; avec des Grecs qui assurent que le Saint-Esprit ne procède point du Fils; avec des nestoriens qui nient que Marie soit mère de Dieu; avec quelques Latins qui se vantent qu'au bout de l'Occident les chrétiens d'Europe pensent tout autrement que ceux d'Asie et

d'Afrique. Je sais que dix ou douze sectes en Europe
s'anathématisent les unes les autres; les musulmans
qui m'entourent regardent d'un œil de mépris tous
ces chrétiens que cependant ils tolèrent. Les Juifs ont
également en exécration les chrétiens et les musul-
mans; les guèbres les méprisent tous; et le peu qui
reste des sabéens ne voudraient manger avec aucun
de ceux que je vous ai nommés; le brame ne peut
souffrir ni sabéens, ni guèbres, ni chrétiens, ni maho-
métans, ni juifs.

J'ai cent fois souhaité que Jésus-Christ, en venant
s'incarner en Judée, eût réuni toutes ces sectes sous
ses lois. Je me suis demandé pourquoi, étant Dieu, il
n'a pas usé des droits de la divinité; pourquoi, en
venant nous délivrer du péché, il nous a laissés dans
le péché; pourquoi, en venant éclairer tous les
hommes, il a laissé presque tous les hommes dans
l'erreur?

Je sais que je ne suis rien, je sais que du fond de
mon néant je ne dois pas interroger l'Être des êtres;
mais il m'est permis, comme à Job, d'élever mes
respectueuses plaintes du sein de ma misère.

Que voulez-vous que je pense quand je vois deux
généalogies de Jésus directement contraires l'une à
l'autre; et que ces généalogies, qui sont si différentes
dans les noms et dans le nombre de ses ancêtres, ne
sont pourtant pas la sienne, mais celle de son père
Joseph, qui n'est pas son père?

Je donne la torture à mon esprit pour comprendre
comment un Dieu est mort. Je lis les livres sacrés et
les profanes de ces temps-là; un seul de ces livres
sacrés me dit qu'une étoile nouvelle parut en Orient,
et conduisit des mages aux pieds de Dieu, qui venait
de naître. Aucun profane ne parle de cet événement
à jamais mémorable, qui semble devoir avoir été
aperçu par la terre entière, et marqué dans les fastes

de tous les États. Un évangéliste me dit qu'un roi nommé Hérode, à qui les Romains, maîtres du monde connu, avaient donné la Judée, entendit dire que l'enfant qui venait de naître dans une étable devait être roi des Juifs; mais comment, et à qui, et sur quel fondement entendit-il dire cette étrange nouvelle? Est-il possible que ce roi, qui n'avait pas perdu le sens, ait imaginé de faire égorger tous les petits enfants du pays pour envelopper dans le massacre un enfant obscur? Y a-t-il un exemple sur la terre d'une fureur si abominable et si insensée?

Je vois que les Évangiles qui nous restent se contredisent presque à chaque page. J'ouvre l'histoire de Josèphe, auteur presque contemporain; Josèphe, parent de Mariamne, sacrifiée par Hérode; Josèphe, ennemi naturel de ce prince; il ne dit pas un mot de cette aventure; il est Juif, et il ne parle pas même de ce Jésus né chez les Juifs.

Que d'incertitudes m'accablent dans la recherche importante de ce que je dois adorer et de ce que je dois croire! Je lis les Écritures, et je n'y vois nulle part que Jésus, reconnu depuis pour Dieu, se soit jamais appelé Dieu; je vois même tout le contraire : il dit que son père est plus grand que lui, que le père seul sait ce que le fils ignore. Et comment encore ces mots de père et de fils se doivent-ils entendre chez un peuple où, par les fils de Bélial, on voulait dire les méchants, et par les fils de Dieu, on désignait les hommes justes? J'adopte quelques maximes de la morale de Jésus; mais quel législateur enseigna jamais une mauvaise morale? dans quelle religion l'adultère, le larcin, le meurtre, l'imposture, ne sont-ils pas défendus; le respect pour les parents, l'obéissance aux lois, la pratique de toutes les vertus, expressément ordonnés?

Plus je lis, plus mes peines redoublent. Je cherche

des prodiges dignes d'un Dieu, attestés par l'univers. J'ose dire, avec cette naïveté douloureuse qui craint de blasphémer, que les diables envoyés dans le corps d'un troupeau de cochons, de l'eau changée en vin en faveur de gens qui étaient ivres, un figuier séché pour n'avoir pas porté des figues avant le temps, etc., ne remplissent pas l'idée que je m'étais faite du maître de la nature, annonçant et prouvant la vérité par des miracles éclatants et utiles. Puis-je adorer ce maître de la nature dans un Juif qu'on dit transporté par le diable sur le haut d'une montagne dont on découvre tous les royaumes de la terre?

Je lis les paroles qu'on rapporte de lui; j'y vois une prochaine arrivée du royaume des cieux figuré par un grain de moutarde, par un filet à prendre des poissons, par de l'argent mis à usure, par un souper auquel on fait entrer par force des borgnes et des boiteux. Jésus dit qu'on ne met point de vin nouveau dans de vieux tonneaux, que l'on aime mieux le vin vieux que le nouveau. Est-ce ainsi que Dieu parle?

Enfin comment puis-je reconnaître Dieu dans un Juif de la populace, condamné au dernier supplice pour avoir mal parlé des magistrats à cette populace, et suant d'une sueur de sang dans l'angoisse et dans la frayeur que lui inspirait la mort? Est-ce là Platon? est-ce là Socrate, ou Antonin, ou Épictète, ou Zaleucus, ou Solon, ou Confucius? Qui de tous ces sages n'a écrit, n'a parlé d'une manière plus conforme aux idées que nous avons de la sagesse? Et comment pouvons-nous juger autrement que par nos idées?

Quand je vous ai dit que j'adoptais quelques maximes de Jésus, vous avez dû sentir que je ne puis les adopter toutes. J'ai été affligé en lisant : « Je suis venu apporter le glaive, et non la paix; je suis venu diviser le fils et le père, la fille, la mère, et les parents. » Je vous avoue que ces paroles m'ont

Catéchisme de l'honnête homme

saisi de douleur et d'effroi; et si je regardais ces paroles comme une prophétie, je croirais en voir l'accomplissement dans les querelles qui ont divisé les chrétiens dès les premiers temps, dans les guerres civiles qui leur ont mis les armes à la main pendant tant de siècles, dans les assassinats de tant de princes, dans les horribles malheurs de tant de familles.

J'avoue encore que des mouvements d'indignation et de pitié se sont élevés dans mon cœur, quand j'ai vu Pierre faire apporter à ses pieds l'argent de ses sectateurs. Ananie et Saphire ont gardé quelque chose pour eux du prix de leur champ; ils ne l'ont pas dit, et Pierre les punit en faisant mourir subitement le mari et la femme. Hélas! ce n'était pas là le miracle que j'attendais de ceux qui disent qu'ils ne veulent pas la mort du pécheur, mais sa conversion. J'ai osé penser que si Dieu faisait des miracles, ce serait pour guérir les hommes, et non pour les tuer; ce serait pour les corriger, et non pour les perdre; qu'il est un Dieu de miséricorde, et non un tyran homicide. Ce qui m'a le plus révolté dans cette histoire, c'est que Pierre, ayant fait mourir Ananie, et voyant venir Saphire sa femme, ne l'avertit pas, ne lui dit pas : « Gardez-vous de réserver pour vous quelques oboles; si vous en avez, avouez tout, donnez tout, craignez le sort de votre mari »; au contraire, il la fait tomber dans le piège; il semble qu'il se réjouisse de frapper une seconde victime. Je vous avoue que cette aventure m'a toujours fait dresser les cheveux, et que je ne me suis consolé que quand j'en ai vu l'impossibilité et le ridicule.

Puisque vous me permettez de vous expliquer mes pensées, je continue, et je dis que je n'ai trouvé aucune trace du christianisme dans l'histoire de Jésus. Les quatre *Évangiles* qui nous restent sont en opposition sur plusieurs faits; mais ils attestent uniformé-

ment que Jésus fut soumis à la loi de Moïse depuis le
moment de sa naissance jusqu'à celui de sa mort.
Tous ses disciples fréquentèrent la synagogue : ils
prêchaient une réforme; mais ils n'annonçaient pas
une religion différente; les chrétiens ne furent abso-
lument séparés des Juifs que longtemps après. Dans
quel temps précis Dieu voulut-il donc qu'on cessât
d'être Juif et qu'on fût chrétien? Qui ne voit que le
temps a tout fait, que tous les dogmes sont venus les
uns après les autres?

Si Jésus avait voulu établir une Église chrétienne,
n'en eût-il pas enseigné les lois? N'aurait-il pas lui-
même établi tous les rites? N'aurait-il pas annoncé
les sept sacrements, dont il ne parle pas? N'aurait-il
pas dit : Je suis Dieu, engendré et non fait; le Saint-
Esprit procède de mon père sans être engendré; j'ai
deux volontés et une personne; ma mère est mère de
Dieu? Au contraire, il dit à sa mère : « Femme, qu'y
a-t-il entre vous et moi? » Il n'établit ni dogme, ni
rite, ni hiérarchie; ce n'est donc pas lui qui a fait sa
religion.

Quand les premiers dogmes commencent à s'éta-
blir, je vois les chrétiens soutenir ces dogmes par des
livres supposés; ils imputent aux sibylles des vers
acrostiches sur le christianisme; ils forgent des his-
toires, des prodiges, dont l'absurdité est palpable.
Telle est, par exemple, l'histoire de la nouvelle ville
de Jérusalem bâtie dans l'air, dont les murailles
avaient cinq cents lieues de tour et de hauteur, qui
se promenait sur l'horizon pendant toute la nuit, et qui
disparaissait au point du jour; telle est la querelle de
Pierre et de Simon le Magicien devant Néron; tels
sont cent contes non moins absurdes.

Que de miracles puérils on a forgés! Que de faux
martyres, que de légendes ridicules! *Portenta judaica
rides.*

Comment celui qui a écrit la légende de Luc, sous le nom de *bonne nouvelle,* a-t-il eu le front de dire, au chap. XXI, que la génération dans laquelle il vivait ne passerait pas sans que les vertus des cieux fussent ébranlées; sans qu'il y eût des signes dans le soleil, dans la lune, et dans les étoiles; sans qu'enfin Jésus vînt dans les nuées avec une grande puissance et une grande majesté? Certainement il n'y eut ni signe dans le soleil, dans la lune, et dans les étoiles, ni de vertu des cieux ébranlée, ni de Jésus venant majestueusement dans les nuées.

Comment le fanatique qui rédigea les Épîtres de Paul est-il assez téméraire pour lui faire dire : « J'ai appris de Jésus que nous qui vivons nous sommes réservés pour son avènement; sitôt que le signal aura été donné par la trompette, ceux qui sont morts en Jésus ressusciteront les premiers; puis nous autres qui sommes vivants nous serons emportés avec eux dans l'air pour aller au-devant de Jésus? »

Cette belle prédiction s'est-elle accomplie? Paul et les Juifs chrétiens allèrent-ils dans l'air au-devant de Jésus au son de la trompette? Et où, s'il vous plaît, Paul avait-il appris de Jésus ces merveilleuses choses, lui qui ne l'avait jamais vu, lui qui avait servi de satellite et de bourreau contre ses disciples, lui qui avait aidé à lapider Étienne? Avait-il parlé à Jésus quand il fut ravi au troisième ciel? Et qu'est-ce que ce troisième ciel? est-ce Mercure ou Mars? En vérité, si on lisait avec attention on serait saisi d'horreur et de pitié à chaque page.

LE CALOYER

Mais si ce livre fait un tel effet sur les lecteurs, comment a-t-on pu croire à ce livre? Comment a-t-il converti tant de milliers d'hommes?

L'HONNÊTE HOMME

C'est qu'on ne lisait pas. Est-ce par la lecture qu'on persuade à dix millions de paysans que trois font un, que Dieu est dans un morceau de pâte, que cette pâte disparaît, et que c'est Dieu lui-même qui est fait sur-le-champ par un homme? C'est par la conversation; par la prédication, par les cabales; c'est en séduisant des femmes et des enfants; c'est par des impostures, par des récits miraculeux, qu'on vient aisément à bout d'établir un petit troupeau. Les livres des premiers chrétiens étaient très rares; il était défendu de les communiquer aux catéchumènes; on était initié secrètement aux mystères des chrétiens comme à ceux de Cérès. Le petit peuple courait avidement après des gens qui lui persuadaient que non seulement tous les hommes étaient égaux, mais qu'un chrétien était bien supérieur à un empereur romain.

Toute la terre était alors divisée en petites associations, égyptiennes, grecques, syriennes, romaines, juives, etc. La secte des chrétiens eut tous les avantages possibles dans la populace. Il suffisait de trois ou quatre têtes échauffées comme celle de Paul pour attirer la canaille. Bientôt après vinrent des hommes adroits qui se mirent à sa tête. Presque toutes les sectes se sont ainsi établies, excepté celle de Mahomet, la plus brillante de toutes, qui seule, entre tant d'établissements humains, sembla être en naissant sous la protection de Dieu, puisqu'elle ne dut son existence qu'à des victoires.

Encore la religion musulmane est-elle après douze cents ans ce qu'elle fut sous son fondateur; on n'y a rien changé. Les lois écrites par Mahomet lui-même subsistent dans toute leur intégrité. Son *Alcoran* est autant respecté en Perse qu'en Turquie, autant dans l'Afrique que dans les Indes; on l'observe partout à

la lettre; on n'est divisé que sur le droit de succes-
sion entre Ali et Omar. Le christianisme, au contraire,
est différent en tout de la religion de Jésus. Ce Jésus,
fils d'un charpentier de village, n'écrivit jamais rien;
et probablement il ne savait ni lire ni écrire. Il naquit,
vécut, mourut Juif, dans l'observance de tous les rites
juifs; circoncis, sacrifiant suivant la loi mosaïque,
mangeant l'agneau pascal avec des laitues, s'abstenant
de manger du porc, de l'ixion, et du griffon, comme
aussi du lièvre, parce qu'il rumine et qu'il n'a pas le
pied fendu, selon la loi mosaïque. Vous autres, au
contraire, vous osez croire que le lièvre a le pied
fendu et qu'il ne rumine pas, vous en mangez hardi-
ment; vous faites rôtir un ixion et un griffon quand
vous en trouvez; vous n'êtes point circoncis; vous ne
sacrifiez point; aucune de vos fêtes ne fut instituée par
votre Jésus. Que pouvez-vous avoir de commun avec
lui?

LE CALOYER

J'avoue que je serais un imposteur bien effronté si
j'osais vous soutenir que le christianisme d'aujour-
d'hui ressemble à celui des premiers siècles, et celui
de ces premiers siècles à la religion de Jésus. Mais
vous m'avouerez aussi que Dieu a pu ordonner toutes
ces variations.

L'HONNÊTE HOMME

Dieu varier! Dieu changer! cette idée paraît un blas-
phème. Quoi! le soleil de Dieu est toujours le même,
et sa religion serait une suite de vicissitudes! Quoi!
vous le feriez ressembler à ces gouvernements misé-
rables qui donnent tous les jours des édits nouveaux
et contradictoires! Il aurait donné un édit à Adam,
un autre à Seth, un troisième à Noé, un quatrième à
Abraham, un cinquième à Moïse, un sixième à Jésus,

et de nouveaux édits encore à chaque concile; et tout aurait changé, depuis la défense de manger du fruit de l'arbre de la science du bien et du mal, jusqu'à la bulle *Unigenitus* du jésuite Le Tellier! Croyez-moi, tremblez d'outrager Dieu en l'accusant de tant d'inconstance, de faiblesse, de contradiction, de ridicule, et même de méchanceté.

LE CALOYER

Si toutes ces variations sont l'ouvrage des hommes, convenez que la morale au moins est de Dieu, puisqu'elle est toujours la même.

L'HONNÊTE HOMME

Tenons-nous-en donc à cette morale; mais que les chrétiens l'ont corrompue! Qu'ils ont cruellement violé la loi naturelle enseignée par tous les législateurs, et gravée au cœur de tous les hommes!

Si Jésus a parlé de cette loi aussi ancienne que le monde, de cette loi établie chez le Huron comme chez le Chinois : *Aime ton prochain comme toi-même :* la loi des chrétiens a été : *Déteste ton prochain comme toi-même.* Athanasiens, persécutez les eusébiens, et soyez persécutés; cyrilliens, écrasez les enfants des nestoriens contre les murs; guelfes et gibelins, faites une guerre civile de cinq cents années pour savoir si Jésus a ordonné au prétendu successeur de Simon Barjone de détrôner les empereurs et les rois, et si Constantin a cédé l'empire au pape Silvestre. Papistes, suspendez à des potences hautes de trente pieds, déchirez, brûlez des malheureux qui ne croient pas qu'un morceau de pâte soit changé en Dieu à la voix d'un capucin ou d'un récollet, pour être mangé sur l'autel par des souris si on laisse le ciboire ouvert. Poltrot, Balthasar Gérard, Jacques Clément, Châtel, Guignard, Ravaillac, aiguisez vos sacrés poignards, chargez vos saints

pistolets. Europe, nage dans le sang, tandis que le
vicaire de Dieu, Alexandre VI, souillé de meurtres et
d'empoisonnements, dort dans les bras de sa fille
Lucrèce; que Léon X nage dans les plaisirs, que
Paul III enrichit son bâtard des dépouilles des
nations, que Jules III fait son porte-singe cardinal
(dignité plus convenable encore au singe qu'au por-
teur); tandis que Pie IV fait étrangler le cardinal
Caraffe, que Pie V fait gémir les Romains sous les
rapines de son bâtard Buon-Compagno; que Clé-
ment VIII donne le fouet au grand Henri IV sur les
fesses des cardinaux d'Ossat et Duperron. Mêlez par-
tout le ridicule de vos farces italiennes à l'horreur de
vos brigandages : et puis envoyez frère Trigaut et
frère Bouvet prêcher *la bonne nouvelle* à la Chine.

LE CALOYER

Je ne puis condamner votre zèle. La vérité, contre
laquelle on se débat en vain, me force de convenir
d'une partie de ce que vous dites; mais enfin convenez
aussi que, parmi tant de crimes, il y a eu de grandes
vertus. Faut-il que les abus vous aigrissent, et que les
bonnes lois ne vous touchent pas? Ajoutez à ces
bonnes lois des miracles qui sont la preuve de la
divinité de Jésus-Christ.

L'HONNÊTE HOMME

Des miracles? juste ciel! et quelle religion n'a pas
ses miracles? Tout est prodige dans l'antiquité. Quoi!
vous ne croyez pas aux miracles rapportés par les
Hérodote et les Tite-Live, par cent auteurs respectés
des nations, et vous croyez à des aventures de la
Palestine racontées, dit-on, par Jean et par Marc,
dans des livres ignorés pendant trois cents ans chez
les Grecs et chez les Romains, dans des livres faits
sans doute longtemps après la destruction de Jérusa-

lem, comme il est prouvé par ces livres mêmes, qui fourmillent de contradictions à chaque page! Par exemple, il est dit dans l'*Évangile de saint Matthieu* que le sang de Zacharie, fils de Barac, massacré entre le temple et l'autel, retombera sur les Juifs; or on voit dans l'histoire de Flavius Josèphe que ce Zacharie fut tué en effet entre le temple et l'autel pendant le siège de Jérusalem par Titus : donc cet *Évangile* ne fut écrit qu'après Titus. Et pourquoi Dieu aurait-il fait ces miracles? Pour être condamné à la potence chez les Juifs! Quoi! il aurait ressuscité des morts, et il n'en eût recueilli d'autre fruit que de mourir lui-même, et de mourir du dernier supplice! S'il eût opéré ces prodiges, c'eût été pour faire connaître sa divinité. Songez-vous bien ce que c'est que d'accuser Dieu de s'être fait homme inutilement, et d'avoir ressuscité des morts pour être pendu? Quoi! des milliers de miracles en faveur des Juifs pour les rendre esclaves, et des miracles de Jésus pour faire mourir Jésus en croix! Il y a de l'imbécillité à le croire, et une fureur bien criminelle à l'enseigner quand on ne le croit pas.

LE CALOYER

Je ne nie pas que vos objections ne soient fondées, et je sens que vous raisonnez de bonne foi; mais enfin convenez qu'il faut une religion aux hommes.

L'HONNÊTE HOMME

Sans doute, l'âme demande cette nourriture; mais pourquoi la changer en poison? Pourquoi étouffer la simple vérité dans un amas d'indignes mensonges? Pourquoi soutenir ces mensonges par le fer et par les flammes? Quelle horreur infernale! Ah! si votre religion était de Dieu, la soutiendriez-vous par des bourreaux? Le géomètre a-t-il besoin de dire : Crois, ou je te tue? La religion entre l'homme et Dieu est l'adora-

tion et la vertu; c'est entre le prince et ses sujets une affaire de police; ce n'est que trop souvent d'homme à homme un commerce de fourberie. Adorons Dieu sincèrement, simplement et ne trompons personne. Oui, il faut une religion; mais il la faut pure, raisonnable, universelle : elle doit être comme le soleil, qui est pour tous les hommes et non pas pour quelque petite province priviligiée. Il est absurde, odieux, abominable, d'imaginer que Dieu éclaire tous les yeux, et qu'il plonge presque toutes les âmes dans les ténèbres. Il n'y a qu'une probité commune à tout l'univers; il n'y a donc qu'une religion. Et quelle est-elle? Vous le savez : c'est d'adorer Dieu et d'être juste.

LE CALOYER

Mais comment croyez-vous donc que ma religion s'est établie?

L'HONNÊTE HOMME

Comme toutes les autres. Un homme d'une imagination forte se fait suivre par quelques personnes d'une imagination faible. Le troupeau s'augmente : le fanatisme commence; la fourberie achève. Un homme puissant vient; il voit une foule qui s'est mis une selle sur le dos et un mors à la bouche; il monte sur elle et la conduit. Quand une fois la religion nouvelle est reçue dans l'État, le gouvernement n'est plus occupé qu'à proscrire tous les moyens par lesquels elle s'est établie. Elle a commencé par des assemblées secrètes; on les défend.

Les premiers apôtres ont été expressément envoyés pour chasser les diables : on défend les diables; les apôtre se faisaient apporter l'argent des prosélytes : celui qui est convaincu de prendre ainsi de l'argent est puni; ils disaient qu'il vaut mieux obéir à Dieu

qu'aux hommes, et sur ce prétexte ils bravaient les lois : le gouvernement maintient que suivre les lois c'est obéir à Dieu. Enfin la politique tâche sans cesse de concilier l'erreur reçue et le bien public.

LE CALOYER

Mais vous allez en Europe; vous serez obligé de vous conformer à quelqu'un des cultes reçus.

L'HONNÊTE HOMME

Quoi donc! Ne pourrai-je faire en Europe comme ici : adorer paisiblement le Créateur de tous les mondes, le Dieu de tous les hommes, celui qui a mis dans mon cœur l'amour de la vérité et de la justice?

LE CALOYER

Non, vous risqueriez trop; l'Europe est divisée en factions, il faudra en choisir une.

L'HONNÊTE HOMME

Des factions, quand il s'agit de la vérité universelle, quand il s'agit de Dieu!

LE CALOYER

Tel est le malheur des hommes. On est obligé de faire comme eux, ou de les fuir; je vous demande la préférence pour l'Église grecque.

L'HONNÊTE HOMME

Elle est esclave.

LE CALOYER

Voulez-vous vous soumettre à l'Église romaine?

L'HONNÊTE HOMME

Elle est tyrannique. Je ne veux ni d'un patriarche simoniaque qui achète sa honteuse dignité d'un

grand-visir, ni d'un prêtre qui s'est cru pendant sept cents ans le maître des rois.

LE CALOYER

Il n'appartient pas à un religieux tel que je le suis de vous proposer la religion protestante.

L'HONNÊTE HOMME

C'est peut-être celle de toutes que j'adopterais le plus volontiers, si j'étais réduit au malheur d'entrer dans un parti.

LE CALOYER

Pourquoi ne lui pas préférer une religion plus ancienne?

L'HONNÊTE HOMME

Elle me paraît bien plus ancienne que la romaine.

LE CALOYER

Comment pouvez-vous supposer que saint Pierre ne soit pas plus ancien que Luther, Zuingle, Œcolampade, Calvin, et les réformateurs d'Angleterre, de Danemark, de Suède, etc.?

L'HONNÊTE HOMME

Il me semble que la religion protestante n'est inventée ni par Luther ni par Zuingle. Il me semble qu'elle se rapproche plus de sa source que la religion romaine, qu'elle n'adopte que ce qui se trouve expressément dans l'*Évangile* des chrétiens, tandis que les Romains ont chargé le culte de cérémonies et de dogmes nouveaux. Il n'y a qu'à ouvrir les yeux pour voir que le législateur des chrétiens n'institua point de fêtes, n'ordonna point qu'on adorât des images et des os de morts, ne vendit point d'indulgences,

ne reçut point d'annates, ne conféra point de béné-
fices, n'eut aucune dignité temporelle, n'établit point
une Inquisition pour soutenir ses lois, ne maintint
point son autorité par le fer des bourreaux. Les pro-
testants réprouvent toutes ces nouveautés scandaleuses
et funestes; ils sont partout soumis aux magis-
trats, et l'Église romaine lutte depuis huit cents ans
contre les magistrats. Si les protestants se trompent
comme les autres dans le principe, ils ont moins
d'erreurs dans les conséquences; et, puisqu'il faut
traiter avec les hommes, j'aime à traiter avec ceux qui
trompent le moins.

LE CALOYER

Il semble que vous choisissiez une religion
comme on achète des étoffes chez les marchands :
vous allez chez celui qui vend le moins cher.

L'HONNÊTE HOMME

Je vous ai dit ce que je préférerais s'il me fallait
faire un choix selon les règles de la prudence humaine;
mais ce n'est point aux hommes que je dois m'adres-
ser, c'est à Dieu seul : il parle à tous les cœurs; nous
avons tous un droit égal à l'entendre. La conscience
qu'il a donnée à tous les hommes est leur loi univer-
selle. Les hommes sentent d'un pôle à l'autre qu'on
doit être juste, honorer son père et sa mère, aider ses
semblables, tenir ses promesses : ces lois sont de
Dieu, les simagrées sont des mortels. Toutes les reli-
gions diffèrent comme les gouvernements; Dieu
permet les uns et les autres. J'ai cru que la manière
extérieure dont on l'adore ne peut le flatter ni l'of-
fenser, pourvu que cette adoration ne soit ni supersti-
tieuse envers lui, ni barbare envers les hommes.

N'est-ce pas, en effet, offenser Dieu que de penser
qu'il choisisse une petite nation chargée de crimes

pour sa favorite, afin de damner toutes les autres; que l'assassin d'Urie soit son bien-aimé, et que le pieux Antonin lui soit en horreur? N'est-ce pas la plus grande absurdité de penser que l'Être suprême punira à jamais un caloyer pour avoir mangé du lièvre, ou un Turc pour avoir mangé du porc? Il y a eu des peuples qui ont mis, dit-on, les oignons au rang des dieux; il y en a d'autres qui ont prétendu qu'un morceau de pâte était changé en autant de dieux que de miettes. Ces deux extrêmes de la démence humaine font également pitié; mais ceux qui adoptent ces rêveries osent persécuter ceux qui ne les croient pas, c'est là ce qui est horrible. Les anciens Parsis, les Sabéens, les Égyptiens, les Grecs, ont admis un enfer : cet enfer est sur la terre et ce sont les persécuteurs qui en sont les démons.

LE CALOYER

Je déteste la persécution, la contrainte, autant que vous; et, grâce au ciel, je vous ai déjà dit que les Turcs, sous qui je vis en paix, ne persécutent personne.

L'HONNÊTE HOMME

Ah! puissent tous les peuples d'Europe suivre l'exemple des Turcs!

LE CALOYER

Mais j'ajoute qu'étant caloyer je ne puis vous proposer d'autre religion que celle que je professe au mont Athos.

L'HONNÊTE HOMME

Et moi, j'ajoute qu'étant homme je vous propose la religion qui convient à tous les hommes, celle de tous les patriarches, et de tous les sages de l'antiquité,

l'adoration d'un Dieu, la justice, l'amour du prochain, l'indulgence pour toutes les erreurs et la bienfaisance dans toutes les occasions de la vie. C'est cette religion, digne de Dieu, que Dieu a gravée dans tous les cœurs; mais certes il n'y a pas gravé que trois font un, qu'un morceau de pain est l'Éternel, et que l'ânesse de Balaam a parlé.

LE CALOYER

Ne m'empêchez pas d'être caloyer.

L'HONNÊTE HOMME

Ne m'empêchez pas d'être honnête homme.

LE CALOYER

Je sers Dieu selon l'usage de mon couvent.

L'HONNÊTE HOMME

Et moi, selon ma conscience. Elle me dit de le craindre, d'aimer les caloyers, les derviches, les bonzes et les talapoins, et de regarder tous les hommes comme mes frères.

LE CALOYER

Allez, allez, tout caloyer que je suis je pense comme vous.

L'HONNÊTE HOMME

Mon Dieu, bénissez ce bon caloyer!

LE CALOYER

Mon Dieu, bénissez cet honnête homme!

LE BLANC ET LE NOIR

Dans Le Blanc et le Noir *(Qui pourrait dire si Stendhal,
qui s'est intéressé aux contes de Voltaire, et notamment à*
La Princesse de Babylone, *ne s'est pas inspiré de ce titre
pour son* Rouge?*), Voltaire renoue avec cette atmosphère
de (faux) merveilleux oriental qu'il affectionne parti-
culièrement. Le jeune Mirza Rustan vit un conte des* Mille
et Une Nuits *tout au long duquel son bon et son mauvais
génie se disputent sa destinée. Occasion pour Voltaire de dé-
velopper un thème cher à la pensée manichéenne, laquelle
connaît une grande faveur dans la première moitié du*
XVIII*e siècle, depuis l'article du* Dictionnaire *de Bayle jus-
qu'au* Zoroastre *de Rameau, en passant naturellement par
l'*Histoire critique de Manichée et du manichéisme,
*du chevalier de Beausobre (1734). Le manichéisme, avec
sa tentative d'explication du mal, a certainement repré-
senté pour Voltaire une* tentation *permanente (n'oublions
pas le Martin de* Candide!*). Ce qui ne l'empêche d'ailleurs
pas de prendre avec lui ses distances : Martin n'a pas plus
raison que Pangloss, et Rustan, s'éveillant de ce qui
n'était qu'un mauvais rêve, retrouve les deux génies sous
les traits de Topaze et d'Ébène, ses deux serviteurs. Quant
à l'interprète de la destinée, qui étant né avant le déluge,
devrait faire « aisément tout comprendre », c'est un perro-
quet, lequel d'ailleurs reste introuvable, et nous laisse*

426 *Le Blanc et le Noir*

sur notre curiosité. On ne peut donner congé plus nette-
ment aux chimères et au merveilleux. Le Blanc et le Noir
paraît pour la première fois dans les Contes de Guillaume
Vadé en 1764. Voltaire a emprunté ce pseudonyme au chan-
sonnier « poissard » Jean Joseph Vadé, qu'il a doté par la
même occasion de toute une imaginaire famille.

V. den H.

LE BLANC ET LE NOIR

Tout le monde, dans la province de Candahar, connaît l'aventure du jeune Rustan. Il était fils unique d'un mirza du pays : c'est comme qui dirait un marquis parmi nous, ou baron chez les Allemands. Le mirza son père avait un bien honnête. On devait marier le jeune Rustan à une demoiselle, ou mirzasse de sa sorte. Les deux familles le désiraient passionnément. Il devait faire la consolation de ses parents, rendre sa femme heureuse et l'être avec elle.

Mais par malheur il avait vu la princesse de Cachemire à la foire de Kaboul, qui est la foire la plus considérable du monde, et incomparablement plus fréquentée que celles de Bassora et d'Astrakan; et voilà pourquoi le vieux prince de Cachemire était venu à la foire avec sa fille.

Il avait perdu les deux plus rares pièces de son trésor : l'une était un diamant gros comme le pouce, sur lequel sa fille était gravée avec un art que les Indiens possédaient alors, et qui s'est perdu depuis; l'autre était un javelot qui allait de lui-même où l'on voulait; ce qui n'est pas une chose bien extraordinaire parmi nous, mais qui l'était à Cachemire.

Un faquir de Son Altesse lui vola ces deux bijoux; il les porta à la princesse. « Gardez soigneusement ces deux pièces, lui dit-il; votre destinée en dépend. » Il partit alors, et on ne le revit plus. Le duc de Cachemire, au désespoir, résolut d'aller voir à la

foire de Kaboul si de tous les marchands qui s'y
rendent des quatre coins du monde il n'y en aurait
pas un qui eût son diamant et son arme. Il menait
sa fille avec lui dans tous ses voyages. Elle porta
son diamant bien enfermé dans sa ceinture; mais
pour le javelot, qu'elle ne pouvait si bien cacher,
elle l'avait enfermé soigneusement à Cachemire dans
son grand coffre de la Chine.

Rustan et elle se virent à Kaboul; ils s'aimèrent
avec toute la bonne foi de leur âge et toute la ten-
dresse de leur pays. La princesse pour gage de son
amour lui donna son diamant, et Rustan lui promit
à son départ de l'aller voir secrètement à Cachemire.

Le jeune mirza avait deux favoris qui lui servaient
de secrétaires, d'écuyers, de maîtres d'hôtel et de
valets de chambre. L'un s'appelait Topaze; il était
beau, bien fait, blanc comme une Circassienne, doux
et serviable comme un Arménien, sage comme un
Guèbre. L'autre se nommait Ebène; c'était un
nègre fort joli, plus empressé, plus industrieux que
Topaze, et qui ne trouvait rien de difficile. Il leur
communiqua le projet de son voyage. Topaze tâcha
de l'en détourner avec le zèle circonspect d'un
serviteur qui ne voulait pas lui déplaire; il lui repré-
senta tout ce qu'il hasardait. Comment laisser deux
familles au désespoir? comment mettre le couteau
dans le cœur de ses parents? Il ébranla Rustan; mais
Ebène le raffermit et leva tous ses scrupules.

Le jeune homme manquait d'argent pour un si
long voyage. Le sage Topaze ne lui en aurait pas fait
prêter; Ebène y pourvut. Il prit adroitement le
diamant de son maître, en fit faire un faux tout
semblable, qu'il remit à sa place, et donna le
véritable en gage à un Arménien pour quelques
milliers de roupies.

Quand le marquis eut ses roupies, tout fut prêt

pour le départ. On chargea un éléphant de son
bagage; on monta à cheval. Topaze dit à son maître :
« J'ai pris la liberté de vous faire des remontrances
sur votre entreprise; mais, après avoir remontré, il
faut obéir; je suis à vous, je vous aime, je vous
suivrai jusqu'au bout du monde; mais consultons
en chemin l'oracle qui est à deux parasanges d'ici. »
Rustan y consentit. L'oracle répondit : *Si tu vas à
l'orient, tu seras à l'occident.* Rustan ne comprit rien
à cette réponse. Topaze soutint qu'elle ne contenait
rien de bon. Ebène, toujours complaisant, lui per-
suada qu'elle était très favorable.

Il y avait encore un autre oracle dans Kaboul; ils y
allèrent. L'oracle de Kaboul répondit en ces mots :
*Si tu possèdes, tu ne posséderas pas; si tu es vainqueur,
tu ne vaincras pas; si tu es Rustan, tu ne le seras pas.*
Cet oracle parut encore plus inintelligible que l'autre.
« Prenez garde à vous, disait Topaze. — Ne redoutez
rien », disait Ebène, et ce ministre, comme on peut
le croire, avait toujours raison auprès de son maître,
dont il encourageait la passion et l'espérance.

Au sortir de Kaboul, on marcha par une grande
forêt; on s'assit sur l'herbe pour manger, on laissa
les chevaux paître. On se préparait à décharger
l'éléphant qui portait le dîner et le service, lorsqu'on
s'aperçut que Topaze et Ebène n'étaient plus avec la
petite caravane. On les appelle; la forêt retentit des
noms d'Ebène et de Topaze. Les valets les cherchent
de tous côtés et remplissent la forêt de leurs cris; ils
reviennent sans avoir rien vu, sans qu'on leur ait
répondu. « Nous n'avons trouvé, dirent-ils à Rustan,
qu'un vautour qui se battait avec un aigle, et qui lui
ôtait toutes ses plumes. » Le récit de ce combat piqua
la curiosité de Rustan; il alla à pied sur le lieu; il
n'aperçut ni vautour ni aigle, mais il vit son éléphant
encore tout chargé de son bagage, qui était assailli

par un gros rhinocéros. L'un frappait de sa corne,
l'autre de sa trompe. Le rhinocéros lâcha prise à
la vue de Rustan; on ramena son éléphant, mais on
ne trouva plus les chevaux. « Il arrive d'étranges
choses dans les forêts quand on voyage! » s'écriait
Rustan. Les valets étaient consternés, et le maître au
désespoir d'avoir perdu à la fois ses chevaux, son
cher nègre et le sage Topaze, pour lequel il avait
toujours de l'amitié, quoiqu'il ne fût jamais de son
avis.

L'espérance d'être bientôt aux pieds de la belle
princesse de Cachemire le consolait, quand il ren-
contra un grand âne rayé, à qui un rustre vigoureux
et terrible donnait cent coups de bâton. Rien n'est
si beau, ni si rare, ni si léger à la course que les ânes
de cette espèce. Celui-ci répondait aux coups redou-
blés du vilain par des ruades qui auraient pu
déraciner un chêne. Le jeune mirza prit, comme de
raison, le parti de l'âne, qui était une créature
charmante. Le rustre s'enfuit en disant à l'âne :
« Tu me le paieras. » L'âne remercia son libérateur
en son langage, s'approcha, se laissa caresser, et
caressa. Rustan monte dessus après avoir dîné, et
prend le chemin de Cachemire avec ses domestiques,
qui suivent, les uns à pied, les autres montés sur
l'éléphant.

A peine était-il sur son âne que cet animal tourne
vers Kaboul, au lieu de suivre la route de Cache-
mire. Son maître a beau tourner la bride, donner
des saccades, serrer les genoux, appuyer des épe-
rons, rendre la bride, tirer à lui, fouetter à droite et à
gauche, l'animal opiniâtre courait toujours vers Kaboul.

Rustan suait, se démenait, se désespérait, quand il
rencontra un marchand de chameaux qui lui dit :
« Maître, vous avez là un âne bien malin, qui vous
mène où vous ne voulez pas aller; si vous voulez me

le céder, je vous donnerai quatre de mes chameaux à choisir. » Rustan remercia la Providence de lui avoir procuré un si bon marché. « Topaze avait grand tort, dit-il, de me dire que mon voyage serait malheureux. » Il monte sur le plus beau chameau, les trois autres suivent; il rejoint sa caravane, et se voit dans le chemin de son bonheur.

A peine a-t-il marché quatre parasanges qu'il est arrêté par un torrent profond, large et impétueux, qui roulait des rochers blanchis d'écume. Les deux rivages étaient des précipices affreux qui éblouissaient la vue et glaçaient le courage; nul moyen de passer, nul d'aller à droite ou à gauche. « Je commence à craindre, dit Rustan, que Topaze n'ait eu raison de blâmer mon voyage, et moi grand tort de l'entreprendre; encore s'il était ici, il me pourrait donner quelques bons avis. Si j'avais Ebène, il me consolerait, et il trouverait des expédients; mais tout me manque. » Son embarras était augmenté par la consternation de sa troupe : la nuit était noire, on la passa à se lamenter. Enfin la fatigue et l'abattement endormirent l'amoureux voyageur. Il se réveille au point du jour, et voit un beau pont de marbre élevé sur le torrent, d'une rive à l'autre.

Ce furent des exclamations, des cris d'étonnement et de joie. « Est-il possible? est-ce un songe? quel prodige! quel enchantement! oserons-nous passer? » Toute la troupe se mettait à genoux, se relevait, allait au pont, baisait la terre, regardait le ciel, étendait les mains, posait le pied en tremblant, allait, revenait, était en extase; et Rustan disait : « Pour le coup le Ciel me favorise : Topaze ne savait ce qu'il disait; les oracles étaient en ma faveur; Ebène avait raison; mais pourquoi n'est-il pas ici? »

A peine la troupe fut-elle au-delà du torrent que voilà le pont qui s'abîme dans l'eau avec un fracas

épouvantable. « Tant mieux, tant mieux! s'écria
Rustan; Dieu soit loué! le Ciel soit béni! Il ne veut
pas que je retourne dans mon pays, où je n'aurais
été qu'un simple gentilhomme; il veut que j'épouse
ce que j'aime. Je serai prince de Cachemire; c'est
ainsi qu'en *possédant* ma maîtresse, je ne *posséderai* pas
mon petit marquisat à Candahar. *Je serai Rustan, et je
ne le serai pas,* puisque je deviendrai un grand prince :
voilà une grande partie de l'oracle expliquée
nettement en ma faveur, le reste s'expliquera de
même; je suis trop heureux; mais pourquoi Ebène
n'est-il pas auprès de moi? Je le regrette mille fois
plus que Topaze. »

Il avança encore quelques parasanges avec la plus
grande allégresse; mais, sur la fin du jour, une
enceinte de montagnes plus roides qu'une contres-
carpe et plus hautes que n'aurait été la tour de
Babel si elle avait été achevée, barra entièrement la
caravane saisie de crainte.

Tout le monde s'écria : « Dieu veut que nous péris-
sions ici; il n'a brisé le pont que pour nous ôter
tout espoir de retour; il n'a élevé la montagne que
pour nous priver de tout moyen d'avancer. O Rustan!
ô malheureux marquis! nous ne verrons jamais
Cachemire, nous ne rentrerons jamais dans la terre
de Candahar. »

La plus cuisante douleur, l'abattement le plus acca-
blant, succédaient dans l'âme de Rustan à la joie
immodérée qu'il avait ressentie, aux espérances dont
il s'était enivré. Il était bien loin d'interpréter les
prophéties à son avantage. « O Ciel! ô Dieu paternel!
faut-il que j'aie perdu mon ami Topaze! »

Comme il prononçait ces paroles en poussant de
profonds soupirs et en versant des larmes au milieu de
ses suivants désespérés, voilà la base de la montagne
qui s'ouvre, une longue galerie en voûte, éclairée de

cent mille flambeaux, se présente aux yeux éblouis;
et Rustan de s'écrier, et ses gens de se jeter à genoux,
et de tomber d'étonnement à la renverse, et de crier
miracle! et de dire : « Rustan est le favori de Vitsnou,
le bien-aimé de Brahma; il sera le maître du monde. »
Rustan le croyait, il était hors de lui, élevé au-dessus
de lui-même. « Ah! Ébène, mon cher Ébène! où êtes-
vous? que n'êtes-vous témoin de toutes ces merveilles?
comment vous ai-je perdu? belle princesse de Cache-
mire, quand reverrai-je vos charmes? »

Il avance avec ses domestiques, son éléphant, ses
chameaux, sous la voûte de la montagne, au bout de
laquelle il entre dans une prairie émaillée de fleurs et
bordée de ruisseaux; et au bout de la prairie ce sont
des allées d'arbres à perte de vue; et au bout de ces
allées, une rivière, le long de laquelle sont mille mai-
sons de plaisance, avec des jardins délicieux. Il entend
partout des concerts de voix et d'instruments; il voit
des danses; il se hâte de passer un des ponts de la
rivière; il demande au premier homme qu'il ren-
contre quel est ce beau pays.

Celui auquel il s'adressait lui répondit : « Vous êtes
dans la province de Cachemire; vous voyez les habi-
tants dans la joie et dans les plaisirs : nous célébrons
les noces de notre belle princesse qui va se marier avec
le seigneur Barbabou, à qui son père l'a promise; que
Dieu perpétue leur félicité! » A ces paroles Rustan
tomba évanoui, et le seigneur cachemirien crut qu'il
était sujet à l'épilepsie; il le fit porter dans sa maison,
où il fut longtemps sans connaissance. On alla cher-
cher les deux plus habiles médecins du canton; ils
tâtèrent le pouls du malade qui, ayant repris un peu
ses esprits, poussait des sanglots, roulait des yeux, et
s'écriait de temps en temps : « Topaze, Topaze, vous
aviez bien raison! »

L'un des deux médecins dit au seigneur cachemi-

rien : « Je vois à son accent que c'est un jeune homme
de Candahar, à qui l'air de ce pays ne vaut rien; il faut
le renvoyer chez lui; je vois à ses yeux qu'il est devenu
fou; confiez-le-moi, je le ramènerai dans sa patrie, et
je le guérirai. » L'autre médecin assura qu'il n'était
malade que de chagrin, qu'il fallait le mener aux noces
de la princesse et le faire danser. Pendant qu'ils
consultaient, le malade reprit ses forces; les deux
médecins furent congédiés, et Rustan demeura tête à
tête avec son hôte.

« Seigneur, lui dit-il, je vous demande pardon de
m'être évanoui devant vous, je sais que cela n'est pas
poli; je vous supplie de vouloir bien accepter mon
éléphant en reconnaissance des bontés dont vous
m'avez honoré. » Il lui conta ensuite toutes ses aven-
tures, en se gardant bien de lui parler de l'objet de
son voyage. « Mais, au nom de Vitsnou et de Brahma,
lui dit-il, apprenez-moi quel est cet heureux Barbabou
qui épouse la princesse de Cachemire, pourquoi son
père l'a choisi pour gendre, et pourquoi la princesse
l'a accepté pour époux. — Seigneur, lui dit le Cachemi-
rien, la princesse n'a point du tout accepté Barbabou :
au contraire, elle est dans les pleurs, tandis que toute
la province célèbre avec joie son mariage; elle s'est
enfermée dans la tour de son palais; elle ne veut voir
aucune des réjouissances qu'on fait pour elle. »
Roustan, en entendant ces paroles, se sentit renaître;
l'éclat de ses couleurs, que la douleur avait flétries,
reparut sur son visage. « Dites-moi, je vous prie,
continua-t-il, pourquoi le prince de Cachemire
s'obstine à donner sa fille à un Barbabou dont elle ne
veut pas?

— Voici le fait, répondit le Cachemirien. Savez-vous
que notre auguste prince avait perdu un gros diamant
et un javelot qui lui tenaient fort au cœur? — Ah! je
le sais très bien, dit Rustan. — Apprenez donc, dit

l'hôte, que notre prince, au désespoir de n'avoir point de nouvelles de ses deux bijoux, après les avoir fait longtemps chercher par toute la terre, a promis sa fille à quiconque lui rapporterait l'un ou l'autre. Il est venu un seigneur Barbabou qui était muni du diamant, et il épouse demain la princesse. »

Rustan pâlit, bégaya un compliment, prit congé de son hôte, et courut sur son dromadaire à la ville capitale où devait se faire la cérémonie. Il arrive au palais du prince; il dit qu'il a des choses importantes à lui communiquer; il demande une audience; on lui répond que le prince est occupé des préparatifs de la noce. « C'est pour cela même, dit-il, que je veux lui parler. » Il presse tant qu'il est introduit. « Monseigneur, dit-il, que Dieu couronne tous vos jours de gloire et de magnificence! votre gendre est un fripon.

— Comment! un fripon? qu'osez-vous dire? Est-ce ainsi qu'on parle à un duc de Cachemire du gendre qu'il a choisi? — Oui, un fripon, reprit Rustan; et, pour le prouver à Votre Altesse, c'est que voici votre diamant que je vous rapporte. »

Le duc, tout étonné, confronta les deux diamants; et, comme il ne s'y connaissait guère, il ne put dire quel était le véritable. « Voilà deux diamants, dit-il, et je n'ai qu'une fille; me voilà dans un étrange embarras! » Il fit venir Barbabou et lui demanda s'il ne l'avait point trompé. Barbabou jura qu'il avait acheté son diamant d'un Arménien; l'autre ne disait pas de qui il tenait le sien, mais il proposa un expédient : ce fut qu'il plût à Son Altesse de le faire combattre sur-le-champ contre son rival. « Ce n'est pas assez que votre gendre donne un diamant, disait-il, il faut aussi qu'il donne des preuves de valeur. Ne trouvez-vous pas bon que celui qui tuera l'autre épouse la princesse? — Très bon, répondit le prince; ce sera un fort beau spectacle pour la cour : battez-vous vite tous deux; le

vainqueur prendra les armes du vaincu, selon l'usage de Cachemire, et il épousera ma fille. »

Les deux prétendants descendent aussitôt dans la cour. Il y avait sur l'escalier une pie et un corbeau. Le corbeau criait : « Battez-vous, battez-vous »; la pie : « Ne vous battez pas. » Cela fit rire le prince; les deux rivaux y prirent garde à peine : ils commencent le combat; tous les courtisans faisaient un cercle autour d'eux. La princesse, se tenant toujours enfermée dans sa tour, ne voulut point assister à ce spectacle; elle était bien loin de se douter que son amant fût à Cachemire, et elle avait tant d'horreur pour Barbabou qu'elle ne voulait rien voir. Le combat se passa le mieux du monde; Barbabou fut tué roide et le peuple en fut charmé, parce qu'il était laid, et que Rustan était fort joli : c'est presque toujours ce qui décide de la faveur publique.

Le vainqueur revêtit la cotte de mailles, l'écharpe et le casque du vaincu, et vint, suivi de toute la cour, au son des fanfares, se présenter sous les fenêtres de sa maîtresse. Tout le monde criait : « Belle princesse, venez voir votre beau mari qui a tué son affreux rival »; ses femmes répétaient ces paroles. La princesse mit par malheur la tête à la fenêtre, et, voyant l'armure d'un homme qu'elle abhorrait, elle courut en désespérée à son coffre de la Chine et tira le javelot fatal qui alla percer son cher Rustan au défaut de la cuirasse; il jeta un grand cri, et à ce cri la princesse crut reconnaître la voix de son malheureux amant.

Elle descend échevelée, la mort dans les yeux et dans le cœur. Rustan était déjà tombé tout sanglant dans les bras de son père. Elle le voit : ô moment! ô vue! ô reconnaissance dont on ne peut exprimer ni la douleur, ni la tendresse, ni l'horreur! Elle se jette sur lui, elle l'embrasse. « Tu reçois, lui dit-elle, les premiers et les derniers baisers de ton amante et

de ta meurtrière. » Elle retire le dard de la plaie,
l'enfonce dans son cœur et meurt sur l'amant qu'elle
adore. Le père, épouvanté, éperdu, prêt à mourir
comme elle, tâche en vain de la rappeler à la vie; elle
n'était plus; il maudit ce dard fatal, le brise en mor-
ceaux, jette au loin ces deux diamants funestes; et
tandis qu'on prépare les funérailles de sa fille au lieu
de son mariage, il fait transporter dans son palais
Rustan ensanglanté qui avait encore un reste de vie.

On le porte dans un lit. La première chose qu'il
voit aux deux côtés de ce lit de mort, c'est Topaze et
Ébène. Sa surprise lui rendit un peu de force. « Ah!
cruels, dit-il, pourquoi m'avez-vous abandonné?
Peut-être la princesse vivrait encore, si vous aviez été
près du malheureux Rustan. — Je ne vous ai pas
abandonné un seul moment, dit Topaze. — J'ai tou-
jours été près de vous, dit Ébène. — Ah! que dites-
vous? pourquoi insulter à mes derniers moments?
répondit Rustan d'une voix languissante. — Vous
pouvez m'en croire, dit Topaze; vous savez que je
n'approuvai jamais ce fatal voyage dont je prévoyais
les horribles suites. C'est moi qui étais l'aigle qui a
combattu contre le vautour, et qu'il a déplumé;
j'étais l'éléphant qui emportait le bagage pour vous
forcer à retourner dans votre patrie; j'étais l'âne
rayé qui vous ramenait malgré vous chez votre père;
c'est moi qui ai égaré vos chevaux; c'est moi qui ai
formé le torrent qui vous empêchait de passer; c'est
moi qui ai élevé la montagne qui vous fermait un
chemin si funeste; j'étais le médecin qui vous conseil-
lait l'air natal; j'étais la pie qui vous criait de ne point
combattre. — Et moi, dit Ébène, j'étais le vautour qui
a déplumé l'aigle, le rhinocéros qui donnait cent
coups de corne à l'éléphant, le vilain qui battait l'âne
rayé, le marchand qui vous donnait des chameaux
pour courir à votre perte; j'ai bâti le pont sur lequel

vous avez passé; j'ai creusé la caverne que vous avez
traversée; je suis le médecin qui vous encourageait à
marcher, le corbeau qui vous criait de vous battre.
— Hélas! souviens-toi des oracles, dit Topaze : *Si tu
vas à l'orient, tu seras à l'occident*. — Oui, dit Ébène,
on ensevelit ici les morts le visage tourné à l'occident :
l'oracle était clair, que ne l'as-tu compris? *Tu as
possédé, et tu ne possédais pas :* car tu avais le diamant,
mais il était faux, et tu n'en savais rien. Tu es vain-
queur, et tu meurs; tu es Rustan, et tu cesses de
l'être : tout a été accompli. »

Comme il parlait ainsi, quatre ailes blanches cou-
vrirent le corps de Topaze, et quatre ailes noires celui
d'Ébène. « Que vois-je? » s'écria Rustan. Topaze et
Ébène répondirent ensemble : « Tu vois tes deux
génies. — Eh! Messieurs, leur dit le malheureux Rus-
tan, de quoi vous mêliez-vous? et pourquoi deux
génies pour un pauvre homme? — C'est la loi, dit
Topaze, chaque homme a ses deux génies, c'est Pla-
ton qui l'a dit le premier, et d'autres l'ont répété
ensuite; tu vois que rien n'est plus véritable : moi
qui te parle, je suis ton bon génie, et ma charge était
de veiller auprès de toi jusqu'au dernier moment de
ta vie; je m'en suis fidèlement acquitté. — Mais, dit le
mourant, si ton emploi était de me servir, je suis
donc une nature fort supérieure à la tienne; et puis
comment oses-tu dire que tu es mon bon génie,
quand tu m'as laissé tromper dans tout ce que j'ai
entrepris, et que tu me laisses mourir, moi et ma
maîtresse, misérablement? — Hélas! c'était ta desti-
née, dit Topaze. — Si c'est la destinée qui fait tout,
dit le mourant, à quoi un génie est-il bon? Et toi,
Ébène, avec tes quatre ailes noires, tu es apparem-
ment mon mauvais génie? — Vous l'avez dit, répondit
Ébène. — Mais tu étais donc aussi le mauvais génie
de ma princesse? — Non, elle avait le sien, et je l'ai

parfaitement secondé. — Ah! maudit Ébène, si tu es
si méchant, tu n'appartiens donc pas au même maître
que Topaze? Vous avez été formés tous deux par
deux principes différents, dont l'un est bon et l'autre
méchant de sa nature? — Ce n'est pas une consé-
quence, dit Ébène, mais c'est une grande difficulté. —
Il n'est pas possible, reprit l'agonisant, qu'un être
favorable ait fait un génie aussi funeste. — Possible
ou non possible, repartit Ébène, la chose est comme
je te le dis. — Hélas! dit Topaze, mon pauvre ami,
ne vois-tu pas que ce coquin-là a encore la malice de
te faire disputer pour allumer ton sang et précipiter
l'heure de ta mort? — Va, je ne suis guère plus
content de toi que de lui, dit le triste Rustan : il avoue
du moins qu'il a voulu me faire du mal; et toi, qui
prétendais me défendre, tu ne m'as servi de rien. —
J'en suis bien fâché, dit le bon génie. — Et moi
aussi, dit le mourant; il y a quelque chose là-dessous
que je ne comprends pas. — Ni moi non plus, dit le
pauvre bon génie. — J'en serai instruit dans un mo-
ment, dit Rustan.

 — C'est ce que nous verrons », dit Topaze. Alors
tout disparut. Rustan se retrouva dans la maison de
son père, dont il n'était pas sorti, et dans son lit, où
il avait dormi une heure.

 Il se réveille en sursaut, tout en sueur, tout égaré;
il se tâte, il appelle, il crie, il sonne. Son valet de
chambre Topaze accourt en bonnet de nuit, et tout
en bâillant. « Suis-je mort, suis-je en vie? s'écria
Rustan; la belle princesse de Cachemire en réchap-
pera-t-elle?... — Monseigneur rêve-t-il? répondit froi-
dement Topaze.

 — Ah! s'écriait Rustan, qu'est donc devenu ce
barbare Ébène avec ses quatre ailes noires? c'est lui
qui me fait mourir d'une mort si cruelle. — Monsei-
gneur, je l'ai laissé là-haut qui ronfle; voulez-vous

qu'on le fasse descendre? — Le scélérat! il y a six mois entiers qu'il me persécute; c'est lui qui me mena à cette fatale foire de Kaboul; c'est lui qui m'escamota le diamant que m'avait donné la princesse; il est seul la cause de mon voyage; de la mort de ma princesse, et du coup de javelot dont je meurs à la fleur de mon âge.

— Rassurez-vous, dit Topaze; vous n'avez jamais été à Kaboul; il n'y a point de princesse de Cachemire; son père n'a jamais eu que deux garçons qui sont actuellement au collège. Vous n'avez jamais eu de diamant; la princesse ne peut être morte puisqu'elle n'est pas née, et vous vous portez à merveille.

— Comment! il n'est pas vrai que tu m'assistais à la mort dans le lit du prince de Cachemire? Ne m'as-tu pas avoué que, pour me garantir de tant de malheurs, tu avais été aigle, éléphant, âne rayé, médecin et pie? — Monseigneur, vous avez rêvé tout cela : nos idées ne dépendent pas plus de nous dans le sommeil que dans la veille. Dieu a voulu que cette file d'idées vous ait passé par la tête, pour vous donner apparemment quelque instruction dont vous ferez votre profit.

— Tu te moques de moi, reprit Rustan; combien de temps ai-je dormi? — Monseigneur, vous n'avez encore dormi qu'une heure. — Eh bien, maudit raisonneur, comment veux-tu qu'en une heure de temps j'aie été à la foire de Kaboul il y a six mois, que j'en sois revenu, que j'aie fait le voyage de Cachemire, et que nous soyons morts, Barbabou, la princesse et moi? — Monseigneur, il n'y a rien de plus aisé et de plus ordinaire, et vous auriez pu réellement faire le tour du monde et avoir beaucoup plus d'aventures en bien moins de temps.

« N'est-il pas vrai que vous pouvez lire en une heure l'abrégé de l'histoire des Perses, écrite par

Zoroastre? cependant, cet abrégé contient huit cent
mille années. Tous ces événements passent sous vos
yeux l'un après l'autre en une heure; or vous
m'avouerez qu'il est aussi aisé à Brahma de les res-
serrer tous dans l'espace d'une heure que de les
étendre dans l'espace de huit cent mille années; c'est
précisément la même chose. Figurez-vous que le
temps tourne sur une roue dont le diamètre est
infini. Sur cette roue immense sont une multitude
innombrable de roues les unes dans les autres; celle
du centre est imperceptible et fait un nombre infini
de tours précisément dans le même temps que la
grande roue n'en achève qu'un. Il est clair que tous les
événements, depuis le commencement du monde jus-
qu'à sa fin, peuvent arriver successivement en beau-
coup moins de temps que la cent millième partie d'une
seconde; et on peut dire même que la chose est ainsi.

— Je n'y entends rien, dit Rustan. — Si vous voulez,
dit Topaze, j'ai un perroquet qui vous le fera aisé-
ment comprendre. Il est né quelque temps avant le
déluge; il a été dans l'arche; il a beaucoup vu;
cependant il n'a encore qu'un an et demi : il vous
contera son histoire qui est fort intéressante.

— Allez vite chercher votre perroquet, dit Rustan;
il m'amusera jusqu'à ce que je puisse me rendormir.
— Il est chez ma sœur la religieuse, dit Topaze; je
vais le chercher, vous en serez content; sa mémoire est
fidèle, il conte simplement, sans chercher à montrer de
l'esprit à tout propos et sans faire des phrases. — Tant
mieux, dit Rustan, voilà comme j'aime les contes. »
On lui amena le perroquet, lequel parla ainsi.

N. B. *Mlle Catherine Vadé n'a jamais pu trouver l'his-
toire du perroquet dans le portefeuille de feu son cousin
Antoine Vadé, auteur de ce conte. C'est grand dommage,
vu le temps auquel vivait ce perroquet.*

JEANNOT ET COLIN

IMPRIMÉE pour la première fois, comme Le Blanc et le Noir, *dans les* Contes de Guillaume Vadé, *cette aimable moralité, dans le style des* Contes moraux *de Marmontel (1761), développe sur un ton réaliste et familier un aspect de la « morale du jardin », à la fin de* Candide. *Devenu par la vanité de ses parents Monsieur de la Jeannotière, l'ancien paysan Jeannot, après quelques déboires parisiens, est ramené à la nature par Colin, son indéfectible ami d'enfance. Voltaire pense sans doute en écrivant cet apologue au « paysan de Ferney » qu'il est devenu, loin des petitesses de la vie parisienne, et rénové au contact de la terre. Ses attaques contre la civilisation et ses artifices pourraient faire penser à Jean-Jacques Rousseau, — bien que Voltaire ne l'ait pas attendu pour écrire* Le Monde comme il va, *ou faire l'éloge de l'amitié sincère. Pourtant comme quelques années plus tard dans* L'Ingénu, *la rustique Auvergne, non plus que la Huronie ou la Basse-Bretagne, ne sont représentées comme des paradis inconditionnels. Tant reste grand l'attrait de la civilisation pour le « pauvre Suisse Voltaire », alors même qu'il lui décoche les traits de la satire la plus fine.*

<div align="right">

V. den H.

</div>

JEANNOT ET COLIN

PLUSIEURS personnes dignes de foi ont vu Jeannot et Colin à l'école dans la ville d'Issoire, en Auvergne, ville fameuse dans tout l'univers par son collège et par ses chaudrons. Jeannot était fils d'un marchand de mulets très renommé, et Colin devait le jour à un brave laboureur des environs, qui cultivait la terre avec quatre mulets, et qui, après avoir payé la taille, le taillon, les aides et gabelles, le sou pour livre, la capitation et les vingtièmes, ne se trouvait pas puissamment riche au bout de l'année.

Jeannot et Colin étaient fort jolis pour des Auvergnats; ils s'aimaient beaucoup, et ils avaient ensemble de petites privautés, de petites familiarités, dont on se ressouvient toujours avec agrément quand on se rencontre ensuite dans le monde.

Le temps de leurs études était sur le point de finir, quand un tailleur apporta à Jeannot un habit de velours à trois couleurs, avec une veste de Lyon de fort bon goût; le tout était accompagné d'une lettre à monsieur de la Jeannotière. Colin admira l'habit, et ne fut point jaloux; mais Jeannot prit un air de supé-

riorité qui affligea Colin. Dès ce moment Jeannot
n'étudia plus, se regarda au miroir, et méprisa tout
le monde. Quelque temps après un valet de chambre
arrive en poste, et apporte une seconde lettre à mon-
sieur le marquis de la Jeannotière : c'était un ordre
de monsieur son père de faire venir monsieur son
fils à Paris. Jeannot monta en chaise en tendant la
main à Colin avec un sourire de protection assez
noble. Colin sentit son néant, et pleura. Jeannot par-
tit dans toute la pompe de sa gloire.

Les lecteurs qui aiment à s'instruire doivent savoir
que monsieur Jeannot le père avait acquis assez rapi-
dement des biens immenses dans les affaires. Vous
demandez comment on fait ces grandes fortunes ? C'est
parce qu'on est heureux. Monsieur Jeannot était bien
fait, sa femme aussi, et elle avait encore de la fraî-
cheur. Ils allèrent à Paris pour un procès qui les rui-
nait, lorsque la fortune, qui élève et qui abaisse les
hommes à son gré, les présenta à la femme d'un
entrepreneur des hôpitaux des armées, homme d'un
grand talent, et qui pouvait se vanter d'avoir tué plus
de soldats en un an que le canon n'en fait périr en
dix. Jeannot plut à madame; la femme de Jeannot
plut à monsieur. Jeannot fut bientôt de part dans
l'entreprise; il entra dans d'autres affaires. Dès qu'on
est dans le fil de l'eau, il n'y a qu'à se laisser aller;
on fait sans peine une fortune immense. Les gredins,
qui du rivage vous regardent voguer à pleines voiles,
ouvrent des yeux étonnés; ils ne savent comment vous
avez pu parvenir; ils vous envient au hasard, et font
contre vous des brochures que vous ne lisez point.
C'est ce qui arriva à Jeannot le père, qui fut bientôt
monsieur de la Jeannotière, et qui ayant acheté un
marquisat au bout de six mois, retira de l'école mon-
sieur le marquis son fils, pour le mettre à Paris dans
le beau monde.

Colin, toujours tendre, écrivit une lettre de compli-
ments à son ancien camarade, *et lui fit ces lignes pour le
congratuler*. Le petit marquis ne lui fit point de réponse :
Colin en fut malade de douleur.

Le père et la mère donnèrent d'abord un gouver-
neur au jeune marquis : ce gouverneur, qui était un
homme du bel air, et qui ne savait rien, ne put rien
enseigner à son pupille. Monsieur voulait que son fils
apprît le latin, madame ne le voulait pas. Ils prirent
pour arbitre un auteur qui était célèbre alors par des
ouvrages agréables. Il fut prié à dîner. Le maître de
la maison commença par lui dire d'abord : « Mon-
sieur comme vous savez le latin, et que vous êtes un
homme de la cour... — Moi, monsieur, du latin ! je
n'en sais pas un mot, répondit le bel esprit, et bien
m'en a pris ; il est clair qu'on parle beaucoup mieux
sa langue quand on ne partage pas son application
entre elle et les langues étrangères. Voyez toutes nos
dames, elles ont l'esprit plus agréable que les hommes ;
leurs lettres sont écrites avec cent fois plus de grâce ;
elles n'ont sur nous cette supériorité que parce
qu'elles ne savent pas le latin.

— Eh bien ! n'avais-je pas raison ? dit madame. Je
veux que mon fils soit un homme d'esprit, qu'il réus-
sisse dans le monde ; et vous voyez bien que, s'il
savait le latin, il serait perdu. Joue-t-on, s'il vous
plaît, la comédie et l'opéra en latin ? Plaide-t-on en
latin quand on a un procès ? Fait-on l'amour en
latin ? » Monsieur, ébloui de ces raisons, passa condam-
nation, et il fut conclu que le jeune marquis ne per-
drait point son temps à connaître Cicéron, Horace, et
Virgile. Mais qu'apprendra-t-il donc ? car encore
faut-il qu'il sache quelque chose ; ne pourrait-on pas
lui montrer un peu de géographie ? « A quoi cela lui
servira-t-il ? répondit le gouverneur. Quand monsieur
le marquis ira dans ses terres les postillons ne sau-

ront-ils pas les chemins? ils ne l'égareront certaine-
ment pas. On n'a pas besoin d'un quart de cercle
pour voyager, et on va très commodément de Paris en
Auvergne, sans qu'il soit besoin de savoir sous quelle
latitude on se trouve.

— Vous avez raison, répliqua le père; mais j'ai
entendu parler d'une belle science qu'on appelle, je
crois, l'*astronomie*.

— Quelle pitié! repartit le gouverneur; se conduit-on
par les astres dans ce monde? et faudra-t-il que
monsieur le marquis se tue à calculer une éclipse,
quand il la trouve à point nommé dans l'almanach,
qui lui enseigne de plus les fêtes mobiles, l'âge de
la lune, et celui de toutes les princesses de l'Europe? »
Madame fut entièrement de l'avis du gouverneur.
Le petit marquis était au comble de la joie; le père
était très indécis. « Que faudra-t-il donc apprendre
à mon fils? disait-il. — A être aimable, répondit l'ami
que l'on consultait; et s'il sait *les moyens de plaire,* il
saura tout : c'est un art qu'il apprendra chez madame
sa mère, sans que ni l'un ni l'autre se donnent la
moindre peine. »
Madame, à ce discours, embrassa le gracieux igno-
rant, et lui dit : « On voit bien, monsieur, que vous
êtes l'homme du monde le plus savant; mon fils vous
devra toute son éducation : je m'imagine pourtant
qu'il ne serait pas mal qu'il sût un peu d'histoire.
— Hélas! madame, à quoi cela est-il bon? répondit-il;
il n'y a certainement d'agréable et d'utile que l'his-
toire du jour. Toutes les histoires anciennes, comme
le disait un de nos beaux esprits, ne sont que des
fables convenues; et pour les modernes, c'est un
chaos qu'on ne peut débrouiller. Qu'importe à mon-
sieur votre fils que Charlemagne ait institué les
douze pairs de France, et que son successeur ait été
bègue.

— Rien n'est mieux dit! s'écria le gouverneur : on étouffe l'esprit des enfants sous un amas de connaissances inutiles; mais de toutes les sciences la plus absurde, à mon avis, et celle qui est la plus capable d'étouffer toute espèce de génie, c'est la géométrie. Cette science ridicule a pour objet des surfaces, des lignes, et des points, qui n'existent pas dans la nature. On fait passer en esprit cent mille lignes courbes entre un cercle et une ligne droite qui le touche, quoique dans la réalité on n'y puisse pas passer un fétu. La géométrie, en vérité, n'est qu'une mauvaise plaisanterie. »

Monsieur et madame n'entendaient pas trop ce que le gouverneur voulait dire; mais ils furent entièrement de son avis.

« Un seigneur comme monsieur le marquis, continua-t-il, ne doit pas se dessécher le cerveau dans ces vaines études. Si un jour il a besoin d'un géomètre sublime pour lever le plan de ses terres, il les fera arpenter pour son argent. S'il veut débrouiller l'antiquité de sa noblesse, qui remonte aux temps les plus reculés, il enverra chercher un bénédictin. Il en est de même de tous les arts. Un jeune seigneur heureusement né n'est ni peintre, ni musicien, ni architecte, ni sculpteur; mais il fait fleurir tous ces arts en les encourageant par sa magnificence. Il vaut sans doute mieux les protéger que de les exercer; il suffit que monsieur le marquis ait du goût; c'est aux artistes à travailler pour lui; et c'est en quoi on a très grande raison de dire que les gens de qualité (j'entends ceux qui sont très riches) savent tout sans avoir rien appris, parce qu'en effet ils savent à la longue juger de toutes les choses qu'ils commandent et qu'ils payent. »

L'aimable ignorant prit alors la parole, et dit : « Vous avez très bien remarqué, madame, que la

grande fin de l'homme est de réussir dans la société.
De bonne foi, est-ce par les sciences qu'on obtient
ce succès? S'est-on jamais avisé dans la bonne com-
pagnie de parler de géométrie? Demande-t-on jamais
à un honnête homme quel astre se lève aujourd'hui
avec le soleil? S'informe-t-on à souper si Clodion
le Chevelu passa le Rhin? — Non, sans doute, s'écria
la marquise de la Jeannotière, que ses charmes avaient
initiée quelquefois dans le beau monde; et monsieur
mon fils ne doit point éteindre son génie par l'étude
de tous ces fatras, mais enfin que lui apprendra-t-on?
Car il est bon qu'un jeune seigneur puisse briller
dans l'occasion, comme dit monsieur mon mari. Je
me souviens d'avoir ouï dire à un abbé que la plus
agréable des sciences était une chose dont j'ai oublié
le nom, mais qui commence par un *B*. — Par un *B*,
madame? ne serait-ce point la botanique? — Non,
ce n'était point de botanique qu'il me parlait; elle
commençait, vous dis-je, par un *B*, et finissait par un
on. — Ah! j'entends, madame; c'est le blason : c'est,
à la vérité, une science fort profonde; mais elle n'est
plus à la mode depuis qu'on a perdu l'habitude de
faire peindre ses armes aux portières de son car-
rosse; c'était la chose du monde la plus utile dans
un État bien policé. D'ailleurs, cette étude serait infi-
nie : il n'y a point aujourd'hui de barbier qui n'ait
ses armoiries; et vous savez que tout ce qui devient
commun est peu fêté. » Enfin, après avoir examiné
le fort et le faible des sciences, il fut décidé que
monsieur le marquis apprendrait à danser.

La nature, qui fait tout, lui avait donné un talent
qui se développa bientôt avec un succès prodigieux :
c'était de chanter agréablement des vaudevilles. Les
grâces de la jeunesse, jointes à ce don supérieur, le
firent regarder comme le jeune homme de la plus
grande espérance. Il fut aimé des femmes; et ayant

la tête toute pleine de chansons, il en fit pour ses
maîtresses. Il pillait *Bacchus et l'Amour* dans un vaude-
ville, *la nuit et le jour* dans un autre, *les charmes et les
alarmes* dans un troisième; mais, comme il y avait tou-
jours dans ses vers quelques pieds de plus ou de
moins qu'il ne fallait, il les faisait corriger moyen-
nant vingt louis d'or par chanson; et il fut mis dans
L'Année littéraire au rang des La Fare, des Chaulieu,
des Hamilton, des Sarrasin et des Voiture.

Madame la marquise crut alors être la mère d'un
bel esprit, et donna à souper aux beaux esprits de
Paris. La tête du jeune homme fut bientôt renversée;
il acquit l'art de parler sans s'entendre, et se perfec-
tionna dans l'habitude de n'être propre à rien. Quand
son père le vit si éloquent, il regretta vivement de
ne lui avoir pas fait apprendre le latin, car il lui
aurait acheté une grande charge dans la robe. La
mère, qui avait des sentiments plus nobles, se chargea
de solliciter un régiment pour son fils; et en atten-
dant il fit l'amour. L'amour est quelquefois plus cher
qu'un régiment. Il dépensa beaucoup, pendant que
ses parents s'épuisaient encore davantage à vivre en
grands seigneurs.

Une jeune veuve de qualité, leur voisine, qui
n'avait qu'une fortune médiocre, voulut bien se
résoudre à mettre en sûreté les grands biens de
monsieur et de madame de la Jeannotière, en se les
appropriant, et en épousant le jeune marquis. Elle
l'attira chez elle, se laissa aimer, lui fit entrevoir qu'il
ne lui était pas indifférent, le conduisit par degrés,
l'enchanta, le subjugua sans peine. Elle lui donnait
tantôt des éloges, tantôt des conseils; elle devint la
meilleure amie du père et de la mère. Une vieille voi-
sine proposa le mariage; les parents, éblouis de la
splendeur de cette alliance, acceptèrent avec joie la
proposition : ils donnèrent leur fils unique à leur

amie intime. Le jeune marquis allait épouser une
femme qu'il adorait et dont il était aimé; les amis
de la maison le félicitaient; on allait rédiger les articles,
en travaillant aux habits de noce et à l'épithalame.

Il était, un matin, aux genoux de la charmante
épouse que l'amour, l'estime, et l'amitié, allaient lui
donner; ils goûtaient, dans une conversation tendre et
animée, les prémices de leur bonheur; ils s'arran-
geaient pour mener une vie délicieuse, lorsqu'un
valet de chambre de madame la mère arrive tout
effaré. « Voici bien d'autres nouvelles, dit-il; des huis-
siers déménagent la maison de monsieur et de
madame; tout est saisi par des créanciers; on parle
de prise de corps, et je vais faire mes diligences pour
être payé de mes gages. — Voyons un peu, dit le mar-
quis, que c'est que ça, ce que c'est que cette aven-
ture-là. — Oui, dit la veuve, allez punir ces coquins-là,
allez vite. » Il y court, il arrive à la maison; son père
était déjà emprisonné : tous les domestiques avaient
fui chacun de leur côté, en emportant tout ce qu'ils
avaient pu. Sa mère était seule, sans secours, sans
consolation, noyée dans les larmes; il ne lui restait
rien que le souvenir de sa fortune, de sa beauté, de
ses fautes et de ses folles dépenses.

Après que le fils eut longtemps pleuré avec la mère,
il lui dit enfin : « Ne nous désespérons pas; cette
jeune veuve m'aime éperdument; elle est plus géné-
reuse encore que riche, je réponds d'elle; je vole à
elle, et je vais vous l'amener. » Il retourne chez sa
maîtresse, il la trouve tête à tête avec un jeune officier
fort aimable. « Quoi! c'est vous, monsieur de la Jean-
notière; que venez-vous faire ici? abandonne-t-on
ainsi sa mère? Allez chez cette pauvre femme, et dites-
lui que je lui veux toujours du bien : j'ai besoin d'une
femme de chambre, et je lui donnerai la préférence.
— Mon garçon, tu me parais assez bien tourné, lui

dit l'officier; si tu veux entrer dans ma compagnie je te donnerai un bon engagement. »

Le marquis stupéfait, la rage dans le cœur, alla chercher son ancien gouverneur, déposa ses douleurs dans son sein, et lui demanda des conseils. Celui-ci lui proposa de se faire, comme lui, gouverneur d'enfants. « Hélas! je ne sais rien, vous ne m'avez rien appris, et vous êtes la première cause de mon malheur »; et il sanglotait en lui parlant ainsi. « Faites des romans, lui dit un bel esprit qui était là; c'est une excellente ressource à Paris. »

Le jeune homme plus désespéré que jamais, courut chez le confesseur de sa mère : c'était un théatin très accrédité, qui ne dirigeait que les femmes de la première considération; dès qu'il le vit, il se précipita vers lui. « Eh! mon Dieu! monsieur le marquis, où est votre carrosse? comment se porte la respectable madame la marquise votre mère? » Le pauvre malheureux lui conta le désastre de sa famille. A mesure qu'il s'expliquait, le théatin prenait une mine plus grave, plus indifférente, plus imposante : « Mon fils, voilà où Dieu vous voulait; les richesses ne servent qu'à corrompre le cœur; Dieu a donc fait la grâce à votre mère de la réduire à la mendicité? — Oui monsieur. — Tant mieux, elle est sûre de son salut. — Mais, mon père, en attendant, n'y aurait-il pas moyen d'obtenir quelque secours dans ce monde? — Adieu, mon fils; il y a une dame de la cour qui m'attend. »

Le marquis fut prêt à s'évanouir; il fut traité à peu près de même par ses amis, et apprit mieux à connaître le monde dans une demi-journée que dans tout le reste de sa vie.

Comme il était plongé dans l'accablement du désespoir, il vit avancer une chaise roulante à l'antique, espèce de tombereau couvert, accompagné de

rideaux de cuir, suivi de quatre charrettes énormes
toutes chargées. Il y avait dans la chaise un jeune
homme grossièrement vêtu; c'était un visage rond
et frais qui respirait la douceur et la gaieté. Sa petite
femme brune, et assez grossièrement agréable, était
cahotée à côté de lui. La voiture n'allait pas comme
le char d'un petit-maître. Le voyageur eut tout le
temps de contempler le marquis immobile, abîmé
dans sa douleur. « Eh! mon Dieu! s'écria-t-il, je crois
que c'est là Jeannot. » A ce nom, le marquis lève les
yeux, la voiture s'arrête : « C'est Jeannot lui-même,
c'est Jeannot. » Le petit homme rebondi ne fait qu'un
saut, et court embrasser son ancien camarade. Jean-
not reconnut Colin; la honte et les pleurs couvrirent
son visage. « Tu m'as abandonné, dit Colin; mais tu
as beau être grand seigneur, je t'aimerai toujours. »
Jeannot, confus et attendri, lui conta en sanglotant,
une partie de son histoire. « Viens dans l'hôtellerie
où je loge me conter le reste, lui dit Colin; embrasse
ma petite femme, et allons dîner ensemble. »

Ils vont tous trois à pied, suivis du bagage. « Qu'est-ce
donc que tout cet attirail? vous appartient-il? — Oui,
tout est à moi et à ma femme. Nous arrivons du pays;
je suis à la tête d'une bonne manufacture de fer étamé
et de cuivre. J'ai épousé la fille d'un riche négociant
en ustensiles nécessaires aux grands et aux petits;
nous travaillons beaucoup; Dieu nous bénit; nous
n'avons point changé d'état; nous sommes heureux,
nous aiderons notre ami Jeannot. Ne sois plus mar-
quis; toutes les grandeurs de ce monde ne valent pas
un bon ami. Tu reviendras avec moi au pays, je
t'apprendrai le métier, il n'est pas bien difficile; je
te mettrai de part, et nous vivrons gaiement dans le
coin de terre où nous sommes nés. »

Jeannot, éperdu, se sentait partagé entre la dou-
leur et la joie, la tendresse et la honte; et il se disait

tout bas : « Tous mes amis du bel air m'ont trahi, et
Colin, que j'ai méprisé, vient seul à mon secours.
Quelle instruction! » La bonté d'âme de Colin déve-
loppa dans le cœur de Jeannot le germe du bon natu-
rel, que le monde n'avait pas encore étouffé. Il sentit
qu'il ne pouvait abandonner son père et sa mère.
« Nous aurons soin de ta mère, dit Colin; et quant
à ton bonhomme de père, qui est en prison, j'entends
un peu les affaires; ses créanciers, voyant qu'il n'a
plus rien s'accommoderont pour peu de chose; je
me charge de tout. » Colin fit tant qu'il tira le père
de prison. Jeannot retourna dans sa patrie avec ses
parents, qui reprirent leur première profession. Il
épousa une sœur de Colin, laquelle, étant de même
humeur que le frère, le rendit très heureux. Et Jean-
not le père, et Jeannotte la mère, et Jeannot le fils,
virent que le bonheur n'est pas dans la vanité.

POT-POURRI

PARU en 1765 au tome III des Nouveaux mélanges phi-
losophiques, historiques, critiques, etc., publiés par
les frères Cramer, ce « pot-pourri », tout à fait dans les
habitudes de Voltaire, — de tels dossiers existaient dans sa
bibliothèque de Ferney, avec des titres comme Jésuites,
Rousseau, et autres —, nous raconte l'histoire de Brioché
et de son fils Polichinelle. On a vite fait de deviner à qui
font allusion ces marionnettes et l'on peut continuer à cher-
cher, comme dans un jeu de société, quelles réalités se
cachent sous les différents symboles : le pape, l'Église angli-
cane, Luther, Jérusalem. Mais pour éviter la monotonie
d'une telle mascarade, Voltaire l'entrecoupe des propos de
Monsieur Husson, « qui est une bonne tête », sur des sujets
d'actualité brûlante. Autre jeu auquel Pot-Pourri nous
convie : chercher comment ces propos variés se rattachent
à l'histoire principale, car ils s'y rattachent.

V. den H.

POT-POURRI

I

BRIOCHÉ fut le père de Polichinelle, non pas son propre père, mais père de génie. Le père de Brioché était Guillot Gorju, qui fut fils de Gilles, qui fut fils de Gros-René, qui tirait son origine du prince des sots et de la mère sotte : c'est ainsi que l'écrit l'auteur de l'Almanach de la Foire. Monsieur Parfaict, écrivain non moins digne de foi, donne pour père à Brioché Tabarin, à Tabarin Gros-Guillaume, à Gros-Guillaume Jean Boudin, mais en remontant toujours au prince des sots. Si ces deux histoires se contredisent, c'est une preuve de la vérité du fait pour le père Daniel, qui les concilie avec une merveilleuse sagacité, et qui détruit par là le pyrrhonisme de l'histoire.

II

Comme je finissais ce premier paragraphe des cahiers de Merri Hissing dans mon cabinet, dont la fenêtre donne sur la rue Saint-Antoine, j'ai vu passer

les syndics des apothicaires, qui allaient saisir des
drogues et du vert-de-gris que les jésuites de la rue
Saint-Antoine vendaient en contrebande; mon voisin
monsieur Husson, qui est une bonne tête, est venu
chez moi, et m'a dit : « Mon ami, vous riez de voir
les jésuites vilipendés; vous êtes bien aise de savoir
qu'ils sont convaincus d'un parricide en Portugal, et
d'une rébellion au Paraguai; le cri public qui s'élève
en France contre eux, la haine qu'on leur porte, les
opprobres multipliés dont ils sont couverts, semblent
être pour vous une consolation; mais sachez que, s'ils
sont perdus comme tous les honnêtes gens le désirent,
vous n'y gagnerez rien : vous serez accablé par la
faction des jansénistes. Ce sont des enthousiastes
féroces, des âmes de bronze, pires que les presby-
tériens qui renversèrent le trône de Charles Ier. Son-
gez que les fanatiques sont plus dangereux que les
fripons. On ne peut jamais faire entendre raison à un
énergumène; les fripons l'entendent. »

Je disputai longtemps contre monsieur Husson; je
lui dis enfin : « Monsieur, consolez-vous; peut-être
que les jansénistes seront un jour aussi adroits que
les jésuites. » Je tâchai de l'adoucir; mais c'est une
tête de fer qu'on ne fait jamais changer de sentiment.

III

Brioché, voyant que Polichinelle était bossu par-
devant et par-derrière, lui voulut apprendre à lire et
à écrire. Polichinelle, au bout de deux ans, épela
assez passablement; mais il ne put jamais parvenir
à se servir d'une plume. Un des écrivains de sa vie
remarque qu'il essaya un jour d'écrire son nom, mais
que personne ne put le lire.

Brioché était fort pauvre; sa femme et lui n'avaient pas de quoi nourrir Polichinelle, encore moins de quoi lui faire apprendre un métier. Polichinelle leur dit : « Mon père et ma mère, je suis bossu, et j'ai de la mémoire; trois ou quatre de mes amis, et moi, nous pouvons établir des marionnettes : je gagnerai quelque argent; les hommes ont toujours aimé les marionnettes; il y a quelquefois de la perte à en vendre de nouvelles, mais aussi il y a de grands profits. »

Monsieur et madame Brioché admirèrent le bon sens du jeune homme; la troupe se forma, et elle alla établir ses petits tréteaux dans une bourgade suisse sur le chemin d'Appenzel à Milan.

C'était justement dans ce village que les charlatans d'Orviète avaient établi le magasin de leur orviétan. Ils s'aperçurent qu'insensiblement la canaille allait aux marionnettes, et qu'ils vendaient dans le pays la moitié moins de savonnettes et d'onguent pour la brûlure. Ils accusèrent Polichinelle de plusieurs mauvais déportements, et portèrent leurs plaintes devant le magistrat. La requête disait que c'était un ivrogne dangereux; qu'un jour il avait donné cent coups de pied dans le ventre, en plein marché, à des paysans qui vendaient des nèfles.

On prétendit aussi qu'il avait molesté un marchand de coqs d'Inde; enfin ils l'accusèrent d'être sorcier. Monsieur Parfaict, dans son *Histoire du Théâtre,* prétend qu'il fut avalé par un crapaud; mais le père Daniel pense, ou du moins parle autrement. On ne sait pas ce que devint Brioché. Comme il n'était que le père putatif de Polichinelle, l'historien n'a pas jugé à propos de nous dire de ses nouvelles.

IV

Feu monsieur du Marsais assurait que le plus grand des abus était la vénalité des charges. « C'est un grand malheur pour l'État, disait-il, qu'un homme de mérite, sans fortune, ne puisse parvenir à rien. Que de talents enterrés, et que de sots en place! Quelle détestable politique d'avoir éteint l'émulation! » Monsieur du Marsais, sans y penser, plaidait sa propre cause : il a été réduit à enseigner le latin, et il aurait rendu de grands services à l'État s'il avait été employé. Je connais des barbouilleurs de papier qui eussent enrichi une province, s'ils avaient été à la place de ceux qui l'ont volée. Mais, pour avoir cette place, il faut être fils d'un riche qui vous laisse de quoi acheter une charge, un office, et ce qu'on appelle *une dignité*.

Du Marsais assurait qu'un Montaigne, un Charron, un Descartes, un Gassendi, un Bayle, n'eussent jamais condamné aux galères des écoliers soutenant thèse contre la philosophie d'Aristote, ni n'auraient fait brûler le curé Urbain Grandier, le curé Gaufrédi, et qu'ils n'eussent point, etc., etc.

V

Il n'y a pas longtemps que le chevalier Roginante, gentilhomme ferrarois, qui voulait faire une collection de tableaux de l'école flamande, alla faire des emplettes dans Amsterdam. Il marchanda un assez beau Christ chez le sieur Vandergru. « Est-il possible, dit le Ferrarois au Batave, que vous qui n'êtes pas chrétien (car vous êtes Hollandais) vous ayez chez vous

un Jésus? — Je suis chrétien et catholique » répondit monsieur Vandergru, sans se fâcher; et il vendit son tableau assez cher. « Vous croyez donc Jésus-Christ Dieu? lui dit Roginante. — Assurément », dit Vandergru.

Un autre curieux logeait à la porte attenante, c'était un socinien; il lui vendit une Sainte Famille. « Que pensez-vous de l'enfant? dit le Ferrarois. — Je pense, répondit l'autre, que ce fut la créature la plus parfaite que Dieu ait mise sur la terre. »

De là le Ferrarois alla chez Moïse Mansebo, qui n'avait que de beaux paysages, et point de Sainte Famille. Roginante lui demanda pourquoi on ne trouvait pas chez lui de pareils sujets. « C'est, dit-il, que nous avons cette famille en exécration. »

Roginante passa chez un fameux anabaptiste, qui avait les plus jolis enfants du monde; il leur demanda dans quelle église ils avaient été baptisés. « Fi donc! monsieur, lui dirent les enfants; grâces à Dieu, nous ne sommes point encore baptisés. »

Roginante n'était pas au milieu de la rue qu'il avait déjà vu une douzaine de sectes entièrement opposées les unes aux autres. Son compagnon de voyage, monsieur Sacrito, lui dit : « Enfuyons-nous vite, voilà l'heure de la bourse; tous ces gens-ci vont s'égorger sans doute, selon l'antique usage, puisqu'ils pensent tous diversement; et la populace nous assommera, pour être sujets du pape. »

Ils furent bien étonnés quand ils virent toutes ces bonnes gens-là sortir de leurs maisons avec leurs commis, se saluer civilement, et aller à la bourse de compagnie. Il y avait ce jour-là, de compte fait, cinquante-trois religions sur la place, en comptant les Arméniens et les jansénistes. On fit pour cinquante-trois millions d'affaires le plus paisiblement du monde, et le Ferrarois retourna dans son pays, où il trouva plus d'*Agnus Dei* que de lettres de change.

On voit tous les jours la même scène à Londres, à Hambourg, à Dantzick, à Venise même, etc. Mais ce que j'ai vu de plus édifiant, c'est à Constantinople.

J'eus l'honneur d'assister, il y a cinquante ans, à l'installation d'un patriarche grec par le sultan Achmet III, dont Dieu veuille avoir l'âme. Il donna à ce prêtre chrétien l'anneau, et le bâton fait en forme de béquille. Il y eut ensuite une procession de chrétiens dans la rue Cléobule; deux janissaires marchèrent à la tête de la procession. J'eus le plaisir de communier publiquement dans l'église patriarcale, et il ne tint qu'à moi d'obtenir un canonicat.

J'avoue qu'à mon retour à Marseille je fus fort étonné de ne point y trouver de mosquée. J'en marquai ma surprise à monsieur l'intendant et à monsieur l'évêque. Je leur dis que cela était fort incivil, et que si les chrétiens avaient des églises chez les musulmans on pouvait au moins faire aux Turcs la galanterie de quelques chapelles. Ils me promirent tous deux qu'ils en écriraient en cour; mais l'affaire en demeure là, à cause de la constitution *Unigenitus*.

Ô mes frères les jésuites! vous n'avez pas été tolérants, et on ne l'est pas pour vous. Consolez-vous; d'autres à leur tour deviendront persécuteurs, et à leur tour ils seront abhorrés.

VI

Je contais ces choses, il y a quelques jours à monsieur de Boucacous, Languedocien très chaud et huguenot très zélé. « Cavalisque! me dit-il, on nous traite donc en France comme les Turcs; on leur refuse des mosquées, et on ne nous accorde point de temples! — Pour des mosquées, lui dis-je, les Turcs ne nous en ont encore point demandé, et j'ose me flatter qu'ils

en obtiendront quand ils voudront, parce qu'ils sont
nos bons alliés; mais je doute fort qu'on rétablisse
vos temples, malgré toute la politesse dont nous nous
piquons : la raison en est que vous êtes un peu nos
ennemis. — Vos ennemis! s'écria monsieur de Bou-
cacous, nous qui sommes les plus ardents serviteurs
du roi! — Vous êtes fort ardents, lui répliquai-je, et
si ardents que vous avez fait neuf guerres civiles, sans
compter les massacres des Cévennes. — Mais, dit-il,
si nous avons fait des guerres civiles, c'est que vous
nous cuisiez en place publique; on se lasse à la longue
d'être brûlé, il n'y a patience de saint qui puisse y
tenir : qu'on nous laisse en repos, et je vous jure que
nous serons des sujets très fidèles.

— C'est précisément ce qu'on fait, lui dis-je; on
ferme les yeux sur vous, on vous laisse faire votre
commerce, vous avez une liberté assez honnête. —
Voilà une plaisante liberté! dit monsieur de Bouca-
cous; nous ne pouvons nous assembler en pleine cam-
pagne quatre ou cinq mille seulement, avec des
psaumes à quatre parties, que sur-le-champ il ne
vienne un régiment de dragons qui nous fait rentrer
chacun chez nous. Est-ce là vivre? est-ce là être libre? »

Alors je lui parlai ainsi : « Il n'y a aucun pays dans
le monde où l'on puisse s'attrouper sans l'ordre du
souverain; tout attroupement est contre les lois. Ser-
vez Dieu à votre mode dans vos maisons; n'étour-
dissez personne par des hurlements que vous appe-
lez *musique*. Pensez-vous que Dieu soit bien content
de vous quand vous chantez ses commandements sur
l'air de *Réveillez-vous, belle endormie?* et quand vous
dites avec les Juifs, en parlant d'un peuple voisin :

> Heureux qui doit te détruire à jamais!
> Qui, t'arrachant les enfants des mamelles,
> Écrasera leurs têtes infidèles!

« Dieu veut-il absolument qu'on écrase les cervelles des petits enfants? Cela est-il humain? De plus, Dieu aime-t-il tant les mauvais vers et la mauvaise musique? »

Monsieur de Boucacous m'interrompit, et me demanda si le latin de cuisine de nos psaumes valait mieux. « Non, sans doute, lui dis-je; je conviens même qu'il y a un peu de stérilité d'imagination à ne prier Dieu que dans une traduction très vicieuse de vieux cantiques d'un peuple que nous abhorrons; nous sommes tous juifs à vêpres, comme nous sommes tous païens à l'Opéra.

« Ce qui me déplaît seulement, c'est que les *Métamorphoses* d'Ovide sont, par la malice du démon, bien mieux écrites, et plus agréables que les cantiques juifs : car il faut avouer que cette montagne de Sion, et ces gueules de basilic, et ces collines, qui sautent comme des béliers, et toutes ces répétitions fastidieuses, ne valent ni la poésie grecque, ni la latine, ni la française. Le froid petit Racine a beau faire, cet enfant dénaturé n'empêchera pas (profanement parlant) que son père ne soit un meilleur poète que David.

« Mais enfin, nous sommes la religion dominante chez nous; il ne vous est pas permis de vous attrouper en Angleterre : pourquoi voudriez-vous avoir cette liberté en France? Faites ce qu'il vous plaira dans vos maisons, et j'ai parole de monsieur le gouverneur et de monsieur l'intendant qu'en étant sages vous serez tranquilles : l'imprudence seule fit et fera les persécutions. Je trouve très mauvais que vos mariages, l'état de vos enfants, le droit d'héritage, souffrent la moindre difficulté. Il n'est pas juste de vous saigner et de vous purger parce que vos pères ont été malades; mais que voulez-vous? ce monde est un grand Bedlam, où des fous enchaînent d'autres fous. »

Nous ignorions ainsi, monsieur de Boucacous et moi, quand nous vîmes passer Jean-Jacques Rousseau avec grande précipitation. « Eh! où allez-vous donc si vite, monsieur Jean-Jacques? — Je m'enfuis, parce que maître Joly de Fleury a dit, dans un réquisitoire, que je prêchais contre l'intolérance et contre l'existence de la religion chrétienne. — Il a voulu dire évidence, lui répondis-je; il ne faut pas prendre feu pour un mot. — Eh! mon Dieu, je n'ai que trop pris feu, dit Jean-Jacques; on brûle partout mon livre. Je sors de Paris comme monsieur d'Assouci de Montpellier, de peur qu'on ne brûle ma personne. — Cela était bon, lui dis-je, du temps d'Anne Dubourg et de Michel Servet, mais à présent on est plus humain. Qu'est-ce donc que ce livre qu'on a brûlé?

— J'élevais, dit-il, à ma manière un petit garçon en quatre tomes. Je sentais bien que j'ennuierais peut-être; et j'ai voulu, pour égayer la matière, glisser adroitement une cinquantaine de pages en faveur du théisme. J'ai cru qu'en disant des injures aux philosophes, mon théisme passerait, et je me suis trompé. — Qu'est-ce que théisme? fis-je. — C'est me dit-il, l'adoration d'un Dieu, en attendant que je sois mieux instruit. — Ah! dis-je, si c'est là tout votre crime, consolez-vous. Mais pourquoi injurier les philosophes? — J'ai tort, fit-il. — Mais, monsieur Jean-Jacques, comment vous êtes-vous fait théiste? quelle cérémonie faut-il pour cela? — Aucune, nous dit Jean-Jacques. Je suis né protestant, j'ai retranché tout ce que les protestants condamnent dans la religion romaine. Ensuite, j'ai retranché tout ce que les autres religions condamnent dans le protestantisme : il ne m'est resté que Dieu; je l'ai adoré, et maître Joly de Fleury a présenté contre moi un réquisitoire. »

Alors nous parlâmes à fond du théisme avec Jean-Jacques, qui nous apprit qu'il y avait trois cent mille théistes à Londres, et environ cinquante mille seulement à Paris, parce que les Parisiens n'arrivent jamais à rien que longtemps

*après les Anglais, témoin l'inoculation, la gravitation, le
semoir, etc., etc. Il ajouta que le nord de l'Allemagne four-
millait de théistes et de gens qui se battent bien.*

*Monsieur de Boucacous l'écouta attentivement, et promit
de se faire théiste. Pour moi, je restai ferme. Je ne sais cepen-
dant si on ne brûlera pas ce petit écrit, comme un ouvrage
de Jean-Jacques, ou comme un mandement d'évêque; mais
un mal qui nous menace n'empêche pas toujours d'être sen-
sible au mal d'autrui, et comme j'ai le cœur bon, je plaignis
les tribulations de Jean-Jacques.*

VII

Les compagnons de Polichinelle réduits à la men-
dicité, qui était leur état naturel, s'associèrent avec
quelques bohèmes, et coururent de village en village.
Ils arrivèrent dans une petite ville, et logèrent dans
un quatrième étage, où ils se mirent à composer des
drogues dont la vente les aida quelque temps à sub-
sister. Ils guérirent même de la gale l'épagneul d'une
dame de considération; les voisins crièrent au pro-
dige, mais malgré toute leur industrie la troupe ne
fit pas fortune.

Ils se lamentaient de leur obscurité et de leur
misère, lorsqu'un jour ils entendirent un bruit sur
leur tête, comme celui d'une brouette qu'on roule
sur le plancher. Ils montèrent au cinquième étage,
et y trouvèrent un petit homme qui faisait des marion-
nettes pour son compte : il s'appelait le sieur Bien-
fait; il avait tout juste le génie qu'il fallait pour son
art.

On n'entendait pas un mot de ce qu'il disait; mais
il avait un galimatias fort convenable, et il ne faisait

pas mal ses bamboches. Un compagnon, qui excel-
lait aussi en galimatias, lui parla ainsi :

« Nous croyons que vous êtes destiné à relever nos
marionnettes, car nous avons lu dans Nostradamus
ces propres paroles : *Nelle chi li po rate icsus res fait
en bi,* lesquelles prises à rebours font évidemment :
Bienfait ressuscitera Polichinelle. Le nôtre a été avalé par
un crapaud; mais nous avons retrouvé son chapeau,
sa bosse, et sa pratique. Vous fournirez le fil d'archal.
Je crois d'ailleurs qu'il vous sera aisé de lui faire une
moustache toute semblable à celle qu'il avait, et quand
nous serons unis ensemble, il est à croire que nous
aurons beaucoup de succès. Nous ferons valoir Poli-
chinelle par Nostradamus, et Nostradamus par Poli-
chinelle.

Le sieur Bienfait accepta la proposition. On lui
demanda ce qu'il voulait pour sa peine. « Je veux,
dit-il, beaucoup d'honneurs et beaucoup d'argent.
— Nous n'avons rien de cela, dit l'orateur de la
troupe; mais avec le temps on a de tout. » Le sieur
Bienfait se lia donc avec les bohèmes, et tous ensemble
allèrent à Milan établir leur théâtre, sous la protec-
tion de madame Carminetta. On afficha que le même
Polichinelle, qui avait été mangé par un crapaud du
village du canton d'Appenzel, reparaîtrait sur le
théâtre de Milan, et qu'il danserait avec madame Gi-
gogne. Tous les vendeurs d'orviétan eurent beau s'y
opposer, le sieur Bienfait, qui avait aussi le secret
de l'orviétan, soutint que le sien était le meilleur : il
en vendit beaucoup aux femmes, qui étaient folles
de Polichinelle, et il devint si riche qu'il se mit à la
tête de la troupe.

Dès qu'il eut ce qu'il voulait (et que tout le monde
veut), des honneurs et du bien, il fut très ingrat envers
madame Carminetta. Il acheta une belle maison vis-
à-vis de celle de sa bienfaitrice, et il trouva le secret

de la faire payer par ses associés. On ne le vit plus
faire sa cour à madame Carminetta; au contraire, il
voulut qu'elle vînt déjeuner chez lui, et un jour qu'elle
daigna y venir il lui fit fermer la porte au nez, etc.

VIII

N'ayant rien entendu au précédent chapitre de
Merri Hissing, je me transportai chez mon ami mon-
sieur Husson, pour lui en demander l'explication.
Il me dit que c'était une profonde allégorie sur le
père La Valette, marchand banqueroutier d'Amé-
rique, mais que d'ailleurs il y avait longtemps qu'il
ne s'embarrassait plus de ces sottises, qu'il n'allait
jamais aux marionnettes; qu'on jouait ce jour-là
Polyeucte, et qu'il voulait l'entendre. Je l'accompagnai
à la comédie.

Monsieur Husson, pendant le premier acte, bran-
lait toujours la tête. Je lui demandai dans l'entracte
pourquoi sa tête branlait tant. « J'avoue, dit-il, que
je suis indigné contre ce sot Polyeucte et contre cet
impudent Néarque. Que diriez-vous d'un gendre de
monsieur le gouverneur de Paris, qui serait hugue-
not et qui, accompagnant son beau-père le jour de
Pâques à Notre-Dame, irait mettre en pièces le ciboire
et le calice, et donner des coups de pied dans le ventre
à monsieur l'archevêque et aux chanoines? Serait-il
bien justifié, en nous disant que nous sommes des
idolâtres; qu'il l'a entendu dire au sieur Lubolier,
prédicant d'Amsterdam, et au sieur Morfyé, compi-
lateur à Berlin, auteur de la *Bibliothèque germanique,*
qui le tenait du prédicant Urieju. C'est là le fidèle
portrait de la conduite de Polyeucte. Peut-on s'inté-

resser à ce plat fanatique, séduit par le fanatique
Néarque? »

Monsieur Husson me disait ainsi son avis amica-
lement dans les entractes. Il se mit à rire quand il vit
Polyeucte résigner sa femme à son rival; et il la trouva
un peu bourgeoise quand elle dit à son amant qu'elle
va dans sa chambre, au lieu d'aller avec lui à l'église :

> Adieu, trop vertueux objet, et trop charmant;
> Adieu, trop généreux et trop parfait amant;
> Je vais seule en ma chambre enfermer mes regrets.

Mais il admira la scène où elle demande à son
amant la grâce de son mari.

« Il y a là, dit-il, un gouverneur d'Arménie qui est
bien le plus lâche, le plus bas des hommes; ce père
de Pauline avoue même qu'il a les sentiments d'un
coquin :

> Polyeucte est ici l'appui de ma famille;
> Mais si par son trépas l'autre épousait ma fille,
> J'acquerrais bien par là de plus puissants appuis,
> Qui me mettraient plus haut cent fois que je ne suis.

« Un procureur au Châtelet ne pourrait guère ni
penser ni s'exprimer autrement. Il y a des bonnes
âmes qui avalent tout cela; je ne suis pas du nombre
Si ces pauvretés peuvent entrer dans une tragédie du
pays des Gaules, il faut brûler l'*Œdipe* des Grecs. »

Monsieur Husson est un rude homme. J'ai fait ce
que j'ai pu pour l'adoucir; mais je n'ai pu en venir
à bout. Il a persisté dans son avis, et moi dans le
mien.

IX

Nous avons laissé le sieur Bienfait fort riche et fort
insolent. Il fit tant par ses menées qu'il fut reconnu
pour entrepreneur d'un grand nombre de marion-
nettes. Dès qu'il fut revêtu de cette dignité, il fit pro-
mener Polichinelle dans toutes les villes, et afficha
que tout le monde serait tenu de l'appeler *Monsieur,*
sans quoi il ne jouerait point. C'est de là que, dans
toutes les représentations des marionnettes il ne
répond jamais à son compère que quand le compère
l'appelle monsieur Polichinelle. Peu à peu Polichi-
nelle devint si important qu'on ne donna plus aucun
spectacle sans lui payer une rétribution, comme les
Opéras des provinces en payent une à l'Opéra de
Paris.

Un jour, un de ses domestiques, receveur des bil-
lets et ouvreur de loges, ayant été cassé aux gages, se
souleva contre Bienfait, et institua d'autres marion-
nettes qui décrièrent toutes les danses de madame Gi-
gogne et tous les tours de passe-passe de Bienfait.
Il retrancha plus de cinquante ingrédients qui entraient
dans l'orviétan, composa le sien de cinq ou six drogues;
et, le vendant beaucoup meilleur marché, il enleva
une infinité de pratiques à Bienfait; ce qui excita un
furieux procès, et on se battit longtemps à la porte
des marionnettes, dans le préau de la Foire.

X

Monsieur Husson me parlait hier de ses voyages :
en effet, il a passé plusieurs années dans les Échelles
du Levant, il est allé en Perse, il a demeuré longtemps
dans les Indes, et a vu toute l'Europe. « J'ai remar-

qué, me disait-il, qu'il y a un nombre prodigieux de
Juifs qui attendent le Messie, et qui se feraient empa-
ler plutôt que de convenir qu'il est venu. J'ai vu
mille Turcs persuadés que Mahomet avait mis la moi-
tié de la lune dans sa manche. Le petit peuple, d'un
bout du monde à l'autre, croit fermement les choses
les plus absurdes. Cependant, qu'un philosophe ait
un écu à partager avec le plus imbécile de ces malheu-
reux, en qui la raison humaine est si horriblement
obscurcie, il est sûr que s'il y a un sou à gagner
l'imbécile l'emportera sur le philosophe. Comment
des taupes, si aveugles sur le plus grand des intérêts,
sont-elles lynx sur les plus petits? Pourquoi le même
juif qui vous égorge le vendredi ne voudrait-il pas
voler un liard le jour du sabbat? Cette contradiction
de l'espèce humaine mérite qu'on l'examine.

— N'est-ce pas, dis-je à monsieur Husson, que les
hommes sont superstitieux par coutume, et coquins
par instinct? — J'y rêverai, me dit-il; cette idée me
paraît assez bonne. »

XI

Polichinelle, depuis l'aventure de l'ouvreur de loges,
a essuyé bien des disgrâces. Les Anglais, qui sont rai-
sonneurs et sombres, lui ont préféré Shakespeare,
mais ailleurs ses farces ont été fort en vogue, et, sans
l'opéra-comique, son théâtre était le premier des
théâtres. Il a eu de grandes querelles avec Scara-
mouche et Arlequin, et on ne sait pas encore qui
l'emportera. Mais...

XII

« Mais, mon cher monsieur, disais-je, comment
peut-on être à la fois si barbare et si drôle? Com-
ment, dans l'histoire d'un peuple, trouve-t-on à la
fois la Saint-Barthélemy et les *Contes* de La Fontaine,
etc.? Est-ce l'effet du climat? Est-ce l'effet des lois?

— Le genre humain, répondit M. Husson, est ca-
pable de tout. Néron pleura quand il fallut signer
l'arrêt de mort d'un criminel, joua des farces, et
assassina sa mère. Les singes font des tours extrême-
ment plaisants, et étouffent leurs petits. Rien n'est plus
doux, plus timide qu'une levrette; mais elle déchire
un lièvre, et baigne son long museau dans son sang.

— Vous devriez, lui dis-je, nous faire un beau livre
qui développât toutes ces contradictions. — Ce livre
est tout fait, dit-il; vous n'avez qu'à regarder une
girouette; elle tourne tantôt au doux souffle du zéphyr,
tantôt au vent violent du nord, voilà l'homme. »

XIII

Rien n'est souvent plus convenable que d'aimer sa
cousine. On peut aussi aimer sa nièce; mais il en
coûte dix-huit mille livres, payables à Rome, pour
épouser une cousine, et quatre-vingt mille francs
pour coucher avec sa nièce en légitime mariage.

Je suppose quarante nièces par an, mariées avec
leurs oncles, et deux cents cousins et cousines conjoints,
cela fait en sacrement six millions huit cent mille livres
par an, qui sortent du royaume. Ajoutez-y environ
six cent mille francs pour ce qu'on appelle *les annates
des terres de France,* que le roi de France donne à des
Français en bénéfices; joignez-y encore quelques
menus frais : c'est environ huit millions .quatre cent

mille livres que nous donnons libéralement au Saint-
Père par chacun an. Nous exagérons peut-être un
peu; mais on conviendra que si nous avons beaucoup
de cousines et de nièces jolies, et si la mortalité se
met parmi les bénéficiers, la somme peut aller au
double. Le fardeau serait lourd, tandis que nous
avons des vaisseaux à construire, des armées et des
rentiers à payer.

Je m'étonne que, dans l'énorme quantité de livres
dont les auteurs ont gouverné l'État depuis vingt ans,
aucun n'ait pensé à réformer ces abus. J'ai prié un
docteur de Sorbonne, de mes amis, de me dire dans
quel endroit de l'Écriture on trouve que la France
doive payer à Rome la somme susdite : il n'a jamais
pu le trouver. J'en ai parlé à un jésuite : il m'a
répondu que cet impôt fut mis par saint Pierre sur
les Gaules, dès la première année qu'il vint à Rome;
et comme je doutais que saint Pierre eût fait ce
voyage, il m'en a convaincu en me disant qu'on voit
encore à Rome les clefs du paradis qu'il portait tou-
jours à sa ceinture. « Il est vrai, m'a-t-il dit, que nul
auteur canonique ne parle de ce voyage de Simon Bar-
jone; mais nous avons une belle lettre de lui, datée
de *Babylone*; or, certainement *Babylone* veut dire *Rome* :
donc vous devez de l'argent au pape quand vous
épousez vos cousines. » J'avoue que j'ai été frappé
de la force de cet argument.

XIV

J'ai un vieux parent qui a servi le roi cinquante-
deux ans. Il s'est retiré dans la haute Alsace, où il
a une petite terre qu'il cultive, dans le diocèse de
Porentru. Il voulut un jour faire donner le dernier

labour à son champ; la saison avançait, l'ouvrage pressait. Ses valets refusèrent le service, et dirent pour raison que c'était la fête de sainte Barbe, la sainte la plus fêtée à Porentru. « Eh! mes amis, leur dit mon parent, vous avez été à la messe en l'honneur de Barbe, vous avez rendu à Barbe ce qui lui appartient; rendez-moi ce que vous me devez : cultivez mon champ, au lieu d'aller au cabaret. Sainte Barbe ordonne-t-elle qu'on s'enivre pour lui faire honneur, et que je manque de blé cette année? » Le maître-valet lui dit : « Monsieur, vous voyez bien que je serais damné si je travaillais dans un si saint jour. Sainte Barbe est la plus grande sainte du paradis; elle grava le signe de la croix sur une colonne de marbre avec le bout du doigt; et du même doigt, et du même signe, elle fit tomber toutes les dents d'un chien qui lui avait mordu les fesses : je ne travaillerai point le jour de Sainte-Barbe. »

Mon parent envoya chercher des laboureurs luthériens, et son champ fut cultivé. L'évêque de Porentru l'excommunia. Mon parent en appela comme d'abus; le procès n'est pas encore jugé. Personne assurément n'est plus persuadé que mon parent qu'il faut honorer les saints; mais il prétend aussi qu'il faut cultiver la terre.

Je suppose en France environ cinq millions d'ouvriers, soit manœuvres, soit artisans, qui gagnent chacun, l'un portant l'autre, vingt sous par jour, et qu'on force saintement de ne rien gagner pendant trente jours de l'année, indépendamment des dimanches : cela fait cent cinquante millions de moins dans la circulation, et cent cinquante millions de moins en main-d'œuvre. Quelle prodigieuse supériorité ne doivent point avoir sur nous les royaumes voisins qui n'ont ni sainte Barbe, ni d'évêque de Porentru! On répondait à cette objection que les

cabarets, ouverts les saints jours de fête, produisent
beaucoup aux fermes générales. Mon parent en
convenait; mais il prétendait que c'est un léger dé-
dommagement; et que d'ailleurs, si on peut travailler
après la messe, on peut aller au cabaret après le
travail. Il soutient que cette affaire est purement de
police, et point du tout épiscopale; il soutient qu'il
vaut encore mieux labourer que de s'enivrer. J'ai
bien peur qu'il ne perde son procès.

<p style="text-align:center">XV</p>

Il y a quelques années qu'en passant par la Bour-
gogne avec monsieur Évrard, que vous connaissez
tous, nous vîmes un vaste palais, dont une partie
commençait à s'élever. Je demandai à quel prince il
appartenait. Un maçon me répondit que c'était à
monseigneur l'abbé de Cîteaux; que le marché
avait été fait à dix-sept cent mille livres, mais que
probablement il en coûterait bien davantage.

Je bénis Dieu qui avait mis son serviteur en état
d'élever un si beau monument, et de répandre tant
d'argent dans le pays. « Vous moquez-vous? dit
monsieur Évrard; n'est-il pas abominable que l'oi-
siveté soit récompensée par deux cent cinquante
mille livres de rente, et que la vigilance d'un pauvre
curé de campagne soit punie par une portion congrue
de cent écus? Cette inégalité n'est-elle pas la chose
du monde la plus injuste et la plus odieuse? Qu'en
reviendra-t-il à l'État quand un moine sera logé
dans un palais de deux millions? Vingt familles de
pauvres officiers, qui partageraient ces deux millions,
auraient chacune un bien honnête, et donneraient
au roi de nouveaux officiers. Les petits moines, qui
sont aujourd'hui les sujets inutiles d'un de leurs

moines élu par eux, deviendraient des membres
de l'État au lieu qu'ils ne sont que des chancres qui
le rongent. »

Je répondis à monsieur Évrard : « Vous allez trop
loin, et trop vite; ce que vous dites arrivera certaine-
ment dans deux ou trois cents ans; ayez patience. —
Et c'est précisément, répondit-il, parce que la chose
n'arrivera que dans deux ou trois siècles que je perds
toute patience; je suis las de tous les abus que je vois :
il me semble que je marche dans les déserts de la
Libye, où notre sang est sucé par des insectes quand
les lions ne nous dévorent pas.

« J'avais, continua-t-il, une sœur assez imbécile
pour être janséniste de bonne foi, et non par esprit
de parti. La belle aventure des billets de confession
la fit mourir de désespoir. Mon frère avait un procès
qu'il avait gagné en première instance; sa fortune
en dépendait. Je ne sais comment il est arrivé que
les juges ont cessé de rendre la justice, et mon
frère a été ruiné. J'ai un vieil oncle criblé de blessures,
qui faisait passer ses meubles et sa vaisselle d'une
province à une autre; des commis alertes ont saisi le
tout sur un petit manque de formalité; mon oncle n'a
pu payer les trois vingtièmes, et il est mort en prison. »

Monsieur Évrard me conta des aventures de cette
espèce pendant deux heures entières. Je lui dis :
« Mon cher monsieur Évrard, j'en ai essuyé plus que
vous; les hommes sont ainsi faits d'un bout du
monde à l'autre : nous nous imaginons que les abus
ne règnent que chez nous; nous sommes tous deux
comme Astolphe et Joconde, qui pensaient d'abord
qu'il n'y avait que leurs femmes d'infidèles; ils se
mirent à voyager, et ils trouvèrent partout des gens
de leur confrérie. — Oui, dit monsieur Évrard, mais
ils eurent le plaisir de rendre partout ce qu'on avait
eu la bonté de leur prêter chez eux.

— Tâchez, lui dis-je, d'être seulement pendant trois ans directeur de..., ou de..., ou de..., ou de..., et vous vous vengerez avec usure. »

Monsieur Évrard me crut : c'est à présent l'homme de France qui vole le roi, l'État et les particuliers, de la manière la plus dégagée et la plus noble, qui fait la meilleure chère, et qui juge le plus fièrement d'une pièce nouvelle.

DIALOGUE
DU CHAPON ET DE LA POULARDE

CETTE facétie, elle aussi en manière de « pot-pourri » phi-
losophique, s'apparente de très près à la pièce précédente,
et parut d'ailleurs comme elle au tome III des Nouveaux
Mélanges. *Les contradictions et les absurdités de l'histoire*
humaine, « suite d'atrocités inutiles », sont un thème familier
*à Voltaire depuis l'*Essai sur les mœurs *jusqu'au* Diction-
naire philosophique *et aux* Questions sur l'Encyclopé-
die *(voir notamment l'article* Contradictions*). Quant aux*
Indiens, à leur loi sainte rapportée en Europe par Pytha-
*gore, ils annoncent l'*Aventure indienne *du* Philosophe
ignorant.

V. den H.

DIALOGUE
DU CHAPON ET DE LA POULARDE

LE CHAPON

Eh, mon Dieu! ma poule, te voilà bien triste, qu'as-tu?

LA POULARDE

Mon cher ami, demande-moi plutôt ce que je n'ai plus. Une maudite servante m'a prise sur ses genoux, m'a plongé une longue aiguille dans le cul, a saisi ma matrice, l'a roulée autour de l'aiguille, l'a arrachée et l'a donnée à manger à son chat. Me voilà incapable de recevoir les faveurs du chantre du jour, et de pondre.

LE CHAPON

Hélas! ma bonne, j'ai perdu plus que vous; ils m'ont fait une opération doublement cruelle : ni vous ni moi n'aurons plus de consolation dans ce monde; ils vous ont fait poularde, et moi chapon. La seule idée qui adoucit mon état déplorable, c'est que j'entendis ces jours passés, près de mon pou-lailler, raisonner deux abbés italiens à qui on avait

fait le même outrage afin qu'ils pussent chanter devant le pape avec une voix plus claire. Ils disaient que les hommes avaient commencé par circoncire leurs semblables, et qu'ils finissaient par les châtrer : ils maudissaient la destinée et le genre humain.

LA POULARDE

Quoi! c'est donc pour que nous ayons une voix plus claire qu'on nous a privés de la plus belle partie de nous-mêmes?

LE CHAPON

Hélas! ma pauvre poularde, c'est pour nous engraisser, et pour nous rendre la chair plus délicate.

LA POULARDE

Eh bien! quand nous serons plus gras, le seront-ils davantage?

LE CHAPON

Oui, car ils prétendent nous manger.

LA POULARDE

Nous manger! ah, les monstres!

LE CHAPON

C'est leur coutume; ils nous mettent en prison pendant quelques jours, nous font avaler une pâtée dont ils ont le secret, nous crèvent les yeux pour que nous n'ayons point de distraction; enfin, le jour de la fête étant venu, ils nous arrachent les plumes, nous coupent la gorge, et nous font rôtir. On nous apporte devant eux dans une large pièce d'argent; chacun dit de nous ce qu'il pense; on fait notre oraison funèbre : l'un dit que nous sentons la noisette;

l'autre vante notre chair succulente; on loue nos cuis-
ses, nos bras, notre croupion; et voilà notre histoire
dans ce bas monde finie pour jamais.

LA POULARDE

Quels abominables coquins! je suis prête à m'éva-
nouir. Quoi! on m'arrachera les yeux! on me cou-
pera le cou! je serai rôtie et mangée! Ces scélérats
n'ont donc point de remords?

LE CHAPON

Non, m'amie; les deux abbés dont je vous ai parlé
disaient que les hommes n'ont jamais de remords des
choses qu'ils sont dans l'usage de faire.

LA POULARDE

La détestable engeance! Je parie qu'en nous dévo-
rant ils se mettent encore à rire et à faire des contes
plaisants, comme si de rien n'était.

LE CHAPON

Vous l'avez deviné; mais sachez pour votre conso-
lation (si c'en est une) que ces animaux, qui sont
bipèdes comme nous, et qui sont fort au-dessous de
nous, puisqu'ils n'ont point de plumes, en ont usé
ainsi fort souvent avec leurs semblables. J'ai entendu
dire à mes deux abbés que tous les empereurs chré-
tiens et grecs ne manquaient jamais de crever les deux
yeux à leurs cousins et à leurs frères; que même, dans
le pays où nous sommes, il y avait eu un nommé
Débonnaire qui fit arracher les yeux à son neveu Ber-
nard. Mais pour ce qui est de rôtir des hommes, rien
n'a été plus commun parmi cette espèce. Mes deux
abbés disaient qu'on en avait rôti plus de vingt mille
pour de certaines opinions qu'il serait difficile à un
chapon d'expliquer, et qui ne m'importent guère.

LA POULARDE

C'était apparemment pour les manger qu'on les rôtissait.

LE CHAPON

Je n'oserais pas l'assurer; mais je me souviens bien d'avoir entendu clairement qu'il y a bien des pays, et entre autres celui des Juifs, où les hommes se sont quelquefois mangés les uns les autres.

LA POULARDE

Passe pour cela. Il est juste qu'une espèce si perverse se dévore elle-même, et que la terre soit purgée de cette race. Mais moi qui suis paisible, moi qui n'ai jamais fait de mal, moi qui ai même nourri ces monstres en leur donnant mes œufs, être châtrée, aveuglée, décollée, et rôtie! Nous traite-t-on ainsi dans le reste du monde?

LE CHAPON

Les deux abbés disent que non. Ils assurent que dans un pays nommé l'Inde, beaucoup plus grand, plus beau, plus fertile que le nôtre, les hommes ont une loi sainte qui depuis des milliers de siècles leur défend de nous manger; que même un nommé Pythagore, ayant voyagé chez ces peuples justes, avait rapporté en Europe cette loi humaine, qui fut suivie par tous ses disciples. Ces bons abbés lisaient Porphyre le Pythagoricien, qui a écrit un beau livre contre les broches.

O le grand homme! le divin homme que ce Porphyre! Avec quelle sagesse, quelle force, quel respect tendre pour la Divinité il prouve que nous sommes les alliés et les parents des hommes; que Dieu nous donna les mêmes organes, les mêmes sentiments, la même mémoire, le même germe inconnu d'entende-

ment qui se développe dans nous jusqu'au point
déterminé par les lois éternelles, et que ni les hommes
ni nous ne passons jamais! En effet, ma chère pou-
larde, ne serait-ce pas un outrage à la Divinité de dire
que nous avons des sens pour ne point sentir, une
cervelle pour ne point penser? Cette imagination
digne, à ce qu'ils disaient, d'un fou nommé Descartes,
ne serait-elle pas le comble du ridicule et la vaine
excuse de la barbarie?

Aussi les plus grands philosophes de l'antiquité ne
nous mettaient jamais à la broche. Ils s'occupaient
à tâcher d'apprendre notre langage, et de découvrir
nos propriétés si supérieures à celles de l'espèce
humaine. Nous étions en sûreté avec eux comme dans
l'âge d'or. Les sages ne tuent point les animaux, dit
Porphyre; il n'y a que les barbares et les prêtres qui
les tuent et les mangent. Il fit cet admirable livre pour
convertir un de ses disciples qui s'était fait chrétien
par gourmandise.

LA POULARDE

Eh bien! dressa-t-on des autels à ce grand homme
qui enseignait la vertu au genre humain, et qui sau-
vait la vie au genre animal?

LE CHAPON

Non, il fut en horreur aux chrétiens qui nous man-
gent, et qui détestent encore aujourd'hui sa mémoire;
ils disent qu'il était impie, et que ses vertus étaient
fausses, attendu qu'il était païen.

LA POULARDE

Que la gourmandise a d'affreux préjugés! J'enten-
dais l'autre jour, dans cette espèce de grange qui est
près de notre poulailler, un homme qui parlait seul
devant d'autres hommes qui ne parlaient point; il

s'écriait que « Dieu avait fait un pacte avec nous et
avec ces autres animaux appelés *hommes;* que Dieu
leur avait défendu de se nourrir de notre sang et de
notre chair ». Comment peuvent-ils ajouter à cette
défense positive la permission de dévorer nos mem-
bres bouillis ou rôtis? Il est impossible, quand ils
nous ont coupé le cou, qu'il ne reste beaucoup de
sang dans nos veines; ce sang se mêle nécessairement
à notre chair; ils désobéissent donc visiblement à
Dieu en nous mangeant. De plus, n'est-ce pas un
sacrilège de tuer et de dévorer des gens avec qui
Dieu a fait un pacte? Ce serait un étrange traité que
celui dont la seule clause serait de nous livrer à la
mort. Ou notre créateur n'a point fait de pacte avec
nous, ou c'est un crime de nous tuer et de nous faire
cuire : il n'y a pas de milieu.

LE CHAPON

Ce n'est pas la seule contradiction qui règne chez
ces monstres, nos éternels ennemis. Il y a longtemps
qu'on leur reproche qu'ils ne sont d'accord en rien.
Ils ne font des lois que pour les violer; et, ce qu'il y a
de pis, c'est qu'ils les violent en conscience. Ils ont
inventé cent subterfuges, cent sophismes pour justifier
leurs transgressions. Ils ne se servent de la pensée que
pour autoriser leurs injustices, et n'emploient les
paroles que pour déguiser leurs pensées. Figure-toi
que, dans le petit pays où nous vivons, il est défendu
de nous manger deux jours de la semaine : ils trouvent
bien moyen d'éluder la loi; d'ailleurs cette loi, qui te
paraît favorable, est très barbare; elle ordonne que
ces jours-là on mangera les habitants des eaux : ils
vont chercher des victimes au fond des mers et des
rivières. Ils dévorent des créatures dont une seule
coûte souvent plus de la valeur de cent chapons : ils
appellent cela *jeûner, se mortifier.* Enfin je ne crois pas

qu'il soit possible d'imaginer une espèce plus ridicule à la fois et plus abominable, plus extravagante et plus sanguinaire.

LA POULARDE

Eh, mon Dieu! ne vois-je pas venir ce vilain marmiton de cuisine avec son grand couteau?

LE CHAPON

C'en est fait, m'amie, notre dernière heure est venue; recommandons notre âme à Dieu.

LA POULARDE

Que ne puis-je donner au scélérat qui me mangera une indigestion qui le fasse crever! Mais les petits se vengent des puissants par de vains souhaits, et les puissants s'en moquent.

LE CHAPON

Aïe! on me prend par le cou. Pardonnons à nos ennemis.

LA POULARDE

Je ne puis; on me serre, on m'emporte. Adieu, mon cher chapon.

LE CHAPON

Adieu, pour toute l'éternité, ma chère poularde.

PETITE DIGRESSION

PREMIÈRE impression au chapitre XVII du Philosophe ignorant *publié en 1766 à Genève chez les frères Cramer. La table de l'édition de 1766 ajoute au titre les mots* sur les Quinze-Vingts *(on sait qu'il s'agit des aveugles de l'hospice parisien ainsi appelé parce qu'il pouvait admettre trois cents pensionnaires). Dans l'édition de Kehl, la pièce est intitulée* Les Aveugles juges des couleurs. *Thème voltairien par excellence : la métaphysique est hors de portée des connaissances humaines. On notera une touche d'optimisme sur la nature de cette humanité, qui ne se serait pas d'elle même laissé emporter à de telles aberrations : il n'empêche qu'elle se laisse abuser par le fanatisme du professeur-dictateur !*

V. den H.

PETITE DIGRESSION

Dans les commencements de la fondation des Quinze-Vingts, on sait qu'ils étaient tous égaux, et que leurs petites affaires se décidaient à la pluralité des voix. Ils distinguaient parfaitement au toucher la monnaie de cuivre de celle d'argent; aucun d'eux ne prit jamais du vin de Brie pour du vin de Bourgogne. Leur odorat était plus fin que celui de leurs voisins qui avaient deux yeux. Ils raisonnèrent parfaitement sur les quatre sens, c'est-à-dire qu'ils en connurent tout ce qu'il est permis d'en savoir; et ils vécurent paisibles et fortunés autant que des Quinze Vingts peuvent l'être. Malheureusement un de leurs professeurs prétendit avoir des notions claires sur le sens de la vue; il se fit écouter, il intrigua, il forma des enthousiastes : enfin on le reconnut pour le chef de la communauté. Il se mit à juger souverainement des couleurs et tout fut perdu.

Ce premier dictateur des Quinze-Vingts se forma d'abord un petit conseil, avec lequel il se rendit le maître de toutes les aumônes. Par ce moyen personne n'osa lui résister. Il décida que tous les habits des

Quinze-Vingts étaient blancs : les aveugles le crurent;
ils ne parlaient que de leurs beaux habits blancs, quoi-
qu'il n'y en eût pas un seul de cette couleur. Tout le
monde se moqua d'eux, ils allèrent se plaindre au dic-
tateur, qui les reçut fort mal; il les traita de novateurs,
d'esprits forts, de rebelles, qui se laissaient séduire
par les opinions erronées de ceux qui avaient des
yeux, et qui osaient douter de l'infaillibilité de leur
maître. Cette querelle forma deux partis.

Le dictateur, pour les apaiser, rendit un arrêt par
lequel tous leurs habits étaient rouges. Il n'y avait pas
un habit rouge aux Quinze-Vingts. On se moqua d'eux
plus que jamais. Nouvelles plaintes de la part de la
communauté. Le dictateur entra en fureur, les autres
aveugles aussi : on se battit longtemps, et la concorde
ne fut rétablie que lorsqu'il fut permis à tous les
Quinze-Vingts de suspendre leur jugement sur la cou-
leur de leurs habits.

Un sourd, en lisant cette petite histoire, avoua que
les aveugles avaient eu tort de juger les couleurs; mais
il resta ferme dans l'opinion qu'il n'appartient qu'aux
sourds de juger de la musique.

AVENTURE INDIENNE

TRADUITE PAR L'IGNORANT

PREMIÈRE impression, comme pour la Petite Digression, dans le Philosophe ignorant. L'édition de Kehl a supprimé du titre les mots : traduite par l'Ignorant. Il importe évidemment de les restituer. C'est en effet d'ignorance qu'il s'agit avant tout dans cette Inde de pacotille où il n'est pas difficile de reconnaître la France qui condamne le jeune chevalier de La Barre ; d'ignorance comme source d'intolérance, donc de cruauté, par quoi nous sommes ramenés à l'affreux déterminisme biologique « des araignées qui mangent des mouches, des hirondelles qui mangent des araignées, des éperviers qui mangent des hirondelles ». En face d'un tel état de choses, la mission des Pythagore est claire, mais infiniment dangereuse. A la fin de cette anecdote typiquement voltairienne retentit le Sauve qui peut! des moments de grand découragement.

<div align="right">

V. den H.

</div>

AVENTURE INDIENNE

TRADUITE PAR L'IGNORANT

PYTHAGORE, dans son séjour aux Indes, apprit, comme tout le monde sait, à l'école des gymnosophistes, le langage des bêtes et celui des plantes. Se promenant un jour dans une prairie assez près du rivage de la mer, il entendit ces paroles : « Que je suis malheureuse d'être née herbe! à peine suis-je parvenue à deux pouces de hauteur que voilà un monstre dévorant, un animal horrible, qui me foule sous ses larges pieds; sa gueule est armée d'une rangée de faux tranchantes, avec laquelle il me coupe, me déchire et m'engloutit. Les hommes nomment ce monstre un *mouton*. Je ne crois pas qu'il y ait au monde une plus abominable créature. »

Pythagore avança quelques pas; il trouva une huître qui bâillait sur un petit rocher; il n'avait point encore embrassé cette admirable loi par laquelle il est défendu de manger les animaux nos semblables. Il allait avaler l'huître, lorsqu'elle prononça ces mots attendrissants : « Ô nature! que l'herbe, qui est comme moi ton ouvrage, est heureuse! Quand on l'a coupée, elle renaît, elle est immortelle; et nous,

pauvres huîtres, en vain sommes-nous défendues par une double cuirasse; des scélérats nous mangent par douzaines à leur déjeuner, et c'en est fait pour jamais. Quelle épouvantable destinée que celle d'une huître, et que les hommes sont barbares! »

Pythagore tressaillit; il sentit l'énormité du crime qu'il allait commettre : il demanda pardon à l'huître en pleurant, et la remit bien proprement sur son rocher.

Comme il rêvait profondément à cette aventure en retournant à la ville, il vit des araignées qui mangeaient des mouches, des hirondelles qui mangeaient des araignées, des éperviers qui mangeaient des hirondelles. « Tous ces gens-là, dit-il, ne sont pas philosophes. »

Pythagore, en entrant, fut heurté, froissé, renversé par une multitude de gredins et de gredines qui couraient en criant : « C'est bien fait, c'est bien fait, ils l'ont bien mérité! — Qui? quoi? » dit Pythagore en se relevant; et les gens couraient toujours en disant : « Ah! que nous aurons de plaisir de les voir cuire! »

Pythagore crut qu'on parlait de lentilles ou de quelques autres légumes; point du tout, c'était de deux pauvres Indiens. « Ah! sans doute, dit Pythagore, ce sont deux grands philosophes qui sont las de la vie; ils sont bien aises de renaître sous une autre forme; il y a du plaisir à changer de maison, quoiqu'on soit toujours mal logé : il ne faut pas disputer des goûts. »

Il avança avec la foule jusqu'à la place publique, et ce fut là qu'il vit un grand bûcher allumé, et vis-à-vis de ce bûcher un banc qu'on appelait un *tribunal,* et sur ce banc des juges, et ces juges tenaient tous une queue de vache à la main, et ils avaient sur la tête un bonnet ressemblant parfaitement aux deux oreilles de l'animal qui porta Silène quand il vint autrefois au

pays avec Bacchus, après avoir traversé la mer Érythrée
à pied sec, et avoir arrêté le soleil et la lune, comme
on le raconte fidèlement dans les *Orphiques*.

Il y avait parmi ces juges un honnête homme fort
connu de Pythagore. Le sage de l'Inde expliqua au
sage de Samos de quoi il était question dans la fête
qu'on allait donner au peuple indou.

« Les deux Indiens, dit-il, n'ont nulle envie d'être
brûlés; mes graves confrères les ont condamnés à ce
supplice, l'un pour avoir dit que la substance de Xaca
n'est pas la substance de Brama; et l'autre, pour avoir
soupçonné qu'on pouvait plaire à l'Être suprême par
la vertu, sans tenir en mourant une vache par la queue;
parce que, disait-il, on peut être vertueux en tout
temps, et qu'on ne trouve pas toujours une vache à
point nommé. Les bonnes femmes de la ville ont été
si effrayées de ces deux propositions hérétiques
qu'elles n'ont point donné de repos aux juges jusqu'à
ce qu'ils aient ordonné le supplice de ces deux infor-
tunés. »

Pythagore jugea que depuis l'herbe jusqu'à l'homme
il y avait bien des sujets de chagrin. Il fit pourtant
entendre raison aux juges, et même aux dévotes : et
c'est ce qui n'est arrivé que cette seule fois.

Ensuite il alla prêcher la tolérance à Crotone; mais
un intolérant mit le feu à sa maison : il fut brûlé, lui
qui avait tiré deux Indous des flammes. *Sauve qui peut!*

COMMENTAIRES

par

J. Van den Heuvel

L'originalité de l'œuvre

On a déjà vu une des originalités du conte voltai-
rien en ses plus beaux jours (cf. notre préface) : celui
d'être une confidence déguisée. Lorsque l'expérience
intérieure qui faisait l'unité vivante de *Zadig* ou de
Candide a disparu avec les certitudes de la vieillesse,
— il ne faut jamais perdre de vue que Voltaire a écrit
une grande partie de ses contes après soixante-cinq
ans ! — les deux composantes de vérité et de fiction
qui s'étaient longtemps trouvées fondues en un pré-
cieux alliage, tendent à reprendre chacune leur indé-
pendance, sans que la valeur de ces nouveaux contes
en souffre le moins du monde. Simplement, la fantai-
sie, libérée des contraintes où la tenaient les préven-
tions de Voltaire, aura désormais tendance à s'exercer
pour elle-même, sans qu'il renonce toutefois à un
enseignement philosophique, et ce sont des œuvres
comme la très charmante *Princesse de Babylone,*
directement issue des grâces enchanteresses de
l'Arioste. Ou bien cette fantaisie se réduit au
contraire à sa plus simple expression, et la fable se

ramène à ce qu'elle fut souvent, un prétexte commode
pour mettre en circulation des idées toutes faites en
leur vérité *solidifiée.* Alors s'applique pleinement la
définition qu'en donnait Emile Faguet au début de ce
siècle : « Un roman de Voltaire, c'est une idée de
Voltaire se promenant à travers des aventures diver-
tissantes destinées à lui servir d'illustration et de
preuve. C'est un article du *Dictionnaire philosophi-
que,* conté au lieu d'être déduit par Voltaire. »

Ainsi en va-t-il de l'*Histoire d'un bon bramin,* du
Blanc et Noir, de *Jeannot et Colin,* de *l'Aventure
indienne,* qui s'insèrent dans cette volumineuse par-
tie de l'œuvre, située à l'extrême pointe du combat, et
vouée à une sorte de contrebande des idées : dialo-
gues, pamphlets, plaidoyers, sermons, et même arti-
cles de dictionnaires, puisque le *Dictionnaire philoso-
phique* lui-même, qui se voulut offensif et maniable
par rapport à l'encombrante *Encyclopédie,* n'est
qu'un recueil alphabétique de libelles. Le perpétuel
rabâchage des thèmes, joint à la fantaisie toujours
jaillissante des variations, tout est mis en œuvre pour
gagner la complicité du public et favoriser la diffu-
sion des idées. Le personnel de service, fidèle à son
poste, est toujours prêt à combattre : frère Bon-
homme, l'abbé Tamponet, le révérend père l'Escarbo-
tier, le docteur Rousseau-Pansophe, saint Cucufin, le
cabaretier Ramponneau, le derviche Ben Bétif, et
Ardassan Ougli, bacha à sept queues : soit un perpé-
tuel maître Jacques philosophique, prêt à revêtir tou-
tes les livrées. Cela tient à la fois du guignol et de la
croisade. Sans doute, toutes les libertés possibles
sont-elles prises avec le respect et avec la décence, —
les « fusées volantes » et autres pamphlets ont puis-
samment contribué à fixer, et à fausser, l'image d'un
Voltaire constamment sur la brèche, crispé, grima-
çant, endiablé, et quelque peu satanique; mais, si l'on

fait abstraction des « mauvais procédés » — ils sont
de mise dans le genre —, on ne peut que rester
ébloui par le déchaînement d'une verve si impitoya-
blement efficace. Les dialogues que nous avons joints
dans la présente édition aux *Contes et Romans* justi-
fieront, espérons-nous, ce point de vue.

Mais ce qui reste, en définitive, de toutes ces
œuvres, c'est bien la fantaisie et la verve, qui en sont
comme l'écume brillante. En fait, dense et léger tout à
la fois, le conte voltairien offre cette particularité
remarquable que le plus souvent la fantaisie et la
vérité, intimement mêlées l'une à l'autre, s'y renfor-
cent mutuellement. Voltaire gagne sur les deux
plans : le besoin qu'il a de parler de lui, de se mani-
fester, n'a d'égal que son extrême pudeur à faire trop
directement allusion à ce qu'il y a de plus profond en
lui-même. Fondamentalement inapte à la confession,
ce professionnel de la pirouette nous permet rare-
ment d'accéder à sa vie intérieure; mais la forme du
conte permet à son *credo* de se faire jour à travers un
voile d'humour et d'ironie.

Une telle ambivalence se retrouve sur le plan de la
technique et contribue à faire des contes de Voltaire,
à travers tous les temps, une des expressions les plus
réussies du conte philosophique. Lorsque, au mépris
des lois de la pesanteur, du mouvement, de la vie, il
s'installe joyeusement dans ce réseau d'invraisem-
blances héritées, nous l'avons vu, d'une longue tradi-
tion romanesque, Voltaire ne fait que retrouver les
lois éternelles du genre : cette imagination qui se
détruit sans cesse au fur et à mesure qu'elle s'en-
chante d'elle-même. Sa désinvolture à l'égard des
« fadaises », des « contes de vieilles », le fait exceller
en ce genre qui se veut désinvolte, et dont l'essence
est de ne pas se prendre au sérieux; l'accumulation
des aventures, les décors pittoresques et fragiles, d'un

exotisme de pacotille, les personnages au mode d'être incertain, marionnettes qui s'abolissent une fois qu'elles ont porté leur minuscule témoignage, tout cela en définitive a pour effet de symboliser la condition humaine. Le mythe, aussi gratuit semble-t-il à première vue, a toujours pour ultime objet la démystification.

« Ah! s'il nous faut des fables, que ces fables soient du moins l'emblème de la vérité! » Cette déclaration de l'Ingénu au vieillard Gordon s'appliquera à l'ensemble des *Contes.* Mais il ne faut pas perdre de vue que la vérité s'y engendre par un détour, et que c'est en ce détour même que résident leur prix et leur enchantement. Comme Cervantès, dans son *Don Quichotte,* Voltaire conserve tous les charmes de l'imagination qu'il dénonce. Et ce n'est pas le moindre intérêt de ces contes qu'ils atteignent la vérité de l'essence à travers les séductions du déguisement.

Les personnages de Candide

CANDIDE. — Ambivalence de la « candeur » de Candide, « esprit droit » et « cœur simple ». Elle est à la fois *pureté* (*candidus* en latin signifie étymologiquement blanc), c'est-à-dire absence d'idées préconçues, selon la philosophie de Locke, où l'expression *candid eye* définit la méthode empiriste. Mais cette candeur est aussi *naïveté* : Candide croit innocemment aux théories de Pangloss. La problématique du personnage, c'est donc de savoir comment il perdra sa naïveté en conservant sa pureté. L'expérience lui vient en aide à cet effet : « Il est certain qu'il faut

voyager. » C'est par son contact avec les événements qu'il se forme, ainsi que par la rencontre de quelques êtres qui le marquent (Jacques, Cacambo, le vieillard d'Eldorado, Martin, Pococurante, le vieillard turc, etc). Loin d'être une marionnette, comme on l'a dit trop souvent, c'est un être de chair et d'os dont la personnalité se construit devant nous, dans un véritable roman d'apprentissage ou de formation. A la fin de l'œuvre, c'est un homme mûr qui coupera la parole à son maître Pangloss. Les étapes de ce mûrissement, si on regarde le texte de près, ont été soigneusement notées par Voltaire. Signalons les principales :

a) Les premiers doutes au chapitre IV, lorsque Candide apprend de Pangloss les malheurs qui se sont abattus sur le château de Thunder-ten-tronckh : « Cunégonde est morte ! Ah ! meilleur des mondes, où êtes-vous ? » Immédiatement après, la prétendue science de Pangloss suscite déjà chez son disciple une légère ironie : « Voilà qui est admirable, dit Candide, *mais* il faut vous faire guérir. »

b) La première contestation d'ensemble, à Lisbonne, lorsque Pangloss vient d'être « pendu » : « Si c'est ici le meilleur des mondes possibles, que sont donc les autres ? » (chapitre VI).

c) Une condamnation en règle des dogmes westphalo-panglossiens, après l'expérience essentielle de l'Eldorado (chapitre XIX) : « L'optimisme, c'est la rage de soutenir que tout est bien quand on est mal. »

d) La découverte d'une nouvelle sagesse, après la consultation du derviche, et la visite au vieillard turc (chapitre XXX) : « Cela est bien dit, répondit Candide, *mais* il faut cultiver notre jardin. »

CUNÉGONDE et son frère. — Ce qui frappe en cette jeune Westphalienne, c'est la disproportion entre l'amour fou qu'elle suscite chez Candide (thème romanesque de la « demoiselle du château », rêve inaccessible) et l'insignifiance de sa personnalité. Toujours entichée de ses préjugés nobiliaires, elle ne se montrera (probablement!) fidèle que lorsqu'elle sera devenue très laide. Avec cela, d'une sottise assez prétentieuse. Voltaire lui donne rarement la parole, — aussi bien a-t-elle peu de choses à dire; on se reportera au chapitre VIII, avec le récit de ses aventures, où se montre à plein son côté vain et superficiel : « Il plut à M. l'Inquisiteur de célébrer un autodafé. Il me fit l'honneur de m'y inviter. Je fus très bien placée; on servit aux dames des rafraîchissements entre la messe et l'exécution. » Le baronet est encore pire que sa sœur, proprement irrécupérable : il ne sera même pas jugé digne de prendre place dans la métairie, et sera expédié à Rome.

PANGLOSS. — Du grec *pan* et *glotta,* « tout-langue ». De fait, la « logorrhée » du personnage convertit, en la faussant, toute réalité en langage. Véritable oracle de la société close sur elle-même de Thunder-ten-tronckh, il donne, à coups de sophismes, une idéologie faussée, mais artificiellement cohérente, aux membres du groupe qui la composent. On verra comment sa première tirade — « il est démontré, etc. » — accumule les vices de raisonnement. Le personnage du Docteur, dans la farce italienne, tire son comique d'une constante inadéquation à la réalité (voir les médecins de Molière, et les théories de Bergson sur le rire, « mécanique plaqué sur du vivant »). Pangloss apparaît, dans cette perspective, comme un nouvel avatar de ce rôle traditionnel. Un des principaux res-

sorts du conte, c'est de le voir persister dans son système d'explication leibnizien, ou plutôt wolffien (puisque ce sont les théories optimistes de l'Allemand Wolff qui sont présentes alors à l'esprit de Voltaire), tandis qu'autour de lui les choses vont de mal en pis. On a signalé que pendant les années qui précèdent *Candide,* Voltaire ironise sur l'optimisme imperturbable de la duchesse de Saxe-Gotha, avec qui il est en correspondance, alors qu'autour d'elle se déchaînent les horreurs de la guerre de Sept Ans.

LA VIEILLE. — Un des personnages les plus « significatifs » du conte. Son « histoire » (chapitres XI et XII), genre inspiré des romans de l'époque (voir par exemple *Le Diable boiteux* de Lesage, où des « histoires » de ce genre alternent avec les découvertes d'Asmodée) reproduit « en abysme » la destinée des principaux personnages de *Candide.* Elle n'a pas de mal à écraser Cunégonde par la supériorité de sa naissance (elle est « la fille d'un pape » et d'une grande princesse italienne), et par l'étendue des calamités qui se sont abattues sur elle, calamités qui sont présentées comme constituant l'ordinaire de l'existence. Pangloss a perdu un œil et une partie de son nez; la vieille, elle, une de ses fesses dans un épisode burlesque du siège d'Azov. Comme les autres, elle a roulé sa bosse dans le monde entier, avant d'entrer au service de Cunégonde, qu'elle sert d'ailleurs très fidèlement. Avec une expérience si poussée de la vie, il n'est pas étonnant qu'elle ait acquis une grande sagesse pratique, liée à beaucoup de présence d'esprit. C'est un être « avisé » par excellence, le pendant en cela de Cacambo. Aux moments critiques, Candide la consulte. Elle ne s'embarrasse d'ailleurs pas de faux scrupules, conseillant à Cunégonde d'abandonner

son soupirant pour le gouverneur de Buenos Aires. Femme précieuse, pourtant, dans l'exercice de la vie quotidienne. Elle aura sa place dans la métairie, où elle prendra « soin du linge »...

Les vieillards. — Ils sont deux, dont la sagesse et l'expérience vont avoir un profond retentissement sur Candide.

Le vieillard d'Eldorado expose, un peu comme le quaker dans les premières *Lettres philosophiques,* les principes essentiels d'une religion naturelle conforme aux vœux de Voltaire : « Nous adorons Dieu du soir au matin. » On notera l'intention grivoise; il ne dit pas : « du matin jusqu'au soir », et Beaumarchais s'en souviendra au début de son *Figaro* (I, i)...

Le vieillard turc, lui, est le symbole de l'obscurantisme bienheureux. Il ne *sait* rien, ne s'*informe* jamais de ce qui se passe à Constantinople. Bref, tout l'opposé de l'« idéal des lumières ». Il ne s'intéresse qu'à ce jardin qu'il cultive. Mais il en tire des ressources qui lui permettent de mener une vie tranquille et agréable (le bonheur épicurien en face des tracas du monde). Même problématique dans le *Bon Bramin,* ce petit conte qui parut après *Candide,* où le bonheur d'un « vieil automate » borné est comparé aux souffrances intellectuelles de philosophe.

Cacambo. — Avec l'anabaptiste Jacques, qui symbolise la vertu et la charité, bafouées en ce bas monde, c'est peut-être le personnage le plus humain de *Candide.* Non sans malice de la part de Voltaire. Alors que la prétendue *race* de la noblesse est systématiquement dépréciée dans ses prétentions et dans son orgueil, celle, impure s'il en fut, de Cacambo, « quart d'Espagnol, né d'un métis dans le Tucuman », est

exaltée à travers toutes les qualités dont il fait preuve, comme si le salut de l'humanité devait venir finalement du tiers monde. O précurseur Voltaire ! Cacambo, comme la vieille, est un serviteur fidèle : il s'acquittera ponctuellement de la mission que lui a confiée Candide. Cacambo est plein de ressources, — n'a-t-il pas fait, comme les héros picaresques, tous les métiers ? Cacambo a un jugement très sûr, très proche des choses; lui aussi est « avisé » par excellence. Il s'intègre dans la lignée de ces valets qui sont la Providence de leurs maîtres, et annonce Jacques le Fataliste en même temps que Figaro, sans que pourtant on puisse déceler chez lui la moindre « revendication » sociale.

MARTIN. — Martin est « manichéen ». Il croit donc à l'existence d'un dieu du mal, rival de celui du bien, et qui semble souvent l'emporter sur ce dernier dans la conduite des affaires humaines. Candide l'a *choisi* (à la différence de Pangloss, qui lui était comme imposé) parmi les plus malheureux qu'il ait pu trouver. On notera que son interprétation des faits n'est pas toujours confirmée par la réalité. Ainsi, le fidèle Cacambo, contrairement à son pronostic, se trouvera, avec des nouvelles de Cunégonde, au rendez-vous de Venise. A travers Martin, on s'aperçoit que Voltaire, qui rejette violemment l'optimisme leibnizien, n'en adhère pas pour autant aux thèses manichéennes.

POCOCURANTE. — Ce seigneur vénitien, qui vit dans l'opulence assez dédaigneuse de son palais de la Brenta (comparer ses jardins magnifiques au modeste jardin de la Propontide) a été doté par Voltaire d'un nom transparent : *paucum, curare*, qui se soucie peu des choses, ou plutôt, croyons-nous, qui se soucie de peu de choses. En matière de goût littéraire et artisti-

que, il traduit souvent le point de vue de Voltaire — qui avouera, dans sa correspondance, « ressembler au signor Pococurante » —, mais en exagérant jusqu'à la caricature. On retrouve effectivement le « classicisme » de son créateur (« l'art de plaire »), son dogmatisme (le côté *Temple du goût*), curieusement teinté, lui aussi, d'impressionnisme, voire de relativisme (le côté *mondain*). Mais chez Pococurante cet extrême raffinement aboutit à une certaine solitude désenchantée. Du goût le plus exigeant naît le dégoût. Les délicats, eux aussi, peuvent être malheureux. Ce qui manque à cette vie oisive, c'est un but, une occupation. Ainsi s'annonce, en creux, la morale du jardin.

Le travail de l'écrivain

Si l'on essaie de définir le travail du style chez Voltaire, et ce que sa « manière » représente encore à nos yeux, on trouve d'abord, et essentiellement, la traduction d'une certaine *attitude* de pensée: aux antipodes du « bel esprit », avec ses « œufs de mouches pesés sur des balances en toiles d'araignée », que Voltaire reprochait à Marivaux, l'esprit voltairien, lui, a un sens, et n'existe que par et pour la lutte; toujours aux aguets devant la sottise et prêt à bondir, puisqu'il n'est point d'efficacité sans à-propos, et qu'il se veut avant tout efficace; il sait que le ridicule tue à la longue, que ridiculiser, c'est rapetisser, rendre extérieur et absurde, en un mot *réduire*. Il sait qu'à ce prix sont permises toutes les profanations, que souvent la mauvaise foi aide la bonne cause.

Un badinage aussi tenace que les erreurs qu'il faut

tuer et retuer encore, immédiat comme un réflexe, opiniâtre comme une machination, tel apparaît l'esprit de Voltaire. Une once de gaillardise peut venir s'ajouter pour relever la fête:

« Il crut être dans un marché où l'on vendait des chaises de paille; mais, bientôt, voyant que plusieurs femmes se mettaient à genoux, en faisant semblant de regarder fixement devant elles et en regardant les hommes de côté, il s'aperçut qu'il était dans un temple. »

L'ironie de Voltaire nous enseigne à ne jamais être dupes : c'est l'arme, souvent déloyale, d'une loyauté et d'un être sincèrement affamé d'évidence, qui, selon le conseil qu'il donna un jour à d'Alembert, « marche toujours en ricanant sur le chemin de la vérité ». « Si la lumière vient des étoiles en 25 ans, lit-on dans les *Carnets,* Adam fut 25 ans sans en voir. » En ce sens, comme toute la pensée de Voltaire, cette ironie est une ascèse. Ce qu'elle a parfois à nos yeux de crispé traduit moins la certitude arrogante que l'amertume de la déréliction. Car l'essentiel de la leçon voltairienne reste cette détermination lucide de s'en tenir coûte que coûte aux résultats d'une enquête, quelque moroses qu'ils puissent être. C'est Memnon se réveillant de ses folies et jaugeant l'étendue du désastre. Les hommes comprennent, mais ont tendance à s'étourdir : au terme de son exploration, Voltaire, lui, se refuse toujours les commodités d'une telle attitude, y compris celles de la foi. L'ironie voltairienne, le style voltairien, sont avant tout *dégrisement.*

Ce que Voltaire peut ôter aux uns par l'exercice cruel de son esprit, en quoi il manque certes de charité, il le prodigue aux autres, en quoi il se rachète. Cet accord intime entre l'ironie et la pitié agissante, c'est le secret du style de Voltaire.

Le livre et son public

« Voltaire en veut à tous les piédestaux... Il aura
beau faire, beau dégrader; je vois une douzaine
d'hommes dans la nation qui, sans s'élever sur la
pointe du pied, le passeront toujours de la tête. Cet
homme n'est que le second dans tous les genres. »

<div style="text-align: right">

DIDEROT, *Lettre à Sophie Volland*
(12 août 1762).

</div>

« Comment se remplira le vide immense qu'il a
laissé dans presque tous les genres de littérature ? Je
dirais que ce fut le plus grand homme que la nature
ait produit, que je trouverais des approbateurs; mais
si je dis qu'elle n'en avait point encore produit, et
qu'elle n'en produira peut-être pas un aussi extraor-
dinaire, il n'y aura guère que ses ennemis qui me
contrediront. »

<div style="text-align: right">

DIDEROT,
Essai sur les règnes de Claude et de Néron,
II, XXVI (1778).

</div>

« Voltaire, en paraissant toujours croire en Dieu,
n'a réellement jamais cru qu'au diable, puisque son
Dieu prétendu n'est qu'un être malfaisant qui, selon
lui, ne prend de plaisir qu'à nuire. L'absurdité de
cette doctrine, qui saute aux yeux, est surtout révol-
tante dans un homme comblé de biens, qui, du sein
du bonheur, cherche à désespérer ses semblables par
l'image affreuse et cruelle de toutes les calamités dont
il est exempt. Autorisé plus que lui à compter et
peser les maux de la vie humaine, j'en fis l'équitable
examen, et je lui prouvai que de tous ces maux, il n'y

en avait pas un dont la Providence ne fût disculpée,
et qui n'eût sa source dans l'abus que l'homme a fait
de ses facultés plus que dans la nature elle-même...
Depuis lors, Voltaire a publié cette réponse qu'il
m'avait promise, mais qu'il ne m'a pas envoyée. Elle
n'est autre que le roman de *Candide,* dont je ne puis
parler, parce que je ne l'ai pas lu. »

JEAN-JACQUES ROUSSEAU,
Confessions, livre IX (vers 1769-1770).

« Je vois dans les écrits de Voltaire une faiblesse,
une pusillanimité honteuses qui lui font rechercher
les faveurs des grands; il les étale avec un orgueil
d'enfant, et, s'ils viennent à le quitter, son dépit est
aussi aigre, injurieux, que son ivresse avait été folle.
J'y vois un égoïsme intolérant, un amour-propre
bilieux et colère qui lui montre des ennemis
partout [...] Quelque matière qu'il traite, il la dirige
sans cesse de ce côté. Il abaisse les plus graves sujets
pour les faire descendre à des personnalités
fastidieuses [...] Et que dirais-je de cette philosophie
parasite aux yeux de qui le riche qui a une belle
maison, des chevaux, des voitures, et qui va porter
chez une belle courtisane le fruit de vingt années de
concussion, est toujours un honnête homme ?

« [...] Toutefois, ouvrons d'autres pages, et nous y
verrons la vertu aimée et respectée, et peinte de cou-
leurs dignes d'elle; nous y verrons le vice traîné dans
la boue, la grandeur accompagnée de crimes foulés
aux pieds, les usurpations en tout genre attaquées
avec véhémence ou avec un sel âcre et pénétrant qui
n'est pas moins efficace, enfin tous les droits de l'hu-
manité soutenus avec une éloquence si forte et si
persuasive, que je m'étonne toujours que des pensées
si contraires soient nées dans la même tête, et que

cette dernière partie de ses écrits n'ait pas obtenu de lui qu'il supprimât l'autre. »

ANDRÉ CHÉNIER,
Sur la perfection des arts (posthume, 1740).

XIXᵉ siècle

« Voltaire édifie et renverse; il donne les exemples et les préceptes les plus contraires. Il élève aux nues le siècle de Louis XIV, et attaque ensuite en détail la réputation des grands hommes de ce siècle; tour à tour, il encense et dénigre l'antiquité. Tandis que son imagination vous ravit, il fait luire une fausse raison qui détruit le merveilleux, rapetisse l'âme et montre sous un jour hideusement gai l'homme à l'homme. Il charme et fatigue par sa mobilité; il vous enchante et vous dégoûte; on ne sait quelle est la forme qui lui est propre : il serait insensé s'il n'était sage, et méchant si sa vie n'était remplie de traits de bienfaisance. »

CHATEAUBRIAND,
Génie du christianisme (1802).

« Les succès de Voltaire ont inspiré le désir de faire, à son exemple, des contes philosophiques; mais il n'y a point d'imitation possible pour ce qui caractérise cette sorte d'écrits de Voltaire, la gaîté piquante et la grâce toujours variée. Il se trouve sans doute un résultat philosophique à la fin de ses contes; mais l'agrément et la tournure du récit sont tels, que vous ne vous apercevez du but que lorsqu'il est atteint. »

MADAME DE STAËL,
De la littérature, Iʳᵉ partie, ch. XVII (1802).

Candide est un « ouvrage d'une gaieté infernale, car il semble écrit par un être d'une autre nature que nous, indifférent à notre sort, content de nos souffrances, et riant comme un démon, ou comme un singe, des misères de cette espèce humaine avec laquelle il n'a rien de commun. »

MADAME DE STAËL,
De l'Allemagne, 1810.

« Dors-tu content, Voltaire, et ton hideux sourire
Voltige-t-il encor sur tes os décharnés ?
Ton siècle était, dit-on, trop jeune pour te lire ;
Le nôtre doit te plaire, et tes hommes sont nés.
Il est tombé sur nous, cet édifice immense
Que de tes larges mains tu sapais nuit et jour. »

ALFRED DE MUSSET,
Rolla, 1833.

« Sans sortir du ton de la conversation ordinaire, et comme en se jouant, Voltaire met en petites phrases portatives les plus grandes découvertes et les plus grandes hypothèses de l'esprit humain, les théories de Leibniz, Malebranche, Locke et Newton, les diverses religions de l'antiquité et des temps modernes, tous les systèmes connus de physique, de physiologie, de géologie, de morale, de droit naturel, d'économie politique [...] Sa pente est si forte de ce côté qu'elle l'entraîne trop loin ; il rapetisse les grandes choses à force de les rendre accessibles [...] Mais quel attrait pour des Français, pour des gens du monde, et quel lecteur s'abstiendra d'un livre où tout le savoir humain est rassemblé en mots piquants ? »

TAINE,
Essais de critique et d'histoire, 1865.

XXᵉ siècle

« Les actions, comme les caractères, ne se présentent pas dans des formes abstraites et générales. Elles se réalisent en particularités locales. Nous savons les menus des repas que fait Candide dans tous les pays de l'ancien et du nouveau continent, du pain avec de la bière en Hollande, au Paraguay du jambon et du chocolat, en Italie des macaroni... Le réalisme pittoresque de Voltaire n'est que la transposition du sensualisme dans l'art : sa fin est de procurer des idées justes. Il est soumis à la pensée philosophique qui crée l'œuvre, et demeure ainsi profondément symbolique ».

G. Lanson,
Voltaire, 1906.

« Sainte-Beuve est le premier qui n'ait pas craint de parler du « pathétique » de Voltaire. « Sa grâce, écrit-il, son brillant, sa pétulance, le sérieux et parfois le pathétique qui se cachaient sous ces dehors légers, du premier coup il eut tout cela. » Mais le pathétique de Voltaire est un pathétique discret. Nietzsche, son disciple, recommandait la discrétion jusque dans l'héroïsme. C'est une recommandation qu'on trouve tout au long de l'œuvre de Voltaire. »

Jean Guéhenno,
Article sur Voltaire,
in *Tableau de la littérature française
des XVIIᵉ et XVIIIᵉ siècles,*
N.R.F. 1938.

« La vie même de Voltaire a l'air d'un conte d'entre ses contes. Il y a du vaudeville, de la féerie, des

reflets de drame et des apothéoses dans son histoire.
Il se fait admirer, adorer, abhorrer, haïr et vénérer,
bâtonner, couronner, avec une sorte de maîtrise ency-
clopédique dans l'art de susciter les sentiments les
plus divers, de se créer des ennemis mortels, des
dévots et des fanatiques, de n'être indifférent à per-
sonne, tandis que rien d'humain ne lui est étranger et
qu'une curiosité jamais satisfaite le tourmente. Tout
excite son désir de connaître, de réduire, de
combattre... »

Paul Valéry,
Discours prononcé à la Sorbonne
le 10 décembre 1944.

« La question se pose : la philosophie de *Candide*
est-elle une philosophie de l'absurde ? Certes, non.
Candide, non plus que Jacques ou Figaro, n'est un
héros tragiquement jeté dans un monde autre. Quel-
que imprévu que l'existence leur réserve, ces errants
ne sont pas des « étrangers ». Dans la rade de Lis-
bonne, le bateau s'ouvre et s'engloutit, mais Candide
et Pangloss agrippent à temps une planche qui les
porte à la rive. Au plus fort des désastres, l'univers de
Candide fournit toujours la planche de salut. On ne
meurt point dans ce monde-là. Il manque à la revue
de *Candide* la scène capitale du monde absurde, la
mort, et son complément l'enterrement, cet effort
ultime des pompes humaines pour camoufler le gouf-
fre de l'absurde. Le monde de *Candide* est un monde
où l'on vit. L'alacrité voltairienne manifeste pleine-
ment, dans cette œuvre, son ambiguïté. La course
menue et rapide de la petite troupe aboutit dans le
jardin, qui est le meilleur des paradis possibles,

.compte tenu de l'instabilité des choses et des hommes ».

RENÉ POMEAU,
La Religion de Voltaire, 1956.

Pensées détachées de Voltaire

« Il leur fallait quelques miracles, ils en firent. » (*Lettres philosophiques,* « Sur les quakers ».)

« Pour moi, quand je regarde Paris ou Londres, je ne vois aucune raison pour entrer dans ce désespoir dont parle M. Pascal; je vois une ville qui ne ressemble en rien à une île déserte; mais peuplée, opulente, policée et où les hommes sont heureux autant que la nature humaine le comporte. Quel est l'homme sage qui sera prêt à se pendre, parce qu'il ne sait pas comment on voit Dieu face à face, et que sa raison ne peut débrouiller le mystère de la Trinité? Il faudrait autant se désespérer de n'avoir pas quatre pieds et deux ailes.

Pourquoi nous faire horreur de notre être? Notre existence n'est point si malheureuse qu'on veut nous le faire accroire. Regarder l'univers comme un cahot, et tous les hommes comme des criminels qu'on va exécuter, est l'idée d'un fanatique; croire que le monde est un lieu de délices où l'on ne doit avoir que du plaisir, c'est la rêverie d'un sybarite. Penser que la terre, les hommes et les animaux sont ce qu'ils doivent être dans l'ordre de la Providence est, je crois, d'un homme sage. » (*Lettres philosophiques,* « Sur les *Pensées* de M. Pascal ».)

« L'homme n'est point une énigme, comme vous vous le figurez, pour avoir le plaisir de la deviner. L'homme paraît être à sa place dans la nature, supérieur aux animaux, auxquels il est semblable par les organes, inférieur à d'autres êtres auxquels il ressemble probablement par la pensée. Il est, comme tout ce que nous voyons, mêlé de mal et de bien, de plaisir et de peine. Il est pourvu de passions pour agir, et de raison pour gouverner ses actions. Si l'homme était parfait, il serait Dieu, et ces prétendues contrariétés que vous appelez contradictions sont les ingrédients nécessaires qui entrent dans le composé de l'homme, qui est ce qu'il doit être. » *(Ibid.)*

« Le sort naturel d'un homme n'est ni d'être enchaîné, ni d'être égorgé; mais tous les hommes sont faits, comme les animaux et les plantes, pour vivre un certain temps, pour produire leur semblable, et pour mourir. » *(Ibid.)*

« Il est insensé de reprocher à Dieu que les mouches soient mangées par les araignées, et que les hommes ne vivent que quatre-vingts ans, qu'ils abusent de leur liberté pour se détruire les uns les autres, qu'ils aient des maladies, des passions cruelles, etc. : car nous n'avons certainement aucune idée que les hommes et les mouches dussent être éternels. » *(Traité de métaphysique.)*

« Tout vouloir ,est d'un fou, l'excès est son
 [partage :
La modération est le trésor du sage;
Il sait régler ses goûts, ses travaux, ses plaisirs,
Mettre un but à sa course, un terme à ses désirs. »

« La nature, attentive à remplir vos désirs,
Vous appelle à ce Dieu par la voix des plaisirs. »

« Mortels, à vos plaisirs reconnaissez un Dieu. »

« Oui, pour nous élever aux grandes actions,
Dieu nous a, par bonté, donné les passions. »
 (Discours en vers sur l'homme.)

« Je suppose que plusieurs êtres pensants et très raisonnables vivent quinze jours seulement, et cela dans des îles du Nord où il y ait, ce qui arrive quelquefois, huit jours de glace et de brume vers la fin du mois de mai; qu'à cette gelée succèdent trois ou quatre jours d'un soleil ardent et d'un chaud excessif; qu'un grand vent survienne qui abatte tous les arbres et amène des insectes qui ravagent les moissons et les fruits; qu'il y ait pendant ces quinze jours un quartier de lune très brillante, ensuite une éclipse de soleil; qu'après on perde de vue longtemps ces astres, qu'un tremblement de terre survienne; qu'une partie de ses habitants en soit engloutie dans la terre; qu'une autre meure de faim et de maladie; qu'une autre soit dévorée par des bêtes féroces; alors ces êtres raisonnables, ne trouvant dans ce chaos d'horreurs que confusion et malfaisance, croiront-ils volontiers des arguments métaphysiques qui prouvent un être souverainement sage et bienfaisant ? Placez-les au contraire dans nos climats, et donnez-leur une vie assez longue pour suivre et admirer le cours régulier des astres, pour entrer dans le détail immense des biens prodigués autour de nous et en nous, pour voir partout des principes et des conséquences et des bienfaits infinis, y aura-t-il alors quelque argument métaphysique plus

fort que ce qu'ils auront vu ? » *(Eléments de la Philo-
sophie de Newton.)*

« Il ne revient rien au genre humain de cent
batailles données : une écluse du canal qui joint les
Deux-Mers, un tableau de Poussin, une belle tragé-
die, une vérité découverte, une invention utile, sont
des choses mille fois plus précieuses que toutes les
annales de la Cour ou les relations de campagne. »
(Le Siècle de Louis XIV.)

« Un voyageur, qui ne mentit jamais,
Passe à Cirey, l'admire, le contemple,
Il croit d'abord que ce n'est qu'un palais,
Mais il voit Emilie : « Ah, dit-il, c'est un temple ! »
 (Madrigal pour Mme du Châtelet.)

« Pompadour, ton crayon divin
Devait dessiner ton visage.
Jamais une plus belle main
N'aurait fait un plus bel ouvrage. »
 (A la Pompadour, qui dessinait.)

« Si par hasard, pour argent ou pour or,
A vos boutons vous trouviez un remède,
Peut-être seriez-vous moins laide,
Mais vous seriez bien laide encore.
 (A Mme Denis, un jour de dispute.)

« Savez-vous pourquoi Jérémie
A tant pleuré pendant sa vie ?
C'est qu'en prophète il prévoyait
Qu'un jour Lefranc le traduirait. »
 (Epigramme contre Lefranc de Pompignan.)

« Puisse ce grand Dieu qui m'écoute, ce Dieu qui assurément ne peut ni être d'une fille, ni être mort à une potence, ni être mangé dans un morceau de pâte, ni avoir inspiré ces livres remplis de contradictions, de démence et d'horreur; puisse ce Dieu, créateur de tous les mondes, avoir pitié de cette secte de chrétiens qui le blasphèment! Puisse-t-il les ramener à la religion sainte et naturelle, et répandre ses bénédictions sur les efforts que nous faisons pour le faire adorer! Amen. *(Sermon des cinquante.)*

« Ce n'est donc plus aux hommes que je m'adresse, c'est à toi, Dieu de tous les êtres, de tous les mondes et de tous les temps : s'il est permis à de faibles créatures, perdues dans l'immensité, et imperceptibles au reste de l'univers, d'oser te demander quelque chose, à toi qui as tout donné, à toi dont les décrets sont immuables comme éternels, daigne regarder en pitié les erreurs attachées à notre nature; que ces erreurs ne fassent point nos calamités. » *(Traité sur la tolérance.)*

« La nature dit à tous les hommes : Je vous ai tous fait naître faibles et ignorants, pour végéter quelques minutes sur la terre et pour l'engraisser de vos cadavres. Puisque vous êtes faibles, secourez-vous; puisque vous êtes ignorants, éclairez-vous et supportez-vous... Je vous ai donné des bras pour cultiver la terre, et une petite lueur de raison pour vous conduire, j'ai mis dans vos cœurs un germe de compassion pour vous aider les uns les autres à supporter la vie. N'étouffez pas ce germe, ne le corrompez pas, apprenez qu'il est divin, et ne substituez pas les misérables fureurs de l'école à la voix de la nature. » *(Ibid.)*

« J'ai passé ma vie à chercher, à publier cette vérité que j'aime... Je n'ai donc fait, dans les horribles désastres des Calas et des Sirven, que ce que font tous les hommes : j'ai suivi mon penchant. Celui d'un philosophe n'est pas de plaindre les malheureux, c'est de les servir. » *(Correspondance,* 1765).

« Marcher toujours en ricanant sur le chemin de la vérité... » (A d'Alembert.)

Biographie succincte de Voltaire avant Candide

1694. — Naissance à Paris de François-Marie Arouet, fils d'un notaire au Châtelet.

1704-1711. — Elève des jésuites au collège Louis-le-Grand.

1715-1717. — Fréquente la société libertine du Temple.

1717. — Emprisonné à la Bastille. Ce séjour durera près d'un an. Il y polira sa *Henriade,* poème épique sur les guerres de religion, et composera une tragédie, *Œdipe,* représentée avec succès le 18 novembre 1718.

1723. — Publication de *La Henriade* sous le nom de *Poème de la Ligue.*

1726. — Querelle avec le duc de Rohan. Voltaire est bastonné par ses sbires, interné de nouveau à la Bastille, puis exilé en Angleterre, où il séjournera jusqu'en 1728.

1732. — Triomphe de *Zaïre,* tragédie.

1734. — Parution et scandale des *Lettres philoso-*

phiques. Voltaire se réfugie chez son amie Mme du Châtelet, au château de Cirey, qui va être son point d'attache pendant dix ans.

1736. — Publication du *Mondain.* Début de la correspondance avec Frédéric, qui va devenir roi de Prusse en 1740.

1742. — *Mahomet, ou le fanatisme,* tragédie.

1743. — *Mérope,* tragédie. Voltaire est chargé officieusement par la cour d'une mission auprès de Frédéric II.

1745. — Rentré en grâce, il revient à Paris, est nommé historiographe du Roi; élu l'année suivante à l'Académie française.

1747. — Après l'incident du Jeu de la Reine, Voltaire est obligé à nouveau de s'enfuir, et s'installe à la cour du roi Stanislas, à Lunéville. Il y perd Mme du Châtelet dans des circonstances fort pénibles. Entre-temps est paru *Zadig.*

1750. — Désemparé, Voltaire accepte l'hospitalité de Frédéric II à Berlin.

1751. — Parution du *Siècle de Louis XIV.*

1753. — Brouille avec Maupertuis et Frédéric, départ de Berlin, arrestation à Francfort, où il doit restituer des papiers compromettants.

1754. — Année difficile à Colmar, crise de pessimisme : *Scarmentado.*

1755. — Voltaire s'installe en Suisse, aux *Délices* près de Genève.

1756. — Publication de l'*Essai sur les mœurs et l'esprit des nations. Poème sur le désastre de Lisbonne.*

1757. — Désastre français de Rossbach. Scandale de l'article *Genève* de l'Encyclopédie.

1758. — Année de la rédaction de *Candide.* A la fin de cette même année, Voltaire achète les

domaines de Ferney et de Tourney, situés près de Genève, mais en territoire français.

Bibliographie

I. Editions d'œuvres isolées.

Candide ou l'optimisme, édition critique par André Morize, Paris, Droz, second tirage 1931.

Candide ou l'optimisme, édition critique par René Pomeau, Paris, Nizet, 1959.

Essai sur les Mœurs, éd. René Pomeau, Paris, Garnier, 1963, 2 vol.

L'Ingénu, éd. William R. Jones, seconde édition, Genève, Droz et Paris, Minard, 1957.

L'Ingénu, éd. Jean Varloot, Paris, Editions sociales, 1955.

Lettres d'Amabed, éd. A. Jovicevich, Paris, 1961.

Lettres philosophiques, édition critique par G. Lanson, Paris, Hachette, 1930, 2 vol.

Mélanges, éd. J. Van den Heuvel, Paris, N.R.F., La Pléiade, 1961.

Micromégas, a Study in the Fusion of Science, Myth and Art, édition critique par Ira O. Wade, Princeton University Press, 1950.

Notebooks, éd. Th. Besterman, Genève 1952.

Œuvres historiques, éd. René Pomeau, Paris, N.R.F., La Pléiade, 1957.

Le Taureau blanc, édition critique par René Pomeau, Paris, Nizet, 1956.

Zadig ou la destinée. Histoire orientale, édition critique par G. Ascoli, revue et complétée par Jean Fabre, Paris, Didier, 1962.

Zadig ou la destinée, édition critique par
V. L. Saulnier, Genève, Droz, et Lille, Giard, 1946.

II. Etudes.

G. Desnoiresterres, *Voltaire et la société de son
temps,* Paris, 1867-1876, 8 vol.

G. Lanson, *Voltaire,* Paris, Hachette, 1906, revu et
complété en 1960 par René Pomeau.

A. Bellessort, *Voltaire,* Paris, 1925.

R. Naves, *Le Goût de Voltaire,* Paris, 1938.

R. Naves, *Voltaire et l'Encyclopédie,* Paris, 1938.

N. L. Torrey, *The spirit of Voltaire,* New York,
1938.

I. O. Wade, *Voltaire and Madame du Châtelet at
Cirey,* Princeton 1941.

R. Naves, *Voltaire,* Paris, Hatier-Boivin, 1942.

P. Valéry, *Discours sur Voltaire,* prononcé le
10 décembre 1944 en Sorbonne, Paris, 1945.

R. Pomeau, *Voltaire par lui-même,* Paris, 1955.

R. Pomeau, *La Religion de Voltaire,* Paris, 1956.

J. Van den Heuvel, *Voltaire dans ses contes, de
Micromégas à l'Ingénu,* Paris A. Colin, 1968.

NOTES

Chaque conte est précédé d'une notice. Nous donnons ici quelques précisions concernant *Candide*.

P. 19

1. Mot forgé par Voltaire pour se moquer des consonances gutturales de l'allemand, considéré par lui, et par bien d'autres à cette époque, comme une langue barbare; cf. début du chapitre II : Valdberghoff-trarbk-dikdorff.

P. 20

1. Allusion au principe de raison suffisante, cher à Leibniz, selon lequel tout est lié dans la nature. Wolff s'était particulièrement attaché à démontrer ce principe.

P. 24

1. Peuple d'origine mongole, qui envahit plusieurs fois l'Europe. Allusion probable au roi de France en guerre contre le roi de Prusse Frédéric II, figuré par le « roi des Bulgares », depuis 1757.

P. 26

1. Adepte d'une secte protestante qui s'était répandue en Allemagne et en Hollande, et n'autorisait le baptême qu'à l'âge de raison. Les anabaptistes étaient connus pour la hardiesse de leurs idées sociales.

P. 29

1. Religieux de l'ordre des franciscains (cf. ch. xxiv, 1, 6). Cette critique figure parmi les lieux communs de la littérature populaire (cf. Rabelais).

P. 30

1. Allusion à la formule du philosophe anglais Hobbes : « Homo homini lupus », l'homme est un loup pour l'homme.

P. 32

1. Historiquement, le tremblement de terre de Lisbonne du 1er novembre 1755 fit environ 25 000 victimes.

2. Allusion historique, elle aussi : les Hollandais avaient obtenu le privilège de continuer leur commerce après l'expulsion des Européens hors du Japon; mais ils devaient en débarquant fouler aux pieds le crucifix.

P. 34

1. Casaque dont étaient revêtus les gens condamnés par l'Inquisition. Leurs motifs et leurs couleurs symbolisaient les fautes qu'ils étaient censés avoir commises.

P. 35

1. Variété du plain-chant.

P. 37

1. Liqueur qui contient de l'esprit-de-vin ou de l'alcool, et qui est destinée à faire revenir à elles les personnes qui se sont évanouies.

2. Entendons : au récit de la mort.

P. 38

1. Le cinquième fils de Jacob et de Léa, selon la Genèse (ch. xxx, verset 19), qui donna son nom à une tribu d'Israël.

P. 43

1. Cette association, dont la fondation remonte à la fin du XVᵉ siècle espagnol, s'était donné pour but de lutter contre les voleurs et les malfaiteurs. Elle avait au XVIIIᵉ siècle le rôle d'une police régionale.

2. Massif situé au sud de l'Espagne. Une ville du nom d'Avicena n'y existe pas.

P. 44

1. S'opposant à un accord selon lequel l'Espagne devait livrer au Portugal la ville de Saint-Sacrement, située dans leurs missions, les jésuites prirent les armes, pour empêcher le transfert, de 1755 à 1758. Voltaire s'intéressait de près à cette question, car il avait des capitaux engagés dans des vaisseaux de commerce qui transportaient des troupes espagnoles.

2. Dans sa *Théodicée,* Leibniz distinguait, à côté du mal métaphysique, celui de la limitation des créatures, le mal physique, souffrance venant de la nature, et le mal moral, celui que les hommes se font les uns aux autres, soit le péché. Il est naturel que Voltaire, répondant à Leibniz dans *Candide,* ait choisi des exemples de ces deux dernières sortes de maux dans le tremblement de terre, ou la vérole, d'une part, dans la guerre et l'Inquisition, de l'autre.

P. 46

1. Duché italien, situé au nord de la Toscane. —
Gaète : port d'Italie, situé au sud de Rome.

P. 47

1. Ordre religieux du XIIᵉ siècle, qui, depuis le
XVIᵉ siècle, se consacre à la défense militaire des terres
chrétiennes contre les musulmans.

P. 50

1. Celle de 1720-1721, qui fit des centaines de
milliers de morts.

P. 51

1. Ville turque sur les bords de la mer Noire, qui
fut effectivement assiégée et prise par Pierre le Grand
en 1695-1696.

P. 52

1. Personnage réel. Né à Calmar en 1672, il sou-
tint des thèses en faveur du suicide et se noya volon-
tairement en 1739.

P. 53

1. Nom forgé par Voltaire à partir de termes empruntés à ses lectures : ainsi, *Mascarenes* provient sans doute de la *Vie de saint François Xavier* du R. P. Bouhours que Voltaire pratiquait.

P. 55

1. Religieux de l'ordre de Saint-François. Allusion à la fameuse dispute qui opposa ces religieux entre eux sur la forme de leur manche (cf. *Lettres philosophiques,* XIII).

P. 57

1. Terme espagnol, pour désigner les pères jésuites.

P. 59

1. Saint Ignace de Loyola, fondateur en 1534 de l'ordre des jésuites.

P. 60

1. Voltaire avait eu des différends avec ce jésuite allemand lors de son séjour à Colmar en 1754.

2. Expression évangélique (cf. Matthieu, XX, 17,

etc.), qui plaît beaucoup à Voltaire, et qu'il détour-nera volontiers pour l'appliquer à l'action des philo-sophes (Voir en particulier sa correspondance avec Diderot).

P. 62

1. Journal fondé par les jésuites à Trévoux, dans l'Ain, en 1701. Le rédacteur principal en était le père Berthier, un des ennemis de Voltaire, qu'il brocarda dans sa *Relation de la mort du jésuite Berthier* (p. 349 *sqq.* de la présente édition).

P. 66

1. Eldorado, *El Dorado,* le pays de l'or, pays fabu-leux que les conquistadores du xvᵉ siècle plaçaient entre l'Orénoque et l'Amazone. Voltaire a lu toutes les relations disponibles à son époque sur l'ancien pays des Incas, ses richesses extraordinaires, et l'ex-cellence de son gouvernement.

P. 71

1. Marin et homme d'Etat anglais (1552-1618), qui fut chargé en 1595 par la reine Elisabeth de décou-vrir l'Eldorado, et qui à cette intention explora, en vain, les pays proches de la Guyane.

P. 73

1. Ce thème de l'urbanisme est particulièrement

cher à Voltaire (cf. *Les Embellissements de Paris* (1749), *Les Embellissements de la ville de Cachemire* (1756), ainsi que le chapitre XXIX du *Siècle de Louis XIV.* Plus généralement, la description de l'Eldorado représente, en ses moindres détails, tout l'idéal (politique, social, religieux, etc.) de Voltaire. Il est vrai que malheureusement l'Eldorado n'existe qu'au plan romanesque...

P. 76

1. Allusion transparente au libraire hollandais Van Duren, avec lequel Voltaire avait eu maille à partir, et dont le nom était souvent francisé en Vandure.

P. 82

1. Disciple de Socin, réformateur siennois du XVIᵉ siècle, qui niait la Sainte Trinité ainsi que la divinité du Christ, et préconisait une interprétation rationnelle des Saintes Ecritures. — *Manichéen* : partisan de la doctrine de Manès, chez les anciens Perses, qui expliquait l'univers par la lutte de deux principes, le Bien et le Mal.

P. 85

1. Allusion probable à l'*Histoire des navigations* du président De Brosses (1756).

P. 86

1. L'actuel quartier des Gobelins, particulièrement misérable au milieu du XVIIIᵉ siècle. J.-J. Rousseau parle de ses « petites rues sales et puantes », de ses « vilaines maisons noires » au livre IV de ses *Confessions*.

P. 88

1. Allusion à Adrienne Lecouvreur (1692-1730), qui joua le rôle de Monime dans *Mithridate,* et fut jetée à la voirie après sa mort.

P. 89

1. A partir de 1761, les éditions porteront en toutes lettres le nom de Fréron (1718-1776), directeur de *L'Année littéraire,* partisan de la tradition, et attaqué à ce titre par Voltaire.

P. 99

1. Ordre fondé au XVIᵉ siècle par Gian Pietro Carafa, évêque de Chieti, et saint Gaétan de Thienne. Il s'était établi en France en 1642.

P. 104

1. Echo des discussions entre les partisans de la musique française, représentée par le musicien

Rameau, et ceux de la musique italienne, révélée en
France à partir de 1752 par la troupe des Bouffons.

P. 111

1. Sultan turc de 1703 à 1730. Les autres princes
ont tous une réalité historique. *Ivan* est Ivan VI
Antonovitch; Charles-Edouard est le fils de
Jacques III Stuart; son grand-père est Jacques II. Le
roi des Polaques est Auguste III, électeur de Saxe, fils
de Frédéric Auguste de Saxe, qui fut détrôné par
Charles XII de Suède en 1703. Le « cinquième »,
« aussi roi des Polaques », est Stanislas Leczinski, qui,
chassé de Pologne, se vit attribuer en 1735 le duché
de Lorraine. Quant au baron Théodore de Neuhoff
(1690-1756) il fut proclamé plusieurs fois roi de
Corse, puis emprisonné pour dettes en Angleterre où
il mourut.

P. 113

1. Prince de Transylvanie, qui avait soulevé les
Hongrois contre l'empereur d'Autriche, et s'était
retiré, vaincu, au bord de la mer de Marmara.

P. 117

1. Page du sérail d'un sultan. Le cadi est un juge
musulman.

P. 120

1. Assemblées de la noblesse.

P. 125

1. Il s'agit de Henri III, Henri de Guise, et Henri IV, morts tous trois assassinés.

TABLE

542 *Table*

COMMENTAIRES

IMPRIMÉ EN FRANCE PAR BRODARD ET TAUPIN
Usine de La Flèche (Sarthe).
LIBRAIRIE GÉNÉRALE FRANÇAISE - 6, rue Pierre-Sarrazin - 75006 Paris.
ISBN : 2 - 253 - 00425 - 1